当代作家论

编

于坚论

中国当代作家论

谢有顺 主编

霍俊明／著

于坚论

作家出版社

霍俊明

■ 诗人、批评家。著有诗集《有些事物替我们说话》《怀雪》,专著《尴尬的一代》《无能的右手》《悬崖上的陌生人》《远方有大事发生》《先锋诗歌与地方性知识》《从"广场"到"地方"》《变动、修辞与想象》《新世纪诗歌精神考察》等。曾获"诗探索"评论奖、年度青年批评家表现奖、大昆仑杰出诗歌批评奖、《诗刊》《南方文坛》《扬子江》《山花》《滇池》《星星》《诗选刊》年度评论奖、第四届"后天"双年批评奖等。

主编说明

自从到大学工作以后，就不时会有出版社约我写文学史。很多文学教授，都把写一部好的文学史当作毕生志业。我至今没有写，以后是否会写，也难说。不久前就有一份高等教育出版社的文学史合同在我案头，我犹豫了几天，最终还是没有签。曾有写文学史的学者说，他们对具体作家作品的研究，是以一个时代的文学批评成果为基础的，如果不参考这些成果，文学史就没办法写。

何以如此？因为很多学问做得好的学者，未必有艺术感觉，未必懂得鉴赏小说和诗歌。学问和审美不是一回事。举大家熟悉的胡适来说，他写了不少权威的考证《红楼梦》的文章，但对《红楼梦》的文学价值几乎没有感觉。胡适甚至认为，《红楼梦》的文学价值不如《儒林外史》，也不如《海上花列传》。胡适对知识的兴趣远大于他对审美的兴趣。

《文学理论》的作者韦勒克也认为，文学研究接近科学，更多是概念上的认识。但我觉得，审美的体验、"一个灵魂唤醒另一个灵魂"的精神创造同等重要。巴塔耶说，文学写作"意味着把人的思想、语言、幻想、情欲、探险、追求快乐、探索奥秘等等，推到极限"，这种灵魂的赤裸呈现，若没有审美理解，没有深层次的精神对话，你根本无法真正把握它。

可现在很多文学研究，其实缺少对作家的整体性把握。仅评一个作家的一部作品，或者是某一个阶段的作品，都不足以看出这个作家的重要特点。比如，很多人都做贾平凹小说的评论，但是很少涉及他的散文，这对于一个作家的理解就是不完整的。贾平凹的散文和他的小说一样重要。不久前阿来出了一本诗集，如果研究阿来的人不读他的诗，可能就不能有效理解他小说里面一些特殊的表达方式。于坚也是一个典型的例子。很多人只关注他的诗，其实他的散文、文论也独树一帜。许多批评家会写诗，他写批评文章的方式就会与人不同，因为他是一个诗人，诗歌与评论必然相互影响。

如果没有整体性理解一个作家的能力，就不可能把文学研究真正做好。

基于这一点，我觉得应该重识作家论的意义。无论是文学史书写，还是批评与创作之间的对话，重新强调作家论的意义都是有必要的。事实上，作家论始终是中国现代文学的一个宝贵传统，在1920—1930年代，作家论就已经卓有成就了。比如茅盾写的作家论，影响广泛。沈从文写的作家论，主要收在《沫沫集》里面，也非常好，甚至被认为是一种实验。中国现代文学研究界的许多著名学者都以作家论写作闻名。当代文学史上很多影响巨大的批评文章，也是作家论。只是，近年来在重知识过于重审美、重史论过于重个论的风习影响下，有越来越忽略作家论意义的趋势。

一个好作家就是一个广阔的世界，甚至他本身就构成一部简易的文学小史。当代文学作为一种正在发生的语言事实，要想真正理解它，必须建基于坚实的个案研究之上；离开了这个逻辑起点，任何的定论都是可疑的。

认真、细致的个案研究极富价值。

为此，作家出版社邀请我主编了这套规模宏大的作家论丛书。经过多次专家讨论，并广泛征求意见，选取了五十位左右最具代表性的作家作为研究对象，又分别邀约了五十位左右对这些作家素有研究的批评家作为丛书作者，分辑陆续推出。这些作者普遍年轻、锐利，常有新见，他们是以个案研究的方式介入当代文学现场，以作家论的形式为当代文学写史、立传。

我相信，以作家为主体的文学研究永远是有生命力的。

谢有顺

2018 年 4 月 3 日，广州

目录

楔　子

石家庄西郊鹿泉，燕赵龙凤陵园公墓。

陈超（1958～2014）的黑色大理石墓碑上（墓碑正面是青铜雕像的侧影），有于坚工整抄录的陈超生前的诗句——

炉膛里泛潮的木柴轧响
拈骰子的游戏已到收场
无意中我拉开店门
噢天空迸涌着雨后的月光

右录故友陈超诗

苍岩山雨中羁留二日之七

乙未春于坚

在 2017 年深秋，和我同行去石家庄的沈浩波以及王单单、严彬都夸赞于坚的书法很棒。

我目睹的却是但丁的隐晦的树林和四处的哀鸣。这正是诗人的心象对应，正是精神的炼狱、灵魂的盘诘，以及终极关怀的本质化回声："我们就走进一个树林，那里没有一条路径可以看得出来，也没有青色的树叶，只是灰色的；也没有平正的树枝，只是纠缠扭曲，多节多瘤；也不结果子，只是生着毒刺……我听见悲泣之声从四面送来，但是又看不见一个人，因此吓得我呆在那里。我相信我的老师以为我

1

在那里想着，这些声音是从那些躲在树林里的灵魂发出来的。"① 这个古老的回声在今天仍在继续。

我记得骆一禾在一首诗中有这样的句子"黄花低矮却高过了墓碑"。那一截石碑在时间和尘世面前可能是微渺而不值一提的。诗人就是在精神隐喻层面撰写墓志铭的人。确然，从终极意义上考量，诗人不仅为自己写下了特殊的墓志铭，而且也镌刻出了人类共同的难以规避的命运。诗人在精神隐喻上而言应该写下永生之诗。由此考量当下的中国诗人，这样的诗人存在吗？也许一切都是未知，也许有人也已经给出了自己的答案。

面对于坚这样一个庞大强势的文学世界，很容易把阅读者和同行们吸附进去，或者成为于坚"原文本"的复述者。而无论是整体研究一个诗人，还是解读一个文本，无论是在奥登的时代还是在当下突飞猛进而又不可思议的中国，很多批评家都在重复着两种行当，"我们的时代出现了两种批评家，档案学家和密码学家。前者带有谨慎的精确去收集发表关于一个作者生平的所有能发掘出来的事实，从他的情书、宴会请柬到洗衣账单，并设想关于这个人的一切事实，无论多琐碎，都有助于阐明他的写作。后者对待作品的时候仿佛它是一个匿名的、极度难懂的文本，而且它是用一种私密的语言写的，如果没有专家解码，普通读者休想读懂。"②

现在人们谈论于坚，对于那些有着先锋诗歌史常识的人都会想到八十年代的"他们"。

陈超当年在八十年代最为看重"他们"中的于坚和韩东。

韩东，尽管是哲学系毕业但是却从来不在诗歌中炫弄知识，而恰恰是在口语中呈现还原姿态和平民意识。敏识的陈超极其精准地

---

① ［意大利］但丁：《神曲·地狱篇》，王维克译，人民文学出版社 1985 年版，第 58 页。

② ［英］威·休·奥登：《切斯特顿的非虚构性散文》，《读诗的艺术》，王敖译，南京大学出版社 2010 年版，第 118 页。

指出韩东作为"他们"的领军人物自然有"领袖欲",但是韩东可贵之处在于仅仅是提供一种姿态或可能性就赶快摆脱追随者而继续向前。陈超与韩东的见面是在江苏淮阴,当时是已经渐渐潮热起来的五月底。那时韩东还穿着高帮鹿皮靴。与体质略显单薄、白皙,态度持重的日常交往不同,韩东在此次会议上的发言给人的印象却是不留余地、咄咄逼人、锋芒毕露。此次会上,韩东的发言正是后来影响巨大的《三个世俗角色之后》。而当1991年陈超陆续在刊物上读到韩东的小说时,陈超的第一感觉是有些震惊——诗歌使韩东厌倦了吗?

由韩东和八十年代,我们自然会想到另一个精神体量同样庞大的诗人——于坚。

尽管于坚是四川人,但是因为他母亲是昆明人的缘故,于坚在陈超看来属于典型的高原土人——矮小、较胖,神情憨厚,眼神固执而明亮,自负而坚忍,适度而又有些世故,"在我的朋友中,于坚是极少数的那种深悟自身素质的人。这使他的写作,一直保持着恰如其分的适度:个人主义和自然主义的结合。酒精、聚会、钓鱼和网球,并没有使他的诗歌表现得兴致勃勃、潦草和迷惘。他有时也赞赏别的诗人,但更像是在尽朋友的'义务',言不由衷,含有迁就所有同仁的'集团主义'动机。这也许说明于坚老于世故,也许说明于坚对自己声望的估计。或兼二者有之。"[①]

第三代"龙头"诗人于坚是陈超相交三十多年的好友。诗人们普遍认为于坚是后现代"怎么都行"的随意的人,陈超却认为于坚其实是特别认真、忠厚的人。在《于坚之"明白"》中,陈超写道:"某年我'挈妇将雏'要到云南几个地方一游。提前给于坚通了气,无非是到昆明聚一下的意思。没曾想很快接到于坚回信,要我制定严格的'旅行日程表'马上发他,要具体到某日到某地,怎么玩、

---

① 陈超:《印象或潜对话》,《生命诗学论稿》,河北教育出版社1994年版,第273页。

住、行，如此等等。他马上将安排云南数地朋友按时接应我们。我的行程全无计划，一贯喜欢浪哪儿算哪儿。望着于坚铆工车间'工长日志'般的周详，我和妻子深为感动。为了朋友能玩得开心、方便，他要不厌其烦将细节搞'明白'，萝卜未至坑先挖好，免得露天晒蔫。吓得怕给人添麻烦又做事率性的我，决定先不予回答，自己各处瞎玩了十天，最后才流窜到昆明……更奇的是，于坚的'明白'还带跨时空的。某年某月，于坚来信请我到北京观看由他创作、由牟森导演，先锋'戏剧车间'演出的诗剧《关于"彼岸"的一次汉语词性讨论》。我答应会去的。可由于来信距演出日还有近一个月，再加上我常年混迹诗坛，深知诗人们说话靠谱儿的时候不多，就想，到时他会再具体通知我的，遂把这事给撂忘了。某天，接到于坚来信，劈头就问：'陈超：你怎么没来？说好那天的……'这种不管多久前说一遍就必须算数的作风，真让我惭愧呀。于坚就是这样的人，长相糊涂得大而化之，内心却明白纤敏，铆件儿般严丝合缝。有时我会打趣他说，这位老哥哥因自小注射过量链霉素使双耳重听，是否他永远学不会'听话听声儿，锣鼓听音儿'？在他这儿，话就要'说清楚，讲明白'，言必信行必果，一句算一句，不能含混敷衍浪费耳力。"①

这段印象，真是传神得很！

于坚的现代诗话《为世界文身》与陈超的《诗野游牧》同时出版。在我看来，这不是一般意义上向传统"诗话"的致敬，而是他们多年来自身诗学建设本源性的一部分，来自其诗学话语的核心。这种"现代诗话"是直接关乎生命与词语、精神之间相互打开的方式，是趣味，是性情，也是个人诗学的信仰。正如陈超所说"现代诗话"像哈根达斯一样"教我欣喜，感到甜"。而早在1994年出版的《生命诗学论稿》这本书中，陈超关于"现代诗话"的话

---

① 陈超：《追求"明白"的于坚》，新浪网《人物》杂志专题，2008年5月7日。

语方式就已经初步建立。"现代诗话"做到了词语和精神之间凛冽而温暖的相互激发、性情与知识的彼此映照、经验与感应的契合、理性与感性的对应、敏感与自持的有效性平衡。没有对诗歌创造性的秘密和深隐的意趣深有同感和彻悟的人，没有对诗歌创作的细节和蛛丝马迹、草蛇灰线抱有探幽烛微能力的人，没有对诗歌的闪电具有探雷针一样敏锐和领受力的人，是不可能产生这种近乎于"诗话"但又具有明显差异性诗歌批评话语方式的。再者说回来，"新诗"这种特殊的话语方式在很大程度上是拒绝"诗话"的，尤其是对于那些倾心于修辞炫技和词语智力游戏的文本而言更是如此。"诗话"的吉光片羽的闪现，俭省词语与机心妙得的个人修为确实能够支撑诗歌这种特殊文体的核心，但是一定程度上也容易造成某种程度上因话语"缩小"方式所带来的"整体性"架构的丧失和弱化。而于坚等人的"现代诗话"则一以贯之地深化了这种"整体性"——批评文本与灵魂高度之间的互相激发和激活、创设。这实际上也是对批评家自身的生命力、活力、性情、趣味、兴味的超级难度的考验。

由于坚的诗作我想到的是当年一个诗人在田纳西州的山顶所放置的那一个语言的坛子，这就是诗歌的可能性——"我把坛子置于田纳西州，/它是圆的，立在小山顶。/它使得散乱的荒野/都以此小山为中心。//荒野全都向坛子涌来，/俯伏四周，不再荒野。/坛子圆圆的，在地上/巍然耸立，风采非凡。//它统领着四面八方，/这灰色无花纹的坛子。/它不孳生鸟雀或树丛，/与田纳西的一切都不同。"①

坛子是一个日常景观中几乎可以忽略不计的物什，但是作为语言世界中的意象却在一瞬间就成为周边事物的中心和顶点。这一

①　[美]华莱士·史蒂文斯：《坛子逸闻》，飞白译，《世界名诗鉴赏辞典》，飞白主　编，漓江出版社1989年版，第678—679页。

切都要归功于诗人的精神照彻。而多少年了，在我的阅读生活中我只有偶尔几次与几个诗人的"坛子"和"中心"相遇。那一刻曾经被刻意缩小的闪电瞬间炸裂、迸发出来。诗歌是经验的，也可以是抽象的甚至超验的，日常的神秘似乎就在那些被我们忽略的灰色的没有花纹的坛子上——它安静坚实却又容留了无边无际的风声和喧嚣。这再次回到了诗与真的问题。这让我想到当年波斯诗人鲁米的诗句："当我被毁坏，我同时也在康复。/当我像大地一样安静坚实，那时候/我便可以用低低的雷声与众人讲话。"[①] 在于坚等少数几个诗人这里，我找到了能够与史蒂文斯的"坛子"具有互文和重新发现性的那一"中心"。这一"中心"又近乎耳侧低低的雷声萦绕。

评价同时代人的写作注定是困难的。

罗兰·巴尔特认为同时代就是不合时宜。而茨维塔耶娃对里尔克的评价正是"里尔克既不是我们时代的定购物，也不是我们时代的展示物，而是我们时代的对立物"[②]。在一次南行高原的列车上，隔着玻璃窗我看到绵延的雪峰间巨大的银白色风车。风车的叶片闪亮，山峰褶皱间是浓密得化不开的阴影。与此同时，我们必须追问的是在"同时代"的视野下一个诗人如何与其他的诗人区别开来？一个真正的写作者，尤其是具有"求真意志"和"自我获启"要求的诗人他必须首先追问和弄清楚的是同时代意味着什么？我们与谁以及什么同属一个时代？有人已经给出了答案："真正同时代的人，真正属于其时代的人，也是那些既不与时代完全一致，也不让自己适应时代要求的人。"[③] 因此，我们可以说从精神的不合时宜来看诗人是真正的同时代人。即使不大声说话，甚至只是沉默和噤声，但

[①] ［波斯］莫拉维·贾拉鲁丁·鲁米：《让我们来谈谈我们的灵魂》，万源一译，湖南文艺出版社 2016 年版，第 98 页。

[②] ［俄］帕斯捷尔纳克、［俄］茨维塔耶娃、［奥］里尔克：《原编者序》，《抒情诗的呼吸——一九二六年书信》，刘文飞译，上海译文出版社 2011 年版，第Ⅸ页。

[③] ［意大利］吉奥乔·阿甘本：《何谓同时代人？》，《裸体》，黄晓武译，北京大学出版社 2017 年版，第 19—20 页。

这同样是一种"精神成人"的独立姿态。

也许，一个诗人最伟大的使命或者情结就是做一个"诗人中的诗人"，从而在语言和精神上永生，"我所谓的'诗人内心的诗人'就是神魔的意思，即一个诗人潜在的不朽，也就是他的神性。"①

① ［美］哈罗德·布鲁姆：《文学之爱》，《影响的剖析：文学作为生活方式》，金雯译，译林出版社 2016 年版，第 14 页。

第一章

精神肖像：于坚是谁？

于坚是谁？带着这个并非无关痛痒的问题，让我们看看"诗人形象"——诗人的众多侧面以及被人们容易忽略和盲视的那一部分！

这实际上回到了写作者（包括各种艺术家）的精神生活和日常生活的关系，"捷克作家总是和普通人民日常生活打交道。这既适合于过去的伟大作家，也适合于当代作家：卡夫卡从来没有不去作一个办事员，恰佩克是一个记者，哈谢克和赫拉巴尔把大量的时间花在烟雾弥漫的小酒馆里。赫鲁伯从来没有离开他作为一个科学家的工作，而瓦楚利克执着地避免将他从最普通的市民生活中拽出来的每一件事情。当然，因为社会生活的改变，作品的主题也将改变。但我不敢肯定这是否意味着我们的文学将必然地对局外人变得兴趣寡然。"[①] 也就是说写作的人具有玛格丽特·阿特伍德所说的"双重生活"和"双重身份"，"一个指的是没有进行写作时所存在的那个人，做一些譬如遛狗、按时吃面包、去洗车店洗车等再寻常不过的事情的那个人；另一个人的存在则较为模糊、不明确，虽然与前一个人共享同一个躯壳，当无人注视的时候，会占据这个躯壳

---

① ［捷克］伊凡·克里玛：《布拉格精神》，崔卫平译，广西师范大学出版社 2016 年版，第 77—78 页。

并用它来进行实际的写作。"[1] 而博尔赫斯关于"日常的我"与"写作的我"有时候也会发出看起来匪夷所思的疑问,"我搞不清楚我们两人之中是谁写下了这篇文章。"

这一形象更多是指向修辞化的诗人和文字物化的精神自我。因为现实生活中诗人的角色往往是窘迫、尴尬的,就如那只大鸟掉落在甲板上挪动摇晃着身体而被人嘲笑,它的翅膀拖在地面反而妨碍了飞行。这让我想到了雷蒙德·卡佛——"他在给她念里尔克,一个他崇拜的诗人的诗,她却枕着他的枕头睡着了。他喜欢大声朗诵,念得非常好——声音饱满自信,时而低沉忧郁,时而高昂激越。除了伸手去床头柜上取烟时停顿一下外,他的眼睛一刻也没有离开诗集。这个浑厚的声音把她送进了梦乡,那里有从围着城墙的城市驶出的大篷车和穿袍子的蓄须男子。她听了几分钟,就闭上眼睛睡着了。"[2] 这近乎就是日常景象中的诗人——自恋(那喀索斯的水仙)、热情,而旁人甚至最亲近的人则对他无动于衷。

"任何人都可能有一个'样子',只有诗人没有,诗人的样子在他们的诗里","海德格尔在大学里一直被大家认为是修理水暖的工人,他穿工作服。"关于诗人形象,于坚如是说。

1988 年,于坚结婚。按照于坚自己的说法他过上了一种类似于奥勃洛莫夫式的生活[3],只是迷恋写作。但是写作带给诗人某种自我安慰以及社会荣耀的同时也带来了世俗中的失败和虚妄,而这种失败感和虚妄并不是一朝一夕能改变的。甚至多年之后于坚仍写出了对诗人身份充满了无比焦虑的诗《他是诗人》[4]。就如在滚沸

---

① [加拿大] 玛格丽特·阿特伍德:《与死者协商:一位作家论写作》,王莉娜译,上海文艺出版社 2013 年版,第 49 页。

② [美] 雷蒙德·卡佛:《雷蒙德·卡佛短篇小说自选集》,汤伟译,人民文学出版社 2009 年版,第 26 页。

③ 奥勃洛莫夫这一人物出自冈察洛夫的长篇小说《奥勃洛莫夫》,是文学史上典型的"多余人"形象。

④ 初稿于 2007 年、改定于 2010 年。

的市场大潮和同样热汤滚沸的餐桌旁，当人们大汗淋漓去追赶着物欲、食欲的时候，一个人突然指着一个人对大家说——"看！这是个诗人。"这样说往往并不是对诗人的尊重和强调，而往往是误解、讥讽、不屑和取乐的由头——

> 他是诗人　有些愣　人家谈论生计　婚嫁　仕途
> 海鲜降价　房贷利息上升　他望着别处出神
> 似乎天赋与众不同而被判罚轻度中风　那边
> 啥也没有啊　云又散了　风在搬运新灰尘　公交车
> 吐出一串黑烟　老电梯在公寓里上下折腾　左邻
> 右舍关着防盗门　他从众　忍受与生俱来的制度
> 偶尔收缩肺叶　无碍大好形势　天将晚　黄昏永垂不朽
> 又卷起一堆玩扑克的小人　当大家纷纷起身结账
> 这个吝啬鬼把一点什么记录　在案　像沙漠上的
> 教堂执事　折起一张羊皮纸　藏在胸口　拍拍
> 放正　压实　酷似刚刚出院的神经病

诗人成了世俗眼中的病人、怪人和失常的人——具有精神疾病并且日常生活中行动举止怪异无常的群体，这并未因着诗歌的发展而弱化和消解。这就是"疯癫"与"文明"肉搏的过程，而前者必然是失败者、被惩罚者和被规训者。似乎，诗人只有借助"疯癫"的理性才能获得自我认同，这像是更为虚妄的天方夜谭和"痴人说梦"。而"疯癫"作为精神症候在诗歌写作中的出现，正对应了生存方式和写作方式的龃龉，"疯癫主题取代死亡主题并不标志着一种断裂，而是标志着忧虑的内在转向。受到质疑的依然是生存的虚无，但是这种虚无不再被认为是一种外在的终点，而是从内心体验到的持续不断的永恒的生存方式。"①

每个诗人和写作者都会在文字累积中逐渐形成"精神肖像"，甚至有时候这一过程不乏戏剧性。当然也有诸多的悲剧，尤其是那些自杀的以及非正常死亡的诗人。在此举一个汉学家眼中的于坚形象，"我妻子老往中国跑。她特别喜欢上海。这不是，借口世博会，一溜烟签证办了，到黄浦江边溜达去了，比手画脚地和人交谈去了。我可不大放心。起先，碰到她出门旅行，我总是郑重其事地在她的行李里放上我的一本书，好陪伴她消磨孤独的时光。但我的书她全看完了，我又不甘心她太自由逍遥，应该在她的箱子里塞满合适的书。这些书的作者要选择她肯定不会读了就爱上的，比如死去的，古代的，罗里吧嗦不知所云的。绝对不能放于坚的书。我刚发现了这位中国诗人，他还活着，1954 年生的，第三代诗人大师中的一位，已经被翻译为德文、英文，在所有的文字里，据说'他已经将国家权力话语撕成万缕，吞嚼齿碎'。而我知之甚晚。"② 由此，我想到当年苏珊·桑塔格描述的本雅明在不同时期的肖像。这揭示出一个人不断加深的忧郁，那也是对精神生活一直捍卫的结果："在他的大多数肖像照中，他的头都低着，目光俯视，右手托腮。我知道的最早一张摄于一九二七年——他当时三十五岁，深色鬈发盖在高高的额头上，下唇丰满，上面蓄着小胡子：他显得年轻，差不多可以说是英俊了。他因为低着头，穿着夹克的肩膀仿佛从他耳朵后面耸起；他的大拇指靠着下颌；其他手指挡住下巴，弯曲的食指和中指之间夹着香烟；透过眼镜向下看的眼神—— 一个近视者温柔的、白日梦般的那种凝视——似乎瞟向了照片的左下角。在他二十世纪三十年代末的一张照片中，鬈发几乎还没有从前额向后脱

---

① ［法］米歇尔·福柯：《疯癫与文明》，刘北成、杨远婴译，生活·读书·新知三联书店 2003 年版，第 13 页。

② ［法］克里斯朵夫·多奈：《伊甸园或头等舱旅游》，傅杰译，《世界报》（副刊）2010 年 6 月。

落，但是，青春或英俊已无处可寻；他的脸变宽了，上身似乎不只是长，而且壮实、魁梧。小胡子更浓密，胖手握成拳头、大拇指塞在里面，手捂住了嘴巴。神情迷离，若有所思；他可能在思考，或者在聆听。"[1] 就作家而言，身份和角色感是不可能不存在的，甚至因为种种原因还会自觉或被动地强化这种身份和形象。正如苏珊·桑塔格所说或的"作者"的面具已经揭下，做一个作家就是要担当起一种角色，不管是否尊崇习俗，他都不可逃避地要对一种特定的社会秩序负责。

2017 年第 7 期的《草堂》诗刊的"封面诗人"是于坚。刊发的仍然是于坚标志性的头部特写的黑白照片，以及白纸黑字：

> 于坚，生于云南昆明，祖籍四川资阳南津驿。二十岁开始写作，持续近四十年。1986 年与同仁共同创办民间文学刊物《他们》。著有诗集、文集四十余种，摄影集一种，纪录片四部。曾获台湾《联合报》第 14 届新诗奖、台湾《创世纪》诗杂志四十年诗歌奖、鲁迅文学奖、第 15 届华语文学传媒大奖年度杰出作家奖，德语版诗选集《0 档案》获德国亚非拉文学作品推广协会主办的"感受世界"亚非拉优秀文学作品评选第一名，摄影作品获美国《国家地理》杂志全球摄影大赛华夏典藏金框奖。纪录片《碧色车站》入围阿姆斯特丹国际纪录片银狼奖单元（2004）。英语版诗集《便条集》入围美国 BTBA 最佳图书翻译奖（2011），入围美国北卡罗来纳州文学奖（2012），法语版长诗《小镇》入围 2016 年法国"发现者"诗歌奖。

值得提醒的是，这份简历有不确切之处，比如《他们》的创刊

---

[1]　［美］苏珊·桑塔格：《在土星的标志下》，姚君伟译，上海译文出版社 2006 年版，第 109 页。

时间是 1985 年 3 月 （"他们"文学社的创立时间韩东标注为 1984 年冬天）。但可以确定，这是于坚最崭新的一份"作者简介"。而这如果进一步归结为一个诗人形象的话，于坚的个性就更为突出了，"在现实中永远 / 扮演自己的小号　有点儿鹤立鸡群　有点儿不识时务　有点儿 / 不务正业　有点儿不可靠　有点儿自以为是　有点儿自高自大 / 有点儿自作主张　有点儿不亢不卑　有点儿自得其乐　有点儿 / 原始　有点儿消极　　有点儿反动　有点儿言过其实"（于坚《他是诗人》）。

　　而具体到于坚，我们约略会看到这样一番形象：工人（铆工、电焊工、搬运工、农场工人）、宣传干事、足球迷（1978 年工厂工会的电视机让于坚第一次知道了什么是足球）、诗人（按照于坚自己的说法他是个感伤的诗人、故乡诗人、倒退着的诗人）、小说家（于坚写有短篇小说《赤裸着晚餐》）、大学教师、散文家、摄影师、纪录片导演（比如《来自 1910 年的列车》《碧色车站》《慢》《故乡》）、非专业的或半专业的话剧演员（于坚曾在 1994 年 11 月在北京安定门内的后圆恩寺胡同的北京少儿剧团排练牟森的实验话剧《与艾滋有关》，并最终在 1994 年 11 月 29 日晚上七点与演员金星同台演出。此前，于坚和牟森已经在 1993 年合作了《彼岸》。于坚还参与了《关于一个夜晚的谈话》在巴黎的演出以及《0 档案》在比利时的演出）、喜欢咖啡、音乐发烧友（尤其喜欢蓝调，而于坚之所以喜欢蓝调是因为他看中其即兴的特征，而于坚中后期的很多诗作即具有这种内在的即兴性和生成性的语感、节奏，而非那种预设的并故作高深的主题性写作。甚至于坚还写过一首诗《四月的布鲁斯》。正如于坚所说音乐是他日常生活的一个重要部分，"我年轻时从文学的角度崇拜过贝多芬。我通过约翰·克利斯朵夫认识了他。但我只是在后来——1975 年，在一个阴暗的小阁楼上听到了他的音乐。我永远难忘的一日，我的第一次音乐生活，在黄昏穿过响彻高音喇叭的城市，怀着堕落犯罪的心情，当时，所有西方音乐都是被禁止的。关上窗帘，漆黑的小屋内，有裂缝的黑色唱片，音质低劣的留声机，几个热血青年。我其实根本没有听见，我处于与时代对抗的紧张和亢奋中，我们随时可能被邻居告发"。）、爱好书法、近乎职业的旅行家和行吟者（于坚说自己可能是中国走得最多的诗人）、生态学者、"说汉语的普鲁斯特"——正如本雅明评价的普鲁斯特展现了失而复得的时间并且在怀旧和现代性的乡愁中像一条语言的尼罗河"泛滥着，灌溉着真理的国土"。

　　而无论是评论还是传记，如何能够尽可能真实地呈现一个作家的面目都成为不容回避的责任，正如《大西洋月刊》评价《奥威尔传：冷峻的良心》这本传记所指出的那样，杰弗里·迈耶斯为奥威尔勾画出了一幅令人钦仰的肖像，但是他"并没有隐去这位作家的那些并非圣徒的特质"。也正如传记作者杰弗里·迈耶斯自己所说"本书中呈现的奥威尔形象上不及那个传奇形象高大。他品质高尚，但也有暴力倾向，会做出残忍之事，他被内疚感所折磨，自我惩罚到甘于受虐的程度，有时有自毁倾向"。①

　　在诗人的知识分子责任感越来越淡化的今天，如何能够承担起"一代人的冷峻良心"？

　　但是，真实、客观的面目呈现是可能的吗？同一个罗伯特·弗罗斯特在不同的人那里的印象却不同甚至迥异，无论是在文学的认知还是性格和日常生活形象的理解上。比如奥克塔维奥·帕斯印象里的弗罗斯特就与米沃什不同："我们慢吞吞地喝着啤酒。我一边喝一边望着他。他穿着白衬衫，领口敞开——还有什么能比一件干净的白衬衫更干净？——他有一双蓝色的眼睛，真诚而带有嘲讽的神情，他有一颗哲学家的头颅，而他的双手像是农民的。他属于那一类智者，他们更愿从自己隐居的地方观察这个世界。然而从外表看，他没有什么苦行僧的味道，而是一种男子汉的朴素。他就在那

---

① ［美］杰弗里·迈耶斯：《奥威尔传：冷峻的良心》，孙仲旭译，新星出版社2016年版，第Ⅶ页。

里，在自己的茅舍中，远离尘世，不是为了摒弃这个世界，为了更好地观察世界。他不是个隐士，他那小山岗也并不是沙漠中的一块岩石。他吃的面包也不是由三只乌鸦给他叼来的，而是从乡村商店里买来的。"① 在我的文学交往中，那些朋友或偶然遇到的人们对于坚的为人、性格以及文学作品的理解差异就很大，甚至完全不同。

一个诗人的形象是需要一个认识过程而逐渐累积的，尤其是那些对诗人形象怀有"偏见"的人们来说，"前不久，云南省开第五届作家代表大会，有机会与这位'五短三粗，剃小平头，其貌不扬'和'从外表、行为到智慧都天然与传统对着干的人物'面晤、交谈，他送了我一本随笔集《棕皮手记》，这《手记》写得很有意思，也颇具识见，看着，看着，从《手记》中读到一个我所不熟悉但却完全能理解的于坚。"②

而从阅读者和批评者的角度，当然包括所谓的"误读"，于坚的文学形象以及他所遭遇的写作语境、文化生态、阅读效果史都显得十分复杂并充满龃龉。这无形中引发了一些争议，"一方面，作为坚持民间立场之纯正写作阵营中最具影响力的代表人物，不断在官方（如《人民文学》等）和海外（如《联合报》等）获奖，大获张扬；一方面，在备受阅读层面（包括诗界以外的阅读层面）的好评和赞誉的同时，却又总是为诗歌批评界（尤其是学院批评）一再冷落或叫作疏淡，以至又屡屡让海外的现代汉诗诗学界独享其成。双重的尴尬使于坚难免有些'恼火'，他讨厌'主流认同'的阴影，也反感'国际接轨'的幻影。"③

当然，于坚是不乏大量的粉丝和崇拜者、拥趸的，包括后来一些在诗坛声名赫赫的人物在内——尽管后来有的与于坚分道扬镳、

---

① ［墨西哥］奥克塔维奥·帕斯：《孤独的迷宫》，赵振江、王秋石译，北京燕山出版社 2014 年版，第 268 页。

② 金丹元《从〈手记〉中走来的于坚》，《滇池》1998 年第 10 期。

③ 沈奇：《飞行的高度》，《当代作家评论》1999 年第 2 期。

越走越远，"12 年前（上一个龙年），于坚是我的诗歌师傅。我因读他的《作品第 39 号》而正式开始了自己的写作，我在心里拜他为师""关于那次在我家见面，我的前同窗现老婆说：'你终于和你当年崇拜的人坐在一起了。'我知道老婆套用的是陈升的一句话，是陈升的《新乐园》中与罗大佑们共同出场时说的。"① 此前于坚也公开宣称"人生得一知己足矣，斯世当以伊沙视之"（《伊沙的孤胆和妙手》）。

而让人想不到的则是 2007 年 6 月 5 日于坚在诗江湖论坛上宣布：与伊沙、沈浩波分手，仰天大笑"出门"而去。

在现代汉语诗学的谱系和链条上，于坚逐渐被认为是一个"大师"，并且更重要的是他已经开创了一个传统（有人则在 2008 年 11 月 21 日"今天论坛"上发文将于坚和四度获得普利策奖的美国大诗人罗伯特·弗罗斯特并列研究）——"青春天才的浪漫主义过去了，不再是我们所需；当我们重新面临贫困时，我们需要一个老而弥坚的创造者形象，而老于，从哪个角度看他都呈现了一个大师的侧影。他将为我们开创一个传统，一个正统汉语新诗的传统。我们需要这样的大师：他必须以新诗的精神和形式，接续上那个传统。"②

更有人指认于坚的一首诗可以抵得上一百篇论文③。

德国汉学家马克·赫尔曼则这样评价于坚——"于坚也正是在'文革'中成为一位诗人""尽管于坚因为这种不妥协在他的早期只能通过民间的油印刊物发表文章，但自从 90 年代中期他同样也得到了官方的承认，获得了一些奖项，如 2002 年获得中国华语传媒最佳诗人奖，并且 2000 年在官方的人民文学出版社出版诗集《于坚

① 伊沙：《于坚：喧嚣内外》，《绿风》2001 年第 1 期。
② 朵渔：《他将开创一个传统》，马绍玺、胡彦编：《以个人的方式想象世界》，生活书店出版有限公司 2015 年版，第 169 页。
③ 汪永生：《一首诗抵得上一百篇论文》，马绍玺、胡彦编：《以个人的方式想象世界》，生活书店出版有限公司 2015 年版，第 170—171 页。

的诗》"同样在西方世界，于坚也得到了相应的承认，有汉学家研究和翻译他的作品，也有相当大数目的诗歌节和讲座邀请他。在荷兰、法国和英语国家等对他广泛关注之后，只有德国对他还是缺席的，无论是对他文学性的研究还是作品的翻译"[1]。荷兰汉学家柯雷（Maghiel van Crevel）则下过这样的定论："进入 90 年代之后，西川成为中国国内最重要的两个诗人之一，另一个是于坚""与于坚作品显赫的发表／出版史相比，他的诗歌的接受史也毫不逊色。有众多评论者对其作品无所不谈，褒贬不一。他的诗学观念引发的争论不止一次"。甚至在柯雷看来于坚（包括西川）作为先锋诗人和非主流诗坛的代表正在以影响力改变着主流诗坛，"于坚身为云南文学艺术界联合会主办的杂志《云南文艺评论》的编辑，与其作为非主流诗人的身份并行不悖。西川执教于北京中央美术学院，2002 年，他获得了具有明显官方色彩、四年一度的鲁迅文学奖，是当时的五名获奖诗人之一；于坚则是 2007 年度鲁迅文学奖的获奖者之一。虽然主流的美学标准仍然反映着意识形态极强的文学观念，但是，这两位诗人在职业上的体制内身份，应该并不影响读者对他们的人品的评价。相反，于坚和西川的文学创作可能会让人产生一个疑问，就是，这是否证明非主流诗坛正在改变主流诗坛呢？"[2]

此前，于坚在国内甚至国际上树立的诗人形象是反官方、反体制和反主流意识形态的，"1984 年与人共同创立了一本非官方的杂志《他们》。自从那时起，他已经成为一个对当时官方诗刊中主流诗歌的直言不讳的批评家，他认为诗歌要有一个独立的空间，而且这个空间应突破各种类型的主流意识形态的限制，并且还认为这样

---

[1]　［德］马克·赫尔曼：《深深地沉入他的时代的黑夜之中——于坚德语诗集〈0 档案〉译者后记》，贺念译，马绍玺、胡彦编：《以个人的方式想象世界》，生活书店出版有限公司 2015 年版，第 154 页。

[2]　［荷兰］柯雷：《精神与金钱时代的中国诗歌》，张晓红译，北京大学出版社 2017年版，第 11 页。

17

的空间只存在于非官方的出版物中。"① 美国垮掉一代的女诗人安妮·沃尔德曼认为在于坚的诗歌世界（主要是《便条集》）已经证明他是中国当代杰出的诗人，"于坚因悲悯的胸襟、优雅的气质和把事物搞透的能力而拥有一种富有亲和力、敢于裸露的吸引力""我们身处昔日骚客登临的黄山吗？还是在'文革'及诸多历史盛衰的瘟热下受禁闭？冲突的世界观在引人入胜的语言、冷静的见证与想象的缝隙中缠绕"②。于坚的《便条集》在美国西风出版社出版后，柯盖特大学的十个美国学生读后的文章结题为《中国的巨变与乡愁》发表，这指向的是异域视野中的社会学包括一部分意识形态化视角的解读。而在国内的一些诗人同行眼中，于坚的成就、国际影响则是向主流诗坛"献媚"和"卑躬屈膝"的结果，包括曾经的老朋友韩东就毫不留情地（不点名）指出"部分出身于80年代民间的诗人跻身于主流诗坛，正式出版诗集，得到公开评论，频繁出现于各类媒体，热衷于参加国际汉学会议，他们自觉地脱离民间的方式并不意味着民间的小诗或'已经完成使命'"。而在1998年7月6日下午在南京的半坡村酒吧与韩东、朱文和吴晨骏的对话中，于坚曾经这样表态（表白）："我和韩东有段时间不太高兴，那是为什么？是韩东选择稿子的标准和我不太一样，不是为了其它什么事。这也很正常。并不是分赃不均，比如去某个国际会议上争取一个名额。我的一个德国朋友告诉我，四川那帮诗人写信给他，说怎么热爱德意志什么的。诗歌节回来时他们让我推荐一个中国诗人参加下一届诗歌节。我打电话给韩东，韩东说：不要推荐我，我不去。这要是放在那伙'文化派'诗人身上，还不得感激得涕泪交加？"③ 而在韩东看来，不断参加国际活动的于坚也一定程度上成了他自己当年

---

① ［美］Jillian Shulman：《于坚：一个诗人的民间立场》，《青年作家》2007年第8期。

② ［美］安妮·沃尔德曼：《继续鼓掌吧，我爱于坚和他的作品》，梅丹理译，《便条集》（英文版），美国西风出版社2011年版，第1页。

③ 韩东：《〈他们〉：梦想与现实》，《黄河》1999年第1期。

所讥讽的"文化派"。而于坚所说的和韩东有段时间不太高兴显然指的是1993年围绕着《他们》第6期（1984年下半年开始筹办，1985年3月7日第1期《他们》出刊）编选过程中出现的不愉快和选稿上的分歧，"稿子都已经寄到了昆明，吕德安的钱也寄来了，但韩东寄来的南京的某些稿子我不喜欢，主要是新人的，我就和韩东展开通信争论，两个人都很固执，我后来把稿子退回去了，没有编这一期。我当时倾向办少数同人的刊物，保证质量，更纯粹，而韩东想尽可能多地扶植新人，这是我们的分歧。第5期开始韩东已经扩大了《他们》的作者，第8期我没有参加，作者多达34人。后来《他们》发展成了四十多个诗人的大团体，我也就逐渐与之疏远了。"①

2017年11月26日，微信公众号"磨铁读诗会"公布了十三位中国诗人即将赴俄罗斯参加中俄诗人双年展，其中包括韩东、于坚、杨炼、欧阳江河、伊蕾、陈东东、沈浩波等。在异国的诗人面前，曾经龃龉的于坚和韩东该如何看待彼此呢？

批评家、传记作者如何面对诗人

里尔克说作家天生就应该有三种敌意，对所处的时代、母语和自己。这三种古老的"敌意"最终成就的正是总体性诗人。同代人对当代诗人的批评和定位，很容易拔高，尤其是朋友间的批评——比如同为安徽籍和同一年出生的陈先发和杨键曾被誉为双子星座，而后来两个人的诗歌道路反差愈益明显，甚至杨键的诗歌伦理和道德感在很大程度上僭越了诗性。当然同代人批评的另一种更为严峻的情况则是忽略甚至贬低了当代人的写作。在我看来，于坚是一个强力诗人，一个生产性的诗人，一个总体性的诗人。甚至按照奥登

---

① 于坚：《和"他们"在一起的日子》，《新京报》2005年5月11日。

在《19世纪英国次要诗人选集》中"大诗人"的标准（一是必须多产；二是他的诗在题材和处理手法上必须宽泛；三是他在观察人生角度和风格提炼上，必须显示出独一无二的创造性；四是在诗的技巧上必须是一个行家；五是尽管其诗作早已经是成熟作品，但其成熟过程要一直持续到老）①来衡量，于坚已经具备了其中的重要品质。在"个体诗歌"写作已经失控的时代，亟须总体诗人的诞生。九十年代以来，随着时代转换、诗人的精神突变以及诗歌的内在转型，个体在诗歌中得到前所未有的凸现与强化，这在当时自然有其重要的社会学和诗学的双重意义。而近年来，诗人却越来越滥用了个人经验，自得、自恋、自嗨。个人成为圭臬，整体性不复存在，取而代之的是一个个新鲜的碎片。个人比拼的时代正在降临，千高原和块茎成为一个个诗人的个体目标，整体性、精神代际和思想谱系被取代。无论诗人为此做出的是"加法"还是"减法"，是同向而行还是另辟蹊径，这恰恰是在突出了个体风格的同时而缺失了对新诗传统自身的构建。汉语诗歌迫切期待着总体性诗人的出现。在非史诗的时代和丧失了总体感知的写作趋向中，于坚却恰恰显现出了一个总体性诗人的文本征候和精神肖像。总体性诗人的出现和最终完成是建立于影响的焦虑和影响的剖析基础之上的，任何诗人都不是凭空产生、拔地而起的。与此相应，作为一种阅读期待，我们的追问是谁将是这个时代的"杜甫"或者"沃尔科特"？

　　写作这本关于于坚的专论，我并没有将这一写作定位在严格意义上的"诗人论""文本细读"和"文学批评"甚至"文化研究"上。即使是从写作内部来看，于坚的诗歌和散文写作在维持了他个人风格的同时也在发生变化（持续性和方向性写作中的新的生产与变数），"近期写作中，于坚的主体介入意识有了醒目的变化。在80、90年代的诗中，于坚更多假着碎片化的语言追随碎片化的经验，

① ［英］W.H.奥登：《〈19世纪英国次要诗人选集〉序言》，蔡海燕译，中国诗歌网2017年12月11日。

诗的力量常出自并置的、无干涉的经验的'自显'。至于引起广泛关注的《0 档案》，它的力量很大程度亦来自档案本身的条理和分区，天然地助力着奔涌的气流走向凝定。的确，当诗人以自觉的介入态度，来组织各种相互错杂、对峙的经验时，写作就有了极具诗学意义的重要转变。与之前常倚仗自然主义式的'自显'不同，他竭力让经验在拼接之后得到呈现。这种拼接当然不同于后现代式的拼贴和放任，却意味着经验的驾驭。"[1]

我一直想强调的是"批评家"的角色是需要重新定位、厘清和反省的，"批评家作为一个炼金术士，演习神秘的艺术，将现存无用的素材转化成闪光的、永恒的真理金丹，或观察、诠释导致这种魔幻变形的历史过程——不管我们怎样对待这个形象，它都无法投合我们界定一位作者为批评家时心里通常浮现的任何一种现象。"[2] 在写作这本书的过程中，我不知不觉地不断溢出了传统意义上文学批评的常规写法，而更像是随笔、对话（潜对话）、印象记、读后感、杂谈、传记、索隐和评注。这使得本书显得有些"四不像"，更像是专论、细读、传记、散文和文学社会学档案的集合。平心而论，我更喜欢这种有些"随意""散漫""激情""对话"的写作方式。很大程度上在这方面我受到了我的老师陈超先生的影响。由此，我更倾心于哈罗德·布鲁姆所说的那句话，"在我的实践中，文学批评首先是具有文学性，也就是说是个人化而富有激情的。它不是哲学、政治或制度化的宗教。最好的批评文字是一种智慧文学，也就是对生活的参悟。"[3] 我想追赴的正是"诗人批评家"，"不过，文艺评论却是一个例外。诗人同时是批评性随笔的能手，

---

[1]　赖彧煌：《论近期诗歌形式探索的三种路向——以于坚、西川和臧棣的写作为例》，《广西师范学院学报》2016 年第 2 期。

[2]　［美］汉娜·阿伦特：《导言　瓦尔特·本雅明：1892—1940》，《启迪：本雅明文选》，张旭东、王斑译，生活·读书·新知三联书店 2014 年版，第 25 页。

[3]　［美］哈罗德·布鲁姆：《影响的剖析：文学作为生活方式》，金雯译，译林出版社 2016 年版，第 5—6 页。

并不会有损于诗人身份；从勃洛克到布罗茨基，大多数俄罗斯诗人都写出色的批评性散文。事实上，自浪漫主义时代以降，大多数真正有影响力的批评家都是诗人：柯尔律治、波德莱尔、瓦莱里、艾略特。"[1] 1961 年，艾略特将批评家分为四类，而他最为倾心的就是"诗人批评家"，"我们不妨说，他是写过一些文学评论的诗人。要归入这一类批评家，有一个条件。那就是，他的名气主要来自他的诗歌，但他的评论之所以有价值，不是因为有助于理解他本人的诗歌，而是有其自身的价值。"[2] 而更重要的是批评家的"细读"能力和"还原"能力。思想性和精神性的缺失最终关乎的正是"文学性""人性"和写作者本心、责任的匮乏。就当下的具体写作情势来看这还直接指向了写作应对"现实"的难度以及写作自身的种种限囿，比如作家们急于表达这个时代的苦难、欲望和伦理化诉求，每个作家的道德感似乎都那么强烈而近乎前所未有。

连日来，暑热的北京在下雨，端午节当天的下午甚至乌云滚沸、冰雹突至。冰雹砸在窗户和栏杆上竟然如节日的爆竹噼啪作响。这个时候我才认识到我们与身边的世界和自然之物疏离得过于遥远了。无论是生活中的人，还是作为一个写作者、评论者和阅读者都过于依赖于新闻化和屏幕化的现实了。这成了唯一的现实。翠湖的西伯利亚海鸥每年冬天还会再次飞来的。它们善于飞翔，有方向感，有巢穴，也有中途可供取暖的落脚地。鸟犹如此，诗人和批评家却未必尽然。

实际上从文学产生之日起，文学批评就遭受到了反复的争议，"他们同样也抨击评论家，而大多数评论家本身也是诗人。他们互相谩骂，撰写作品简介，互相评论对方的作品""褒扬朋友、批判

---

① ［英］苏珊·桑塔格：《诗人的散文》，《重点所在》，陶洁、黄灿然等译，上海译文出版社 2011 年版，第 9—10 页。

② ［英］T.S. 艾略特：《批评批评家：艾略特文集·论文》，李斌宁译，上海译文出版社 2012 年版，第 5 页。

敌人。他们高谈阔论，发表宣言；他们跌倒在人生的荆棘上，鲜血直淌。"[1] 甚至有人认为批评家就是寄生的一种动物，一种毫无创造性的应和者。包括布罗茨基也对文学评论的角色提出了善意的批评。确实，当我们看看当下的批评家的作为，再看看布罗茨基作为一个诗人、散文家、诗歌批评家所作的独一无二的创造性的文本的时候，对批评家类于"罗盘"角色的疑问也是情理之中的事情。还有一句更残酷的话令那些批评家们有无形的挫败感——乔治·斯坦纳说过"文学批评是短命的行业"。看看当下吧！很多的评论者成了教书匠、掉书袋和西方文学辞典和老生常谈的术语、引文的贩卖者、利益的吹鼓手、自我陶醉和自大者，有的则成了新媒体上频频露面实则短命夭折的快枪手，而真正能够通过批评将当下和历史以及个人勾连起来的批评者只能是少数中的少数。这使我想到了我的恩师陈超先生。尽管身处学院和高校之中，但是陈超对"掉书袋"和"填表教授"则是嗤之以鼻，而是始终围绕着"当下""噬心的时代主题"，以个人风格极其突出的话语方式将诗歌批评在文体学意义上提升到自觉的高度——"熟悉我诗学论文的朋友会注意到，我的诗学研究不是从理论中确证理论，我始终有着描述'当下'的热情。我写作的个人方式，更多是介于诗人和批评家之间，类似于快乐的自由撰稿人，而非中规中矩的理论家。这种话语立场，使我写出了一种性质含混的文体。我的确更偏爱这种诗性随笔式的表述，如果它不致影响到论证力量的话。"[2]

　　一个真正的批评家必然有敬畏、有挚爱，有所为又有所不为。他是一位举手的赞同者和热爱者，更多的时候又是自由独立人格的默守者——敢于对公众集体沉默和否认的事实做出有力的回应。甚至一个优异的批评家必须敢于说"不"，敢于抛出冷眼，他可以对

① ［加拿大］玛格丽特·阿特伍德：《与死者协商：一位作家论写作》，王莉娜译，上海文艺出版社 2013 年版，第 33 页。
② 陈超：《写在前面》，《生命诗学论稿》，河北教育出版社 1994 年版，第 3 页。

世事颠顸但是对于作家的人心不古必须敢于射出箭镞。这也许就是已经说得过多过滥的那句话吧——批评家的"怕"与"爱"。

近日再翻旧书，陈丹青在谈论"大先生"鲁迅时有感于"五四"那个特殊的时代说过这样的话——翻开"五四"那一两代人的影像，单模样摆在那里就是今天中国的文艺家们不能比的。陈丹青的这话并非没有道理，文如其人、人面如心并非诳语（尽管也不尽然），比如魏晋风度，知识分子的南渡北归。但是一个时代的风骨都是从一个个文人的面影、骨骼和文字建筑中合力完成的。我想，大抵如此。如果照搬陈丹青这一观感具体到当下的中国文学现场和生态，那么这几代中国知识分子的特殊面影、精神范儿在哪里呢？其精神性格是怎样的一种状态？是让人满意抑或如此令人不堪？

一代人的事儿也许只有深处其中的同代人才能完成，既是参与者（介入、热情）又是旁观者（疏离、冷静）。这是历史的惯性和时间法则使然。

当年的马尔科姆·考利为同代人撰写了影响深远的《流放者归来——二十年代的文学流浪生涯》，迪克斯坦则写出了《伊甸园之门》。而考利和迪克斯坦所做的正是为自己一代人的流浪生活和垮掉一代文学历史所刻写的带有真切现场感和原生态性质的历史见证。多少年过去，一代人的回响仍在继续。如果视线再继续拉伸到中国，"五四"那个时代的新文学的历史化和经典化都是由"五四"那代人自己完成的。如果等到后来者进行历史尘沙的挑拣则简直有些痴人说梦。早在1930年代初期，刘半农就道出了一代人迫近的历史沧桑感，而这种沧桑也仅仅是新诗发展短短十余年时间所造成的——十年前的新诗竟已成为"古董"了。这也不能不使"当代"书写历史的行为带有深深的焦虑感和迫切希望梳理历史的复杂心态，"这些稿子，都是我在民国六年至八年之间搜集起来的。当时所以搜集，只是为着好玩，并没有什么目的，更没有想到过：若干年后可以变成古董。然而到了现在，竟有些像起古董来了。那一个时期中的事，在我们身当其境的人看去似乎还近在眼前，在于年纪轻一点的人，有如民国二年出生，而现在在高中或大学初年级读书的，就不免有些渺茫。这也无怪他们，正如甲午、戊戌、庚子诸大事故，都发生于我们出世以后的几年之中，我们现在回想，也不免有些渺茫。所以有一天，我看见陈衡哲女士，向她谈起要印这一部诗稿，她说：那已是三代以上的事了，我们都是三代以上的人了。"[1]

在"当代"语境中无论是史料整理还是历史叙事都带有不可避免的"见证者"身份。任何描述者、叙述者的初衷似乎都指向了"真实"，"人们查询文献资料，也依据它们自问，人们不仅想了解它们所要叙述的事情，也想了解它们讲述的事情是否真实，了解它们凭什么可以这样说，了解这些文献是说真话还是打诳语，是材料丰富，还是毫无价值；是确凿无误，还是已被篡改。"[2] 实际上任何试图抵达客观、公正的话语方式最终都是有纰漏的，同样一个诗人在读者和公众那里的形象又非整齐划一而是千差万别的，"通过我的照片认识我的人经常在亲见我的时候不知所措，他们被照片上的深沉状吓坏了，无力再适应一个具有笑容的于坚。世界从来不是根据标准像来运转的，世界的真相永远藏在胶卷内部的黑暗里。"[3] 甚至包括对一首诗的认识上也是如此："某个冬日的晚上，在刘静的打字复印店里，胡伟坐而论诗，一边喝九毛钱一瓶可以退瓶的啤酒，一边就着廉价的煎鱼，一边跟我说于坚、北岛、王家新、西川、海子，以及著名的盘峰争论、韩东的'诗到语言为止'。胡伟那时候最爱的是于坚吧。他掏出一本随身携带的《于坚的诗》，找出于坚的《怒江》《女同学》《感谢父亲》，还有写松果的那首：听

---

① 刘半农：《初期白话诗稿》，星云堂影印，1932 年版，第 2—3 页；书目文献出版社，1984 年重印。

② ［法］米歇尔·福柯：《知识考古学》，谢强、马月译，生活·读书·新知三联书店1998 年版，第 5 页。

③ 于坚：《暗盒笔记Ⅱ》，花城出版社 2016 年版，第 90 页。

见松果落地的时候／并未想到'山空松子落'／只是'噗'的一声／看见时，一地都是松果／不知道响的是哪一个。他说：'于坚这诗有唐诗的感觉，字字充满禅意。'于是激扬澎湃地念，轻声细语地念，抑扬顿挫地念，以至于让我觉得他的每一个表情和词语背后都隐藏着莫大的深意，而我的每一下咀嚼、吞咽和一饮而尽仿佛都会影响到是否能准确理解，于是我把动作的幅度放慢、放缓，异常小心谨慎和虔诚，甚至诚惶诚恐。"[1] 2014 年的秋天，远在西北的宋宁刚多年来对于坚的认识是"犹记十几年前，还在念中学的我，读到于坚文字时的惊奇与喜悦。那时，我还不知道于坚是谁，只觉得是一种纯然源于文字的惊喜，激醒了自己稚嫩的生命。十多年来，我断断续续阅读着这位在年龄和精神上都属师长辈的文字，聆听他来自高原的声音。如今，借着系统阅读原文和潜心摘编初稿的机会，重新打量，仿佛穿行于光与影、熟悉与陌生不断斑驳交替的山林，从头至尾，受着感发，又不乏启示"[2]。

诗歌批评家还必须与诗人的灵魂和文字内部的秘密进行有效的沟通。从写作的内部来说，诗歌的写作难度是巨大的，这近乎是危险系数极大的个人性的工作。按照帕斯的说法诗歌是"强有力的哲学"，甚至一个诗人要时时面对写作时的失语，连奥克塔维奥·帕斯也要经历如此沉重的时刻，"我在黄昏的桌子上写着，用力地将笔架在它那几乎活着、呻吟并回忆着自己出生的树林的胸膛。黑色的墨水打开它巨大的翅膀。然而灯突然亮了并为我的语言罩上一层碎玻璃。一段锋利的光线切断了我的右手，我继续用溢出阴影的残肢书写。夜进入房间，对面的墙使它岩石的脸庞向前，一面面空气的手鼓置身于笔与纸之间。啊，只需一个音节就足以使世界跳动。

① 林东林：《读诗记》，《深圳特区报》2017 年 12 月 14 日。

② 宋宁刚：《"回到汉语的原始神性"》，《为世界文身》，陕西人民教育出版社 2015 年版，第 3 页。

但今晚连多容纳一个词的地方也没有了。"[①] 诗歌的生成性就如生命的偶然性一样不可预期，但是这正是诗人的本能、诗歌的魅力和可能性所在，"生活有如诗歌，当诗人写下第一首诗时，就向未知发出了邀请：写下第一行，就不知道下面该怎么办了。不知道在下一行，等待我们的是一行诗句，或是我们即将失败。这种严峻的危机感自始至终陪伴着诗人创作的全过程""在每一行诗中都有一个要我们做出的决定，我们别无选择，只好闭上眼睛，任凭本能自行其是。诗人的本能存在于全神贯注之中""每一行、每一句诗中，都隐藏着失败的可能。并不仅是这孤立的一句诗的失败，而是整首诗的失败。生活也是这样，每时每刻我们都可能失去生命。每时每刻都存在着极严峻的危险。每时每刻都面临抉择"[②]。

尤其是从传记学的角度解读一个诗人，有时候其多面性会转换为诸多漏洞，"将诗歌和隐藏在它背后的诗人的传记放在一起来想想，就会落入一个无底洞。读弗罗斯特的诗歌，谁都不会读到他自己的伤痛和悲剧；他不曾留下线索。他一直对一系列令人惊骇的不幸，包括家人的死亡、发疯、自杀，保持沉默，好像这是对清教传统的确认，因为清教传统要求将私人生活隐蔽在寡淡的门脸背后。这一切当中最大的问题，是一旦沉浸在他的东西里面，你就会觉得自己的独特存在感遭受到了威胁。倘若人类个性的边界流动不变，以至于我们真的不知道我们是谁，并且没完没了地尝试新衣新帽，那么弗罗斯特怎么就能一成不变？真正了解他是不可能的，我们只看到他直奔声誉这一目标的坚定努力，以此强行报复个人生活中的种种失败。"[③] 而无论是传记还是评论，聚焦于一个诗人，其难度

① ［墨西哥］奥克塔维奥·帕斯：《诗人的劳动》，《太阳石》，赵振江译，北京燕山出版社 2014 年版，第 296 页。

② ［墨西哥］奥克塔维奥·帕斯：《孤独的迷宫》，赵振江、王秋石等译，北京燕山出版社 2014 年版，第 270 页。

③ ［美］切斯瓦夫·米沃什：《米沃什词典》，西川、北塔译，广西师范大学出版社2014 年版，第 183—184 页。

都是巨大的，尤其是对于像于坚这样具有反常性（于坚就以自己特殊的反常的诗人形象揶揄了才子诗人、高雅诗人和抒情诗人的刻板形象、精神肖像）的特异形象的写作者，"无论作为身体的人还是诗人，我都与中国传统的'诗人''诗'这些高雅的属性相去甚远。一些读者来拜访我，发现我与他们根据我的作品臆测的那个'身材修长，头发修长，手指修长'的形象完全不同，并且憨实木讷，口齿不清，答非所问，很多人满怀狐疑而去。他们不大相信这个五短三粗、剃小平头、其貌不扬的男子就是于坚本人。"[1] 况且，于坚是无不充满了复杂性、创造性且又不乏争议的当代诗人，"一个真正有独创性的作家是非常稀罕的鸟儿，它的出现往往令其他鸟儿和观鸟者不安。"[2]

那么，批评家该以什么样的叙述角度和话语方式来面对一个综合体的诗人？尤其是于坚这样更为立体和多侧面的诗人？显然这让我颇费周折。

我想到戴维·洛奇在《写作人生》中的一段话："我们不禁得到一个教训，如果写作文学性传记时，过分着迷、耗费了你的全部身心，那将是一件多么危险的事，这是一个注定要倒霉的尝试，在想象中重新经历传主的一生，并以某种方式在传主的人生和他的艺术作品之间，找出一个完美的'匹配'。"[3] 无论是体验式写作（或认同或保留意见），还是纯然建立于文学阅读和想象基础上的修辞写作，二者都各有优劣又不可偏废。纳丁·戈迪默强调"极为关注他人的生活，对他人的生活产生认同感；与此同时，保持一种高度的中立状态。置身事外与完全参与之间的张力"——这既是一个作家应该具备的素质，同样也是一个批评家所应该具备的基本能力，所

---

① 　于坚：《关于我自己的一些事情（自白）》，《于坚思想随笔》，陕西师范大学出版总社有限公司 2010 年版，第 285 页。

② 　[英] 戴维·洛奇：《写作人生》，金晓宇译，河南大学出版社 2015 年版，第 51 页。

③ 　[英] 戴维·洛奇：《写作人生》，金晓宇译，河南大学出版社 2015 年版，第 2 页。

以本书也大体是在二者的交叉中进行的。

有时候我一直在自我提问（实际上是自我怀疑）——这个时代的中国诗人给我们提供了什么样的精神生活和日常生活？他们的诗歌在新诗一百年之际在国内或国外达到了一个什么样的水准？尤其是在当下诗歌"大师"林立（当然更多是自封的，以及小圈子追捧吆喝的）、"杰出诗人"遍地的时代。此时，我想到了一个关于当代诗人的笑话或寓言，这段话出自1957年詹姆斯·里尼的一篇文章《加拿大诗人的困境》。而六十年后，这篇文章对于中国当代诗歌仍然奏效，甚至仍然是一语中的，道破了诗歌生态的困境和哑然失笑的荒诞——

> 如果举办一场诗歌竞赛，奖品丰厚得足以吸引五百名诗人参加……你或许会觉得他们全部加在一起抵得上一个一般加拿大诗人的水平……等你读完这五百首诗歌，你会发现大约有三个人算是接近那个水准，我指的是他们知道如何专业地写诗……之后，你会看到其中大约有两百首虽然押韵、读起来朗朗上口，却没有暗含一个隐喻，另外三百首连格律都用得蹩脚。……在众多诗歌中，你会找到三四首诗歌文采出众、怪异、令人毛骨悚然，因为它们出自疯子之手……分析这五百名加拿大诗人使我的心中充满了忧愁，因为这体现了我们国家草根诗人、诗歌读者以及普通敏感市民的现状。

多年后加拿大女作家、诗人玛格丽特·阿特伍德对加拿大本土诗歌现状的印象与我们阅读当代中国诗坛也是如此惊人地一致。这是否是"诗人"的性格天然如此？这是否就是"诗人"的原罪或者注定被诅咒的那一"不可饶恕"的部分——比如自毁的冲动、自杀的暗示以及不良情绪和自以为是的循环。

29

玛格丽特·阿特伍德是这样来认识和回答关于"女诗人自杀"话题的："当我出版了两本薄薄的诗集之后，许多人一脸真诚地问我何时自杀，而不是问我是否会自杀。如果你不愿意以身试险或彻底放弃生命，你就不会被人认真地当作女诗人看待，至少神话是这么规定的。幸运的是，我不只写诗，还写小说。尽管小说家也有自杀的，但我确实觉得非韵文体能起到一种平衡的功能。换句话说就是，餐盘上以肉和土豆为主，还是少砍一些人头为妙。"[①] 诗人的圈子性、小团体、聚众喝酒、彻夜喧闹、迷醉长谈成为诗人的重要生活方式，酒吧、咖啡馆和黑暗的小舞台以及变声、走音的黑色话筒成为他们精神生活赖以维持的空间，"对神话、媒体以及文学的争论大部分是在诗人中间展开的。长篇小说家和短篇小说家并没有像诗人那样形成联谊团体""这些咖啡屋聚会有许多不同寻常之处，其中一点就是它的杂乱。我指的是在这里你能看到各色人等：男男女女，老老少少，发表过诗歌和尚未发表诗歌的人，地位稳固的人和崭露头角的新手，疯狂的社会主义者和神经紧张的形式主义者。所有的人混杂在一起，坐在铺有方格桌布、摆放着基安蒂红葡萄酒瓶和蜡烛台的桌子周围谈话""聚会给我留下的一个印象就是，其中一些诗人，甚至是那些发表过诗歌的人，并不怎么样。一些人有时令人赞叹不已，但水平却时好时坏；一些人每次聚会都会朗诵同样的诗歌；一些人矫揉造作，令人无法忍受；一些人主要是来勾引女人或男人的"[②]。

一个作家的丰富性有时候会超出了我们的想象，而我们在文本现实（传记、诗歌、小说、日记、通信、档案等）中看到的只是一个作家丰富的个人形象和社会形象的几个侧面而已，更多的个人的

---

① ［加拿大］玛格丽特·阿特伍德：《与死者协商：一位作家论写作》，王莉娜译，上海文艺出版社 2013 年版，第 103 页。

② ［加拿大］玛格丽特·阿特伍德：《与死者协商：一位作家论写作》，王莉娜译，上海文艺出版社 2013 年版，第 34—35 页。

私密生活和更为内在的部分则被这个作家自己带走了，也就是很多更为真实、隐秘的部分并没有被记述而流传下来。我想到了传记作家特德·摩根眼中如此复杂的"总和"性的毛姆，尽管毛姆本人认为自己的生活很乏味甚至认为现代作家的生活都是乏味无趣的，但这也许并不是真相——"一个孤僻的孩子，一个医学院的学生，一个富有创造力的小说家，一个巴黎的放荡不羁的浪子，一个成功的伦敦西区戏剧家，一个英国社会名流，一个一战时在弗兰德斯前线的救护车驾驶员，一个潜入俄国工作的英国间谍，一个同性恋者，一个跟别人的妻子私通的丈夫，一个当代名人沙龙的殷勤主人，一个二战时的宣传家，一个自狄更斯以来拥有最多读者的小说家，一个靠细胞组织疗法保持活力的传奇人物，和一个企图不让女儿继承财产而收养他的情人秘书的固执老头子。"[①] 无独有偶，莱昂纳德·科恩的形象同样令人眼花缭乱。他是加拿大伟大的诗人、小说家、画家，进入摇滚名人堂的巨星、歌手——"摇滚界的拜伦"，"他是情圣，是瘾君子，还是重度抑郁症患者。他在巅峰时遁入深山做了和尚。"[②] 英国的女作家缪丽尔·斯帕克则在生活和社交中更是反复无常、性格多变，"躁动不安，要求严苛，很容易生气，外表像变色龙一样善变，能够在连续的几天里表现得像两个不同的女人""有些熟悉她的人认为她是一个白女巫，天生具有超自然的洞察力。大多数人认为她古怪、捉摸不透；有些人认为她有点神经错乱"[③]。斯科特·科恩在1985年采访鲍勃·迪伦时曾经这样描述鲍勃·迪伦：桂冠诗人，身穿摩托夹克的先知，神秘的游民，衣衫褴褛的拿破仑，一个犹太人，一个基督徒，无数的矛盾集合体。完全

① ［英］赛琳娜·里斯廷斯：《毛姆传：毛姆的秘密生活》，赵文伟译，安徽文艺出版社2015年版，封底。

② ［美］西尔维·西蒙斯《我是你的男人：莱昂纳德·科恩传记》，陈震译，湖南文艺出版社2017年版，勒口。

③ ［英］戴维·洛奇：《写作人生》，金晓宇译，河南大学出版社2015年版，第64—65页。

不为人所知，像一块滚石。他曾经被分析、定级、分类、钉上十字架、定义、剖析、调查、检验、拒绝，但是从来没有被弄明白过。至于"千古一人"的苏东坡，其形象就更是多样而难以捉摸了，"我们可以说苏东坡是无可救药的乐天派，伟大的人道主义者，亲民的官员，大文豪，新派画家，大书法家，造酒实验者，工程师，假道学的反对者，静坐冥想者，佛教徒，儒家政治家，皇帝的秘书，酒鬼，厚道的法官，坚持自己政见的人，月夜游荡者，诗人，或者谐谑的人。然而，这些恐怕都无法构成苏东坡的全貌。"①

　　甚至低级趣味、窥视欲望和流言蜚语还会无形中"塑造"一个人，"人们把艾略特的第一段婚姻说得一团乱麻，说他是性无能，又是同性恋，还说他和美国女子艾米莉·黑尔有染，当然，更有人言之凿凿地说他有反犹太主义倾向！""某些批评家和传记作家想颠覆艾略特的正派形象与名望，大谈'正是这种同性恋关系'，'艾略特第一次感受到了来自他人的接纳与理解'。实际上既没有所谓'同性恋'的证据，也无法证明艾略特从同性恋中获得归宿感。总之，一切都更像是浅陋的揣测。"②

　　以上都大体指向了一个作家的传记材料以及对这些材料出于不同目的和眼光的形形色色的理解和阐释。

　　我认为"传记材料"对于呈现一个作家文本内外的深层关系并不是可有可无的，比如卡尔维诺小说叙述的无限可能性与他迥异于常人的大脑结构是否存在着对应关系？1985年夏天，即将准备在哈佛大学诺顿论坛开系列讲座的卡尔维诺突患重病（9月19日于海滨别墅猝然离世，此前他已完成了五篇讲稿，死后结集为《美国讲稿》，按照卡尔维诺本人的命名为《未来千年的六篇备忘录》），主刀医生认为卡尔维诺的大脑结构的精致复杂是他从来没有见过的。

---

① 林语堂：《苏东坡传》，宋碧云译，江苏人民出版社 2014 年版，第 3—4 页。
② ［英］约翰·沃森：《T.S. 艾略特传》，魏晓旭译，江苏人民出版社 2017 年版，第 1、19 页。

当然，对于一个诗人和作家而言更为重要的当然是过硬的甚至是能够传世的伟大作品。在这一点上，我尤为认同卡尔维诺的那句话——

> 我仍然属于和克罗齐一样的人，认为一个作者只有作品有价值，因此我不提供传记资料。我会告诉你你想知道的东西，但我从来不会告诉你真实。

第二章

一份传记资料：出生的那一刻，童年经验

一个人出生的那一刻，似乎在冥冥之中与今后的命运走向有了极其隐秘的关联。

赫尔曼·黑塞对自己的出生时间（1877 年 7 月 2 日星期一，黄昏。巨蟹座，水象星座）有这样的自我认识（母亲对他的评价则是聪明可爱，但也非常顽固、执拗）："在一个炎热的七月，夜色降临时分，我来到这个世上，那一刻的炎热无意中成了我一生都极为珍爱，并想寻回的事物，当它离开我的时候，我是那样疼痛地想念它。"[①]

林语堂也格外强调了苏东坡的出生时间（景祐三年十二月十九日卯时，公元 1037 年 1 月 8 日），"关于这个生日，第二件要提的就是苏东坡降生在天蝎宫下。照他本人的说法，他一生遭受许多磨难，被人扯上好好坏坏、莫须有的许多谣言，都有这个原因。他的命运和韩愈相同，他们属于同一星座，韩愈也因坚持自己的政见而遭到放逐。"[②]

---

① ［法］弗朗索瓦·马修：《黑塞传》，金霁雯、李琦、张苏婧译，上海文艺出版社 2017 年版，第 4 页。

② 林语堂：《苏东坡传》，宋碧云译，江苏人民出版社 2014 年版，第 14—15 页。

于坚是狮子座——当然星座也只是一门有趣的学问，也不可完全当真。由狮子座，我想到了马尔克斯的狮子座母亲，"典型的狮子座性格使她能够树立起母性权威，以厨房为据点，一边用高压锅煮菜豆，一边不动声色、柔声细语地控制整个家庭，连最偏远的亲戚都能辐射到。"[①]

性格决定命运，性格也大多决定了写作的命运。这既来自先天的家族基因又与后天的生存空间以及情感生活有关。约翰·沃森在《T.S.艾略特传》中如此分析艾略特冷静的性格成因："第一次婚姻中'个人和私密的痛苦'，磨炼出了艾略特超常的冷静性格。他习惯根据'纯粹的智力和理性'做出决定，'给出意见时小心谨慎'，在日常生活中也表现出'冷静的精神'。他的一位熟人对此'印象深刻'，甚至'深感压抑'。凡此种种，都表明他是一位小心谨慎、冷静客观、低调沉默的人，有时甚至会刻意掩藏个性、深埋自我。"[②]艾略特是天秤座，举止优雅，做事稳重、理智，具有超强的判断力，终其一生，得体优雅的举止都是他掌控友谊的办法。

环境对人的影响不言而喻，聂鲁达就曾说过"我在多雨地区形成的迟钝，以及我长时间保持的沉思默想的习惯，持续了比所需更长久的时间"[③]。家庭环境也是如此，伊丽莎白·毕肖普漫游和漂泊的一生与其抑郁症父亲的早逝以及母亲的精神病都有密切关系——无依无靠、难以安定。

1954年立秋——8月8日，于坚出生在昆明，"就在我出生的那年，一九五四年，以此诗为首的十七首诗在瑞典发表，轰动西方诗坛。杰出的诗人终于在瑞典语中出现了，用这种语言写诗的历史不

---

① ［哥伦比亚］加西亚·马尔克斯：《活着为了讲述》，李静译，南海出版公司2015年版，第5页。
② ［英］约翰·沃森：《T.S.艾略特传》，魏晓旭译，江苏人民出版社2017年版，第3页。
③ ［智利］巴勃罗·聂鲁达：《我坦言我曾历尽沧桑》，林光译，南海出版公司2015年版，第40页。

过几百年左右。"① 于坚所说的这位诗人正是托马斯·特朗斯特罗姆。

按照星相学的知识，狮子座的人热情、阳光、大方。这些是他们性格上最大的特色。与他们性格上的优点不同，他们爱面子、自信得有点儿自大，常常会很在乎别人对自己的看法，也常常会因此而使自己不快乐。而于坚则认识到自己太敏感了（不是多愁善感），甚至是属于超级敏感的人，"别人的一个眼神，一个动作，我都非常敏感"。同时，于坚又坦诚在日常生活中自己是一个笨拙、沉重、迟缓的人，又因为耳疾的原因在小时候开始就比较自卑，而听力的原因又反过来促进了于坚的眼力和视野，"当他粉碎了耳朵和所谓灵魂　毁掉了钢琴和肖邦的手指 / 我们才开始学会倾听　开始感觉到听的疼痛"（《比利·乔或杰克逊》）。而在丰富多变的甚至日日新的世界和生活面前，于坚又认为自己是生活的"情人"，"我从来不担心没有激情。这种激情来自对生活的领悟，生活真的是我的老师。我其实只要生活就够了。"②

苏珊·桑塔格对土星特征与本雅明迟钝、忧郁、敏感性格的分析最具代表性："对于出生在土星标志下的人来说，时间是约束、不足、重复、结束等等的媒介。在时间里，一个人不过是他本人：是他一直以来的自己；在空间里，人可以变成另一个人。本雅明方向感差，看不懂街上的路牌，却变成为对旅游的喜爱，对漫游这门艺术的得心应手。时间并不给人以多少周转余地：它在后面推着我们，把我们赶进现在通往未来的狭窄的隧道。但是，空间是宽广的，充满了各种可能性、不同的位置、十字路口、通道、弯道、一百八十度大转弯、死胡同和单行道。真的，有太多的可能性了。由于土星气质的特征是迟缓，有犹豫不决的倾向，因此，具有这一气质的人有时不得不举刀砍出一条道来。有时，他也会以举刀砍向自己而告终。土星气质的标志是与自身之间存在的有自我意识

---

① 于坚：《从"雄辩"到放弃》，《当代作家评论》2002 年第 2 期。
② 于坚：《为世界文身》，陕西人民教育出版社 2015 年版，第 193 页。

的、不宽容的关系，自我是需要重视的。自我是文本——它需要译解。（所以，对知识分子来讲，土星气质是一种合适的气质。）自我又是一个工程，需要建设。（所以，土星气质又是适合艺术家和殉难者的气质，因为正如本雅明谈论卡夫卡时所说的那样，艺术家和殉难者追求"失败的纯洁和美丽"。）建构自我的过程及其成果总是来得过于缓慢。人始终落后于其自身""忧郁的人是如何变成意志的英雄的？答案是通过一个事实，即工作可以变成一剂药，一种强迫症""伴随着因自身孤独而感到的痛苦，这是忧郁的人所具有的一个特征。人要做成一件事情，就必须独处，或至少不能让永久性关系束缚住手脚""忧郁的人所表现出来的工作作风就是投入、全身心的投入。"①

另一个不容忽视的事实是：有什么样的身体状态就会有什么样的感知以及观察周边事物和世界的方式。

身体状态与写作的关系是不言自明的。

奥威尔在生命的最后几年被诊断为"两侧肺结核，一侧有大的空洞性病灶，另一侧有阴影"。但是他却在加速地写作着那本《1984》，"他知道罗伯特·路易斯·史蒂文森、契诃夫和 D.H. 劳伦斯全在 44 岁时辞世，他承认肺结核注定迟早会要他的命。"② 1948年 2 月，那时最珍贵也最有效的链霉素——极具戏剧性的是于坚也是因为链霉素而获救但最终药物副作用却导致了耳疾——已经开始为奥威尔治疗（每天注射一克），但是奥威尔却对此药严重过敏，导致了指甲碎裂、掉头发、背部出疹、喉咙溃疡、嘴里水疱。戏剧性的是奥威尔的链霉素经过转让救活了另两个病友，而他本人却未曾享有这一幸运。这也许是时代和个人的悲剧，"医生们由于不熟

① ［美］苏珊·桑塔格：《在土星的标志下》，姚君伟译，上海译文出版社 2006 年版，第 127 页。

② ［美］杰弗里·迈耶斯：《奥威尔传：冷峻的良心》，孙仲旭译，新星出版社 2016 年版，第 355 页。

悉那种疗法，不知道减少剂量就可以避免副作用，而他也能被治好。"[1]

　　于坚耳弱（重听）又稍稍有些口吃，可是在诗歌中他却拥有了极其强大、万能、流畅、生动的语感。这同样使我想到了同在昆明的诗人海男，海男也是一个在生活日常交流中结巴而在诗歌和散文、小说中却获得了某种语言超能的人。正如于坚所说，云南这个特殊的地方"诞生了许多只有用故乡的母语说话才不结结巴巴，才能在日常人生中如鱼得水的诗人"[2]。

　　吉尔·德勒兹指认最出色的作家往往拥有特殊的感知条件，这使他们能够汲取或"雕琢美的感知对象，将它们视为真正的视觉形象，哪怕双眼为此变得通红"[3]。具体到于坚，他儿时的患病而导致的耳疾使他有一种难以言说的悲剧体验，尤其是当一个人的童年生活与革命年代并置在一起的时候，个人命运就无形中获得了一种近乎历史个人化的可能，"我的父母由于投身革命而无暇顾及我的发育成长，因而当我两岁时，感染了急性肺炎，未能及时送入医院治疗，直到奄奄一息，才被送往医院，过量的链霉素注射将我从死亡中拯救出来，却使我的听力受到影响，从此我再也听不到表、蚊子、雨滴和落叶的声音，革命赋予我一双只能对喧嚣发生反应的耳朵。我习惯于用眼睛来把握周围的世界，而在幻觉与虚构中创造它的语言和音响。多年之后，我有了一个助听器，我第一件事就是跑到郊外的一个树林子里，当我听到往昔我以为无声无息的树林里有那么多生命在歌唱时，我一个人独自泪流满面。"[4] 然而，身体遭际

① ［美］杰弗里·迈耶斯：《奥威尔传：冷峻的良心》，孙仲旭译，新星出版社2016年版，第355页。

② 于坚：《拒绝隐喻·于坚集卷5》，云南人民出版社2004年版，第44页。

③ ［法］吉尔·德勒兹：《批评与临床》，刘云虹、曹丹红译，南京大学出版社2012年版，第253页。

④ 于坚：《关于我自己的一些事情（自白）》，《于坚思想随笔》，陕西师范大学出版总社有限公司2010年版，第286页。

又何尝不是直接导向了写作命运的最为本能化的动因？所以，谢有顺会认为"这是我所读到的于坚最动人的文字之一，我私下把它理解为是进入于坚诗歌内部的一个有效的秘密通道"[①]。在 70 后诗人中，阿翔幼年的遭际几乎和于坚一模一样。阿翔身体所受到的伤害与患病有关，也与药物的过量使用以及所产生的副作用有关。我们可以看看链霉素的说明书："对脑神经损害，因本品可导致前庭神经和听神经损害""发生率较高者为听力减退、耳鸣或耳部饱满感（耳毒性——影响听力）、血尿、排尿次数减少或尿量减少、食欲减退、极度口渴（肾毒性）、步履不稳、眩晕（耳毒性——前庭）、恶心或呕吐（耳毒性——前庭、肾毒性）、麻木、针刺感或面部烧灼感（周围神经炎）。"

身体即感知，性格即命运。

于坚，这是一个无声世界的梦游者，一个喧闹不已社会的旁观者，"我是在一种什么样的环境中写作，我是深刻体会的，卡夫卡比我幸运得多，粉碎他的力量永远不会来自令我刻骨铭心的那些方面。我的经历使我在很年轻的时候就成为人道主义者。西方文明，在人道主义上我是高度肯定的。我的耳朵是我衡量人性的一把尺子。我从青年时代就意识到，这个世界很在乎的是聪明人，他们对我的耳朵很不耐烦，人们可没有耐心把同一句话说上两遍。尚义街六号那些朋友是少数尊重我的耳朵的人们之一，这些金子般的朋友因为与我多年的友谊，都成了很耐心的人。这是一个喧嚣的时代，我难忘的是我少年时代大街上的每根电线杆都挂着高音喇叭。我其实大多数时候就像梦游者，这个世界没有声音，人们在动，但动作并不安静。我依然看见喧嚣。这个世界对于我，是一个巨大的哑剧现场。我的听力戏剧性地使我和世界之间建立了旁观者和表演者之间的关系，我是一个天然的旁观者。世界的物的那一面，我看得更

---

① 谢有顺：《回到事物与存在的现场——于坚的诗与诗学》，《当代作家评论》1999年第 4 期。

清楚，声音经常遮蔽着世界的物性。"① 无论是从个人遭际还是社会关系和人情世故而言，于坚的经历无疑会打动所有人，甚至未免令人唏嘘感叹。一个身体上的缺陷也导致了一个人心理上对外界的过于敏感和在意，当然这很大程度上是世俗眼光刺激的结果，"由于听觉障碍，我一生都在体验人对人的歧视。我对这种歧视深恶痛绝。青春期我对这种歧视敏感到近于疯狂的地步，以至我多年处于白天面红耳赤，一触即发，夜晚痛心疾首，难以成眠的状态中。我外表粗糙，内心却极其敏感，极易受到伤害，在一个缺乏人道主义传统的社会，我年轻时确实被人群中普遍存在的歧视生理缺陷这种日常品德搞得遍体鳞伤。"②

诗人的天性、使命可能正在于"发现"——"在诗人眼中，奇怪的是，历史处于一个与他个人的历史相平行的位置：它并不创造什么，它只是在发现。通过一些前所未有的处境，它揭示出什么是人，揭示出'很久以来'就在人身上的东西，揭示出人的可能性""他只是'发现'一种人的可能性。"③ 而于坚，同样对诗人特殊的耳朵和神经予以了强调，因为诗人的责任就是"发现"，"在怒江州的丛林中一只鹧鸪在尖叫 / 它的叫声不会惊动躺在树下睡眠的孟加拉虎 / 也不会惊动傈僳人的树神 // 但它的叫声会惊动一位诗人的耳朵 / 惊动　他戴着助听器的耳朵"（《便条集·27》）但是，总会有这样的时刻和景象出现，噪音和马赛克式相叠加的城市，此时诗人的视力和听力还能凑效吗——"我听见了秋天的声音 / 那声音不是在走近世界 / 而是逃向更远的地方 // 令我听力衰退的郊区 / 只剩下一个模糊的花脸壳 / 犹如雨天在立交桥上 / 看见　披彩色雨衣的骑车人 // 那表面应该是马匹的光芒 / 应该是茄子地和红辣椒的

<hr />

① 于坚：《我的写作不是一场自我表演》，《作家》2008 年第 7 期。

② 于坚：《关于我自己的一些事情（自白）》，《于坚思想随笔》，陕西师范大学出版总社有限公司 2010 年版，第 286 页。

③ ［捷］米兰·昆德拉：《小说的艺术》，董强译，上海译文出版社 2011 年版，第 145 页。

光芒／应该是杨草果树和河流的光芒／但我看不见秋天／这些美丽的光芒／折叠在我外祖母任玉珍／留下的黑箱子里／／犹如死者的眼睛 一堆堆／倾倒在打桩坑的黑暗中／我的视觉已被制成中药"（《便条集·65》）。

由于坚的身体状况、感受方式以及写作的内在精神症候，我想到了澳大利亚的诗人、小说家亨利·劳森。这位诗人在九岁时因为耳朵受到感染而听力受损，到十四岁时彻底失聪。糟糕的身体状况使得他几乎酗酒成性又穷困潦倒。而于坚与之相比，则算是一个日常生活的英雄主义者。而同样是澳大利亚诗人，朱迪斯·赖特（1915～2000）尽管在二十多岁开始听力下降且到了晚年完全失聪，但她是一个成就了诗歌和自我的强者——命运交响曲，而她的那首《夜莺》在我看来可以视为二十世纪的伟大杰作："下了一天的雨收歇了：／朝西的大路上／亮起越来越浓的黄色路灯；／黑色的路面闪闪发光。／最初一个孩子朝外张望，见到了／并告诉另一个孩子。／窗子里出现一张又一张脸／一双双眼睛花开似的闪亮。／／有如点燃一根长长的引信，／消息传了开去。／没有谁大声嚷嚷；／每个人都说：'别吱声。'／／灯光更亮了，湿漉漉的路上／泛出水仙花般的嫩黄，／马路的中央／踱走着两只高高的鹭鸟。／／比野禽更稀奇的事，／出现在那些脸上：／像是突然间服膺某种信仰，／它们舒展开来，都在微笑。／／孩子们想起了淙淙山泉，／大马戏团和喂天鹅；／妇女们记起了那些词语／年轻时她们曾经使用。／／每个人都说：'别吱声'；／没有谁大声嚷嚷；／可是突然鹭鸟／升空飞走。灯光变得黯淡。"[①]

我看见，我说出。

这几乎可以看作于坚文学"视力"的最好说明，甚至他晚近时期的一本诗集也命名为《我述说你所见》。这既关乎一个人的身体状态，又与相应的个人与世界的关系相关，"我在16岁就不得不结

[①] ［美］福克纳等：《外国诗选65家》，李文俊译，重庆大学出版社2014年版，第55—56页。

束了在学校的学习，去当工人。我干的是一个眼睛的作用至关重要的工作。那是锻铆车间，震耳欲聋，一切都必须看在眼里，否则就会出工伤事故。这工作与诗歌的所谓'诗意'完全是水火不容，但正是这种生活，造就了我作为诗人的那些特殊细胞。它使我与世界的关系不再是想当然的，而是看见的。"《答谢有顺问》所以于坚的诗歌更大程度上是可见的、可感的、现场的、具体的、细节的，回到现场、事物和本心。但是诗歌如果只做到具体、可感还只是诗歌本体的应有之义，最重要的则是做到像陈超所一直强调的"以具体超越具体"。应该说，在八十年代以来的先锋诗人中于坚是最具代表性的实践了"以具体超越具体"的诗人。实际上无论是陈超所言的"以具体超越具体"，还是于坚在诗歌实践和文章中进行的民间化和日常化的革命，都与德勒兹的说法相通，即"这些视觉和听觉不是私人的事，而是形成了某个不断得到重新创造的历史和地理的形象"[1]。由此，历史、云南、事物和日常生活都在于坚的特殊"视觉"和"听觉"中完成了重新的现身和再次激活，并且完成了经由语言和想象重新创造出的新质与惊奇。

而耳感的丧失却强化了于坚诗歌的极其特殊的语感和内韵，更为内在化和个人化的话语方式。这尤其体现在他的一些长句式的诗作以及频繁的以空格来完成的断句当中，抑扬顿挫、似断实连、表面干涩实则气息贯通，"我是相当追求语言内在的韵律感的，这种韵律是内在的。有好多古代诗歌中要求的那种基本的守则，我写诗都是要守着的。比如说一首诗里面尽量不用两个相同的词，'的'之类的除外。然后你在适当的地方要有韵脚，那个韵不见得是押在一句的尾，它是一种内韵，反正在声音上要有一种起伏顿挫的感觉。我经常写完诗又经常读，读的过程就是看它是否顺口。如果读着不顺口，哪里有问题，我就要修改。如果太滑溜，韵脚太油，我

---

① ［法］吉尔·德勒兹：《批评与临床》，刘云虹、曹丹红译，南京大学出版社 2012 年版，第 2 页。

要修改得涩一些。"①于坚自认为是抒情诗人，一些评论者也注意到了这一点，甚至还注意到了于坚是一个特殊的"中庸诗人"、隐喻诗人、地方诗人和乡愁诗人。当然这一于坚自认的"抒情诗人"称谓显然不同于一般意义上的，"如果我要说，于坚是一个抒情诗人，请不要诧异，更不要如此反问：一个抒情诗人？一个光头的抒情诗人？一个骑破车的抒情诗人？一个穿着大头皮鞋的抒情诗人？"②

确实，这不仅反映在诗人的性格和精神内里，而且还同样对应于诗歌的文体和语体风格——腔调和语调，比如以《他是诗人》这样的诗为代表的于坚的诗歌越来越有"口吃"的倾向——习惯于把一行诗分割为若干个片段和部分。这样一来，词和词之间、词组和词组之间以及段落和段落之间就产生了语音和语义的断裂和不连贯性——整体性的分离与破碎。似乎顺畅、圆润已经不可能出现在于坚的诗里了，而是节奏和间歇不同的停顿与打断。这既与于坚的耳感和身体状态有关，也与其思考方式和行文习惯和语体风格关联。宣讲、对话更多的时候成为独白和呓语。艾略特曾经将诗歌的声音归为三类：诗人对自己说话或者不针对于其他人的说话，诗人对听众说话，用假托的声音或戏剧性人物代替诗人自己说话。确实，于坚的一部分诗歌从句式上有一个显著的特点，即常常在一个诗行内采用频繁的以空格方式呈现的无标点符号的断句，比如《作品89号》《在深夜 云南遥远的一角》等。而最为集中展示这一于坚体的断句方式的就是《0档案》，"句子没有标点符号，代之以空格；这是于坚为传统意义上的琐碎和庸常留出的空白。"③整体上看去如大海上的一块块分割的浮冰，而它们组合起来就是一个整体。我不知道这种惯用的写作方式和话语方式与于坚写作时的那种思考和停

---

① 于坚、符二：《我其实是一个抒情诗人——于坚访谈》，《大家》（旬刊）2011年第13期。

② 胡亮：《琉璃脆》，陕西人民教育出版社2017年版，第91页。

③ ［荷兰］柯雷：《精神与金钱时代的中国诗歌》，张晓红译，北京大学出版社2017年版，第27页。

顿以及连贯状态是否有关，而这种停顿方式是否与其耳感的弱化而无形中强调了视觉（语感）有关？这种频繁的断句和停顿方式，看起来具有一种响亮的朗读的耳感，甚至有些像横排的马雅可夫斯基的楼梯体。对于这一点，汉学家柯雷在《客观化和长短句：于坚》一文中的认识更为深入，"他的早期作品里这样的空格很少，且间隙巨大，用得相当呆板，以制造浮华的戏剧化效果，与毛泽东时代正统诗人作品中变动缩格的效果并无二致""我们能想到的一种可能是，在于坚的后期作品中，他只是用空格代替了前期作品中断行的地方。技术上，这有足够的合理性，只不过是用一种断句方式替换了另一种""既无标点又去空格让文本显得颇为仓促。在以空格断句的文本中，常规标点符号的缺失让词语不能自行停顿，因此，词语的意义不会闭合，也不会具体化；但同时，空格也给读者在阅读的过程中提供了片刻沉思的机会。"这些频繁顿挫的诗却不属于声音的"耳感"，而是更适合于"阅读"，"以我的经验来看，朗读者在朗读时，会立即意识到需要对诗句中的空格做特殊处理，朗读者会倾向于保持一种'不自然的'、接近平调的高音，几乎不会降至'自然的'句尾低音。其结果是，他们的朗诵给人的印象是在叩问和探寻，在抗拒传统音高模式中的语调冲动，也在抗拒宽广的修辞层面上传统的理解和阐释方式。这样的朗诵强化了文本中的客观化机制"[1]。

一定程度上，于坚的诗歌在强调"语感"的同时，一部分诗作也带有散文化和叙述性的特征。其语境大体是在日常生活中来进行的，尤其是于坚早期的包括《尚义街六号》在内的所谓"生活流""日常史诗"的诗。甚至从修辞和语言习惯来看，包括他诗歌中每行习惯性使用的停顿，都已然成为他的重要风格。但是这种风格既会成就一个诗人，也会形成一个巨大的瓶颈。关键在于一个诗

---

[1] ［荷兰］柯雷：《精神与金钱时代的中国诗歌》，张晓红译，北京大学出版社2017年版，第233—234页。

人如果能够正视自己的个性资源又能够在更大的可能性空间成就这种资源的风格学意义上的不断推进和创设，"于坚不会意识不到这种写法所可能陷入的琐屑、平庸、浮泛的散文化流弊；他的一些诗也确实未能避免这种流弊；但是，他并没有因此而牺牲他的追求。恰恰相反，他似乎决心让他的生命质量和诗歌才能经此而接受检验——确实，在放弃了利用那些现成的思想或文化形态进行种种矫饰的企图之后，能向一首诗提供价值保证的，除了这二者还有什么呢？"[1]

一个人最终成为他自身而不是别人，是多种内在、外在因素综合起作用的结果，尤其对于一个总体性诗人来说更是如此。那么，于坚是何时成为于坚的呢？显然，其中一个重要的原因来自于童年经验。

于坚的童年患上了饥饿症——精神和事物双层意义上的，以至于到了乱吃"药"的地步，"八岁那年的一个没有食物的下午，我父亲一时疏忽，没有锁上药柜就出门了。于是我成了那个药柜的临时皇帝，我立即打开一瓶钙片，从第一片开始，思想激烈斗争，战胜假想中的父亲，胜利，吃一片；失败，含着口水，晃晃瓶子，以为还看不出来已吃过的迹象，就再为自己虚构一个理由，成立，就再吃一片。就这样，斗争，胜利，吃一片。节节得胜，吃一把。在三个小时中，我把一大瓶钙片吃掉了大半瓶。当我吃烦了钙片，开始把其他的药倒出来，堆起一座小山时，门突然开了，父亲魔鬼般高大的走进来，一把夺过我手中的瓶子，吼叫着，罢免了我的帝位。"[2] 由此，我想到卡勒德·胡赛尼《追风筝的人》那句话，"我成为今天的我，是在1975年某个阴云密布的寒冷冬日，那年我十

---

[1] 唐晓渡：《一种启示：于坚和他的诗》，《以个人的方式想象世界》，生活书店出版有限公司2015年版，第6页。

[2] 于坚：《治病记》，《于坚人间随笔》，陕西师范大学出版总社有限公司2010年版，第50—51页。

二岁。"

由一个人的童年经验和成长史出发，在于坚的文本中我们找到了关键性的需要加上着重号的年份：1966，1967······

1966 年，于坚十二岁。其时，他正在读小学五年级，"学校关门停课了，我们每日无所事事，在城市里到处游荡，不看大字报，而是溜到大字报后面去，到处乱看，钻进去，爬进去，混进去，把什么撬开，隐藏在大字报后面的城市里到处是空荡荡的，大人很少，有许多落满灰尘的房间"[1]，"1966 年到了 统统捆起来 押进大卡车／开车的是猫眼他爸爸 押车的人戴着红袖套／我一个也不认识 卡车驶过大街时／因为超重 将街面压塌了一片／那时我身高刚过一米／恰好可以正视装在左边的那只黑轮子"（《邻居们》）。1966 年，也是燃烧焚毁的一年，"某一日，我像秦朝的孩子那样，跟着父亲在院子里偷偷摸摸地把家里的藏书全部烧掉，目睹街上的商店里只准出售草鞋，以为五千年的文明就此永远完蛋。"[2]

耳疾、精神饥饿和童年经验、身体成长以及时代教育之间发生着如此不可思议的故事。

革命与性欲（都是力比多的过剩）有时往往会发生奇妙的呼应。

1966 年的于坚已经有了性幻想和性冲动，但是在那个年代这种生理现象显然是非法的、肮脏的、龌龊的，但是当个人的身体反应与那些激烈火热的斗争场面共置在一起的时候，那该是什么样的一番不同寻常的戏剧化的情形？

> 有一次 我和一些孩子旁观批斗会
>
> 当教语文的女教师 被红卫兵
>
> 揪住头发 往下按 两只真正的乳房

---

[1] 于坚：《暗盒笔记 II》，花城出版社 2016 年版，第 14 页。

[2] 于坚：《陇上行》，《并非所有的沙都被风吹散——西行四章》，深圳报业集团出版社 2016 年版，第 17 页。

从神圣的课文里掉出来了

我那暗藏在胯间的小兽

忽然拼命地朝着她竖起角来

她是我父亲的同案犯

第 3 个要抓起来的或许就是我

巨大的火焰也阻挡不了那场雪崩

我喷泻着自制的橡皮子弹

阴暗　潮湿　隐秘的炎症

口号声震天动地

没有人注意到我上下湿透

周身散发着腥气

于坚那些自传的本事的诗正戏剧性地呼应了那个同样令人匪夷所思的时代。

1966 年冬天，"两个大人来到我家　他们 / 不是警察　是父亲的同志 / 我一直都叫他们叔叔 / 在春天的楼梯上　掏出一大把牛奶糖　给我 / 像两头可以信赖的奶牛""他们要我揭发爸爸 / 他吃饭的时候说了些什么"（《暗藏在草根里面的铁蹄……》）。

1967 年的时候，于坚当工人的表哥（家庭出身不好，处处受到排挤和歧视）精神分裂，"红旗插在城头　高音喇叭播送着 / 革命歌曲：'东风吹　战鼓擂　现在世界上 / 究竟谁怕谁　不是人民怕美帝　而是美帝怕人民' / 我十三岁　铁眼睛的盲人在广场复明 / 有位管理员抱着书跳出图书馆自尽 /1967 年　当黑暗在为我准备将来 / 有人在波士顿以北翻译博尔赫斯 / 其中有这一句'这么多昂贵的证据，/ 尘土　使我们难免一死……'"（《读〈博尔赫斯诗选〉》）。那时，于坚还没有资格成为戴红袖标的红卫兵，但是那个时代的少年都曾有过闹革命的集体冲动——"有一天，我跟着他到昆一中的一个大房间里偷了纸、蜡版、油印机，回到家自己印传单，传单是街上捡来的，照抄。我们非常羡慕那些可以在大街上发传单的红卫兵，表哥家庭出身不好，不得当红卫兵。我记得我们兴奋地干了一个晚上，印了两百多份传单，装在书包里。第二天的黄昏，我们贼头贼脑从这个小巷口像地下工作者那样伸头两边望望，就上了街，去到人群密集的百货大楼，顺着工作人员使用的黑楼梯爬到楼顶，那是昆明市中心最高的地方，我们在黑暗将临之前，把传单全部一次统统倒进下面那人山人海的深渊里面去，我看见下面许多的手向空中伸出来，等待着要抓住那些下降得缓慢的纸"①。也是从这一年开始，于坚的家庭生活所遭受的冲击对他日后强烈的个人化历史想象力和求真意志的形成发生了催化剂般的作用。当然，这一能力的形成是需要长期的淬炼过程的。

尤其是精神世界和写作实践中的童年视野就更为不同，更具有精神器质性，"关于诗人不同于其他人，因为他的童年没有结束，他终生在自己身上保存了某种儿童的东西，这方面已有很多人写作了。这在很大程度上是对的，至少在这样一个意义上如此，也即他童年的感知力有着伟大的持久性，他最初那些半孩子气的诗作已经包含他后来全部作品的某些特征。"② 当然，童年经验对每个人的精神成长乃至文学经验的影响是有区别的，"人们认为作家选择写作这个职业与其童年经历有关，但是每个作家的童年经历都是不同的。然而，所有的作家在童年时期都喜欢读书和独处，我在童年时期就是如此。"③ "童年时代发生的事情无疑影响了一个人其余大部分人生。然而，两者之间的联系一般来说不是那么直接的。我知道有些当时比我年长的人后来持久地被一种偏执的感情所占据，相信曾经发生在他们身上的事情随时会卷土重来。对我来说，那种经

---

① 于坚：《暗盒笔记Ⅱ》，花城出版社 2016 年版，第 219—220 页。

② ［波兰］切斯瓦夫·米沃什：《诗的见证》，黄灿然译，广西师范大学出版社 2011 年版，第 41 页。

③ ［加拿大］玛格丽特·阿特伍德：《与死者协商：一位作家论写作》，王莉娜译，上海文艺出版社 2013 年版，第 18 页。

验恰恰产生了与之相反的影响。我认为我所经历的东西再也不可能重复，我幸存下来的这个事实使我充满了一种期望，即使在我的生活中再度遭遇此类事，我也将幸免遭其一切伤害，尽管这很难用理性来解释。处于一定的距离之外，我的战时经验还帮助我免受我成年时期所遇到的困扰。"[1]

童年成为了一种最典型意义上的"仪式时间"（ceremonial time），可以在反复的回忆中获得穿越和重新的凝视。童年也类似于利奥塔所说的不断把时间推向远处的极限语言的运动。童年是遥远的过去时，但是又像古老的破损但是又温馨无比的秋千一样不时地荡回来。这是一种自然的天性和情感的本能使然，至于强行到来的外置式的现代性和城市伦理则使得这一回望的过程更加艰难。

> 我童年时代是喝井水的，井边的绳子、木桶、站在水井边的害怕、犹如一面圆镜的井底，忽然碎了……打水要一桶一桶地打，长长的长出了绿毛的绳子放下去，像是完成一个仪式，当桶终于抵达水面的时候，汲水者已经完全感受到水的珍贵。

而上述于坚的童年经验在众多经典作家和诗人那里仍然能够得到更多的回声。如果童年是一口深井，尽管岁月使得那口真实的水井干枯甚至被掩埋，但是那些曾经的孩子仍然会在梦中或文字中弯下腰，甚至趴在往昔的井沿儿上向幽深的水里观望。如果是在夏日，他们干脆将那只木桶缓缓探入井底，然后在同样的缓慢中提拉上来。

> 童年时，他们没能把我从井边，

---

[1] ［捷克］伊凡·克里玛：《布拉格精神》，崔卫平译，广西师范大学出版社 2016 年版，第 28 页。

从挂着水桶和扬水器的老水泵赶开。
我爱那漆黑的井口，被框住了的天，
那水草、真菌、湿青苔的气味。

烂了的木板盖住制砖墙里那口井，
我玩味过水桶顺绳子直坠时
发出的响亮的扑通声。
井深得很，你看不到自己的影子。

干石沟下的那口浅井，
繁殖得就像一个养鱼缸；
从柔软的覆盖物抽出长根，
闪过井底是一张白脸庞。

有些井发出回声，用纯洁的新乐音
应对你的呼声。有一口颇吓人；
从蕨丛和高大的毛地黄间跳出身，
一只老鼠啪一声掠过我的面影。
去拨弄污泥，去窥测根子，
去凝视泉水中的那喀索斯，他有双大眼睛，
都有伤成年人的自尊。我写诗
是为了认识自己，使黑暗发出回音。

（西默斯·希尼《个人的诗泉》）

这是认识自我的过程，而这一过程早在童年期就已经开始了。与此同时，这不仅是希尼的让黑暗发出回声，而是为了让童年、记忆和自我再次现身。镜子、那喀索斯，再次在时间的渊薮中发出声响。于坚在1996年曾写有一首献给希尼的诗《事件·挖掘》，显然可以和希尼的"挖掘世界"互读。诗人的回忆使得那个童年时期的他不断回到过去的现场，并将这一记忆的细节放大、挽留，将过去时的时间拉长为精神的波长。正如于坚评价的希尼那样："伟大的诗人绝不回避自己的时代，但是，他总是能表达那种超越时代的、长时段的东西。而这种东西总是栖身在时代的现场，它绝非只在将来才显身。"①

当童年不只是普世性的人类经验，而是与具体的社会历史语境尤其是新旧冲撞的时代联系在一起的时候就更具有了被追挽的意味。甚至当一切被连根拔起的时候，记忆几乎也是不可能的了，一切都被抽空了，"这个孩子不是我，而是宇宙，是世界的爆炸：这童年不是我的童年，它不是一种记忆，而是一个团块，一块无比匿名的碎片，一种永远当下的生成。"② 这也是阿甘本所指出的"经验的毁灭"的一刻。

对于坚这一代人而言，尽管有的出生于城市，但是幼年时期开始的乡土经验已经成为精神成长史的重要部分，尤其是此后这种经验遭受到更为强大的其他权势经验挑战的时候其失落、尴尬和分裂感就随之发生，"权势经验对道德经验的抵触。曾经坐在马拉临街车上学的一代人如今面对空旷天空下的乡村，除了天空的云彩一切都变了，在毁灭和爆炸的洪流般的立场中，是那微小、脆弱的人类的身体。"③ 由此，我们会发现于坚诗歌的深度经验在多个层面和路径上的展开，当然展开的过程因为受到"权势经验"的规训而显得艰难，比如地质构造和山水自然的冥想者、自白书、读心术、劝世的药方、浮世绘的日常传奇、地方的风物考辨、左右互搏的精神

① 于坚：《怀念希尼》，《世界文学》2014 年第 2 期。
② ［法］吉尔·德勒兹：《批评与临床》，刘云虹、曹丹红译，南京大学出版社 2012 年版，第 247—248 页。
③ ［意］吉奥乔·阿甘本：《幼年与历史：经验的毁灭》，尹星译，河南大学出版社 2016 年版，第 2 页。

自审、时代车窗的擦拭者等等。从时间的焦虑性而言诗人更像是钟表店的校对师，尤其是在"新经验""旧经验"所对应的"新时间""旧时间"之间形成龃龉甚至撕裂的情势下。这不仅需要诗人以"分身术"对日常经验、历史过往经验以及写作内部经验的拨正，而且需要诗人具有深度意象的凝视能力以及对日常甚至自我的语言转化能力，从而重新融合后形成修辞学意义上的震惊效果的"新质经验"。无论是自陈自白的诗，还是叙述性甚至戏剧化的诗，实际上都必须完成的工作是让遮掩、损耗、闭合、沉默、未知甚至宿命性的事物重新开口说话。

出生地、空间构造与精神哺乳期

故乡、出生地，这一特殊结构和空间也对应了一个人的童年经验和最初阶段的精神哺乳期，"这一切都渗入了我印象原生的第一个地区，那是靠近大别山脉的淮河平野上一个金色的三角地带，由罗山、息县和西华组成的丰饶的土地：那里终年可以吃到大米，然而仍是落后的，因为那里不出别的粮食。发过大水，人们成片地溺毙，采石为生，排外情绪强烈，但一口饭也要分半口给流浪汉和乞丐，那里的人们把北京去的学生都看作是毛主席身边来的人，一种叫做冰瓜的香瓜只需轻轻一击就甜得粉碎，粉碎地甜。"①

地方（包括一个人出生的那个房间）并不是由私人空间、街道和公共建筑等纯物理因素构成，地方更是一种经验和记忆方式。正如加里·斯奈德说的"我想把地方当成一种经历来谈"。但是，除了日常生活的一面，还具有精神维度的折射，甚至还会带有意识形态性，"米沃什的历史经验很大一部分得自他的家乡维尔诺。从某

---

① 骆一禾：《美神》，《世界的血》，春风文艺出版社 1990 年版，第 2 页。

种意义上说，它构成了米沃什诗歌中的地理和意识形态因素。"[1] 显然，一个人和空间的关系以及现代性的认知是需要时间和阅历的，这更需要那些"精神成人"，"我在这座城市的时间，已经超出了我在县城的时间，但我仍然有一种客居的感觉。我对它的感情也日益变得复杂起来。不单单是喜爱，更多的是追怀怅惘，也略微带有一点愤怒。很多美好的东西都已随着岁月逝去，而我们将会给后世留下些什么呢？在赞叹和追怀中难道这一切不值得我们去深入思索吗？"[2] 而这正对应于米沃什的那句关于地方性的名言："我到过许多城市、许多国家，但没有养成世界主义的习惯。相反，我保持着一个小地方人的谨慎。"这种"小地方"的"谨慎"和"决然的独立"的癖性使得米沃什在很大程度上排斥弗罗斯特的"虚伪""隐藏性""造作""表演"的地方主义"形象"（尽管米沃什强调弗罗斯特并非一无是处）以及波伏娃的自以为是的巴黎知识分子习气。尤其在谈论世界主义和地方时，米沃什格外表达了对弗罗斯特的不满，"他改变了服装，戴上面具。他把自己弄成个乡下人的模样，一个新英格兰农民，用简单的口语化的文字写他身边的事和生活在那里的人们。一个真正的美国人，在地里挖土，没有任何大城市背景！一个自力更生的天才，一个与自然和季节打着日常交道的乡村贤哲！依靠他的表演和朗诵才能，他小心维护着这个形象，投合人们对质朴的乡村哲学家的喜好。"[3] 文学与行动之间是有差异的，甚至有时候我们不能从行动派的角度来规范和要求一个诗人的精神生活和文学性，比如拒绝城市阴暗面的人并不一定必然或天然地居住在乡下。与此同时，也不能要求每个诗人都处理沉重和重大的社会题材，"诗人们常常会受到这样和那样的指责。比如说，有人会说，

① 西川：《米沃什的另一个欧洲》，《米沃什词典》，西川、北塔译，广西师范大学出版社 2014 年版，第 5 页。

② 张曙光：《一个人和他的城市》，《文学界》（原创版）2010 年第 3 期。

③ ［波兰］切斯瓦夫·米沃什：《米沃什词典》，西川、北塔译，广西师范大学出版社 2014 年版，第 181 页。

民工在那里受到不公正的待遇，而诗人们却仍沉迷于内心的感受；非洲大象遭到猎杀，当然也包括了藏羚羊和鲸鱼，你却珍爱着一只兔子。我并不反对写这方面的题材，但你不能也没有必要强求诗人们去写这样的题材。严格讲，这是没有多大意义的。"[1]

从空间关系上而言，这一经历和记忆更大程度上正是来自于童年期，"其实，我们所有人都会存留六至九岁期间粗略形成的地理版图。（依稀可辨的是一些乡村景色和街坊陈设。）你几乎可以完全回忆起曾逗留玩耍的地方，还有骑脚踏车、游泳的地方。重新想象一下那个地方所有的气息和特征，在记忆中重回彼地、漫步徜徉，此时此刻，你可能会产生一种落地定居的错误。时下我们或许也会猜测：当童年的山山水水正被推土机摧毁无遗，当举家迁徙使得儿时的记忆变成模糊一片时，那些人该作何感想？我有个朋友，每当回忆起年轻时曾去过的加州南部景区，一想起那一片片鳄梨果园是如何改造成郊区一垄垄山丘时，仍情绪激动。"[2] 米沃什也坦陈："维尔诺从来就是一个从童话中长出来的城市，尽管住在那里时我从未注意到这一点""直到后来，当我了解到各种各样的细节，我才重建了对于这座城市的认识。"[3]

一个人的出生地所具有的重要性是不言自明的，但是每个人的体验却大相径庭，"乔治·奥威尔生下来就担负上了殖民主义之罪。印度北部比哈尔邦的莫蒂哈里似乎不太可能，但到底是这位经过杰出作家的出生地。此镇位于喜马拉雅山脉与恒河之间气候酷热、尘土飞扬的平原上，本身是个条件艰苦的殖民前哨，'宜人地坐落在一面湖的东岸'，有一所监狱、一间学校、几处放满发霉卷宗的公务机关和比哈尔邦一个骑兵连的总部。本地人靠榨制食用油、编织

---

① 张曙光：《诗歌的作用》，张曙光的新浪博客 2006 年 7 月 19 日。

② ［美］加里·斯奈德：《禅定荒野》，陈登、谭琼琳译，广西师范大学出版社 2014 年版，第 27—28 页。

③ ［波兰］切斯瓦夫·米沃什：《米沃什词典》，西川、北塔译，广西师范大学出版社 2014 年版，第 27 页。

地毯和粗纱钱袋勉强果腹。奥威尔的出生地及其环境在他一生中都是关键性因素。"[1] 后来，于坚在印度的游访中得出这样一个结论（这句话作为标志性文字印在《印度记》一书的腰封上）：印度依然保存着过去，一望可知。印度的过去还没有退回到史书中，印度的过去活着。奥威尔（1903～1950）则在后来短暂的人生岁月里不断回望着自己的出生地，想起夏天的这个小镇和菜园，"我想起来的总是夏天时的样子：要么是午饭时候的市场，好像有种枯燥的、令人恹恹欲睡的沉寂笼罩着一切，运货行的马儿把嘴深深探进饲料袋咀嚼着；要么是夏天某个炎热的下午，在镇周围绿油油的广阔草地上；要么是黄昏时分在菜地后面的小路上，有种烟斗和晚紫罗兰气味在树篱间缭绕。"[2] T.S.艾略特对于生活了十九年的临海的房子"五十多岁时，他还能够忆起那里'干净的船桨，待干的风帆上／新鲜季节的绳索，清漆的味道'"[3]，海边的生活使得艾略特对工业城市圣路易斯非常排斥，"我眼前毫无例外地是乌烟瘴气、索然无味的城市景致。"赫尔曼·黑塞对十九世纪自己出生的那个无足轻重的小镇卡尔夫却终老都怀有乌托邦式的迷恋，"在不莱梅和那不勒斯之间，在维也纳和新加坡之间，我见过许许多多美丽的城市。有海滨城市也有山地城市。而我，一个朝圣者，在任何水池边饮下的一口水，都会很快化作乡愁的甘醴。因为我深知这些城市之中，最美的那座叫作'卡尔夫—上纳戈尔德河'，一个隐没在黑森林地区、古老的施瓦本小镇。"[4] 莱昂纳德·科恩在半自传体的成长小说《至爱游戏》中是如此面对黑夜中的城市的："他看着在暗夜

① ［美］杰弗里·迈耶斯：《奥威尔传：冷峻的良心》，孙仲旭译，新星出版社2016年版，第1页。
② 同上，第6—7页。
③ ［英］约翰·沃森：《T.S.艾略特传》，魏晓旭译，江苏人民出版社2017年版，第3页。
④ ［法］弗朗索瓦·马修：《黑塞传》，金霁雯、李琦、张苏婧译，上海文艺出版社2017年版，第7页。

里延伸的植物的绿色、城市的肃穆灯光，还有圣劳伦斯河面单调的微光，满怀敬畏。城市是伟大的成就，桥梁是美妙的建造。然而城市的街道、港湾、尖锐的石头最终都在群山和天空的怀抱之中消失了。被卷入这神秘的城市的机能和黑色群山之间，让他的脊椎骨一阵发凉。父啊，我是无知的。"[1] 然而，社会的变化可能往往超出了一个人的想象，"从出生到第一次婚姻，黑塞见证了这个时代巨大的变革。手艺人、磨坊，以及纳戈尔德河上运输的浮木都正在消失中。而电网、煤气灯、电话开始出现。大批贫困人口带着寻找工作的愿望，怀揣着对城市的幻想开始迁移，一部分涌入了城市。"[2]

出生地、民居、街道，成为一个人观察周边环境的最初也是最重要的空间，它们一起构成特殊的基本层面的"地方性知识"。八十年代初，廖亦武在写给唐晓渡的信中不无痛苦地强调"我和大城市之间的对抗情绪一天天增长""我似乎更适合在小城市生活"。这可能是典型的盆地性格综合征的体现。年轻时的博尔赫斯则转向布宜诺斯艾利斯的街头，"因为在这里他可以找到家中没有的温暖和活力。但是这些街道不是这个世界性的都市的中心街道；他感兴趣的是贫困区的街道，那里'洋溢着晨昏的柔情'。"[3] 甚至特殊的城市、街道以及独特的景观会成就一个伟大诗人的核心意象，比如博尔赫斯诗歌中的"黄昏"意象就与布宜诺斯艾利斯这座城市西北郊区的住宅和街道密切关联。这具有某种城市"边缘性"特征，也是青春期的多愁善感又处于惶惑恋爱期的精神对应物，"市郊的落日成为博尔赫斯念旧诗中最常出现的意象：城郊铺满鹅卵石的街道和低矮的房子似乎成为老布宜诺斯艾利斯在城市发展过程中被淘汰

---

① ［加拿大］莱昂纳德·科恩：《至爱游戏》，刘衎衎译，上海译文出版社 2015 年版，第 45 页。

② ［法］弗朗索瓦·马修：《黑塞传》，金霁雯、李琦、张苏婧译，上海文艺出版社 2017 年版，第 199 页。

③ ［英］埃德温·威廉森：《博尔赫斯大传》，邓中良，华菁译，华中师大出版社 2016 年版，第 121 页。

出来的残留物，就像他的家庭一样，过去的日子既甜蜜又辛酸。但是除此之外，日落的意象还表现了博尔赫斯内心中一点宿命论的思想，这可能源于他对自己今后能否有幸福没有信心。"①

而出生地则成为地方精神或地方性知识的一个最重要的部分，"我们把大地上各种力量的总和笼统地称为'地方精神'。要想了解一个地方的地方精神，就要意识到你是部分中的一部分，而整体是由部分组成，每一个组成部分又共同构成一个整体。你源自你作为整体参与的那部分。"②

此时，我们就经验与空间的关系，会回到"一个人为什么要写作"这样一个终极意义上的问题上来。也许人们给出的答案不尽相同。有的会将写作提高到人类整体性的高度，而有的人则是为了应付时间和死亡的恐惧以及自救。但是，写作最终应该是从内心和身体上成长出来的，无论长成的是一棵大树，还是病变为毒瘤。这都是一个人近乎本能性的反应，当然这种反应主要是精神层面的。

奥克塔维奥·帕斯就认为自己的写作是"为了抗拒寂静与喧嚣，我创造'语言'，它是人们每天都在创造的自由，也是每天都在将我创造的自由"，于坚也是在语言中希望获救，"我的一切词组 造句 章法 象征 暗喻 雄辩 我的得意之笔／无不是垃圾 陷阱 猎枪 圈套 海绵或油脂／在我们一整代人喧嚣的印刷品中 写作是唯一的哑巴／哦，神啊，让我写作，让我的舌头获救！"（《事件：写作》）。而玛格丽特·杜拉斯对写作命运的认识是"身在洞里，在洞底，处于几乎绝对的孤独中而发现只有写作能救你"③。而玛格丽特·阿特伍德则认为写作与黑暗有关，"与进入黑暗的欲望或

① ［英］埃德温·威廉森：《博尔赫斯大传》，邓中良、华菁译，华中师大出版社2016年版，第129页。
② ［美］加里·斯奈德：《禅定荒野》，陈登、谭琼琳译，广西师范大学出版社2014年版，第40—41页。
③ ［法］玛格丽特·杜拉斯：《写作》，桂裕芳译，上海译文出版社2011年版，第10页。

冲动有关。如果幸运的话，作家能够照亮黑暗并把黑暗中的某一样东西带回到亮处。"[①] 帕斯的很多诗歌、散文诗和随笔都反复出现了那些寂静或孤独的时刻一个极其敏锐的耳朵以及白日梦般的内心潮汐："躺在床上，我要求粗犷的梦，木乃伊的梦。我合上眼睛，尽量不听在房间的哪个角落当当作响的声音。'寂静充满着声音'——我心里说，'你听见的，实际上你并没听见。你在倾听寂静'。当当的声音在继续，越来越响：骏马在岩石的旷野上奔驰的蹄声；正在砍倒大树的斧声；正在印刷的一种报刊，它只印着一行无有尽头的诗，而且只有一个音节，用我的心跳押韵；我的心脏在敲击岩石并用一件浪花的褴褛长袍将它遮拢；是海洋，是被锁住的大海的回头浪，落下又起来，起来又落下，落下又起来；寂静那巨大的铲动又落在寂静上。"[②] 捷克作家伊凡·克里玛曾经引用希腊作家尼科斯·卡赞扎基斯在《向希腊人报告》中的一段话："在我们内部，有着层层叠叠的黑暗——喧闹的声响，多毛的、饥渴的野兽。那么，没有什么东西死去吗？难道说在这样一个世界中没有什么东西能够死去？那些原生的饥渴和忧伤，在人类黎明到来之前的那些夜晚和月光，将继续存活；那些饥渴和苦恼将永远伴随着我们。我曾经惊恐地听见我所承载的可怕的负担在我的内脏中开始吼叫。我将永远不能得救吗？"[③]

于坚出生、成长于昆明武成路上的一个房间。

西南高原的昆明街道似乎更具有别样的味道，对于那些出生于这里的人来说这一味道是与生俱来又不可替换的。即使是对于那些外来者和短暂的过客来说，昆明的街道和建筑也具有极其特殊的吸

---

① ［加拿大］玛格丽特·阿特伍德：《与死者协商：一位作家论写作》，王莉娜译，上海文艺出版社 2013 年版，第 10 页。

② ［墨西哥］奥克塔维奥·帕斯：《诗人的劳动》，《太阳石》，赵振江等译，北京燕山出版社 2014 年版，第 293—294 页。

③ ［捷克］伊凡·克里玛：《布拉格精神》，崔卫平译，广西师范大学出版社 2016 年版，第 43—44 页。

引力，"昆明城的街道十分干净整洁，建筑物都是同一色彩，和我们在其他地方见到的那些杂乱的建筑相比，使人感到更舒服。"[①]

于坚出生的武成路因武庙的武成门而得名，早在元代已具规模。1638年（崇祯十一年）十一月六日，徐霞客（1587～1641）来到武成路游览土主庙，"过土主庙，入其中观菩提树""树在正殿陛庭间甬道之西，其大四五抱，干上耸而枝盘覆，叶长二三寸，似枇杷而光。土人言，其花亦白而淡黄，瓣如莲，长亦二三寸，每朵十瓣，遇闰岁则添一瓣……"茅盾、巴金、闻一多等都曾在武成路居住或停留。1925年深秋（艾芜所说的"残酷的异乡的秋天"），因反抗旧式婚姻离家出走于、飘泊于西南的二十一岁的四川青年作家艾芜（1904～1992）踏上了昆明的城隍庙街。他从成都历经一个多月的徒步才走到昆明。此时，饥饿羸弱的艾芜被武成街道上的店铺、小吃所吸引、诱惑着，"初秋早上的阳光，抹在我颓然的脸上。市声在一碧无云的天空下面，轰轰地散播着，但一种莫名其妙的寂寞，却蜷睡在我的心里。"一个文学青年的梦仍在这条古老的街道上幻想着，"在这条街漫步徘徊，忽然发现了通俗阅报社的招牌，挂在商业场的楼上，打算进去休息，同时还想给脑筋一点粮食，就完全不顾及由污旧衣衫表现出的身份了。一间临街的小楼屋做的阅报室，没个人在里面，看守的又似乎出街去了。只是桌上放些杂志，放些书，放些报纸。窗上射进一两线阳光，满室都浮着通明的微笑。这安适的小天地，正合我的意，正能寄托我彷徨的心。如果我是这阅报室的看守人，多么好呵！每天一定的工作，大致是扫地板、拭桌椅、整理杂志、夹好新旧的报吧？这我一定会做得有条有理，而且得着阅者的称赞的。其余的时间，得让我像一个阅者似的自由看书。工钱没有也可以，如有两块钱做零用，那就更好。拿着新杂志，看看封面，看看题名，全无心管它的内容。当指头在翻动的时候，心里

① 蒋夫人言论汇编编辑委员会：《蒋夫人言论汇编》（第二册），正中书局1956年版，第47页。

只是幻想些暂时安定的甜蜜的梦。"① 艾芜已经非常敏锐地发现了现代化交通给昆明这座古城所带来的巨大的影响和变化——"滇越铁路这条大动脉，不断地注射着法国血、英国血……把这原是村姑娘面孔的山国都市，出落成一个标致的摩登小姐了。在她的怀中，正孕育着不同的胎儿：从洋货店里出来的肉圆子，踏着人力车上的铃子，瞠唧瞠唧地驰在花岗石砌成的街上，朝每夜觅得欢乐的地方去。那些对着辉煌的酒店、热闹的饭馆，投着饥饿眼光的人，街头巷尾随处都可以遇着。卖面包的黑衣安南人，叫着'洋巴巴'的云南声调，寂寞地走在人丛中，不时晃在眼前，又立即消失。"②

　　1938 年，与土主庙街、城隍庙街、武庙街、小西门正街连接的武成路，被统称为武成路。武成路当年街面店铺林立，如今这条街道不复存在，只在那些记忆和照片里偶尔被提及。我们可以通过 1995 年于坚拍摄的武成路的老照片看看曾经的场景。那是一条非常热闹的街道，以至于墙上赫然写着几个大字"禁止在武成路停放一切车辆"。长春路、同仁街、金碧路上是各种店铺——ABC 时装店、眼镜店、厂家直销店、灯具店、皮鞋店、日常百货等一应俱全。建筑大多老旧，有的屋顶长满了野草，水泥电线杆挂满了密密麻麻的电线。而一年之后，武成路被拆迁。1995 年光华街的肖像馆的窗户上挂着周恩来和宋庆龄的画像。金碧路向东过桥往南就是尚义街，于坚把它写进了那首名满天下的诗里："尚义街　属五华区　计有两处公厕　3 家川味火锅店　12 根电线杆　1 个邮局/1 家发廊　6 个垃圾桶　3 条胡同　14 道大门　3 条大标语 / 两个广告牌 10 张治病海报　寻人启事　铺面出租"（《0 档案》）。华山西路 159 号，于坚在这里生活了七年，这一院子被于坚写进了那首诗《邻居》。五华山上的钢铁巨塔、翠湖的西仓坡（八十年代于坚在这里居住，楼下就是闻一多的遇难处）和图书馆、洪化桥边的茶馆、圆通山深夜里长啸的豹子，这都是于坚无时不在回忆的，"当我年轻

---

① ② 艾芜：《人生哲学的一课》，《文学月报》1932 年 12 月第 1 卷第 5、6 期合刊。

的时候，我最喜欢的事情就是在昆明的街道和小巷里漫无目标地步行。在街道上步行非常安全，绝不会有汽车跟在你后面摁喇叭。就像走在自家的庭院，可以用非常缓慢的速度，可以闭着眼睛走，有的盲人对昆明熟悉信任到这种程度，从大东门走到大西门，连拐杖都不用""我经常在街道上走得走火入魔，成为一个梦游者，以为自己是漫步在中世纪，时不时还要停下来，把某棵梧桐树的躯干或铺子的台面当成临时的桌子，在小纸片上记下什么。"①

一个拒绝抒情的诗人在昆明故乡这里也成了一个歌者——"啊，那步行的美妙时光，我甚至还没有自行车，在金碧路上的某一棵梧桐树或者武成路的某一盏街灯下，我变成了一头诗歌的豹子。"②

记录、见证。这成为一个土著诗人观察、体验、想象和回忆出生地以及空间构造的基本能力——类似于本能而非习得的能力。甚至在于坚的眼中，昆明的同仁街和金碧路以及尚义街路边的梧桐树、法式的黄色老房子、"南来盛"的黑咖啡、酸面包无异于波德莱尔式的街区，"有些忧郁""有些迷惘"，还有点异域的惊奇，"这东西并没有使我对咖啡一词获得味觉上的好感，喝了多次，它依然是我秘密地在法国翻译作品中看到的那个很有沙龙味道的莫测高深的单词"。由咖啡到波德莱尔到阿波利奈尔到沙龙，这些终于在上个世纪八十年代的云南先锋诗人这里再次得到激活，尽管不久之后诗人和出生地、城市的关系在这一时代被强行改写。1942年以来的中国当代诗歌在八十年代之前基本丧失了城市写作的传统，即使偶有涉及也是浮夸的赞颂，城市文化也基本被政治文化所取代，市民生活也被集体生活所遮蔽。由此，我们会在于坚等云南诗人这里发现，市民生活、城市空间和诗人的互动一直都未间断，"金碧路上的德胜桥横跨盘龙江，桥上是灰色的人行道和马路，桥下是滚滚的

① 于坚：《昆明记——我的故乡，我的城市》，重庆大学出版社2015年版，第140—141页。
② 于坚：《昆明记——我的故乡，我的城市》，重庆大学出版社2015年版，第143页。

河流，肮脏的河水永远流向滇池。这座桥有着黑色铸铁栏杆，麻布般的天空和悲哀的风景，河岸那些不知年代的、门口堆着废旧水泥袋的矮房子总是给我一种痛苦绝望的感觉，它也许一直在等待着一个昆明的阿波利奈尔，但此人终于没有出现。"[1]

关于出生地以及医院，于坚后来曾这样描述——

> 他的起源和书写无关　他来自一位妇女在 28 岁的阵
> 痛／老牌医院　三楼　炎症　药物　医生和停尸房的载体／
> 每年都要略事粉刷　消耗很多纱布　棉球　玻璃和酒精／
> 墙壁露出砖块　地板上木纹已消失　来自人体的东西／代
> 替了油漆　不光滑　略有弹性　与人性无关
>
> （《0 档案》）

而这条连接昆明城中心和通往滇池码头的仅仅八百五十米长的街道却突然有一天，连同那些三十二条大小巷道上的房屋集体消失了。那个在儿时滚动铁环穿过街道的人，可能从来都没想到会有这样不可思议的惊悚的时刻到来，"他睡觉的地址在尚义街六号　公共地皮／一直用来建造寓所　以前用锄头　板车　木锯　钉子　瓦／现在用搅拌机　打桩机　冲击电钻　焊枪　大卡车　水泥／大理石　钢筋　浇灌　冲压　垒　砌　铆　封／钢窗　钢门　钢锁　防十级地震　防火　防水灾"（《0 档案》）。这也许是日常生活的政治化的结果。

就诗人的地方性知识以及具体的写作实践和日常生活而言，于坚曾经批评过包括海子、王家新等在内的"北京诗人"——而海子来自安徽，王家新来自湖北，认为他们只是一种想象出来的精神幻想和自我戏剧化甚至神化，但是缺少真正意义上的生活和在此处解决当下的发现能力。甚至当时的于坚说得非常尖锐，"我一向对中国当代先锋诗歌中那种虚幻的乌托邦写作、神话写作深恶痛绝。住

① 于坚：《昆明记——我的故乡，我的城市》，重庆大学出版社 2015 年版，第 143 页。

在条件优越的大城市里，喝着咖啡，想象着自己的名字与什么茨基、什么尔克或赫斯的名字接轨。却在诗歌里玩通灵术，动不动神啊灵啊的。无比渺小卑劣无比地市侩，整日钻营的是打通地狱的关节，却把他们的有毒的玫瑰献在众神的脚下。"[1] 在于坚的诗歌中，他一直有着几乎从未改变的品质，即个人化历史想象力和求真意志。在那些日常或冥想的一瞬间的细节、场景中，于坚往往采用那种定格、慢放和调焦扩大的方式，并且更为重要的在于个人生活、家族命运和日常碎片与整体性的历史田野、时代境遇、精神大势时刻发生关系。这样，大与小、个人与时代、当代与历史就产生了转换和相互打开的关系。这既可以看作是一种介入，也可以看作是一种真正意义上并置、提升和转化。由此出发，我们再来看看于坚的诗，他几乎从来都不是为狭隘意义上的"个人"写作，而是在"个人"之上投注了更多的经验和想象力，从而围绕着"个人"形成了场域和精神连锁反应，正如冰山旁一只正在扇动翅膀的蝴蝶。这实际上正是对真正意义上自由和独立的"人"的重新恢复与正名，比如《面具》这样的诗。于坚的诗往往在个人和日常片段中经常出现的"历史化的镜头"和真切的恍惚感，"母亲风华正茂　怀着弟弟／战后的另一支大军刚刚出发　初冬／旗帜在飘扬　歌声嘹亮　推土机驶向郊区／黄昏临近　大地怀抱着一种说不出的黑暗／种下它就是种下它的归宿　它的死亡／但我们必须把这死亡种下　父亲说"（《种植死亡》），"我在白日梦里为大地保管着一棵真正的树／就像平原上的父亲　在地窖里藏起游击队长"（《梦中树》）。这是一种日常个人与历史整体之间的意味深长的戏剧性关系，无论是隐喻、转喻还是挪用、变形，其产生的效果更类似于默片和不可把控的滑稽戏。

　　与此相应，于坚也在一定程度上放大了他文字和影像世界中的云南。平心而论，这是正常的，尤其是对于一个怀有文化情怀的土著诗人而言，但是也必须指出，于坚的一部分云南抒写以及相应

---

[1]　于坚：《棕皮手记·活页夹》，花城出版社 2001 年版，第 335—336 页。

的写作心态也带有一定的戏剧化和神化的成分，只不过这种戏剧化和神化是在可以接受的限度内发生，并且这是与于坚的生活方式和精神方式相对应的——所以于坚才会说出"云南诗人不是从观念和书本中获得诗歌的灵感，我们是从大地上，是从对故乡世界的倾听中，接近了诗歌之神的。我以为，云南诗人天生就会懂得海德格尔所谓的'人诗意地栖居于大地之上'"[①]。

就诗歌和文学写作中的"边疆"——从云南我们还可以推广到西藏、新疆和青海等其他的地区尤其是少数民族聚居的地区，我们要追问的是这种出生地、空间构造和地方性使得作家们获得了可靠的生活资源和同样可靠的精神支撑吗？而关键则在于这种生活资源和精神支撑是否经过必要的转化和个人化而成为了具有区别于其他作家（包括同一地方的写作者们）的征候与独特面貌。具体到新世纪以来的中国诗坛，伪宗教、伪民俗、伪边疆、伪文化的写作难道还少吗？反倒是那些身份、地方文化以及民族符号获得了某种优势和道德感，并且随之激发了同样道德化的阅读与判断。而于坚正是从自己多年的写作实践出发，对以上的关于地方性的误解以及问题性的写作进行了具有针对性的拨正与反思，"云南在某些论者的单向度文化比较中，往往被视为封闭、懒散、落后。并且这是具有贬义的，或者有待'解放''改造''升华'的。这种流行的云南文化视角对云南那些原在的文化的毁灭性打击我们还见得少吗？这种流行于云南的民族风情写作，导致的不是人们对民族文化的自我认同和自信，而是对自身文化的异质性的盲目自卑和毁灭性扬弃。我一直试图通过我个人的写作扭转这种风气，但这种写作首先要做到的就是对云南生活——它的异质性、它的时间观、信仰、审美风尚、它的日常生活方式（包括它相对于全球一体化的生活方式和时间观的所谓'落后''懒散'）的——认同甚至崇拜。"[②]

① 于坚：《拒绝隐喻·于坚集卷 5》，云南人民出版社 2004 年版，第 55 页。

② 于坚：《拒绝隐喻·于坚集卷 5》，云南人民出版社 2004 年版，第 68 页。

创世之手曾经创造了一个神性的自然世界以及同样充满了神性的词语世界。就云南而言，这包括高原、丘陵、盆地、湖水、沙鸥、鱼类、野兽、孔雀、芦苇、落叶乔木、灌木丛、滇青枫林等生态，"人与大自然的关系在于坚的文学思想中占有至关重要的位置""凡是以大自然为主题的文学形式面对着预知的危机，即是自然神秘主义。在拆解人类中心主义所产生优越感的过程中，有的西方生态学者与受到生态思想影响的作者陷入人类自卑感的窘境，而因此自然生态圈被认为是一种新的崇拜对象。虽然这种情况完全可以理解，但是它究竟是过分的极端。在于坚文学创作中所显示的生态意识完全没有这样的自然崇拜的痕迹。从他1989年宣布的'天人合一'以来，于坚从某种平等主义的角度出发面对人与自然环境之间的关系"①。

　　至于汉学家西敏提到的《棕榈之死》确实呈现了于坚反思现代性的人与自然空间的深思——

　　　　那一天新的购物中心破土动工　领导剪彩　群众围观
　　　　在众目睽睽之下　工人砍倒了这棵棕榈
　　　　当时我正在午餐　吃完了米饭　喝着菠菜汤
　　　　睡意昏昏中　我偶然瞥见　它已被挖出来　地面上一
　　　个大坑
　　　　它的根部翘向天空　叶子四散　已看不出它和木料的
　　　区别
　　　　随后又锯成三段　以便进一步劈成烧柴
　　　　推土机开上去　托起一堆杂石
　　　　填掉了旧世纪最后的遗址

　　这些地貌、动物和植被就是神性的天然的秩序，这一切又在深

① 西敏：《棕榈之死：于坚创作的生态意识》，《作家》2000年第5期。

层次结构上对应于山神、神话、民歌、酋长和钻石般的词语、象牙的句子、虎豹的文章。这也是一个乌托邦的世界——"哦　上帝造的物／足以供养三万个神／足以造就三万个伊甸园／足以出现三万个黄金时代"。

于坚对于云南空间的抒写开始于1982年。甚至那一时期的地方写作让于坚痴迷不已，因为在他看来这一空间是中国的带有"最后"性质的文化空间，"云南是中国的边缘地区，一个多民族的偏僻高原上的外省，中国最后的乌托邦。诗人们向往的'瓦尔登湖''最后的印第安部落''最后的森林、湖泊和野兽'就在这片高原之上。它是一个类似德·沃尔科特所描述的西印度群岛那样最后的古典美与多元文化共存的地区。它是原始憨厚、朴素、笨重与来自大自然而不是阅读的浪漫主义风气盛行的地区，也是前法国、英国在印度支那的殖民地文化影响的地区。它是南方的南方，它更具东南亚的特点而不是长江以南的特点。它远离文化中心因而对主流文化有着天然的离心力与自卑感，它是各种语言、生活方式和立体地理环境的混合体，因而天然受到文化多元而不是文化一统的影响"①。当然，于坚也清醒地认识到地域并不决定一个写作者的成功，也并不带有天然的优势，关键在于诗人如何进行处理，如何进行创造性的写作，"地域之决定诗人将以何种面目出现于读者面前"。在那些高远边地，尤其是在一个少数族裔那里，神实际上是日常神，万物有灵，人的命脉深深根植于那些永恒之物。无论是出自敬畏还是出自天性的热爱，神就是那些自然、那些生灵、那些族类的永恒性的一面。它们无论是平静还是漩涡，都能够对那些短暂性的历史、时代和狂躁的人类做出有力的提请。

1983年，于坚再次把滇池写进诗里："当过海员的人回到故乡／仍旧把滇池叫作大海"（《滇池》）。当滇池遭受到政治年代的戏弄，

---

① 于坚：《答〈他们〉问》，《于坚诗学随笔》，陕西师范大学出版总社有限公司2010年版，第162—163页。

遭受到现代性生活无情嘲讽的时候，那个在滇池边唱着小夜曲的诗人已经不见了。他只能在诗中表示自己对滇池的哀悼和追挽，这就是于坚写于1997年的长诗《哀滇池》。几乎在一年的时间里，于坚反复修改《哀滇池》这首长诗，可见这首诗在他心中的分量——1月初稿，5月至6月6日、6月7日修改，8月13日再改，8月17日定稿。这呈现了并不轻松的写作过程，更不轻松的还在于这首诗所对应的紧张的时代背景、野蛮的历史暴力，以及随后赶来的一个去除地方性的城市化的庞然大物。胡亮在表达对于坚的《哀滇池》《0档案》和《对一只乌鸦的命名》的看法时也指出"或可视为大地的哀歌、日常的哀歌，以及汉语的哀歌，献给空心的庞然大物。与其说，诗人已退回某种过去时态的语境，毋宁说，他试图在当代语境里，唤醒记忆，唤醒道法自然的伟大的文明"[1]。

这首长诗的第一部分，于坚从这个时代的日常生活的反向角度进入到对滇池的回溯。这是一个云南诗人的地方性的赞美诗，"红色的高原托着它　就像托着一只盛水的容器／万物　通过这一水平获得起源／周围高山耸立　譬如山神保保　在垂青地上的酒／河流从它开始　淌到世界的下面／落叶乔木和野兽的水罐／在土著人的独木舟中　坐着酋长的女儿／天空上白云堆积　总是被风一片片切开／像没有天鹅领头的　自由羽毛／静静的淡水　沙鸥永远向着一日的终点飞翔""哦　上帝造的物／足以供养三万个神／足以造就三万个伊甸园／足以出现三万个黄金时代"。这几乎是远古神话的赋格，一切被镀上了诗性和神性的黄金。这也是八十年代文化寻根诗歌的一次回光返照，"大地像一位苍老的父亲，宽厚而沧桑。世界美到完全丧失了意义，我明确地感受到何谓伟大。"[2]

在于坚的"旧时间"和个人记忆中，滇池是女性化的，是另一个伟大母亲的化身和精神原型。在这首长诗中诗人反复吟唱和复现

---

①　胡亮：《琉璃脆》，陕西人民教育出版社2017年版，第90—91页。

②　于坚：《源头》，《众神之河》，太白文艺出版社2009年版，第8页。

的正是"另一位母亲","沿着波浪新做的岸　我们经过天堂回家 /
我曾经乘着木船　从灰湾经过草海　在那儿我发现 / 神殿　就在船
底下　仙女们的眼睛闪闪发光 / 伸手可触　上面粘着红鲤鱼的绒毛
　在牛恋乡 / 打鱼人告诉我　此地诞生过无数的祖母 / 每年七月
她们会坐着莲花　出现在湖边""我是水陆两栖人 / 一万次跳进滇
池　在膨起的波峰间穿梭　像穿过一只只丰满的乳房"。"她"几乎
孕育了一个诗人所有心力所及的想象和精神词源。这是精神、自然
和生命三者合一的伟大母体和子宫,"水灵灵的母亲""丰满中的母
亲""诞生过无数的祖母"。正如当年歌德《浮士德》中的名言"永
恒之女性引领我们上升"。滇池,是伟大的包罗一切的母性的容器,
一切在这伟大的臂弯里栖身并得以诗意地生长。这是一种近乎凝滞
的远古的、古典的自我循环的农耕时间,"你是那安置一切的 / 母
亲　幼儿园　房子　萤火虫和旋转木马　都漂起来 / 我像水生的那
样　在你柔软的触须中弯曲 / 穿过　一册册棕色的海带　石头鱼的
翅膀在我的脚趾间闪烁 // 珍珠一串串从我的皮肤上冒出来 / 墨绿色
的轮藻像岛屿的头发　缠绕着脖子 / 我双腿发光　有如神殿的走廊
　有如纯洁的苔藓"。滇池是一座自然的神庙,是另一种时间主宰
的可见和不可见的源头性圣地。这是对时间的凝视,是对自然的敬
畏,也是对曾经的往昔的自我和终极意义上人类童年期逝去时光的
寻找,"在时间的圆周之外　我多次遭遇永恒"。同时,滇池也是在
诗歌修辞中长期被遮蔽的,诗人必须站出来为此命名——"我曾经
在晋宁城外　一个中国寺院的后庭 / 远远地看见你嵌在世界的黑暗
里　泛着黄金之波 / 啊　滇池　你照耀着我 / 我自命是第一个　用
云南话歌颂你的那个人"。这是还原,这是在场,而由此生发和激
励出来的诗句才是具有生命力、活力和有效性的。

　　然而,从这首长诗的第二节开始,与古典性不协调的撒旦式
的现代性以及荒诞的历史庞然大物出场了。这一切改变了时间的神
话,人与自然的关系被强行终止,赞美诗的时代宣告结束,挽歌的

时代猝然降临——

　　冶炼厂的微风　把一群群水葫芦

　　吹到上帝的水坝　像是魔鬼们绿色的粪便

　　一片混杂着鱼腥味的闪光……镀铬的玻璃

　　一个诗人的个人经验必须转换为历史经验，只有如此，诗歌方能获得时间之重，获得诗歌之真。在《哀滇池》这首长诗中，我们即可看到这种历史经验与个人生命经验的并不轻松的对话与时时的盘诘，"在人民的神之外　我不知道有另外的神……""我的时代并不以为你神圣""在干燥的词典中　你是娱乐场　养鱼塘　水库 / 天然游泳池　风景区　下水道出口"。

　　《哀滇池》整首长诗一直处于两个时间和两种话语场的博弈、较量之中，新与旧、自然与社会、人性与神性得以重新打量。历史是何其的相似！这让我想到 1986 年冬天，加西亚·马尔克斯在古巴演讲时说的一段极为意味深长又无法改变的一个现代性的新世界的新现实，"一切要从门口那两座高压线塔说起。两座可怕的塔，两只蛮不讲理的水泥长颈鹿""高压线塔还在那儿，房子越修越美，它们自然就被越衬越丑。我们试过用棕榈和花枝遮掩，可它们实在太丑，怎么也遮不住。要想反败为胜，办法只有一个：别当它们是高压线塔，就当是两座无可救药的雕塑。"[①] 显然，新时间取得了决定性的胜利，旧时间、旧风物、旧记忆则注定一败涂地，"我再也想不起你的颜色　你是否真有过那些 / 湖蓝　碧蓝　湛蓝　深蓝　孔雀蓝？ / 怎么只不过十年　提到你　我就必须启用一部新的词典 / 这些句子　应该出自地狱中文系学生的笔下"。诗人的精神根系在一夜之间被突然斩断，曾经的出生地、童年经验和记忆也在一瞬

① ［哥伦比亚］加西亚·马尔克斯：《我不是来演讲的》，李静译，南海出版公司2012 年版，第 51 页。

间被连根拔起，"为什么我所赞美的一切　忽然间无影无踪？／为什么忽然间　我诗歌的基地／我的美学的大本营　我信仰的大教堂／已成为一间阴暗的停尸房？／我一向以你的忠实的歌者自封／我厌恶虚构　拒绝幻想／哦　出了什么事　我竟成为／一个伪善的说谎者／我从前写下的关于你的所有诗章／都成了没有根据的谣言！"追问、疑问、诘问、困惑、不解，成了诗人最基本的话语方式和精神姿态。海德格尔早就对此绝望过了，"我们根本无须原子弹。人的连根拔起的事情已经发生，我们唯一剩下的东西，只有技术的关系。这已经不是人生活于其上的地球了。"①所以，于坚在《哀滇池》的第五部分连续发问——"发生了什么可怕的事""出了什么可怕的事？""哦　出了什么事"。诗人只能用挽歌来予以回应，新时间越是残酷，旧时间在回忆和咀嚼中就愈发弥足珍贵，而记忆的过程则是沉重而惨痛的。是的，只有当失去的时候人们才想起珍惜，才想起以往的重要性。这是否如同时代诗人柏桦所一直倾心的那样，"唯有旧日子带给我们幸福"？永恒性已经不复存在，"永恒　竟然像一个死刑犯那样　从永恒者的队列中跌下／坠落到该死的那一群中间"。该长诗的第六部分，接连反复出现了大量的感叹词，这在于坚的诗歌写作中是非常少见的，可见这首诗所郁积的情感是多么沉重，"世界啊　你的大地上还有什么会死？""人们啊　你是否恐惧过大地的逝世？""神啊　我出生在一个流行无神论的时代""诗歌啊""诗人啊"。毁灭性的瞬间，诗人和诗歌是否能够携带以往的旧日子、旧经验一起涅槃更生？于坚给出的答案是否定的，时代的场景完全转变了，人们的日常生活也发生了巨变，至于精神生活更是天壤之别，接踵而至的是莫名的分裂、恐惧、惊悸、陌生和不安。一首诗在这样的精神境地中结束了，然而在现实生活中这样的日子正如火如荼，不容分说——

---

① ［德］海德格尔：《"只还有一个上帝能救渡我们"》，《海德格尔选集》（下卷），孙周兴译，上海三联书店1996年版，第1261页。

我醒来在一个新城的夜晚　一些穿游泳衣的青年

从身边鱼贯而过　犹如改变了旧习惯的鱼

上了陆地　他们大笑着　干燥的新一代

从这个荒诞不经的中年人身边绕过

皱了皱鼻头　钻进了一家电影院

在这些严重的历史性此刻，诗人的日常生活和精神事件都将被重新洗牌，"新"和"旧"两个空间以及连带其上的生活方式、思想观念以及诗人的内心都将发生对峙，甚至极其惨烈的碰撞。

消亡的事物，紧张的时刻，挽歌必然发生。

《哀滇池》就是一首挽歌，黑色的。

在失去的时代，诗人必须从回忆和寻找开始——

沿着微光　向那有气味的方向去　被解冻

进入了回忆之水　从我的漩涡中

黑暗拆散　一个湖蒸发起来　光辉中的澡堂

出现了光唇鱼、沙滩和狐尾藻

红色的高原托着它　就像托着一只盛水的容器

万物　通过这一水平获得起源

周围高山耸立　犹如山神保保　在垂青地上的酒

河流从它开始　淌到世界的下面

在《哀滇池》这首诗中，于坚将神性的记忆追回到了1966年的夏天。这无论是诗人现实经验的重现，还是有意设定的情景，都深深对应于严重历史时刻的个人命运和地方命运——"我自命是第一个　用云南话歌颂你的那个人"。诗歌的语言就是方言，而不是普通话，这当然也是一种隐喻化的说法。对应于诗人的精神世界，诗歌就是用母语重新找回母体，重新启用一部新的词典。具体到《哀滇池》这首诗，母语是"水生的词语"。而诗人与词语这一寻找的过程往往要付出代价，无论是在非正常的时代，还是在诗歌观念逐渐固化的当口。与此同时，那些静默不言的永恒之物会对人产生本体性的冲击，短暂的对视、短暂的生命，不值一提的短暂时刻。而正是这些伟大之物使得诗人的语言得以产生，诗歌就是对真正时刻的回击性的对视和阅读。这是语言的人生教育，这是自然永恒之物所形成的课堂——

我曾经乘着木船　从灰湾经过草海　在那儿我发现

神殿　就在船底下　仙女们的眼睛闪闪发光

伸手可触　上面粘着红鲤鱼的绒毛

在牛恋乡　打鱼人告诉我　此地诞生过无数的祖母

每年七月　她们会坐着莲花　出现在湖边

当西风打击大地　我看见你扭曲起来

像被暴力撕破的被窝　露出一排排白色的棉絮

但我游过你深藏在水下面的心

发现它坚定　平衡　与海一致

当你安静下来　就沿着落日的脊背　滑下

像一匹深蓝色的　无国籍的旗帜

把帝国坚硬的一隅　覆盖

在白鱼口附近　从光脚板开始

我像傣族女人那样蹲下　俯伏到你温存的身体中

我曾经在西山之巅　听到过月光之锤在午夜敲打高原的声音

我曾经在晋宁城外　一个中国寺院的后庭

远远地看见你嵌在世界的黑暗里　泛着黄金之波

啊　滇池　你照耀着我

此时的诗人更像是一个抒情的浪漫主义者在那里歌颂和吟唱，这是由衷的感叹和折服以及热爱使然。

滇池就是玻璃的迷宫和镜子，在具体与虚空中能够与地方的真相相遇的人并不多。这首诗也是于坚的精神成长史。

神性的时代结束了，回忆也是不可靠的。庙宇在黑暗中破碎，一个个神淹没溺死于滇池这个"娱乐场　养鱼塘　水库/天然游泳池　风景区　下水道出口"。尤其是在特殊的畸形历史观和人生观的时代斗争哲学的教育中到处充斥着腐烂的形容词和虚伪的回忆。人定胜天的时代没有神，没有自然，只有无神论者们一颗颗鼓胀的狂妄不可一世的红得发黑发紫的心脏。短暂性的虚妄遮盖住了万物的永恒性和神秘气息。日常的饕餮之胃是血腥的。"出了什么事""发生了什么可怕的事""出了什么可怕的事？"这些惊悸性的疑问并不是无中生有，而是实实在在地发生了，几乎是忽然之间发生，"为什么我所赞美的一切　忽然间无影无踪？/为什么忽然间我诗歌的基地/我的美学的大本营　我信仰的大教堂/已成为一间阴暗的停尸房？"这既是元诗意义上自我语言系统的反省和诗学观念的更新，也与更为具体的生存现实有关。在一个城市化时代呼啸而来的时候，诗人有些猝不及防。一切被连根拔起的时代降临了。神性的、文化的、诗性的滇池已经死亡，"永恒　竟然像一个死刑犯那样/从永恒者的队列中跌下/坠落到该死的那一群中间/哦千年的湖泊之王！/大地上　一具享年最长的尸体啊/那蔚蓝色的翻滚着花朵的皮肤/那降生着元素的透明的胎盘/那万物的宫殿那神明的礼拜堂！"神死了，大地正在受难，而仍伪善的诗人却对此熟视无睹。生态秩序失常之后曾经的诗歌语言形态也随之坍塌碎裂。这甚至开启了后来于坚的"生态"诗学——这是一个语言和修辞中的地方主义保护者。这一生态、地方不仅与自然形态意义上的空间有关，更与连带其上的生活方式、文化性格、思考方式、诗歌的呼吸方式以及地方性知识密切关联。

这是哀歌开启的时代！

显然，地方性知识和空间的差异性正在空前被取消，这不只是云南，甚至也不只是中国，而是全球化的必然产物。捷克作家伊凡·克里玛就深刻而沉痛地指出在今天这个时代没有人会认为"还有某个地方仍然戴着最初的神秘的面纱，它不可被富有创造性的人们发现，也没有人以为在不知不觉之中，某些事情从整体上已陷入衰落。一个时代如此看重高效率，如此迅速的发展、竞争、变化、进步、革新和新式样，通常以抛弃其他的价值为代价"①。那么，诗人如何能够再次走回记忆中的过去时的"故地""出生地"，这是可能的吗？而对于很多重新回到故乡的作家而言，面对着与童年期的故乡相去甚远的景观其感受并不相同，但大多是五味杂陈、一言难尽，"半个多世纪之后，我重返我的出生地和维尔诺，这就像一个圆圈最终画成。我能够领会这种好运，是它使我与我的过去重逢，这太难得了。这一经验强大，复杂，而要表述它则超出了我的语言能力。沉浸在情感的波涛之中，我也许只是无话可说。正因为如此，我回到了间接的自我表述方式，即，我开始为各种人物素描与事件登记造册，而不是谈论我自己。"②

---

① ［捷克］伊凡·克里玛：《布拉格精神》，崔卫平译，广西师范大学出版社 2016 年版，第 241 页。

② ［波兰］切斯瓦夫·米沃什：《米沃什词典》，西川、北塔译，广西师范大学出版社 2014 年版，第 42 页。

第三章

萨米兹达特：最初的时刻，第一行诗

于坚的父亲是四川资阳南津驿人，所以于坚的生活、记忆以及家族基因无形中与蜀地发生着直接或间接的关系，"我父亲是四川人，见过大世面。他在沱江边的一所深宅中长大，后来毕业于民国时期最后的南京大学，跟着刘邓大军来到云南，就此爱上武成路，终老于此。"[①] 在《巨蹼》这首诗中，于坚以"文革"时期父亲的交代材料的方式写到了四川故宅："他不说普通话　在四川老家 / 有四合院一座　金鱼五缸　南瓜一架 / 良田百亩　旁边是沱江　寒山寺的夕阳是镀金的 / 食不厌精"。多年后的1986年，于坚第一次来到成都。这在很大程度上是代替父亲来寻根的，"这是我父亲的故乡　我二伯家住在杜甫草堂 / 我爷爷埋在沱江　我的还乡之梦腌在资阳 / 那一年　在非非主义之外　我悄悄地拜谒杜甫"（《成都行》）。

于坚童年时期第一次对父亲有深刻印象是在一个清晨，"我刚刚醒来，他已经蹲在我的床边，手里拿着一个玩具飞机，他刚刚从北京出差回来。"档案里的那个父亲（"积极肯干　热情诚恳　平易近人 / 尊重领导　毫无怨言　从不早退"）的形象慢慢变得清晰和丰

[①] 于坚：《昆明记——我的故乡，我的城市》，重庆大学出版社2015年版，第53—54页。

富，"一年十二月／您的烟斗开着罂粟花""当您发作时　儿子们变成甲虫""有一回您告诉我　年轻时喜欢足球／尤其是跳舞　两步／使我大吃一惊　以为您在谈论一头海豹""您悄悄起来　检查儿子的日记和梦话"（《感谢父亲》）。在于坚看来，父亲是一个旧时代的老知识分子，而且还属于性格很傲慢的那种。这也许正是政治年代父亲被下放改造的原因，"夜晚即将开始／乌鸦在大海上叫唤／想起少年时代／那些沉默的长辈／我父亲被红卫兵带走／下楼的时候／他们拉起窗帘"（《夜晚即将开始》）。站立在时代刑场的人往往就是这些高抬着头的傲慢的人。

　　1970 年冬天，阅读不可避免地开始了，尽管同样是以一种不可思议的方式，"我去我父亲被流放的乡村看他，他住在一个神像已经摧毁的破庙的楼上，在稻草覆盖着的箩筐里我发现一本油印的古诗选，只有几十首。那个诡秘的下午读完这些诗，我像被闪电般击中，就开始写起诗来，一发不可收拾。有两三年时间，写五言七律写到晕头转向""受王维、李白们的影响，我写的是人生、大地、漫游、时间、爱情、滇池的月夜、落日、外祖母……"[1]。父亲那一代人的悲剧命运（按照于坚的说法，遭到流放的"黑秀才"父亲一夜之间头发皆白），却不期然地因为一次至今难以解释清楚的机会，给了于坚最初的文学启蒙："从那一天起，我开始狂热写诗，神魂颠倒。后来当我坐在大卡车的车厢里回昆明的时候，一路都在神思恍惚地构思着诗。我不知道这本小册子怎么会藏在遥远偏僻的乡村，这是共产党省委机关的内部读物，我父亲不大可能带来这个小册子，他是旧时代的秀才，这只是一本初级的入门读本。也许菩萨显灵吧，很多年来，我都觉得这本小册子出现在稻草堆里太神秘。我不敢告诉父亲，我不能失去这本小册子，我悄悄地藏着它，离开那个村庄的时候，我带走了它。"[2] 这一文学启蒙今天看来

---

① 于坚：《我与〈诗刊〉》，《诗刊》2017 年 9 月号下半月刊。
② 于坚：《地火》，《上海文学》2012 年第 12 期。

并不神秘、难解,这来自于一直钟爱文学阅读的父亲,一个流放中的父亲瞒着家人和所有人在黑暗的阁楼上偷偷地读诗。是的,一直以来,父亲在于坚和亲人面前刻意隐藏了自己的文学身份,"有一次我发现父亲藏起来的一些东西,里面有他青年时代报考博士生的报名表、阅读罗曼·罗兰《约翰·克里斯朵夫》的笔记,我相当吃惊,他从来没有表露过这些。很多年我根本不知道他爱好过西方文学。他绝口不提,也不准我写诗。"[1] 这代表了那个年代文学写作的某种危险性的普遍性命运。

昆明北郊工厂的这位患有耳疾的青年工人开始尝试古体诗词的写作,有未刊的《野草集》。而就古体诗与于坚的关系,甚至更早的影响还不是来自于李白、杜甫、王维等古代诗人,而是更直接地来自毛泽东诗词的影响(诗人多多也谈到自己早期的诗歌并不是受外来诗歌的影响,而恰恰是来自于毛泽东诗词),"我进入诗的道路是传统的、公开的,源头是毛泽东,因为毛泽东是写古体诗的。古体诗对我的影响从毛泽东开始。"[2] 甚至在于坚自己看来,这种最初的古体诗的学习使得他的诗区别于"口语诗","我的诗非常讲究音韵感,讲究诗的内在的节奏,念起来是非常好听的。这个是因为我年轻时候古体诗读得太多了,我在写诗的时候,自然而然会有一种韵律感在里面。"[3] 一个诗歌史常识是,1957 年《诗刊》创刊号开卷发表毛泽东诗词,从而引发了全国读者在新华书店连夜排队抢购的热潮。

1973 年,于坚的父亲下放到昆明东南陆良的五七干校。也是在这一年,十九岁的于坚摆脱古体诗而开始了现代诗的写作。这是第一行诗诞生的时刻。在此后长达八年的时间中,于坚的诗歌只是在有限的朋友(诗歌沙龙)和大学朋友中传播。

在这一年,于坚写出了平生第一首现代诗《夏天的翠园》:

① 于坚:《说我的几首诗》,《山花》2017 年第 7 期。
② 于坚:《为世界文身》,陕西人民教育出版社 2015 年版,第 164 页。
③ 于坚:《为世界文身》,陕西人民教育出版社 2015 年版,第 178 页。

我沐浴着月光在草丛中漫步

蟋蟀们拨动了欢乐的琴弦

像在寻找伴侣　又像在倾诉衷肠

这美妙无比的音乐啊

把我带进思想的小湖

平静的湖水啊

闪亮的涟漪下是绿色的深渊

沉睡吧　夏天的翠园

我只把这句话留在你长长的梦境

当生命属于我自己的时候

我要为你画一幅最美的春天……

　　这显然是一首稚嫩的发声期的习作，里面频繁冒出的感叹词，不出意外的浪漫化的抒情。但是，当把这首诗放在 1973 年的时代语境中来看，尽管稚拙但是仍具有它的重要性。这就是个体生命的真实，而非当时普遍的宏大虚假的诗歌声调。甚至从维护生命诗学的真实度来说，这首诗与当时北岛以及白洋淀诗群的诗歌具有了谱系性。于坚七十年代的诗基本上还是传统的甚至"朦胧诗"式的意象构成和话语方式，比如 1976 年写成的《新堂吉诃德之歌》《雨夜》以及 1979 年的《不要相信》（这首诗可以和食指的《相信未来》以及北岛的《一切》、舒婷的《这也是一切》进行比较阅读）。陈大为认为这些早期的诗具有典型的朦胧诗的"血统"，"只要把上述诗句置入 1976 年风云色变的政治语境当中，诗中诸多的意象和隐喻，即可从庞大政治语汇中取得源源不绝的意涵，完成一项大家都了然于胸的诠释，并由此承接朦胧诗的惯性思维。"[1]

---

① 陈大为：《论于坚诗歌迈向"微物叙事"的口语写作》，《台湾诗学季刊》2012 年总第十九期。

尽管于坚自己以及研究者都在后来强化其写作风格与"朦胧诗"的巨大差异甚至判若云泥，从一种写作的惯性和定势来说一个诗人越到后来越容易"自我风格化"（于坚公开声称"写作就是不断地对风格否定"），但是从诗歌自身的发展过程尤其是一个诗人具体的写作成长史来看，于坚同样不是凭空拔地而起的，而是同样有一个自我发展和蜕变过程。所以，我们能够在于坚早期的诗作中看到其他类型或范式的诗歌的影子。汉学家柯雷就注意到了1981年于坚最初写作阶段的一些"过渡性"文本，"熟悉《今天》杂志上的朦胧诗的读者，应该会由此想到芒克的《天空》（1973）、北岛的《太阳城札记》（1979）等那些著名的诗篇。跟那两首诗一样，于坚这首诗包含一系列被编号的诗节或小诗。除了这个特殊的形式，这首诗在其他方面也显示出早期朦胧诗的影响：依托于具体的历史语境，该诗语言蕴含明确的隐喻指向。"[1]

写作史和阅读史的关系有时候更密切。1973年，于坚在昆明煤机厂的一个车间经铆工陈实（后来去世于美国）读到了李瑛的诗集《红花满山》，"我还记得那首《山鹰》，如果在无诗可读的时代，读到这首，算你幸运。"[2]政治文化和文学一体化的六七十年代，各地方的新华书店，基本上没有什么可读之物，昆明那时不多的几家新华书店都是如此，"我少年时期，昆明几乎每条街都有一家或两三家小人书店。我记得租一本小人书是两分钱。这种书店总是放着一排排长长的矮凳子，散发着一股纸张的霉味，墙上糊着发黄的报纸，正中间贴着毛泽东的像，光线不好，就像现在的电子游戏室。"[3]反倒是那些散落在私人住宅里的书籍成了那一年代包括于坚在内的最初的启蒙读物，"有一天，我在正义路北段发现一个男人

---

① ［荷兰］柯雷：《精神与金钱时代的中国诗歌》，张晓红译，北京大学出版社2017年版，第207页。

② 于坚：《我与〈诗刊〉》，《诗刊》2017年9月号下半月刊。

③ 于坚：《暗盒笔记Ⅱ》，花城出版社2016年版，第150页。

拿着一本书在卖。那是一本绿色硬壳的《飞鸟集》。这个人非常紧张，东张西望，标价三角五分的书，他要三元。三元钱在那时候是个了不得的数字，那是我工资的五分之一。我买了这本书，那个瘦瘦的男人立即像泡沫一样失踪了，只剩我独自站在街头一页一页地翻看。这本《飞鸟集》，是我平生第一次得到的属于我的好书。那时我十六七岁，正当读此书的年纪，我觉得我幸运得很。"[1]

"地下阅读"在一个时期成为于坚那代人特殊的精神生活方式，"偷偷阅读西方文学的禁书，令我成为'生活在别处'的梦游者"[2]，"有一天当知青的表哥借我一本旧报纸包着的诗集，里面有查良铮翻译的雪莱的诗《西风颂》：'哦，狂暴的西风，秋之生命的呼吸！/ 你无形，但枯死的落叶被你横扫，/ 有如鬼魅碰到了巫师，纷纷逃避：/ 黄的，黑的，灰的，红得像患肺痨，/ 呵，重染疫疠的一群：西风呵，是你 / 以车驾把有翼的种子催送到黑暗的冬床上……'多么可怕的语词，阅读它们足以使我遇难。我记得这些魔鬼般的词如何令我梦魂牵绕，那么自由，那么直截了当，黑就是黑、白就是白、愤怒就是愤怒、恐惧就是恐惧、厌恶就是厌恶。绝不拐弯抹角，言此意彼，吞吞吐吐，朦胧晦涩。我太害怕了，我害怕中了这些语词的魔咒，陷于迷狂，这些语词会成为我的梦话，在某个夜晚被人偷听告发。"[3]

"地下"文学沙龙也使得于坚受到了遥远的来自首都"今天"青年诗歌的影响。按于坚的说法这一影响持续了两年就宣告结束，尽管后来二者分道扬镳、趣味迥然，"1979 年，我在昆明一个地下文学沙龙中看到了《今天》，我为同时代人写下的这些可怕文字而激动，这是些非凡的诗人，他们的作品使在这之前的当代文学史变

① 于坚：《我和书店》，《人间笔记》（于坚集卷 3），云南人民出版社 2004 年版，第 207 页。
② 于坚：《暗盒笔记Ⅱ》，花城出版社 2016 年版，第 170 页。
③ 于坚：《地火》，《上海文学》2012 年第 12 期。

得黯淡。《今天》尤其容易对处于青年时代，满脑子意识形态判断与怀疑的读者产生影响。"[1] 确然，更重要的影响是来自于六七十年代的这些"地下"诗歌手抄本、油印小册子：

　　我记得 1974 年的一天，中午，下班了，机床一台台停下来死去。车间安静时，铆工陈实鬼鬼祟祟地拉着我走到车间的僻静处，两头看看没人在，蹲下来，在钢锭上坐定，从怀里掏出一张揉得皱巴巴的信笺纸，已经有裂缝，上面抄着一首诗：《相信未来》，原来有 11 段，这里只抄下 7 段，没落作者名，陈实说是一位北京知青写的。我很喜欢蜘蛛网、灶台、凄凉的大地、迷途的惆怅、"我的鲜花依偎在别人的情怀"这些词句，这种词句出现在诗里面，真是别开生面。"当蜘蛛网无情地查封了我的灶台"那时候"查封"很频繁，针对的是阶级敌人，在这首诗里，"查封"的主体变成了蜘蛛网，隐喻着时间，真是大胆。我知道作者说的"相信未来"是什么意思，不就是雪莱说的"冬天已经来了，春天还会远吗？"语词的隐喻是无法控制的，所指随着时代变化，张冠李戴，含沙射影，上帝也控制不了。"未来"，"春天"，以前是指解放区。在"全国山河一片红"的 1970 年代，还要"相信未来"，难道现在不就是伟大的"未来"吗，不相信现在吗？相当反动。所以这首诗只能偷偷摸摸地在地下流传。我才看了两遍，陈实就一把抢回去，小心叠好，塞回内衣袋里，我要抄一遍他都不准。我至今不知道陈实是从哪里得到这首诗。这个秘密使他高我一等，他有渠道得到地下诗歌，他

---

[1]　于坚：《关于我自己的一些事情（自白）》，《于坚思想随笔》，陕西师范大学出版总社有限公司 2010 年版，第 290 页。

和"未来"有联系。

(《地火》)

《相信未来》的作者正是食指（郭路生）。1968 年是食指诗歌创作的重要一年，其间创作诗作十八首，其中包括后来在知青和社会上广为流传、名满天下的《相信未来》《这是四点零八分的北京》。在禁忌的年代，手抄本和油印刊物反倒是获得了一种空前的认同感，尤其是在青年人中间，"一九七三年，我从朋友手中得到一本诗集，如果是一本铅印的书，可能不会引起我的兴趣，作家、诗人在我的心目中神圣得高不可攀，会因为离我太遥远反而被忽略。但那恰恰是一个手抄本，用的是当年文具店里仅有的那种六角钱一本的硬面横格本，字迹清秀，干净得没有一处涂改的痕迹。仅猜测那笔迹是出自男性还是女性之手，就足以使我好奇得一口气把它看完。记得其中第一首诗的标题是《金色的小号》，另一首六行诗《微笑·雪花·星星》我一下子就背了下来。"① 食指曾把自己的诗歌写作分为三个阶段：年轻时代的忧郁和优美，精神分裂后对人情冷暖、世态炎凉的愤怒揭示，出院后的沉静、深沉和哲理的呈示。食指的诗真实地记录了一代人的心路历程，是一代人的精神履历的墓志铭。食指自身那碎片般的惨烈人生与脉络清晰的诗歌文本，成为考察一个时代的活生生的、诗性的历史档案和"活化石"。他的真诚、矛盾、清醒、疯狂、信仰、背叛和理想情怀以及现实苦闷相交织成他的诗歌精神和理想底色。这使他在更真实的意义上成为一代人的精神代言人和启蒙的先行者。一位优秀的诗人，不仅是语言的匠人，而更应是他所处时代以及人类文化背景的报警的孩子。食指以知识分子的道德良知和人道主义情怀为时代立言，从这一点上说食指无疑是为时代撰写墓志铭的人。这正印证了北岛的那句诗

---

① 徐晓：《半生为人》，同心出版社 2005 年版，第 136 页。

"卑鄙是卑鄙者的通行证，高尚是高尚者的墓志铭"。这种心灵的战栗来自诗人切入骨髓的体验，他用血和泪为时代立言。一个背负历史十字架的灵魂是沉重的。诗人在述说希望的同时，内心充满着巨大的压力和难言的隐忧。食指的真诚、纯真和分裂、痛苦，打动了于坚。

诗歌从时间序列上看构成了一个人的编年史。甚至在于坚的诗歌中，这些特殊的年份会不断地复现、叠加，呼吸滞重的时刻一次次猝然来临。少年时期的阅读经验最终转换为诗歌现实。从最基本的诗歌意象和场景来看，在于坚的诗中几乎都无一例外地沾染上了那个时代特有的色彩——政治的专制的暴力的血红色，"我的梦里全是救生圈／血红色的大海也许会在日落时分／晃一下　美丽无比／就暗了／不会无休无止／直到／每一颗盐／都流出血来"（《海洋》），"红色的大卡车满载着／舌头燃烧的大人们"（《那段时间多么炎热……》），"从 1965 年／的夏天　到 1966 年的夏天／我终于想好说什么的时候／她的脖子从血红的天空中垂下来／变成了一根冰冻的围巾"（《美丽的女人住在我家楼上……》），"高呼　挥舞着戴红袖套的右臂"（《王向东的父亲是造反者……》），"汉字在黑暗中崩溃　解体／横竖撇捺穿着红色芭蕾舞鞋"（《汉字在黑暗中崩溃……》），"另一天我看见他的姓名被贴在大街上／用油漆刷刷成了黑体字　一笔一画／写得那么规范　那么标准　那么正确／白纸黑字　还画了红叉子"（《有一回我给正在外地的老爸写信……》），"柏油上的血痕暗了／热天这儿轧死了一个青年／我们都曾目击／斜的太阳光／把人画得很美"（《作品 55 号》）。红卡车、红袖标、红标语、红旗子、红面孔、红色的芭蕾舞鞋，鲜血构成了那个猩红热般的年代。

七十年代后期，随着社会公共空间的渐渐开放，所谓的"解冻"年代开始了，"一个建立在欺骗基础上的制度，要求人们虚伪，要求外在的一致，而不在乎是否出于内在的深信；一种害怕任何人询问有关自己行为的意义的制度，不可能允许任何人向人们说话时达到如此迷人的甚至可怕的彻底真诚。"① 不仅公家的书店书籍开始丰富，而且个人将不用的书籍搬到市场和集市上贩卖，这甚至成了那一时期不小的社会风潮。这也是社会体制和文化空间在七八十年代之交的巨大变化，而朋友之间的读书聚会和类似于诗歌沙龙的活动也已开始。

1979 年，于坚即写出了《滇池月夜》——

当滇池的水上

流过幽蓝的月光

乘一叶小小的木舟

一摇桨离开了水岸……

漫游在夜的天空

披着温柔的山风

睡美人躺在我的船头

她的头发浮在银波浪中

鱼儿跃出灰色的水面

月光照见金色的鱼鳞

鱼鳞被波浪们捏碎

散作了天上的星星……

星星像她的眼睛

白云像她的纱巾

我是这滇池的波浪

她望着我敞开的心……

---

① ［捷克］伊凡·克里玛：《布拉格精神》，崔卫平译，广西师范大学出版社 2016 年版，第 85 页。

夜里响起了歌声
夜一样神秘深沉
不知道谁是歌者
月光啊忽暗忽明……

想起古代的传说，
就去找跳海的石匠。
月光下站着西山，
好像是他的雕像。

绕进那静静的苇丛，
惊醒了夜鸟的睡梦。
扑腾着打起翅膀。
分不清海水天空。

现在看不见海岸，
我划着孤独的小船。
世界在我的心中。
生命在我的桨上。

就要去了，夜！
就要来了，光！
就要醒了，滇池！
就要泊了，船！

　　显然这是一首最初阶段的"莱蒙托夫"。整饬的形式，韵律化
的抒情都很适合朗诵。滇池，在于坚的生活和诗歌中的位置几乎是

无可替代的，这就是一个人精神家园的根系，"有我的根的地方，我所属的地方。家园的大小仅仅通过心灵的选择来决定；可以是一间房间、一处风景、一个国家、整个宇宙。"① 每一个地方都是需要用具体的身体感知和脚步丈量来参与的，其结果就是真切的记忆。这是一个最基本的人与地方关系的尺度。诗人天然具有更强烈于普通人的情感和想象以及更为敏感细微的感受力，"第一次面对茫茫大海时，我不禁愕然。在维尔克和马乌莱两座大山之间，是一片波涛汹涌的大海。海上不仅涌起高过我们好几米的雪白的巨浪，还有巨大的心脏的轰鸣——宇宙的搏动。"② 当这片自然风景来自于故乡，那么诗人被激发起来的感情和记忆就更为长久和热烈，这是一种本能的观察、感受以及行走，"我已经习惯于骑马。走过陡峭的黏土小径，走过急弯突现的曲折道路，我的生活变得更高远、更开阔了。我遇见杂乱茂密的树木花草，遇见幽静或大森林禽鸟的啼啭，邂逅一株花树上突然的繁花怒放——有的像群山上一位魁伟的大主教，身披猩红法衣，有的在不知名的花朵的争斗中裹上银装。不时地，在最不经意的时候，一枝桀骜不驯的野喇叭藤花，犹如一滴鲜血在茂密的灌木丛中垂下。我已经习惯了马匹、马鞍、坚固而复杂的农具、在鞋后跟叮叮作响的残忍的马刺。在没有尽头的海滩上，在草木茂密的山峦上，我的心灵，也就是我的诗，和那片世上最孤寂的土地开始了交流。此后过了许多年，那种交流，那种启迪，那种与空间的默契，依然存在于我的生命中。"③

正是在这一年，于坚开始与地下刊物（unofficial publication）和诗歌沙龙发生关系，而这对诗歌写作的影响是非常重要的。传

---

① ［捷克］米兰·昆德拉：《小说的艺术》，董强译，上海译文出版社 2011 年版，第 159 页。

② ［智利］巴勃罗·聂鲁达：《聂鲁达自传》，林光译，东方出版中心 1993 年版，第 15 页。

③ ［智利］巴勃罗·聂鲁达：《聂鲁达自传》，林光译，东方出版中心 1993 年版，第 17 页。

单、油印机、密室、地下刊物的散页、寒冷的冬天、白雪、孤独的抄录者、无名的旁观者，这一切都构成了那一特殊时代的精神象征，也成为那个时代文化语境最为生动的寓言。这种近似于"地下工作者""文学密谋者"的冒险行动显然在政治刚刚解冻的年代天然具备了先锋的性质，这也成了不折不扣的解禁时期文学境遇的绝好象征。还是让我们倒转往日文学时光的发黄胶片，透过略显神秘的大杂院深处蒙着纱帘的窗子看看当时的理想主义的文学年代里让人激情澎湃的场景，"人影憧憧（这些文学上的密谋者，你只是在那本油印刊物上见过他们的大名。你不禁怦然心动）……你胆怯地敲敲门，门打开了，放出烟雾和蝇群般的交谈声，一些陌生的面孔转向你，然后失望地转回去。你好像走错了门，恨不得马上抽身离去。这时，一个穿着黄呢子军装的青年从单人床上站起来，脸上挂着歉疚的微笑招呼你，把你从不知所措的困境中解救出来。"[①] 这对于当年第一次走进《今天》编辑部的那些略显神秘的院落和房间的外省青年而言不亚于一次朝圣的经历。而那些再也无缘走进这些院落的人只能在当事人的文字中透过历史的烟雾看到一些粗糙的轮廓，而这也使得那本天蓝色的刊物和围绕着这份刊物的诗人具有了后来者难以企及的神秘感和传奇色彩。而远在西南贵州山地的野鸭塘沙龙，也聚集着同样的青年诗人，只不过他们当时和后来的命运要更为坎坷，呈现出重压下的一代精神"断奶"的青年人对思想和文学的渴求。这是一群茫茫暗夜中义无反顾的精神盗火者，"'野鸭沙龙'里有一张黑色的中长木沙发，那是我的永久的'地盘'。多少年来，我常常坐或躺在那儿到深夜。我在那儿与哑默和其他的朋友谈诗、谈绘画、谈哲学和时事，或者听音乐。……人性的音乐和当时为我们所偷阅的欧美文学和哲学等世界名著一样，只为我们所独有。这是些大胆的'窃贼'的财富。多么令人胆颤心

---

① 田晓青：《13 路沿线》，廖亦武主编《沉沦的圣殿》，新疆青少年出版社 1999 年版，第 426—427 页。

惊……我们是我们所处的时空中的游离者，漂泊者，叛逆者。"①

尤其是在非正常的年代，自由地阅读、自由地写作、自由地交流是如此重要而又如此艰难，"我生活在一个远远谈不上被过剩所淹没的国家，这里的人们一直受制于匮乏短缺，主要是缺少自由。"② 诗人和诗人之间存在着相互的寻找，于坚也在渐渐开放的阅读中寻找能够与自己相互激发的诗人。于坚在解冻的时代读到了卢梭、斯宾诺莎、罗曼·罗兰，他们对于坚的震动要远远大于此前读到的泰戈尔，"十多年前一个冬天的深夜，我整整四天读完了《约翰·克利斯朵夫》时的那种心境。书被用很厚的牛皮纸包着，卷边掉页，书壳上写着：《物理》。"此时泰戈尔已经不适合于坚的口味了，"我及时地摆脱了他。"

米沃什在谈到惠特曼时，其最认可的正是惠特曼诗歌与一般意义上"纯诗"的区别，"在所有美国诗人中，一直让我倍感亲切的就是沃尔特·惠特曼。他满足了奥斯卡·米沃什所说的伟大所需要的条件。奥斯卡要求一部作品应该像一条河，裹挟着滚滚泥沙与断木残枝，而不是仅仅带来些天然金砾。因此不应视乏味的章节、重复、大规模地列举事物为恼人的东西或是'纯诗'的反面。但与此同时，一个人体验惠特曼就像体验一位绘画大师的巨幅画作，通过仔细观察，你会辨识出许多夺人的小小细节。"③ 而惠特曼在七八十年代的诗歌启蒙中最早对于坚发生影响的，当然是那本《草叶集》了。于坚读到《草叶集》这本诗集的时候是在 1973 年，而于坚最认可的译本是云南文山人楚图南翻译的④。于坚的诗论中所不

---

① 黄翔：《总是寂寞》，桂冠图书股份有限公司 2002 年版，第 23—24 页。

② ［捷克］伊凡·克里玛：《布拉格精神》，崔卫平译，广西师范大学出版社 2016 年版，第 133 页。

③ ［波兰］切斯瓦夫·米沃什：《米沃什词典》，西川、北塔译，广西师范大学出版社 2014 年版，第 132 页。

④ 1949 年 3 月，楚图南翻译的《草叶集》由上海晨光出版公司出版，当时译者署名为高寒。

断反对的正是"纯诗"趣味，但是需要对其所反对的"纯诗"有一个严格的界定，因为瓦雷里有着最经典的关于"纯诗"的论述，而罗伯特·潘·沃伦也非常具有代表性地阐释过"纯诗"和"不纯的诗"。瓦雷里对"纯诗"的论述是非常系统的，比如"纯诗"与"诗"的概念、关系、诗情的特征、终极性类型等等，其中很多观点在今天看来仍是有效的。[①] 而罗伯特·潘·沃伦则强调"我常常使用'纯'与'不纯'二词，老实说，我是在广义地使用它们。也许我说的十分明显地具有这样一种涵义：一篇纯诗作品要尽可能严格地剔除某种可能与其原动力相冲突或者限制其原动力的元素，以尽量求得纯净。换言之，全部纯诗作品，都要求形成一个整体。另有一点无疑也十分清楚：现行的形形色色的小型选集诗作品所接受或者排除在外的种种不纯，在不同的诗作品之中的体现是不同的。"[②]

1979 年，于坚二十五岁，此时他已经读到了伊丽莎白·毕肖普（1911～1979）。但是于坚那时不会知道，这位伟大的美国桂冠诗人在这年的 10 月 6 日离开了这个世界。很多年后，于坚把他青年时代的阅读经验以及毕肖普写进了诗歌（陈超在 2000 年 5 月亦曾就毕肖普写过以诗论诗的诗《毕肖普，刻刀》，其中有这样的诗句"空阔的滩涂上有一只冷硬的'鹭鸟'，/ 像这世界的孤本，或静默于大水中的竹筌。/ 啊，不；它的灰白是初春屋背傲慢的积雪，/ 在离心中更明确了春天……"）。这既是深度致敬又是诗人之间的精神对话："二十五岁那年我读毕肖普的诗 / 她很年轻　刚刚被翻译　举着灯 / 那时我坐在教室里　窗外开着海棠 / 老教授正在前来授课的途中 / 有一棵肥胖的橡树中风了　歪头朝着南方 / 不明白她要说什么　是

---

① ［法］瓦雷里：《纯诗——一次演讲的札记》，《准则与尺度——外国著名诗人文论》，北京出版社 2003 年版，第 5—14 页。

② ［美］罗伯特·佩思·沃伦：《论纯诗与非纯诗》，张少雄译，《准则与尺度——外国著名诗人文论》，北京出版社 2003 年版，第 356 页。

不是被译错／为什么接下来　是这一行'你能嗅到它／正在变成煤气……'暗自思忖／四十岁时我读毕肖普　在一架飞机中／另一个人翻译的　译笔就像一位婚后的／中年女士　日渐干涸的沼泽　矜持的抽象　她再也不用那些因性别模糊而尖叫　潮湿／战栗　捂住了眼睛的单词　译得相当卫生／卫生被理解为士兵们折叠起来的床单而不是／亚麻色头发上的束带散开后　迅速翻滚的黑暗之海／这本书已经被岩石编目　硬得就像奶酪或者糖／与我邻座的是两位要去波士顿旅行的老夫妻／他们慈祥并喜欢微笑　帮我扯出安全带／在一旁瞧我怎么看书　盯着我那些猩猩般的指头／翻到这页　又返回前一页　等着我勾出：／'需要记住的九句话'我将68页那只矶鹞折了／两遍　自以为就此折起了大海的翅膀　只得到／一条浅浅的波浪　老头甚至劳手／帮我按了一下看书灯的按钮"（《在一架飞机里读毕肖普》）。

尚义街六号的黄房子

　　无论是"文革"时期北京的"地下"诗群，还是八十年代火热的诗歌运动，都会有一群人（大体为一小撮志同道合的朋友）围绕着一个特殊的私人空间或公共空间形成一个诗歌场，并以此为中心辐射开来。比如北岛和"今天"杂志的东四十四条76号、贵州的野鸭塘，后来的南充师范学院、成都的白夜酒吧等。

　　说到八十年代的于坚，我们直接想到的就是昆明的尚义街六号那所黄色的老建筑——"我们这些人在80年代，从一种非常压抑的社会环境走出来，当时的环境是，生命非常压抑，文化也非常封闭。鲍勃·迪伦这些东西一进来，对我们来讲是非常强烈的解放。当时《尚义街六号》我们这些人，听的谈的都是这些东西，深受这些东西的影响。我们《尚义街六号》这些朋友，可以说是中国最早的嬉皮士，我以前就说过这种话。80年代那个时候，我们不止是听摇滚音乐、穿牛仔裤，我们还干了不少非常危险的事。那个时候，我们跳个舞都有可能被捕，而且确实也有朋友被捕。"①

压抑的时代以及由压抑渐渐解冻的时期，文化的饥渴、残酷的青春都需要找到喷发的入口，"在一个类似京城的城市，午后的茶艺馆萧条而寂寥。我坐在窗前懒洋洋的阳光下，对座的阴影中坐着一个女人——她像是我的情人或者女友，抑或其他接近暧昧的关系。她的面庞隐居在日光背后，只有性感的声音翻越了那些窗棂构成的光柱，散漫地抚摸着我的耳朵。"②甚至在"禁欲的时代"诗歌也有着力比多的味道，这是一种反向的刺激。当然包括于坚是将其置放于整体性的时代语境中来处理的，"你翘起臀部／卸下了灵魂／出现在祖国洁白的床单上／微张的蚌　黏液隐隐颤动／在时代的暗地里／你叫作妖精　骚货　小贱人／你是美丽的鸡　神情妖魅　没有携带子宫／犹如被囚禁了多年的春天／花朵的含义已经严重歪曲／有毒的梅花　生病的杨柳／年轻时我们一个团的人／都在地下寻找你／依据着暗藏下来的色情图样／我们翻过国家的围墙／在中世纪的短裤后面／用最疯狂的想象力　虚构着"（《致骚货》）。具体到缓解的方式，则有烈酒、烟草、诗歌、摇滚和恋爱。1968年（到1970年），时年十六岁的知青王小波在云南兵团进行知识分子的劳动再教育，这段经历成为《黄金时代》中"王二"的精神背景。"王二"以极端的性的方式进行的反抗则是特殊时代形成的压抑在生活中的反弹、回应，"我过二十一岁生日以前，是一个童男子。那天晚上我引诱陈清扬和我到山上去。那一夜开头有月光，后来月亮落下去，出来一天的星星，就像早上的露水一样多。那天晚上没有风，山上静得很。我已经和陈清扬做过爱，不再是童男子了。但是我一点也不高兴。因为我干那事时，她一声也不吭，头枕双臂，若有所

①　于坚、张庆国：《诗人于坚：世界为什么需要文学》，《滇池》2017年第1期。

②　野夫：《1980年代的爱情》，湖南文艺出版社2013年版，第1页。

思地看着我，所以从始至终就是我一个人在表演。其实我也没持续多久，马上就完了。事毕我既愤怒又沮丧。"[1] 而禁忌年代里舞台上那些"南方"女战士的身体，尤其是那些罕见的大腿和裸露的半截雪白的胳膊是如此强烈地刺激着那些青年对身体、女性和欲望的观察与想象方式。这一点在冯小刚 2017 年的电影《芳华》中亦有所体现，比如文工团女兵换白色胸罩的场景。而钟鸣和欧阳江河都曾在文工团和"文革"时期的文艺巡演中有着扮演革命样板戏和现代芭蕾舞剧《白毛女》《红色娘子军》的经历。欧阳江河在现代革命芭蕾舞剧《白毛女》中扮演"大春"，钟鸣在《红色娘子军》中扮演"小庞"。基于极其相似的政治文化场域，苏联的文学传统与中国当代文学的紧密程度是人所共知的。而那个时代所成长起来的一代人是如此天然地认识了政治和斗争，也是如此富有意味地在政治运动的尾声中以特殊的方式从政治运动中发现乐趣，甚至从政治中发掘对欲望和异性的想象。在成长的性压抑的时代，布罗茨基同样有过这样的经历："在那书橱的玻璃后面，就立着一套革命前出版的、四大卷的《男人和女人》。这是一部插图丰富的百科全书，我至今仍然认为，我关于禁果之滋味的基础知识就来自于这套书。一般而言，色情图画皆能成为导致勃起的无生命的客体，这没有什么奇怪之处，我这里所要指出的是，在斯大林俄国那种清教徒式的氛围中，人们会因为一幅百分之百社会主义现实主义风格的、题为《入团》的画而情欲勃发，这幅画的印数很大，几乎每间教室里都有张贴。画上的诸多人物中间，有一位年轻的金发女子坐在椅子上，她两腿交叉，露出了两三英寸宽的大腿。使我疯狂、让我魂牵梦绕的，倒不是她的这一小段大腿，而是她的大腿与她身上那件褐色的裙子所构成的对比。就在那个时候，我学会了不再相信所有那些关于潜意识的噪音。我认为，我从不用象征来幻想——我看到的永远

---

[1] 王小波：《黄金时代》，作家出版社 2016 年版，第 12 页。

是真实的东西：乳房，屁股，女人的内裤。在那时，女人的内裤对我们这些男孩具有一种附加的含义。"① 特殊年代的童年以及青少年时期的经验使得诗人和作家大多具有对身体的"窥视"欲望。这在王朔当年的小说《动物凶猛》中有生动的展示。而就诗歌而言，情感、欲望、身体、青春和力比多冲动更是代表了七八十年代诗人整体的精神氛围，也正如布罗茨基所说的压抑机制和排解机制一样都是人类社会心理所固有的。

于坚等人在昆明街头某个角落的沙龙里除了读诗，还喜欢摇滚乐。确实，西方的摇滚乐与先锋文化、社会运动密不可分——街头意识形态、青年亚文化、异见文化。个人精神和幽暗体制的复杂关系，"这些作品展现出启示录般的愿景，对工业社会和现代科技的强烈反感，对官方权威和传统道德的深厚敌意，以及与各种非西方的心灵与宗教传统的接近。"② 先锋音乐代表了地下、先锋、前卫和颓废以及抗议，是时代的、革命的、政治的、身体的混杂的声音。1974 年 1 月，鲍勃·迪伦在麦迪逊广场花园举行自己的音乐会，此时的他已经在乐坛沉寂了多年，而那些曾千呼百应的诸多同时代歌手已经彻底消隐。这个晚上，两万名观众赶来听迪伦的演唱，或者确切地说是为了共同怀念和重访一个渐渐逝去的时代，为"某种已经萎缩成神话的东西添上一些血肉""在麦迪逊广场花园的这种怀旧之情却像传染病一样四处流行。当迪伦不仅演唱了人们喜爱的旧歌曲，而且演唱了其最佳新作中的一首《永远年轻》时，时间好像停止了。音乐会接近尾声时，全场到处亮起了火柴和打火机——每个人都为自己的不朽点燃了一支蜡烛——随着迪伦演唱《像一块滚石》，彬彬有礼的人群怀着同代人团结一心的激情向前涌去"③。

---

① ［美］约瑟夫·布罗茨基：《小于一》，《文明的孩子》，刘文飞、唐烈英译，中央编译出版社 2007 年版，第 16—17 页。

② ［美］理查德·弗莱克斯：《青年与社会变迁》，《声音的愤怒》，广西师范大学出版社 2011 年版，第 43 页。

③ ［美］莫里斯·迪克斯坦：《伊甸园之门——六十年代美国文化》，方晓光译，上海外语教育出版社 1985 年版，第 185—186 页。

说到尚义街六号这栋黄房子，除了街道两边的梧桐、咖啡店，还有半隐匿状态的沙龙、舞会、牛仔裤、黑色风衣、长发青年、迪斯科、摇滚乐、四步舞、卡带录音机。这些都构成了八十年代特有的青年人的节日和狂欢。正如1982年于坚在《节日的中国大街》中所描述的不可抑制的蓬勃的喷涌的场面——

十八岁的中国今天在千千万万条大街上挤动

十八岁的中国是一大群彩色的名字

一大群光泽的皮肤隆起的胸脯

一大群矫健的腿健美的线条和黑发

一大群咿里哇啦声音嘹亮没有被污染的声带

他们在大建筑的群山中挤动

就像一条彩色的泥石流把生活变得年轻了

他们生机勃勃像阔叶林一样摇撼着天空

他们在十八岁这个拥挤的年纪挤来挤去

好像一个浪头掀上来的活蹦乱跳的鱼群

他们挤进音乐厅挤进大商场挤进"晚场全满"

挤进冰淇淋挤进盒式磁带挤进图书馆

挤进"烫发请进"挤进"文化补习班"

挤进足球场挤进海明威挤进少林拳

挤进木门铁栅门铰链门挤进斑马线和绿灯

白色黑色大红咖啡大方格雪花呢牛仔裤风大衣

摩托车录像带电子计算机阿波罗登月火箭

熙熙攘攘摩肩接踵无忧无虑阳光一样灿烂

他们说黑夜过去了如今是太阳的年代

他们说每一个男人女人都是英雄

每一颗脑袋都是一粒黑油油的种子

十八岁的中国要开花要结果要占领未来的世纪

千千万万年轻的肩膀连接成的地平线

有千千万万的太阳正在上升上升上升

将要像一九四九年解放军席卷长江南岸

将要轰隆轰隆地挤进办公大楼田野车间铁路线

在钢铁的荒原上我们要建设现代的生活

在我们的阳光中下夜班的人们可以安睡了

啊父亲　你把没干完的活交给我和妹妹吧

节日已经发给我们绿色的工作证

父亲　你快看今天阳光下的大街多热闹啊

满世界都是我们小伙子大姑娘的名字

与于坚后来是从内心和日常出发不同，这首诗更多还是向外辐射的，社会景观得以更为直接地呈现，类似于当年的街头朗诵诗。但是，全诗反复出现的动作"挤进"却是如此准确而生动地揭示了那个时代生活和精神内里，如此饥渴、如此迫切。此刻，我想到了凯鲁亚克的那句对青年人来说不亚于真理的话：永远年轻，永远热泪盈眶。

尚义街六号的黄房子，这个建筑时至今日已经成为八十年代诗歌记忆的折光和精神地标，尽管在此后的城市化拆迁运动中这所老房子已经灰飞烟灭、踪迹全无，"这座'法国式的老房子'无疑是中国诗坛最为著名的建筑物，出入其间者表现出来的贫穷中的乐趣令人向往不已。2001年10月，我去西双版纳旅游经过昆明时专门去找了一趟，遗憾的是在原址我只看到一排卖窗帘的低矮店铺。这个时代不需要诗意，它更相信钞票。"[1] 诗人的愿望最终在现实面前破灭了，"在别的地方 / 我们常常提到尚义街六号 / 说是很多年后的一天 / 孩子们要来参观"。1985年，这栋老房子以低价卖给了政府，

① 刘春：《于坚：苍山之光在群峰之上》，《朦胧诗以后：1986—2007 中国诗坛地图》，昆仑出版社 2008 年版，第 10 页。

然后火速被拆除、新建。

尚义街的出名完全是因为于坚参加青春诗会后发在 1986 年《诗刊》11 月号的那首诗《尚义街六号》。一个耐人寻味的细节是，于坚 1989 年 3 月出版的诗集《诗六十首》因为云南人民出版社的原因而未能收入《尚义街六号》。于坚就此事非常不满，曾在给陈超的信中专门提及此事。该诗首发于民刊《他们》，韩东就认为于坚的《尚义街六号》是"我们这个时代的史诗的作品"。值得注意的是这首诗的写作时间，至少已经出现了 1983 年、1984 年 6 月（例如诗集《于坚的诗》，该诗发表于《诗刊》的时候也注明写作时间是 1984 年 6 月）、1985 年 3 月（例如诗集《我述说你所见》）等三个不同的说法。而一首诗的写作时间在特定的历史时期是极其重要的，正如六七十年代的"地下诗歌"一样，"为此，2009 年 6 月 9 日，我专门去信向于坚求证，很快得到于坚的回复：《尚义街六号》1985 年 3 月是对的，我还有原稿，时间出入主要是一般发表不注明时间，所以编诗集时只是凭记忆。其他诗歌也有这种情况。"[1] 但就当时《诗刊》在国内的不可替代的影响力而言，更多人知道《尚义街六号》还是通过《诗刊》。正如于坚自己所说这首诗在当时影响很大，"被视为以非英雄化、反文化、日常口语写作为特征的大陆'第三代诗'的代表作品之一。"[2] 今天，有必要重读这首在诗歌美学的历史节点上具有重要性的文本。值得注意的是，于坚曾在不同时期对这首诗有所改动。

尚义街六号
法国式的黄房子

① 刘春：《我们一辈子的奋斗，就是想装得像个人》，《一个人的诗歌史》，广西师范大学出版社 2010 年版，第 118 页。

② 于坚：《尚义街六号——生活、纪录片、人》，《与神语：第三代人批评与自我批评》，中华工商联合出版社 2014 年版，第 344 页。

老吴的裤子晾在二楼
喊一声　胯下就钻出戴眼睛的脑袋

隔壁的大厕所
天天清早排着长队
我们往往在黄昏光临
打开烟盒　打开嘴巴
打开灯

墙上钉着于坚的画
许多人不以为然
他们只认识凡高
老卡的衬衣　揉成一团抹布
我们用它拭手上的果汁
他在翻一本黄书
后来他恋爱了
常常双双来临
在这里吵架　在这里调情
有一天他们宣告分手
朋友们一阵轻松　很高兴
次日他又送来结婚的请柬
大家也衣冠楚楚　前去赴宴

桌上总是摊开朱小羊的手稿
那些字乱七八糟
这个杂种警察样地盯牢我们
面对那双红丝丝的眼睛
我们只好说得朦胧

像一首时髦的诗

李勃的拖鞋压着费嘉的皮鞋

他已经成名了　有一本蓝皮会员证

他常常躺在上边

告诉我们应当怎样穿鞋子

怎样小便　怎样洗短裤

怎样炒白菜　怎样睡觉　等等

八二年他从北京回来

外衣比过去深沉

他讲文坛内幕

口气像作协主席

茶水是老吴的　电表是老吴的

地板是老吴的　邻居是老吴的

媳妇是老吴的　胃舒平是老吴的

口痰烟头空气朋友　是老吴的

老吴的笔躲在抽桌里

很少露面

没有妓女的城市

童男子们老练地谈着女人

偶尔有裙子们进来

大家就扣好钮扣

那年纪我们都渴望钻进一条裙子

又不肯弯下腰去

于坚还没有成名

每回都被教训

在一张旧报纸上

他写下许多意味深长的笔名

有一人大家很怕他

他在某某处工作

"他来是有用心的，

我们什么也不要讲！"

有些日子天气不好

生活中经常倒霉

我们就攻击费嘉的近作

称朱小羊为大师

后来这只羊摸摸钱包

支支吾吾　闪烁其辞

八张嘴马上笑嘻嘻地站起

那是智慧的年代

许多谈话如果录音

可以出一本名著

那是热闹的年代

许多脸都在这里出现

今天你去城里问问

他们都大名鼎鼎

外面下着小雨

我们来到街上

空荡荡的大厕所

他第一回独自使用

一些人结婚了
一些人成名了
一些人要到西部
老吴也要去西部
大家骂他硬充汉子
心中惶惶不安

吴文光　你走了
今晚我去哪里混饭
恩恩怨怨　吵吵嚷嚷
大家终于走散
剩下一片空地板
像一张旧唱片　再也不响
在别的地方
我们常常提到尚义街六号
说是很多年后的一天
孩子们要来参观

1984 年 6 月

　　《尚义街六号》这首诗涉及的都是真实的人物，当然，进入到诗歌语言之后这些原型就具有了特殊的象征性：吴文光（老吴，云大中文系 78 级）、费嘉（云大中文系 78 级）、朱小羊（朱晓阳，云大经济系 77 级）、李勃（云大中文系 78 级）、张慈（云大中文系 79级）、陈卡。于坚后来对这些当事人的身份、经历又进行了补充："前诗人，现独立制片人，导演，尚义街六号户主吴文光；前诗人，现小报编辑费嘉；前诗人，小说作者，现深圳富豪陈卡；前小说家,《清明》文学获奖者,现股票经纪人李勃;前诗人,小说和报告文学作者,现澳大利亚某大学人类学学者朱小羊;前散文写作者,崇拜三毛,现嫁了美国丈夫的女作家张慈等。"① 其中的费嘉,在 2014 年 9 月 1 日因病辞世。然而,对于诗歌中的人物和现实中人物的理解以及叙述因人而异,也就是真实与客观的表述并非只是一个途径,甚至不同的途径之间会发生龃龉,"至于诗中提到的真实人名,包括于坚自己,读者或许想要把这些看作该诗之'真实性'的证据,就像谢有顺和其他一些批评家,是把这些细节看作历史文献或生活经验的记录。也许这样的写法,会让读者想到在中国传统文学中的世界、作者和文本之间的关系,但《尚义街六号》与传统文学的不同之处在于,读者通过这里所展现的生活经验,无法洞察作者的行为以及他在现实中的位置""叙事的真实性并不取决于我们核查诗歌'确有其事'的能力,而是取决于作者令人信服的、以冷嘲热讽的方式叙述出来的场景"②。这种本事以及象征性显然在七八十年代的文化语境中又强化了某种"地下"精神、独立意识和叛逆姿态,"那时候位于昆明尚义街六号吴文光家的由云南大学一些文学青年组成的文学沙龙正在狂热时期,我们留着长发,跳迪斯科,酗酒……处于'主动疯狂'(金斯堡语)的边缘,在这个大多数人都穿灰色中山装的城市看起来就像疯子或逃犯。讨论诗歌在深夜步行穿过整个昆明,经常数十个小时,在黎明的硝烟中散去。有个夜晚,我们穿着短裤在大街上走,'站住!'几个大学生被押进了派出所。'文革'延续过来的精神压抑和恐怖依然严峻,写作是危险的、地下的,我们总是担心着有一天他们来敲门。"③

---

① 于坚:《答〈他们〉问》,《于坚诗学随笔》,陕西师范大学出版总社有限公司 2010 年版,第 165 页。

② 柯雷:《精神与金钱时代的中国诗歌》,张晓红译,北京大学出版社 2017 年版,第 216 页。

③ 于坚:《从垮掉到疲脱》,《山花》2009 年第 1 期。

《尚义街六号》这首看起来极其日常、琐屑、毫无诗性可言的生活却成为于坚诗歌写作的最重要的精神档案。日常生活在于坚这里是最大的诗性，日常也可以成为"史诗"。这是于坚一贯的追求，日常化的史诗、史诗的日常化。而这种写作方向最基本的前提就是个人和日常生活的真实，正如当年韩东评价《尚义街六号》等诗时所指认的于坚是一个具有"史诗"追求的写作者，"我认为，史诗至少要符合以下两个条件：一定的历史实录性（物质的和精神的现象性存在）和明确的非个人化，至于规模的宏大和不朽的预期则在其次。当然，于坚和其他有志于史诗写作的人一样，从好大喜功入手，但他一旦进入则变得虔诚无比。史诗内部的要求包容了他、控制了他，于坚被深深地吸引了""于坚从一名观察者变成了研究家。他记录并讨论了历史，不惜牺牲个人的好恶和趣味，甚至书写史诗的动机——野心和自大也被恰当地抑制了""他是当代精神的研究家而非代言人。他展示的图景和得出的结论表明了一代人的自我确认，而不是纯粹个人化的奋不顾身的表达"[①]。

八十年代初开始，那时的年轻人在渐渐松动的时代土层下如幼苗拱出地面，渴望呼吸外面世界的空气。那时的人们都有一种"远方"式的冲动。甚至东北的吕贵品大声喊出"远方有大事发生"。

1981年春天，于坚曾和朱晓阳坐绿皮火车去北京，长途漫漫就是为了看一个画展。而"理想主义者"朱晓阳则更有壮举，不仅在1981年偷渡澜沧江跑到缅甸转了一圈，而且在1982年放弃工作登上开往新疆的列车，后又辗转到北京，再到1990年移居海外。这在那个年代不只是冲动和勇气的代表，而是具有英雄式的行动主义，"大街拥挤的年代 / 你一个人去了新疆 / 到开阔地走走也好 / 在人群中你其貌不扬 / 牛仔裤到底牢不牢 / 如今可以试一试"（《作品39号》）。毋庸置疑，青年人在地理空间上的流动性开始增强，这是精

---

① 韩东：《第二次背叛：第三代诗歌运动中的个人及倾向》，《韩东散文》，中国广播电视出版社1998年版，第133页。

神生活多年被压抑和郁积的结果。不只是朱晓阳和吴文光，当时尚义街六号沙龙的核心人员很多都离开昆明去了新疆、北京、深圳等地甚至国外谋生路，一度雄心勃勃、躁动不已地准备开辟一番新生活，当然这也是需要付出代价的。于坚和费嘉成了昆明的留守者。于坚在《尚义街六号》等诗中就提到了蠢蠢欲动去远方的哥们儿。从新疆再次回到昆明没多久，辞去电视台工作的吴文光（1956～）离开昆明成为北漂一员，按照坚的说法是"盲流"。三年后的冬天，于坚在昆明一个单位的放映室和几个朋友观看了吴文光拍摄的私人纪录片《流浪北京——最后的梦想者》。该纪录片以张慈、高波、张大力、张夏平以及戏剧导演牟森为中心人物。吴文光后来被称为"中国独立纪录片之父"。时光的指针向回拨转，于坚是在1981年初结识了长发飘飘、身材瘦长的吴文光的。吴文光比于坚早两年（1978）考入云南大学中文系。那时于坚印象最深的是吴文光有十几个抄满了诗歌的厚厚的笔记本。

"每一代人的生活都将成为历史。"[1]

尚义街满是梧桐树，而六号这所建造于1947年的法国式的二层黄房子，临街而立。对于这幢房子的感情可能于坚仅次于房子的主人吴文光，因为这里是一个时代的生活记忆和诗歌见证，"那房子阴暗如洞，进门就是一架松木楼梯，漆成板栗色，看不清任何细节，只有脚踩在木板上的嘎吱响声，神秘、畏缩，类似巴尔扎克在《人间喜剧》中描写过的巴黎某幢公寓。"[2] 打开向西的窗户，就能看到建造于1966年的红太阳广场。历史、生活和诗歌就是如此日常而又戏剧化地搅拌在一起。这里成为一个青年人的文艺沙龙，实际上就是吴文光、于坚、费嘉、李勃、朱晓阳、陈卡、张慈等几个

① 韩东：《第二次背叛：第三代诗歌运动中的个人及倾向》，《韩东散文》，中国广播电视出版社1998年版，第133页。
② 于坚：《尚义街六号——生活、纪录片、人》，《与神语：第三代人批评与自我批评》，中华工商联合出版社2014年版，第345页。

志同道合的文友和"现代派们"的窝点、聚集地，主要用来喝酒、喝茶、吸烟、聊天，也顺便谈谈恋爱。当然更多的时候是文学在这里开始发生彻夜的马拉松式的交汇、摩擦甚至碰撞与激战。而"天真、直率、渴望真理和健康的精神活动青年"（于坚的评价）朱晓阳为了能够认识这些朋友并参加沙龙，竟然给每个人买了一条烟。而吴文光的那些书籍和古典音乐的磁带给了于坚最初的滋养。当年这些文学青年、梦游者、游荡者和守夜人聚集的那所光线阴暗的小屋在日后的相关回忆中被渲染上了诗性的、自由的、地下的、先锋的、另类的、激进的梦幻氛围，类似于当年俄罗斯以及六七十年代中国"地下"文学的标志性沙龙，"小屋子光线不好，永远处于阴暗与朦胧之中，看不清事物的细节，只能把握一种整体的氛围，犹如一处教堂中的忏悔室。这种光线恰与某种心态吻合，适于营造一种地下的、反抗的、被迫害的、激进的、前卫的、十二月党人式的气氛，适于自由地密谈、沉思、倾心相见。"① 那时的精神成果更多是聚集于一次次的长谈，当然也在 1983 年办过一份油印的诗歌刊物《高原诗辑》（维持了一年时间，前后五期，每期油印五十本）。按照于坚的说法，这份规模极小的同仁刊物是针对和反拨"朦胧诗"的诗歌观念和趣味的，进而主张一种"健康、自然、鲜活，歌颂生命，歌颂故乡云南高原的大自然的诗风"。

吴文光和同学费嘉、李勃等曾创办云南大学校园刊物《犁》，于坚早期的习作曾在上面发表，"1980 年初夏，我、李勃，以及云南大学中文系 1978 级的几个同学创办了油印的文学刊物《犁》。李勃（《尚义街六号》角色之一）转来一个地下手抄本，我选了一首发在创刊号上。标题忘了，诗句至今记得：'现在是绝对的黑暗／我划着孤独的小船／世界在我心中／滇池在我桨上。'作者：大卫。这个'大卫'，就是于坚。当时的于坚，正忙于高考。我问李勃：于

---

① 于坚：《尚义街六号——生活、纪录片、人》，《与神语：第三代人批评与自我批评》，中华工商联合出版社 2014 年版，第 347—348 页。

坚是什么样子？李勃脱口就说：'长得像个魔鬼。'李勃少年得志，尖酸刻薄，一句话足以让人恨得想咬他几口。"①《犁》只出了两期就被校方勒令停办，甚至这对吴文光等人的毕业分配都产生了影响，后来的韩东同样是因为阅读和传播民刊而使毕业工作受到了影响。

天下没有不散的宴席。吴文光 1983 年 10 月去新疆，那一个深秋的晚上他即将踏上一辆远行的绿皮列车。那栋黄色的老房子显得空荡荡的，只有于坚前来送别，"秋天的风凉丝丝，缅桂花的香味混杂其间，那幢法国式的旧楼朦胧昏暗，窗子里尚未上灯，像一个个深陷在黄种人脸上的黑眼眶。"② 此后，其他人也大多先后离开昆明去外地。自此，尚义街六号沙龙自动解散。此后，留守的于坚等人将沙龙转移到张庆国所在的金碧路的一条小巷的家里。据说此前张庆国去寻找尚义街六号这个沙龙，结果转了一个晚上都没有找到。多年后，因为在《滇池》主持"诗手册"栏目我结识了当时的主编张庆国，基本上那时他已经戒烟戒酒了。而当年他们的往事却并未如烟散去。

① 费嘉：《他早已弃舟登岸》，《名作欣赏》2011 年第 10 期。
② 于坚：《尚义街六号——生活、纪录片、人》，《与神语：第三代人批评与自我批评》，中华工商联合出版社 2014 年版，第 370 页。

第四章

两个重要的年份：1983，1984

八十年代是大学生的校园诗歌时代。于坚的八十年代，无论是进入大学校园，参与创办校园刊物和民间刊物，还是第一次在《诗刊》《飞天》等官方刊物发表诗作，甚至参加1986年的第六届青春诗会，都折射了那个时代特有的诗歌生态。尤其是对于"第三代诗人"而言（于坚本人不太认同这个说法），大学校园文化、民刊文化以及传统的纸媒时代的官方机制都具有不言自明的重要性。

1980年，已经二十六岁的于坚考入云南大学中文系。于坚的高考之路颇为不畅。1977年参加高考，因听力原因体检未获通过而没有被录取。1979年再次参加高考，被云南师范大学政治系录取，因不满意这个专业于坚未报到。1980年已经是第三次参加高考，体检时找了同学顶替而蒙混过关。那时的文学青年最看重的是中文系，海子当年报考北京大学时第一志愿是中文系，因分数问题而被法律系录取。云南大学，古罗马神殿般的建筑、巴洛克风格的大楼、希腊式的廊柱以及春天的海棠花都是于坚在少年时就倾心向往的。于坚也终于在多年之后经历了一些波折之后如愿以偿迈进了大门。

正是在第三代的大学生诗歌热潮中，于坚和同时代的诸多大学生一样投身于当时的校园诗歌以及民刊热潮之中。于坚参加了云南大学的文学社团《犁》（多么具有时代意味的名字），并随后和同学创办了《银杏》文学社并任主编。多年后，我看到了1983年于坚和云南大学《银杏》文学社成员在云南高原郊游的合影。十九个人站在高原上，穿着海魂衫的于坚在最后一排右侧第一个，显然是因为占据了一个非常高的地形，以至于照片上的于坚处于最高的位置。这也许暗合了他今后的文学成就。

1983年，似乎可以作为于坚早期诗歌创作过程中的一个重要的可以加上着重号的一年。

这一年，于坚投稿给《诗刊》，经过解禁和解冻，压抑已久的诗人终于找到了机会。于坚和当时所有的年轻诗人一样，投稿的举动无异于一场惊心动魄的精神战争和神圣之旅。那时《诗刊》的订户是一百多万，"直到1980年，我进入云南大学，才开始给刊物投稿。我将那些在'文革'期间写的东西一批批从笔记本上誊抄到稿纸上，署名寄出去，包括我写的第一首新诗《夏天的翠园》。走去邮筒将装在信封里的稿子投进去非常兴奋，就像是一种牺牲，捧出自己的心献到祭坛上一样。我不认识任何编辑，那些黑暗中的人，就像上帝一样遥远而令人期待、信任。"① 就是在这一年，很多青年诗人对自己的诗歌命运前途未卜的时候，于坚竟然收到了《诗刊》编辑部的一封回信。那时《诗刊》的影响力在青年诗人中无异于圣殿。以至于多年后于坚回想起收到《诗刊》编辑部来信那一刻时仍难掩内心的激动与狂喜，"1983年的一天，我收到《诗刊》一封信，那封信用钢笔行书写了一整页，这是我见过的编辑回信中最漂亮的字，这封信以激动的口吻赞扬了我的诗，说即将发表，没有落名。"② 而这位《诗刊》编辑正是唐晓渡。唐晓渡1982年1月毕业于南京大学中文系，2月进入《诗刊》任编辑。直至三年后，于

---

① 于坚：《我与〈诗刊〉》，《诗刊》2017年9月号下半月刊。
② 同上。

坚才第一次见到唐晓渡的真容，"白面书生，喝那么深那么醇的酒，我以为编辑是不喝酒的，我们成了朋友。"

1983年《诗刊》10月号发表了于坚的组诗《在烟囱下》。之后，唐晓渡在《一种启示：于坚和他的诗》这篇文章的开头谈到了于坚的这组诗，但是涉及的细节有些出入。唐晓渡提到于坚的组诗《在烟囱下》实际上为《烟囱下》。在当时的唐晓渡看来于坚这些奇特的诗不亚于"从一大堆灰蒙蒙的自然来稿中突然照亮我的眼睛"。唐晓渡认为这组诗朴素而饱满、凝练，具有着"天真烂漫、憨厚纯情而猛烈、粗犷乃至笨重"的天性，"绝对的大白话！却令人如闻天籁。这组诗算不上他什么特别的佳制，却足以向人们提示他那坚强沉着的诗歌品格。"①

而投稿的艰难和有限的公开刊物（官方刊物）及其体制原因也使得当时民间诗刊大面积出现，甚至民刊的位置被大大提升。而从八十年代的期刊生态来看，诗人的写作、发表和交流形态注定了诗人同仁圈子的广泛出现，而这正是为了抵制"黑暗中的写作"。这种写作是自我获启式的，"《他们》诗刊创办时，我们都在黑暗中写作多年，作品已经相当成熟，但没有多少公开刊物敢发表我们的作品，我们就自己来传播、交流。我们的作品并非政治性的，《他们》诗人都是'为人生'的诗人，灰色诗人（世界并非只有光明和黑暗，还有更广大的灰色部分）。"②《他们》确实和《今天》比起来并不能算是"地下文学"，在八十年代的文化语境中已经算是"正常文学"的一部分，但是为什么还以"非正常""非法""独立""民间"的方式被传播和有限度的认可？这正是出版制度和文学生产以及文学观念的历史惯性，仍是旧制度的延续和残留。《今天》的某种反抗和"地下"特征使之更能与世界史范围内的"地下文学"发

---

① 唐晓渡：《一种启示：于坚和他的诗》，《以个人的方式想象世界》，生活书店出版有限公司2015年版，第1页。

② 于坚：《为世界文身》，陕西人民教育出版社2015年版，第221页。

生关联，"地下文学在 18 世纪尤其重要，因为当时存在着检查制度、警察和政府垄断的图书出版业，以便宣扬官方认可的教条。当要传播异端思想时，地下文学就大行其道。"①

再次回到《诗刊》1983 年 10 月号。这一期设置了一个栏目"劳动者之歌"，刊发了包括于坚在内的九位"工人作者"（于坚、蔡应律、聂鑫森、王震西、沙金、杨世运、仲加宪、周志友、韩忆萍）的诗作。与其他那些豪迈的、宏大的、火热的、高亢的、诗意的、口号化的、集体的、单向度的"大工业进行曲"式的时代抒情诗相比（比如仲加宪的《今夜，我加班》：远处，是万家灯火／那里，有属于我的一个焦点／我的电视连续剧／书桌，还有棋盘／／但我选择了工地／我懂得必须用手来回答／如何去跨越世纪／青春，该怎样丰满／／一块砖，两块砖／三块砖，四块砖……／为冉冉升起的现实啊／今晚，我加班），于坚的那两首诗《烟囱》《锻工房》（组诗题目为《在烟囱下》），确实显得非常另类和"不合时宜"。于坚的是典型的"一种新鲜的诗"，这样的诗在当时并不被主流诗坛所认可。"以新的角度对生活、对艺术的一次新理解"的"新鲜的诗"的说法出自徐敬亚那篇《崛起的诗群》。而《诗刊》1983 年 10 月号同期刊发了林希针对徐敬亚《崛起的诗群》②一文的商榷和批评文章《"新的，就是新的"吗？》。显然，那个年代关于诗歌之"新"的理解差异很大，甚至往往是针锋相对的。1984 年 4 月号的《诗刊》转载了徐敬亚的检讨文章《时刻牢记社会主义的文艺方向——关于〈崛起的诗群〉的自我批评》（这篇检讨原发于 1984 年 3 月 5 日的《人民日报》）。当 1986 年夏天徐敬亚去兰州时还发生了下面的一幕："兰州也是《崛起的诗群》受难地。由于我那篇文章，《当代文艺思潮》承受很大压力。见了主编谢昌余、责任编辑管卫中，他们都

① ［美］罗伯特·达恩顿：《旧制度时期的地下文学》，刘军译，中国人民大学出版社 2012 年版，第 2 页。

② 《当代文艺思潮》1983 年第 1 期。

说，现在形势好了，再给我们写一篇吧。"① 1986 年从兰州离开后徐敬亚寄来了一篇稿子《圭臬之死》。然而没过多久，风向突变，1987年 7 月《当代文艺思潮》被迫停刊，直接原因正是徐敬亚这篇《圭臬之死》。多年后，原刊物主编谢昌余就此事写了一篇文章《〈当代文艺思潮〉杂志的创刊与停刊》。编辑管卫中后来如此记述由徐敬亚的文章引发的事态严重性："徐敬亚寄来的文章叫《圭臬之死》，是论述朦胧诗之后的诗歌格局的，很长，平心说，有些散，不如前文，但仍是他的风格。我们排好了版，又按纪律上报。结果，这回真的'高层震怒'。其时贺部长在西安召开文艺会议，通过有关部门急令我们把校样送往西安审阅。文章连夜送到，反馈来的信息很严重。不光这篇文章不准发，还质问甘肃，一家地方刊物，究竟有没有能力管全国文艺界的事？严令地方领导部门把好关，管好这家刊物。"② 再次回到《诗刊》1983 年 10 月号。这期卷首还着重刊发了《人民日报》的编者按："徐敬亚同志是近年来引起诗坛注目的所谓三个'崛起'论者之一。他发表在《当代文艺思潮》（1983年第 1 期）上的长篇文章《崛起的诗群》，在文艺与政治、诗与生活、诗与人民，以及如何对待我国古典诗歌、民歌和'五四'以来新诗的革命传统，如何对待欧美文学的现代派等等根本原则问题上，宣扬了一系列背离社会主义文艺方向的错误主张，引起了广大读者和文艺界不少同志的尖锐批评。中共吉林省委和吉林省文艺界的同志们也对他进行了多次严肃批评和耐心帮助。最近，徐敬亚同志对他所宣扬的错误观点已有了一定的认识，并写了这篇自我批评文章，对此我们表示欢迎。"

接下来，看看于坚在这一期《诗刊》发表的两首诗。

---

① 徐敬亚：《燃烧的中国诗歌版图》，《天南》2011 年第 3 期。
② 管卫中：《〈当代文艺思潮〉二三事》，《扬子江评论》2012 年第 4 期。

它和那些穿劳动布的人们

站在一起

就像一个男子汉

爱另一个男子汉

他们从来不相互看一眼

但他们总是站在一起

它一年一年站在那里

抽着又黑又浓的烟

望着云，望着风

望着阴雨的天气

望着城市，长成一片森林

它的心和它的外表一样真实

只有天空知道它的心事

工厂的孩子们

在烟囱下，长成了大人

当了锻工

当了天车工

烟囱冒烟了

大家去上工

（《烟囱》）

锻工是男子汉的工种

男子汉都像这些锻工

锻工房的门是全厂最黑的门

锻工是全厂最下贱的工种

有些年头

锻工房是工厂的流放地

只有天不怕地不怕的好汉

才被发配到这里

钢，当作泥巴捏

火，当作风景看

干活，一段少林拳

下班穿过城市

一块黑煤炭

弱不禁风的年代

才瞧不起这个工种

而一九一七年

这些铁匠

是列宁旗下的一个班

（《锻工房》）

实际上于坚的这两首诗，尤其是后一首《锻工房》也仍然有那个年代诗歌的一些不能完全避免的特性，在说出部分真实（比如现实的还原、不满、灰暗）的同时也留有光明的影像。而于坚的诗歌从起步阶段开始其重要性就在于他的诗歌不是时代流行的单向度，而是多向度的、个人的、真实的。在那个年代恰恰是诗人的真诚和写作的真实并不是对等的。于坚的《烟囱》《锻工房》这两首诗以及写于同一年（1983年）的《作品11号》《作品16号》《作品19号》《作品39号》《作品52号》《河流》等都是反抒情的带有"生活流"的意味。晚于日常化诗歌写作的是几年后刘震云、刘恒、方方和池莉等人"一地鸡毛"式的新写实小说①。于坚的诗歌不是一般意义上的常态抒情，当然也是一种抒情方式。具体到《作品16号》，其抒情性很强，只不过这种抒情是通过日常、小人物和过去时的青年生活的平常、平淡追念来实现的。其实，平淡克制的语言背后恰恰是另一种抒情方式，比如这首诗中的"隔壁的女人回家了／她轻轻地钻进被窝／像一只温柔的母猫（我猜）／雪一样轻的叹息／雪一样厚的墙壁／她的丈夫是个炮兵／今年夏天在二楼　我见过他们／雪睡了　夜有一个白色的枕头／寒风吹亮了月光／十二月默默地站在街上／有些甜蜜　有些辛酸　有些茫然"。尤其是结尾这一部分，抒情性和浪漫化意象都还是比较突出的。还比如写于1983年的另一首诗《南高原》，也是抒情意味强烈且意象和象征密度很大的诗作："太阳在高山之巅／摇着一片金子的树叶／怒江滚开一卷深蓝的钢板／白色的姑娘们在江上舞蹈／天空绷弯大弓／把鹰一只只射进森林／云在峡谷中散步／林妖跑来跑去拾着草地上的红果／阳光飞舞着一群群蓝吉列刀片／刮亮一块块石头　一株株树干／发情的土地蜂拥向天空／蜂拥向阳光和水／长满金子的土地啊／长满糖和盐巴的土地啊／长满神话和公主的土地啊／风一辈子都穿着绿色的筒裙／绣满水果白鹭蝴蝶和金黄的蜜蜂／月光下大地披着美丽的麂皮"。当然，于坚同时期的诗作也有非意象化的，这在很多读者和批评家那里被认为是"口语"的，但这都只能归结为一点——这种诗歌方式和语言特点只能是于坚个人的口味，这一切适合于他，这是从他的生活和内心里生长出来的，"如果我在诗歌中使用了一种语言，那么，绝不是因为它是口语或因为它大巧若拙或别的什么。这仅仅因为它是我于坚的语言，是我的生命灌注其中的有意味的形式。"②

说到《诗六十首》这本薄薄的诗集，其出版过程却并不简单，甚至经历了一些反复和挫折，尤其是一些重要性的诗作比如《尚义

---

① 《钟山》杂志在1989年第3期推出"新写实小说大联展"。

② 于坚：《诗六十首·自序》，云南人民出版社1989年版，第2页。

街六号》是不被当时的编辑和出版社所接受的。

陈超兄：

好！

那本诗集，我的好的作品有许多未收入。好坏掺杂，反映了我的创作过程、试验及种种错误。

云南人民出版社可能给我出一本，我将选得精一些，但出版社由于目前形势已下掉了诸如《尚义街六号》等等。

现在你心情好一点了吧。

在文联时间较多。但是福利太差。这是事业单位。清水衙门。我以为在学校里能要好些。

我最近情绪低沉，什么也没写。

握手！

于坚

1987.2.12

当时的《诗刊》比较重视工业题材的创作，在1984年4月号还用很大的篇幅推出了专辑"工业与诗情"。当时正在逐渐崛起的先锋诗人周伦佑、廖亦武和唐亚平等都在《诗刊》发表了关于工业题材的诗作，比如周伦佑的《黑色的雕像——给一个铺柏油路面的青年养路工》、廖亦武的《最后一次——纪念一位道班老爷子》、唐亚平的《铁轨和爱情》。1984年10月号的《诗刊》的"无名诗人作品专号"推出了一百位青年诗人。其中刊发了当时还是"无名诗人"于坚、韦锦（《这儿》）、柯平（《各自的角色》《关于积雪处理情况汇报（一）》）、程光炜（《绿色旗在前方挥起了》）、宋渠、宋炜（《清晨，城市交响曲》《周末。一群看电影的青工》）、周伦佑（《我给生活剪影》）等人的诗作，还配发了1979年创办"星星画展"而大放异彩的先锋画家曲磊磊的插图（曲磊磊的父亲是《林海雪原》

114

的作者曲波）。曲磊磊曾为北岛和芒克等人1978年创办的民刊《今天》做插图。2017年夏天，我在伦敦参观大英博物馆的时候看到了馆内永久收藏的曲磊磊的两幅画作《雷锋》和《旅程》（水墨宣纸六尺整张）。而这个灯光暗淡的91号展厅的中央就是藏于高科技密封展柜中的东晋画家顾恺之的《女史箴图》原件。《诗刊》上曲磊磊所做的插图也代表了八十年代的社会风貌和时代精神，关于朝阳、青年和远方主题的。此时，于坚发在《诗刊》的这首《四月之城》（这首诗的结构、语态和事态与写于1982年的《节日的中国大街》有些相近，可以比照阅读），显然在修辞、语言（尤其是超长句式以及看似啰嗦的词语使用已经足够大胆和先锋了）和经验的复杂性以及语感的成熟度来说都要明显好于《烟囱》和《锻工房》。

四月之城在高蓝的天空下嚼着黄黄嫩嫩的阳光
四月之城裸露古铜色的手臂打着阳伞在暖风中散步
门开了窗开了阳台开了　孩子们开了所有年纪都开放了
梧桐树上停满大群大群的新叶它们交头接耳叽叽喳喳
小翅膀们呼呼呼抖啊抖把风扇遍了四月之城
洒水车也开放了像一朵白菊花有凉爽爽的香味
一群民族少女穿裙子来到城里像一群山区飞来的蝴蝶
她们小小心心东张西望怕四月之城嘲笑她们晒黑了的
双腿
但四月之城大方热情它喜欢美丽的人们喜欢漂漂亮亮
四月在抢购风扇抢购尼龙伞抢购白衬衣红裙子太阳帽
抢购夏天
它要热热闹闹轰轰烈烈在热带船上挂满生活的彩旗
戴草帽的老妈妈卖掉二十箱汽水还在卖，一千个老头
也跟着她卖
这些老头真是这城的上帝啊他们在四月下了一场甜丝

丝的大雨

灌溉了一大片喉咙它们在唱歌了在吵架了在谈恋爱了在叽里咕噜

有一个青年的处女作发表了他在四月之城奔走相告抱着一大叠《青春》

有一个少女终于在四月寄了一封信那信热得发烫那鲜红鲜红的信封哟

彩色的自行车队像一队队恋爱的鱼从柏油河上游过

阳光在那些小铃铛上丁丁当当就像恋人们的喁喁蜜语

在四月之城用点阳光真是便宜啊从前要搭配一大片乌云呢

你看那些妇女就什么都忘了晒箱子晒被单晒尿片晒芬香的黑发

而年轻人就想晒他们的心把他们的爱情拿到阳光下让人们看见

看吧看吧让人们看去吧在这美好晴朗欢乐健康年轻阳光的四月之城

听吧听吧风在宣言湖在召唤我们蓝色的中午就要来了

在四月之城的黄昏喝鲜啤酒的人们挤满了饭店餐厅雅座

于坚后来还描述了《四月之城》这首诗的发表情况和在诗人朋友间的影响，以及多年后对这首旧作以及新时代的认知："《四月之城》是 1984 年写的，最初发表在《诗刊》。老江河当年看了很激动，逢人便讲。当时是用钢笔写在稿纸上。今天看到一网友把此诗打出来，就转过来。这样的四月之城今天还存在么，窗子外面全是工地、汽车，喇叭声、灰……报纸上的消息是某处又要动工了。某物又涨价了。看看旧作，那遥远的时代自己真的是内心光明啊。而历史一直告诉我们，那是被侮辱与被损害者们的黑暗青春。诗里说的《青春》是当年南京出版的著名文学刊物，在上面发表作品可不得了，名扬中国。已经很多年不知道这个刊物的下落了。我最早的散文是在这个刊物发表的，还以为这样的杂志会天长地久呢。现在我已经不相信什么会天长地久，就是太阳黑掉不再升起来，那也是迟早的事情。我听说美国人正在研究如何为城市做个大玻璃罩子，以利人类在后现代时期呼吸正常，不是童话噶。'四月是一个残忍的季节'，老艾略特真是世故，早知道了。我当年占着年轻，不服，写光明灿烂的四月，没有经验啊。最后三句可以看出那个时代的渴望。现在什么都干了，又如何呢？"① 就是这份南京的官方刊物《青春》在八十年代的发行量高达七十多万份，甚至编辑部因此还盖了一栋大楼分给编辑和职工使用，"此举在全国文艺界都很轰动，此楼犹如纪念碑，诉说着文学与青春的辉煌。如今我就在这座楼里写作，不过它已经十分陈旧破败了。"②

值得注意的是，《诗刊》发表的《四月之城》限于刊物的篇幅，只发表到了"在四月之城的黄昏喝鲜啤酒的人们挤满了饭店餐厅雅座"，余下的五行并没有刊出。

> 许多皮带都松了许多话都说过了许多人觉得风热起来了
> 想干什么想干什么想干什么四月之城热烘烘的城
> 在四月之城的黄昏有一个独身者骑车出去想干点什么
> 什么也没干又回来一个人悄悄地站在没有开灯的窗口
> 望着黑洞洞闪烁烁静悄悄气喘喘轰隆隆热辣辣的四月
> 之城

于坚一代人的写作，有最为重要的校园和民刊形成的传播场域。八十年代是典型的诗歌民刊时代。八十年代初，封新成在兰州

① 于坚：《1984年的"四月之城"》，于坚新浪博客 2008 年 3 月 28 日。
② 韩东：《〈他们〉或"他们"》，《与神语：第三代人批评与自我批评》，中华工商联合出版社 2014 年版，第 17 页。

创办了民刊《同代人》，其中的栏目"我们这一代"带有明显的第三代或新生代为自己命名的冲动。这是一代新人的新鲜的焦渴。于坚参与其中，后来直接参与了韩东等人《他们》的创办。1984年7月，丁当从西安出差去昆明，第一次见到于坚。按照于坚的说法，他们的这次见面像"两个杀人犯一见钟情"，并且专门为此次相遇写了一首长诗《有朋自远方来》。这一时期，于坚和丁当、韩东等人开始书信交往。书信甚至是那时除了见面之外唯一的交流方式。《他们》从1984年下半年开始筹办，韩东、丁当、于坚、顾前、苏童、微粒等人纷纷出钱出力。次年3月《他们》创刊，印了两千本。为了刊物的名字于坚和韩东他们曾多次讨论和交流，于坚在给韩东的信中列出了一大堆自己想到的名字，其中有一个名字是"红皮鞋"。而最终定名为"他们"还是来自于韩东阅读美国奥茨的同名小说，"'他们'本来就是一帮人嘛，并且不是'我们'，也不是'你们'，有一种背向而立的感觉。《他们》杂志既无纲领、宣言，也没有统一的写作原则，本质上就是一个空间，供相互欣赏的作家、诗人自由进出其间。以作者为本，作品直接呈现——后来的《他们》历史证明这个名字是恰如其分的半地下。"[1] 显然，这是区别于以往写作范式的一群强力型诗人，"从表面的诗歌情调上看，这像是一个温和、明快的日常还原主义集团。但是，敏锐的读者可以发现，恰恰在于坚他们这里，而不是在感伤主义诗人那里，表现出更刻骨的清醒、决绝和镇定。满不在乎，目不斜视，存心抹杀现象与'本质'的界限，均表现了诗人对浪漫主义价值立场的怀疑。对这种醒悟，于坚没有虚假地制造'超越'姿势，他使生存的境况变得具体真切，而不是像某些新潮诗人那样从既成的现代西方哲学命题中假借穿越力量。"[2]

---

① 韩东：《〈他们〉或"他们"》，《与神语：第三代人批评与自我批评》，中华工商联合出版社2014年版，第26页。

② 陈超：《"反诗"与"返诗"——论于坚诗歌别样的历史意识和语言态度》，《南方文坛》2007年第3期。

韩东在山大读书期间明显地受到了北岛、多多和《今天》的影响，这一点韩东自己承认——"我们一道传阅多多的组诗《感情的时间》，忙于恋爱"，甚至因为《今天》杂志韩东在 1981 年的反资产阶级自由化中受到山大的隔离审查，还影响到了毕业分配。1982 年韩东分配到西安，较之很多同学去了北京这显然是另一种流放。但是随着写作和认识的成熟，韩东和于坚等人渐渐找到了属于"我们这一代"的新的话语方式，逐渐确立一代人自己的传统，"在山大时我写诗深受《今天》的影响，严格说处于某种模仿阶段。在西安期间我先后写下了《一个孩子的消息》《有关大雁塔》《你见过大海》《我们的朋友》等一批诗，虽然数量不多，但在风格和意识上已经截然不同。二是封新城在兰州创办《同代人》。和当时许多民刊一样，《同代人》仍以北岛等人坐镇，但其中有一个栏目叫'我们这一代'，集中收入了于坚、王寅、普珉和我的作品。于、王、普后来都成了《他们》早期最重要的作者，于坚还直接参与了《他们》的创办。当时我读他们的诗大有找到同志之感，看来针对《今天》的美学反动并非是我一人的倾向，某种新的方向已在不同的诗人那里酝酿。"① 对于坚和韩东这代人来讲，影响的焦虑更为明显，或者说他们更为迫近地感受到一代人和另一代人之间的写作关系，"现在进一步来更明白地解释诗人对于过去的关系：他不能把过去当作乱七八糟的一团，也不能完全靠私自崇拜的一两个作家来训练自己，也不能完全靠特别喜欢的某一时期来训练自己。第一条路是走不通的，第二条是年轻人的一种重要经验，第三条是愉快而可取的一种弥补。诗人必须深刻地感觉到主要的潮流，而主要的潮流却未必都经过那些声名显赫的作家。他必须深知这个明显的事实；艺术从不会进步，而艺术的题材也从不会完全一样。"② 一个时代的诗

---

① 韩东：《〈他们〉或"他们"》，《与神语：第三代人批评与自我批评》，中华工商联合出版社 2014 年版，第 20 页。

② ［英］T.S. 艾略特：《艾略特文学论文集》，李赋宁译，百花洲文艺出版社 1994 年版，第 4 页。

歌方向乃至传统也是由这个时代的诗人完成的。这并不是一句废话和空话。

多年后，1998年7月6日下午，南京的半坡村酒吧。韩东、于坚、朱文和吴晨骏进行了一次关于《他们》的长谈，后来韩东录音整理成《〈他们〉：梦想与现实》发表在《黄河》1999年第一期上。显然这是一次带有历史认定意义的总结会。在他们看来《他们》是超越了八十年代的诗歌运动的，"不能说八十年代出现了《他们》，它就是这个运动的一部分，《他们》从来就不是'第三代诗歌运动'的一部分"（于坚），因而更为纯粹地从文学的根本问题出发代表了一种新的文学秩序和文学理想以及精神可能，呈现了完全不同的写作方式和交往方式，甚至构成了纯然的理想主义的乌托邦，当然也影响到了当代文学的局部方向。而在八十年代的民刊时代，也存在着话语权的争夺，"《今天》和《他们》都是中国最杰出的诗人的阵地，但前者成了流亡者，后者在相同的处境下，则仅仅是一群诗人。这就是《今天》和《他们》的区别"[1]，"八十年代，沉滓泛起的文学社团没有一个能与《他们》相比，都是一些临时组合的小利益集团。而且很多组合在很大程度上是为了和《他们》对抗。这非常可笑。《他们》岿然不动，不管你怎么组合来组合去，'倾向'也罢、'南方诗志'也罢，《他们》还是《他们》"[2]。于坚在此处提到的《倾向》《南方诗志》显然是属于"知识分子派"的，这两份民刊的主要参与者是陈东东、西川等人。

也是在1983年，于坚开始创作《尚义街六号》。这首诗成为于坚早期诗歌的标志性文本，甚至因为此诗于坚"名动天下"。说到1984年，还得提到一个重量级诗人，"1984年，'垮掉的一代'的精神领袖爱伦·金斯堡由中国作家协会的人陪同，来到昆明，在云南大学外语系的一间教室做了一场演讲，听众里面少有人知道他是

---

① 于坚：《我们时代的诗歌》，《山花》1999年第4期。

② 于坚：《〈他们〉：梦想与现实》，《黄河》1999年第1期。

谁，他没有号叫。我的住所距离他演讲的教室只有几十米，我没有听到号叫，根本不知道这位诗人就在我隔壁。而当时我正在写诗，已经读过爱伦·金斯堡的作品，深为震撼。"① 此时，于坚正在写出他一生的代表作。2017年7月底的一天，在剑桥大学附近理查德·贝伦加滕（中文名李道）教授的家里，喝了我从北京带过来的白酒后，李道拿出米沃什签名的书，还有当年金斯堡来他家里做客送给他的红皮诗选的签名本。

再次回到1983年。

那时，远在甘肃的刊物《飞天》因为对当时大学生诗歌的极力推动而成为全国青年诗歌的一个中心。《飞天》从1981年第二期开始推出"大学生诗苑"栏目，每期六个页码（从1981年2月至2014年2月的三十三年间，《大学生诗苑》共出版二百一十二辑，历经四任主编发表了四百六十二所高校两千零三名校园诗人的诗作四千三百三十八首）。后来，公刘和谢冕专门撰文高度评价这一栏目的重要性。于坚在《大学生诗苑》第23辑（1983年4月号）发表组诗《圭山组曲》（包括《圭山》《火把果》《斗牛》《摔跤手》《火把节》）并获得1983年《飞天》第二届大学生诗歌奖，这也是于坚有生以来第一次获奖（奖金是五十元人民币）。此后于坚又在第32辑（1984年1月号）《大学生诗苑》发表《节日的中国大街》（外二首，《第15号》《第19号》，那时于坚还没有将之命名为"作品××号"系列）。获奖时的于坚还是一头黑发，当时《飞天》上刊登了于坚的简历："于坚，二十九岁，云南大学中文系八〇级学生。原籍四川资阳，在昆明当过十年工人。一九八一年起发表诗歌、小说、文学评论。"显然《圭山组曲》属于于坚早期还不成熟的作品，当然也显现出了一些特点，"《圭山组曲》则给我们描绘出一组富有传奇色彩的遒劲的彝族生活风俗画、风景画""《圭山组曲》也是一组颇具特色的诗。诗中不仅有'像牛那样饮酒／像太阳那样大笑'

---

① 于坚：《从垮掉到疲脱》，《山花》2009年第1期。

的'鹰一样的汉子'——摔跤手,'圭水最老的黑石'一般的德高望重的德古,'岩石一样赤裸的汉子''鹿子一样美丽的女人',而且还有由圭山、火把果和'斗牛''火把节'构成的一个充满民间传奇色彩的奇异世界,加之全诗跃动、粗犷的语言节调,与之有机协调,可谓相得益彰。我们不会忘记那'火焰凝结'般'男性'的火把果,有了它,'就有燃烧的生命 / 就有喷射的欢乐 / 它是大自然在高原上 / 塑造的英雄民族的形象'。情感附着于形象,就自然鸣响出这样象征意义的题旨的重音。"①《圭山组曲》按照于坚自己的说法是"写的是云南高原上土著的生活,今天所谓原生态的生活。歌颂大地是我早年诗歌的主题,也是一贯的主题。这来自中国古典诗歌的影响,也有聂鲁达、惠特曼这样诗人的影响"。

在一个官方的出版物占据了主导性的时代,能够在《飞天》这样的公开出版物发表诗作成了那一时代大学生(包括于坚)的梦想,"我大学时期开始在《飞天》发表诗歌,我那些一直被视为非诗的东西在公开刊物获得了前所未有的尊重。《飞天》的宽容使我真正感到,文化上铁板一块的时代在松动了""《飞天》甚至促成了一种叫作'生活流'的诗歌流派,以远见卓识推动了当代诗歌的历史进程"②。在刊物有限、平台短缺、交流尚待开放的时代,尤其是官方刊物在大学生群体中的影响与今天比是不可同日而语的。一份公开发行的刊物对青年诗人的成长和影响是巨大的,是今天媒体开放时代的年轻诗人们所无法想象的。那时的刊物编辑是非常尽责任的,也更辛苦,尤其是在信息不发达时代他们还要给投稿者回信。于坚和伊沙都有同感,"像作者一样,编辑非常尽职。他们写信来,告诉我为什么不用。"③那时还是刊物的黄金时期,与此相应

① 孙克恒:《倾听来自生活的声音——〈飞天〉一九八三大学生诗歌奖作品读后》,《飞天》1984年第8期。

② 于坚:《历史不能忘记》,《大学生诗歌家谱》,广东人民出版社2017年版,第7页。

③ 于坚:《我与〈诗刊〉》,《诗刊》2017年9月号下半月刊。

的，诗歌民刊尽管火热，但是也只是在一定程度上平衡了诗坛的多元性。编辑和诗人之间是通过信件来进行沟通的，当年《十月》的编辑骆一禾给诗人回信动不动就十几页二十几页已经成为诗坛神话和绝响了。

2017 年 8 月，当年负责和操持《大学生诗苑》栏目的编辑张书绅因病于兰州家中逝世。于坚第一时间得知消息后，于 8 月 28 日写了一首悼诗予以纪念。这也是对八十年代大学生诗歌的怀念。

> 一个伟大的编辑去世了
>
> 那些书还在印
>
> 那些苍白的书
>
> 他永远坐在那些无名手稿之间
>
> 戴眼镜的人　逆来顺受
>
> 他看不见世界
>
> 他只看得见石头和陶罐
>
> 1983 年我心怀光明
>
> 走出大学
>
> 朝着一个春天的邮箱
>
> 编辑张书绅住在兰州
>
> 兰花之州
>
> 荒原环绕

而从《飞天》的"大学生诗苑"颇受益的伊沙也在 8 月 29 日写诗纪念张书绅，"平凡而伟大的编辑 / 宣告我诗的出道 / 1988 年 10 月号《飞天》/《大学生诗苑》栏目 / 一半篇幅给　我 /《伊沙诗抄（10 首）》/ 那是史上最隆重的 / 一次发表 / 将'诗抄'——这在当年 / 只有烈士才会享有的待遇 / 给了一位在校大学生的 / 口语诗"。

1989 年，张书绅负责编选完了《大学生诗苑》（合订本第一册，收入第一辑到第五十辑），而遗憾的是合订本第二册因为时代的特殊原因而未能出版。扉页上是张书绅的照片，面容安静、温和、友善、慈祥。封二、封三和封底则是三百多个大学生诗人的肖像。

与此同时，以大学校园为"基地"的各种民刊正在火热的"大学生诗歌"运动中开始了新一轮的"串联"。通信、民刊和小酒馆成为这一时代诗人的重要交流媒介。于坚和当时的众多校园诗人一样，开始与其他地区的大学生诗人建立了广泛的联系。甚至于坚被《大学生诗报》称为"大学生诗派旗手"。这一代"校园诗人"具有空前的叛逆性，尤其是一部分诗人对"朦胧诗"的反抗到了最为激烈的程度。比如 1986 年四川诗人尚仲敏的《大学生诗派宣言》："（1）当朦胧诗以咄咄逼人之势覆盖中国诗坛的时候，捣碎这一切！——这便是大学生诗歌动用的全部手段，它的目的也不过如此：捣碎！打破！砸烂！它绝不负责收拾破裂后的局面。（2）它所有的'魅力'就在于它的粗暴、肤浅和胡说八道。它要反击的是：博学和高深。（3）它的艺术主张：a. 反崇高，b. 对语言的再处理——消灭意象！它不在乎语言的变形，而只追求语言的硬度。c. 它无所谓结构，它的总体情绪只有两个字：冷酷！"[1] 后来，韩东对运动中的诗人以及北岛如是说，"我们要真正了解于坚及其诗歌，就必须拨开诗歌运动这层迷雾。我们不能从于坚被誉为大学生诗派的领袖和旗手这种种说法上来判断于坚。尽管于坚对北岛的诗歌不以为然，但我仍然认为在于坚以前，如果说新诗还有有价值的传统的话，那只能是北岛。我们都受过北岛的刺激，进而转向对北岛的反动。这本身就是一个不可改变的事实。"[2] 尤其是韩东所提出来的北岛一类人的写作和于坚等第三代诗人的写作具有某些相通性的说

---

①　尚仲敏：《大学生诗派宣言》，《中国现代主义诗群大观 1986—1988》，同济大学出版社 1988 年版，第 185 页。

②　韩东：《于坚的胜利》，《以个人的方式想象世界》，生活书店出版有限公司 2015 年版，第 9 页。

法是中肯的，比如从"个人处境"来处理诗歌，只不过不同时代的"个人处境"发生了变化，以前更多是政治，现在起码政治不是唯一的"个人处境"了。

在说到八十年代的"大学生诗苑"的时候会必然涉及到几个诗学概念，而且这些概念大体具有交叉和重合的指涉。这包括"先锋诗歌""大学生诗歌""校园诗歌"以及"第三代诗歌"。这些交叉的概念体现了诗歌史命名的错乱，但是大体而言共同指向的是生于六十年代，在七十年代末八十年代初读大学并且从事实验性和先锋色彩的诗歌创作群体。"大学生诗苑"在八十年代所推出的诗人基本上涵盖了当时中国先锋诗坛非常活跃且崭露头角的大学生青年诗人群体。"大学生诗苑"栏目无疑具有重要的诗歌史价值。围绕着这份刊物和栏目呈现了极其复杂的"校园先锋诗歌"的场域状貌、精神空间和文化生态。尽管"大学生诗苑"在先锋诗歌、校园诗歌热潮散尽之后的文学和社会学上的双重影响已经大不如前，但是一份刊物所呈现的历史进程和转捩足以在中国诗歌史上留下纪念碑一样的重要形象。在整个八十年代的思想文化风潮的大背景下被誉为"中国新时期校园诗歌的渊薮和滥觞"和"中国新时期诗坛黄埔军校"的"大学生诗苑"与"校园先锋诗歌"是一体的、互动的，相互激励、彼此生成。那一时期的大学生校园诗歌必然是先锋的、实验的、创设的、挑战的。而到了九十年代末期尤其是新世纪以来所谓的"大学生诗歌"基本上成了青春期写作的代名词，与真正意义上的"先锋"相距甚远。而围绕着"大学生诗苑"这一栏目所生发和形成的不同年代的文化语境、诗歌状况、诗歌观念、青春生活、校园记忆、刊物、大学教育以及体制的立体空间，不无真切地呈现了历史事件的细节与可感的场景，还原出了一段纵横交错的校园诗歌的田野、沟壑。当然，时过境迁，随着新媒体的发展以及校园诗歌繁而不荣的现状，"大学生诗苑"这一栏目在当下遇到的诸多问题和挑战也是不言而喻的。

关于"大学生诗苑"对先锋诗歌的推动还与地缘文化有一定的关系。在一些研究者看来《飞天》可能属于一份省级的官方刊物，但是必须强调的是在"大学生诗苑"与先锋诗歌、民间诗歌以及开放的校园诗歌的关系上而言它又具有十足的"民间"色彩、独立精神和全国性的开放意识。八十年代的先锋诗歌运动是从民刊开始的，而到了1986年的"诗歌大展"的时候这一切不可辩白地证明先锋诗歌已经由北京的《今天》转向了"外省"——主要集中于西南和西北地区。文化重心的转向也许隐约透露出《飞天》与先锋诗歌在空间形态上的关联。而地处"非文化中心"西北的《飞天》杂志竟然通过坚持了三十多年的"大学生诗苑"栏目推动了整整一个时期的汉语先锋诗歌的进程。这不能说不是一个奇迹。

我们可以回顾一下"文革"结束之后一些民刊所起到的作用。"文革"之后中国内地铺天盖地的各种民间刊物的发生和发展显示了这一时期人们的特殊文学和文化心态。这种"民间""地下"刊物又让人想到前苏联时期的"萨米兹达特"（此词的俄文原意是"自发性刊物"）。而后来获得巨大国际声誉的苏联作家如布罗茨基、帕斯捷尔纳克、索尔仁尼琴等都是在这些"地下"性质的刊物上发表作品，然后才在国外正式出版然后又通过"出口转内销"的方式引起俄罗斯国内的轰动和广泛传播。八十年代的民刊和校园诗刊的热潮不能不让人联想到中国文学史上两次办刊热潮——五四新文学运动以及1978年开始的民刊运动。八十年代的民刊尤其是大学校园的内部刊物在当时媒体尚不发达、官方出版物仍然严格把守的时候对青年诗人的阅读、交往和传播起到了不可替代的作用。那时油印的或更高级的胶印的民刊打开了散落于全国各地诗人的眼界。值得注意的是这些民刊从地理分布上主要集中于南方，这就说明了为什么八十年代先锋诗歌运动更多地转向了"南方"包括西南地区的一个重要原因。以这一时期的一份名不见经传的文学期刊《青春》为例，该杂志1987年5月号推出"桂冠诗人专号"，共收录二十三位诗人，而其中浙江诗人就有六位。我想这个数字不是个例和偶然，而是带有象征性。尽管民刊更多是小范围的"内部"交流，但是这种形式显然对于年轻一代人的写作和思想状态非常重要，它们打开了一个更为自由和开阔的空间。民刊确实在当时的正统刊物权力之外为诗歌提供了阵地并加大了各自之间的美学上的差异，但是这其中仍然有着政治文化和意识形态上的最后反光。这一时期的诗歌传播仍然禁忌颇多，这种仍然不自由的诗歌生产和传播状态也在很大程度上刺激了这些民刊的自发产生和独立发展。这些转折年代的诗人也试图在一些官方刊物中寻找几个突破口以便进一步提升这些"地下"诗歌的影响。而"第三代"诗歌在官方刊物上的集体登场迟至 1986 年才集体出现。尽管《诗刊》曾在 1979 年第 1 期和第 3 期转载了发表于《今天》上的舒婷的《致橡树》和北岛的《回答》，但是包括《诗刊》在内的官方刊物却在此后的几年对先锋诗歌和民刊的重视程度远远不够，甚至不再转载民刊作品。由此可见，当时的文学环境仍然是不容乐观的。很大程度上正是《飞天》的这种"官方"与"民间"融合平衡的姿态使得中国八九十年代的校园先锋诗歌在这里找到了健康的土质和水源。而之所以"大学生诗苑"推出如此庞大的诗歌写作群体不仅与刊物理念和具体的编辑者的先锋、开放的诗学思想有关，而且还与整个期刊界对先锋诗歌的旁观和冷望的刊物环境有关。为此《飞天》承受了时代巨大的压力。尽管这一代大学生诗人占尽时代风潮且各领风骚，但是也不能不因为运动性色彩而饱受争议。这种"地下"或"半地下"的形式显然冲击到了当时以及一直以来壁垒森严的期刊体制，"有一点我一直耿耿于怀——严明的编辑、选拔，严明的单一发表标准，大诗人小诗人名诗人关系诗人……什么中央省市地县刊物等级云云杂杂，把艺术平等竞争的圣殿搞得森森有秩、固若金汤。"① 更重要的

---

① 徐敬亚：《历史将收割一切》，《中国现代主义诗群大观（1986—1988）》，同济大学出版社 1988 年版，第 4 页。

是"对公开刊物的不信任"态度的民刊形成的新的交流平台对年轻一代人的诗歌写作和思想状态产生的极其重要的影响。它们无疑打开了一个更为自由和开阔的空间。正如上海诗人王寅在《纸上的电影》中所说的"八十年代，我的大学生涯是在翻动纸页的轻微声响中度过的"。尽管陈东东曾认为八十年代的"地下"诗刊更多是出自为读者提供一些好的诗歌和诗人的目的[①]，但是这些刊物显然与当时的官方刊物在诗歌美学和文化指向上有着不小的差异。曾有论者将八十年代的这些民刊界定为"地下"诗刊，也即这些大批年轻诗人的诗学主张和正统刊物之间存在着分野[②]。值得注意的是汉语诗歌的"地下性质"在二十世纪的发展中处于一种在国家、民族、战争、运动语境中不断被边缘化的一种处境，在六七十年代更多是一种与主流和政治相对抗的隐伏状态，而到了八十年代中后期以来则更多显出一种个人状态。这不仅对于找回那些历史上的"失踪者"具有重要性，而且这一历史性的瞬间对于整整几十年的当代先锋诗歌发展和生态而言具有启示性。"当代"性质的历史书写由于时间上的压力而有着不稳定的流动状态，因此文学史叙述的事件越是靠近文学史家生活的年代所记住的作家就会越多，甚至成为一大批作家的名单和目录表[③]。历史注定是被讲述的，而这种讲述在多大程度上接近"原生态"的历史本相似乎只能永远是不断被挑战的话题。

再次回到八十年代的刊物的场域。北岛、芒克等人创办的民刊《今天》以及黄翔、哑默等人的《启蒙》对八十年代以校园为主体的民刊影响巨大。在 1978 到 1979 年之间，从北京到外省的各种传单、小册子和民刊简直可以用铺天盖地来形容，而到 1979 年底和

---

① 陈东东：《二十四个书面问答》，《南方诗志》(民刊) 1993 年。
② 敬文东：《抒情的盆地》，湖南文艺出版社 2006 年版，第 5 页。
③ [法] 罗贝尔·埃斯卡皮：《文学社会学》，于沛选编，浙江人民出版社 1987 年版，第 163 页。

1980 年初风起云涌的民刊潮渐渐平息。而在众多的民刊中 1978 年末出现的《今天》无疑是影响最大的。这在很大程度上归功于《今天》有效的传播方式。换言之,《今天》是相当重视诗歌的传播功能和社会效应的。无论是《今天》编辑部的成立（1978 年 10 月）、《今天》的创办（1978 年 12 月 23 日）、"今天"丛书、三期非正式刊物,还是规模巨大的诗歌朗诵会、读者交流见面会、民刊之间的联谊会以及诗人之间的日常交往,都从不同侧面凸显了这一刊物的广泛影响力。八十年代的民刊不断强调着边缘和先锋,这与《今天》真正意义上的与官方刊物相对立的"地下"性质是一致的,"尽管非官方诗歌刊物的发行量有限,它们的重要性是不容低估的。从 1970 年代末《今天》的创刊到 1990 年代末的今天,非官方诗歌一直是当代中国文学实验和创新的拓荒者。"[①] 而到了九十年代的先锋诗歌强调的已经不是"地下",而是转换为"民间","与居主流地位以成功为目标的诗人的写作相比,民间写作的活力与成就都是更胜一筹的,它构成了 1990 年代诗歌写作真正的制高点和意义所在。"[②] 从六十年代开始的先锋诗歌一直就是主流和非主流、官方与地下（民间）、中心与边缘、体制与个人之见的龃龉和博弈。先锋诗歌在不同历史区隔和意识背景中的表现在于重心和程度的差异,有时更偏重于诗歌的思想主题、社会批判、历史控诉以及诗人与政治文化的关系,有时则更强调诗歌的语言、语感、形式以及观念的更新。

1986 年：多事之秋

1986 年 9 月,于坚和韩东、翟永明、吉狄马加、车前子、宋琳、

---

① 奚密:《从边缘出发》,广东人民出版社 2000 年版,第 206 页。
② 韩东:《论民间》,《芙蓉》2000 年第 1 期。

伊甸等人参加了诗刊社在山西太原、五台山和云冈举行的第六届青春诗会（李琦和秦岭因故未能参加此次诗会）。会期二十二天，十五位青年诗人参会，其中十四位毕业于高校，以往青春诗会是没有如此高学历集中的情况的。是的，这一切并非出于偶然，八十年代轰轰烈烈的大学校园诗歌运动以及民刊风潮是青年诗人成长的重要背景和内驱力。

在这一年，于坚第一次见到了韩东、翟永明、杨黎和唐晓渡等诗人朋友。那是一个最富激情和理想又较为纯粹的诗歌交游时代。从六十年代开始延续到八十年代末的先锋诗歌潮流带有明显的"密谋者"和波西米亚特征。诗人之间的串联和交流达到一个空前活跃的时期，而这也与公共空间由封闭到逐渐敞开的过程有关。

1986 年，多事之秋。

1986 年　多事之秋　江湖上

天才一一露面　各省的

牛鬼蛇神

在诗歌中起义　攻破了都江堰

我登车北上　与各路好汉接头

在成都　拜访杨黎　老周

他的眼镜架用胶布绑着　脚指头从皮鞋的

左边露出来　那时评论家们在哪里？

放着诗集的房间　像是放着炸药

诗人和诗人谈话　随时要小心被偷听

我们战战兢兢　学着革命者　瞥瞥身后

飞快地锁好门　用黑墨水　写一首关于

太阳的诗　老木听不懂四川话　非非理论白讲

他想把这个盆地搬到北京去　后来他几乎成功了

一见如故　肥肉和血造就的钻石

杨黎妙语连珠　我的听力自动恢复

大多数时候　我害怕这聪明的世界　不耐烦

的表情　天生我是诗人　只在某些心灵面前　耳膜

才像春天的树叶　发芽　苏醒

他家是一个司令部　满地的《非非》

油印机旁边放着灯　他妈妈在隔壁午睡

为诗歌牺牲的夫人　买菜　做饭

眼看着儿子堕落下去　成为第三代人

母亲永不告密　她知道这么写　要倒霉

"你出门要小心啊　杨黎！"

也许八十年代的诗歌和生活可以用一些并不一定完备的关键词来概括：传奇、生活、江湖、远方、当下、分裂、恩怨、饮酒、交游、胡同、山城、酒馆、校园、江南、外省、油印机、地下、流浪、出走、自杀、流亡……

在没有电话且交通不发达的时候，除了诗人之间的通信和民刊的"内部"交流，那个时代一大特色是诗人之间频繁的交游、碰面。这是古代访友传统的延续，更多的诗人因为主动上门，"没有手机、网络，上门无法预约，办法是直接闯将过去。如果你住在楼上，就大声喊叫，你不在家，就在门口的台阶上坐等""那时候，经常有外地诗人来访，只要报上姓名，声称是写诗的，你就得管吃管住、陪聊陪玩。并且还得吃好住好玩好，稍有怠慢，就会说你不讲义气，你的江湖名声就会受损。整个诗歌圈犹如江湖码头，交流诗歌在其次，以诗的名义过江湖生活才是真义"[1]。江湖，就免不了误会、过节儿和吵吵闹闹、恩恩怨怨的是非，"骆一禾来信，告诉我于坚背后说我坏话，我回信说，我相信面对面的感觉""小海

---

①　韩东：《〈他们〉或"他们"》，《与神语：第三代人批评与自我批评》，中华工商联合出版社 2014 年版，第 21—22 页。

写信给李苇，攻击黄灿然。李苇又将小海的信拿给黄灿然看，后者写信给我，破口大骂（黄认为是我挑唆的），并说要当我的面手淫（侮辱之意）"①。

1986年，于坚见到了几十位以前未曾谋面的诗人，无论是交往的轶事，还是相互之间的诗歌交流，都印证了那一时代诗歌特有的效应。正是因为这种交游，丁当从西安跑到云南来见于坚，又同时激动地给韩东写信，这对《他们》的创办（1984年下半年开始筹划，第二年春创刊）和同仁的形成有直接影响。

1980年的第一届青春诗会，1986年于坚、韩东等参加的第六届青春诗会，以及西川、欧阳江河、陈东东、杨克、张子选参加的第七届青春诗会，确实是历届诗会中最强的，属于"黄金诗会"。2014年我受诗刊社的委托执行编选《青春诗会三十年诗选》②。"青春诗会"给我的感受更像是一条自然分娩的河流。在这条河流上有些诗人不断乘风破浪、扬帆远行，而有的诗人则只是扑腾游了几下就草草上岸，有的则沉于水底。于坚的《尚义街六号》以及另外三首诗《芸芸众生4 罗家生》《作品51号》《远方的朋友》以总题《生命的节奏》发表在当年《诗刊》11月号头条。同期青春诗会的翟永明（《人生在世》组诗）、韩东（《温柔的部分》《一切安排就绪》）、吉狄马加（《古里拉达的岩羊》《老人与布谷鸟》）、车前子（《一颗葡萄》《复眼》《日常生活——一个拐腿的人也想踢一场足球》）、宋琳、潞潞、晓桦、伊甸、阿吾等都发表了自己的代表作。此前1986年9月号《诗刊》已刊登了翟永明在当时引起极大反响的《女人》组诗（《独白》《母亲》《预感》《世界》《我对你说》《边缘》）。在编选《青春诗会三十年诗选》的时候，1986年这届诗人我最终筛选出来的是于坚的《尚义街六号》、韩东的《一切安排就绪》《温柔的

---

① 韩东：《〈他们〉或"他们"》，《与神语：第三代人批评与自我批评》，中华工商联合出版社2014年版，第24页。

② 《青春诗会三十年诗选》，作家出版社2014年版。

部分》《迟到的雨》、翟永明的《黑房间》《人生在世》、吉狄马加的《部落的节奏》《古里拉达的岩羊》《老人与布谷鸟》、宋琳的《雨中想起的若干往事》、车前子的《复眼》《日常生活》、潞潞的《老路》《泥歌》。从这部诗选来看，无论是诗歌的水准还是入选诗作的篇幅（67-87 页），第六届都是非常突出的。

多年后，我在《天南》杂志上看到了韩东提供的一张照片，那是 1986 年青春诗会上翟永明、于坚和韩东三个人在太原的合影。三个人坐在一个红砖垒成的矮墙上。那时于坚还留着头发，胡子也长，身材也比较适中，还没有发胖。

这次诗歌聚会对于坚等人具有相当的重要性，"1986 年我见到许多诗人，我乘火车北上太原去参加《诗刊》的青春诗会，这是一段凯鲁亚克式的行程。在成都与非非、整体主义、莽汉诸君见面。在西安与丁当登上大雁塔。在太原见到了韩东、翟永明、车前子……以及那些大编辑，那些好人、智者""到达的时候韩东来接我，我们一年前合伙办了一个刊物。一辆老爷车等在车站，那时候只有单位有车，私人没有。我和韩东不很适应，韩东甚至都不知道开车门的拉手在哪。在太原的某个房间里，少长咸集，聚集着一些写诗的人和他们的编辑，他们并不知道他们在书写历史。他们只是面红耳赤地争论着诗歌，为好诗喝彩。他们留着长发或不留，穿着牛仔裤、中山装，饮酒、吵架、跳迪斯科、失眠……车前子在浴缸里，翟永明像个女巫，韩东像个图书馆的职工……我们登上应县的木塔，在一千年前的斗拱中眺望祖国的平原，麦子黄了，乡村大道上雾色迷离。"①

1986 年秋天的北京，于坚第一次踏进了位于虎坊路 15 号的诗刊社，"就像世界上大多数编辑部一样，朴素、逼仄、简陋。唯一不同的是，这个编辑部的来稿多到要用麻袋装，其数量居世界第一，我肯定。文明的厚度不见得只是束之高阁在图书馆的精装本，

---

① 于坚：《我与〈诗刊〉》，《诗刊》2017 年 9 月号下半月刊。

也来自这些看上去很原始的麻袋。我记得我在唐晓渡的办公桌上睡过一个午觉，醒来的时候，看见《诗刊》编辑部的楼梯上站着一伙衣冠不整的流浪诗人。"[1] 于坚在诗刊社见到的这几位手里拉着"中国诗歌天体星团"字样布条的外省诗人正是来自于贵州的黄翔等人，"1978 年他在北京创办全国首家民间社团'中国启蒙社'，成为当年西单民主墙影响最大的社团之一。1980 年在贵州参与创办《崛起的一代》(我至今能记得封面那油印的五个大黑字)。1986 年，黄翔组成'中国诗歌天体星团'，与薛德云等人到北大、北师大、人大、中央美院等处进行'诗歌大爆炸'行为主义吼诵活动。因被当局视为'引爆''八六学潮'而入狱。1997 年夏旅居美国。"[2] 至于《尚义街六号》这样另类的不合时宜的诗作能够在 1986 年的《诗刊》发表，于坚认为"那时候一些具有自由思想的诗人和评论家担任了这个刊物的主编和编辑，因此它得以侥幸出现在这个国家最重要的诗刊的头条"[3]。

那一年代的青春诗会无疑具有着写作风向标的意义，这既与当时《诗刊》无可替代的影响力有关，又与那个年代青年诗人和编辑的认真甚至虔诚的诗歌态度有关。这从 1986 年这次青春诗会中可以得到有力的印证："从报到的第二天开始，每天上午、下午、晚上连轴转，交流、讨论作品。会议是在一间较大的住房里进行的，座位不够，不少人便席地而坐。这样便节省了每天一百五十元的会议室租金。与其他任何行业的专业性会议相比，这似乎带有象征的意味。好在这些诗人并不计较条件，他们认为席地谈诗与在辉煌的殿堂里谈诗并没有什么区别。讨论是认真和中肯的，有时意见近于挑剔尖刻，然而除了增进相互了解绝无不良后果。讨论常常延续到夜间十一点，可很少有人立即就寝，不是相互继续交谈，便是创作、

① 于坚：《我与〈诗刊〉》，《诗刊》2017 年 9 月号下半月刊。

② 徐敬亚：《燃烧的中国诗歌版图》，《天南》2011 年第 3 期。

③ 于坚：《说我的几首诗》，《山花》2017 年第 7 期。

修改作品，甚至到凌晨三四点钟才上床。"① 这种观念的碰撞和思想的交锋又与他们大多数人的大学经历和校园诗歌文化不无关联，"也许由于偶然，十五位青年中有十四位毕业于大专院校。这种文化构成的比例，在以往任何一届中是不曾有过的。这可不可以视作青年诗人队伍素质上的一种进步呢？"②

多年后，我看到了一张第六届青春诗会与会诗人的一张合影。地点是山西的大山深处，云雾缭绕，不远的山路上停靠着一辆老式的深绿色的客车。诗人一字排开，前排左侧依次是韩东、于坚和翟永明、韩霞、阎月君、车前子，宋琳在后排将右手搭在于坚的肩上。于坚那时头发还长，穿着一个黄白条纹的坎肩儿，左手扣着自己的右手。按照韩东的回忆，此前的一届青春诗会曾经邀请过他，他跑来参会看到会场的气氛有些"官场化"就独自开溜了。

于坚和韩东此前已开始通信，《他们》也已办得如火如荼。早在写于 1985 年 6 月的诗中于坚就给韩东来了一番朋友之间调侃式的"肖像"刻画，"你告诉我许多外省的天才／还有什么韩东等等／那个想当萨特的人／那个面目清秀的人／那个发誓不和老婆吵架的人／那个住在南京的人／那个体育方面只会跑步的人／／你们在一个冬天读我的作品／大吃一惊／你们说除了你们／于坚就是敌人了／那小子可要防着点／说不定他已买好去瑞典的车票／我很高兴过去我可不认识你们"。(《有朋从远方来——赠丁当》)

于坚先于韩东一天到达宾馆，也接到了韩东让他接站的电报，但于坚和韩东却从来都没有见过面，"于坚来车站接我，我看他犹如少数民族，朴实得可以。于坚也觉得我很土，连小轿车的门是怎么开的都不知道。除了互相挖苦，整个会议期间我俩都在辩论。"③ 这是两个名副其实的"损友"。这是一个诗人通信的时代，那时诗人的

①　王燕生、雷霆：《第六届"青春诗会"侧记》，《诗刊》1986 年第 11 期。
②　同上。
③　韩东：《〈他们〉或"他们"》，《与神语：第三代人批评与自我批评》，中华工商联合出版社 2014 年版，第 29 页。

真诚以及书信往来形成了特殊的诗歌交流史。从报到的第二天起，诗人和指导教师在一比较大的房间里从早到晚甚至通宵达旦地讨论和改稿。会议期间，于坚和韩东展开了一次次对话，谈话更多集中于北岛和"朦胧诗"。一次对话的开头，于坚第一句就是"在成都有人问我，是不是要和北岛对着干。我说，我不是搞政治的"[1]。

　　之所以"第三代"要反叛甚至强奸"朦胧诗"（杨黎语），其中一个重要的原因是北岛等人要表现的"自我"被指责为对英雄主义和人道主义的恢复。换言之"第三代"所要反对的就是北岛等人重新塑造"英雄"和"权威"，"阳光下，那摇摇晃晃的纪念碑又重新开始稳定了。中世纪骑士的风衣，穿在了八十年代中国青年诗人的身上。表现自我伟大的人格，表现弥漫血腥的早晨那个挺拔的英雄，以人道主义和英雄主义的结合，构成了朦胧诗强大的背景。在悲愤的旗帜下，遍地种上了理想的鲜花。那个时代，似乎每一个人都从噩梦中醒来；清理着自身的忧伤，倾诉着过往的怨曲，渴求着重温旧梦。旧，旧到了极点。"[2] 而"第三代"一部分诗人所要做的就是不仅要"否定英雄"还要"否定自我"，就像李亚伟所说"用悲愤消灭悲愤，用厮混超脱厮混"。正如胡冬所说这是一群制造思想和诗歌炸弹的造反派！到了后来，李亚伟等先锋诗人才终于意识到当年他们极力反对的同为"莽汉"诗人的二毛所说的"流派是陷阱，主义是圈套"是有道理的。1986 年冬天，在喧嚣的"第三代"诗歌运动终于浓烟散尽之后，李亚伟发出如此的慨叹："越是新奇有冲击力的东西，到头来越是容易成为圈套。"即使是当时不无激进的廖亦武也对"第三代"诗歌运动怀有疑问，"是谁发起了 1986 年现代诗运动，撵得缪斯抱头鼠窜？"[3] 而这种后起诗人对以往诗人

①　于坚、韩东：《在太原的谈话》，《作家》1988 年第 4 期。

②　杨黎：《穿越地狱的列车——论第三代人诗歌运动（1980—1985）》，《作家》1989年第 7 期。

③　廖亦武：《巨匠》，《中国当代实验诗歌》（民刊）1985 年，后发表于《中国》1986年第 4 期。

的否定心理和反叛意识与"朦胧诗"否定极权政治的心理在本质上是一致的,只是不同历史语境下反叛的对象和重心具有差异。朦胧诗人希望在广场上扮演精英、英雄和启蒙主义者的角色,而"第三代"(一部分)就是要把人的非理性的青春期冲动和反传统的狂暴的一面塑造成新时代的标杆。作为先锋诗歌的历史谱系,"朦胧诗"和"第三代"之间存在着既对抗又对称的关系(这在"第三代"的"和谐派"和"反和谐派"那里有直接的对应),无论是从家族相似性还是从时代语境来说二者之间既有融合也有差异。张枣当年的一首诗更能说明二者之间这种特殊的历史性关联:"报警的铃儿置在你不再爆炸的手边/像把一只夜莺装到某条黑洞洞的枝柯/你和你的药片等着这个世界消歇//用了一辈子的良心,用旧了雨水和车轮/用旧了真理愤怒的礼品和金发碧眼/把什么都用了一遍,除了你的自身//当你模糊的呼吸还砌着海市蜃楼/我感到你在隔壁,被另一个地球偷运/有一只手正熄灭一朵苍蝇,把它弹下圆桌和宇宙//可人家还要来恫吓你,用地狱和上帝/每礼拜叫你号啕一场,可是哭些什么呢?/透过残泪你看出一支支点燃了的蜡烛/好比黑白分明的棋局里一过了河的卒子/或者是天翻地覆,我们已经第二次过河吧/重复一遍你的老妹妹,还有我,一个/醉心于玫瑰柔和之旋律的东方青年//黑发清癯,我们或者真是第二次相遇/在一个我越拉你,你越倾斜的边缘/请记住我:我和夜莺还会再次相遇"。[①]

在1986年的先锋诗歌大潮中,以于坚、韩东、翟永明和吉狄马加、宋琳、车前子等为代表的诗人显现出了显豁的个性,"再没有一种放之四海而皆准的诗歌模式了,他们都强调自己的语言体系。他们之间最明显的共同点,是要求诗歌回到诗歌本身,要求诗歌按照自身的内在规律发展,起到诗歌本身应当起到的作用。"[②]参会时

---

① 张枣:《朦胧时代的老人》,《张枣的诗》,人民文学出版社 2010 年版,第 146—147 页。

② 王燕生、雷霆《第六届"青春诗会"侧记》,《诗刊》1986 年 11 月号。

很多人以为韩东和于坚的风格应该更接近，而事实是"于坚认为诗近似书法，是一种语感的流动，这种流动的语感便是全部，正如同人们欣赏书法，只看其气势和线条，而不去寻找所写汉字的含义。韩东则在把握瞬间体验时，力求自然。他一再声明他的诗背后不藏任何东西"①。在指导教师王燕生和雷霆的印象中于坚多次展现他的书画才能，而韩东则是一个雄辩家，"这些青年诗人并不是苦行僧，他们有时也甩两把扑克，他们也有他们感兴味的闲谈。有时候，在夜深人静之后，一群人跑到太原美丽的街心花园里去歌唱。他们也爱跳舞。在五台山上，他们成了登山家。在云冈石窟，他们又像远来的艺术朝圣者。"②

无论是在于坚本人，还是《诗刊》看来，1986 年这届青春诗会都有着转折点和开创性的诗歌史意义，"夜晚，闪烁的星空总是给人以愉快和希望的感觉，这也就是人们之所以把新出的人才比喻为'新星'的缘故吧！《诗刊》从八十年代开始，每年举办一次'青春诗会'，推出十多位诗坛新人，这都是诗的天空上的新星，尽管它们有的明亮，有的不那么明亮，有的开始明亮，后来又有些减色，但总是增添了光彩。大家可以看出，由于时代节奏加快，虽然只过了五六年，这一届青年诗人和八〇年那一届好像已有恍若两代的感觉。人们曾为'朦胧诗'所困惑，但它带来的新的价值观念和手法已使人不能为之瞩目。而眼下这一批年轻诗人更从新的角度去把握生活，他们已较多用口语化去表达他们的感受，他们对现实的关注已经有新的审美方式了。"③ 这段带有历史总结性的判断——如"新的角度""口语化""对现实的关注""新的审美方式"——似乎更适合用来评价于坚和韩东、翟永明这样的带有写作新质的新一代青年诗人，而从整个这一届青春诗会的诗人来看有的写作仍带有更多的

---

① 王燕生、雷霆《第六届"青春诗会"侧记》，《诗刊》1986 年 11 月号。

② 同上。

③ 《诗刊》卷首语，《诗刊》1986 年 11 月号。

诗学的历史惯性，其创新性还难以谈起。而在于坚看来，"我、韩东、翟永明等人在中国最权威的诗歌杂志《诗刊》的首次亮相，标志着朦胧诗朝代的结束，一种更为复杂的转向诗歌本体意义上的写作时代的开始。"[1] 同期刊发的《青春诗话》，于坚和韩东等青年诗人更是现身说法，以创作谈的方式表达了一代人更新的诗歌观念。当然任何写作心得和观念都不可能是完备意义的，关键看它们在具体的诗学历史语境中处于什么样的位置并发挥了怎样的影响——创作史和效果史的交叉。于坚提出了关涉诗歌的语言、形式、意象、生命节奏等诸多方面的"语感"问题，"不在于写什么，不在于是否深刻或超脱，不在于是否独具一格。只要它来自你的生命，为你的生命所灌注。它就会产生语感，它就会深刻超脱，它就会独具一格。语感不是靠寻找或修炼或更新观念可以得到的。它是与生俱来的东西。它是只属于真正的诗人的东西。"[2] 韩东对诗歌的价值以及诗人的生命体验做了一番不无深刻的阐释："一首诗的审美价值也许就在于此，它必须是活的东西，必须是生命。这个生命是诗人把自己的生命灌输进去的，又是读者用自己的生命感受到的。因此我不能设想那毫无生命迹象，同时又具审美价值的诗歌。同样的，我也不能设想依赖诗之外或之后的比诗歌本身更深刻的存在的诗歌。我只承认生命的深刻。"[3] 翟永明则极其超前和敏感地谈论了女性的身份意识和写作问题，"我一直希望首先是一个诗人，然后才是女诗人，但在生活中我却首先是一个女人，其次才是一个诗人，因此我永远无法像男人那样去获得后天的深刻，我的优势只能源于生命本身。"[4] 而对诗歌的口语化翟永明的认识同样深刻而理性，"我不

① 于坚：《答〈他们〉问》，《于坚诗学随笔》，陕西师范大学出版社总社有限公司2010年版，第154页。
② 于坚：《青春诗话》，《诗刊》1986年11月号。
③ 韩东：《青春诗话》，《诗刊》1986年11月号。
④ 翟永明：《青春诗话》，《诗刊》1986年11月号。

反对诗歌口语化，也绝不有意把诗写得复杂。关键是当一种时尚取代另一种时尚时，我没有必要加入任何一方。我只用自己的语言写诗。"① 而在诗人们强调诗歌的生命体验、现实感和诗歌本体性的时候，吉狄马加则最先提出了诗人的寻根、地方性知识以及民族文化之间的深入而复杂的关联，这尤其对后来全球化和城市化加剧的现实具有深刻的前瞻和启发意义，"诗再不能成为一个无端的游物了，它应该回到自己的土地上来。正如美国诗人威廉·卡洛斯·威廉斯所说的那样'我相信一切艺术都是从当地产生，而且必须如此，因为这样我的感官才能找到素材'，'地方性的东西是唯一能成为普遍性的东西'。诗歌在走向自身的同时，必须走向土地""我们指的走向土地，实际上是人和自然在一种真正意义上的亲近，是人同他生活的土地的历史在更高层次上的对话，是人在各个方面展现出独特的文化结构和审美意识。走向土地，不是一般意义上的回归，更不是用夸大了的自然力量和近似于神的力量，把人性以及人的力量击毙在荒野里。我们离开土地和自己独特的民族文化的时间已经太长了，我们必须回去"②。

值得注意的是，尽管于坚和韩东在后来的诗歌史叙事中往往并列谈论，尤其是《他们》这一民刊的特殊影响以及相应的写作方向，但是于坚和韩东的诗歌道路却是从最初就具有差异。这从当时他们参加青春诗会时各自的诗学阐释上可以看出端倪，而当时《诗刊》的编辑王燕生和雷霆则敏锐地意识到了这一点，"不可能把他们放到一把尺子的同一个刻度内。何止是相貌、性格各异，对于诗的追求也是各不相同。每个人的自身才是值得开垦的沃土。广为吸收而又拉大与一切人和诗的距离，这是他们寻找自己时的最普遍的原则。于坚和韩东已通信数年，先一天到达的于坚拿到韩东让接站的电报却有些发愁，他不知道这位神交之友的尊容。他们被认为是

---

① 翟永明：《青春诗话》，《诗刊》1986 年 11 月号。

② 吉狄马加：《青春诗话》，《诗刊》1986 年 11 月号。

风格最相近的，其实，也是南辕北辙。于坚认为诗近似书法，是一种语感的流动，这种流动的语感便是全部，正如同人们欣赏书法，只看其气势和线条，而不去寻找所写汉字的含义。韩东则在把握瞬间体验时，力求自然。他一再声明他的诗背后不藏什么东西。"[1] 而于坚和韩东在诗歌观念上的差异，于坚也在给陈超的信中提及："对传统文化的反省仍是很重要的，我的许多看法和中国今天许多青年学者不谋而合。在这点上，我和韩东的看法不尽相同，他以为太偏激，他似乎受到某种影响。这从我的诗和他的诗比较也可以看出。"（1988 年 5 月 28 日）

　　为期二十二天的第六届青春诗会可以称为"青春诗会中的青春诗会"，就如我们所说的"诗人中的诗人"一样。《尚义街六号》这首"第三代诗人主要代表"在 1986 年正式诞生。所以，于坚说1986 年 11 期的《诗刊》有些"惊世骇俗"，"《诗刊》不是偶然选择了这些诗人，这个刊物的审美境界来自常识，来自时间深处的审美史。这些诗基于常识而不是时代，普遍的诗意而不是特殊的意思。现代主义会过去，诗不会过去。'文革'后复刊的《诗刊》在 80 年代就有如此见识，在不知道'文革'为何物的世界文学编辑中可谓非同凡响，那是灵光降临的时代。"[2] 确实这与八十年代的期刊环境和编辑生态关系密切，自足而纯粹，"我记得我的责任编辑先后有唐晓渡、雷霆、王燕生、宗鄂，后来还有李小雨。这种作者与编辑的关系是古老的正常关系，君子风度十足，只认作品，不认人。"

　　诗歌这一特殊的文体使得诗人往往易于躁动不安，而整个八十年代更是诗歌追新逐异的时代，是先锋、实验、创造、革命、运动一浪高过一浪的关键词的时代。在诗人急于表达自我的诗歌价值诉求的时候，也不可避免地形成了口号大于内容、运动高于诗歌的不容回避的事实。然而无论是对于创作实践还是诗学反思，八十年代

---

[1]　王燕生、雷霆：《第六届"青春诗会"侧记》，《诗刊》1986 年 11 月号。
[2]　于坚：《我与〈诗刊〉》，《诗刊》2017 年 9 月号下半月刊。

也同样给我们创造了不可多得的代表性样本。譬如对当时火热的诗歌潮流，西北边塞诗、"纯诗""现代史诗"，先锋诗论家陈超就给出了及时、准确和理性的反思，而这也是在 1986 年，"当我荡开一些距离，冷静地考察目前某几种流行诗潮时，我陷入了惆怅。我感到，这些诗歌题材和手法的更新，并没能在更高意义上为诗带来蓬勃的生命。当一些诗人不愿对过往诗歌追摹亟切而寻找新的审美创造方式时，却进入了一种盲目的状态，造成诗歌中'人'的放逐。"①

1986 年注定是被写进诗歌史的一个特殊年份。铁板一块的政治禁锢断裂之后，先锋诗人们面对的则是瞬间被打开的无数的思想和文化的窗户，而个体的可能性、诗歌语言的觉醒和花样翻新而又极其驳杂的文化观念与美学趣味都只能发生在这一年代——"在 1985、1986、1987 这些年头，恨不得一夜之间穷尽诗歌形式的所有可能性"②。

1986 年，《深圳青年报》和《诗歌报》联办的现代诗群体大展作为运动似乎关乎一代人的集体意识，但是对于每一个人来说生活和写作都是具体的。这一诗歌大展后来被当事人徐敬亚形容为"那一场诗的漫天大雪"。轰轰烈烈的"第三代"诗歌运动终于在 1986 年的现代诗群大展中全面登场了。运动和写作一定要区分开来，尤其是具体到个体写作的具体状况的时候。韩东在自己的写作年表中的第一句话就是"1980 年阅读《今天》，开始诗歌写作"③。尽管韩东和于坚等人的诗学理念和《今天》以及北岛等"今天派"诗人迥异，但是其写作精神的起步阶段确实是从对方那里获取和开始的。

---

① 陈超：《"人"的放逐——对几种流行诗潮的异议》，《生命诗学论稿》，河北教育出版社 1994 年版，第 178 页。
② 李振声：《季节轮换："第三代"诗叙论》（修订版），复旦大学出版社 2008 年版，第 3 页。
③ 韩东：《韩东写作年表》，《韩东散文》，中国广播电视出版社 1998 年版，第 331 页。

1986 年这场运动的策划者却是来自吉林大学 77 级的徐敬亚，但是此时的徐敬亚已经在深圳的一个简陋的办公室里手忙脚乱地整理着各地诗人纷至沓来的诗歌包裹。而恰恰又是深圳这样的南方而不是北京发生了惊动天下的诗歌运动。诗歌浪潮和诗坛"洗牌"的冲动马上就要掀起了！通过 1986 年《深圳青年报》和《诗歌报》联合推出的"中国诗坛 1986 现代诗群体大展"到 1988 年徐敬亚、孟浪、曹长青和吕贵品编选的《中国现代主义诗群大观 1986—1988》，我们可以从统计学的层面看看这些诗歌流派和群体的地理分布。而这种分布的情况和相应的分析显然不是可有可无的，因为无论是从组织者还是到参与者明显存在着"地方"之间的博弈以及地理分布的不均衡性。按照入选诗派和人数多少情况（只选入 1 个诗派的省份未列入）排列如下：四川（11 个诗派，入选人数 27 人）、江苏（9 个诗派，入选人数 24 人）、北京（6 个诗派，入选人数 24 人）、上海（5 个诗派，入选人数 19 人）、浙江（5 个诗派，入选人数 14 人）、吉林（6 个诗派，入选人数 10 人）、福建（4 个诗派，入选人数 11 人）、湖南（3 个诗派，入选人数 5 人）、贵州（3 个诗派，入选人数 3 人）、深圳（2 个诗派，入选人数 3 人）、安徽（2 个诗派，入选人数 2 人）、湖北陕西（2 个诗派，入选人数 2 人）。

按照相关统计，1986 年相关的诗社两千多家，油印刊物以及诗集达一千多种。最终这一时期（诗歌的民刊时代和先锋诗歌的黄金时期）高潮迭起的新生代诗歌的成果汇集在 1988 年 9 月同济大学出版社出版的徐敬亚、孟浪、曹长青、吕贵品编选的红皮书《中国现代主义诗群大观 1986—1988》。此前，也就是 1988 年夏天，徐敬亚和孟浪为了出版这本大展去长沙活动，二人还在橘子洲头合影。在孟浪提供的照片上，我们看到的徐敬亚刚从湘江里游泳完上岸，头戴一顶白色的遮阳帽，浑身只穿一个黑色游泳裤。徐敬亚和孟浪二人都双手叉腰，显然踌躇满志。这本红皮诗选首印两万册（版权页注明是三千册），定价 5.2 元（按照国家统计局城市社会经济调查总队的统计，1989 年云南地区居民的年收入是 1183.8 元，平均每月98.65 元。那么一本书 5.2 元，就当时的收入水平来说定价已经很高了）。火热的读者、火热的运动，然后却要靠诗人自己去推销。这同样是那个火热的诗歌运动背后的另一个真相和事实。

> 1989 年春，两万本红皮书中的 300 本，从长沙运抵云南昆明。
>
> 红皮书的到来，并没有使云南辽阔山河立刻泛起熠熠红光。怎么把每本红皮书换回 5.2 元人民币，才是于坚面临最重要的问题。
>
> 2011 年 7 月，坐在我对面的李森笑了。笑得很无奈："那 300 本红皮书，都是我一个人卖出去的！"——我正写本文时，李森恰自云南来游长白山。他回忆说，那是我有生以来第一次，也是唯一一次卖书。推着小板车，在几个校园里转。我自己的诗集都没那样卖过。不卖不行啊，于坚向我发出了命令：每个人必须买一本！告诉他们，连我于坚本人都买了一本啊。
>
> （徐敬亚《昆明 1989：每个人必须买一本》）

但是，很快地，火热的诗歌运动尘埃落定。1986 年深秋，在诗歌评论家吴思敬位于王府井的家中，"吴老师猝然感慨：顾城都 30了，北岛快 40 了。当时我心中凛然一惊——诗歌的光阴真快，20多岁刚出来混，转眼就奔三张。诗人是短命的天才，是青春期的流星，过了 30，意味着爆发力减退，语言的造血功能削弱，抒情的才华下降，冲击灵魂核心的能量逐渐丧失。"[1]

1987 年到 1988 年，于坚在云南西部边境的一所学校教书。《避雨之树》写于这一年。这是于坚早期诗歌的代表作，后来收入《诗

---

[1]　大仙：《幸存者》，《天南》2011 年第 3 期。

歌报 10 年精华（1984—1994）》。值得注意的是，这首写于 1987 年的《避雨之树》在最初发表于《诗歌报》（1984 年 9 月 25 日创办）和后来收入到《于坚的诗》的版本有所差异，包括空格、断句、字词以及诗句增减方面的。比如："它像房顶一样　自然地敞开　让人们进来 / 我们　互不相识　一齐紧贴着它的腹部 / 蚂蟥那样吸附着它苍青的皮肤　它的气味使我们安静"（《诗歌报》），而《于坚的诗》中则调整为"它像房顶一样自然地敞开　让人们进来 / 我们互不相识的　一齐紧贴着它的腹部 / 蚂蚁那样吸附着它苍青的皮肤　它的气味使我们安静"；"让鸟儿们一万次飞走又一万次回来"改为"让鸟儿一万次飞走一万次回来"；"那使得它的手掌永远无法捏拢的东西"改为"那使得它的手掌永远无法捏拢的"；"等待警报 / 解除"改为"等待警报解除"；而"我看见一只翠鸟在梳头　一头豹子在听雨"一句则在《于坚的诗》中被删掉。

尽管当时的诗歌运动如此火热，甚至被后来的学者和诗人们追认"黄金年代"，但是那仍然是一个诗人的自尊和尊严受到戕害的年代，比如诗集出版。值得强调的是《诗六十首》这个小册子在 1989 年春天出版后，于坚把它们搬到家里自己进行销售。这在那个年代是诗人出版诗集的普遍命运，能够公开出一本诗集已经很难了，至于它的销路只能诗人自己负责。2017 年春天，为了写于坚，我从孔夫子网上买了一本《诗六十首》。当这本发黄的薄薄的诗集经由云南的一个街头的书店在党的十九大会议期间辗转到我的桌上，打开，扉页上是于坚的签字"中国云南省昆明市翠湖东路 3 号　于坚"。这既是签名，又是为这本诗集做了广告——留下了可供联系的通讯地址。远在西北的昌耀为了自费出诗集，不得不联系诸多朋友在报纸上提前做征订广告，最终却应者寥寥。诗集《命运之书》好不容易出版后却长期堆放家里蒙尘。而时在《人民文学》的韩作荣不仅首发了昌耀的诗而且自己出钱买下几百本诗集放在办公室送朋友。也许，只有诗人了解诗人。而在石家庄的陈超同样为了能公开出版一本诗集和诗学专著而费尽周折。从 1973 年算起到 1989 年，十多年的诗歌写作已经不算短了，然而即使是于坚这样的八十年代就已经成名的代表性诗人也仍然在诗集出版上是个空白。1989 年春，于坚的首部诗集《诗六十首》终于由云南人民出版社出版。于坚用板车将诗集运回家中销售。1993 年，在朋友李曙的资助下于坚的诗集《对一只乌鸦的命名》由北京国际文化出版公司出版。于坚仍旧是将诗集运回家中销售。

显然，在一个市场化的时代诗人的努力和回馈从来都不会成正比。诗人要想在日常生活和经济链条中获得尊严还需要时日。也许，诗人费尽那么多的周折和努力获得的只能是精神的欢愉和文字本身的快乐。

> 有一本书已经在这个城市出版
>
> 它脱离了那个精疲力竭的撰稿人
>
> 像一罐蜂蜜那样上市　一本书
>
> 三十二开两百页　二十万汉字
>
> 有着读者梦想中的封面
>
> 有着读者想象不出的内容
>
> 明天　将在所有的书店出售
>
> 这个城市将面临灾难还是幸福
>
> 这些读者将获得智慧还是愚昧
>
> 作者不能预测　书店无法预告
>
> 但可以保证　那个精疲力竭的撰稿人
>
> 真的是像蜜蜂一样　根据永恒的秘方
>
> 将这本书　一个字一个字地　写成

（《有一本书已经在这个城市出版》）

2000 年 12 月，于坚的诗集《于坚的诗》作为"蓝星诗库"由人民文学出版社出版。这次，于坚赢得了诗人的尊严，不用再自己销售诗集了。但是，诗人的写作和出版之间的悲剧成了于坚多年的一个心结，"这本诗集收入的是我在二十世纪八十年代到九十年代期间创作的主要作品，大部分作品是第一次结集。在此之前，我经历了一个漫长的不能出版诗集的时期。1989年我出版了第一本诗集《诗六十首》，它们出版后运到我家里，我是通过邮寄的方式把这些小册子卖掉的。1993年在朋友的资助下，我印行了另一部诗集《对一只乌鸦的命名》，它同样从未进入发行渠道，乌鸦们是一只只从我家里飞走的。此后七年之间，我再也找不到愿意出版我的诗集的出版社，这个国家的很多出版社都把出诗集看成是对诗人的一种施舍。"[1]

尽管于坚强调诗歌并不是一种愤怒的对抗，甚至对于汉语诗歌来说更多的时候是"亲和""温柔的抚摸"，但是具体到八九十年代的诗歌写作语境、诗人命运以及整体的不客观的诗歌生态，也使得在不知不觉中于坚在诗歌和文章中表达了自己的不满、不解甚至愤怒。这实际上并不是一种表态，而是一种诗人生活和精神方式使然。诗人的命运在公共社会生活中一直都是边缘和孤独的位置，诗人能够做到的就是寻求语言的独立和人格的独立，"诗是无用的，任何企图利用诗歌的时代，我们最终都发现，它正是诗歌的敌人。但如果一个时代将诗人视为多余无用之辈，那么这个时代也同样是一个地狱""应该是时代向诗人脱帽致敬，而不是相反。应该是时代和它的美学向诗歌妥协，而不是相反。——这正是我尊重和崇拜诗歌的原因，在任何方面，我都可能是一个容易媚俗或妥协的人，惟有诗歌，令我的舌头成为我生命中惟一不妥协的部分。"[2]

八十年代是一个真正意义上的"新时代"。"新时代"对于诗人和写作者来说，新的历史将会收割什么呢？总有些是真金钻石，总

---

① 于坚：《于坚的诗·后记》，人民文学出版社2000年版，第399页。

② 于坚：《于坚的诗·后记》，人民文学出版社2000年版，第399—400页。

有些是稗草灰烬。再坚固的建筑也会坍于一瞬而烟消云散，但是从精神世界的维度和人类命运共同体来说，文化和文学形成了一种穿越时间的传统。我们所期待的，正是能够穿越一个阶段、一个时期、一段历史的经受得起时间淬炼的精神传统。而新世纪、新时代、新世代所形成或正在形成的精神传统也许正是我们所期待的。这就是创造性转化和创新性发展，"假若传统或传递的唯一形式只是跟随我们前一代人的步伐，盲目或胆怯地遵循他们的成功诀窍，这样的'传统'肯定是应该加以制止的。我们曾多次观察到涓涓细流消失在沙砾之中，而新颖总是胜过老调重弹。"① 由此来看，评价一个诗人的个人才能不是凭几个评论家的文章以及诗人的几本诗集所能说了算的，必须放在历史的装置和谱系中予以评价，"人们对他的评价，也就是对他和已故诗人和艺术家之间关系的评价。你不可能只就他本身来对他作出估价；你必须把他放在已故的人们当中来进行对照和比较。"② 也就是说，诗人的写作和评价都必须具有历史意识，具有对一个时代风景的整体性关注和扫描。时代的新变，新现实、新思潮、新动向、新生活、新题材、新主题，都对文学以及诗歌提出了必然性的要求。既然每个人都处于现实和社会之中，既然新的甚至日新月异的景观对写作者提供了可能，甚至这一过程将是文学史历史化进程的一部分。那么，写作者就有责任有必要对此予以承担。所谓，一个时代有一个时代之文学。每一个时代的变革、转化过程中都是诗人率先发出敏锐、先锋、实验、先导、精细、及时、快捷的回声和回应。诗歌，就是时代屋顶上伸出的针尖，在第一时刻感受到幽微的变化以及剧烈的颤动。也就是从社会学的层面以及整体性的诗歌发生机制来说，时代构成了一个显豁或

---

① ［英］T.S.艾略特：《艾略特文学论文集》，李赋宁译，百花洲文艺出版社1994年版，第2页。

② ［英］T.S.艾略特：《艾略特文学论文集》，李赋宁译，百花洲文艺出版社1994年版，第3页。

潜在的要求，天平倾向于哪一边，孰轻孰重，谁予以校正和拨动，都是有历史法则的，都是有其规范和调控的。任何一个写作者，无论是面向个体生存的细节——个人之诗和日常之诗，还是回应整体性的历史命题和时代要求——大诗、宏大的抒情诗、叙事诗甚至现代史诗，都必须在文学自律性内部进行和最终完成。这涉及到诗歌的个人性与普世性、时效性与长久性、现实（本事）成分与修辞能力。我们的一个个历史上的新时代，诗歌的"新口号""新宣言""新主义""新浪潮"简直是铺天盖地，比如1986年的现代诗群大展就涉及到几百个诗派和上千个诗歌社团组织，每一个人每一个小团体无不极力标举自己的创新，反叛、反抗、怪诞、反常成为圭臬，追新逐异成为新生代诗歌的驱动力。新，成为八十年代先锋诗歌所推崇的唯一中心。然而这场无比热闹的诗歌运动很快悄无声息、烟消云散——当然其背后的历史原因是复杂的。而经过几十年的沉淀，当年留下来的流派和宣言几乎淹没无闻，最终留下的只是几个响当当的优异的诗人和过硬的诗歌文本。这就是诗歌（文学）的内在性规律。即使是于坚一代，新生代、第三代也好，都是需要过硬的文本来证明的——"我和万夏商量，我们基本认定1983年为中国第三代诗歌运动的发生年。因为在那一年，韩东写出了《有关大雁塔》，胡冬和万夏发起了莽汉运动，于坚在写'作品'系列，我写了《怪客》，宋炜写了《大佛》。"[①]

尽管"第三代"诗歌运动是短暂的，但是其中的少数优秀的诗人还是以诗歌的方式命名了那一时代。正如周伦佑在一首名为《第三代诗人》的诗中为这一代人写出了自信、调侃而沉痛的精神自传——

　　当然酒是要喝的，饭更不能少。一代人

① 杨黎：《灿烂——第三代人的写作和生活·再版序》，中华工商联合出版社2014年版，第13页。

就这样真真假假的活着，毁誉之声不绝于耳
第三代面不改色心不跳。依然写一流的诗
读二流的书，抽廉价烟，玩三流的女人
历经千山万水之后，第三代诗人
正在修炼成正果，突然被一支鸟枪击落
成为一幕悲剧的精彩片断，恰好功德圆满
北岛、顾城过海插洋队去了。第三代诗人
留在中国坚持抗战。学会沉默
学会离家出走，同时作为英雄和懦夫
学会拒绝，在庭上慷慨陈词，拒不悔过认错
学会流放，学会服苦役，被剃成光头
在队列与超负荷的劳动中尝试另一种生活
周伦佑在峨边闭关修炼，廖亦武、李亚伟
在重庆打坐参禅，尚仲敏在成都写检查
于坚在云南给另一只乌鸦命名。第三代诗人
树倒猢狲散。千秋功罪十年以后评说

第五章

词语的拯救与"元诗"

于坚自觉的写作方式使得他的很多诗有时候不自觉地就滑向或指向了诗歌本体畛域——也即以诗论诗的"元诗"。

这是对一种更高标准诗歌的致敬，也是对汉语诗歌的校正。显然他是反感于那些与精神的澡雪、世事的无常变幻无涉的二手贩卖式的"满纸玫瑰和云雀""笼中的花豹和黑天鹅"，也同样不屑于那些装神弄鬼云山雾罩的诗歌狂人。这既指向了本土和汉语，也指向了流行化的诗歌经验。一定程度上诗人敢于向夏虫语冰，真正的诗人需要有一点不识"时务大体"的勇气。个人的真实和历史的真实同时抵达甚至垂直降临。正如闷热的酷夏正午，大街上和院子里的人们正汗流浃背而又昏昏欲睡，此时一个胆大的小伙子突然从水井里拎出一条蛇。这令很多人顿时起了一身鸡皮疙瘩，身子不由得后仰。而这一场景放在更为复杂的历史话语中"求真者"的时刻就到来了。做一个"诗人中的诗人"，葆有个人化的历史想象力和语言的求真意志，更需要具有毫不犹豫的精准的擒拿七寸之术。

就于坚来讲，他无论是处理日常生活还是个人情感经验，都能够打通个人与整体性的时代以及历史之间的复杂关系。尤其是当真实的个人生活和宏大的历史话语和现实秩序发生摩擦和龃龉的时候，不其然就产生了戏剧性。其中比较具有代表性的是《纯棉的母亲》和《罗家生》。母亲的生活和时代生活之间的戏剧性结构已然生成为"历史话语"。

纯棉的母亲　100％的棉

这意思就是　俗不可耐的

温暖　柔软　包裹着……

落后于时代的料子

总是为儿子们　怕冷怕热

极易划破　在电话里

说到为她买毛衣的事情

我的声音稍微大了点

就感到她握着另一个听筒

在发愣　永远改造不过来的

小家碧玉　到了六十五岁

依然会脸红　在陌生人面前

在校长面前　总是被时代板着脸

呵斥　拦脚绊手的包袱

只知道过日子　只会缝缝补补

开会　斗争　她要喂奶

我母亲勇敢地抖开尿布

在铁和红旗之间　美丽地妊娠

她不得不把我的摇篮交给组织

炼钢铁　她用憋出来的普通话

催促我复习课文　盼望着我

成为永远的100分

但她每天总是要梳头　要把小圆镜

举到亮处　要搽雪花膏

"起来慵整纤纤手

露浓花瘦　薄汗轻衣透"

要流些眼泪　抱怨着

没有梳妆台和粉

妖精般的小动作　露出破绽

窈窕淑女　旧小说中常见的角色

这是她无法掩盖的出身

我终于看出　我母亲

比她的时代美丽得多

与那铁板一样坚硬的胸部不同

她丰满地隆起　像大地上

破苞而出的棉花

那些正在看大字报的眼睛

会忽然醒过来　闪烁

我敢于在 1954 年

出生并开始说话

这要归功于我的母亲

经过千百次的洗涤　熨烫

百孔千疮

她依然是 100％的

纯棉

　　"事件"系列的代表作是《事件：挖掘》（完成于 1996 年 10 月
10 日—22 日）。这首诗是献给著名诗人希尼的致敬和精神对话之作，
但是从文本谱系的角度考量则这首诗带有典型意义上的"元诗"成
分。由诗到诗，由词到词，最终解决的是词语的挖掘和日常挖掘之
间的交互过程。这同样是典型意义上的词语劳作（创造性和个人前
提意义上）和精神激荡，把一个个无效的死去的词重新激活。从这

个层面来讲，诗歌是"动词"。与此同时，诗人还要把一个个事物、细节从词语中解救出来，从而使之重新获得活力和生命膂力，"有一年　诗人希尼　在北爱尔兰的春天中／坐在窗下写作　偶然瞥见他老爹／在刨地垄里的甘薯　当铲子切下的时候／他痛苦似的　呻吟了一声　像是铲子下面／包藏着一大茬薯子的熟地／某些种植在他的黑暗中的作物　也被松动／他老爹不知道　紧接着　另一种薯类已经被他儿子／刨了出来　制成了英语的／一部分""事有凑巧　在另一天　我用汉语写作／准备从某些　含义不明的动词　开始／但响动　不是来自我的笔迹／而是来自玻璃窗外　打断了我的／是一位年轻的建筑工"。

但是，关于"事件""作品××号"系列的写作意图和谱系性的实践，却有研究者对于坚的企图和内在驱动提出了更深层的值得注意的问题，"他对自己的诗作，对他那些表达自己明确诗观的非诗作品，都曾有一些改写。诗集《对一只乌鸦的命名》中的《三乘客》一诗（1982）在《于坚的诗》中更名为《事件：三乘客》；他的非正式出版的《经历之五·寻找荒原》（1989）在《一枚穿过天空的钉子》《于坚的诗》和《于坚集》里则更名为《事件：寻找荒原》。在1993年《对一只乌鸦的命名》问世以后，于坚好像把'事件'这样的系列命名方式当作自己一个标新立异的文本类别，重新把之前的一些作品整理进去。早些时候，他也曾用'作品'系列命名自己写于1983—1987年间的数十首诗作，如《作品1号》《作品108号》，且这个系列不是严格按照数字顺序排列的。这样的系列化命名方式促进了其作品内部的客观化机制。"①

于坚和韩东等人都面临着写作转变的问题，甚至那一过程很艰难，"如果是一种改良、一种渐近的话，产量或许还能保证，而它

---

① ．［荷兰］柯雷：《精神与金钱时代的中国诗歌》，张晓红译，北京大学出版社2017年版，第217—218页。

完全是推倒重来或从零做起。"① 而就当时的于坚而言，并不能归入到韩东和杨黎那一时期的中性话语的写作之中，尽管于坚不断突出"物"自身的重要性，但是更为关注的则是"关系"——词与物的关系，物与物的关系，人与物的关系。但是不可否认的是于坚的语言方式体现在一些诗歌中确实带有一定的冷静和克制，也注重描述和呈现的平衡，比如《一只充满伤心之液的水果》。于坚在诗歌中尝试着对以往诗歌象征体系的纠正，由此他的这些诗歌带有了"元诗"的性质。

　　于坚早期代表作《对一只乌鸦的命名》（完成于 1990 年 2 月）与布罗茨基写作《黑马》和史蒂文斯完成《观察乌鸦的十三种方式》一样，都通过"元诗"的方式在一个物象之上投注了诗人个体主体性的极为开阔、精深的观照。不同之处在于，《对一只乌鸦的命名》几乎穷尽了一个诗人对"乌鸦"的所有常识、隐喻、语言、印象以及想象力。从这一点上来说，于坚和布罗茨基在《黑马》一诗中做的是同一件事。《对一只乌鸦的命名》也代表了此时于坚诗歌观念的调整与更新。这既与个人写作的转捩有关，也与当时整体性的时代精神境遇勾连。而早期的于坚，也不可避免和同时代诗人一样使用传统型的抒情性的隐喻和象征，比如 1986 年的那首《在漫长的旅途中》，那黑夜旅途中的灯光是"含情脉脉的眼睛""黄的小星"，而灯光显然也是某种理想化的慰藉与精神呼应。而在《对一只乌鸦的命名》中，于坚则显示了一个诗人综合处理事物的卓异能力。多年后于坚解读了自己的这首前期代表作，"这是一场语言游戏，我与乌鸦这个词的游戏，它要扮演名词乌鸦，我则令它在动词中黔驴技穷。但是，这仅仅是语言学的游戏么，恐怕不是，这种游戏是富于魅力的，仿佛是为一只死于名词的乌鸦招魂。它复活了吗？我不确定。"②

---

① 刘利民、朱文：《韩东采访录》，《韩东散文》，中国广播电视出版社 1998 年版，第274 页。

② 于坚：《说我的几首诗》，《山花》2017 年第 7 期。

"词语的招魂"就是重新命名事物以及对词语的再度激活。这既与诗人个人化的历史想象力有关，与语言的求真能力有关，更与当时汉语诗歌场域中一个诗人精神主体性的庞大和智性的反思能力有关。汉语诗歌只有在这一时期才真正开始了反思和检视期，尽管这一时期仍然伴随着大量的毫无意义的诗人之间的争吵和不团结的火气与怒气。于坚的《对一只乌鸦的命名》在那一时期具有一定的写作和精神的双重启示性的意义。诗人如何完成对事物和精神性现实的命名，如何在有效的语言方式中虚构出更深层的真实，如何在一个物象那里穷尽所有的想象力，这首诗都做出了示范。

　　"乌鸦"是词语叙述中的"乌鸦"，显然已经不同于纯身体构造的鸟类（"在往昔是一种鸟肉　一堆毛和肠子"），也与饥饿年代诗人所企图征服的鸟巢里的肉体的具体的鸟有别，而成为精神对位过程中与日常表层现实和惯性的语言构造所区别的精神征候和象征物，比如对"黑夜修女熬制的硫酸""裹着绑腿的牧师""是厄运当头的自我安慰""对一片不祥阴影的逃脱"的语法的反讽。这样的带有"第一次"言说和命名的难度是巨大的，需要对常识和语言的惯性进行双重的去蔽。

　　这是一只"语言的乌鸦"，是经由词语说出的另一种事实，"从童年到今天　我的双手已长满语言的老茧／但作为诗人　我还没有说出过　一只乌鸦"。这实际上也构成了一种语言的焦虑，这种焦虑显然不是于坚个人的，而是时代和历史的产物。在畸形的政治文化中，很多词语和事物之间的关系已经定型和僵化，诗人的语言能力降到了冰点。为此，语言的焦虑一定会在特殊的情势下转换成为新的语言事实——对事物的重新命名能力的恢复。由此出发，我们甚至可以将于坚的这首诗看作是一场八九十年代诗歌语言革命的一个并不轻松的诗歌语言学样本和案例。而这样一场语言的革命，其艰难程度可以想见，"这种活计是看不见的比童年／用最大胆的手伸进长满尖喙的黑穴　更难"。这实际上关乎以往整体性的象征、隐喻和神话原型系统。长满语言老茧的手要重新艰苦劳动，让那些老皮脱落，让那些新鲜的肉在阵痛中重新生长。于坚不是在与一只"乌鸦"作战，而是要与已经僵化的语言模式和思维方式作战。词与物的大战已经拉开——

> 我想　对付这只乌鸦　词素　一开始就得黑透
> 皮　骨头和肉　血的走向以及
> 披露在天空的飞行　都要黑透
> 乌鸦　就是从黑透的开始　飞向黑透的结局
> 黑透　就是从诞生就进入永远的孤独和偏见

乌鸦，成为诗歌代表的道德之恶与善之间的分界点。这种诗歌认识论的偏见显然形成了一个巨大的吸附一切的黑箱，"乌鸦"正是那一只神秘难解的"黑箱"。诗人能否最终找到打开箱子的钥匙则未为可知，而打开黑暗的密钥只能靠那些真正具有创设性的诗人。就像乌鸦这只不祥的鸟一样，语言也是不祥的，因为任何挑战性的独立的语言都要经受住箭矢的"无所不在的迫害和追捕"，因为这同样是一个充满了"恶意的世界"。据此，诗人就是那个对笼统天空的打洞者，他手里拿着语言的钻头。某一个人人共知的公共性事物进入诗歌的时候其携带的集体印象以及惯见显然会形成吸附性，"你们　于坚以及一代又一代的读者／都是一只乌鸦巢中的食物"。以往宗教的圣词、民间的巫词以及黑夜豢养的变形的"天鹅"并没有揭示出真相，而是一层层加重了认识的黑暗。"我丧失了对这个比喻的全部信心"，是的，诗人在命名过程中还要忍受准确的词语到来之前的失声和沉默，"我说不出它们　我的舌头被这些铆钉卡住"。当你说出一个词语，立刻就会有相反的情势出现。那些可见之物的不可见的暗示才是诗歌的内在秘密。"乌鸦"以及相似的事物使得诗人成为旋转木马，看似在飞速地前进但是始终围绕着一个固定的轴和中心而无法摆脱。诗人在语言漩涡中就是要挣脱这个离心力，当然要有接受挫败的心理准备，"我就想　说点什么／以向世界表白　我并不害怕／那些看不见的声音"。

此后，《在丹麦遇见天鹅》（1996）、《赞美海鸥》（1997）、《鱼》（1997）等这些"元诗"都是对传统诗歌物象学和语言学的反拨，从而掀起"白色的生物学的风暴"。

于坚对这些诗歌经典意象所蕴含的心理结构和刻板认识的拨正，也对应于一个诗人的语言态度和诗学观念。语言的焦虑，试图写出崭新词语，成了于坚诗学生涯中最为显豁的情势，甚至几乎无处不在。这种焦虑使得诗人在事物和词语面前有着难以言说的无形压力，当然也使得一个诗人的语言能力在自觉中不断提升——

　　　　可为什么当我描述一种现象　所有的词

　　　　全是来自死神的字典？　难道

　　　　对于这个世界　我的语词已经如此魂不附体

　　　　　　　　　　　　　　　　（《傍晚的边界》）

诗人与词语的关系多像是一个人频临死亡的临界体验——前所未有，焦虑与新鲜，日常与反日常的神秘博弈。

值得强调的是这一型构的诗歌所需要的不是一般意义上诗人的想象力，而是特殊的想象力——个人化的历史想象力和语言求真意志。这使得所牵涉的物象或心象成为一个精神场域，日常、历史和精神相互勾连后生发出化学效应，从而具有了美学和历史的双重重要性，"我从未见过上帝　但我经历过人民攻击他的／革命　可以改造国家　思想　甚至宣布上帝已死／但革命　无法改变一只海鸥越冬的路线"（《赞美海鸥》）。这种元诗写作和更新的诗歌观念正是后来的人们津津乐道的于坚的名言和美学圭臬——"拒绝隐喻"。这种写作方式更能在反向度的意义上呈现和还原，这体现在于坚的诗歌中就是那些日常场景和细节的闪光，当然在本质上它们仍是诗歌的隐喻，只是使用的方式和效果不同。经由"具体"和"简单"完成的好诗其难度更大，"但从未有人注意过这生物的细枝末节／比如它那红色的　有些透明的蹼／是猛扑下来　抓牢了大地的／一点点"。说得形象一点，这是对诗人"视觉"和"眼力"的重新擦亮。

由此，无论是具体到于坚的"拒绝隐喻"还是韩东的"诗到语言为止"，或者恢复到初始阶段的元隐喻，回到日常和身边的平民态度以及口语吁求的"诗言体"，都具有某种近乎革命性的意义。于坚则在尝试着重新回到语言和事物初始状态未经任何"污染"的命名关系。语言与世界的第一次"遭遇"——

> 我梦想着看到一只老虎　一只真正的老虎
>
> 从一只麋鹿的位置　看它
>
> 让我远离文化中心　远离图书馆　远离动物园
>
> 越过恒河　进入古代的大地
>
> 直到第一个关于老虎的神话之前
>
> 我的梦想是回到梦想之前
>
> 与一头老虎遭遇

（《我梦想着看到一只老虎》）

一个诗人写出的不再是图书馆、神话和梦想中的那只无效的死去的"老虎"，而是要重新回到事物本身，"我的梦想是回到梦想之前／与一头老虎遭遇"，从而将单向度的语言逆转和拓殖为多向度的语言。

词，如其所是。这也许正是诗歌语言的秘密。由此考察，我们可以在互文的关系上看到一些诗歌文本在这方面的相似性，当然这种相似性并不是仿写，有些许相似而又如此不同。这是重新命名的过程，在语言的层面呈现了事物的真实和可能。比如，博尔赫斯的

《另一只老虎》。

在此，我想以"秋天"为例，谈谈于坚的写作实践和更新的语言观念与自觉意识。

诗人必须把那些空洞的、预设的词语和语义以及附着其上的体制、政治、文化、宗教、知识（尤其是西方诗歌的知识体系）、常识、主义、思想等等统统撤换掉。当然这一切具体到写作实践又并不是任何诗人能完全做到的，"在我的日常生活中几乎不使用玫瑰一词，至少我从我母亲、我的外祖母的方言里听不到玫瑰一词。玫瑰，据我的经验，只有在译文中才一再地被提及。"① 只有这样，才能让事物自身来呈现，让生命体验得以复兴，让语言重新完成对事物的命名，而不是靠惯性的语义循环来复制一首与生命和语言毫无关系的复制品。

> 我在秋天写作
> 这仅仅是一个文雅的好习惯
> 周围并没有任何迹象
> 与唐诗中记录的秋天有关
> 也有一个统治着一切的庞然大物
> 在天空和大地之间　辽阔地盘踞
> 但那不是秋天
> 不是田野上的仙鹤　不是风暴中的牧笛
> 哦　那在八月无所不在的
> 是自来水厂的管道　是生锈的
> 水表　在公寓的一角
> 计算着　潮湿的面积

于坚在这首诗的前半部分基本上重新反思了以往关于"秋天"

---

① 于坚：《棕皮手记》，北京邮电大学出版社 2014 年版，第 55—56 页。

写作的痼疾，比如相应的话语制度、诗歌秩序、词语空洞。当诗歌转入八月的自来水厂生锈的管道以及公寓内潮湿的地面，也才真正进入了体验和词语的内部。这是两种写作方式的较量。于坚这一时期的诗歌几乎一直在贯彻着这一写作路径，尤其是那些陈词滥调的意象、情感和经验都必须被去除。诗人并不是在诗学惯性中建立起来的诗性场景，比如秋天，而是在与个体生命的体验和经验有关的现实和现场中进行发现和创造性写作，"早上　刷牙的时候　牙床发现　自来水已不再冰凉／水温恰到好处／可以直接用它漱口／心情愉快　一句老话脱口而出／'春天来了'"（《便条集·18》）。

在这些以诗论诗的元诗写作实践中，诗人树立起来的是崭新的诗歌世界观。在八九十年代，于坚这一方面的代表作是《想象中的锄地者》。

> 锋利的锄头　犹如春天　被大地的边沿磨过的光芒
> 这个象征是错误的　什么是春天的光芒　请指出来
> 是河流的肤色　还是树皮上的露水　或者是一匹母马
> 平行于河岸的脊背？
> 是羊群毛尖上的亮色　或者是磨坊　被风吹开时暴露
> 的干草？
> 是苹果树某一位置的叶子　或者　来自天空　乌鸦旋
> 转时的角度
> 惟一的来自金属的光芒　被这个农民的手高举
> 四十岁的农民　他的锄头二十五年前购自供销社
> 在秋天麦子丰收的地点　把残余的麦根挖掉　种土豆
> 和南瓜
> 劳动使他高于地面　但工具比他更高　高举着锄头
> 犹如高举着
> 劳动的旗帜　又是象征的陷阱　谁能接着对一把锄头

使用　飘扬？

　　下一个动作　必须向地面坠落　锄头才能很深地切开坚土

　　他的动作必须对故乡的传统负责　当兔子从他的胯间奔过　锄头恰好栽进地中

　　他锄的不是大地　那是一个更辽阔的概念　他的土地是小的

　　两亩半　在村子西头　马过河的岸上　有着核桃树和石榴树的那块

　　他的土地在去年叫作麦地，今年变换称呼　要与粮食吻合

　　春天的正午　我想象一个农民在距我六十公里的郊区锄地

　　作为我想象中的春天的核心　是一把锋利的锄头　我已陷入陷阱

　　我没有想到的是　当兔子跑过他的土地的时候　爪子带走了好些新土

　　那是春天的另一个核心　我却没有表达

　　对于"抒情"和封闭性的"词与物"（能指与所指）的重新清洗成为于坚这一时期的主要工作，除了刚才提到的《想象中的锄地者》之外，还有《关于玫瑰》等诗。

　　于坚曾经有过一段时间处理了大量的"玫瑰"意象，比如《关于玫瑰》《被暗示的玫瑰》《正午的玫瑰》《正午的玫瑰　另一结局》。这既是一种语言学层面的"拒绝隐喻"，又是生活态度、日常观念以及诗人的世界观意义上的谱系性的"元诗"写作。

　　在《关于玫瑰》这首诗中，于坚对一种知识化的诗歌写作进行了彻底地不厌其烦地列举式的反思，比如对春天、四月、玫瑰的

"美好性"修辞的策动，将垃圾场、黑暗、污秽、细菌和"玫瑰"并置在一起。四月也可能是污秽的、黑暗的——起码在诗歌中可以如此。

在进入这个已经被记载于抒情诗的月份之前
一只苍蝇不知道它能否进入"苍蝇"
一朵玫瑰不知道它能否进入"玫瑰"
一只候鸟不知道它能否进入"候鸟"
并非所有的事物都能像历史上的四月那样进入四月
在我索居的城市　四月未能在四月如期抵达
它未能穿越玻璃的黑暗　铁的黑暗　工厂的黑暗
未能穿过革命者仇视旧世界的黑暗
在一个没有苍蝇的四月怀念着同样没有出现的玫瑰
这就是世界的黑暗　四月没有穿越的黑暗

《被暗示的玫瑰》作为一种想象性的场景对接起精神生活的无着感，甚至这一想象真的会改变现实生活的瓦砾、砖头和杂草。而在这些诗中"玫瑰"和"花园"显然成了吊诡的龃龉关系，期待的和现实的二者之间发生了不断摩擦。

春天中我们在渤海上
说着诗　往事和其中的含意
云向北去　船往南开
有一条出现于落日的左侧
谁指了一下
转身去看时
只有大海满面黄昏
苍茫如幕

这是于坚写于 2007 年初的《只有大海苍茫如幕》。不知道为什么，顺着诗歌中的那个"手指"以及不可见和不可言说之物，我想到了米沃什的《偶遇》。

于坚的《只有大海苍茫如幕》和米沃什的《偶遇》都证实了里尔克的"诗是经验"，或者更确切地说是想象性经验。这是里尔克对其前期诗歌中偏重自我感情抒发的自省和反拨，"那时，大自然对我还只是一个普通的刺激物，一个怀念的对象，一个工具。……我还不知道静坐在它面前。我一任自己内在心灵的驱使；……就这样，我行走，眼睛睁开，可是我并未看见大自然，我只看见它在我情感中激起的浅薄影像。"[①] 未知、神秘、空白、沉默出现在诗歌中的时候，诗歌也就不只是表层的现实和个体经验了，而是带有了某种冥想性和超验精神。而于坚越是到后来，这种诗歌品质就愈益明显和突出。实际上这也是汉语诗歌少有的品质。于坚的那首《坠落的声音》非常好地诠释了诗歌幽微的发现性，而这一切并非是通过具体和细节，而是通过语言自身来构架起来的。

> 我听见那个声音的坠落　那个声音
>
> 从某个高处落下　垂直的　我听见它开始
>
> 以及结束在下面　在房间里的响声　我转过身去
>
> 我听出它是在我后面　我觉得它是在地板上
>
> 或者地板和天花板之间　但那儿并没有什么松动
>
> 没有什么离开了位置　这在我预料之中　一切都是固定的
>
> 通过水泥　钉子　绳索　螺丝或者胶水
>
> 以及事物无法抗拒的向下　向下　被固定在地板上的

① ［奥地利］莱纳·玛利亚·里尔克：《论塞尚》,《国际诗坛》第 3 辑，漓江出版社 1987 年版，第 238 页。

桌子

　　向下　被固定在桌子上的书　向下　被固定在书页上
的文字

　　但那在时间中　在十一点二十分坠落的是什么

　　诗歌是一种重新对未知、不可解的晦暗的不可捉摸之物的敞开
与澄明，一种深刻的精神性的透视。正如里尔克所说的"我所说的
'敞开者'，并不是指天空、空气和空间；对观察者和判断者而言，
它们也还是'对象'，因此是'不透明的'和关闭的。动物、花朵，
也许就是这一切，无须为自己辩解；它在自身之前和自身之上就具
有那种不可描述的敞开的自由"[1]。而里尔克、塞尚、罗丹以及于
坚等诗人进行的正是本质力量对象化的"敞开者"式的写作——"伟
大的寻常事物"。"物"是包容性很强的指称，是精神的世界、自
足的世界，是综合的象征体，是人类灵魂的容器，永恒性存在的见
证，是内在的空间——"存在之球体"。这既是现代性、后期象征主
义以及宗教意识的对生存和死亡恐惧的防御心理，又是诗歌对自我
和物象的超越。是有限易逝性转换成永恒性，把"可见领域转化入
不可见领域的工作""在不可见领域中去认识现实的最高秩序"，持
续的永久的不可摧毁的存在的真理和永恒的秘密在诗歌中的重建。
物象诗能够将两种完全不同的事物和观念联系起来，这体现了诗人
的自洽感。首先这需要诗人具有精确的观察和描述能力以及精微的
表现力（这还只是成为大诗人的基本能力），卓异的造型、赋形能
力——客观表达（或里尔克所说的"如其所是的表达"）。其次更为
重要的是变形能力，"变形"不是装神弄鬼不说"人话"，而是为了
加深和抵达语言的真实的想象力的极限。里尔克说"我们应该将这
些表象和事物进行最深刻的理解与变形。变形？对，因为我们的任

---

[1] ［德］马丁·海德格尔：《海德格尔选集》，上海三联书店 1996 年版，第 425 页。

务是将这个暂时的、朽坏的尘世深深地、忍受着并且充满激情地刻印在我们心中，以使其精髓在我们身上'无形地'复活"①。正是得力于这种"变形"能力，诗人才能够重新让那些不可见之物得以在词语中现身。正因如此，里尔克超越了自己的时代走到今天，于坚则在日常事物那里最终超越了日常事物自身——用事物超越事物、用具体超越具体。这一定程度上接近于"反向度"的诗，这需要的是转换能力，从左手到右手，从正面到侧面和反面。

> 是的，正像弗罗斯特所见
>
> 前面有两条路　一条是泥土的
>
> 覆盖着落叶　另一条是柏油路面
>
> 黑黝黝　发出工业的哑光
>
> 据说这就意味着缺乏诗意
>
> 我走这条　也抵达了落日和森林
>
> （《我走这条也抵达了落日和森林》）

　　于坚认为诗人是"语言操作者"，这既指向了诗歌的内在性，又针对一直以来僵化的诗歌话语方式，"我现在日益抛弃读者，更喜欢分析和'无话可说'的境界。斯特拉文斯基说他在没什么想法时才对一张白纸开始作曲。我现在也是如此。《乌鸦》，我尝试了若干种不同方式。灵感冲动完全是靠不住的。最近读李约瑟的中国科技思想史，他说中国人的'理性'是对'人际关系'而不是对'物'。我现在很理性，很重视这个东西，正是'物'这一方面。我想，浪漫主义才子们的时代该结束了。诗人应当是作坊中的'操作者'。我最近系统地读了乔伊斯，中国人对他的理解仅仅到'意识流'为止，真是可叹。乔伊斯是'在着'这种意义上的现

---

① ［奥地利］里尔克：《里尔克致波兰译者的信》，《杜伊诺哀歌》，刘皓明译，辽宁教育出版社2005年版，第182页。

实主义。一些诗人把海德格尔理解成农业社会的行吟哲人，真是可悲。中国今天的所谓先锋诗人，多数是靠灵感、直觉、隐喻过日子的才子。而少乔伊斯这样的真正'作家'。中国人是用浪漫主义的方式去理解现代主义，因此他们特别喜欢拉美作家，埃利蒂斯、帕斯这些浪漫主义变种的诗人，而伟大的卡夫卡、乔伊斯、弗罗斯特以及后来法国罗伯特·葛利耶这些人，不被理解，也不会被重视。中国思维模式和十九世纪的爱尔兰一样，天生排斥着乔伊斯这样的作家。浪漫主义、矫情、激情，充斥诗坛。这和那个时代的氛围有关。"①

诗人躬身向下"挖掘"的过程，自然会让我们想到当年的希尼，"一直向下，向下挖掘。/白薯地的冷气，潮湿泥炭地的/咯吱声、咕咕声，铁铲切进活薯根的短促声响/在我头脑中回荡。/但我可没有铁铲像他们那样去干。//在我手指和大拇指中间/那支粗壮的笔躺着。/我要用它去挖掘"②。正如诺贝尔文学奖对希尼的授奖词所评价的"他的诗作既有优美的抒情，又有伦理思考的深度，能从日常生活中提炼出神奇的想象，并使历史复活"。挖掘，正是创设和复活的过程。我想到了郑愁予一首诗中的句子"生着翅膀的掘井人"。是的，诗人是一个躬身向下的挖掘者（包括对自身的探寻），也是因为语言而长出了翅膀从而获得了更多空间和角度进而认识更多事物和未知的可能。

很多诗人终其一生都是为了写下一首终极意义的"元诗"。这首诗和其他文本构成了明显的互文和共生以及彼此阐释的关系。姜涛在解读陈东东的诗作《全装修》（2003）的时候引用和分析（一定程度上予以了反思）了张枣《朝向语言风景的危险旅行——当代中国诗歌的元诗结构和写作姿态》一文中对"元诗"的理解和不同

① 1990 年 11 月 10 日于坚给陈超的信（未刊稿）。

② ［爱尔兰］希尼：《挖掘》，袁可嘉译，《外国诗歌鉴赏辞典·3·现当代卷》，上海辞书出版社 2010 年版，第 45—46 页。

代际文本实践及其差别的意义。而从诗歌史的发展维度来看，元诗写作不只是局限于"以诗论诗"的文体规定性动作（对写作自身的检视和对话，比如张枣在《朝向语言风景的危险旅行》一文开头直接引用诺瓦利斯的"语言沉浸于语言自身的那个特质，才不为人所知／这就是为何语言是一个奇妙而硕果累累的秘密"），甚至带有不同代际诗人之间的精神姿态和诗学立场（写作意识和观念上的差别，比如"小我"和"大我"、"纯诗"和"及物性"、社会广场的回声与个人的纸上乌托邦、隐喻和"口语"、"知识分子"和"民间"、抒情性和叙事性等等）双重意义上的差异性与自主能动性，"从'朦胧诗'到'后朦胧诗'的'断裂'神话，在此无疑被拆解了，但这却是为了建立一种更大规模的'断裂'，即'对语言本体的沉浸'的态度，在中国新诗的历史记忆中是相当陌生的，它构成了当代中国诗歌写作的独特性。诚然，张枣的判断在多大程度上吻合于历史实际，又在多大程度上不是一种个人的解剖和表白，是可以讨论的，但他无疑敏锐地捕捉到了当代诗歌的核心气质：对写作过程的关注，似乎凝聚于许多当代诗人的表达之中。因而，'元诗'不仅作为一种诗歌类型（以诗论诗），更是作为一种意识，广泛地渗透于当代诗歌的感受力中。在这种意识驱动下，诗人们挣脱了'真实性'的规约，普遍相信人类的记忆、经验、思辨在本质上都是一种语言行为，现实也不过是一种特殊的符号关系。"[①]

由元诗意义上的词与物的重新衡量进而使得诗歌写作成为"事件"，这实际上构成了诗人与历史（个人史、语言史、写作史）的互动关系，"当代中国诗歌写作的关键特征是对语言本体的沉浸，也就是在诗歌的程序中让语言的物质实体获得具体的空间感并将其本身作为富于诗意的质量来确立。如此，在诗歌方法论上就势必出现一种新的自我所指和抒情客观性。对写作本身的觉悟，会导向将抒情动作本身当作主题，而这就会最直接展示诗的诗意性。这就使

---

① 姜涛：《"全装修"时代的"元诗"意识》，《文艺研究》2006 年第 3 期。

得诗歌变成了一种'元诗歌'（metapoetry），或者说'诗歌的形而上学'，即：诗是关于诗本身的，诗的过程可以读作是显露写作者姿态，他的写作焦虑和他的方法论反思与辩解的过程。因而元诗常常首先追问如何能发明一种言说，并用它来打破萦绕人类的宇宙沉寂。"[①] 从语言和意识的方向来看，写作就是精神性的"事件"。这代表了诗人特有的观察角度，以及个体与周边关系的建立，"一种对日常事物以及它们与人自身联系的深层认识贯穿作品，尤其是对体力劳动的描写，在于坚的许多诗歌中集中体现了它与周围事物的终极联系。以我的观点，这种对体力劳动的尊敬来自于于坚长时间身处他所宣称要占领的'民间'空间，很多时在他的诗中出现的忙于劳作的形象都是普通人。读这样的诗作，让人不能不想起于坚在工厂做了 10 年铆工的经历。"[②]

这代表了于坚反对"虚假之诗""浮泛之诗""模拟之诗""抒情之诗""才子之诗"的隐喻系统和语言结构，而最终完成的是一系列的反讽之诗，从而完成对以往陈腐的抒情方式和诗歌意象体系的不屑与清算，"（诗歌秘方）/湖泊脱去了蓝色的手套/露出红色的巴掌//蓝色的手套比喻的是湖水/红色的巴掌比喻的是湖盆/接下来　你要把自己比喻成/岸上的某种'可爱的小东西'/斑羚或者水鹿　正在饮水/你可不能把自己比喻成鱼类/它们完蛋了　这个湖正在干涸"（《便条集·86》）。诗歌要具有"真实性"，尤其是指向自我灵魂世界的时候，这是需要诗人付出努力甚至代价的，"我现在要做一项既无先例、将来也不会有人仿效的艰巨工作。我要把一个人的真实面目赤裸裸地揭露在世人面前。这个人就是我。"[③] 于坚《便条集》中很多与此相关的诗都可以在互文的意义上共时性阅读，这也许在很大程度上印证了诗人终其一生都是为了写出一首伟

① 张枣：《朝向语言风景的危险旅行》，《今天》1996 年第 4 期。

② ［美］Jillian Shulman：《一个置身存在的诗人》，《星星》2003 年 4 月号上半月刊。

③ ［法］卢梭：《忏悔录》，黎星译，商务印书馆 1986 年版，第 1 页。

大的诗，而其余的很多时间都是在"重复"着写作。当然"重复"可以理解为"累积"，这也是由量变到质变的过程，是诗人个性和风格逐渐确立的过程。而从元诗的角度来看，于坚对才子诗、抒情诗和浪漫主义诗歌的反拨体现在他很多"以诗论诗"倾向的写作中，而这些诗非常明显地凸显了一个诗人的精神体量并突破了诗歌写作的边界，"于坚的诗歌一般地说会有两个平行的视角和意向：一是'诗所言'，一是'写作本身'。只要将这两个平行的视角和意向同时纳入阅读，我们才会从于坚诗中既体会出丰富的生存和生命意味，又会体会出明显的'元诗'（关于诗的诗）意味。"① 这正是写作自觉性的表现，生命意识和写作意识（"词与物"的重新掂量）的同步，彼此激活、相互支撑。于坚一系列的元诗写作形成了自觉的以诗论诗的谱系，也是一定程度上的"以物观物"，比如《关于玫瑰》《被暗示的玫瑰》《正午的玫瑰》《正午的玫瑰　另一结局》《对一只乌鸦的命名》《赞美海鸥》《鱼》《金鱼》《在丹麦遇见天鹅》《在诗人的范围以外对一个雨点一生的观察》《春天的咏叹调》等。于坚的元诗写作"或致力于正面清除既成的文化隐喻积淀，或致力于从反面对这些'文化积淀'进行滑稽模仿、反讽，最终，诗人力求在'原在'的意义上救出这些已被文化隐喻焊死在所指上的名词，恢复它们本真而鲜润的自在生机"②。这是于坚倡导的诗歌"动词"运动，去除那些被空洞所指所遮蔽的词语和事物，回到事物本身，完成"原在"的还原和现象学的工作，重新对"词与物"的关系进行创造力的评估。

　　一个值得注意的写作现象是，于坚的一部分诗歌所处理的意象并非是独创的，而是连续性意义上的以往诗歌中的常见意象。其出发点正在于对这些意象的重写、改造和去蔽，无论是庄重还是反

---

① 陈超：《"反诗"与"返诗"——论于坚诗歌别样的历史意识和语言形态》，《南方文坛》2007 年第 3 期。

② 同上。

讽。于坚在这些意象化的反拨工作中为自己的诗歌实践和诗学观念做出了元诗意义上的论证工作，比如他诗歌中的那些"秋天""春天""玫瑰""鹰""乌鸦""老虎""马群""陶罐""教堂""大海""黄河""荒原"等等"老式"意象的重写与再造。

"拒绝隐喻"："朝向语言风暴的危险旅行"

学界对四十年代开始的"当代"主流诗歌在语言上存在的明显弊病已然达成了共识，但是普遍忽视了在文学史叙述和相关研究中被经典化且声誉日隆的"地下"诗歌、"今天诗歌"甚至"第三代诗歌"在语言层面上仍然存在着某种程度的主流诗学的"惯性"机制和思维。换言之，这些具有现代主义色彩的"先锋"诗歌话语是具有双重性格的，即它们在带有创设性色彩的同时仍然带有主流的十七年诗歌和"文革"诗歌语言机制的影响和框定。

毋庸讳言，当代十七年和"文革"十年的主流诗歌写作（这实际上已经不是一种文学写作，而是政治写作）是一种有寄主的"描红"写作，诗人的个体主体性和诗性在不无强大甚至蛮横的意识形态话语的规范和框定下消失殆尽。诗歌很大程度上成了阶级斗争和政治运动的工具，而语言则成为道德和阶级情感直接比附的利器。郑敏在《诗歌与文化》等文中清算了这种语言工具论。这种惯性的、传统的语言工具论认为"语言是工具，语言是逻辑的结构，语言是可驯服于人的指示的，总之，人是主人，语言是仆人。语言是外在的，为了表达主人的意旨而存在的身外工具"[①]。在长期的虚幻乌托邦的幻想与冲动中，诗歌语言被浸染上语言本体之外的道德判断和家国伦理。这就形成了过于简单的善恶对立的二元修辞体

---

① 郑敏：《语言观念必须革新：重新认识汉语的审美功能与诗意价值》，《结构—解构视角：语言·文化·评论》，清华大学出版社 1998 年版，第 73 页。

系。这种约定俗成的权威意义假定不仅导致了中国诗人想象力和创造力的匮乏，而且直接影响到一种僵化垂死的语言模式的产生。诗人从阶级化、斗争化和思想纯粹性立场出发对事物的认识和判断，构成了先入为主的对词语做出简单分类处理的二元对立的过程——"整齐的光明，整齐的黑暗"。这就是本质化的语言观——认为在语言的能指（signifier）和所指（signified）之间存在着固定、对应的确定关系，也即一个语言符号都有一个确定不移的所指和固定的意义。在这种语言观中能指和所指的关系是单一的、约定的、透明的。而从真正的诗学角度考量，诗人所持有的语言并非是日常指称性的语言，更非意识形态性的语言，而应该是修辞化的语言，"相对于日常语言，诗歌语言在许多方面犹如一种方言，受其本身特有的规则所支配，甚至常常发音也不同。更深一层的含义便是，诗歌并不仅仅是日常语言的一个专门化的部分，而是一个完全有资格独立存在的完整的语言体系。"[①] 语言符号的能指和所指之间是不确定的、复杂的、歧义的、滑动的。不存在语言符号的能指与所指的约定对应关系，更不存在一个能指对一个所指的想当然的指涉和必然关系。然而在十七年和"文革"时期的众口一腔万人同调的"战歌"和"颂歌"的消弭个性的集体性大合唱中，诗人在这种语言工具论的框定下使用早已失效的死掉的诗歌语言和意象，如"青山""旭日""红梅""大海""青松""向日葵""航船""红灯"等。这形象地呈现了语言工具论和本质化语言观的诟病以及其所带有的先天不足的精神疾病气味和浓厚的道德气息。

柏桦在《左边——毛泽东时代的抒情诗人》一书中不惜以大量的笔墨对"今天"诗人进行叙述甚至很高的评价，不只是因为这些诗人对于那个时代的重要性，而且在柏桦看来没有"今天"诗人的写作以及启蒙性的影响就没有第三代诗人和后朦胧诗人。在柏桦的

---

① ［美］弗雷德里克·詹姆逊：《语言的牢笼 马克思主义与形式》，钱佼汝译，百花洲文艺出版社1997年版，第40页。

叙述中，食指以及白洋淀诗群得以张扬，这和目前所见的新诗史的处理相差无几。在《左边》的勒口上醒目地提示这是一部相当特殊的关于"后朦胧诗"的专题史叙述："给我们解读当代中国诗坛的谜从柏桦特殊的讲叙角度，我们可以体悟到，所谓'后朦胧诗'，从一开始就是一场以纯美学变革为内涵的运动。虽然八十年代初政治压力仍相当浓重，诗人的历史记忆，用语措词，交流结社，也有着强烈的时代烙印，但诗人的写作并没有选择正面的对抗，而是沉湎与发明一种新颓废，来点染写作冲动和青春的苦闷。"

值得注意的是，对"朦胧诗"之后的的诗学本质的理解，从诗歌的内在规定性和自律性的角度而言，张枣的认识是具有一定启发性的，尽管"后朦胧诗"（与此相应的还有"后新诗潮""朦胧诗后""后崛起""第三代诗""新生代""实验诗""现代主义诗群"等）这一概念自身的巨大局限性不会征得一部分诗人的认同，"实际上，后朦胧诗运动是一场纯诗运动，它对语言自律、纯粹文学性和塑造新的写者姿态的追求达到了前所未有的迷狂地步，正是这一点构成了众多作者的诗学共同性。如果根据那些平庸中所能结晶出来的生效的文本来判断，便不难发现这一共同性，尽管技术手法和形式重点有所不同甚至对立，它们皆融入了两种走向：一是通过对某种形而上内心的智力强化和对诗的元诗使命进行言说来达到消解现实的目的；另一种是直面生活的非诗意和通过对指向现实的语汇的扩充来达到诗歌的命名的自律。"[①] 以张枣的观点，海子和于坚所代表的看似截然不同的写作方式在诗歌的内在性的角度来衡量的话却具有着某种隐秘的共同性——向上的路和向下的路实际上是一条路。尽管这一认识到今天也仍然不被所有的诗人和批评者所认可。但是，这对批评家们来说是一个比较有力的提醒，诗人和批评家都面临着同一个工作，即命名的有效性和真实性，"既然是同一种写作，就不该有两个名目；既然两个名目都不合理，就应该有第三个

---

① 张枣：《朝向语言风景的危险旅行》，《今天》1996 年第 4 期。

名目，如'先锋诗歌'之类的，它至少会跳出前两者所引起的对当代中国诗歌误读的怪圈。这类正名工作，是很有必要的，它也使我们可联系前文进一步讨论两者常常被界定成二元对立时所显露的误导性。"①

当今的新诗史叙述和一般意义上的新诗研究在谈论"地下"诗歌和"今天"诗歌时都要强调当时这些诗人的"非法"性阅读对其写作的影响，甚至会直接拿一些外国诗人套在某某诗人身上。我想强调的是当年的"地下"诗歌中只有少数一部分诗人的文学和哲学阅读因为先天的身份（比如高干和高知子女）而带有时代优势，而另一部分诗人其阅读除了一部分来自于交换之外则更多带有此前所接受和濡染的主流文学特征。甚至今天看来很多"地下"诗人的写作在语言层面都带有时代主流语言机制和思维的程度不同的惯性影响。很多的当代新诗史家和研究者都往往认为多多等"地下"诗人在"文革"时期的写作与西方的现代主义诗歌有着天然的联系，而作为当事人的多多则认为这纯粹是个误解。多多说根子写出震惊世人的长诗《三月与末日》与艾略特的《荒原》根本就是风马牛不相及的事情，因为根子从来都没有读过当时也不可能读到艾略特的诗。更为值得注意的是多多对笔者谈到自己在白洋淀时期几乎没有写诗，只是在回到北京之后才写出了一些被后来的研究者反复提及的诗作。如果按照当事人的说法，我们似乎发现了一个非常富有意味也值得深入讨论的问题。尽管多多的诗歌成就尤其是其独具魅力的诗歌语言已经成为有目共睹的事实，甚至我们可以认为多多是一个天才诗人，但是从另一个角度出发在"地下"诗人和"今天"诗人中多多在诗歌上的过于"早熟"显然也有其复杂的原因。

"地下"诗歌和"今天"诗歌仍然是一种经验型的意识形态写作（当然也有一部分诗人的诗作不在此范围之内），或者更为确切地说这是一种过渡性的写作。换言之"地下"诗歌和"今天"诗歌

---

① 张枣：《朝向语言风景的危险旅行》，《今天》1996 年第 4 期。

只是完成了从"工具语言"到"语言工具"的过渡工作。当然这并非意味着这种过渡性写作没有意义，甚至在历史语境中考量其意义是不可低估的，但是从诗学和语言的层面来看，这种夹杂着意识形态性的经验型写作是有一定的危险性的。因为经验和意识形态会使语言表述带有明显的时代局限性和"惯性"的刻板方式。而本应最为敏锐最具挖掘力和创造性的诗歌写作不仅在"今天"诗歌之前的"红色诗歌"选本文化中充斥着非文学的火药味，而且一定程度上还延续到了"今天"诗人的写作当中。我们可以统计一下当年的"地下"诗歌和"今天"诗歌的核心意象谱系——太阳、天空、向日葵、大海、驳船、人民、土地、广场、刺刀、鲜血、泪水、鲜花、礁石、星星、纪念碑、父亲、母亲（祖国的经典形象）。尽管这些意象谱系已经经过了这些优秀诗人的"清洗"，甚至借此来反拨此前道德化和阶级化的语言机制，但是我们看到这些诗歌意象仍然是以另一种道德化的方式呈现出来。换言之，无论是从诗歌语言还是意象层面，"地下"诗歌和"今天"诗歌仍然是以"道德化"来反"道德化"。正是"地下"诗歌和"今天"诗人（主要一部分诗人，而非全部，比如多多）在诗歌文本中经验和思想立场的凸现妨害了诗歌的本体性，诗人宣讲得过多。尽管比照以往的诗歌话语，他们的写作更具有现代性也更接近诗歌本身。美国诗人麦克利许说"一首诗不应说明什么，而它本身就是"。诗歌从古老的造字意义和诗人言说方式上是一种与世俗社会生活对称甚或对抗的一种想象性和创造性存在，本质上是一种神秘而神圣的言说方式，或曰是一种"特殊知识"，是一门良知和道德的古老"手艺"。在此意义上诗歌和经文都是同一话语谱系，是用语言的隐喻和象征方式说话。正是在此意义上诗歌需要"阐释"，语言需要不断"创设"。从真正的诗学层面考量，诗歌话语本身比实际上说了什么意义本身更为重要也更值得关注。当然吊诡的是中国的诗歌现象和问题很难单一从纯诗学层面观察和介入，而往往带有明显的或难以摆脱的非诗的话语力量的影响和不无强大的道德参照。正是在诗歌语言的层面，我们需要再次明确，这也是为什么第三代诗人有人提出"PASS北岛""打倒舒婷""诗到语言为止"的原因。而在语言的挖掘和对事物的重新发现和命名上，在语言的再生性的繁殖能力上，由于特殊的历史原因和主流诗歌传统，"地下"和"今天"诗人的能力是有所欠缺的。很多诗人还缺乏对诗学经验想象和诗歌语言再生的批判态度，而是仍然将语言作为交流的工具和利器。当然较之此前长时期的窄化、僵化的主流诗歌对语言的极为粗暴、卑鄙的忽视态度而言，这些先锋性的诗歌自有其不可替代的现实意义和诗歌价值。但是从诗歌的本体依据——对生存和语言的双重关注——和对语言态度的学理上我们又不能容忍"地下"和"今天"诗歌的历史性缺陷。这也正是阿多诺所表述的只有重视诗学经验和诗歌语言的批判和模态方面的意义才能够赋予我们的理论以一种新的倾向。这也就意味着诗歌应该是立足于模态的、非概念的本质而对现实采取一种不同于概念思想的态度，一种非统治的、非系统的、非分类话语的态度。

还有值得强调的一点是，"地下"诗人和"今天"诗人的语言态度还和他们的精英立场、思想焦虑以及启蒙姿态有关。精英立场和启蒙姿态使这一转折点上的诗人在意识和潜意识深处有一个较为明确的受众。这种急于交流、表达、宣讲的广场姿态也使这些诗人们急于说"什么"而一定程度上必然忽略"怎么说"，尽管他们已经注意到诗歌表述的方式并且一定程度上具有了现代主义诗歌的语言气象。这从郭世英、张朗朗、黄翔、哑默、食指、周伦佑以及北岛、根子、方含、赵哲、舒婷、江河等诗人的经典型文本中的肯定性的、直陈式的、不容质疑的、直截了当的语气中可以体现出来。他们程度不同地带有思想性、箴言性质的宣告，携带着讲演的广场写作范式。这种直接的、简单的语式、语调还明显带有意识形态色彩，很大程度上妨害了诗歌的繁复性和多义性。由此可见"地下"诗歌和"今天"诗歌还不是求真意志的"成人"式的诗歌写作，还是一种不成熟的带有"不纯"成分和粗糙因子的"青春期"诗歌写作。这也暴露出七八十年代诗歌写作在语言能力和创造力上的局限,"地下"诗歌和"今天"诗歌仍然是在"思想—权力"的框架内写作,仍带有意识形态幻觉和"宏大叙事"的影子。当然,事实上诗人和诗歌不可能是脱离历史话语场的磁化的中性产物。当然也正是源自于此,我们才有必要在诗歌本体层面来考察当代汉语诗歌的问题和生态机制。诗人不是言说政治的简单无主体的动物,写作不是一种政治事件和重大行动。

可以毫不夸大地说,1986 年在诗歌发展之途上是一个重要的年份,而这从诗歌语言的层面考量更是如此,"'朦胧诗'对十七年诗的反动是两极状态的。这一点,仅从一首诗为什么会在白纸上呈形就可以清晰地区别开来。而'第三代诗'对'朦胧诗'的再反拨,从特定意义上说却是整体包容后的继续前倾。"[①] 第三代诗人对包括朦胧诗在内的诗歌语言观念进行了所谓的"清算"与纠正。然而,尽管第三代诗在诗歌语言观念上有不可忽视的进步意义,但是其问题同样是显豁的。如果说"他们"的代表于坚的"拒绝隐喻"、韩东的"诗到语言为止"和"我们关心的是诗歌本身,是这种由语言和语言的运动所产生的美感的生命形式"旨在祛除诗歌语言的政治、文化和历史等他者性话语的牢笼的话,那么第三代诗歌的危险仍然是用一种语言观念取代另一种语言观念。比如"非非"的杨黎等人对传统意义上诗歌书面话语的过度矫正就很具有代表性。这种二元化的拒绝任何"中间"状态的思维方式和语言习惯仍然在一定程度上妨害和消解了"第三代"诗歌文本实验和语言转向的历史价值和诗学意义。唐晓渡对之有谨慎而客观的辨识,"所有这一切都被要求提到诗的文本高度加以对待,经由一个相对自足的语言—符号系统而获得自在的生命。'他们'之'诗到语言为止'的明确主

① 陈超:《打开诗的漂流瓶——现代诗研究论集》,河北教育出版社 2003 年版,第257 页。

张，'非非主义'之'诗从语言开始'的着意强调，'整体主义'之意欲把语言'处理成一个实体，处理成整体系统中的一个层次'的勃勃野心，诸如此类，无不折射着与此有关的自觉努力。这种努力有时到了某种临渊履薄走钢丝的程度。"①

在八十年代后期以来的先锋诗界尤其是长诗写作中，"语言乌托邦"曾一度成为诗人的造梦仪式，"诗到语言为止"并非只是一个诗人的美学观念。维特根斯坦提出的"我的语言的尽头是我的世界的尽头"显然与韩东的"诗到语言为止"存在着明显的谱系性。但是到了于坚这里，语言乌托邦已经解体，现实和精神的双重意义上的"诗人的原乡"已经被斩草除根。由此诗人再向远方、天空、我内心和语言深处寻找就近乎是一场幻梦。这必然是个体主体性精神的无着分裂，是语言的虚妄，是失魂落魄的丧家犬，是不合时宜的恋旧者，是精神的无来去处的尴尬境遇。一切都在改变，荒诞主义的结局似乎早已注定，连乡村的后裔们也已改变了基因——肉体的、血缘的、文化的、道德的。

无论是于坚的"拒绝隐喻"，还是韩东的"诗到语言为止"，除了对"语言作为存在现象"的诗学探寻对僵化、惯性的语言文化、政治文化的所指系统进行拨正、批判的意义（比如于坚的《尚义街六号》《罗家生》《0档案》《飞行》《对一只乌鸦的命名》《避雨之树》《啤酒瓶盖》等"拒绝隐喻"的代表作，韩东的《有关大雁塔》《你见过大海》《甲乙》《我们的朋友》等）外，还有诗歌影响的焦虑。正如当时韩东所说的"经过了北岛，北岛的理由就不再是我们的理由。我们没有理由再一次牺牲。历史使我们有可能执着地面向未来。我们不伤害艺术"②。韩东的这段话以及"诗到语言为止"

① 唐晓渡：《"朦胧诗"之后：二次变构和"第三代诗"》，《唐晓渡诗学论集》，中国社会科学出版社2001年版，第79页。

② 韩东：《三个世俗角色之后》，《韩东散文》，中国广播电视出版社1998年版，第123页。

的写作策略对于诗歌自身的发展而言是具有一定的建设性的，尤其是把这种姿态放置在七八十年代的语境当中的时候，比如摆脱政治动物、文化动物、历史动物的悲剧性以及诗歌运动与政治的关联。但是，无论是韩东还是于坚对北岛等人的评价现在看来肯定存在着偏颇。尤其是"朦胧诗"与"第三代诗人"之间的关系并不是前后的，而可能是大体平行发展的，而从"第三代"内部的"后朦胧诗"来看在血缘上则更接近于"朦胧诗"。再有，第三代内部的美学差异和精神分化也是空前复杂的。而任何一代诗人都会有自己的命运，包括写作。于坚和韩东对"朦胧诗"的反动具有"新时代"的"新的文学精神"的冲动，并试图承担崭新日常诗学立法者的角色。而正是因为于坚和"朦胧诗"一代的诗学差异，形成了八十年代以来先锋诗歌的另一个诗学方向，甚至成为了一个不可忽视的传统，"从意识背景上，他回避了'朦胧诗'鲜明的社会批判意识和道义承担色彩，而强调对个体生命日常经验的准确表达。从语言态度上，他回避了'朦胧诗'整体修辞基础的'隐喻—暗示'方式，而追求口语的直接、诙谐、自然，语境透明，陈述句型中个人化的语感。从情感态度上说，他的诗与'朦胧诗'相比，大致体现出非崇高化、非文化，平和地面对本真的世俗生活，并发掘其意义和意趣的特征。"① 显然，"朦胧诗"之后的诗人，包括于坚，所面临的生存境遇、生命情势以及诗学背景和语言态度都发生了很大变化，而最终呈现出来的是个体日常的综合性诗学。这种写作向度同样需要个人化的历史想象力、求真意志以及对当代经验的承担、对时代噬心主题的楔入。诗歌是虚无之外的离心力量。诗人深入其中，抗拒虚无，抵御寒冷。在复杂情境空前纠结冲撞的时代，"黄金，火焰，光芒，粮食，磨坊，玫瑰"等"老套"的失效的单一视镜的古典浪漫词汇和象征体系，已经很难承担和包容当下诗人复杂的经验

① 陈超：《"反诗"与"返诗"——论于坚诗歌别样的历史意识和语言态度》，《南方文坛》2007年第3期。

和想象世界；已很难完成对词语、事物和本真存在的现场原声的发现和命名。希尼在《舌头的管辖》中说："在某种意义上，诗歌的功效等于零——从来没有一首诗阻止过一辆坦克。在另一种意义上，它是无限的。这就像在那沙中写字，在它面前原告和被告皆无话可说，并获得新生。"[①] 任何优异的诗人都不可能离弃时代而自作高歌，诗不可避免地要介入时代、当下，用诗人自己的"来自良知的共和国"和"粗暴的公共世界"进行较量。在此意义上，持有个我话语谱系并完成对当代经验的有效命名和深入开掘，是诗人的"首要信仰"和"特殊知识"。诗歌要成为容留的诗、张力的诗，是有着强大的能"消化橡皮、铀、月亮和诗"的胃。这甚至关于一个诗人的手艺和从业道德。确然，在技艺层面，诗歌确实是一门古老的手艺，它不只与技巧有关，更与诗人的"道德"相关。斯奈德在《真实的工作》中谈及了"手艺"的重要性："作为一个诗人，我是从我自己的手艺角度来理解的。我学习要成为一个匠人，真正需要掌握什么，专心致志真正意味着什么，工作意味着什么。要严肃地对待你的手艺，而不是胡来。"也正如希尼所言技巧不仅关系到诗人处理文字的方式而且关系到他对生活态度的定义。而具体到文化和文学语境再次考察于坚"拒绝隐喻"的语言态度、个体的日常生活（平视、叙述、冷静、克制）、历史意识的个人化和细节化、自然之物和云南地方空间的抒写、对盲目现代性和城市化的批判等等，其在最大程度上契合了陈超在后期诗论中不断强调的诗人的"个人化的历史想象力"——"要求诗人具有独立思考带来的历史意识和当下关怀，对生存——个体生命——文化之间真正临界点和真正困境的语言，有深度理解和自觉挖掘意识；能够将诗性的幻想和具体生存的真实性作扭结一体的游走"[②]。

---

① ［爱尔兰］西默斯·希尼：《舌头的管辖》，《希尼诗文集》，黄灿然译，作家出版社2001年版，第251页。

② 陈超：《精神重力与个人词源：中国先锋诗歌论》，台北新锐文创2013年版，第21页。

尤其值得肯定的是后来的于坚和韩东对"第三代诗歌"的命名、运动和集体性的时代面具进行了适时地反思，"由于种种原因，在这篇文章中我无法不使用'第三代诗歌'这个概念。这么说，显然暗示了我的某种怀疑。但无论这一概念是否得当，它的确指出了一个集体的共同性存在。开始时也许是必要的，为了区别和抗争，使自己脱颖而出。联合是大势所趋。时值今日，第三代诗歌如果仅仅满足于集合起来的一般特征（如无数评价文章所津津乐道的）是毫无意义的。只有跟踪具体诗人的写作，认识他们独特的才能和抱负，以及（最重要的）确认他们因彼此隔膜而形成的个性力量，第三代诗歌才能重新显示它的价值。换句话说，第三代诗歌中真正有意义的诗人正是那些对'第三代诗歌'这一概念进行背叛的人。"[1]

回到被反拨的"朦胧诗"和"今天诗人"，他们一代人在七八十年代之交的历史语境下实际上也在承担着和后来的韩东、于坚等第三代诗人相同的使命，对此前的文学进行纠正，对自己一代人的诗歌予以辞旧迎新式的立法。当经过几十年，我们冷静下来再看，"今天诗人"和"第三代诗人"的历史角色竟是如此惊人地一致，尽管他们在历史环境中所反拨的对象有别。

谁能够全然超越时代面向未来的写作？甚至没有六七十年代食指以及地下诗歌，没有《今天》和北岛，第三代诗人在哪个前提和基础上进行他们认同的写作呢？被反动的，也是精神资源的一部分。这个是事实。王一川曾经在《在口语和杂语之间——略谈于坚的语言历险》中为了强调于坚"口语"的重要性以及北岛等"朦胧诗人""精英独白"话语，而比较了北岛的《你好，百花山》和于坚的《作品 57 号》语言的历史差异性以及于坚做出语言选择的动因，"在于坚看来，正是与平凡生活相契合的日常口语，才具有消解精英独白而返回日常生活的巨大可能性。于是，返回褪去了浓烈

---

[1] 韩东：《第二次背叛：第三代诗歌运动中的个人及倾向》，《韩东散文》，中国广播电视出版社 1998 年版，第 128 页。

的理想与理性印记的基本的口语式语言，就成了他拒绝'朦胧诗'的精英独白而抵达个人日常生活体验的最合适途径。"①而从历史话语的谱系性来看，没有北岛一代人的"精英话语"也就不会有在此基础进行反拨的"口语"和"平民意识"。从六十年代一直到八十年代初，北岛等人的启蒙姿态、英雄主义和精英话语并不是无效的，而是在特殊的时代节点上具有着诗学和社会学的双重重要性，尽管其诗学的历史局限性现在看来是明显的。但是，真的存在着一种完备意义上的万能的语言吗？肯定不是。这与肯定于坚等第三代的写作并不冲突，关键是任何差异性的写作之间并不应该是完全二元对立的排队，而应该是一种对话、磋商甚至彼此渗透的关系。

当下的新诗史叙述一般都认为"朦胧诗"（现在很大程度上被置换为"今天"诗派或"今天"诗歌）作为一种全新的写作接续了"五四"新诗传统，完成了诗歌由外向内的转换，即由国家意识形态话语向个人话语的转换。相应地，他们的诗歌语言被研究界指认为是尊重诗人的个体主体性和诗歌本体依据的诗性的语言。然而在现代主义诗歌美学圭臬和重写诗歌史的时代机制下，无论是早期的"地下"诗歌还是后来的"今天"诗人其经典化的过程几乎是加速度前进的。在对其文学史和诗歌美学双重的历史意义认同的评论话语面前，学界似乎集体丧失了对这些诗歌存在的语言等问题的反思态度和评价能力。当然，不可否认的是"地下"诗歌和"今天"诗歌不容忽视的社会学和诗学的双重意义，但是同样地我们也不能不重新认识"地下"诗歌和"今天"诗歌的惯性的语言机制以及语言的多层次性。

而中国诗歌行进到九十年代，由于时代的强行转换，理想主义和启蒙精神成了最后的时代晚照。诗人的写作在语言意识上普遍呈现出痛苦、焦灼和向上维度的努力与探寻。诗人"在生命和语言的

---

① 王一川：《在口语与杂语之间——略谈于坚的语言历险》，《当代作家评论》1999年第4期。

摩擦中"，在词语的发现和擦亮的"互动、互否，生成"中，把病态的带有世俗和社会学意义上的精神疾病气味的空洞失效的词语从"超员的病房里／一个。一个。拎出来！"①这种努力放置在八九十年代的写作境遇中其艰砺和难度可想而知。这是在游动悬崖上踩钢丝和无畏历险，是将头颅在火焰中淬炼的"美学效忠"。诗人在阴森冷酷的时代暗夜写下了亡灵书和精神的升阶书，在时代强行进入写作的狂飙中诗人规避着失语的阵痛和尴尬的愤怒。

那么，既然"诗到语言为止"，这里特指的"语言"是什么？既然"拒绝隐喻"，那么这个"隐喻"的指向什么？

于坚宣称：我一直试图在诗歌上从二十世纪的"革命性的隐喻"中后退。

早期的于坚在1985年4月写过一首诗《横渡怒江》（按照于坚自己说法是1982年前后正处于迷恋云南高原地理和生存方式的诗歌写作阶段）的第一句就是：

> 黄昏时分的怒江
> 像晚年的康德在大峡谷中散步

显然，中国场域的怒江和峡谷中的这个迎面大步走来的"康德"就是属于被放大的知识性语辞。此外还有，"它们像朝圣者那样环绕它　靠近它／像是触到竖琴　我看见那些手指在颤抖／那时我看不见棕榈树　我只看见一群手指／修长的手指　希腊式的手指／抚摩我／使我的灵魂像阳光一样上升"（《阳光下的棕榈树》）。"大理石圆柱""竖琴""希腊式的手指"显然是未经完全"个人化""汉语化"的语言。实际上这都无关要害，关键在于词语在整体语境中使用的准确性和有效性。

从文化场域（传统、教育机制、思考方式、语言习惯等）来

---

① 陈超：《生命诗学论稿》，河北教育出版社1994年版，第285页。

说，于坚认为中国整个就是一个巨大的隐喻社会，"这种隐喻在中国变成了一种文化，我感觉它最后导致了很多人是在隐喻地活着，他生活的方式不是对他自己的身体负责，而是对他要隐喻的那个意义、面子负责。这个隐喻系统对应的是公共的意义、价值系统。"[①] 而具体到修辞层面和写作细节，"拒绝隐喻"的于坚在早期也不能不用象征和隐喻说话。当然这是以个人感知、身体事实以及认知方式和生活习惯为前提的，比如"凉快的风／像一块蓝色的绒布／把星星一颗一颗擦干／像是擦拭一只只用过的酒杯"（《夏天最后一场风暴》），"当我进入那火焰的中心／我发现草原的心脏长满了草"（《我看见草原的辽阔》），"太阳泊在海上／一个黄瓷瓶翻倒了／蓝桌布上洒满白花／波浪咬着船的皮肤／手优美地游过／拨响一张咸的唱片"（《作品2号》），"黎明来了　像一种蓝色透明的血液／缓缓渗进世界的手指"（《守望黎明》）。而于坚的可贵之处正在于对自我以及现象层面的诗歌写作中的问题予以拨正和反思，写作是身体的语言史，是对整体的社会隐喻系统的反对，是对陈词滥调的隐喻习惯的拨正，起码一个作家最基本的应该完成对语言隐喻体统的重新激活。

于坚的"拒绝隐喻"，是诗学方法论意义上话语革命，"拒绝隐喻，就是对母语隐喻霸权的（所指）拒绝，对总体话语的拒绝。拒绝它强迫你接受的隐喻系统，诗人在应当在对母语的天赋权力的怀疑和反抗中写作。写作是对隐喻垃圾的处理清除""拒绝隐喻是一种专业写作，诗人必须对汉语的能指和所指有着语言学意义上的认识""在隐喻的专制暴力被拆除的地方，世界会呈现被遮蔽的元隐喻""二十世纪以前的中国诗歌的隐喻系统，是和专制主义的乡土中国吻合的，越是专制的社会，其隐喻功能越发达，不可能想象在一个隐喻作为日常言语方式的社会里会出现惠特曼那样的诗人。即

---

① 于坚、谢有顺：《于坚谢有顺对话录》，苏州大学出版社2003年版，第240—241页。

便是那些对专制主义不满的诗人也是以隐喻式的文本来暗示诗人们对专制时代的不满""二十世纪中国的诗歌虽然已用白话，但诗人们的诗歌意象和结构方式仍然是隐喻式的"[1]。在于坚这里，惯性的"隐喻"体系已经成为反诗歌、反诗性的固化力量。

经验问题最终必然落实为语言问题。

既然"拒绝隐喻"，那么诗人就必须找到另外的诗歌途径。而任何物体和形象进入到诗歌语言的时候都很难是自明其身的，那么这就需要诗人具有一种不同以往的语言能力。具体到于坚，那就是对传统意义上的政治文化和语言惯性的去除，恢复"词与物"的真正有效的个人关系。对"大词癖"于坚有着近乎天然性的警惕与排拒，而是力争恢复到可靠的生命经验以及可控的语言方式。这些"大词"不只是一种写作惯性和语言能力，而是关涉一个诗人的精神背景。这使得表层词语和深层意义之间达成了戏剧性的结构，无论是庄正还是戏谑都可以解开内里的本相。由此，从否定性、独立性和悖反精神的多向度而言（不是同一个向度上滑行的平庸者），诗人就是现实和时代晦暗处的凝视者和发掘人。

阅读于坚的诗，我一再想到了个人经验、历史经验和权势经验之间的时时较量。这可能并不是直接加速度对撞的惨烈，而是持续摩擦时黑夜里的刺刺声和四溅的火星。个人经验尤其是带有个人化历史想象力的个人经验所遭受到的挑战和规训甚至是不可想见的。被忽视的乡村蒙尘的屋子也正暗藏着一个时代"模糊的云图"，而个体命运的叶片形成的是整体性的乡村大树的形状，时代和历史的风雨雷电季节轮回都在这棵树上得以对应。暗房、显影液和最终成像是诗人必备的工作——将那些消失、隐匿之物再次现身。这一起构成的是一个诗人的个人化的历史想象力，这一想象力建立于个体真实的基础之上，并经由求真的意志而具有了普世性，从而抵达那些

---

[1] 于坚：《拒绝隐喻》，《拒绝隐喻·于坚集卷 5》，云南人民出版社 2004 年版，第 129 页。

具有相同或相似命运的"旁人""陌生人"世界。这样的诗需要经验更需要想象力，需要诗人对个体的和整体的、历史的和现实的进行过滤、转换甚至变形。诗人具有转化现实和历史的那个秘密开关。

再次回到于坚当年振聋发聩而又争议巨大的"拒绝隐喻""从隐喻后退"。这实际上有着更为深刻复杂的背景、机制，而当时围绕着"拒绝隐喻"的种种肯定的或否定的声音实际上都一定程度上并未达到语言所表达含义的内核和要义，"在我当时的记忆中，那些认同的声音里，其实几乎没有人真正准确理解了于坚所表达的理念究竟意指什么？他们只将这个理念当作'平民诗歌'的语言应'明白如话'的口号来看，并以此为工具来反对'晦涩难懂'的隐喻诗歌。而那些质疑的声音中，也多是围绕'何为隐喻''隐喻怎么可能真正被拒绝'这类语言学角度展开。"[1] 也就是说，于坚的这个看似合理或者看似不合理的有些本质化和绝对化的全称判断的说法，是有其特指的。姜涛对此强调为"大概他当时提出'拒绝隐喻'的时候，他基本上针对的是具体的问题，并不是泛指。他要拒绝的这个隐喻，指的是我们陈旧的、对于诗歌、对于语言的理解，并不是说他对所有隐喻的回避"[2]。而陈大为也将于坚"拒绝隐喻"这看起来有问题的提法放置在了"第三代诗歌"与"朦胧诗"的历史序列中分析，"'拒绝隐喻'是很有问题的观点，从根本上来谈，诗歌无法完全拒绝隐喻，即使是叙事诗有时也免不了会用上一两个隐喻。其实于坚的意思是——拒绝那些经过'朦胧诗'长期使用的、被诗人和读者完全定型的（尤其是泛政治化的）陈腐隐喻（如本文前述的一系列的隐喻）。换言之，只能最大程度地降低'陈腐隐喻'之使用。要了解于坚的动机，必须重返1970年代。当时的朦胧诗人创造了（或改造了）一系列特定的隐喻，其中很多是具有

---

① 陈超：《"反诗"与"返诗"——论于坚诗歌别样的历史意识和语言态度》，《南方文坛》2007年第3期。

② 姜涛：《一次穿越语言的陌生旅行》，《以个人的方式想象世界》，生活书店出版有限公司2015年版，第188页。

众人心照不宣的政治意涵，在阅读行为中很容易地被解读出来，产生共鸣与心灵疗效，'朦胧诗'因而受到广大年轻读者的欢迎和模仿。"[1]比如"元隐喻"和"隐喻后"阶段，但更多是指向了"隐喻后"的命名被强行终止的阶段——惯性的、僵滞的、武断的、政治化、类聚化、文化的无生命力、无存在感的语言系统的价值判断以及文学语言所指的语义循环、暗喻的遮蔽性特征和痼疾，"隐喻后依赖于历史，它具有文化专制主义的一切功用。它是强迫的、权力的，它强制读者接受那些'喻体'。能指和所指的关系是武断的""元诗被遮蔽在所指中，遮蔽在隐喻中，成为被遮蔽在隐喻之下的'在场'""所指生所指，意义生意义，意义又负载着人们的价值判断，它和世界的关系已不是命名的关系，而是一套隐喻价值系统。能指早已被文化所遮蔽，它远离存在。"[2]

> 抒情诗的深度
>
> 在红玫瑰的舌头下面
>
> 一把插在玻璃上的黑锄头
>
> 暗示的是匪徒的初恋
>
> 而冰箱里的麂皮鞋又意味着什么
>
> 你猜不到啦　是山区解冻的脚步
>
> 水稻象征亚洲
>
> 而青铜这个词出现　你就应当联想起
>
> 一位　风流倜傥的老皇帝
>
> 凤尾鱼啊　在您周围的是什么？
>
> "宫娥"

---

[1] 陈大为：《论于坚诗歌迈向"微物叙事"的口语写作》，《台湾诗学季刊》2012年总第十九期。

[2] 于坚：《拒绝隐喻》，《拒绝隐喻·于坚集卷5》，云南人民出版社2004年版，第127—129页。

春天　自然是一条　柳条织成的

绿毛衣啦　如果你猜不着

你就是一个没有想象力的

文盲

　　也正如于坚自己所点明的要害所在，"我那个时代是个反生活的时代，生活声名狼藉。反生活的潮流源自欧洲，随之进入中国，'文化大革命'是全面摧毁中国生活世界的革命。反生活其实是当时中国最猖獗的意识形态，任何事情都是从面子、象征、隐喻、意识形态而不是从生活出发。我说拒绝隐喻，不只是诗学，而是最基本存在问题。我的诗歌重建的是日常生活的尊严、幽默感、赞美和批判。"[1] 就写作经验以及阅读经验而言，汉语诗人的窘境已猝然降临。在整体性结构不复存在的情势下，诗歌的命名性、发现性和生成性都已变得艰难异常。现代诗正在遭遇经验危机，甚至是前所未有的经验的贫乏。当然这种经验贫乏并不只是在汉语和这个时代发生，"意识到对经验的触目惊心的剥夺和史无前例的'经验的缺乏'也是里尔克（Rilke）诗歌的核心。"[2] 无论是一个静观默想的诗人还是恣意张狂的诗人如何在别的诗人已经蹚过的河水里再次发现隐秘不宣的垫脚石？更多的情况则是，你总会发现你并非是在发现和创造一种事物或者情感、经验，而往往是在互文的意义上复述和语义循环，甚至有时变得像原地打转一样毫无意义。这在成熟性的诗人那里会变得更为焦虑，一首诗的意义在哪里？一首诗和另一首有区别吗？由此，诗人的持续性写作就会变得如此不可预期。而于坚正是一个持续性写作的诗人。流行的说法是每一片树叶的正面和反面都已经被诗人和植物学家反复掂量和抒写过了。那么，未被命名

---

① 于坚：《为世界文身》，陕西人民教育出版社 2015 年版，第 204 页。

② ［意］吉奥乔·阿甘本：《幼年与历史：经验的毁灭》，尹星译，河南大学出版社 2016 年版，第 58 页。

的事物还存在吗？诗人如何能继续在惯性写作和写作经验中还在电光石火的瞬间予以新的发现甚至更进一步的拓殖？不可避免的是诗人必须接受经验栅栏甚至特殊历史和现实语境的限囿，因为无论是对于日常生活还是个人化的历史想象力和修辞能力而言，个体的限制都十分醒目。

因此经验窘迫中的诗人如何能够继续发现和自我更新？晚年身患糖尿病的德里克·沃尔科特终于突破了经验的限囿而找到了自己语言谱系和意义织体中的耀眼的"白鹭"，"这些浑身洁白、鸟喙橙黄的白鹭多么优雅，/ 每只都像一个潜行的水罐，茂密的橄榄林，/ 雪松抚慰着在雨季里猛烈咆哮的 / 一条溪流；进入那种平静 / 超越欲求摆脱悔恨，/ 或许最终我会达到这里"。① 而只活了五十八岁的杜甫则在五十四岁时完成了独步古今的《秋兴八首》。在一个乡愁和乡土伦理在诗歌中近乎铺天盖地的时候，有哪个诗人能抵得上老杜的这一句"丛菊两开他日泪，孤舟一系故园心"？当在终极意义上以"诗歌中的诗歌"来衡量诗人品质的时候，我们必然而如此发问，当代汉语诗人的"白鹭"呢？

显然，放在一种当时的文学语言环境中，于坚的语言批判哲学层面的"拒绝隐喻"是对以往语言观、封闭的隐喻系统乃至整个文学秩序、文学史的近乎颠覆性的挑战，是对本质主义、整体主义的反拨。在于坚和韩东等"第三代诗人"看来以往的诗歌写作不是"到语言为止"，而是"隐喻"写作，即以往写作中所涉及到的"语言""隐喻"系统都是不正常的、畸形的，往往是意识形态和政治文化等宏大话语在支配着"语言"和"隐喻"。这是对以往强奸语言的历史进行拨正的开始，使得语言回到语言本身，诗歌回到诗歌本身，而不是本末倒置地成为宣传品、寄生物，"使诗再次回到语言本身。它不是某种意义的载体。它是一种流动的语感。使读者可

---

① 〔圣卢西亚〕德里克·沃尔科特：《白鹭》，程一身译，广西人民出版社2015年版，第15页。

以像体验生命一样体验它的存在，这些诗歌是整体的、组合的、生命式的，一成流动的语感。它不可分割，也无法破译。如果你除了它本身，仍然感受不到什么的话。……以一种同时代人最熟悉、最亲切的语言和读者交流，大巧若拙，平淡无奇而韵味深远。"[1] 当然，具体到写作实践，任何人都不可能完全不涉及"隐喻"，即使是那些极力张扬"口语""后口语"的诗人，"于坚提出的具体性有些靠不住：他极力主张从隐喻后退，但他本人所使用的正是隐喻，把木头比作花园，把诗人比作木匠等。"[2]

这确实是诗歌精神的重建，重新做一个诗人。语言态度正是诗人的世界观和人生态度。生命经验、生存境遇、现实情势都可以在崭新的语言世界中得以重现、确认、甄别和解决。于坚诗歌的口语也使得有时候散文化倾向非常突出，而要从日常和口语中提炼出诗意，显然其难度更大，要求更高。从"拒绝隐喻"以及口语来说于坚的诗歌是最反对"成语"那样僵化的无任何新意的语言方式的。而机智的于坚，更懂得反其道而行之，所以他有时会在特殊的甚至反讽的语境中来使用"成语"，反倒是获得了另一种激活的可能。比如写于1986年的《远方的朋友》这首诗，里面就高密度地使用了"成语"，最终又达成了有效性。

> 远方的朋友
>
> 你的信我读了
>
> 你是什么长相　我想了想
>
> 大不了就是长得像某某吧
>
> 想到有一天你要来找我

---

[1]　于坚：《诗歌精神的重建——一份提纲》，《拒绝隐喻·于坚集卷5》，云南人民出版社2004年版，第105页。

[2]　［荷兰］柯雷：《精神与金钱时代的中国诗歌》，张晓红译，北京大学出版社2017年版，第329页。

不免有点担心

我怕我们无话可说

一见面就心怀鬼胎

想占上风

我怕我们默然不语

该说的都已说过

无论这里还是那里

都是过一样的日子

都是看一样的小说

我怕我讲不出国家大事

面对你昏昏欲睡忍住哈欠

我怕我听不懂你的幽默

目瞪口呆 像个木偶

我怕你仪表堂堂 风度翩翩

吓得我笨手笨脚

袖口扫倒茶杯 烟头烫了指头

我怕你客客气气 彬彬有礼

叫我眼睛不知该看哪里

话也常常听错

一会儿搓搓大腿

一会儿抓抓耳朵

远方的朋友

交个朋友不容易

如果你一脚踢开我的门

大喝一声："我是某某！"

我也只好说一句：

我是于坚

中心与外省：语言区隔与重置发声

诗人的旅途总会显得特别，而且诗人似乎热衷于在路上的状态，"在漫长的旅途中／我常常看见灯光"（于坚《在漫长的旅途中》），"以前我到过许多地方／遇见过许许多多的人"（于坚《以前我到过许多地方》）。尤其是当诗人所经历的空间浸染上时代风貌和文化象征的时候，事物和风景就具有了不同一般的投射性，"诗人的旅程是独特的，不过这种认为运动、旅行、探索将会强化一个人的感性生命力的想法，却是属于18世纪普遍风行的旅行热。有些旅行形式当然会让欧洲人感受到异国奇妙温暖气候的刺激。但是，歌德的旅行不是为了寻找娱乐。他到意大利去不是为了寻找未知事物或原始事物，而是觉得自己要改头换面，要离开中心。他的旅行比较接近人正处于成形中的'漫游期'（wanderjahre）。在这段时间，长辈总是鼓励年轻的男女在安定下来之前能去旅行、漂泊。在启蒙运动的文化中，人们总是为了寻找身体上的刺激及心灵上的澄清而离开原来的地方。这些想法来自于科学，延伸到了环境的设计，经济上的改革，甚至影响了诗意的形成。"[1]

与旅行相反的是原在状态，是回到生活和此地。但有一点是可以肯定的，具体到文化空间的等级性，有人认定自己所处的空间是"外省""边地"和"次要下等区域"，"一九一八年三月十七日晚上，在西班牙南部格拉纳达市文化中心，十九岁的大学生费特列戈·加西亚·洛尔迦，在朋友们面前朗诵了他即将出版的散文集《印象与风景》。这是他头一次在公众场合朗诵。他中等身材，黑发蓬乱，浓眉在脸上显得突兀。他对自己的处女作毫无把握，在序言中

---

① ［美］理查德·桑内特：《肉体与石头——西方文明中的身体与城市》，黄煜文译，上海译文出版社2016年版，第303页。

称其为'外省文学的可怜花园里又一枝花'。"①于坚也这么认为，甚至包括在语言形态和功能以及主次、差异的理解上，"在外省，人们实际上通常使用两套话本交流，普通话往往表达的是公开话本，而日常口语则以方言的形式表达着民间（私人房间）话本。"②尤其是在特殊的年代地缘政治和中心文化的影响是巨大的，而不同区隔的反应则是有差别的，以距离政治文化中心的远近直接关联——就如一个人向湖水的正中央扔了一块石头，波纹是从那个中心点慢慢扩散到最边缘地带的，"那时候北岛他们在北京已经崛起了，我们在外省，还在黑暗里自己慢慢地写。这也是中国地缘文化造成的落差，如果你在北京，那是一回事，你在昆明，就太缓慢了，很多很优秀的诗人，我估计就是，他没有等到时间接受的时候，就消失掉了。除了北京，其他都在黑暗中。你如果不依靠你自己内在的强大精神支撑着的话，很可能就写不下去了。"③

政治文化和地缘带来的接受传导的差异性是事实，另一个更为重要的是这形成了区域分隔性的精神资源接受史和差异性的写作史，"像我的写作历史，因为我是在云南这样比较偏僻的地方，所以我早年的写作很难看到'朦胧诗'那些诗人可以看到的那种'灰皮书'。我看到多多的一首诗，是 1972 年写的《致茨维塔耶娃》，我很震惊，那个时代他们就可以看到西方现代派的书，他们有着有利的条件吗？但是像我这种在外省偏远地区的人，你怎么汲取文学的营养？你怎么获得文学上的价值判断？你只能是来自中国的草根文化。比如说我看到的是中国古典的东西，那么中国古典的东西是不是可以给你提供一种现代主义的价值？现代派是否定这一点的，认为肯定不可能，他们把它看成是一种过时、落后的东西。但是，以

---

① 北岛：《洛尔迦：橄榄树林的一阵悲风》，《时间的玫瑰》，江苏文艺出版社 2009 年版，第 1 页。

② 于坚：《诗歌之舌的硬与软：关于当代诗歌的两类语言向度》，《拒绝隐喻·于坚集卷 5》，云南人民出版社 2004 年版，第 147 页。

③ 于坚：《为世界文身》，陕西人民教育出版社 2004 年版，第 165 页。

我自己的经验来说，绝对不是这样的，我成为一个现代主义诗人，我的那种价值判断实际上来自中国古代文学的修养。"[1] 这就是"在古典的方向上长出一毫米"，这就是诗人和传统的当代关系。当然，这也从反面回答了城市、中心和文学话语权以及现实生活差异的问题。外国诗人和翻译家在面对中国首都北京之外的诗人的时候，总会不由自主地聚焦于西南地区的云南和昆明，"昆明，作为中国最遥远的西部云南的省会，不一定是作为文化大都市著名，但这里却是中国这片土地上最重要的诗人之一——于坚的故乡。于坚出生在这里，成长在这里，至今也生活在这里。因此与其他大多数中国当代诗人相反，他自觉地将自己命名为：故乡诗人……他给自己的这一结论做了如下的描述：作为遥远边疆的诗人，我们与首都诗人最大的区别就是，国家意识形态对我们的影响相对较小，而大地与我们密切相关。"[2] 于坚，不断抒写着云南和昆明，这是他诗歌的基本现实。当然，"中国""文革""边疆""首都""外省""中心""政治""意识形态""故乡"这些关键词所构筑成的中国诗人形象显然在西方汉学家那里又具有了特殊的意义和联想——更容易成为一种身份和泛政治化的解读，正如第三世界的寓言一样。所以德国学者马克·赫尔曼在德语版《0档案》的译后记中还会格外强调那些带有强烈政治文化象征性以及叛逆、异端、不合时宜的"地下文学"的场面，"那个时代诗歌写作充满激情，写作不是'到语言为止'的修辞游戏，'到语言为止'实际上是对泛意识形态时代的一种反动。我记得我们作为中国最早穿牛仔裤留长发的诗人，就是穿着打扮也是危险的。有一个夜晚，昆明的一个大型活动上，一伙诗人、画家在人群中间跳迪斯科，疯狂者的头发旋转起来可以抽痛人，几百人的晚会，大家都停下来，看着这些人跳，我觉得我们马上就要

---

[1] 《于坚谢有顺对话录》，苏州大学出版社2003年版，第93页。

[2] ［德］马克·赫尔曼：《深深地沉入他的时代的黑夜之中》，贺念译，《以个人的方式想象世界》，生活书店出版有限公司2015年版，第152页。

出事了，有一种公开犯罪的快感。我的一位朋友因为邀约人去家里跳两步舞而被捕。写诗非常危险。这件事情本身就是被禁止的，因为无法把握你到底在含沙射影什么。"① 由当年捷克作家伊凡·克里玛的"布拉格精神"，我更愿意强调于坚的"云南精神"或"故乡精神"，这是一种历史性的认识，是对写作者的空间认知、地方性知识和个体生活与时代写作命运的综合考量和辩难。

诗歌在很大程度上是语言的更替与革新，因为语言自身就包含了强大的场域，"文学的可靠性要求我们写作时心存这样或那样的说话对象。然而我们不是生活在旷野里，语言本身，与其传统一道辖制着我们，伴随着该语言的其他使用者对其期许的压力""我们依赖我们使用的语言。当然我也可以举出反面的例子：有些诗人的诗歌形态不允许他们我行我素，因为他们受制于他们的语言，无力触及大胆的思想。"② 语言的革命恰恰是需要一代又一代诗人的缓慢更新来完成的。在语言层面，普通话居于中国语言系统的主导性地位，但是也并不意味着方言以及其他语言可以忽略不计，"在中国的 12 亿人中有 8 亿多人讲普通话，这是世界上作为本族语使用的人数最多的语言。还有大约 3 亿人讲另外 7 种语言，这些语言和普通话的关系以及他们彼此间的关系，就像西班牙语和意大利语的关系一样。因此，不但中国不是一个民族大熔炉，而且连提出中国是怎样成为中国人的中国这个问题都似乎荒谬可笑。"③

于坚把当代汉语诗歌分为普通话写作的向度（北京、中心、体制、知识分子）和受到方言影响的口语写作（外省、方言、口语、民间）的向度，而这两种话语方式显然又是对应于"中心"与"外省"的语言政治学（普通话与方言，书面语和口语，北方与南方）。

① 于坚：《"我一直是个故乡诗人"》，《经济观察报》2006 年 2 月 27 日。
② ［美］切斯瓦夫·米沃什：《米沃什词典》，西川、北塔译，广西师范大学出版社 2014 年版，第 77—78 页。
③ ［美］贾雷德·戴蒙德：《枪炮、病菌与钢铁》，谢延光译，上海译文出版社 2016 年版，第 349 页。

显然，这并不是简单的日常交流的问题，也不是纯诗的语言问题，而是作为一种语言的意识形态提出来的，"作为一个出生在南方，并且在那儿长大成人，一直讲着故乡方言的人，如果在一群操标准的普通话的人中间，我学着亚马多·内沃尔的警语套一句，普通话把我的舌头变硬了，那么我肯定不是在开玩笑。当我操普通话交谈的时候，我确实明白我已经成了一个毫无幽默感、自卑、紧张、口齿不清而又硬要一本正经的角色。我并不想贬低普通话对汉语的贡献，我更没有把普通话与英语在拉丁语系中的地位相提并论的意思。但经验告诉我，在我的日常口语即方言中，我的语言天赋会得到更有效的发挥。我可以肯定，有这种经验的不只是我一个人。尤其在南方，普通话可能有效地进入了书面语，但它从未彻底地进入过口语，方言总是能有效地消解普通话，这甚至成了人们的一种日常的语言游戏。我或许可以说的是，普通话把汉语的某一部分变硬了，而汉语的柔软的一面却通过口语得以保持。"[1]

推而广之，在于坚看来，诗歌还必须抵制欧化的翻译体。汉语和英语的关系在于坚这里一定程度上也是对立的、不相容的，除了诗歌语言内在性的考量之外，这也是无形中对全球现代性（global modernity）和殖民现代性（colonial modernity）的警惕。当然完全地排斥英语和异域文化也是狭隘的："对于汉语诗人来说，英语乃是一种网络语言，克隆世界的普通话，它引导的是我们时代的经济活动。但诗歌需要汉语来引领。汉语的历史意识和天然的诗性特征导致它乃是诗性语言，它有效地保存着人们对大地的记忆，保存着人类精神与古代世界的联系。我以为本世纪最后二十年间，世界最优秀的诗人是置身在汉语中。我们对此保持沉默、秘而不宣。"[2] 与此同时，在特殊的诗歌文化语境中于坚还把这个矛头指向了"知识

① 于坚：《诗歌之舌的硬与软——关于当代诗歌的两类语言向度》，《拒绝隐喻·于坚集卷5》，云南人民出版社 2004 年版，第 137 页。

② 于坚：《我们时代的诗歌》，《山花》1999 年第 4 期。

分子写作"与"西方语言资源","我们时代最可怕的知识就是'知识分子写作'鼓吹的汉语诗人应该在西方获得语言资源,应该以西方诗歌为世界诗歌的标准。"[①]而这必然导致被批评的"知识分子写作"的反批评,"在此民族主义高涨的年头,这话说得可谓振振有辞,极富煽动性。但问题在于:有哪一位诗人或批评家这样'鼓吹'过呢?当然,于坚也曾处心积虑地举出一些'例证'。他除了断章取义,肆意歪曲其他诗人的写作外,也从我的组诗《伦敦随笔》中找出了一句'透过玫瑰花园和查特莱夫人的白色寓所/猜测资产阶级隐蔽的魅力',来向人们暗示我是多么地崇洋媚外!是这样吗?容我把那一段诗引证如下:'现在你看清了/那个仍在伦敦西区行走的中国人:透过玫瑰花园和查特莱夫人的白色寓所/猜测资产阶级隐蔽的魅力,/而在地下厨房的砍剁声中,却又想起/久已忘怀的《资本论》……'我想一个稍有头脑的读者不难体会到其中真义。人们读到于坚这篇文章(《棕皮手记:诗人写作》)后说他在装傻,因为他毕竟写诗多年,不至于看不出这些诗句所蕴含的沉痛的历史反讽。但我想于坚并不傻,在中国这样一个社会,他知道如何利用某种'合群的爱国的自大'(鲁迅语),某种意识形态的蛊惑力去煽动大众,让人们不假思索地就跟着他一起去'痛心疾首'!这是一个正直的诗人应有的品格吗?"[②]

回到具体的语言实践,在于坚看来诗人必须去除惯性的隐喻体系,维持普通话语境下方言和口语的权利。而对于其他诗人而言,方言与日常交流和普通话写作的关系与于坚的理解显然不同,甚至在西渡(浙江浦江人)这里差异巨大——他强调了"方言"在日常和文学表达中双重的局限性。无论如何,西渡的说法是值得引起重视的,在此兹录一段以供参照:"于坚声称,'口语的写作的血脉来

---

① 于坚:《穿越汉语的诗歌之光》,《1998 中国新诗年鉴》,花城出版社 1999 年版,第 6 页。

② 王家新:《知识分子写作,或曰"献给无限的少数人"》,《大家》1999 年第 4 期,《诗探索》1999 年第 2 期。

自方言'，'在南方，方言一直是诗歌的母语'。我承认，每一种语言都有其难以为其他语言所复制的特殊魅力，对汉语方言来说也是如此。但是我同样相信，每一种语言也有其各自的局限性，这是它保持或形成其特殊魅力所付出的必要的代价。对汉语方言来说，这一代价就是词汇的贫乏，而造成方言词汇量贫乏的原因不是别的，正是方言语言系统的封闭性。而这种封闭却正是保持方言的特殊性和纯正性所要求的。这就是我说的代价。为了证明方言的优势，于坚举例说'不可想象两个四川盆地长大的恋人絮语可以用普通话来絮絮叨叨'。我想以自己的经验证明事实并非全然如此。我在十八岁以前一直使用一种纯正的南方方言作为我的日常用语，它的使用人口只有数十万。无论相对于普通话或是其他大方言系统，它都是足够独特的一种语言系统。但是我发现使用这样一种方言有其特殊的困难，就是它的词汇量少到不足以表达人们的日常经验，即使当地纯正的农民在表达某些事物时也不得不借用某种半官话性质的语言，而它的大量用语就从普通话借用而来。如果一对当地的恋人要想用这种他们日常使用的语言表达比'我想要你'之类更细腻、更富于个人性的感情，他们一定会觉得非常难堪，因为这个语言系统根本不曾为他们提供相应的词语。这也许是令人奇怪的，但事实确实如此。"[1]

在具体的写作实践中，语言问题确乎是第一位的，而真正做到个人意义上的"语言"，其难度是巨大的。这来自于各个方面所长期形成的无形的压力和桎梏，"我们北方的语言却是得益于权力的分配。在清代之前的中国历史里，权力向北方的倾斜使这一地区的语言成为了统治者，其他地区的语言则沦落为方言俚语。于是用同样方式书写出来的作品，在权力的北方成为历史的记载，正史或者野史；而在南方，只能被流放到民间传说的格式中去。我就是在方言里成长起来的。有一天，当我坐下来决定写作一篇故事时，我发

---

① 西渡：《对几个问题的思考》，《诗探索》1999 年第 2 辑。

现二十多年来与我朝夕相处的语言，突然成为了一堆错别字。口语与书面表达之间的差异让我的思维不知所措，如同一扇门突然在我眼前关闭，让我失去了前进时的道路。"①

---

① 余华：《许三观卖血记·意大利文版自序》，作家出版社 2014 年版，第 9—10 页。

第六章

"日常生活"：诗与真、词与物

在诗人的精神生活和日常生活之间存在着一个按钮，对二者进行隐秘的沟通。与此同时，在象征的层面，日常生活又犹如黑夜里的一匹黑马，它在寻找着属于它的独一无二的骑手——诗人。

应该说，在八十年代将诗人从高蹈和幻象以及西方化的二手意象谱系中拉出来的最有力的无疑是于坚，当年论争中于坚的相关言辞现在看来未免过激。但是，于坚使得诗人和诗歌同时回到了大地，回到了日常生活和烟尘滚滚的现场，并激活和再次发现了"诗意"。确实，一定程度上这些写作方式和语言态度更具有难度，也更具有诗学价值。这样说并不意味着否定了其他精神类型和语言方式以及持有不同的意象系统和元素的写作者，而是说从一种活力和有效性的角度而言，于坚是不可或缺的考察对象。是于坚以及同时期的韩东（一部分）、杨黎等将诗人的视线从高渺的乌托邦拉回到凡人生活和家中，这种意义不亚于强大的精神风暴。这正如当年的德里克·沃尔科特评价菲利普·拉金的"日常诗学"乃至"庸常诗学"时所说的那样。这段话同样适用于评价中国汉语中的于坚，"平凡的面孔，平凡的声音，平凡的生活——也就是说，不包括电影明星和独裁者的、我们大多数人过的生活——直到拉金出现，它们在英语诗歌中才获得了极其精确的定义。他发明了一个缪斯：她的名字是庸常。她是属于日常、习惯和重复的缪斯。她居住在生活本身之中，她不是一个超越生活的形象，也不是一个渴望中的幻影，它朴素而透明，陪伴着一个曾坚持长期独身的男人。"[1]

在日常甚至庸常中发现诗意，更具有一种可靠性，正如一个经过长时间的冬跑浑身冒着热气出现在你身边的人，那种体温更让人亲近、亲切，"鸽子在薄薄的石板瓦上扎堆 / 身后是西边洒来的一阵细雨 / 扫过每个缩着的脑袋，每片收紧的羽毛，/ 它们挤在最让自己舒服的，温暖的烟囱周围。"[2] 这种写作方式在更深的语言、精神甚至生活方式层面印证了"文学作为生活方式"（哈罗德·布鲁姆）。这也是对诗歌真正意义上的维护，尤其是从现代诗歌的功能而言，"在这个时代，放弃诗歌不仅仅是放弃一种智慧，更是放弃一种穷途末路。"[3]

诗歌回到日常、现场和当下并挖掘其可能一直被遮蔽的诗意，从而完成除魅和澄明的工作，"一千多年了，上帝一直站在高处。仰头看他的人，脖子都疼了。他不觉得累吗？不觉得太孤单吗？其实他只要到了山顶，就往下走，他就能回到家里。在我故乡云南高原的群山中，这是每一个普通人的常识"[4]，但是这还不够。于坚还有着创设出"日常生活的史诗"的"野心"。这在他早期的《罗家生》《献给一个退休的锻工》《尚义街六号》《纯棉的母亲》《感谢父亲》《外婆》《献给外祖母的挽歌》《女同学》《给小杏的诗》《邻居》《有朋从远方来》《送朱小羊赴新疆》以及"作品系列""便条集"中已经做出了长久的努力。对于诗人来说，还必须对"日常生

① ［圣卢西亚］德里克·沃尔科特：《写平凡的大师：菲利普·拉金》，王敖译，《读诗的艺术》，南京大学出版社 2010 年版，第 159 页。

② ［英］菲利普·拉金：《鸽子》，王敖译，《读诗的艺术》，南京大学出版社 2010 年版，第 162—163 页。

③ 于坚：《于坚的诗·后记》，人民文学出版社 2000 年版，第 399 页。

④ 于坚：《诗六十首·自序》，云南人民出版社 1989 年版，第 2 页。

活"自身进行检视，因为当年的"早请示晚汇报"也是"日常生活"，因此必须进行清洗甚至清除的工作，"日常生活在这个国家声名狼藉。人必须完全地依附于国家的意识形态，而不是他的肉体，他才会获得安全感，或者他必须依附于相反的意识形态，成为一个潜在的反社会分子，他才有存在感。"[1] 也就是说，具体到当代中国的"日常生活"的语境和整体意识、文化情势，诗人所面对的现实中的日常生活和修辞的语言中的日常生活都具有超出想象的难度。而以于坚为代表的日常化的先锋诗人所付出的努力不只是语言观（比如对集团话语、集体话语、乌托邦话语、霸权话语等"非个人"话语的挑战）和诗学态度的，还必须以个体的生命意志完成对日常生活的命名。这种难度只有那些极少数的"有机知识分子"才能够有效地完成，"当今的先锋诗歌，已经秉持了1985年以降先锋诗歌运动带来的两项成果：其一，在意识背景上，加促了权力选本文化的崩溃，个体生命意志取代了集体顺从模式。其二，在诗歌的本体依据上，完成了语言目的性的转换：语言在诗中不再是一种单纯的意义容器，而是个体生命与生存交锋点上唯一存在的事实。"[2]

> 用它盛鲤鱼　盛宫保鸡丁
>
> 蓝色的龙纹模仿着商代
>
> 式样古典的瓷盆
>
> 来自往昔的日常生活
>
> 使当代的晚餐　获得升华
>
>
> 盛鸡汤的时候　有人手指一滑
>
> 它砰的一声　摔裂成了两半

---

[1] 于坚：《棕皮手记·活页夹》，花城出版社2001年版，第274页。

[2] 陈超：《另一种火焰、升阶书，或'后……'的东西》，《游荡者说》，山东文艺出版社2007年版，第49页。

202

算啦　这盘子不贵　主人叫道

日常生活的悲剧

在史诗中开始　于平庸中结束

（《便条集·24》）

　　日常现实自身谈不上意义多么重大，甚至一天和另一天也没有本质的区别，而在于诗人在日常和现场突然指出正在被人们所忽视甚至漠视的事实和真相。日常的戏剧性（无论是荒诞剧、正剧还是悲喜剧）都在诗人的指认中停顿、延时和放大。这种选取和指认的过程也并非是完全客观的，也必然加入了诗人的选择和主观性，以及对隐藏在日常纹理和阴影中的深层结构的挑动。在诗的"客观化"问题上，汉学家柯雷反倒是注意到了于坚诗歌的"主观化"特征，"尤其要说的是，作为于坚诗作中一个全局性的动力的'客观化'，在个体的作品和诗句中常常与我称之为'主观化'（subjectification）的概念互动。也就是说，于坚对事物的想象性的、拟人化的关注，使得事物自身成为主体。"①

　　"我"作为诗人和一个"日常的现实的人"该如何面对诗歌的世界、精神的世界与现实的世界？如何撇开自恋的"不及物"写作而更为有效地楔入时代的核心或噬心的时代主题？诗歌只与诗人的良知、词语的发现、存在的真实、内心的挖掘有关。于坚对那些高蹈的诗歌是持有保留甚至怀疑态度的。他一直是站在生活的幽暗处和现实的隐秘地带发声。他一直强调诗歌对"当代经验"的热情和处理能力，一直关注于"精神成年"与现实的及物性关联，一直倾心于对噬心命题的持续发现。而这样向度的诗歌写作就不能不具有巨大的难度——精神的难度、修辞的难度、语言的难度以及个人化历史想象力的难度。平心而论，于坚并没有断然割裂"理想主义

---

① ［荷兰］柯雷：《精神与金钱时代的中国诗歌》，张晓红译，北京大学出版社2017年版，第206页。

者""抒情诗人"、"自我意识"与"经验论者"、"生活和事物纹理"之间的合法性内在关联，而是试图以弥合和容留的姿态予以整合。这种容留性的诗歌写作在一定程度上会消除诗人的偏执特征。这是一种更具包容力的写作，是容留的诗，张力的诗，是维持写作成为问题的诗。

谦卑、虔敬和躬身向下的姿势使得诗人的视角和诗歌疆域更为辽阔。这种退隐、向下、向内的自省方式似乎正是对现时存在、现实密林和日常秘密的重新寻找，"我只相信我个人置身其中的世界。我说出我对生存状态的感受。我不想去比较这种状况对另一世界意味着什么。这不是诗歌的事。天人合一，乃是与今日现时的人生、自然的合一，而不是与古代或西方或幻想的人生、自然合一"①，随之带来的则是现实空间的诸多可能性。这显然对应于当下的现实以及深层的精神现实。退与藏，正是为了保持一种更为精确的诗人眼力——红嘴鸦的亮眼睛。在另辟视阈和细微处重新发现世界的真和诗歌的真。正像里尔克所说的"若是你依托自然，依托自然中的单纯，依托于那几乎没人注意到的渺小，这渺小会不知不觉地变得庞大而不能测度"。由此，诗人才能剥落表象和语言伪饰的外衣，重新面对语言和世界的内核。就像当年昌耀的"静极"一样，诗人必须在静寂之处发现任何时代的恒定点和中心。就"诗与真"我不想在诗学层面做过多的考察工作，我只想就于坚相应的诗学观念和写作实践再次强调其中最重要的一点。涉及到诗歌之"真"，涉及到诗歌的自我性、社会性和历史性，必然要求写作者具备个人化的历史想象力和求真意志。这一想象力以个体主体性为基本，并将个体、现场和历史的三个空间同时打通，只有这样诗歌才能尽力避开"膨胀的自我"和"表面的当下"以及"空洞大词的历史"的危险。

诗人拓展生活、现实和时代景观的具体方式就是历史的个人

---

① 于坚：《诗六十首·自序》，云南人民出版社 1989 年版，第 1 页。

化、空间的景观化、现实的寓言化和主题的细节化。写作者不能再单纯依赖现实经验，因为不仅现实经验有一天会枯竭，而且现实经验自身已经变得不可靠。尤其是新媒体和自媒体的交互性使得当前诗人的感受方式趋同、感受能力降低。而当下对"诗人与现实""诗歌与生活"问题的热度不减的争议使得写作者对"现实""现实感"的理解发生分歧。日常现实和诗歌中的现实是两回事，诗人所理解的现实也是多层面的，任何执于一端的"现实"都会导致偏狭或道德化的可能。当我们不断谈论与社会景观、现实空间、当代经验相应的诗性正义的时候，我们还要清醒地意识到汉语诗歌的问题并非个案，而是带有世界性和普遍性。从时代景观和本土空间出发我们会发现还有一个更为广阔更为复杂的全球性的空间结构和时代景观。这都需要诗人以诗歌特有的方式去完成或进一步拓展"诗性正义"的边界。

一代人有一代人的生活，但是有些方面，比如精神生活有时候会具有一种历史结构。这一结构不仅指向了过去时，也指向了当下。这需要诗人去发现并揭示出来，尤其对于坚而言这一直是他的诗歌工作，在日常生活中发现历史和当下的交互性结构，比如《便条集·5》："今天　是父亲的生日／母亲做了一桌子的菜／白斩鸡父亲最喜欢／我提来了好酒　给父亲倒一杯／给母亲倒一杯　给弟妹倒一杯／举杯吧　祝父亲长寿／／但他忽然放下了酒杯／对我说／现在　是七点钟了／你去把电视机打开"。整首小诗基本上都是看似枯燥的日常生活的描述，而直至结尾诗人才揭开了这首诗的关键所在。看似平常的细节实际上则是精神生活和日常生活在整个当代中国的缩影，"现在　是七点钟了／你去把电视机打开"。日常生活、精神生活在八十年代的诗歌写作中成为不言自明的诗歌主旨，生活与诗人的关系尤其是诗歌观念和语言观念重新得以纠正，"要写某些诗／你必须热爱那些／肤浅　粗俗　大量地／应用着陈词滥调的／男男女女　这些狗日的／与诗歌的高雅格调　格格不入／你必须从星期一就与他们呆在一起／热爱他们哗啦作响的快餐盒／与他们淫荡而健康的女儿　调情／在灰尘　汗液和霓虹灯的夜晚／一道穿过猩红色的城市／穿过警察们的鼻子／你必须在这群人的肌肉绷紧的臀部中间／蹲下来　系好你松开的鞋带／你要爱他们　与他们同流合污／他们的故事不是诗歌／但是会被传颂"（《便条集·137》）。也必须强调的是，在持不同美学观念的诗人那里呈现日常生活的方式具有差异性，尤其是当过去时和当下时间纠结在一起的时候，现实感和历史感成为衡量一个诗人的重要标志："通向那里的道路不需要经过／铁　塑料和尼龙／不需要经过／街道　和公路／不需要经过／女人的梳妆台／和男人们的啤酒杯／通向那里的道路／不需要证件／鞋子／和汽油／我知道这条道路曾经／在大地上／无边无际的存在／但我现在要去那里／如果我不想踩着／煤气管或者会计室／我只能用诗歌／做我的脚"（《便条集·12》）。

个人的日常生活和精神生活（内在活动）以及公共生活（外在活动）之间关系的复杂性可能有时候在一些具体的作家那里会超出我们的常识判断，比如被不断援引的 1914 年 4 月 2 日卡夫卡的日记——"德国向俄国宣战。——下午游泳。"卡夫卡确实可以作为这个问题的典型例证，"从外表上看，卡夫卡的生活展现为一种正常的、几乎是单调的式样。一个举止良好的年轻人，不情愿地结束了高等中学阶段，接着又以一种心不在焉的方式学习法律。一个模范的事务所办事员，平静地在一家保险公司履行他的责任，逐渐地，甚至有些犹豫地，走着他的晋升之路。一个坚定的独身主义者，徒劳地试图克服对婚姻的深深反感。解除婚约之后，大部分的假期都花在奥地利或波西米亚的疗养地。夜间写作。身体上的种种不适：失眠、周期性偏头痛、疑病症。在他的生命结束之前处于肺病晚期。几位朋友，以及和他的作品的品位相比显得令人惊讶地世俗化的几种爱好：农艺、园艺、游泳，与一般市民的兴趣没有什么两样""在他的日记和通信中，可以看出他将注意力如此集中于他自身，他的病，他的梦，他的焦虑，他最琐细的日常活动"①。于坚运用他擅长的以诗论诗的传记方式评价了卡夫卡日常生活和精神生活的差异和龃龉性，"小市民　肝病患者　保险公司的职员　甲虫／大师在世""'他身上没有引人注目的东西／他默默地亲切地微笑'（同学　瓦根巴赫）""先后三次订婚　准备当丈夫和父亲　未能得逞""白天在公司里上班　写工伤事故调查报告／视办公室为地狱　却由于在地狱中／很多年表现不凡　频频得到提升""写作是他的私活　毛病""'他是那么孤独，完全孤独一人。／而我们无事可做，坐在这里，／我们把他一个人留在那儿，黑咕隆咚的；／一个人，也没有盖被子'（女友　多拉·热阿蔓特）"（《弗兰茨·卡夫卡》）。张曙光也认识到作家、作品、性格和生活之间不对等的复杂关系，"读过卡夫卡作品的人，大都会产生这样的印象，卡夫卡总是很阴郁，甚至有些冷酷。事实上，他工作算得上勤勉，很受好评，与上司和同事的关系也相处得不错，至少在他们的眼中没有把他视为异类。卡夫卡除了带有写作者最常见的焦虑外，总的说来温和可亲，他的目光和笑容都很迷人，在雅努什的回忆中提到他们常在一起开怀大笑，即使在病中，在他和多拉在一起时，也经常是这样。当然，这并不能排除他的敏感和孤独。"② 显然，就日常生活、职业身份与写作之间的多重关系而言，卡夫卡是最具代表性的。对于自己分裂的性格，卡夫卡认识得很深刻："人们常常做出高兴的样子。人们在耳朵里塞进欢乐的蜡球。比如我。我假装快乐，躲到欢乐的后面，我的笑是一堵水泥墙。"尤其是他在现实经验和寓言世界的融合、往返与变形式的对话，"卡夫卡行文中大量奇异的、梦幻般的不合逻辑，正好与他严谨的逻辑推理和冷静的事实描述形

---

① ［捷克］伊凡·克里玛：《布拉格精神》，崔卫平译，广西师范大学出版社2016年版，第246—247页。

② 张曙光：《孤寂中的卡夫卡》，《堂·吉诃德的幽灵》，北京大学出版社2014年版，第245页。

成对比，它们产生于直接的行为和经验与适当的想象形式的融合，直接的经验世界和寓言世界的融合，以及将一种常见的隐喻或讽刺转变为卡夫卡式的东西。但是这两个层次的现实的结合，并不是促进卡夫卡世界诞生的唯一源泉，它的另外一个源泉是其不一致和脱节。"①

我想，这段话非常适合用来说明于坚的文学观和生活态度。

于坚几乎无时不在面对、处理甚至重新认识着"日常生活"，毫无诗意可言的日常生活却在修辞世界构成了某种惊异、震动的效果。这很大程度上来自于诗人独特的眼光和取景框。这让我想到的是瓦纳格姆的《日常生活的革命》，日常生活在诗歌中的革命以及日常生活的政治。然而，不同年代、不同时期的"日常生活"显然是具有差别的。这种差别体现在诗歌抒写中则更为复杂。

社会剧变提供了新的时代景观，诗歌生态、内部机制以及动力系统也正发生着持续的震荡。与此相应，有一个疑问正在加深——物化主义、经济利益、消费阅读的支配法则下诗人应该经由词语建构的世界对谁说话和发声？这与歌德的自传《诗与真》以及西蒙娜·薇依在 1941 年夏天所吁求的作家要对时代的种种不幸负责发生了切实地呼应。

无论是"诗性正义""诗性的正义"或者"诗性与正义"，其前提都是"诗性"。由此在略显狭隘的层面把"正义"理解为诗人的社会良知以及责任感的话，那么可靠的途径也只有通过词语、修辞、经验和想象所构成的"诗性"以及诗歌的品质和成色，而非单纯凭借伦理道德以及公共现实预先具有的优先权而僭越本体意义上的"诗"。而就"诗性"与"正义"平行关系而言，"诗性"也并非就被偷换概念成了"纯诗""不介入的诗"的说辞。无论是从"诗言志"与"诗缘情"并行发展的诗歌传统而言，还是从诗人很长时

① ［捷克］伊凡·克里玛：《布拉格精神》，崔卫平译，广西师范大学出版社 2016 年版，第 273 页。

期内作为启蒙者、文化英雄、社会精英和知识分子（尤其是"有机知识分子"），尤其是在社会的转折点和巨变期诗人都有责任通过美善、道义、法度和良知对公众、现实和时代发声或表态——当然前提仍然是"诗性"。诗歌起码不是（不全是）道德栅栏的产物。米沃什在谈论波兰诗歌的现实题材时强调"它是个人和历史的独特融合发生的地方，这意味着使整个社群不胜负荷的众多事件，被一位诗人感知到，并使他以最个人的方式受触动。如此一来诗歌便不再是疏离的"[①]。现实必须内化于语言和诗性。值得注意的是于坚对真正的知识分子立场的认识——"我认为真正意义上的知识分子立场是不依附于任何总体话语，这包括两个方面，他既不依附于权力话语，也不依附于被权力话语压制的另一部分话语，他没有庙堂江湖这种心态。"[②]

　　无论是从个人生活还是从时代整体性的公共现实而言，一个诗人都不可能做一个完全的旁观者和自言自语者。于坚在1986年曾经强调自己是"世界的局外人，自身的局外人。观照世界，也观照自己。进入世界，也进入自己"。1924年9月25日下午，胡兰成在西湖附近目睹了轰隆声中雷峰塔的坍塌。尽管"目击道存"非常适合评价诗人的写作姿态，唯现实马首是瞻的写作者更不在少数，但是真正将目击现场和时代景观内化于写作的诗人有多少呢？而如何将日常生活中的偶然性现场上升为精神事件则是作家的道义，"十一月十二号　下午一点十分／一把紫色的雨伞　在东风路／匆匆穿过／它在三分钟后跌倒　轮子似的滚向一边／暴露出一位　被什么／击中的妇女／／有人在高处　被这不寻常的事件触动／目击者写道／凶兆中的夏天／一朵淡紫色的荷花／在城市最后的空地上　打开／就像墨水瓶　未知的外围／／他就是所谓／诗人"（《便条集·45》）。毋

① ［波兰］切斯瓦夫·米沃什：《废墟与诗歌》，《诗的见证》，广西师范大学出版社2011年版，第95—96页。

② 于坚：《拒绝隐喻》，《于坚集卷5》，云南人民出版社2004年版，第19页。

庸置疑，诗人通过个人化的历史想象力、求真意志和精神词源在写作中重建"当代经验"和"真实感"，进而承担文字的"诗性正义"是可能的，也是必要的。

任何一个时代都有特殊的诗歌"发生学"机制。谈论于坚，不能不涉及到写作者的生活态度以及对生活和写作之间关系的理解和区别对待上。

于坚强调真正的生活在此处，强调日常生活的重要性以及命运感，"真正的生活乃是无意义的生活。也就是所谓常识的生活，这种生活其实正由于它的无意义才成为生活的常态和永恒。"① 而不同的写作者对生活的理解截然不同、层次多样，与此相应生活对写作的要求也变得如此不同——"何为生活？一、把生活理解成具有时代特征的时髦事物""把生活理解成具体的知识和生活常识。比如你笔下的人物去吃烤鸭，关于鸭皮、鸭肉和鸭骨的不同吃法你必须了如指掌；关于薄饼、大葱和甜面酱你必须一一道来；关于吃的程序和烤制技术也不能稍微出错""把生活理解成小说家以外别人所拥有的，所谓的'生活在别处'""把生活理解成'更多的生活'。存在主义作家加缪曾这样说：不在于生活得更好，而在于生活得更多。以生活的数量指标取代生活的质量指标，不仅其态度是虚无主义的，从逻辑上考虑也会导致浮光掠影、自以为是的写作方式。在此蛮横的要求下，像卡夫卡这样一生过着小职员生活的作家显然不会得到应有的评价。"②

也许，在更多人看来，文学与生活的关系是一种常识或公开的秘密。1901 年到 2016 年间，因抒写国家和民族以及地方性的"现实""生活"而获得诺贝尔文学奖的作家大约在五十位，显然文学与生活的关系并非虚言。由此，我想到李敬泽几年前对文学与生活

---

① 李颉、于坚：《回到常识，走向事物本身》，《南方文坛》1998 年第 5 期。
② 韩东：《小说家与生活》，《韩东散文》，中国广播电视出版社 1998 年版，第 198—199 页。

关系的一段并不轻松的发问，"在一次会上，一个作家朋友赞同地转述另一位作家的话：这个时代，生活大于想象，大于虚构。口吻好像是在念诵警句，但我不知道他想过没有，是否有一个时代，想象和虚构竟然大于了生活。"① 文学与生活是看似可证实，实则难解的并不轻松的话题，尤其具体到不同时期的形形色色的文本，其尴尬、分裂、吊诡和龃龉竟接踵而至。有时，常识也会成为禁忌，秘密只在少数人那里享有。

当我们谈论文学与生活的关系时，往往会蹈入到从理论到理论的话语自证的"概念史"体系，与此同时因为认识的差异而在"观念史""功能论"的层面强化一个维度而忽略了其他层面的复杂性和合理性。谈论文学和生活的关系时，更为复杂的还会牵扯到对文学和生活的差异性理解，而文学和生活本身就是极其复杂的动态结构和历史化过程。这一动态结构因为流动、变化和开放而形成了差异性的认识，比如海德格尔关注的是"沉沦"式的日常生活，兰波则强调"生活在别处"，米沃什、布罗茨基等则强调"生活的见证"，而洛威尔等自白派诗人则无限强化了日常生活的隐秘性和私人经验（比如洛威尔的《生活研究》的生活隐私的传记性）。而生活的边界和层次性（中心与边缘的空间关系、轻重大小的等级关系、个人生活、公共生活和精神生活的分区关系），写作者的差异性体验和现实态度（介入或疏离），不同社会文化情境下时代、民族、区域、阶层的伦理化判断，生活进入文本的多渠道以及日常生活和精神生活之间的龃龉和不对等性等等，都使得谈论"文学与生活"多少会因"顾此失彼"而导致偏狭、极端或者缺乏具体指涉而显得宽泛、"无物"。质言之，文学与生活的关系并不是单一的模仿或反映，而既是修辞关系和改写关系，又是现实关系和伦理关系，甚至不能回避带有意识形态性——有时生活未必不是政治。

为了避免抽象化、概念化、主观化地谈论文学与生活，我主要想

---

① 李敬泽：《致理想读者·序》，中国人民大学出版社 2014 年版，第 2 页。

谈论下诗歌与日常生活的关系，并更多将其放在当代汉语诗歌历史情境中。"怎样才能站到生活的面前"，这句诗出自诗人侯马。而就当代汉语诗歌与日常生活的关系而言，诗人应该通过个人化的历史想象力、求真意志和精神词源在写作中重建"当代经验"和"日常真实感"，进而承担文字的"诗性正义"。这是可能的，也是必要的。

诗歌与生活是一种空前复杂的咬合式的互动结构，是修辞语言和社会效忠之间的博弈，而非简单的平衡器和传声装置。当然在特殊年代也存在着类似于卡夫卡所说的"少数文学"极端的写作状况——所有私人的生活史直接等同于政治的、公众的历史。任何一个时代都有特殊的诗歌"发生学"机制，而时下在不断强化诗人"现实生活"和"当代经验"的吁求中，在诗人与公共空间的互动上，如何把个人的日常生活转化为精神生活，如何把个人现实经验转变为整体性的历史经验，就成为诗学和社会学的双重命题。尤其是在一个自媒体全面敞开的时代，在一个新闻化的焦点话题时代，在全面城市化的去除"乡土性"的时代，为何"生活"重新成为写作者最为关注的一个话题值得深入辨析。为什么诗人与日常生活之间的关系如此密切而又难解？诗人在处理当下生活的时候该如何有效地发声？这种发声是否遇到了来自于主流的非文学因素的影响或挑战？当下诗歌在流行的文化氛围和文学趣味中成为时代的"见证"。然而不得不正视的一个诗学问题是很多写作者在看似赢得了"生活"的同时却丧失了文学自身的美学道德和诗学底线——社会学僭越了文学，伦理学超越了美学。也就是说，很多诗人充当了布罗姆所批评的业余的政治家、半吊子社会学家、不胜任的人类学家、平庸的哲学家以及武断的文化史家的角色。

新世纪以来多元文化语境尤其是新媒体生活使得"生活碎片""底层生活""阶层身份"在诗歌写作中得以轰动效应般地呈现，吸引了社会和公众的好奇眼球。但是就写作经验和生活经验来看，当下也已进入到阿甘本所批评的"经验匮乏的时代"。诗人必须重新估量生活，重建与生活的关系，在有效性的层面重新发现写作与生活的双重经验。而从诗人与生活的隐喻层面来看，诗人就是那个黄昏和异乡的养蜂人。他尝到了花蜜的甜饴也要承担沉重黑暗的风箱以及时时被蜇伤的危险，"想着'甜蜜啊，甜蜜。'/孵幼室呈现螺壳化石的灰色/吓着了我，它们显得如此苍老。/我在买什么，遍布虫蛀的红木？"[1] 此时，我还想到另一位诗人扎加耶夫斯基的"尝试赞美这残缺的世界"。我们可以确信诗人目睹了这个世界的缺口，也目睹了内心不断扩大的阴影，但是慰藉与绝望同在，赞美与残缺并肩而行。这是一种肯定，也是不断加重的疑问。这也许正是诗人所面对的生活，或者正是生活中不可忽视的那一部分秘密知识。

现实见证的急迫性和诗歌修辞的急迫性几乎是同时到来又具有同等的重要性。诗人有必要通过甄别、判断、调节、校正、指明和见证来完成涵括了生命经验、时间经验以及社会经验的"诗性正义"。而具体到不同时期的诗歌写作，"诗性正义"因为"当代经验"的变动以及自我能动性而在不断调整与更新，其话语要素和侧重点会有所不同，比如启蒙、人道主义、人性、社会批判、劝诫向善、精神净化、伦理修正、道德化以及反道德化、非道德化等等。当然就诗歌自身的特性而言诗人也并非裁判、公诉人、审判员和调解员。米沃什所说的"诗歌是一份擦去原文后重写的羊皮纸文献，如果适当破译，将提供有关其时代的证词"，但是那些暂时逸出、疏离了"现实"的诗歌并非不具有重要性。最关键的是诗歌表达的有效性。诗人现实面前的"转身""沉默"也是一种"介入"的态度，"与其这样搁浅在这个国家的中心/我转身向东，顺流而下。/我的心，害羞的混血儿，在漫游/走向裹着盐的沙石轮廓，/它们向前延伸，进入黑暗"[2]。

① ［美］西尔维娅·普拉斯：《蜇》，《爱丽尔》，包慧怡译，南海出版公司 2015 年版，第 139 页。

② ［美］丽塔·达夫：《醒》，《她把怜悯带回大街上》，程佳译，北岳文艺出版社2017 年版，第 17 页。

社会景观在当下"制度性素材"堆砌式的"浅层"写作中多少被庸俗化、世俗化和窄化了，词与物的关系缺少发现性，缺失应有的张力与紧张关系——缺乏反视、内视、互看。陌生之物、熟悉之物、发现之物、神秘之物的"内在性"被晦暗、变动和有限所遮蔽。这需要诗人进一步去蔽。在一个媒介如此开放，每个人都争先恐后表达的时候，差异性的诗歌却越来越少。这既关乎修辞，也与整体性的诗人经验、精神生活和想象能力有关。值得肯定的是诗人与日常生活和社会现实之间的紧密关系使得诗歌的现场感、及物性得到提升，但与此同时诗歌过于明显的题材化、伦理化、道德化和新闻化也使得诗歌的象征和隐喻系统以及相应的思想深度、想象力和诗意提升能力受到挑战。越来越流行的是日常之诗、新闻之诗、时感之诗、物化之诗，而忽视了诗歌的见证要比新闻更可靠。孙文波在九十年代认为诗人应该能够从日常事物中发现诗歌，但是当下的写作者更多是局限于物化时代个人一时一地的多见所感，热衷的是"此刻""及时""当下""感官"和"欣快症"，普遍缺乏来自个人又超越个人的超拔能力与普世精神。诗歌正在成为一个个新鲜的碎片，开放时代的局促性写作格局正在形成。

日常生活与诗歌写作既是修辞问题又是现实和实践性问题，比如具化为题材、主题和意识形态方面的可写的和不可写的、允许写的和不允许写的，同时也像"没有晚清，何来五四"那样历时性的"传统"话题。有学者就认为中国诗歌史上真正奠定了日常生活诗歌传统的是杜甫，而此前的诗人并未真正解决这一问题。而在英语诗歌中，德里克·沃尔科特则指认直至拉金的出现才使得"日常生活在英语诗歌中获得了极其精确的定义"。如果只是从诗人的社会责任、正义良知以及对公共空间、现实生活介入的角度理解"诗性正义"，我们都会以杜甫作为表率。与此同时，当下越来越多的诗人正试图重新找回杜甫，把致敬的头颅从西方渐渐转回本土与传统——当然这并非意味着忽视西方诗学资源的重要性。我们同样应该注意到杜甫是怎样以诗歌话语的方式抒写了一个属于自己的时代。为什么偏偏是杜甫而非他人被认为是"诗史"？同样是在唐朝生活的杜甫同时代的诗人，他们也深处于动荡的社会现实之中，可是为什么他们没有写出杜甫那样的诗歌？难道他们的诗歌与现实没有关系吗？尤其是在明代，杜甫有那么多的追随者、模仿者，但是那些与彼时现实相关的诗文偏偏被时间公正而无情地淘洗掉了。在不同年代，"向杜甫学习""反映现实"的呼吁和提醒并不少见，然而却在伦理化的道德论调中简化了诗人与现实的关系，窄化了诗歌的多样化功能。由此，我们就会发现诗人与现实不是简单的对等关系和直线形呈现，而是要远为复杂、多样。而杜甫的诗歌之所以能够呈现出一个时代景观关键在于他对社会和世界的认知方式始终是以创造性的诗歌美学（杜甫式的）为前提的。在"迩之事父远之事君"儒家入世思想以及匡时济世的集体心理作用之下，杜甫被认可和赞许的正是体现了自古以来津津乐道的"言志载道"的诗学传统。然而，杜甫的那些"缘情"的诗歌以及逸出了"现实"的诗歌却在很长的历史时期内被淡化和搁置。所以，我们更多的看到的是一个儒家的杜甫、正统的杜甫、政治的杜甫、人民的杜甫、现实的杜甫和沉痛苦吟的杜甫。不可否认，这一"现实"框定下杜甫形象及其"家国情怀""现实主义"的诗歌成就是卓然的，但是杜甫诗歌的传播史和"解诗学"传统也一定程度上忽视或遮蔽了"另一个杜甫"以及远为复杂和深广的诗歌品质——比如杜甫在诗歌语言、体式、修辞上的巨大创造力，各种题材入诗的融合能力，来自于时代又超越了时代的普世性。"穷困忧黎元，叹息肠内热""国破山河在，城春草木深""剑外忽传收蓟北，初闻涕泪满衣裳"的杜甫与"好雨知时节，当春乃发生""两个黄鹂鸣翠柳，一行白鹭上青天""黄四娘家花满蹊，千朵万朵压枝低"的杜甫是同一个。

考德威尔忧虑于完全脱离了社会的为个人经验所迫的诗人窘境，"直至最后，诗从当初作为整体社会（如在一个原始部落）中的一种必要职能，变成了现今的少数几个特选人物的奢侈品。"[1] 而近些年来的最重要的关键词就是社会学批评层面的"介入"，甚至倡导介入和及物已经成为可供操作的方向性。六十年代年萨特所强调的"现在比任何时候都更需要介入"在当下时代又有了强力回响——尽管萨特从语言的特性认为诗歌不适合介入。无论是写作还是阅读以及评价都不能完全避免社会学和伦理化倾向——对诗人在场和社会责任的要求，对诗歌素材、主题的意识形态化的框定，以对诗歌为更多人读懂为要义。以上要求有其适用范围和必要性，但是在诗学与社会学的波动和摇摆中往往是强化了后者而忽视贬抑了前者。由此需要强调诗人处理的公共生活和焦点现实的前提只能是语言、修辞、技艺和想象力。语言需要刷新，诗歌中的现实也需要刷新。介入、反映或者呈现、表现都必然涉及主体和相关事物的关系。无论诗人是从阅读、经验和现实出发，还是从冥想、超验和玄学的神秘叩问出发，建立于语言和修辞基础上的精神生活的真实性以及层次性才是可供信赖的。当下的很多诗人在涉及到现实和当代经验时立刻变得兴奋莫名，但大体忽略了其潜在的危险。与时代景观和诗歌的声音相应，当下数量最大、影响最大而争议也最大的正是"现实之诗"和"公共之诗"。

北岛等一代诗人强化的是诗人的精英立场、批判意识以及对生活的有力回应与反击，诗人的"公共知识分子"的强化使得作为"写作手艺人"的身份退居其次。这在特殊的历史语境中具有一定的有效性和必要性，但是一旦超出了这一历史时段而放置在更长的时间序列中，这种紧张关系就必然会因"时过境迁"而受到了质疑，比如臧棣对北岛的尖锐批评就与诗歌与生活关系认识的差异性密切相关。

现实生活以及时代景观往往是光明与阴影交叠、圣洁与龃龉

---

① ［英］考德威尔：《诗的未来》，《考德威尔文学论文集》，陆建德、黄梅等译，百花洲文艺出版社 1995 年版，第 301—302 页。

的复杂球体，即使是在很多圣地、圣城也并非存在着完备意义上的"神圣风景"。当时代景观和当代经验被写进诗歌中去的时候本应该也是多层次和多向度的，比如中心空间、内空间、外空间，空间的排列、次序等等。而在同一个空间不同物体和事物的关系更为复杂，即使是一个物体就同时具有了亮面、阴影和过渡带，同时具备了冷暖色调。而多层次和差异性的空间正对应于同样具有差异性的观察者、描绘者以及相应的抒写类型。我想到雨果的诗句："我们从来只见事物的一面，／另一面是沉浸在可怕的神秘的黑夜里。／人类受到的是果而不知道什么是因，／所见的一切是短促、徒劳与疾逝"。正是从这种直指"地方""空间""景观"的视域出发，一些诗人某种程度上打开了"现实"的多层空间。而一种话语的有效性显然关涉"说什么"和"怎么说"。诗人与现实乃至时代的关系最终只能落实为语言，因为合法性是诗学意义上的，"现实"需要在诗歌文本中第二次降临。这是外在现实内化为"现实感"的过程，而非惯性的社会学理论学的阅读和指认。即使是同一个生存空间，不同经历的人呈现出来的感受甚至所看见的事物也是不同的。空间是有季节性的，正如那些植物和农作物给本地人的胃形成的影响一样，而这又与记忆关联。这是诗人的"现实"，一种语言化的、精神化的、想象性的"真实空间"。

时代景观如此复杂，而诗人如何延展、拓宽甚或再造一个语言化的现实是一个重要工程。尤其是在当下"日常之诗"泛滥的情势下，一个诗人如何在日常的面前转到背后去看另一个迥异的空间才显得如此重要。个人生活与时代的公共事件发生隐秘对接所碰撞出来的正是日常的闪电般的刺目与神奇，"穿裙子做作业的霍小玉一脚在地，另一脚蹬住椅子边，／我看到了我不该看到的。真女孩让我脸红心跳。／有一天她把我拉向走廊尽头。我以为她会对我说／她喜欢我，听到的却是林彪摔死在温都尔汗的小道消息。／这小道消息我们在七一小学分享了一星期"①。作为诗人必须正视自我认识和体验的有限性和局限性。所以，写作中所处理的事物和现实并不是外加的，而是作为生活方式和精神方式的多种方式的对应，尤其是从空间伦理和社会景观来考察一个诗人的时候更是如此。在分层和多样化的时代景观面前，诗人应该具有"刚刚生长出来的耳朵"的能力。即使是在黑夜里，或刺目的阳光下，对于那些一闪而过事物的轻微声响他也能及时监测——"一个年轻的工人／从铁器铺里跨出来／蹲下　在人行道上开始干活／一串钥匙在他腰带上闪着光／握好焊枪　稍微撸撸袖子／就像将要显灵的道士／或者钻木取火的猿人／他轻轻一碰　嘶的一声／蓝色的小花就从死亡之铁中／提着裤脚跳出来／我忽然想起　按照黄历／这是一个春天　雨水将至"（《街道泛起明亮的颗粒……》）。在细节甚至更为宏阔的现实面前诗歌同样应该拓展表现范围，而不是受到现实题材和社会主题的限囿。即使看起来是"物象诗"，但实际上却具有更为宽阔的象征空间和多层次的"诗性正义"。由此我想到了王家新一首诗中迅速跳跃不见的"兔子"，"黎明／一只在海滩上静静伫立的小野兔／像是在沉思／听见有人来，／还侧身向我打量了一下／然后一纵身／消失在身后的草甸中／／那两只机敏的大耳朵／那黑眼睛／那灰褐色的一跃／／真对不起／看来它的一生／不只是忙于搬运食粮／它也有从黑暗的庄稼地里出来／眺望黎明的第一道光线的时候"②。

自 1980 年以来诗歌界谈论最多的就是诗人与日常生活的关系，比如以于坚、韩东等为代表的"日常写作""市民精神"重新发现了诗歌的另一个秘密，并在诗歌中以"精神事件"的方式再次激活了"生活"。这也是对诗人责任的重新认识，比如韩东对以往诗人作为政治动物、文化动物和历史动物的尖锐批判③。但是，诗人对

①　西川：《五次写到童年》，《诗与思》创刊号（2013 年，于坚主编）。
②　王家新：《黎明时分的诗》，《语文教学与研究》2017 年第 9 期。
③　韩东：《三个世俗角色之后》，《韩东散文》，中国广播电视出版社 1998 年版，第121—127 页。

生活的认识以及生活进入诗歌的方式是如此不同甚至充满歧见。关于"日常生活"的理解与写作实践不仅与具体的社会文化情境有关，也与诗歌文体认知的差异性有关。当代中国诗人就写作和日常生活的关系还大致形成了"现实／生活中心主义者"和"审美／修辞主义者"；而二者往往不是平行、对等的，而是紧张甚至对立的，没有做到像米沃什在《艺术与生活》中那样的全面、深刻和公允。这是诗歌观念在不同时期的指向、偏移、倚重以及"纠正"所导致的结果。正如张曙光后来所反思的那样："一些人不接受日常性，也是因为日常性与传统意义上的诗意格格不入。"① 诗歌作为审美话语的自足性与作为历史话语的社会性，在很多诗人认知那里同样是二元对立的，这体现为唯美遣兴的"隐逸派"与激烈尖锐的"公知派"。而对此能够予以融合的诗人则非常罕见，"刺入当代生存经验之圈的诗，是具有巨大综合能力的诗，它不仅可以是纯粹自足的，甚至可以把时代的核心命题最大限度地诗化。"② 是的，一个常识是任何人都在生活之中，但是生活进入诗歌却不是"顺理成章"的，甚至会在某个特定历史节点成为禁忌，"近十几年，生活，或被公认或被默许为一个犯忌的词语，小说家、艺术家和大多数诗人都愚蠢地回避它，迫使常识成为少数人拥有的秘密：从现实生活产生伟大的艺术。"③ 这就是所谓的生活常识与写作知识或少数人秘密之间的不可协调性。尤其是上个世纪末爆发的"知识分子写作"和"民间写作"一时无两的盘峰论战本质上仍然聚焦于这一命题，两个"阵营"对生活和诗歌（诗性）的理解更多地带有了义气性和意识形态性——强化了差异而忽视了相通性，随之诗歌中的日常生活和精神生活也具有了"诗性政治"的倾向。

---

① 张曙光：《日常生活的背面》，《诗林》2017 年第 2 期。
② 陈超：《先锋诗的困境与可能前景》，《打开诗的漂流瓶》，河北教育出版社 2003 年版，第 2 页。
③ 肖开愚：《生活的魅力》，《诗探索》1995 年第 2 辑。

于坚表达了自己对"日常生活"的理解:"日常生活就是人生最基本的生活,毫无意义的生活,无所谓是或非的生活。从这种生活开始,我们才有根基进行关于存在之意义的种种疑问和设想。你可以拒绝这种基本的生活,但你不能摧毁它,因为它是最后的、最基本的。没有这些,也就无所谓世界""日常生活是毫无意义的,因为在意义如此玄奥深邃五彩纷呈的历史下面,它是支撑一切的东西,它是最基本的词,它是世界的河床,它不可能只服从于任何单向度的意义"①。日常世俗性和隐藏的不可知正是需要诗人去发现和点明的,"人类日常生活中的俗务仍然具有一种无限探索的不可企及的神秘性质"②。而将日常生活具体到写作实践中,都需要诗人从表象到现象学地去还原。按照伊格尔顿的说法就是,诗人和小说家以及剧作家在处理日常生活包括事件的时候要经由提升和过滤等再处理来完成"去实用化"的过程,"现实生活中的事件与情感进入精神分析的情境就和它们进入一首诗或者一部小说一样。不过,与文学文本相似,日常生活世界在进入这幕心理剧时被'去实用化'了,人物角色与事件从它们常见的功能中抽离出来,统一提升到另一个领域中,在此象征空间内领受无意识的变容之光。"③

与凡·高的画作和海德格尔对事物的还原趋向一致,于坚的那首代表作《啤酒瓶盖》则同样立体化地凸显了事物如其所是的面目。日常之物是需要发现性的词语来重新揭示的,"晚餐时候,我看见一个朋友用开瓶器在一瓶绿色的啤酒瓶上撬了一下,它就'嘣'地一声跳出去了。一个啤酒瓶盖现在失去了它的用途,作废了,被遗弃,马上就要被忘记,于是一首诗开始了。其实我已经看见过数百个这样的场景,'嘣'地一声。但语言并不觉醒。对此

① 于坚:《何谓日常生活——以昆明为例》,《于坚思想随笔》,陕西师范大学出版总社有限公司 2010 年版,第 86、88 页。

② 敬文东:《日常生活》,《十月》2017 年第 6 期。

③ [英]特里·伊格尔顿:《文学事件》,阴志科译,河南大学出版社 2017 年版,第 240 页。

麻木不仁，不知道可以说什么。忽然有一天，那一声'嘣'之后，我的语言也'嘣'地一声，打开了，我记得这首诗写得很快。诗是先验的。我只是召唤，复活之而已。"[①]

诗人有着特殊的取景框和变形手段，所以在诗人这里"一棵树不止是一棵树"。我想到当年柏桦的诗句"这是温和，不是温和的修辞学／这是厌烦，厌烦本身／／呵，前途、阅读、转身／一切都是慢的／／长夜里，收割并非出自必要／长夜里，速度应该省掉／／而冬天也可能正是春天／而鲁迅也可能正是林语堂"[②]。这正是诗人的精神"现实"。于坚在"拒绝隐喻"的诗歌写作实践中在颠覆和取消了以往的"词与物"的关系的同时，也在个体和日常生活的原在意义的基础上重建了诗歌与日常与词语之间的互动的有效关系。一些琐碎的片断、无诗意甚至反诗性的事物进入到了于坚的诗歌之中。这无疑增强了诗人的命名能力，强化和扩容了诗歌的胃部。

这也是为什么于坚喜欢摄影并且对凡·高、塞尚等人的绘画极其感兴趣的原因。

循着诗人有些"怪异"的目光，我们此刻看到了阳光下的一棵桉树，阴影和亮光中的树在诗人这里已经转换成了语言的现实。

> 阳光破坏了我对一群树叶的观看
>
> 单纯的树　作为树生长于树之中
>
> 但阳光在制造一棵树的区别
>
> 同一整体中的叶子　被它分裂成阴暗的区域
>
> 明亮的区域　半明半暗的区域
>
> 像一头君临水池的狮子　整一的金黄色卷毛
>
> 并未涂抹出整一的图像
>
> 是眼光而不是狮子　在四月蓝色的天空中

---

① 于坚：《说我的几首诗》，《山花》2017 年第 7 期。

② 柏桦：《现实》，《岁月的遗照》，社会科学文献出版社 1998 年版，第 259—260 页。

行使一个太阳在晴朗时刻的权力

　　一棵具体的桉树消失了　　现在

　　这让我想到了1950—1960年代法国的新小说派（娜塔丽·萨洛特、阿兰·罗布·格里耶、西蒙、布托尔）——反动于传统意义上巴尔扎克式的小说写作，而最大可能地通过非主观化、非人格化的中性的方式还原事物本身，而非人为或主观化地改造事物的本质。"非非"主将杨黎写于八十年代初的《冷风景》（最初名为《街景》）就是献给阿兰·罗布·格里耶的（该诗副标题）。阿兰·罗布·格里耶在《在迷宫里》认为："这儿所写的是严格意义上的物质现实，它一点也不追求寓意的价值，因此读者在书中看到的只不过是向他们所作的关于事物、动作、言语、事件的报告，并不想方设法赋予它们比读者自己的生活或死亡更多或更少的意义。"这使我想到罗布·格里耶在小说《橡皮》中对番茄的描写："这一片番茄真是完美无缺。它是用机器从一个组织结构对称完善的果实上切下来的。它四周的果肉紧密匀称，具有像化学剂中那种鲜艳的红色，夹在发亮的果肉和子房之间，既肥厚又匀称。子房里的黄澄澄的种子，按大小排列，层次分明；一层绿色透明的凝固物使种子粘附在果心鼓起部分的边沿。那浅粉红色的、表面微呈颗粒状的果心，从底部凹陷处伸出一束白色的条纹，其中一条伸至种子附近——但它延伸的方式有点难以明确。在这片番茄的上顶端，发生了一种几乎无法察觉的意外情况：有一小块皮离开果肉约一两毫米，现在微微地翘起。"[1]

　　人们对事物形成的惯见必须在诗人这里得到某种程度的拨正，比如对"阳光"和"暗影"的重新理解。有了理解，就产生了差异。甚至包括当年对新小说派的理解也是如此，那些当事人并不买账。正如格里耶所慨叹的"关于'新小说'，人们近年来写了很多

---

① 　［法］罗布·格里耶：《橡皮》，林秀清译，译林出版社1999年版，第136—137页。

文章。不幸的是，在对它的批评中，在对它的赞扬中往往也是一样，出现了种种极端简单化的现象，以及许多错误和误解。因而在公众的思想里形成某种令人可憎的神话，以致新小说似乎竟成为和我们所想的完全相反的东西了"①。

　　诗人必须拂去现实表层的浮土，转到时间表盘的背后去看看时间法则和造物主的内部隐秘构造和机制。偶然的、碎片化的现实和事件之所以能够成为诗歌，正是得力于诗人探幽析微的能力。事物也许是一个连贯性的整体，但是对于个体而言往往是一个片段和零碎的影像，而每个人又据此以为获得了事物的依据并把握了内核的关键所在，而忽略了人认识的有限性。诗人的认识同样是有限的，但是他唯一不同于常人之处在于他手里的取景框。这决定了事物在取景框中的位置、角度以及与观看者的复杂关系。这一取景框因而也带有了某种内在性和难以避免的主观性，甚至在一个特殊的时间点上而带有了意识形态性。比如在某一个宏大高耸的历史雕像面前，你是站在正面还是站在反面，你是在侧面还是在远距离地观望，你是强化那灿烂的面孔还是注意那阴影中的褶皱，这一切都会改变或纠正观看者与事物的关系。而具体到于坚这里，他最大可能性地呈现了诗人的还原能力，这既是清晰地呈现事物的细部纹理，也是对事物与观看者的区隔的打通。与此同时，这些自然之物还蕴含着对历史和现实重新揭示的能力。麦克利什认为诗歌语言一定程度上会妨害事物质感的视觉画面："A poem should be palpable and mute / As a globed fruit // Dumb / As old medallions to the thumb // Slient as the sleeve-worn stone / Of casement ledges where the moss has grown- // A poem should be wordless / As the flight of birds."②

---

① ［法］罗布·格里耶：《新小说》，《西方文艺理论名著选编》（下卷），北京大学出版社 1994 年版，第 257 页。

② ［美］麦克利什：《诗艺》，"一首诗应该是可感而又无声的 / 像是球形的水果 // 无声息的 / 像拇指抚弄的老旧的奖章 // 就像被袖口磨损的石窗架的寂静 / 上面已长满了青苔—— // 一首诗应该是无语词的 / 就像群鸟的飞行"，霍俊明译。

这天下午我在旧房间里读一封俄勒冈的来信

当我站在惟一的窗子前倒水时看见了他

这个黑发男子　我的同事　一份期刊的编辑

正从两幢白水泥和马牙石砌成的墙之间经过

他一生中的一个时辰　在下午三点和四点之间

阴影从晴朗的天空中投下

把白色建筑剪成奇怪的两半

在它的一半里是报纸和文件柜　而另一半是寓所

这个男子当时就在那狭长灰暗的口子里

他在那儿移动了大约三步或者四步

他有些迟疑不决　皮鞋跟儿还拨响了什么

我注意到这个秃顶者毫无理由的踌躇

阳光　安静　充满和平的时间

这个穿着红色衬衫的矮个子男人

匆匆走过两幢建筑物之间的阴影

手中的信，差点儿掉到地上

这次事件把他的一生向我移近了大约五秒

他不知道　我也从未提及

（《下午，一位在阴影中走过的同事》）

冷静、细节，形成了诗歌特殊的"发现性"质地。"看见的"和"不可见"的形成了亮光与阴影之间的奇妙呼应。在卡夫卡小说那里，我也遇到了同样的过目不忘的场景和细节，它们是如此地日常而容易被瞬间忽视。一个小说家和诗人一样站在了那个冷静、客观的临街的窗口："在这些匆匆来到的春日里，我们做什么呢？今天清早，天灰蒙蒙的，但是，现在走到窗前，就会大吃一惊，把脸颊贴在窗户的把手上。窗户下面，显然已在下沉的太阳的光辉照在纯真的女孩脸上，她一边走，一边左顾右盼；还看见后面的男人的影子，他从她身后匆匆走来。接着，男人走了过去，女孩脸上无比明亮。"① 诗人迎接的正是明亮的时刻，黑暗的时刻。

　　韩东的《有关大雁塔》《甲乙》（梁晓明的代表作《各人》与韩东的《甲乙》在精神向度和语言路径上可以互读）同样将这一语言方式在八十年代推到了极致。这种语言方式也与具体的生存背景和现实生活有关，"八二到八四年，我在西安陕西财经学院教书，我们学校就在大雁塔的下面。从大雁塔上看我们学校就像一个财主的院子。同样，从学校的院子里看大雁塔也挺令人失望。当时我是一个'诗人'，来西安之前刚读过杨炼的'史诗'《大雁塔》。在这首浮夸的诗里大雁塔是金碧辉煌、仪态万方的。我的失望之情开始针对大雁塔，后来才慢慢转向杨炼的诗。在此刻单纯的视域里，大雁塔不过是财院北面天空中的一个独立的灰影。它简朴的形式和内敛的精神逐渐地感染了我。这是我的美学观形成的一个重要时期。"② 我们可以直观地比较下杨炼和韩东差别迥异的语言方式。

> 我被固定在这里
>
> 已经千年
>
> 在中国
>
> 古老的都城
>
> 我像一个人那样站立着
>
> 粗壮的肩膀，昂起的头颅
>
> 面对无边无际的金黄色土地
>
> 我被固定在这里

---

① ［奥地利］弗兰茨·卡夫卡：《凭窗闲眺》，《卡夫卡中短篇小说选》，杨劲译，人民文学出版社 2003 年版，第 38 页。

② 韩东：《有关〈有关大雁塔〉》，《韩东散文》，中国广播电视出版社 1998 年版，第 156 页。

山峰似的一动不动

墓碑似的一动不动

记寻下民族的痛苦和生命

沉默

岩石坚硬的心

孤独地思考

黑洞洞的嘴唇张开着

朝太阳发出无声的叫喊

也许，我就应当这样

给孩子们

讲讲故事

（杨炼《大雁塔》节选）

有关大雁塔

我们又能知道些什么

有很多人从远方赶来

为了爬上去

做一次英雄

也有的还来第二次

或者更多

那些不得意的人们

那些发福的人们

统统爬上去

也有有种的往下跳

在台阶上开一朵红花

那就真的成了英雄——

当代英雄

有关大雁塔

我们又能知道什么

我们爬上去

看看四周的风景

然后再下来

（韩东《有关大雁塔》）

　　韩东谈过目前读者所看到的《有关大雁塔》的面目是不全的，是一个删减的"节本"，被删掉的是该诗的第二节："可是 / 大雁塔在想些什么 / 他在想，所有的好汉都在那年里死绝了 / 所有的好汉 / 杀人如麻 / 抱起大坛子来饮酒 / 一晚上能睡十个女人 / 他们那辈子要压坏多少匹好马 / 最后，他们到他这里来 / 放下屠刀子，立地成佛了 / 而如今到这里来的热闹 / 他一个也不认识 / 他想，这些猥琐的人们 / 是不会懂得那种光荣的"。确实，这节删掉之后该诗更为紧凑和完整，俭省的语言与压缩的形式刚好相得益彰、彼此支撑。韩东为此修改甚为得意"我自以为此举是关键性的成功"，而在当时，丁当等其他诗人却对此诗的修改持不同意见。韩东一首不足二十行的短诗（韩东同时期写于西安的另一首诗《你见过大海》与《有关大雁塔》在写作方式和精神态度上具有同构性，可以整合起来阅读，"你见过大海 / 你想象过 / 大海 / 你想象过大海 / 然后见到它 / 就是这样 / 你见过了大海 / 并想象过它 / 可你不是 / 一个水手 / 就是这样 / 你想象过大海 / 你见过大海 / 也许你还喜欢大海 / 顶多是这样 / 你见过大海 / 你也想象过大海 / 你不情愿 / 让海水给淹死 / 就是这样 / 人人都这样"）和杨炼一首二百多行的"史诗"性的长诗相比，无论是在语言、结构、修辞、切入角度、写作目的、生活态度乃至时间观念都发生了近乎天翻地覆般的革命，并且韩东做到了"少即是多"。从这一点能够看出当年第三代对"朦胧诗"反拨的状况和程度。对于"长诗"写作，韩东同样是持深深的怀疑

227

态度，"我从不相信一首诗日以继夜地进行，在某一主题的引导下，那些真实的写作瞬间能连成一个必要的整体。"① 所以，八十年代的江河、杨炼等"长诗""史诗"写作在韩东看来基本上是无效的，"或者说它（长诗）即便成立也是有所欠缺的"。八十年代的韩东是反文化的，去除掉"大雁塔"的文化和历史附着意义，而代之以极其普通不过的日常生活。1997 年 1 月，时年三十岁的安徽诗人陈先发也写了一首回应"过去时"的《大雁塔》："木梯传出嗜啖蛋黄的农民 / 他说：我跨过五个省来看你 / 一路上玩着、饿着指尖的大雁塔。/ 多年前 / 他是唐僧——/ 为塔迎来了垂直的那个人，那种悲悯 // 耳中炎热的桑椹，/ 仿佛流出了倾听的蜜汁。/ 我长久地沉默着，又像在奋力锯开 / 内心纠缠的塔影。/ 再也回不去了 / 我们在同一轮明月下，刚刚出生时的皎洁，/ 我们在同一盖松冠下，天狼星发凉的盔甲。"而多年之后的于坚，同样是面对另一个时代的西安和大雁塔，他却又试图建立另一种意义和象征，对过去时的秉持，对现代性城市生活的反对，"徒步登塔 / 看见周围都是新建的 / 水泥摩天楼 / 玻璃摩天楼 / 被成为塔的幻觉鼓舞着 / 每一幢都安装了电梯 / 但在长安 / 自唐朝以来 / 宝塔 / 只有两座 / 大雁和小雁 / 将来 / 也不会有人向别的下跪"（《塔》，2002 年 8 月）。韩东《有关大雁塔》的诗歌史意义以及不同时期文化语境下差异性的阅读效果史，都具有"当代"标本的性质。李少君认为"还有一种所谓'反文化'的观念性诗歌也曾风靡一时，其中典型的是韩东的《有关大雁塔》《你见过大海》，居然被一些别有用心的人吹捧成杰作。《有关大雁塔》是最明显的观念性的诗歌，据说是针对杨炼的《大雁塔》一诗反过来做，完全是一种对着干的小青年心理，是对西方二十世纪六十年代文化的幼稚模仿，也是'文革'时期延续下来的非此即彼、非黑即白的简单化惯性思维的产物。……《有关大雁塔》这样矫揉造作的诗作却居然好评不少，被当成所谓第三代诗歌的代表性作品，难

① 韩东:《等待和顺应》，《韩东散文》，中国广播电视出版社 1998 年版，第 151 页。

228

怪人们说当代诗歌界病入膏肓,也使得大批初学新诗者容易走入误区,谋求以观念取胜,吸引眼球,获取虚名"[①]。李杨曾提到自己在新加坡讲中国当代文学史时谈到了韩东的这首《有关大雁塔》,结果学生一片哗然,这些域外学生纷纷提问并质疑韩东的这首诗。实际上如果单从美学的维度对韩东的《有关大雁塔》进行肯定或否定都可能是无可非议的,但是如果从新诗史视域出发,更应该注意文本的历史语境以及在历史序列中的位置。拿今天的美学标准,我们很容易否定北岛那代人的写作,而这样做却恰恰是丧失了历史标准的。2017 年 12 月 4 日下午,在从鲁迅文学院出来的路上吉狄马加还和我专门讨论了这个话题。我们的共识是,评价一个诗人和一首诗作必须具有综合的视野,即历史维度和诗学维度的合一。评价一个诗人尤其是整体的一代人的才能不是凭几个评论家的文章以及诗人的几本诗集、诗选和所谓的评奖就能说了算的,必须放在历史和美学的双层装置以及谱系、场域中予以综合评价和厘测。也就是说,代际诗人或同时代人的写作和评价都必须具有历史和美学的双重意识。

写作者与日常生活的关系必须再次重估,这也是对"人""人性"在词语世界的重新确立,只有如此才能避免沦为单向度的人。日常、存在和语言之间的交互产生了有效的诗歌——日常的奇观、日常的重构,当然也使得日常之诗的难度空前提升了,尤其是对于后来的诗人写作。对于诗人的日常经验及其处理方式同样也值得反思,尤其是在九十年代以来日常之诗拥堵泛滥的情势下日常经验成为万能的利器的时候,实际上不自觉地也形成了另一种话语权力,甚至渐渐地随之制度化、体制化了——"于坚这样的写作在当时,就是 90 年代初的时候的确是非常非常重要,可以说是完成了某种整体的转换,是代表性诗人之一。但是这种写作到今天,在某种意义上已经'体制化'了。我们看到他自己的一些讲话,一些文章

① 李少君:《草根性与中国新诗的转型》,《南方文坛》2005 年第 3 期。

里面，其实并没有太多的对 90 年代初的诗学立场做出更多的反省，基本上还是延续这种思路，所以这种东西'制度化'了。就是缺少一种真正面对今天的一个新的写作现实的活力""当你把日常经验作为自己写作目的、写作对象的时候，其实最后达到的还是对日常经验的一种逃离，或一种提升。"[①] 钱文亮也指出了这一方面诗人策略性是一把双刃剑，"在文化中来反抗文化，在语言中来反抗语言，这本身就是一种悖论，实际上是不可能的。"[②] 日常诗学自身充满了可能性，但是显然在具体写作操作中也必然有其限度，"我认为于坚的追求是绝对有意义的，包括对日常生活的某种还原，或者是追求一种倾向，是有意义的。但是，这种方式本身的可能性是什么，它本身的限度是什么，他们没有意识到。这种限度是存在在那里的，对自己的限度不自觉。"[③]

　　不知道叫它什么才好　刚才它还位居宴会的高处

　　一瓶黑啤酒的守护者　不可或缺　它有它的身份

　　意味着一个黄昏的好心情　以及一杯泡沫的深度

　　在晚餐开始时嘭的一声跳开了　那动作很像一只牛蛙

　　侍者还以为它真的是　以为摆满熟物的餐桌上竟有什

么复活

　　他为他的错觉懊恼　立即去注意一根牙签了

　　他是最后的一位　此后　世界就再也想不到它

　　词典上不再有关于它的词条　不再有它的本义　引义

和转义

---

① 姜涛：《一次穿越语言的陌生旅行》，《以个人的方式想象世界》，生活书店出版有限公司 2015 年版，第 187—188 页。

② 钱文亮：《一次穿越语言的陌生旅行》，《以个人的方式想象世界》，生活书店出版有限公司 2015 年版，第 189 页。

③ 吴晓东：《一次穿越语言的陌生旅行》，《以个人的方式想象世界》，生活书店出版有限公司 2015 年版，第 190 页。

而那时原先屈居它下面的瓷盘　正意味着一组川味

餐巾被一位将军的手使用着　玫瑰在盛开　暗喻出高贵

它在一道奇怪的弧线中离开了这场合　这不是它的弧线

啤酒厂　从未为一瓶啤酒设计过这样的线

它现在和烟蒂　脚印　骨渣以及地板这些脏物在一起

它们互不相干　一个即兴的图案　谁也不会对谁有用

而它还更糟　一个烟蒂能使世界想起一个邋遢鬼

一块骨渣意味着一只猫或狗　脚印当然暗示了某个人的一生

它是废品　它的白色只是它的白色　它的形状只是它的形状

它在我们的形容词所能触及的一切之外

那时我尚未饮酒　是我把这瓶啤酒打开

因而我得以看它那么陌生地一跳　那么简单地不在了

我忽然也想像它那样"嘭"的一声　跳出去　但我不能

身为一本诗集的作者和一具六十公斤的躯体

我仅仅是弯下腰　把这个白色的小尤物拾起来

它那坚硬的　齿状的边缘　划破了我的手指

使我感受到某种与刀子无关的锋利

　　　　　　　　　　　　　　（《啤酒瓶盖》）

　　于坚很多诗歌中的"日常性"是以往以及同时代的诗人所没有处理或不屑、不敢处理和冒犯的——恰恰是在处理那些日常事物和经验的时候彰显出了于坚的先锋精神、探索能力以及对具体事物和场面的把握与开掘、提升以及转化能力，"于坚并不像社会中其他的许多人，他是采取行动去打破这种机械化，去和生活及世界发生更充实的联系。对于坚而言，行动的第一步就是观察。在许多诗作中，他观察那些大部分不值得怀疑的事物，并努力去分辨为它们的真实存在。在《啤酒瓶盖》一诗中所探讨的事物就正是这样。"① 于坚的这首《啤酒瓶盖》无可置疑的是他九十年代诗歌的代表作，也是汉语新诗在这一时期的重要收获。但即使是这样的革命性意义上的诗歌文本，在当时乃至今天的讨论中仍会引起讨论甚至争议。正如一个事物，无论你强调的是正面、背面还是侧面以及阴影，都会形成顾此失彼的局面以及遭遇"矛"和"盾"的悖论关系。当然，问题的关键还是在于一个文本的美学性和历史感处于什么样的历史节点上。对于八九十年代的诗歌历史语境而言，于坚的"拒绝隐喻""日常诗学"的观念以及实践都是具有建设性意义的。当然对于任何一个文本的"细读"都会因为格外放大一个词甚至一个标点而引发"微言大义"的阅读效果。这一"显微镜"式的阅读形成的效果可能是积极的，也可能是消极的；可能是精准的，也可能是误读的，《啤酒瓶盖》的思考，就把能指和所指仍然纠缠在一起了，他在呈现啤酒瓶盖这个能指的时候，其实也是指向所指的，或者是随时和所指相纠缠的。我觉得如果我们承认了他这个理念，我们就要求他应该在能指层面先给我们体现出自足性，就是说先让我们意识到他对啤酒瓶盖的描写的自足，首先他就不要给我们提供隐喻，他先把啤酒瓶盖的那个自足的、表层的语义层面的东西先给我们写出来，但是我觉得这一点《啤酒瓶盖》没有做到。我想举一个小说中的例子，就是卡尔维诺的《我们的祖先》。他的三部曲中，我觉得最好的是《树上的男爵》。他的好处就在于他把那个树上的生活写得很自足，这种生活是现实生活中并不存在的，我们知道它是想象性的生活，是虚构的，但是他写的那个树上男爵的生活，把这种生活的状态描写出来了。至于这个树上的生活有没有隐喻意义呢，卡尔维诺先不管这个。他先把树上生活的可能方式现实主义地展现出来。"② 当人们面对着于坚的这些文本，同样会产生差异的

---

① ［美］Jillian Shulman：《于坚：一个置身存在的诗人》，《星星》2003年4月号上半月刊。

② 吴晓东：《一次穿越语言的陌生旅行》，《以个人的方式想象世界》，生活书店出版有限公司2015年版，第190—191页。

效果。而于坚的诗歌和诗学理念更重要的是对于当时以及后来的诗人的影响是什么样的，也就是在历史序列中考察于坚和其他诗人的关系是什么样的？在这一历史序列中一个观念是得到更好的继承还是在相反的向度上被"糟蹋"，这可能是文学史层面的关键所在，《于坚的诗》的后记里头，他谈到对抗的、二元对立的这种认识世界的方式的错误，但是他对一些事情的看法，坚持的仍是这种认识世界的观点。比如说把诗和知识、和修辞等等对立起来。他谈到诗歌应该是第一性，应该是直接的、智慧的，诗人的写作应该是谦卑而中庸的，拒绝那种目空一切的狂妄，不应是坚硬的造反者、救世主、解放者的姿态，诗人不是要改造、解放这个世界，而是要抚摸这个世界。但在分析一些现实问题和诗歌现象时，他又存在他所反对的这种立场。同时，他的这种诗学主张和具体写作也并不很一致，或者说，写作存在多种情况。"①

关于"词与物"的关系已经成为人文学科界的重要传统。"词"和"物"首先都要经过现象学意义上的还原、纠正，对惯性认识和秩序的拨正，对熟悉事物的"动摇"，重现词语和事物的临近可能，冲破自我思想的界限，从而重绘一个时代的语言和精神地理学——"本书诞生于博尔赫斯（Borges）的一个文本。本书诞生于阅读这个段落时发出的笑声，这种笑声动摇了思想、我们的思想所有熟悉的东西，这种笑声动摇了我们用来安顿大量存在物的所有秩序井然的表面和所有的平面，并且将长时间地动摇并让我们担忧我们关于同与异的上千年实践经验。"②也就是说"词与物"是在历史场域中进行的。这涉及到连贯性、相似性以及差异性、经验性的区分，"没有比在物中确立一个秩序更具探索性、更具经验性了（至少在

① 洪子诚：《一次穿越语言的陌生旅行》，《以个人的方式想象世界》，生活书店出版有限公司 2015 年版，第 193 页。

② ［法］米歇尔·福柯：《词与物：人文科学的考古学》，莫伟民译，上海三联书店 2016 年版，第 1 页。

表面上是如此）；更需要一双开放的眼睛或一种更确信和更抑扬顿挫的语言；更坚决地要求一个人要允许自己被性质和形式的激增所摆布。"甚至在一些优异的作家比如博尔赫斯那里最终呈现出来的是"复杂的画像""紊乱的路径""奇异的场所""秘密的通道"和"出乎意料的交往"等等。罗兰·巴特就认为每个看起来微不足道的词语背后都是隐含的复杂的地质构造，因为这不仅是一个历史化的过程，也会因为二者在不同时代所处的具体处境而发生诸多非文学的变化，尤其是当世界发生如此巨变和激荡不已的时刻。物被强暴了，词和思想也被强暴了，"在今天，飞机和电话固然是与我们最切近的物了，但当我们意指终极之物时，我们却在想完全不同的东西。终极之物，那是死亡和审判。总的说来，物这个词语在这里是指任何全然不是虚无的东西。根据这个意义，艺术作品也是一种物，只要它是某种存在者的话。"①

但是这样的观察角度和最终形成的文本样貌很容易被人误解为摄像机一样的工作，而忽视了一个诗人的"取景框"关乎整个世界观一样的特异的眼光，"在取景框里世界是你的。你看什么不看什么，你看哪一部分，不看哪一部分，这就是极权。没有立场的摄影并不存在"②，而这也正是语言态度决定的，即"从隐喻后退""拒绝隐喻"。但是具体到写作实践这是很难做到的，你拒绝一种模式或范式的隐喻，你必然会使用另一种自我认可的隐喻方式，即使你试图进行的非隐喻或者反隐喻的工作。"反"的一个极端的诗学案例就是"非非主义"。正如当年法国的新小说和新浪潮电影一样的工作，一种理论真正操作起来是很难的，尤其是一个革命性的理论。

    它们站在蓝色天空的拱门里

①　［德］海德格尔：《艺术作品的本源》，《林中路》，孙周兴译，上海译文出版社2014年版，第5页。
②　于坚：《暗盒笔记·写在前面》，中信出版社2006年版，第2页。

像是神子　将要去红色广场上漫游

它们风度各异　一个是浪子　高大年轻

绿色长袍　绣满南方最美丽的树叶

因此从时间的城堡中永远勾引了春天

鸟儿经过此地　必在它的手上停留

为它酌来一杯杯阳光之酒

另一位乌黑如杖

长满月光之毛　它切削夏季的风暴

它把黑风暴的皮子削下

像在削一只汁液充盈的水果

神子　像两棵树一样站在红色荒原中央

那个引领它们从天上下来的人

那个种树者　杳无踪迹

只有我　一个走出人群的漫游者

在云南省西部的山区

在秋天　晴朗而安静的下午

看见两棵树

一棵挂满金色的苹果

另一棵的树梢

蹲着

一只

乌

鸦

（《在云南省西部荒原上所见的两棵树》）

而对日常生活和普通人的抒写不只是对个体的复原和再现，同样需要提升、过滤以及变形甚至想象力的介入——"秃顶的秋天死亡通过树林中的缝隙／介入生活　许多不同寻常的事发生着"

（《秃顶的秋天　站在死亡之外的儿童》）。尤其是在特殊的政治文化的时期，当个人史与公共生活发生着畸形而又密切的关系的时候，日常性在诗歌中的呈现更需要的是诗人的个人化的历史想象力和求真意志。在长诗《舅舅》中，个人的生死、小人物命运都是无形中与集体、公共、时代和历史黏滞在一起的。正如当年美国自白派诗人约翰·贝里曼的《球诗》一样。

那男孩怎么啦，他丢掉了球，
有什么法子？我看到球滚走
欢乐地蹦着，沿街跳走，最后
欢乐地翻过去——落到了水里！
"再买一个呗！"说这话没用：
震撼心灵的痛苦使男孩发呆，
僵直地，他站着发抖，越过他的
所有童年岁月朝海湾凝视，
球已落进海里。我不打扰他，
一毛钱，再买个球，没用。现在
他第一次感到在这需要占有的
世界上有责任感。人们买球
而球总是要丢失，我的孩子，
没人能把球买回。钱是身外物。
在他绝望的眼睛后他在学习
关于丧失的认识论，学会承受
每个人总有一天会认识，而多数人
已认识多年的事，学会挺住。
时间过去，灯光回到街道上，
口哨吹响，球再也看不见，
很快，一部分的我会探寻海港

那幽深的地板……我到处寻找

　　我痛苦地走，我的心灵在走

　　带着所有推动我之物，在水下

　　吹着口哨，我不是个小男孩。

　　而于坚的《舅舅》也属于这样的诗，为死去的小人物的不足为道的舅舅"还魂"和"正名"，"逆来顺受的窝囊废""他背道而驰　沉默寡言""一辈子对朋友忠心耿耿／子女们很孝顺　时代对这些评价很低""1968年因历史问题被下放""人家知道　他的任何念头／都不会对制度或座次构成威胁／良民　每天黄昏　坐在矮凳子上／稍稍地喝一杯白酒　脸膛通红""哦　他的一生／不足为训　只是／延续了一个可有可无的传统／做过一个舅舅该做的那些／保持了外甥　对舅舅这个方向的／信赖　尊重和／略带咸涩的泪珠"。这是另一个"罗家生"版本——还原到人、生命、现场和现实的太平凡不过但又不容易被时代庞然大物遮蔽的真实。

　　而真实性和客观性如果建立于日常生活的话，日常生活本身的丰富性以及认识就变得愈益重要了，"日常生活与一切活动关系密切，它涵盖了有差异和冲突的一切活动，它是这些活动会聚的场所，是其关联和共同基础。正是在日常生活中才存在着塑造人类——亦即人的整个关系——它是一个使其构型的整体。也正是在日常生活中，那些影响现实总体性的关系才得以表现和得以实现。"①

　　无论是西川还是于坚，在八十年代都意识到了写作与平民意识的关系，只是写作态度和认知存在着差异，"时至今日，我一直认为，口语是今天唯一的写作语言，人们已经不大可能运用传统的文学语言写作崭新的诗歌。不过，这里有一个对口语的甄别问题：一种是市井口语，它接近于方言和帮会语言；一种是书面口语，它与文明和事物的普遍性有关。我当时自发地选择了后者。从1986年下

---

① ［法］列斐伏尔：《日常生活批判》，吴宁译，人民出版社2007年版，第109页。

半年开始，我对用市井口语描写平民生活产生了深深的厌倦。"① 而于坚显然是一个平民写作的具体实践者，"他努力使自己回到平民意识，讲述的是极其普通的人性问题。在于坚那儿，一个诗人再深刻也深刻不过自己。与此相应的是，自身的真实存在即作为一个生活着的普通人投入到现世的世界中去。无病呻吟式的伤感、英雄主义以及寻根、修炼之类在于坚看来是多么的虚假、无聊、不合时宜和不健全。"②

必须注意于坚对日常生活中细节的格外关注，"这里，不是叙述者的头脑而是他本人身体的部分——牙齿、牙床、口——来反映春天里水的温暖这一真实现象。这个事件就来源于当今时代任何一个人的日常生活。它的描写是如此的细节化，以至它看来似乎是一个细小的事情，而它又是那么平常的，平常到会发生在任何人身上。"③ 诗歌正是需要这种日常的、想象性的放大化的细节和原生本相以及庞杂侧面来显现诗歌在思想和修辞上的双重活力，"每个人小时候都干过拿镜子折射阳光的事，尽管不是每个人都好好想过这件事。光线在一个有限的范围内移动；一旦超出这个范围，光线便消失了。从这样一种观察中大概可以看出小科学家朝演绎推理方向进步的智力倾向，当然并不一定如此。如此运作的世界会使他完全着迷。说实在的，无论你面向何方，到处都能使你产生相似的惊讶。世界收藏着无数细节，无不值得注意。"④

在于坚所处理的日常生活中，我们看到的是一场场精神事件，细节和场景化的精神事件——对日常片段、细节和场景的精神分析

---

① 西川：《让蒙面人说话》，东方出版中心 1997 年版，第 270 页。

② 韩东：《于坚的胜利》，《以个人的方式想象世界》，生活书店出版有限公司 2015 年版，第 11 页。

③ ［美］Jillian Shulman：《于坚：一个置身存在的诗人》，《星星》2003 年 4 月号上半月刊。

④ ［美］切斯瓦夫·米沃什：《米沃什词典》，西川、北塔译，广西师范大学出版社 2014 年版，第 138 页。

法，瞬间迸发或持久震荡的。那么日常生活、事件和诗歌处于什么样的一种关联和特殊结构呢——"诗表现为一个事件——事件这个词在这里具有体验之意，包括可能的和现实的、自己的和别人的、过去的和现在的体验。诗表现为事件，作为事件，当然是源于生活关联、归属于生活关联的东西，但同时又是一种构拟出来的真实的外观，是诗人经过重新体察生活关联并且为了经受这种重新体察而创造出来的，是被从生活世界与我们的意志与志趣的关联拈出来的。事件呈现为一种生活场景，但它已具有了诗的结构。在这一结构中，生活的某一侧面的意义呈露出来……诗的语言及其表达方式已包含着对既定的、直接的思想现实的把握。通过事件呈现出来的生活场景不再是晦暗的，而是透明的了。正是由于以诗的内在形式所呈现出来的事件，展示出了正在发生或已经发生的事情的意义。"[①] 伊格尔顿曾经提出"文学事件"的概念，当然与此处强调的于坚诗歌写作的精神事件有所区别，但二者实际上也都涉及到了语言和经验的互动问题，"意义不仅是某种被在语言中'表达'或者'反映'出来的东西：意义其实是被语言生产出来的。我们并不是先有意义或经验，然后再着手为之穿上语词；我们能够拥有意义和经验仅仅是因为我们拥有一种语言以容纳它们。"[②]

平心而论，于坚对诗歌"浪漫化"和"才子气"的反拨，不只是基于自己诗歌观念和不同阶段的阅读经验，也同样是性格和个人经历使然。在于坚这里，诗歌、生活和语言都要经过重新淘洗，从而建立起另一种诗歌观、生活观和语言观。这在整个八十年代具有着美学和历史学的双重意义，"生活世界在二十世纪的革命中被视为庸俗、落后、反动，只是等着最后的拆迁。生活在别处，反生活、故乡批判的写作是主流。"[③] 日常的、平淡的、节制的叙述，让

① 刘晓枫：《诗的解谜功能》，《诗化哲学》（重订本），华东师范大学出版社 2007 年版，第 213—214 页。
② ［英］特雷·伊格尔顿：《二十世纪西方文学理论》，伍晓明译，北京大学出版社 2007 年版，第 53 页。
③ 于坚：《我与〈诗刊〉》，《诗刊》2017 年 9 月号下半月刊。

我想到了加缪《局外人》："今天，妈妈死了。也许是昨天，我不知道。"而经由这一切建立起来的正是日常生活的细节和经验以及往往被忽视的部分所构筑起来的"生命诗学"，也形成了自然而然的于坚一贯强调的语感。诗歌与日常经验的关系确实在于坚这里得到了近似于革命性的重新洞彻。这是精神世界、日常现实和语言缝隙之间的同构的过程，写作就是对现实的重新"挖掘"，从而最终成为细小却足以重要的"精神事件"。由此，诗歌也成为了实实在在的个体前提下的"精神事件"，而非传说、习俗以及"大历史"，"一只红麂子／奔下郊外的山冈／进入了蓝色的森林／这不是一次事件的开头／而是一个传说的开头"（《便条集·26》）。而收入到《于坚的诗》这本诗集"卷三　事件"的诗作，就带有谱系性地实践了诗歌写作作为词语和精神的双重"事件"的写作诉求，比如《事件：写作》《事件：谈话》《事件：诞生》《事件：铺路》《事件：寻找荒原》《事件：玻璃屋中的鼠》《事件：停电》《事件：挖掘》《事件：翘起的地板》《事件：暴风雨的故事》《事件：装修》《事件：结婚》《事件：围墙附近的三只网球》《事件：三乘客》《事件：棕榈之死》。

　　一个诗人的成熟主要看其写作的自觉，以及逐渐建构起来的文本谱系和精神面目。这时我们自然会联系到于坚的那些看起来独立但实际上具有关联和整体性的写作，比如"作品""事件"系列和"便条集"。

　　至于为什么写作"作品"系列和"便条集"，于坚自己给出了说法："我早年就写作《作品某号》系列。这是因为有些作品这时表达了存在的某种状态，很难命名，标题很容易让读者联想到某种主题，我不想限制读者的解读。读者可以以我的作品为起点，创造他自己的读法。"[1] 批评家傅元峰在《有诗如巫——于坚诗歌片论》中援引布鲁姆在《影响的焦虑：一种诗歌理论》中将诗人分为写"连续性"（重复）的诗人和写"不连续性"的观点，认为于坚的

---

① 于坚：《为世界文身》，陕西人民教育出版社 2015 年版，第 177 页。

"作品"和"便条"系列的写作属于"连续性"的诗歌。正如布鲁姆说的"批评家们在内心深处是悄悄地偏爱着连续性的"。这样说没错，但是从于坚的整体写作来看（并非布鲁姆的"影响的焦虑"意义上的），他反而是同时呈现了这两种写作——"连续性"和"不连续性"的。于坚反复地（甚至不厌其烦）追赴"大地之诗"的"诗的力量"，并且其持续的创造性形成了"鲜明的连贯性和整体性"[①]。甚至在诗歌的精神重量上而言，于坚的诗歌反而是具有着"逆崇高"的"初次"的"不连续性"诗歌的因素，即某种启蒙的旺盛精力和先驱性——关于写作修辞的，关于精神方向的。

诗歌不是文化，不是常识，不是知识，不是"隐喻"，不是一些死掉的"词"的无意义的重复，而是在重新的动能中使词语和事物在命名中复活过来。在这个意义上，最能印证这一诗歌"动词"的原在诗学目的的是《一枚穿过天空的钉子》和《对一只乌鸦的命名》《啤酒瓶盖》。

我们可以直观地感受下《一枚穿过天空的钉子》这首诗——

> 一直为帽子所遮蔽　直到有一天／帽子腐烂　落下
> 它才从墙壁上突出／那个多年之前　把它敲进墙壁的动作／
> 似乎刚刚停止　微小而静止的金属／露在墙壁上的秃顶正
> 穿过阳光／进入它从未具备的锋利／在那里　它不只穿过
> 阳光／也穿过房间和它的天空／它从实在的　深的一面／用
> 秃顶　向空的　浅的一面　刺进／这种进入和天空多么吻
> 合／和简单的心多么吻合／一枚穿过天空的钉子／像一位刚
> 刚登基的君王／锋利　辽阔　光芒四射

从空间上而言，那些长期被遮蔽的事物终于在语言的照彻中呈

---

① 陈超：《"反诗"与"返诗"——论于坚诗歌别样的历史意识和语言态度》，《南方文坛》2007 年第 3 期。

现出它的本来面目和真实形象。这正是"我述说你所见",而诗人的写作往往是"你写下的并非你触及的"。"说"与"见"对应的正是"词与物"的关系。

作为一个云南的"土著",一个前现代性的守望者以及现代性空间的游荡者,于坚的"凝视""走神"状态变得愈益显豁,这也是精神秩序和词语秩序重建的过程,"秩序既是作为物的内在规律、作为物在某种程度上据以互相凝视的隐蔽网络而在物中被给定的,又只是通过注释、检验和语言的网络而存在。"①故乡、故地和经验以及记忆都形成了一种可供长久凝视的精神结构。如何在一个常年打交道的生活的现实空间重新发现、观照那些隐匿的足迹和遗物更为重要。这类似于博物学家戴维·乔治·哈斯凯尔用一年的时间凝视田纳西州森林里一平方米大小的空间(坛城)所做出的微观的考察。也类似于当年的诗人史蒂文斯在田纳西州放置的那个修辞的坛子。那么,于坚要做的就是在云南这一空间考察整个时代场域以及精神性的自我游荡。这一身份和角色类似于福柯所描述的那个漫游的堂吉诃德,"历险坎坷曲折,标出了一个界限。这些历险结束了相似性与符号的古老游戏;并在那里早已结成了新的关系。堂吉诃德并不是一个荒唐之人,而是一个细心的朝圣者,他在相似性的所有标记前面宿营。他是'同'的英雄性。他不想离开他自己的小城镇,同样,他也不想远离在类似周围展示的熟悉的平原。他不停地在这个平原上漫游,从未穿过差异之明显的界限,也不折回到同一性的中心。"②

堂吉诃德的漫游正印证了"词与物"关系的分裂(断裂),这在于坚这里是由时间神话造成的分裂,"词与物"需要重新联系和命名,反之只能是堂吉诃德这样的在书写与物之间漫无目的的游荡

---

① 〔法〕米歇尔·福柯:《词与物:人文科学的考古学》,莫伟民译,上海三联书店2016年版,第6页。

② 〔法〕米歇尔·福柯:《词与物:人文科学的考古学》,莫伟民译,上海三联书店2016年版,第48页。

者，"书写不再是世界的散文；相似性与符号解除了它们古老的协定；相似性已让人失望，变成了幻想或妄想；物仍然顽固地处于其令人啼笑皆非的同一性之中：物除了成为自己所是的一切以外，不再成为其他任何东西；词漫无目的地漫游，却没有内容，没有相似性可以填满它们的空白；词不再标记物；而是沉睡在布满灰尘的书本页码中间。"① 在"词与物"的关系上，于坚以写作实践做出了有力地回响，"有了这种'物质'般的生活精神才会有'物质化'的写作。写到这里，我才仿佛真正找到了对于坚语言态度的较为恰当的形容或命名，以物观物，以物写物构成了于坚写作中表里一致的词与物的关系。也只有认识到这一点，我们才能恍然大悟地体会到仿佛不那么诗意的诗人于坚写下的朴素的文字的价值。"②

"诗与真""词与物""语言与现实"的关系在八十年代的写作语境中变得愈加重要，这不只是与写作观念有关，更与先锋诗歌的时代情势和写作方向有关——不只是"个人化写作"能完全涵盖的，"始于1986年的'第三代'诗歌运动结束以后，中国当代诗歌进入了一个所谓'个人写作'的时期。这种个人写作我以为不仅是第三代诗歌运动中一些代表人物的专利，不仅是他们相对而言的孤寂处境的写照，也不完全是这批诗人遭冷落之后的诗歌自觉。简言之：个人写作不独属于'第三代诗人'。"③

这让人们思考的是现实中的焦虑、分裂、挫败感、道德沦丧、精神离乱以及丰富的痛苦与写作之间的内在性关系，以及这些精神性的体验是否在文本世界中得以最为充分和完备的体现。社会转换以及写作语境的变动改变了语言与世界、诗人与社会的关系。从写作者来说，词与物的关联发生了倒置，这甚至是前所未有的——词

---

① ［法］米歇尔·福柯：《词与物：人文科学的考古学》，莫伟民译，上海三联书店2016年版，第50页。

② 汪政、晓华：《词与物——有关于坚写作的讨论》，《当代作家评论》1999年第4期。

③ 韩东：《六位诗人》，《韩东散文》，中国广播电视出版社1998年版，第163—164页。

曾高于物，如今是物取代了词，所以写作的无力感、虚弱、尴尬和分裂成为普遍现象。这种词语无力感或语言的危机如何能够被拯救就成了显豁的写作难题。正是在意识到此种经验窘境和写作困境，于坚多年来一直在不断估量"词与物"的真正关系以及如何打破写作的惯见和经验。"词与物"的关系不只是单纯语言学意义上与个人的修辞能力有关，更与考古学层面整体性的写作秩序、惯性思维、意识形态甚至政治文化（比如重复、套用、效仿）不无关联。但具体到写作实践（所见、所读、所写），这并非意味着诗人由此失去了"现实测量"层面的写实性或者呈现能力而成为扶乩者式的看似神秘怪异实则无解的"纯粹知识""纯粹超验"。无论诗人是天才还是朴拙的普通人，都必须说"人话"。从这方面来说诗人更像是"望气的人"，与山川河泽莽莽草木中生发出精神的端倪和气象。与此同时，这一特殊的驻足凝望和辨别的时刻正是生命时间、自然时间和历史时间的叠合。"词与物"的关系必须是个人的现实化与历史化的同步，尤其是在"旧经验"（比如"乡土经验"）受到全面挑战的语境下"词与物"的关系不时呈现为紧张的一面——甚至有些"词""物"以及连带其上的经验被连根拔起成为永逝。由此，挽歌和夜歌就出现了，这体现在于坚晚近时期的很多文本中，包括散文、随笔以及摄影等作品。

于坚在阅读经验中逐渐认识到二十世纪的倾向是"非自我化，是拒绝浪漫主义的，例如拉金、奥顿、罗布·葛利耶这些人。我认为我个人的写作气质和这些作家更相通，我讨厌乌托邦式的东西，喜欢具体、冷静、回到事物本身这种趋向的写作"[①]。所以，诗歌是反乌托邦的，是自由和独立人格的，是日常生活的，甚至从这方面于坚拉扯出了以往僵化的诗歌观念和写作实践的深层动因，"你要老实交代／把问题说清楚／不要以为我们不掌握／暗藏在你灵魂深处的／秘密　就是这种交代／供出了国家的敌人／也就是这种交

---

① 于坚：《谈谈我的〈罗家生〉》，《滇池》1996 年第 11 期。

代/造就了抒情诗"(《便条集·118》)这同时是语言态度的更新，"新文学，包括诗歌及小说，开始同时成为对语言的反思和创造出另一种语言的努力：一种促使现实浮现的透明的系统。为了实现这个目标，就必须净化语言，并清除官腔的流毒。因此，作家们不得不面对革命时期继承下来的而最终又完全腐化了的倾向：民族主义和社会承诺美学。"①

想象一种语言和想象一种生活方式是同构的。日常生活作为写作的精神性构造和事件，也正印证了于坚的诗歌观念和写作实践。当然一个诗人在大刀阔斧甚至近乎革命性地剔除不认同的那一部分的同时，其瞬间或长久建立起来的另一部分也需要综合和审慎来看待。尤其是在八十年代的诗歌运动的急躁的整体情势下，实验和先锋既带来了诗歌自身的建设性也因为急于解构和抛弃而带来了一定的妨害和不完备的结局。汉学家柯雷就认识到于坚日常写作及其去神圣化的正反两面。质言之，也就是要重新理解世俗和神圣的关系，而任何一种诗学方向可能不其然当中就会具有正反同在的局面，"'去神圣化'，虽然至少在修辞意义上取得了成功，但我们发现，他们也建构了一种自身的'世俗'崇拜。"②

在于坚这里，对日常生活和生命经验的强调正是要重建诗歌精神，"诗歌精神已经不在那些英雄式的传奇冒险、史诗般的人生阅历、流血争斗之中。诗歌已经达到那片隐藏在普通人平淡无奇的日常生活底下的个人心灵的大海。诗人们自觉到个人生命存在的意义，内心历程的探险开始了。诗人们终于勇敢地面对自己的生命体验。"③

重建，显然是针对着坍塌和现有"体制"而言的，尤其是在

---

① ［墨西哥］奥克塔维奥·帕斯：《孤独的迷宫》，赵振江、王秋石等译，北京燕山出版社2014年版，第197页。

② ［荷兰］柯雷：《精神与金钱时代的中国诗歌》，张晓红译，北京大学出版社2017年版，第322—323页。

③ 于坚：《诗歌精神的重建——一份提纲》，《于坚诗学随笔》，陕西师范大学出版总社有限公司2010年版，第4页。

诗歌写作已经"文化"化而脱离了现实和日常生活的情势下，"中国文化对日常人生采取的是一种回避的态度。这种文化总认为人生是诗意的，而以为它的日常性毫无诗意""中国重视的是生活的文化化，文化（动词）生活，而不是生活的日常化"①。这与韩东在八十年代所批评的诗人的"文化动物"一致，"中国诗人的'大词癖'。把具体的词形而上、抽象化""这些词的所指实际上已成为一种公共隐喻。诗人不过是把词依据现成的既定的文化价值归类、组合。"② 于坚以及其他诗人的"反文化"的冲动以及对诗人角色、诗歌精神和写作方向的重新确立在当时是有意义的，"诗人永远是时代的陌生人，甚至也是他自己的陌生人。这并不意味着他可以在幻想中高枕无忧。他不能回避他置身其中的生活。他应当引领读者穿过世俗生活的走廊，同时体验着精神世界的乐土。"③

在于坚八十年代的诗歌实践中我们看到的是冷静、客观、节制、心平气和、不动声色，局外人和旁观者式的创作态度。当然以上这几个关键词也只是诗人的另一种态度和判断方式，而很难做到真正意义上的"冷静""客观"，正如"热情""冷静"只是代表了诗人写作性格的一方面而已。尤其是诗人身份和角色意识在八十年代的变动值得注意。诗人不再是上帝、牧师、人格典范一类的角色，他是读者的朋友，充分信任读者的人生经验、判断力、审美力。诗歌回到了此岸，日常的、细节的、纹理的、具体的，诗歌成为一场场的内在漩涡式的精神事件和个人史。在八十年代，诗歌的日常化倾向并不是孤立的，而是成了一部分诗人的创作追求，比如1986 年的现代诗群体大展中江苏的"日常主义"（成员有海波、叶辉、海涛、祝龙、林立中、亦兵、马亦军、小喆）——"那些偶然、无谓、不确定的等等琐事，成为我们表现人类日常性最为得心应手

---

① 于坚：《拒绝隐喻·于坚集卷 5》，云南人民出版社 2004 年版，第 30、38 页。
② 于坚：《拒绝隐喻·于坚集卷 5》，云南人民出版社 2004 年版，第 39 页。
③ 于坚：《拒绝隐喻·于坚集卷 5》，云南人民出版社 2004 年版，第 9 页。

的契机。我们不去关心什么未来，对于生命环境却显露出急迫、确切的理解需求。在对日常事件的陌生与困惑里，运用从容且较为正规的表达方式，努力缩短抽象观念与理性结构之间的距离。"① 这一段"艺术自释"可以比照韩东对"他们"文学社的解释，"世界就在我们的前面，伸手可及。我们不会因为某种理论的认可而自信起来，认为这个世界就是真实的世界。如果这个世界不在我们的手中，即使有千万条理由，我们也不会相信它。"② 当然，宣言、创作的初衷以及具体的实践，追随、模仿者形成的差异、偏向必然会使得诗歌中的"日常"带有了不可避免的个人倾向以及道德伦理化判断。这种日常性指向了私人经验以及公共空间，有些诗人则将日常的"惊奇"沦为日常的"口水"、道德符咒和插科打诨，"单是以下一大串题目，也会让其他比较'狭窄'的诗学目瞪口呆：《餐桌上剩下的一把鱼骨头》《晚餐，有牛肉及其他》《那是一声怎样的喷嚏》《没有开水的安眠药》《一只蚂蚁躺在一棵棕榈树下》《下午，同事走过一角阴影》《干完活的园丁捡回自己的工具》《想起一部捷克的电影想不起片名》《当酒瓶银色的头盔被吹落》《喝一口水》等等，不难看到日常主义如何广泛入侵生活每一细微处。发轫期的正宗货，客观、白描、透明、佯装冷漠，于事物的缝隙里流露几许人性的温馨，伴随自发语感，不乏平淡中的韵味和深埋中的底蕴，那是个体生命彻底挣脱各种绞索的释放，终于在生活与存在中找到'位置'。不过，随着'口语话（化）'这一操作行为极易流行仿写，很快便泥沙俱下了。"③ 而于坚长久以来完成的是对日常事物进行普鲁斯特式的微精神分析。诗歌回到现场、日常、细节，诗人进行观察、扫描、剖析和还原，这构成的是微观意义上的日常考古学。这可能也

---

① 《日常主义宣言》，《中国现代主义诗群大观 1986—1988》，同济大学出版社 1988年版，第 232 页。

② 《他们文学社·艺术自释》（韩东执笔），《中国现代主义诗群大观 1986—1988》，同济大学出版社 1988 年版，第 52 页。

③ 陈仲义：《日常主义诗歌——论 90 年代先锋诗歌走势》，《诗探索》1999 年第 2 辑。

就是于坚所说的"日常神性"以及另一种向度理解上的"诗教",即"把一个活着的人写到诗歌里面去,等于你要把他变成诗教的一部分""诗教是自古的传统,诗歌承担着类似宗教的责任,但这个天命在诗人那里处理不好,就容易自我神化、装神弄鬼。20世纪,受到基督教文化的影响,许多诗人企图扮演上帝了,李白、杜甫、苏轼的伟大在于,文章为天地立心,传神。但诗人自己并不是唯我独尊的上帝。20世纪诗人中流行的自我表现,其实就是自我神化。"①

对于坚以及"他们"诗人(韩东、丁当、于小韦等)在八十年代的写作趋向,诗歌界大体认识到了诗歌与"日常"的命名和发现关系,但是却罕有像陈超这样的评论家注意到"日常写作"自身的限度和书写层面的有效性问题,"从表面的诗歌情调上看,这像是一个温和、明快的日常还原主义集团。但是,敏锐的读者可以发现,恰恰在于坚他们这里,而不是感伤主义诗人那里,表现出更刻骨的清醒、决绝和镇定。满不在乎,目不斜视,存心抹杀现象与'本质'的界限,均表现了诗人对浪漫主义价值立场的怀疑。对这种醒悟,于坚没有虚假地制造'超越'姿势,他使生存的境况变得具体真切,而不是像某些新潮诗人那样从既成的现代西方哲学命题中假借穿越力量。"② 实际上对日常生活和语言都需要重新进行审慎地反思、清理和拨正,尤其是对于作为概念甚至流派、运动层面的"口语诗"(当然也包括口语诗之外的其他语言方向的诗歌)的理解上更是如此,"口语诗歌并不是一种诗歌流派""诗歌是从口语开始的,但口语绝对不是诗歌本身。20世纪90年代后期,有些诗人好像是把口语和诗歌等同起来,认为只要把口水话分行排列就是诗歌了。口语和诗歌之间,它还有一个诗人,诗歌是诗人之舌的产物,不是口无遮拦的产物。"③

---

① 于坚:《为世界文身》,陕西人民教育出版社2015年版,第4页。

② 陈超:《"反诗"与"返诗"——论于坚诗歌别样的历史意识和语言态度》,《南方文坛》2007年第3期。

③ 于坚:《于坚谢有顺对话录》,苏州大学出版社2003年版,第123页。

八十年代日常生活流的写作的确在很大程度上激活了另一种语言方式——口语，口语诗随之在一些诗人的推动中被建立起来，并且在一个时段的效果来看一部分诗人在此方面的探索是有效的。但是，时至今日，我们必须认识到很多诗人和评论者对于"口语诗"的理解过于平面、急功近利，甚至存在着一种唯口语的倾向——任何与之有别的语言和写作方式都被强行认为是无效的。反过来，一个诗人如果能够被完全限制在"口语诗"的框架（如果完备意义上的"口语诗"能够成立的话）之内也只能说明那是一种策略和概念化的写作。就于坚的写作而言，其"口语"化的诗也具有特殊性，"于坚的诗歌主要是到'语词'或者'字词'为止，这是他与其他口语派最大的不同。这个不同至为关键，其他诗人的诗歌语词不得不走向语句或者语法，不得不说明某件事情，于坚的诗歌几乎没有语句，只有语词，或者确切说，是一个个的字，既然于坚深切领会到古代汉语的魅力是一个个的孤独的'字'就可以巍然屹立——这是个体性品格的独特塑造，一如于坚本人！当然，困境是现代汉语却不得不是兼名的字组或者字词了，因此于坚让一个个语词彼此之间有着空隙，有着距离。"[1] 于坚不是"口语诗"能来涵括的，尤其是几十年来于坚复杂开阔的写作也更需要客观以及内在的综合理解，"对于坚来说，'口语化'的标签过于含混，它似是而非，仅指表层的语言风格，还是同时关涉着独特的想象方式？最重要的是，表面上由口语堆砌、拖拉而成的作品，并不能由此推导出关联了形式技巧的诗学特性，譬如比散漫的外观更具体、更内在的文本形制特点。尽管一般地看，他的诗歌形制特性始终没有太多改变，但是，语言呈现的外在姿势未变，内在的气息、语态却变化巨大。"[2] 甚至在众多的与诗人和批评家朋友的谈话中，他们甚至一再强调于坚在

①　夏可君:《于坚的诗歌:苍茫背景下那些仓皇奔走的语词》,《红岩》2010年第2期。

②　赖彧煌:《论近期诗歌形式探索的三种路向——以于坚、西川和臧棣的写作为例》,《广西师范学院学报》2016年第2期。

另一种向度的理解上恰恰是"隐喻诗人"。即使是在"口语诗"的方面理解和评价上，评论家的理解也分歧很大，"于坚的自明之处在于，他从不低仰从风，他知道当下写作语境的有效'限度'应在哪里，自己该写什么和应怎样写，他要把自觉到的语言去蔽的任务完成得更为彻底，而不屑于去满足那些唯'文化'是举的读者的好奇心。对自身素质及写作'限度'的准确把握，也使于坚的诗呈现出一种素朴、源于本真生命的口语的状态，没有'文艺腔'的矫揉造作。我想，他是通过严格的语言修正，将自己的文本提升到'朴素'高度的，这与那些由于修辞才能不济而不得不朴素的诗人完全不同"① "于坚急于在'日常生活'中吸取力量。他甚至不惜在观念上取消诗人特有的精神印记（他的诗歌，尤其是散文中，常常流露出明显的市民智慧）。其结果是将自己的诗歌一起搭了进去。"②

城郊、厂区："罗家生"与日常"史诗"

无论是私人生活还是公共生活，都大抵是在一个个空间、地方展开的。这形成了一个时代特有的景观和"当代经验"的风景，"洲、城、国、社会：/选择永远不广，永远不自由。/这里或者那里……不。我们是否本该待在家中/无论家在何处？"③ 甚至在特殊的年代公共空间会成为社会与政治的见证，"从高处望着这些鳞次栉比的宫殿、纪念碑、房屋、工棚，人们不免会感到它们注定要经历一次或数次劫难，气候的劫难或是社会的劫难。"④ 时代通过特殊

---

① 陈超：《"反诗"与"返诗"——论于坚诗歌别样的历史意识和语言态度》，《南方文坛》2007 年第 3 期。

② 张柠：《于坚和"口语诗"》，《当代作家评论》1999 年第 6 期。

③ 伊丽莎白·毕肖普：《旅行的问题》，《唯有孤独恒常如新》，包慧怡译，湖南文艺出版社 2015 年版，第 41 页。

④ ［德］本雅明：《发达资本主义时代的抒情诗人》，张旭东、魏文生译，生活·读书·新知三联书店 2007 年版，第 104 页。

的空间所构成的动态或稳定的"景观"牵动着时代人们的视线和取景角度，而背后的动因、机制甚至权力正是需要诗人来完成的——当然也包括一般意义上的作家、摄影家、建筑师以及田野考察和地理勘测者。时代景观（无论是人为景观还是自然风景）显然已经成为一个时代诗人们想象的共同体，尽管个体性格和诗歌风格的差异是明显的。

城市，包括郊区、街区、广场、建筑（各种公共空间和私人空间）不仅起到了实用性功能，而且具有强大的时代伦理。什么样的建筑居于什么样的位置都不是想当然的，而是要服务于阶层和机构的等级轻重进而承担分层的社会和文化功能，"在本雅明对于 19 世纪巴黎文化的伟大研究中，他将城市的玻璃屋顶拱廊称之为'城市毛细现象'，所有为城市带来生命脉动的运动，都集中在这个狭长而被覆盖的、拥有商店和咖啡馆以及人们蜂拥而至如血液凝块的通道中。"[1] 再比如城市生活的"白天"与"黑夜"，"动脉与静脉的地铁系统创造了一个比较混合的城市，那么这种混合在时间上有着明显的限制。白天时，城市的人类血液从地下流向市中心。到了夜里，当人们搭乘地铁回家的时候，这些地表下的通道就变成了静脉，将大众运离市中心。通过这种地铁模式的大众运输，现代都市空间的时间地理于焉成形：白天人群密集并多样化，晚上则稀疏而同质。"[2]

庞德的那首几乎人人皆知的诗作《一个地铁车站》则几乎成为现代城市生活的一个绝好注脚，而该诗的写作也成为现代性的标志之一。

The apparition of these faces in the crowd；

---

① ［美］理查德·桑内特：《肉体与石头——西方文明中的身体与城市》，黄煜文译，上海译文出版社 2016 年版，第 365 页。
② ［美］理查德·桑内特：《肉体与石头——西方文明中的身体与城市》，黄煜文译，上海译文出版社 2016 年版，第 371 页。

Petals on a wet, black bough.

　　人群中这些面孔幽灵一般显现；
　　湿漉漉的黑色枝条上的许多花瓣。①

　　那么，作家作为普通人是该适应这种并不乐观的城市现代生活，还是作为精神成人对其不乐观的一面进行批判？如波德莱尔那样"速度被描述成疯狂的经验，告诉运转中的都市男女生活在歇斯底里的状态中"②。或者转而逃离到其他的"下地方"或"边地"去呢？不同的态度对写作而言意味着什么呢？在小公国的统治者奥古斯特那里做了十多年会计、总管、财务和园林监督工作之后，歌德在 1786 年跑到了意大利，并完成了《意大利之旅》。歌德的身体和内心以及写作冲动在这次空间转换中被再度激活了，他无时无刻不在细心感受周遭的事物。而城市里的个人是孤独的，也许这一孤独并不为普通人所知，"在汹涌推挤而不断前行的人海中晃荡，是一种奇特而孤独的经验。"③

　　通过郊区　我深入秋天的腹地
　　面目全非　变形的大地上　河流要绕过监狱　才能继
续向前
　　疯人病院的窗子关着　灰色的砖头房子外面　下午的
玉米
　　是另一种金黄　辽阔只剩下一些局部　倒下的庄稼
　　像一捆捆缴获的枪支　它们再也不会丰富农业　下个月

---

①　杜运燮译。
②　［美］理查德·桑内特：《肉体与石头——西方文明中的身体与城市》，黄煜文译，上海译文出版社 2016 年版，第 371 页。
③　转引自蒋方舟：《东京一年》，中信出版社 2017 年版，第 146 页。

它们将在一份建筑合同中死亡

于坚这首诗《作品 89 号》写于 1988 年，敏感的诗人已经提前预言了一个农业时代即将土崩瓦解而"工业时代的开端"即将到来，"大地上的气候"马上就要变了。农耕的忧伤挽歌将成为此后一个时期中国诗人绕不开的黑暗情结，"农民李二的眼睛　是田野上最忧伤的火焰"。裂变的惊心时刻，一个个断崖地带随之猝临，一个个新的移民、流民以及一个个乡土的陌生人也随之诞生，"'现在村里像民国 18 年（1929 年），像 1960 年，那时候挨饿把人饿少了，现在也是走半天见不到一个人影儿。'2008 年清明节，我回到崖边时，80 多岁的厉敬明老人孤零零地在十字路口给我这样感叹。"①

在大大小小的城市网络中，是否还存在着一个实有或虚拟想象的中心？比如首都、省城、市区、郊区、县城和乡镇的区别。再比如，郊区生活、工厂生活与一个人的成长和写作存在着怎样的关联呢？ 2017 年冬天，北京突然因为一场郊区的火灾而导致了对"低端人口"的大讨论。那些低矮的街区和混居的外省人，尤其是那些送快递的、送外卖的、送水的、修车卖菜补鞋的，似乎从来没有像今天这样被如此热烈而又充满分歧地吐槽。

> 城市郊区及其寒酸的楼房，被烟熏黑的厂房，铁路沿线的垃圾带，这一切在 20 世纪的现代主义哀歌中取代了往日诗歌中荒芜的花园、废墟和乡村墓地。从布罗茨基最初的诗歌尝试起，城郊工业区的世界、文明和自然没有乐趣地相遇的世界就开始让布罗茨基激动不已。
>
> （列夫·洛谢夫《布罗茨基传》）

在布罗茨基最初关于城郊、工厂景象的印象中，这些日常空间

---

① 阎海军：《崖边报告：乡土中国的裂变记录》，北京大学出版社 2015 年版，第 1 页。

和公共空间的高密度的堆积以及各种声响的喧闹已经让这位"郊区之子"感到不安与紧张,"我是郊区之子,郊区之子,郊区之子,/潮湿走廊的钢丝摇篮里,有房门、地址,/电车声、轰鸣声、敲门声、喊声、石头人行道、鞋掌,/有油漆栅栏边的新娘、运河边的草、油污、工厂的灯光……"①。关于工厂空间对自然空间的影响,伊夫·博纳富瓦所目睹的情形是:"这年,我乘着火车抵达西部的宾夕法尼亚州,在风雪中,穿过黯淡的工厂,在一片支离破碎的树丛中,我突然看见很不协调的几个字:伯利恒钢铁厂。我内心又一次燃起了希望,然而这次是以牺牲土地的真实性为代价。"②这些空间、事物、声音进入到布罗茨基的诗歌中的时候,生活的感受是如此实实在在。

在一个时代的风物流变中,一个诗人与众不同的取景框是如此重要,"老彼得戈夫大街和侧路渠街交汇处的十字路口,以及侧路渠那杂草丛生的河岸和污浊不堪的河水("拖船行走在深色的稀粥上")。布罗茨基也的确是'郊区'的儿子,因为他在这里度过了生命中的第一个年头,与那些古老的大工厂为邻,即'冶金工人'工厂,以及那座不停地向四周排放橡胶气味的'红色三角形'工厂(《俄国哥特式》一诗的最后一句"哦 霞光的单簧管,请把生活的三角形带上郊区的天空"是否就来源于此呢?)。"③工厂生活对于布罗茨基而言是一种强大的限制,那个年代特有的栅栏一样的日常生活和劳动中的管制几乎无处不在,"工厂全是砖砌的,庞大,直接来自工业革命""当我在工厂工作时,我们常常去到工厂的院子里吃午饭;一些人会坐下来,打开包着的三明治,另一些人会抽抽烟,或是打打排球。院子里有一个小花坛,四周围着标准的木头栅

① 〔美〕列夫·洛谢夫:《布罗茨基传》,刘文飞译,东方出版社2009年版,第21—22页。

② 〔法〕伊夫·博纳富瓦:《隐匿的国度》,杜蘅译,华东师范大学出版社2017年版,第9—10页。

③ 〔美〕列夫·洛谢夫:《布罗茨基传》,刘文飞译,东方出版社2009年版,第22页。

栏。这是一排二十英寸高的木条，木条之间有二英寸的距离，同样材料的一根横木条将它们固定在一起，再漆成绿色。栅栏上覆盖灰尘和煤粉，就像那四方花坛中凋萎、干枯的花儿一样。在那个帝国中，无论你走到哪里，你都永远能看到这样的栅栏。"[1] 工厂生活给布罗茨基留下了极为不乐观的记忆，除了工人的酗酒、吸烟和混乱的宿舍，布罗茨基还写了同样严酷的诗歌作为记忆的档案，"清晨我乘公交去那里，那里有可怕的劳动在等我。/……十一月底，躲着值班长，/一群满口烂牙的苦脸人/半睡不醒地走进黑暗和泥泞。/风在吹，在幸灾乐祸地笑。"（此诗并未收入布罗茨基生前的诗集）此后，布罗茨基在两年八个月的时间换了十三个工作，比如医院太平间尸体解剖员的助手、锅炉工、灯塔看守员、地质勘察队工人等。

即使是在八十年代，写诗同样会招惹到意想不到的麻烦，而且还对工作和生活带来危险。1985年，工厂工劳科科长把除名决定送到梁小斌家里，"在大雪纷飞的冬天，工劳科科长冒雪将除名通知书送到我家，对专程送达公函的人我颇为过意不去，我送他们很远，竟然说：'实在不好意思，麻烦你们跑一趟，本来应我自己去拿。'文件页赫然写着'抄送梁小斌同志本人以及家长。"[2] 工作、生活和精神上的被迫"断裂"导致梁小斌在1986年完成了另一首代表作《断裂》。上海的诗人吴非也因为写诗而遭到车间主任的当面警告——"酒菜刚刚端上，车间主任敲门而入，当面警告吴非，如果继续迷恋诗歌而旷工，集体企业将把吴非开除。在那个年代工作就是饭碗，就是命，而吴非毫不含糊，当即作答：老子不干了！"[3] 2017年冬天，我在和安徽诗人老井的微信交谈中，得知他工作了二十多年的淮南国企煤矿即将关停的消息，"下了几十年井，

---

[1] ［美］布罗茨基：《文明的孩子》，刘文飞等译，中央编译出版社2007年版，第21页。

[2] 梁小斌：《独自成俑》，天津社会科学院出版社2001年版，第289页。

[3] 苏历铭：《细节与碎片——记忆中的诗歌往事》，《诗探索》2006年第二辑（作品卷）。

人都下傻了，下废了。"对于坚而言，工厂生活同样不是乐观的，后面我们会具体谈论。

从诗人身份上而言，北岛、黄翔、芒克、顾城、江河等人都是"工人"，而"第三代"则大体为大学生。"今天"诗人和"第三代"诗人所面对的文化环境如此不同。"今天"诗人面对的是极权年代的政治环境，八十年代诗人面对的则是日益开放的多元文化和文体实验，先锋诗歌的重心也转移到了校园，"学校的乡村（小镇）诗人，搭乘着肮脏而拥挤的长途汽车走向省城，而外省的诗人则奔赴北京、上海和广州等超级城市。作为新知识分子摇篮和堡垒的大学校园，成为诗人觊觎和混饭吃的目标。校园里到处是浑身脏兮兮的流浪诗人的身影。"① 而于坚则更为特别，既当过工人，又当了大学生。

于坚早期的很多诗歌，从场景和空间来看更多是与"工厂"有关，比如代表性的《罗家生》等。这既是于坚曾有的一段工作经历和生活经验，也是作为诗歌日常化的切入方式。工厂，与其说是具体的场景和工作空间，不如说是一种经由个人理解世界的特殊精神场域。由工厂出发，个人生活、时代背景、现实经验就同时相互打通、彼此呼应，从而成为一种日常而强大的精神结构，"工厂，作为典型的西方工业革命的产物，它确实以一种全新的行为方式潜移默化地改变着我对世界的看法。从整体到局部、个别，从抽象到具体，从追问本质到正视存在，从直觉、感情用事到服从操作规则，我当然不可能意识到这种转变；这种转变要经过 20 年才成为我生命中抽象的部分。"②

而不到十六岁（还差几个月），于坚就进入了昆明金汁河边一家三千多人大工厂当了学徒。这个年龄几乎和当年布罗茨基一样，

① 朱大可：《流氓的盛宴：当代中国的流氓叙事》，新星出版社 2006 年版，第 192 页。
② 于坚：《棕皮手记：关于写作等等》，《人民文学》1999 年第 6 期。

布罗茨基也是在未满十六岁的时候离开学校进入 671 工厂做铣工学徒。也是在十六岁，布罗茨基在母亲的建议下第一次开始阅读诗集（波斯诗人萨迪的《蔷薇园》），尽管在这家工厂他只工作了半年时间。这是那个年代特殊的精神成人礼，"红色光芒／飞越车间／工人们　表情庄严／像是一群使徒／在等待着上帝／出炉"（《便条集·68》）。而布罗茨基竟然因为劳动不积极且频繁换工作而在 1964 年受到了意识形态的审判和司法指控，罪名是"文学的寄生虫"，从而遭到强制性劳动、监禁和流放。

最初于坚学的是铆工，于坚因为听力不好向师傅申请换个工种，得到的是啼笑皆非的答案——"听不见正好干这工作"。刚进工厂的时候，于坚还仿照着毛泽东诗词的格式填了一首《采桑子》，歌颂五一劳动节，"这是我第一次写诗，车间的宣传员把它发表在'红铆工'上了。但我并没有就此对写诗发生兴趣，也就这一次而已。毛泽东诗词把我领进诗歌之门，而这扇门后面还藏着无边无际的中国古典诗词。"[1]

于坚曾经对工厂附近的金汁河有过详尽的描述："金汁河，实际上只是一条年代久远的水渠。水渠的两岸，长着许多粗壮高大的柏树、桉树，郁郁森森，河两边，是稻田。远方的山冈，很矮。站在河岸上看日落，是极美丽的。这地方很安静，听不见工厂的声音，听得见麻雀的叫唤。它们忽大群地飞起，不高，忽地又全扑进另一块稻田。河岸上是马车路，车辙已经很深，在夏季，里面常常积水，马车驶过，溅得行人一身泥浆。河水很清，穿过柏树林、桉树林，穿过田野，流向西南方的滇池。"[2]

工厂给于坚带来了最初的刺激是什么呢？短暂的新奇过后是枯燥以及焦虑，"我仍清楚地记得我穿着翻毛皮鞋和崭新的劳动布工装第一次进入车间的情景，心中充满着恐惧和不安，脚上软弱

---

[1]　于坚：《地火》，《上海文学》2012 年第 12 期。

[2]　于坚：《棕皮手记》，北京邮电大学出版社 2014 年版，第 235 页。

无力，巨大的天车吊着闪着火花的钢炉从我头顶呼啸而过。宁静的岁月结束了，在这儿，生活永远充满着活力、喧嚣、创造和危险。"[1] 这是于坚的青春期，工厂的初恋几乎同时到来了，"我却不可救药地爱上了一个女工，她在机床喧嚣的车间里使我想到屈原诗歌中的女神，那些车床铣床镗床就变成了一丛丛春兰秋菊。我勇敢地穿过它们去找我的女神表达我的爱情，但她说她在上班，让我下班之后再去找她。于是在下班之后，我们找了一个厂里看上去最适合谈恋爱的地点去约会。那儿是一个废弃的防空洞，灌满了水，水里泡着一些生锈的钢材，一些红色的泡沫浮在水面上。这儿距厕所有一百米左右，距锻工房一百五十五米，距食堂二百米，距职工宿舍一百米。唯一与恋爱一词有关的事物就是头上的蓝天和白云，以及水池里的波纹。"[2] 这也是一段未果的情感——几乎初恋都是失败的。

工厂空间，最典型的标志是那些大大小小的烟囱。当年的布罗茨基在安装队工作的时候就经常钻进大大小小的烟囱里检修和焊接，"我爬进了灰槽，爬进了炉膛。"它们也不断出现在于坚的诗歌和散文中，包括他最早在《诗刊》发表的那两首诗，"那时候在我生活的世界里，除了翻毛皮鞋、饭盒、工具箱以及铁味，印象最深的就是烟囱了。它是工业社会的标志，它说不上是美丽或丑陋。用我从故乡的炊烟夕阳里带来的那些词形容它，只会使它歪曲。我只能说它相当坚固，黑得一塌糊涂，内部是空心的。烟子和火焰就从那里一直喷到天空上，它可不管那是蓝天还是飞着鸟的天。它看起来相当粗笨，下面粗，上面细""在烟囱下的年代，我的心境大多是健康而快乐的。我记得我常常在深夜下班，月光照亮大地，我倒不觉得它的美，更没有和它有关的那些浪漫啦、感伤啦之类的心思。我静悄悄地从一个个孤零零的大烟囱下穿过，听见接下一班的

---

① 于坚：《人间笔记·于坚集卷3》，云南人民出版社2004年版，第187页。
② 于坚：《人间笔记·于坚集卷3》，云南人民出版社2004年版，第24页。

工人，正在火光中摆弄工具。"①

　　那时于坚体验最深的就是八个人挤在不足二十平方米的单身宿舍（四层楼房），那种居住条件和环境在今天看来简直难以想象，"楼道里光线很暗，白天要摸索着走，夜里才开一盏 40W 的灯。永远有一股尿臊味，因为楼里没有厕所，解大小便得到楼外面的一个大厕所里去。晚上没有人愿意跑那么远去上厕所，就都在过道里撒尿。有时早上起来，一条过道都被洗脸水和尿淹了，有人就扔几块砖泡在脏水里，踩着走路，这种走法，要有技术，才不会摔倒。"② 而更重要的是逼仄的公共空间几乎不容许有任何私人生活，"做什么私事都要躲在蚊帐里或者裹着被子进行"③。十年下来，于坚整出的产品能装一卡车，而印象最深的是一年有半年时间在工厂在开会，"我们很喜欢这个工厂，它经常停电，一年有半年没有什么活干。另外半年不是开大会就是去农场劳动。工资照发，虽然不多，一个月 17 块钱，交了伙食费，还能剩下五六块。"④ 开会就是生活，生活就是开会；工作就是开会，开会就是工作。这成了一个时期的中国特色。当然，会议时也会有各种意外的事情发生，"开会如果去晚了的话，往往就要磨蹭到十多条腿，才能找到座位。遇到熟人的腿，还有手摸上来，掐你一把，咯咯地笑。许多女工一开会就打毛线，会议的某几排看起来，完全是个纺织作坊，她们在上千次的会议里面，打出了无数的毛衣、手套什么的。"这是不乏冷幽默式的戏剧性一幕，然而更严重的在那个年代是男女恋爱以及作风问题，"工厂书记在大会上念完文件后继续发挥文件精神，越说越激动，当场不点名地痛斥起两个乱搞男女关系的车工来，全场本来已经昏然欲睡，现在精神来了，都等着他继续激动下去，果然那

---

① 　于坚：《人间笔记·于坚集卷 3》，云南人民出版社 2004 年版，第 187、188 页。

② 　于坚：《人间笔记·于坚集卷 3》，云南人民出版社 2004 年版，第 64 页。

③ 　于坚：《人间笔记·于坚集卷 3》，云南人民出版社 2004 年版，第 145 页。

④ 　于坚：《挪动》，四川人民出版社 2017 年版，第 14 页。

两个人被喝令站起来。他们刚刚还在大会中间的一排椅子上，低头交谈，卿卿我我，令人嫉妒，忽然就像落汤鸡似的被从人群中拎了出来……工厂书记当着全厂三千人的面痛斥他们谈恋爱的罪行，最后命令民兵把他们押出会场，这件事情对我和当时在场的许多青年的教育是非常深刻的，许多人在选择对象的时候更严格了。"[①]

工厂生活甚至让于坚感受到了卡夫卡式的那种荒诞和异化体验。在写于2006年的长篇散文《开会记》中，于坚甚至动用了一半的篇幅仿写卡夫卡的《变形记》（一天清晨，格雷戈尔·萨姆沙从一串不安的梦中醒来时，发现自己在床上变成了一只硕大的虫子。他朝天仰卧，背如坚甲，稍一抬头就见到自己隆起的褐色部分分成一块块弧形硬片，被子快要盖不住肚子的顶部，眼看就要整个滑下来了。他那许多与身躯比起来细弱得可怜的腿正在他眼前无助地颤动着。）。这种看似不真实的场景却在最深的层面对应了那个荒诞不已的现实，从而对那个时代的工厂生态进行了极为形象而深入地反思，"在兴奋的东张西望中，我又长出了尖嘴和胡须，又长出了尾巴，长出了红红的小鼻子。我并不能完全肯定我的这些变化，这也许是钻头使我产生了幻觉。我依然待在座位上，我并不知道我已经变成了一只灰黑色的鼹鼠。我已经变得比书还小，我的小手已经抓不住它了，书扑通一下掉在椅子上，我则被书压在下面，立即有一只手拿走了这本书，那人翻了一翻，马上大叫起来，这里有一只老鼠！接着就有人发现了正在一旁翘着尾巴发愣的我，那人一声大吼，老鼠！会场秩序大乱，一些女同志捂着眼睛惨叫起来，许多人抬着脚乱跺，一些人从椅子和桌子之间弯下腰，看我藏在哪里。"[②] 在从来不认为有什么"现实主义"的于坚看来，卡夫卡所理解的现实（个人前提的内在化的精神现实）以及处理现实的方式更为有效，"在我看来，卡夫卡的小说所处理的现实是非常无聊的，是毫无

---

① 于坚：《人间随笔》，陕西师范大学出版总社有限公司2010年版，第7页。
② 于坚：《人间随笔》，陕西师范大学出版总社有限公司2010年版，第9页。

'积极意义'的。写一个人在房间里面怎么忽然变成了甲壳虫，有什么意思嘛，还不如写我穿越西藏的荒野，在塔克拉玛干大沙漠上几天几夜没有水喝，突然走过来一只狼。像杰克·伦敦式的那种写法，那多精彩。卡夫卡的故事有什么意思？我觉得是毫无意义的。问题是，卡夫卡用他的写作方式把这个东西阐述得那样经典，那样伟大""卡夫卡也就是堂吉诃德，他就是那么一个人。所以，一个诗人，一个作家，他面对的也许永远是自己内心的现实，而不是可以自我改造去适应的那种社会现实。"[1]

在于坚的诗歌中，家族以及身边的平常人物、了无诗意的市民生活获得了对话和抒写的可能。这是本真意义上的生命诗学，是对生命和存在的双重倚重，"她只是个平凡的不识字的妇人 / 她只是个小脚的上世纪的妇人 / 她只是有一大群孩子的母亲 / 襁褓到灶台就是她一生的路程"（《献给外祖母的挽歌》）。《献给外祖母的挽歌》这首写于 1980 年的诗让人不由得想到当年艾青的长诗《大堰河——我的保姆》。正如于坚坦言，他诗歌的源头之一来自艾青[2]。甚至按照于坚八十年代的说法还要把日常生活"神圣化"和升华。八十年代《他们》的主题恰恰是回到了日常生活的叙事，甚至不是"回到"日常生活，而是诗人本身就时时处于生活当中。这样的话，经由诗人的主观能动作用进入诗歌的日常生活就具有了精神事件性和深层结构。这实际上也使得文本中的日常生活同样具有了象征性，因而携带了隐喻性的功能和语言的暗示效果（尽管具体到不同的诗人，语言的呈现方式具有差异甚至截然不同）。甚至，同样不可避免日常生活经由理解和诗人主观能动性介入之后的"主观"以及伦理和道德感。从日常生活和精神事件二者的内在关联、诗人的体验方式以及转化方式的角度，更能窥见于坚诗歌写作的姿态和内里。

工人生活和工厂景观也通过日常的服装体现出来，而一个时代

---

① 《于坚谢有顺对话录》，苏州大学出版社 2003 年版，第 59、65 页。
② 于坚：《我与〈诗刊〉》，《诗刊》2017 年 9 月号下半月刊。

的着装也体现出集体生活的特征。聂鲁达在五十年代来到北京的时候看到的景象是这样的，"在一年的那个季节，中国人都穿蓝衣服，一种不分男女的蓝工作服，使他们具有统一的天蓝色外观。"作为一个自觉的精神早熟的青年人，于坚已经认识到工厂生活的多面性，其中自然也有他的不适感，"我的充满梦想而无可奈何的青春，我当时已在昆明北边的一家工厂里当工人，说实话，我并不喜欢这工作，但我无处可去。我既不可能像这个时代的青年一样，一时心血来潮，就跳上一列驶向天边外的火车，开始另一种生活，也不可能像这个时代的工人一样，在通过劳动和智慧挣钱而获得的满足中随波逐流。"①

说到厂区生活，不能不说到于坚的那首现象级《罗家生》。

他天天骑一辆旧"来铃"
在烟囱冒烟的时候
来上班

驶过办公楼
驶过锻工车间
驶过仓库的围墙
走进那间木板搭成的小屋

工人们站在车间门口
看到他　就说
罗家生来了

谁也不知道他是谁
谁也不问他是谁

① 于坚：《拒绝隐喻·于坚集卷5》，云南人民出版社2004年版，第27页。

全厂人都叫他罗家生

工人常常去敲他的小屋
找他修手表　修电表
找他修收音机

"文化大革命"
他被赶出厂
在他的箱子里
搜出一条领带

他再来上班的时候
还是骑那辆"来铃"
罗家生
悄悄地结了婚
一个人也没有请
四十二岁
当了父亲

就在这一年
他死了
电炉把他的头
炸开一大条口
真可怕

埋他的那天
他老婆没有来
几个工人把他抬到山上

他们说　他个头小

抬着也不重

从前他修的表

比新的还好

烟囱冒烟了

工人们站在车间门口

罗家生

没有来上班

　　《罗家生》是于坚八十年代最重要的代表作之一，该诗写于1982 年，1986 年发表在《诗刊》11 月号。汉学家柯雷认为《罗家生》是于坚独创性的开端之作和开启了新的诗歌写作方向（低调风格、关注普通人的生活、语言简约、叙述和描写的陌生化）的成名作。而这首诗当时所受到的关注也是于坚始料未及的。此前，在 1986年于坚参加诗刊社第六届青春诗会时还因为《罗家生》发生了这样一幕："山西省的老诗人岗夫听《诗刊》的王燕生老师给他读这首诗，竟然热泪盈眶，我当时很惊讶。"[1] 于坚也开始意识到，这首诗的一些特殊的东西感动了人们。那么，这是什么特殊的力量呢？唐晓渡认为最重要的一点是这首诗的语言实验，"其动人之处不仅在于揭示了芸芸众生日常生活的悲喜剧——这卑微者所拥有的真正财富，更在于这种揭示所赖以进行的不动声色、言此意彼、高度宁静又高度紧张的叙述方式，在于从背后支持着这种叙述方式的深厚积蓄和冒险精神。这是一种相当大胆的语言实验：直观平易，险难藏之。"[2]

---

[1]　于坚：《谈谈我的〈罗家生〉》，《滇池》1996 年第 11 期。

[2]　唐晓渡：《一种启示：于坚和他的诗》，《以个人的方式想象世界》，生活书店出版有限公司 2015 年版，第 7 页。

一个有意思的阅读细节是，《罗家生》中出现的"烟囱冒烟了／工人们站在车间门口／罗家生／没有来上班"与1983年的组诗《在烟囱下》"烟囱冒烟了／大家去上工"形成了互文关系。一个看起来微不足道的"罗家生"就是在于坚极其家常式的平淡、口语、朴拙、不动声色、漫不经心、面无表情的非人格化叙述中暗藏了深处的波涛汹涌，日常生活同样存在着险情、惊悸与震荡。这是一种典型意义上的张力写作。更为重要的是于坚的这些诗歌使得个人生活与庞大现实以及历史发生了命运式的关系。看似波澜不惊的一个人的普通工作、生活以及死亡事故微妙地发生了蝴蝶效应，日常生活在诗人的再次观照中发生了化学反应。而在诗人这里，"罗家生"以及八十年代的工厂现实都已经转换成了精神事件和寓言。于坚的"事件"系列正与此相应。个人的日常时间和物理时间被巧妙地转换为了精神时间和历史时间，物理区隔不知不觉中生成为精神空间和历史场域，而且丝毫不显得突兀和生硬。由此，诗人需要在一首日常的诗中完成时代之大与个体之小的呼应，完成童年与成人的往返，进行见证与疏离的交互、瞬间与历史的转换。从而在诗人这里一切来自日常而又超越了现实，具有了日常与精神的双重结构，发挥了寓言的功能。这是一种深层次的真实感，即语言的真实、想象的真实、修辞的真实以及心理的真实。

　　罗家生，这个人物原型和经过诗歌重新塑造后的"形象"在很大程度上成为中国上个世纪七八十年代工厂生活以及普遍的市民生活的一个象征，"罗家生是我所认识的无数个工人中的一个。他的生活确实如我诗中记录的那样，骑来铃车，电工技术高超。他甚至比我在诗中写出的那个人更糟糕。他肮脏，工作服看上去永远是油腻腻的；脸色不好，黑黄，像是患有慢性肝炎的样子。"[1] 显然，罗家生，这一现实和诗歌中的形象是不能等同的，二者的差异恰恰在于诗人的变形、提升和想象能力的介入，其中离不开于坚的个人化

---

[1]　于坚：《谈谈我的〈罗家生〉》，《滇池》1996年第11期。

的历史想象力以及对生活（生存）的求真意识。过于日常而无诗性可言的人物和生活，却在一定程度上凸显了某种无处不在的秩序和内在秘密，甚至这其中不乏残酷性。

《罗家生》这首具有"实验""革新"性质的诗，让我想到了1987年唐晓渡关于"实验诗"的评价，这对于理解于坚的诗是有帮助的，"一方面，它极大地突出了个人在创作中不可替代的独特地位；另一方面，由于始终置身于上述活生生的动态存在中，个人创作的独特性将不断在诗的本体意义上受到审视和评判。这里，诗的可能性是经由诗人生命和才能的洞开来提供基本保证的，任何自我封闭以及随之而来的模式化倾向都将意味着诗的泯灭和诗人的灭亡。"①

于坚在《罗家生》这首诗中首先完成的是对工厂日常生活的还原，是对"人"的尊重与发现，是对无名者的命名，是让沉默者重新发声，是"个人"履历的真实不虚的记录，"我和这个罗家生认识的第五年，他死了，他修电炉，电炉爆炸了。我亲眼目睹他死去的惨像，肮脏、瘦削，正在干活的时候死去了，脑门上一个大口子，鼻子以下都陷下去，肉翻上来，可以看到脑浆在晃动，令人恶心。在他下葬的那一天，我偶然听人说他已45岁，结婚才两个月，这个消息令我震动，我第一次意识到他不仅是优秀的技工，而且是个人。对某一种生活深入到这个地步，或许一定有得可写了吧。但整整过去了五年，我从未想过要写写这位罗家生。"② 你能说，这一日常死亡的一幕不触目惊心吗？而这一还原的知识考古的过程，离不开诗人的过滤、变形、改造和主观的介入。显然，于坚在诗歌中建立起来的个人史和日常史具有方法论般的崭新意义，是对以往"历史叙事"的反拨，"那些被称为观念史、科学史、哲学史、思想史，还有文学史（它们的特殊性可暂时不管）的学科，不管它们叫

① 唐晓渡：《中国当代实验诗选·序》，春风文艺出版社1987年版，第4页。
② 于坚：《谈谈我的〈罗家生〉》，《滇池》1996年第11期。

什么名称，它们中大部分已有悖于历史学家的研究和方法。在这些学科中，人们的注意力却已从原来描绘成'时代'或者'世纪'的广阔单位转向断裂现象。"① 变形、组合、嫁接、超级链接式的想象甚至超现实的介入与实验对于诗人来说是必备的能力，正如奥克塔维奥·帕斯所说的那样"受实验热情的驱使，我将一个词劈为两半，我抠出另一个的眼睛，砍下双腿，加上双臂、尖嘴、犄角。我收集禽兽，将它们付诸学校、军营、街道、修道院的机制。我讨好本能，隔断、再隔断倾向和翅膀。我让圆的变成尖的，让软的变成带刺的，让骨头变软，让内脏骨质化。我为自然趋向设置堤坝"②。

日常生活和史诗曾被看作是风马牛不相及的事情，而这一根深蒂固的状况却在于坚等诗人这里第一次发生了变革，"《罗家生》应该是一篇相当散文化的叙事性作品，我甚至敢说这是一首史诗，至少我理解的史诗是如此。史诗并非虚构或回忆某种神话，史诗是对存在的档案式记录。"③ 显然，在八十年代，人们对"史诗"的理解差异很大，但与于坚和韩东等人的差异在于当时第三代诗人所理解和实践的现代"史诗"仍是一种宏大的、元素的、民族的整体性话语类型："今天的这一代诗人才不仅仅停留在对苦难的反复渲染上，从觉醒到思索，是一个黎明从黑夜中解放出来的过程。对今天的史诗的理解，如果不懂得思索是一种比觉醒更为重要的力量，是不可想象的。思索这一主题，在目前为数不多的史诗中无一例外地透出了一种韧性的乐观主义精神。这就是今天史诗的精神实质"④ "追求史诗气质，创造阳刚之美，通过对民族深层文化心理和全人类复杂

① ［法］米歇尔·福柯：《知识考古学》，谢强、马月译，生活·读书·新知三联书店2003年版，第2页。
② ［墨西哥］奥克塔维奥·帕斯：《诗人的劳动》，《太阳石》，赵振江译，北京燕山出版社2014年版，第298页。
③ 于坚：《棕皮手记》，东方出版中心1997年版，第169页。
④ 宋渠、宋炜：《这是一个需要史诗的年代》，《青年诗人谈诗》，北京大学五四文学社1985年，第180页。

经验的把握，从而在更广阔和深刻的历史背景上，表现人类的自由本质，表现以社会——实践方式存在的个人创造能力，这已成为中国现代诗愈来愈强烈的运动趋向""它将成为民族文化心理结构的自觉开拓者，为在经济上不断接近现代化形态的中华民族，提供与之适应的精神文化，并推动新的民族文化心理结构的形成。进行这一主题的创造，是中国现代诗人的光荣和神圣，是民族文化发展的必然和时代变革的需要，是中国现代诗灿烂辉煌的崛起"①，"我写长诗总是迫不得已，出于某种巨大的元素对我的召唤，也是因为我有太多的话要说。这些元素和伟大材料的东西总会胀破我的诗歌外壳。为了诗歌本身——和现代世界艺术对精神的垄断和优势——我得舍弃我大部分的精神材料，直到它们成为诗歌。"②

《罗家生》是对生活和生存状态的"平视""内视"和反观。这首诗的写法和视角以及语言方面的革新显然具有诗歌史意义。当时写作《罗家生》《尚义街六号》等诗的那时候，于坚正受到法国新小说和新浪潮电影"纯客观记录生活"的影响——正如杨黎写出的《街景》一样，二者在写法和精神资源上具有不言自明的互文性。这很大程度上印证了罗布·葛里耶的那句名言"世界并不无意义也不有意义，它存在着，如此而已"，同时也改变了以往诗歌的视角和叙述位置（往往是高蹈的或俯视的）。诗歌经由平视和内视之后，客观、冷静、节制以张力的效果被凸显出来。与此同时，我们并不应该忽视于坚日常写作的隐喻、暗示、虚构和象征能力，于坚也认为《罗家生》这首诗本质上仍然是隐喻性的，"《罗家生》之所以赢得一些读者，乃是它的隐喻力量，它对一个人时代某些本质方面的把握。我在写作时曾想客观地不带任何暗示地写这首诗，最终这首诗却充满了暗示，它至少暗示了一个时代对个人的不公正。"

---

① 石光华：《摘自给友人的一封信》，《青年诗人谈诗》，北京大学五四文学社 1985年，第 165 页。

② 海子：《诗学：一份提纲》，《海子、骆一禾作品集》，南京出版社 1991 年版，第154 页。

截取能力、过滤能力和再次构造编制的能力就愈发不可或缺了。尤其是诗歌更需要核心意象和象征物，比如这首诗中虚构出来的"领带"就具有比真实还更真实的效果（精神现实），"罗家生是否有领带我不清楚，但我的舅舅确实由于一套西装在箱子里被查出来而获罪。罗家生、我舅舅的箱子都不重要，重要的是意识到一个词在它的时代，人们可以在怎样的位置上使用它""它之所以使许多读者感到'客观'乃是它并不激发读者对生活的虚构力，而是激发读者对'存在'的确认。事实上，这首诗的写作'主观'得很，它把一个人的一生压缩在十几行文字之内，这里面已经舍弃了多少有血有肉的细节！然而，如何从一个庞杂的语境中说出最具这种语境效果的那几句分行排列的文字，才正是一个诗人之所以为诗人。"然而在现实面前，不可或缺的是诗人的想象能力，正如埃利亚斯·卡内蒂评价卡夫卡时所强调的在涉及个人生活和内在生活时卡夫卡"绝无类似的轻率，这使得有想象力的作家区别于二流作家"。就是这种看起来"客观"的记录方式和反抒情话语方式在八九十代的文化语境中被一些人指认为"非诗""反诗"，对应于诗人情感经验则被批评为低俗、庸俗、世故。这是一种长期的偏狭的诗歌认识论，而事实是于坚和当时一部分先锋诗人的"非诗""反诗"正是通过一些与以往诗歌相比反常的途径再次抵达了"诗歌"的真实和要义。这正是"返诗"的努力，"那时我写作的力量就是要使某种士大夫的现成的充满腐朽的高雅趣味（所谓纯诗趣味）受到伤害。"① 这使我想到的是 1915 年卡明斯在哈佛大学演讲时的一段话："新的艺术，尽管它可能会遭到骗子和狂徒的诽谤，但是它将会作为以前从未有过的勇敢和真诚的探索，出现在它的精神实质之中。"②

　　平民意识、生活流、日常奇观、人性课题、文化反省在于坚这

---

① 于坚：《谈谈我的〈罗家生〉》，《滇池》1996 年第 11 期。

② ［美］苏珊·奇弗：《E.E. 卡明斯：诗人的一生》，杨静译，黑龙江教育出版社 2016 年版，第 2 页。

里是一以贯之的诗学命题。英雄主义、宏大叙事、主流文化（僵化意义上的）在于坚这里得以拨正。是的，诗人也是生活流和嘈杂现场的普通人，只不过他们精通语言这门手艺。于坚的诗歌恰恰一直是从自己的个人处境和精神境遇出发，这大体是一种可靠、可信、可感、可见的具体的写作方式。这需要现实经验和及物性词语的支撑。由此，于坚诗歌中无处不在的是场景、事物、物象、细节，"回到常识走向事物本身"。这些客观之物经过诗人主观情志的压缩和搅拌后形成了在场式的写作风格。即使于坚所处理的历史化的题材也是建立于个体感受和日常情境之中，尤其是个人化历史想象力的参与使得个人与现实和历史形成了交互性结构——历史的个人化和个人化的历史。

上文已经提及，于坚不到十六岁就进入工厂，这一待就是十年。那时的工人显然还戴有那个时代的某种光环，是令人羡慕的职业，但是于坚却在生活和诗歌中对真正的工厂生活进行了还原、发现和揭示，也对才子抒情的诗歌话语进行了批评。也许，正是有什么样的生活就有什么样的诗歌，"那时候，我生活的工厂是乡村的海洋包围中的一个孤岛式的独立体。在这里，新时代的文明和道德感与乡村小农式的浪漫和美丽完全不同。一切都是坚硬、冷冰的，个人不存在，一切都必须服从机器的秩序""如果在干活时满脑子什么麦地啊红月亮啊就会发生工伤事故。我因此很年轻就养成了一种冷静、不感情用事的生活态度。这或许在浪漫主义的才子看来，完全与诗无缘，因为诗是抒情的。然而，我的阅读告诉我，也许在另一个时代，我们更需要一种不浪漫的、控制的诗人。"[①] 于坚在这里所批评的"才子""抒情""浪漫"不仅与他诗歌内部的认识有关，更与其对生活的理解关联。这就是于坚一直强调的要重建诗歌精神——拒绝隐喻（此后又调整为"从隐喻后退"）和日常的史诗，"隐喻从根本上说是诗性的。诗必然是隐喻的。然而，在我国，隐

---

① 于坚：《谈谈我的〈罗家生〉》，《滇池》1996 年第 11 期。

喻的诗性功能早已退化。它令人厌恶地想到谋生技巧。隐喻在中国已离开诗性，成为一种最日常的东西""我常常对我国诗歌的某些状况感到悲哀。我看见我们的诗歌已经变得多么造作虚伪，俗不可耐。诗人，几乎成了奶油小生的代称。需要重建诗歌精神，它必须根植于当代生活的土壤，而不是过去的幻想之上""我只相信我个人置身其中的世界。我说出我对生存状况的感受。我不想去比较这种状况对另一世界意味着什么"①。惯性的"隐喻"世界成了很多诗人和哲学家反拨的对象，正如阿多诺所批评的，叙述已经被隐喻的语言所取代了。从八十年代开始，于坚做到的就是对日常生活、个人经验在诗歌中的还原。自己就是世界，世界就是自己，"世界的局外人，自身的局外人。观照世界，也观照自己。进入世界，也进入自己。"②当然，一种宣言会引起争议，至于将宣言落实到完备意义上的写作实践就更难了，尤其是对于八十年代"诗到语言为止""拒绝隐喻"这样挑战诗人认识极限的说法和做法自然会引发争议甚至"误解"，"像韩东，人们如今谈论他，主要是由于他所提出的'诗到语言为止'的理论，作为观点，它当然不失为一种关于诗歌写作的认识，对 80 年代的诗歌讨论亦产生过冲击性影响，但是，要说它使韩东（他的《大雁塔》《你见过大海》等诗，其语言对认识事物的观念表达是清楚的），和接受了韩东观点的人，写出了与这一观点完全相符的诗篇，那又是大可怀疑的；而像于坚提出的'拒绝隐喻'的诗学观点，它所带来的却是更多的质疑，也许还有误解，这和他本人的写作似乎也没有多大关系，并没有让人看到他写出了哪些如他自己所说的、了不起的、真正拒绝了隐喻的诗篇（他的《关于一只乌鸦的命名》是对隐喻的拒绝吗？）。"③显然，孙文波所提及和理解的"语言""隐喻"和韩东、于坚是有巨大差别的。

① 于坚：《拒绝隐喻·于坚集卷 5》，云南人民出版社 2004 年版，第 1 页。
② 于坚：《诗六十首·自序》，云南人民出版社 1989 年版，第 1—2 页。
③ 孙文波：《在相对性中写作》，北京大学出版社 2010 年版，第 127 页。

第七章

站在餐桌旁的一代：谁造谁的反？谁革谁的命？

孤独的反叛，语言或历史在地下捣乱。

（奥克塔维奥·帕斯《诗歌与世纪末》）

"谁造谁的反？""谁革谁的命？"这两句话冒出来的时候我自己都吓了一跳。

实际上这是一次追问，为什么二十世纪以来的中国汉语诗歌往往是在高分贝、不容置疑、真理在握式的造反与革命，且更多的时候是二元对立、你死我活的亚罗米尔式的"要么一切，要么全无"的斗争中进行的？纯诗与非纯诗、抒情与叙事（戏剧化）、口语与非口语、经验与想象、介入与疏离、个人与整体、知识分子写作和民间写作、朦胧诗和第三代，在这种二元对立思维中成为水火不容之物。

于坚对朦胧诗人的反拨、对海子等"才子式""青春期"写作的不满，表达诗人的独立见解，是情理之中的事情。但是在八十年代的第三代诗歌运动中，这代表了其时很多人的诗歌认识以及急于更新诗歌史的集体冲动。而从诗歌内部和写作谱系来说，任何一种写作尤其是当代中国的新诗写作都会存在着天然的局限性，第三代诗歌也同样如此。

"第三代"作为一个整体现象又是什么时候出现？一般研究者大抵认为"第三代"这个概念源于《第三代诗会》题记："随共和国旗帜升起的第一代人／十年铸造了第二代／在大时代广阔的背景下，诞生了我们／——第三代人。"① 而兰州当年曾经出现过一本名曰《第三代》的油印刊物，封面写有：北岛他是第一代／北岛的那些子孙们是第二代／我们是第三代。并引埃兹拉·庞德的诗句："哦／自大透顶的一代／别扭透顶的一代"。而万夏等人则认为："第一代人为郭小川、贺敬之这辈，第二代人为北岛们的'今天派'，第三代人就是我们自己'。"② 可见对谁是第一代、第二代、第三代还是有分歧的，而《中国现当代文学专题研究》却认为"'五四'时期把诗从文言文中解放出来的白话诗人是第一代，'文革'后把诗从政治工具中解放出来的朦胧诗人算第二代，而他们这些把诗从群体意识中解放出来的诗人便是第三代"③，不知这种划分有何根据。周伦佑则认为"第三代"这一概念的提出者是毛泽东，而对诗人的这种划分尽管是代际的，但是其前提仍是社会性的。周伦佑认为最先将"第三代"这一概念用于诗歌的是成都一些大学的诗歌爱好者，即成都几所大学的诗作者编印的《第三代人》油印诗刊，而1985 年 5 月由四川省青年诗人协会编印的铅印诗集《现代诗内部交流资料》只是重提了"第三代人"这一概念④。柏桦等人则认为"第三代"这个概念是他们早在 1982 年就提出的⑤。可见"第三代"

---

① 《现代诗内部交流资料》，四川省东方文化研究学会、整体主义研究学会主办，1985年第 1 期。

② 柏桦：《左边——毛泽东时代的抒情诗人》，香港牛津大学出版社 2001 年版，第150 页。

③ 温儒敏、赵祖谟：《中国现当代文学专题研究》，北京大学出版社 2002 年版，第258 页。

④ 周伦佑：《亵渎中的第三朵语言花·第三代诗与第三代诗人》，敦煌文艺出版社1994 年版，第 2 页。

⑤ 柏桦：《左边——毛泽东时代的抒情诗人》，香港牛津大学出版社 2001 年版，第150 页。

的说法具体在哪一年出现存在着争议，但是作为文学史现象的第三代的出现要远远早于 1985 年。实际上这些诗人自 1982 年起已经开始在这里结集，1984 年他们的派系愿望才开始形成，但这些诗人的诗派宣言却晚至 1985 年夏天才由尚仲敏、燕晓冬提出。于坚也认为第三代诗歌运动并非是在 1986 年 10 月才突然集合起来的一盘散沙，其实第三代诗歌在七十年代末期已开始酝酿[①]，如韩东等人创办的《老家》，钟鸣等人在四川创办的《次生林》，于坚等人在昆明创办的《高原诗辑》。文学史更乐于将北岛等朦胧诗与此后的新生代进行比照并且对后者持以批判的态度。北岛等人是不会被历史遗忘的，但是他们的不被遗忘不是以否定、牺牲和打击"新生代"诗人为代价的。于坚同样认为第三代诗与朦胧诗之间是一种差异性的写作，而与朦胧诗有着血亲关系的是"后朦胧"，它在八十年代张扬"文化诗"，在九十年代发展为"知识分子写作"[②]。可见在于坚以及其他一些诗人看来，"第三代诗"与"后朦胧诗"是差异很大的诗歌史概念，而一些文学史却恰恰忽略了这一点，反倒是认为二者是可以互相替换的。

我们先来看看当时的于坚是如何批判那些才子、浪漫和抒情诗人的（更多是以朦胧诗人、海子为主要批判对象）"青春期写作"和"业余写作"，以及如何在语言意识、诗人角色和社会功能方面予以"无情打击"的。

> 海子确实有一种真正的才气，然而，像所有传统的农业社会的诗人一样，海子对空间和时间把握的方式是依赖于集体无意识的，隐喻式的，海子缺乏对事物的具体把握能力。他看见整体却忽略个别的、局部的东西。他的诗属

[①] 于坚：《穿越汉语的诗歌之光》，《1998 中国新诗年鉴》，花城出版社 1999 年版，第 4 页。

[②] 于坚：《穿越汉语的诗歌之光》，《1998 中国新诗年鉴》，花城出版社 1999 年版，第 7 页。

于语言操作的少，精神漫游的多。海子很年轻，他正处于每个人在一生中都必有的那个青春期癫狂年代。他没有驾驭住那些使他坠入传统的东西。

青春期的写作、才子式的写作、革命式的写作、仿写都是业余写作，这样的写作即便持续一生也是业余性的。

海子"秋天深了，王在写诗"搞得许多读者老泪盈眶，其实这是一种熟悉的隐文化共同心态在触动人，而不是陌生。顺便说一下，这首诗从里尔克的"秋日"中套来的，但比原作差远了⋯⋯里尔克是具体的，"看"得见的。到海子那里就成了形而上的格言。

朦胧诗和海子。他们在现成的乡土中国话语系统和二十世纪的意识形态的左或右的摆动之间坚持着诗言志的传统。这种写作所担负的政治风险较大，美学风险较小，因为这种写作有一个常识性的坚固的接受基础，它很容易在诗的现成价值上获得读者的认同。

而关于八十年代诗歌的"青春期写作""才子写作""业余写作""文化写作"和"意识形态写作"，唐晓渡有过非常精准的"历史性"评价，所谓"青春期写作"是"'个人写作'的直接'涂擦'对象。作为一个借喻，'青春期'在这里意味着：对生命自发性的倚恃和崇信、反叛的勇气和癖好、对终结事物和绝对真理的固执、自我中心的幻觉、对'新'和'大'的无限好奇和渴慕、常常导致盲目行动的牺牲热情，以及把诸如此类搅拌在一起的血气、眼泪和非此即彼、'一根筋'式的漫无节制，暗中遵循雅罗米尔（米兰·昆德拉小说《生活在别处》中的主人公）所谓'要么一切，要么全无'的逻辑。尽管不能一概而论，但回头看去，八十年代的先锋诗写作在许多方面确实表现出浓重的'青春期'特征。此外还应该考虑到，这是一种因长期压抑而被迟滞了的、曾经严重受损并仍然一再受损的'青春期'，其结果是往往为写作带来了格外的颓伤、怀旧和晦涩色彩，或者在绝望中使语言的狂欢有意无意地蜕变成语言的暴力"[1]。实际上，不止是像于坚指出的"朦胧诗""海子""青春期写作""才子写作""抒情诗写作"值得深刻反省，八十年代的第三代诗、先锋诗、实验诗自身同样是需要反省的，"第三代刚开始时很大程度上可以说是观念写作，似乎每个人都急于抓住一个观念或主义。"[2]

于坚以及其他诗人强调与朦胧诗的美学差异和对立是值得肯定的，当然也是策略性的，挑战总得找到一个最合适也最容易引起关注的对手，"年轻一代诗人对'朦胧诗'的'反动'，只不过是他们自己作为一种新的亚文化精神得以确定的契机。他们之所以选择'朦胧诗'，乃是因为'朦胧诗'作为过去时代诗歌精神最后的代表，更天才，更艺术，也更勇敢地表现了他们自己时代的精神。"[3]而在于坚这里，尽管意识到了第三代诗人在艺术方式上存在的弊端，但是他更为看重的是第三代诗人的民主（民间）精神、生活态度以及更新的人生观，"作为艺术方式，第三代人并不那么出色。第三代人最意味深长的是，他们给这个时代提供了一种充满真正民主精神的人生态度和生活方式。由于整整一代人的生活方式和人生观都有如此相同的特征，第三代人将作为一种艺术样式得以存在。"而事实上，第三代人和第三代诗歌因为过于激烈的"自我意识""革命心理"和"运动作风"也草草结束了诗歌史的使命。当

① 唐晓渡：《九十年代先锋诗的几个问题》，《山花》1998 年第 8 期。

② 唐晓渡：《对话当代先锋诗：薪火和沧桑》，《当代先锋诗 30 年：谱系与典藏 1979—2009》，江苏文艺出版社 2012 年版，第 16 页。

③ 于坚：《棕皮手记》，《诗歌报》1989 年 5 月 21 日。

强化第三代人的时候，很多诗人和当事人却忽视了一点，即朦胧诗在七八十年代是如何对前代诗人和诗歌进行造反和革命的，"对我来说，所谓'朦胧诗'，是指以一代青年为主体的当代早期先锋诗歌运动。其先锋性经由对'正统'诗歌的反叛，以及获得大批后来者的认同、追随乃至新的变革而得以成立。"① 当年的朦胧诗与此前的当代政治抒情诗和主旋律的诗歌相比同样是个人的、先锋的、实验的、反叛的、民间的、地下的，只是程度、方式、责任、重点和方向与第三代诗人不同而已。从 1978 年北岛在《今天》创刊号上的发刊词《致读者》可以看出一代人不无强烈的诗歌史意识，即重新看待"文革"以前的诗歌写作，并且张扬出新一代人在文学和历史上的双重意义以及相当强烈的登上时代舞台的迫切心理，"历史终于给了我们机会，使我们这代人能够把埋藏在心中十年之久的歌放声唱出来，而不致再遭到雷霆的处罚。我们不能再等待了，等待就是倒退，因为历史已经前进了。……今天，当人们重新抬起眼睛的时候，不再仅仅用一种纵的眼光停留在几千年的文化遗产上，而开始用一种横的眼光来环视周围的地平线了。只有这样，才能使我们真正地了解自己的价值，从而避免可笑的妄自尊大或可悲的自暴自弃。我们的今天，根植于过去古老的沃土里，根植为之而生、为之而死的信念中。过去的已经过去，未来尚且遥远。对于我们这代人来讲，今天，只有今天！"②

　　于坚说自己是"站在餐桌旁的一代"，这无疑属于局外人、旁观者的一代，疏离、独立，"上帝为我安排了一种局外人的遭遇，我习惯于被时代和有经历的人们所忽视。毫无办法，这是与生俱来的，对于文学，局外人也许是造就诗人的重要因素，使他对人生永远有某种距离，可以观照。但对于人，这距离就成了一种痛

---

① 唐晓渡：《心的变换："朦胧诗"的使命》，《唐晓渡诗学论集》，中国社会科学出版
　　社 2001 年版，第 59 页。
② 北岛：《致读者》，《今天》创刊号（1978 年）。

苦。"① 于坚这种"局外人"与北岛等诗人的"启蒙者""文化英雄""社会精英"的身份确实有着非常大的不同。今天看来，二者的身份意识在当时不同的社会文化语境中都是成立的、有效的——当然也都有时代限制，即使是在"盘峰论争"中激烈反对于坚的唐晓渡（于坚也同样激烈反对唐晓渡）早在1988年11月的一篇文章中也强调了于坚那种"局外人"身份在诗歌写作中开掘生命领域和强化语言意识上可取的一面，"对这种'局外人'境况的意识在于坚的一句戏语中被比喻为'站在餐桌旁的一代'。它令人窘迫，同时也必将成为一种动因。它使生命同时获得了更多的创造或破坏的可能。"②

值得分析的是于坚强调的"局外人"实际上是一种独立、自我的边缘位置上的怀疑立场，个人主义的、自由主义的。韩东曾经比较过六十年代出生的人和五十年代出生的人与"正统信仰"关系上的代际区别，而他于此对五十年代人的批评显然并不适合（完全意义上）出生于五十年代的于坚——"五十年代出生的则不然，他们不仅有着正统信仰的少年时代，而且将正统信仰带入了自立的成年，他们切实地依赖过它并深知其功能与效果，他们知道它的厉害，尝过它的甜头。这一经历使他们与正统信仰的关系非同一般，在面临虚无与困乱之时五十年代出生的人会条件反射地返回，返回到正统信仰的安全地带，当然大多数时候他们并不自知。正统信仰在五十年代出生的一代那里有各种变种和改装，尽管他们使用了大量新颖的名词概念。"③ 在价值判断和精神态度以及信仰取向等方面反倒是于坚更像是六十年代人，"六十年代出生的人无真正信仰，但有某种精神需要，同时他们深知：因需要产生的信仰是不诚实

---

① 于坚：《拒绝隐喻·于坚集卷5》，云南人民出版社2004年版，第5页。

② 唐晓渡：《"朦胧诗"之后：二次变构和"第三代诗"》，《唐晓渡诗学论集》，中国社会科学出版社2001年版，第78页。

③ 韩东：《六十年代出生的人》，《韩东散文》，中国广播电视出版社1998年版，第255页。

的。理论上相信真理的存在，又觉得遥不可及，因此在拥有真理的问题上常常自卑。他们宁愿将有关问题悬置，也不要虚假的赝品。这是一种分裂性的存在，虽说有某种真实性可言，但为此他们要付出高昂的代价。"[1] 陈超对于坚区别于五十年代和"朦胧诗"人格以及写作品格的分析则同样精准、透彻："于坚生于 1954 年。但粗略地划分，他的精神类型却更属 60 年代出生的个人主义者、自由主义者。他的知识积累或阅读范围也与北岛一代相去甚远。特别是从 90 年代初起，他将语言哲学和自然主义，波普尔的'批判理性主义'和海德格尔的'去蔽'，古典诗学中的'原在'感与后现代的解构，如此等等，'蛮横'地焊为一体，写出了个人化的新异的诗歌。毫无疑问，于坚的诗也常常体现出对类的关注；但他本不想也无力代表'一代人'的良心。他对自我体验和话语反思更感兴趣。"[2]

无论是作为运动的第三代，还是作为写作实体和文本现实的第三代，都在泥沙俱下的同时创造了新的可能，提供了新的契机，制造了新的秩序，同时也提供了同样多的破坏、限制、危险、混乱和无序。这无论是在八十年代还是二十一世纪的今天都是值得重新检视和反思的，"无论如何，迄今为止'第三代诗'已经提供了足够多的值得研究的东西。它冲破了许多禁区，同时也标定了若干极限；实现了一些意料之外的诗歌可能，同时也跌进了一些事先设置的语言陷阱；制造了大量的文字垃圾，同时也呈现了众多的转化契机。"[3] 具体到一个诗人不同时期的写作，其差异也是明显的，这都需要写作者具有自我认知、调整的能力，"我年轻时候写作是为与某些东西（语言、意识形态）较量、批判、反抗，或者表现自己的

---

[1] 韩东：《六十年代出生的人》，《韩东散文》，中国广播电视出版社 1998 年版，第 256 页。

[2] 陈超：《"反诗"与"返诗"——论于坚诗歌别样的历史意识和语言态度》，《南方文坛》2007 年第 3 期。

[3] 唐晓渡：《"朦胧诗"之后：二次变构和"第三代诗"》，《唐晓渡诗学论集》，中国社会科学出版社 2001 年版，第 80 页。

与众不同。最近却越来越'为人生'而写作，但批判的立场依然如故，我无法把写作当成纯粹的游戏，采取玩世不恭的态度。"[1]

朦胧诗、第三代诗之间存在着"时间进化论"层面的龃龉，后来的于坚则指认文学不存在什么进化论，"诗人写作反对诗歌写作中的进化论倾向。诗人不可以为最好的诗歌总是在未来，在下一个时代。诗歌并不是日日新的。诗歌不是进化的。'伟大'的诗歌从过去到今天都是伟大的诗歌，这种在诗歌中的一成不变，这种原在性，就是诗歌的神性，诗人就是要在他自己的时代把这种不变性，亦即'永恒'昭示于他自己时代的人，他应当通过'存在'的再次被澄明让那些无法无天的知识有所忌讳，有所恐惧，有所收敛。让那些在时代之夜中迷失了的人们有所依托。"[2] 质言之，诗歌是伟大的共时体结构，而非历史性的明争暗斗、厚此薄彼、你死我活。而从更长的时间段来看，朦胧诗和第三代诗的缺点将被一如既往地扩大，从而为后继的诗人、群体和运动的新的合法性浇筑新的地基——"'今天派'诗人和第三代诗人可视为英雄主义时代的革命者。他们满怀革命激情，是理想主义者，是无畏的赶路者。与'今天派'诗人和'第三代诗人'以集体暴动登场方式不同的是，稍后的'地方主义'诗人，却是以静悄悄的方式出场。他们虽然赶上了一个看上去更为重要的时间节点——世纪之交，那里面纠缠着让人浮想联翩的末世情结，但他们的表现，一如他们的写作那样，表现出了冷静、理性、开阔、个性鲜活的成熟汉语诗歌特质。他们安静地散落在全国各地，没有相互串联着赶赴一场轰轰烈烈的出场仪式，而是由内心出发，守住脚下的土地和内心的孤独，通过写作自身完成一场来自诗歌内部的革命，一场静悄悄的革命。"[3]

于坚后来也意识到，任何一代的"先锋派""骑手""斗士""实

---

[1] 于坚：《为世界文身》，陕西人民教育出版社2015年版，第184页。

[2] 于坚：《我们时代的诗歌》，《山花》1999年第4期。

[3] 谭克修：《地方主义诗群的崛起：一场静悄悄的革命》，《明天》2014年第5卷。

验者""风云人物"都会老去的，只是没有想到在世俗化时代加速的时刻这一代人老去的速度也同样加快了，"这一代人已经风流云散／从前的先锋派斗士／如今挖空心思地装修房间／娃娃在做一年级的作业／那些愤怒多么不堪一击／那些前卫的姿态／是为在镜子上 获得表情／晚餐时他们会轻蔑地调侃起某个／愤世嫉俗的傻瓜某个还在怀疑的人／组织啊 别再猜疑他们的忠诚／别再在时代的广场上捕风捉影／老嬉皮士如今早已后悔莫及地回到家里／哭泣着洗热水澡 用丝瓜瓤擦背／七点钟 他们裹着割绒的浴巾／像重新发现自己的老婆那样／发现电视上的频道"（《便条集·97》）。

"断裂"或影响的剖析："卡夫卡和他的前辈们"

梦想之床
恐怖的花朵在高处挑起竞争[①]

博尔赫斯的《卡夫卡和他的前辈们》从影响的角度论证了卡夫卡的奇异性。而哈罗德·布鲁姆则在《影响的焦虑》《影响的剖析》中自始至终谈论文学的影响问题，甚至这几乎是无处不在的一个不言自明的事实，"很久以来我一直在思索惠特曼与我同时代诗人之间的关系，这些诗人中有几个是我私底下的朋友，包括阿什贝利、埃蒙斯、默温、斯特兰德、查尔斯·赖特等等。惠特曼对这一代人的影响其实更为深远，金斯伯格、菲利普·莱文、高尔韦·金内、詹姆斯·赖特和晚期的约翰·霍兰德都是显而易见的例子。"[②] 当然最为可贵的是，布鲁姆所格外关注的是复杂的影响方式（直接影

---

① 梅里尔的诗句，转引自［美］哈罗德·布鲁姆《影响的剖析：文学作为生活方式》，金雯译，译林出版社 2016 年版，第 227 页。

② 梅里尔的诗句，转引自［美］哈罗德·布鲁姆《影响的剖析：文学作为生活方式》，金雯译，译林出版社 2016 年版，第 344 页。

响、间接影响)、效果和方向以及反作用和可能性等诸多问题。

而谈论于坚以及韩东等八十年代诗人以及现象的时候，我们似乎总会与那时强行形成的"断裂"地带相遇。这显然是就"朦胧诗人"（"今天诗派"）的影响的焦虑形成的结果，而今天看来这需要重新甄别、剖析。尤其是在"第三代"诗人集体"断裂心理""对手交锋""抢占座位""弑父意识"和急于抖掉"陈旧包袱"而另立门户的运动心理的驱动下，上一代人的传统、形象以及新一代的新的传统和新的形象之间到底是什么样的关系呢？就是主动或被动吗？就是老去和更新吗？就是单向度的惯性循环吗？就是担任"孝子"和"逆子"吗？是纯然的真理还是偶然的误会？显然不是。

于坚，对杨炼、江河、海子等人的长诗写作不感冒，"当年爱诗，我和吴文光还沉迷于'今天'诗派的时候，于坚就大不以为然。尤其当吴文光（《尚义街六号》的角色之一，纪录片《流浪北京》导演）拿着舒婷回信沉浸在幸福之中的时候，于坚侧目视之。后来文光终于有所悟：当今中国最好的诗，是于坚写的。多年以后，吴文光成为独立制片人，跑遍全国，见多识广，回来说：'最有魅力的文化人，还是于坚。'"[1] 但是，于坚的写作也不是从零开始的，而且早期还曾受过《今天》和食指、多多、北岛的影响，"早年我读江河的《纪念碑》，读到：'在英雄倒下去的地方，我站起来歌唱祖国。'以为江河属于身材高大、浓眉长耳的那种。后来我见到江河，发现他个子矮，微胖，白生生的，看起来很亲切、很实在。我当时就告诉他：我对你感觉好。他咧嘴一笑，他的嘴大，笑得相当真，绝不可能假笑。……江河在《纪念碑》后，又写了《太阳和他的反光》。这组诗我不喜欢，我看不出江河作为一个诗人的真诚，却看出他的聪明，他似乎有些不甘寂寞，想显示一下他的'另一种深刻'。"[2]

① 费嘉：《他早已弃舟登岸》，《名作欣赏》2011 年第 11 期（旬刊）。
② 于坚：《拒绝隐喻·于坚集卷 5》，云南人民出版社 2004 年版，第 6 页。

"朦胧诗人"对其他诗人尤其是后来诗人所产生的是巨大的影响的焦虑，无论是具体的个案研究，还是整体的文学史叙事以及诗歌的对外传播，他们都给其他诗人形成了前所未有的压力，"正如人们可能总是会站在这种充满激情的格言一边，于坚的诗无论如何还活着，并且将会给那些说起当代中国诗歌就只会想起北岛和杨炼的西方读者带来一个新的发现：即一个完全不同的然而对于中国而言极具代表性的诗歌方向的发现，这一诗歌方向是对读者而言值得注意的，并且容易通达的，它直接地与读者攀谈，并且与此同时，是让世界焕然一新并富于现实性的。这种幽默的讽刺的迎面走来的临近现实性通常都有一个对意识形态进行根本性批判的维度，并且它同时也从不否认自身含有对更高的智慧的渴念，而这将只会增加此种诗歌的魅力。"[1] 但是，值得注意的是，关系、互文和场域意义上的"影响的焦虑"（"诗人内心的诗人"）并非意味着前代写作者（"文学前辈"）对后来者（"新人""文学青年""后起之秀""新锐"）具有先天的优势以及时间序列形成的权威，但是后来者们总是怀有某种难以挣脱的"父辈"般的规训和魔咒。尤其是对于那些奇异个性和写作才能足够强大的优异写作者来说，他们反过来会因为能动性和自主性而改变单向度的影响过程，而对其他诗人甚至前代诗人构成一种"时序倒错"的影响和反射，"一位强大的诗人好像帮自己的诗坛前辈写了诗""对一个优秀的诗人来说，奇异性就是影响的焦虑""强大或者对自己要求严苛的诗人都想要剥夺其前人的名字并争取自己的名字"[2]。

诗歌必然是互文意义上的，很多的诗歌具有某种精神的相通性。是的，诗人和诗人之间总会存在着彼此的寻找（包括跨时代、

---

① ［德］马克·赫尔曼：《深深地沉入他的时代的黑夜之中》，贺念译，《以个人的方式想象世界》，生活书店出版有限公司 2015 年版，第 157 页。
② ［美］哈罗德·布鲁姆：《影响的剖析：文学作为生活方式》，金雯译，译林出版社 2016 年版，第 22—23 页。

跨语际的）——心领神会、志同道合。也就是在互文的意义上有些诗人之间的文本和精神世界更具相通性和谱系性，尤其是在写作与日常生活的关系上。

二十一岁的时候布罗茨基完成了早期的代表作《黑马》，而于坚则在二十三岁时写出了同题诗《黑马》。那么两个诗人早期的诗歌是否具有相似性？二者各自的差异性又在哪里呢？

带着这些疑问，读读这两首诗吧！

黑色的穹窿也比它四脚明亮。

它无法与黑暗溶为一体。

在那个夜晚，我们坐在篝火旁边

一匹黑色的马儿映入眼底。

我不记得比它更黑的物体。

它的四脚黑如乌煤。

它黑得如同夜晚，如同空虚。

周身黑咕隆咚，从鬃到尾。

但它那没有鞍子的脊背上

却是另外一种黑暗。

它纹丝不动地伫立。仿佛沉睡酣酣。

它蹄子上的黑暗令人胆战。

它浑身漆黑，黑到了顶点。

如此漆黑，仿佛处于针的内部。

如此漆黑，就像子夜的黑暗。

如此漆黑，如同它前方的树木。

恰似肋骨间的凹陷的胸脯。

恰似地窖深处的粮仓。

我想：我们的体内是漆黑一团。

可它仍在我们眼前发黑！

钟表上还只是子夜时分。

它的腹股中笼罩着无底的黑暗。

它一步也没有朝我们靠近。

它的脊背已经辨认不清，

明亮之斑没剩下一毫一丝。

它的双眼白光一闪，像手指一弹。

那瞳孔更是令人畏惧。

它仿佛是某人的底片。

它为何在我们中间停留？

为何不从篝火旁边走开，

驻足直到黎明降临的时候？

为何呼吸着黑色的空气，

把压坏的树枝弄得瑟瑟嗖嗖？

为何从眼中射出黑色的光芒？

它在我们中间寻找骑手。①

这是一匹如此超出了想象力的黑暗之马。布罗茨基通过反复的比喻渲染超乎寻常的黑色。玄学的、灵感的、想象的"黑"都通过不断的相互打开呈现了语辞和想象的神秘时刻。比黑暗更黑，显然具有着诗人智性的投射，那些让你屏住呼吸的黑色之马早已经超出了物象自身，而是成为心智和语言的投射与对应之物。一个诗人几乎在一个物象身上穷尽了所有关于黑色的想象力，黑马也据此成为所有黑暗的中心和强大的元素性的象征。由此，我们可以说布罗茨基的《黑马》是一首冲击极限的诗作。

再看看于坚的《黑马》——

---

① ［美］约瑟夫·布罗茨基《黑马》，吴迪译，转引自陈超《当代外国诗歌佳作导读》（下），河北教育出版社 2002 年版，第643—644页。

在十一月　在冬季的一天

一匹黑马　站在蔚蓝的天空下

秋天已经远走　大地一片空阔

它站在世界的中心

夏季的青铜所铸成　黑色的光芒

来自非洲　来自尼罗王的皇冠

它站在我的道路之外

啃啮着那片荒原

当我眺望它时　似乎我的生命

也成为它嘴下的青草

种马　皮子紧绷　充满生命的汁液

拳王阿里为此奋斗一生

只到达了几秒　就永远萎缩

它一动不动　周身闪着黑色的光芒

只要它一跃而起

大地就会快乐地呻吟

天生的雄性　可以率领马群

也能够创造马群

它站在我的道路之外　啃啮着那片荒原

一动不动　悠闲自在

而渴望驰骋的却是我

啊　像一匹马那样驰骋

黑马　你来看电视　我来嚼草

它站在我的道路之外　对我无动于衷

对它自己无动于衷　它在嚼草

周身闪着黑色的光芒

仿佛它是一个放牧者　一个牛仔

世界以及我　都是它的马群

或许我可以走过去　拿着鞭子　一跃而上

但那是另一回事　一种儿戏

不　永远不能　它从来就不是坐骑

它是马　一匹黑马

一声长嘶　瞧它撕开天空

阳光纷纷坠下　世界一阵眩晕

它站在我的道路之外

另一个宇宙　我永远无法向它靠近

　　"黑色的光芒"显然构成了语言和视觉上的张力。诗中反复出现的"它站在我的道路之外"昭示了人与物之间不可弥合的特殊关系，尤其是对于那些具有神示性的事物更是如此。于坚的"黑马"显然是一种不可靠近的神性之物，你可以尽力描摹，尽力表达倾心和向往，但是容不得一丝一毫的世俗之心的僭越。这匹马也成为了世界的中心。较之布罗茨基的《黑马》中的繁复隐喻，于坚的这首诗更多的则是主体的想象和叙述性的语言。二者的相似相通之处都在于诗人在那些想象性的物象那里投入了独特的个体情感、经验和想象力。而布罗茨基的《黑马》超验性更强，于坚的《黑马》更为突出的是对"自我"的理解。有时候这两首诗也存在反向的比较，比如一个是"它在我们中间寻找骑手"，另一个声音则是"它从来就不是坐骑"。如果说世界在诗人这里真的存在一个所谓中心的话，那也只能是诗人的心象甚至幻象。显然，对于年轻的诗人布罗茨基和于坚而言，他们都做到了这一点。

　　尤其是在诗人与日常生活的精神相遇与发现上，于坚和希尼也存在着这种互文意义上的彼此寻找与叩访。关于日常生活的"惊异"、细节的力量，我想到了希尼的那首诗《采黑草莓——给菲利普·赫伯斯班》——"我们把鲜草莓囤在牛房。/当浸缸被填满，却发现它们长了毛，/鼠灰色的霉菌充斥着我们的窖藏。/草莓的汁水也散发着臭味，一旦脱离母体／草莓便发了酵，它的甜美会变酸。／我常常想哭。真不公平／所有可爱的罐罐都散发着霉烂气味。／年年我都期望草莓之美能长存，虽然知道不能。"①

由诗人与诗人之间的相互寻找，我想到的是哈罗德·布鲁姆面对学生的提问做出的以下回答："我的学生经常问我伟大的作家为什么不能从零开始，身上没有任何过去的包袱。我只能告诉他们这是不可能的，在现实生活中灵感不外乎影响。"② 2017 年的访谈节目十三邀（第二季），许知远和西川在城郊凤凰山附近（本意是寻访七王坟，但是因施工封闭无法进入，西川将之调侃为卡夫卡《城堡》里 K 的境遇）进行了一次从下午到暮晚的对谈。此次谈话中西川尤其强调了强力诗人的重要性——而任何寻求某某主义的诗人都是二手诗人，这个时代的诗人很容易成为"烂诗人"——也就是带有了成为自己的个人可能，而不是像八十年代那样更多的是向另外的诗人学习和模仿。

对于同一种语言系统比如汉语来说，诗人与诗人的影响更多是单向度的，而非交互性的。尤其是北岛那一代人对后代诗人的影响导致了巨大的反弹。在这一点上，哈罗德·布鲁姆同样给出了一个经典的解释："影响，或者前人与后世之间的传承关系，当然可以是良性的，这个观点毫不新鲜。跨语言的影响就从来不会产生焦虑；史蒂文斯可以对瓦雷里着迷，却不害怕被他感染。但惠特曼已经创作了我们文化氛围中最伟大的诗歌，被他的影响控制就难免让史蒂文斯倍感纠结。"③ 尤其是对于汉语现代诗而言，其焦虑更多是对前辈诗人以及其他诗人的不满甚至反抗，而在阅读汉语之外的

① ［爱尔兰］西默斯·希尼：《希尼诗文集》，吴德安等译，作家出版社 2001 年版，第 12 页。
② ［美］哈罗德·布鲁姆：《影响的剖析：文学作为生活方式》，金雯译，译林出版社 2016 年版，第 12 页。
③ ［美］哈罗德·布鲁姆：《影响的剖析：文学作为生活方式》，金雯译，译林出版社 2016 年版，第 274 页。

异域诗歌的时候每一个汉语诗人似乎都乐于罗列出长长的外国诗人名单。似乎每一个汉语诗人的身前都站立着诸多西方文学大师的影子。这不只是诗人，小说家也是，包括像莫言、余华、格非、苏童这样的作家在所列出的喜爱的作家名单中几乎无一例外都是外国作家。但是回到当代诗歌在八九十年代的具体文化语境，"诗人与诗人之间的相互寻找"又具有更为深层的复杂原因。这不是一个简单的阅读资源的问题，而是与整体的精神型构、社会转变和对话冲动关联。于坚也不能例外，"王佐良先生今年去世了，多年来，我一直是他的读者。先生翻译的英国诗歌和散文，对我的写作有着相当大的影响。我记得几年前，读到先生翻译的英国诗人拉金的诗《上教堂》，以为就是作为汉诗来读，也是杰作。"于坚在《读书七本》① 中开列的书单中除了《白虎通义》《红楼梦》之外都是外国文本（《红轮》《印度的发现》《剑桥东南亚史》《九故事》《追忆逝水年华》《歌德对话录》）。

　　九十年代在一定程度上成为考验所有中国诗人的一个特殊时期，压抑、迷茫、困惑、沉痛、放逐成为诗人的日常生活和精神主题。诗歌写作是否有意义成为那时的普遍疑问。而如何以诗歌来完成中国社会的转型、诗歌写作语境和诗人心态的暴戾转换就成了诗人所面临的挑战。在此，我想以张曙光为例做一点必要的补充。

　　程光炜先生在那本黑色封皮的《岁月的遗照》中完成着一场"不知所终的旅行"。在黑色衬布的角落是一把老式的木椅，椅背上搭着一块"疲惫的"却可能"驻满记忆"的方格子布。重要的是椅子缺少最关键的部位——坐垫儿。而约略渐洒过来的温暖的光晕足以呈现出"九十年代"的诗歌精神—— 一种特有的怀念和总结的方式。而张曙光在这个备受争议但具有相当的诗歌精神和写作立场的"显影剂"式的诗歌选本中是作为"开篇"诗人出场的，并且诗选的题目也来自于张曙光的同名诗。可见在当时的研究者和"九十年

---

① 《文学报》2013 年 1 月 3 日。

代"诗歌语境和本土诗学的转捩点中张曙光以及他的诗歌文本的重要性，尽管这也一定程度上来自于诗人和批评家之间的交往和诗学趣味。那时的张曙光更像是在完成一场长途的精神跋涉，他的诗歌今天看来充满了"九十年代"式的精神自传和灵魂箴言的话语，以及明显的互文精神资源（例如相关研究者所指出的叶芝、里尔克、米沃什、洛厄尔和庞德等人对张曙光的"交叉影响"）。我们也不能不在向域外诗人的张望中来打量本土诗人的集体性焦虑和寻找"精神依托"的尴尬感。张曙光在《西游记》等诗歌中提到了但丁、荷马、乔伊斯、詹姆士、弗洛伊德、博尔赫斯、萨特、海德格尔、德里达、维特根斯坦、雅斯贝尔斯、伊壁鸠鲁、玛丽莲等等。这实际上也与同时代人一样在面对"带有道德气味的历史"时完成着"借尸还魂"的工作。甚至张曙光也曾在《大师的素描》一诗中通过对话向多位大师致敬——叶芝、里尔克、庞德、艾略特、奥登、博尔赫斯、罗伯特·洛厄尔、帕斯捷尔纳克、拉金、阿什贝利、布罗茨基。这种诗人与诗人、词语与词语之间发出的寻找以及摩擦、龃龉甚至冲撞几乎成为"九十年代诗歌"的精神征候和诗人必备的精神练习。即使是北岛、于坚、韩东、王家新、西川、杨黎等人也不能例外，区别只是在于话语呈现的方式不同。值得注意的这在当时和后来的一些诗学立场迥异的诗人那里被指责为知识化的"互文"和"翻译"的"夹生饭"。而张曙光的诗歌却一直试图建立"个人诗学"的声音。换言之，他诗歌中的"对话性"和精神现实被时人所一定程度地错意揣测和误解了，"他只是在地图上到过西方／没有人为他办理签证，行李托运／绿卡，或一场虚假的婚姻——／他有时头疼，像套上铁箍／当他的思想变得狂野。于是／他再次返回原来的现实，面对着／摊开的旧书，而窗外已是二十世纪"[1]。换言之，这种诗歌"互文"式的写作实际上只是一种"譬喻"方式或精神

---

① 张曙光：《西游记》，《岁月的遗照》，程光炜编选，社会科学文献出版社1998年版，第9页。

"词源学"，内里仍然是"个人化"的表达，所以当时那场硝烟弥漫的"盘峰论战"中所产生的诸多指责今天看来是靠不住了。正如有诗人当时所提问的这句话，"在你头脑的词语手册中，现在是否能够找到／诸如崇高深刻的词语？"

尽管多年来于坚反对诗歌是一种"知识性写作"，但是任何一个诗人都有自己的阅读史，都不可避免地受到阅读和同构性知识的影响。比如于坚所说的自己的情况："我容易与那些注重具体事物，注意世界作为'现象'，而不是本质、精神实体的作家产生共鸣。如新小说派、自然主义、形式现实主义、传记、纪录片、乔伊斯、普鲁斯特、奥登、罗布·葛利耶、弗洛斯特、拉金、威廉斯一类。写作方式也倾向于描述的，相对客观的、冷静的、细节与具体的、非隐喻的、清晰的、物性的、形而下的。"在七八十年代，除了这些趣味相投的作家，于坚已经阅读了《唐诗三百首》《古文观止》《宋词选》、屠格涅夫、普希金、惠特曼、泰戈尔、莎士比亚、莱蒙托夫、涅克拉索夫、歌德、托尔斯泰、巴尔扎克、莫泊桑、雨果、拜伦、雪莱、杰克·伦敦、罗曼·罗兰、斯宾诺莎、艾兴多夫、石川啄木、鲁迅、食指、北岛、多多等等。这显然是一种影响，更多是选择性和潜移默化的，当然阅读和知识对于不同精神类型的诗人而言其作用会有所不同。于坚谈论自己的阅读史是兴奋莫名的，而对于其他诗人以及年轻诗人的阅读则往往不屑一顾甚至充满各种批评意见，"说到影响，我还想指出，今天中国年轻些的诗歌爱好者都害怕把自己与中国传统联系起来。1993年在北京，一位老朋友将一位行将去美国的前盆地诗人的'去美国之前的讲话'拿给我看，他列举了七八位文化沙龙诗人并一一追溯他们的'传统'，说来自博尔赫斯、荷马、荷尔德林、埃利蒂斯、庞德云云。我哈哈大笑，这是一种普遍的存在于中国先锋诗人中的殖民地文化心理的典型反应。"[①] 针对于坚的说法，西川则强调"我承认，我曾受益于中

①　于坚：《答〈他们〉问》，《于坚诗学随笔》，陕西师范大学出版总社有限公司2010年版，第159页。

外许多诗人、作家。同样，于坚也不能否认他曾受益于弗罗斯特和垮掉派。而据我所知，伊沙早期受益于舒婷和傅天琳（我有他早年的书信为证），后来又受益于他误解了的后现代主义。这都是知识。这有什么了不起？就像普鲁斯特受益于罗斯金，博尔赫斯受益于史蒂文森，金斯伯格受益于惠特曼，何必自己要掖着藏着抢占一个创造力的制高点来挖苦别人。我要说的是，大家互相知根知底，否则我们也白读了那些书"①。

无论诗人是主动承认还是被动表态甚至沉默不语，诗人与诗人之间发生的影响是不可避免的，这是事实。尤其对于坚这样经历过阅读饥渴症的一代必然要进行补课，阅读和写作尽管不发生直接、硬性的主导性影响，但是一个诗人在不同阶段显然都会有自己所倾向的阅读重点和中心，也会对写作发生度不同的影响。既然"影响""竞争机制"不可能完全避免，既然"诗人内心的诗人"必然存在，那么最关键的则是一个优秀的甚至伟大的诗人如何在关系链上确立自己的个性和精神肖像。除了接受资源具有个人性差异之外，更重要的则是诗歌中转化资源和表达知识的方式不同。于坚如此，国外的大师级诗人亦然，"我这一辈的诗人中最杰出的是阿什贝利、埃蒙斯和梅里尔。因为我在本书后半部要讨论阿什贝利和埃蒙斯，探讨的中心是他们与惠特曼和史蒂文斯的关系，这里我就集中评论梅里尔。他与惠特曼没有关联，但在史诗《桑多弗变幻不定的光》中吸纳了史蒂文斯和奥登的影响。他主要的前人是叶芝，两人的关系马克·鲍尔在《合成音》（2003）中记录得很完备。梅里尔曾写过'梦想之床／恐怖的花朵在高处挑起竞争'（我有点邪恶，在这里突出的是花朵），谁也不能说自己就是那个挑起了竞争的人，因为功劳归梅里尔内心的叶芝。只有神魔知道这个诗句是怎么发生的。在我们的谈话当中，梅里尔总是避免一切关于诗歌影响的讨论，我也很乐意分享他这种宁静谨慎的态度。可以猜测，他很明显

---

① 西川：《思考比谩骂更重要》，《北京文学》1999 年第 7 期。

地在这个问题上采取善良的立场，让我想起了他在《镜子》一诗中描写的绝妙的镜子意象：'没有脸的意志 / 我自己的回声，我乐意接受。'但叶芝的意志永远也不会没有脸。梅里尔开始读叶芝的时候是十六岁，1955 年起研习叶芝的'体系'，即《启示》，研习期间一直通过灵乩板与自己的'天使'以法莲对话。"①

其实，并不是一个梅里尔如此，而是作为一个典型，刻意回避自己的阅读影响史。

影响的焦虑还发生在前一个时代与后一个时代之间，裂缝、断裂由此会被强化出来。"从前"和"今天"的对比以及撕裂从来没有像今天这样不可思议的荒诞而又无时无刻不在发生。为此，诗人必须在语言中有所回应，我深深认同西川的看法——任何时代都不应该被浪费。而不幸的是，在诗人回应时代情势的时候很容易地成为了社会伦理和道德的替代品——正义在握、大言不惭，而在诗意和诗艺上却未见更多的"发现"。

对于当下时代的诗人，在新旧转捩之际都必然要有难以被稀释的焦虑。这种焦虑不是大而无当的对所谓现代性的批判和古典山林、农耕田园的怀旧式挽留，而是与写作者的生活发生了实实在在的碰击，甚至结果不无惨烈。这种焦虑已经成为当代诗人写作不由自主的一个罗盘，不幸的是很多诗人带来的是实用主义的便利和伦理化写作的泛滥。诗歌，只是成了一种单纯表态的工具。也就是说，这种"碰撞""焦虑""乡愁""挽歌""愤怒"不仅成了主导性的写作驱动，而且还在很多诗人那里沦为了排他性的写作权力。

我们今天重新思考当年的"第三代诗歌"对"朦胧诗"的态度尽管有运动的造势和更为年轻诗人的"僭越"与"攻讦"的焦虑情结，但是在诗歌美学尤其是语言层面我们看到了其间的差异以及后者对"前辈"诗人的必然性的不满。同时需要强调的是目前的新

---

① ［美］哈罗德·布鲁姆：《影响的剖析：文学作为生活方式》，金雯译，译林出版社 2016 年版，第 227 页。

诗史写作和新诗研究仍大都认为"今天"诗歌与后来的"第三代诗歌"之间的对立和差异。而写作事实却需要进一步甄别和反思,"朦胧诗发韧于'文革'惊心动魄的政治事件中,并从北京这个中国政治生活的中心向全国散发出其异义者之声;后朦胧诗有所不同:它起源于七十年代末八十年代初相对平和宽松的岁月,其重镇是在所谓的'南方',即黄河以南的四川、云南、贵州、上海、南京等省市。这两个运动之间的几年之差竟产生了被评论界常常界定的两代人,虽然一些对后朦胧诗有影响的作者如翟永明、于坚、钟鸣、周伦佑与上代诗人年龄相当,而他们绝大多数在五十年代末六十年代初出生的诗友与上一代人亦无历史记忆与意识上的本质区别。但为何会出现两代人呢?真的有着两种从写者姿态意义讲时代精神不同的人吗?无论用哪种解读姿态对这问题进行追问,都可能弥补文学史批评粗略马虎运作的不足,从而丰富探寻某特定时代文学精神实质的内涵。"[1]

影响的焦虑,必然涉及的是代际之间天然或人为的区隔。从七十年代人类学家马格丽特·米德(美国)写出影响甚巨的《代沟》之后,"代际"研究就从来没有被冷落过,尽管争议之声也并未中断。李泽厚在《中国现代思想史论》中指出代际的概念和划分不是仅指生理年龄,同时也涉及文化特征和社会意识。在我看来,有时候代际有其过渡期和模糊性的一面,而代代之间的差异是否就是像文学史家指认的那样界限分明、一目了然?是否代代之间就是一种更多的"断裂"关系?每一代人在成长期是否都有精神的"父亲"?精神成人之后是否都有"另立门户"的"弑父"般的冲动?代际之间的关系远非是黑白界限分明那样的简单,而是相当复杂,并且应该注意到即使是同一代之间也是有其差异性和不可消弭的个性的。比如"第三代诗"和"后朦胧诗"各自的范围指向以及二者之间以及它们与"朦胧诗"的复杂关系等问题。杨庆祥就从区别朦胧诗和

---

① 张枣:《朝向语言风景的危险旅行》,《今天》1996 年第 4 期。

《尚义街六号》中"今天"观念的不同着手，讨论于坚的"文革经验"和"知识构成"形塑了《尚义街六号》的意识形态，并提出了"第三代诗歌"与"朦胧诗"平行构成新诗潮起源的观点[①]。

　　质言之，很多文学史叙述实际上在强调不同写作代际之间的"语言权力斗争游戏"时，忽视了一个重要事实。在"今天"诗人或宽泛意义上的"朦胧诗人"内部其语言的差异也是明显的，而其中的一些诗人如多多、梁小斌对"朦胧诗"语言机制的不满更是具有代表性。如果说"朦胧诗"和"第三代诗歌"之间存在着思想分歧和美学差异的话，二者之间的紧张与所谓的"断裂"除了一部分"第三代"诗人的运动情结之外，更为重要的是"朦胧诗"内部的美学差异性，其中就有一个关键的人物——梁小斌。梁小斌早在八十年代就对自己的《中国，我的钥匙丢了》和《雪白的墙》等"朦胧诗"代表作表达了不满与反思。而一般的当代新诗史在叙述时更多是从外部去寻找言之凿凿的证词。

---

① 杨庆祥:《〈尚义街六号〉的意识形态》,《海南师范学院学报》2007 年第 1 期。

第八章

"0 档案"：案例与效果史

长诗写作是必然受到特别关注的写作样本，这样说一点都不为过。

谈论于坚，必须谈到长诗。

写作长诗对于任何一个诗人而言都是一种近乎残酷的挑战，对语言、智性、精神体量、想象力、感受力、选择力、判断力甚至包括体力、耐力都是一种最彻底最全面的考验。几代人写作长诗的努力印证了中国当代诗人写作"大诗""现代史诗"是有可能的，当然这种可能性只能是由极少数的几个人来完成的。在巨大的减法规则中，掩埋和遗忘成了历史的态度。

唐晓渡在编选《与死亡对称》时强调长诗在一个时代的标志性作用，"或许没有比长诗更适合作为一个时代诗歌标志的了；因为它存在的依据及其意义就在于，较之短诗，它更能完整地揭示诗自成一个世界的独立本性，更能充分地发挥诗歌语言的种种可能，更能综合地体现诗歌写作作为一种创造性精神劳动所具有的难度和价值。"[1] 欧阳江河在晚近时期的一篇文章《电子碎片时代的诗歌写

---

[1] 唐晓渡：《从死亡的方向看》，《与死亡对称》，北京师范大学出版社 1993 年版，第 1 页。

作》中认为"大国写作"需要"长诗"与"大格局"匹配，"我们中国是一个大国写作，现在诗歌变成一个小玩意儿了，这是让我很悲哀的。大国写作从来不是举国体制的问题，但绝对不是小语种小国家的写作，不是小格局，大国写作是写作中的宇宙意识、千古意识，事关文明形态。当今美国可以想象宇宙，想象外星球的战争，想象高科技的很多东西，但美国没有办法想象万古。美国压根儿没有万古，整个国家的历史才几百年。中国的诗歌写作，情况不一样。怎么才能呈现那种诗歌写作意义上的大国写作，如果最好的诗人也不关心和追问，那就真的没有了。小诗、小情趣是可以的，但是能不能有更大的抱负，用更久远的历史眼光来看待诗歌？是不是另外有一个写作的坐标？"在中国诗人的"大国写作"与"万古愁"这一点上，加里·斯奈德也认为绝大多数美国人是不习惯去思考"故乡"这一问题的。而批评甚至否定长诗写作的也大有人在，比如沈浩波，"今天回头看，那些在上世纪80年代曾经被视为诗歌现象的史诗式长诗、组诗写作已经很少再能被人提及和想起，在事实上已经被宣判为无效。为什么北岛的《白日梦》至今有效？为什么欧阳江河的《悬棺》和海子的若干长诗、诗剧已经无效了？因为前者建立在基本的现代主义深度意象派诗歌的内在规律基础上。而上世纪80年代更多的长诗、组诗写作者则将诗歌建立在文化野心、抒情野心、史诗野心的谵妄心态上，梦想成为时代的代言人，梦想用诗歌来让自己成为文化英雄。上世纪80年代如此，上世纪90年代也是如此。"① 一首诗的意义最终还是要放在整体历史序列尤其是文本生成的情境之下来厘定。也许具体到个人，其文本有不同的缺点，但是有时候一个文本的意义是历史话语和美学话语合力的结果。比如欧阳江河，从八十年代开始在不同的历史阶段，无论是体制时代、市场经济时代，还是到了 CBD 的消费时代，欧阳江河都

---

① 霍俊明、沈浩波、颜炼军、王士强：《当代"长诗"——现象、幻觉、可能性及危机》，《扬子江诗刊》2018 年第 1 期。

会拿出比较具有代表性的长诗文本，比如《悬棺》《快餐馆》《玻璃工厂》《咖啡馆》《关于市场经济的虚构笔记》《傍晚穿过广场》《泰姬陵之泪》《黄山谷的豹》以及《凤凰》《看敬亭山的 21 种方式》《四环笔记》《老男孩之歌》《祖柯蒂之秋》《自媒体时代的诗语碎片》等等。这些文本对于考察那个时代同样具有社会学意义上的价值，尽管从诗歌内部的构成和机制以及某种写作惯性来看其中会存在着问题，正如敬文东评价欧阳江河的一个概括，从"唯一之词"到"任意之词"。

长诗的写作实践以及相应的讨论与研究，首先有一个界定标准的问题。即多长才算长诗，是几百行还是千行以上？其实不一定有一个极其严格的标准，包括小长诗以及一些篇幅较大的组诗也可在讨论范围。翟永明从八十年代开始，除了极个别的那几首长诗之外——包括近年完成的《随黄公望游富春山》，她的诗歌基本上都是主题性的组诗。翟永明自己说，她比较擅长这种方式，更能够代表自己的写作路向。

长诗从其文本规定性比如长度来说一直是模糊不清的，显然长诗不是拉面似的为物理意义上长度和体积的增大，而是扩展、增容甚至裂变运动。仅仅理解到长诗的量的扩张而忽视了长诗的内在结构和质地无异于舍本逐末。这是常识，"何谓长诗？长就是扩展的意思。在短诗中，为了维护一致性而牺牲了变化；在长诗中，变化获得了充分的发挥，同时又不断破坏整体性。"（帕斯）八十年代以来，长诗写作已经成为热潮，但是对于这一特殊的诗歌样式无论是在文体认识还是具体实践操作都充满了诸多龃龉。对于长诗于坚有自己的看法，"实际上，'长诗'并不存在。所谓长诗，只是在某个大主题下的短诗的集合体。我的长诗是由片段组成的，并不像长篇小说一样要有一个完整的叙事结构。长诗的内在结构并非叙事性的。它内在的我们叫作'长'的那个东西，是一种力量推进的质感的东西，是不断在空间上的推进，不是行数的问题，或者框架的问题。它的力所构成的长度，就像你敲一个很大很厚的钟，'咚——'的一下，它的声音相当绵长，响很久都不停止，这个就叫作'长'。"① 而就我的观感，当下很多长诗只是徒有其表，而更接近于一首首诗的拼贴，而没有任何架构可言。而写作长诗的人却大有人在，且存在着写作"野心"甚至"幻觉"的写作者也不在少数。长诗确实有它复杂性的一面，而从阅读效果上而言有的长诗干脆就是故意拒绝阅读的。这样的诗是写给谁看的？只是给自己看，给几个评论家看？或者虚妄地留给所谓未来读者吗？比如肖开愚的《内地研究》。这首长诗最初是以电子版的形式在极少的几个朋友间传阅，后来出了单行本。这里面有一个写作态度或者真诚的问题，诗歌不是伪造之物，更非神经兮兮的绝对秘密。这首仍然被偷偷传阅的诗在新媒体和自媒体时代是不可思议的，这一秘密读物有多么神秘吗？在我看未必。《内地研究》主要选取了三个省份，涉及到民生问题、社会矛盾、土地污染、生态状况等。这是一种嫁接式的写作，语言文白驳杂又极其晦涩，比如各种领域的陌生词语的强行焊接。

关于长诗早在三四十年代就有争论且分歧很大，比如当时有的观点认为其时已经不再是写作叙事长诗的时代了，因为叙事的功能已经让位给了现代小说。而朱自清则认为其时是一个极易产生现代史诗的时代。而从胡适那一代人开始直到三四十年代出现了很多长诗，其中大体以叙事长诗为主。而四十到七十年代，长诗写作尤其是政治抒情长诗（甚至包括所谓的"诗报告"）和民歌体的叙事诗一定程度上承担了强大的社会功能，比如救亡、革命和政治教化主题。当然像郭小川那一时期的长篇叙事诗《一个和八个》《白雪的赞歌》《深深的山谷》在那个时代具有复杂性，是多重声音的混杂，甚至有个人的分裂感的声音出现。而郭小川在当时受到批判就是因为他游离了时代主流规范的个人的知识分子声音。到了"文革"时期，包括一部分"地下"诗人的写作就已经出现了一些长诗萌芽和

---

① 于坚：《为世界文身》，陕西人民教育出版社 2015 年版，第 177 页。

写作实践，比如食指、根子、多多的长诗。而从八十年代初期到中期有一个写作长诗的热潮，这也是对那个特殊时代诗人所做出一种应激反应。平心而论，很多诗人和评论家缺乏对这些长诗深入考察的能力和耐心，尤其是一些体量巨大的长诗使得专业阅读者望而却步。以往的长诗大体有一个整体性的结构，比如神话原型、英雄传奇、宗教故事、民族史诗、救世主的当代翻版、家国叙事等等（比如但丁的《神曲》、里尔克的《杜伊诺哀歌》、艾略特的《荒原》）。但是随着近年来诗歌和文化整体性结构的弱化，取而代之的是一个个即感的碎片，长诗写作面对着相应的挑战甚至危机。也就是说，如果没有了一个整体性结构的话，那么长诗该通过什么来完成？是继续通过故事、神话、英雄、宗教、原型，还是通过精神主体的乌托邦或者反乌托邦的日常话语？

无论是文学史叙述还是综合性研究，长诗在一定程度上还是会占据很大的话语权。而不同时期写作者的心态、写作策略和某种更为直接的企图都会发生很大的变化。或者说，每一个时代的写作者所面对的具体现实问题和写作问题会有所差异。值得注意的倒是诗歌中的"宏大象征物"以及空间结构的变化，比如公共空间、私人空间以及介于公共和私人之间的过渡性空间。包括沈浩波，他写长诗《蝴蝶》的契机是一次偶然在洗手间看到了一幅关于蝴蝶的标本。这是一个刺激物，也是宏大或历史性的象征物，只不过在当下体现得更为日常化。很多诗人以及评论家对长诗所使用的标准以及背后的传统机制并不是中国本土的，而是更多来自于西方，比如里尔克、但丁、庞德、艾略特等等。这是一种不对等的、失衡的写作心理焦虑，也是汉语长期缺乏自信的一个显影（实际上从古至今汉语诗歌一直比较缺乏"史诗"的传统，尽管很多民族存在着口传意义上的英雄史诗和民族创世史诗），更多的人太过于依赖西方中心主义的"史诗"幻觉。仿写、复写成了一种习惯。他们的诗歌里面仍然有一个假想或依托的中心，其中最突出的现象就是"引文""注释"写作，即引用大量的西方经典名句，这些互文的声调穿插在每一代诗的文本里面。这可能是一种致敬或者对话，但是很多诗人仍然没有通过原创力建立足够的自信来面对汉语和长诗。

中西不对等的诗人关系——隐喻层面的"西游记"，却有极富意味的"反常"例子。比如众所周知的埃兹拉·庞德融合中国儒家经典以及古诗词文化的《比萨诗章》；再比如美国诗人加里·斯奈德（1930～）居然用四十年时间创作完成了长诗《山河无尽》，而他却是在宋朝山水卷轴画作的启发下使用了一种西方从来没有过的东方化结构方式。斯奈德以一条贯穿美国的公路，由南向北卷轴一样慢慢打开了人生的斑驳光景和关于美国的个人化的历史想象力。尽管这种方式在西川和翟永明的诗作里有着类似的对应，但就诗人与传统的个人创造性转化和再造而言，加里·斯奈德给我们的汉语诗人好好上了一课。这一极其个人化的文本尽管开篇引用的是东方宗教和中国诗人的诗句，里面也有大量穿插的"引文"，但是整体上充分展示了一个诗人的创造性。2016年逝世的马新朝在几年前的长诗《幻河》中也采用了类似的结构方式，甚至诗集的装帧设计也是中国传统册页形式。

世纪末的阴影同样笼罩着中国诗坛。即使"盘峰论战"伤害了很多诗人之间的感情，甚至有的至今仍水火不容、形同陌路，但是具体到某一标志性的诗歌文本，比如于坚在九十年代那首代表性长诗《0档案》（这首诗最早是1989年12月于坚开始写在纸上的一些片段，到了1991年，"有一天我翻开那张纸，那份物品清单，我忽然知道这个可以指向一个什么东西，我就如噩梦般地写起来"），还是能够征得认可的——尽管这一文本的阅读差异时至今日仍存在。例如，张清华在与唐晓渡的对话中就认为《0档案》是一个观念性写作的案例，"我觉得阅读一段就够了，它的观念意义已经被呈现出来了，它的'长度'是靠量的平行增加来实现的。"① 显然，于

① 张清华、唐晓渡：《当代先锋诗：薪火和沧桑》，《当代先锋诗30年：谱系与典藏（1979—2009）》2012年版，第15页。

坚绝对不会认同张清华指认的《0 档案》是一部观念性作品。这种特殊、怪异的诗歌形式和极其细碎、并置、频繁断裂的高密度的语言方式按照于坚的说法并非什么创新或故作如此，"其实在很多部分，它只是重复最基本的古代形式而已，例如枯藤老树昏鸦那样的组合，这种组合造成一个意境、一个噩梦般的场。"①

《0 档案》完成于 1992 年（3 月—5 月），在这一年西川完成了长诗《致敬》，二者都具有极其特殊的超文体性，都溢出了一般意义上对诗歌的理解，甚至西川直接把自己的笔记搬进了诗中。西川的《致敬》也同样引起了文体学意义上的争议，文体上或许更接近于波德莱尔所提到的"诗散文"。显然《0 档案》《致敬》都是一个极具综合能力的现象级的超级文本，逸出了 1990 年代所理解的惯常意义上的诗歌观念，"从先锋诗歌内部，《致敬》和《0 档案》都堪称里程碑式的作品，也都被奉为经典，尽管关于《0 档案》的争议持续至今。这两个作品的发表时表明，国内外读者倾向于将之归类为诗歌。"②

按照于坚的说法，《0 档案》的整个写作过程非常痛苦、纠结。这是着了魔的写作，而整个过程甚至更像是一场噩梦。于坚自己对于这首诗的把握、定位也反复不定，"我几次想把它烧掉，心情大起大落，毫无把握，一时觉得它是不朽的东西，一时又觉得它是一堆语言垃圾。"③

1994 年《0 档案》发表于《大家》第一期（创刊号，双月刊）。这首长诗在《大家》杂志的发表经过还颇具戏剧性，"今年 4 月，云南一个新创办的大型文学刊物的编辑韩旭知道我写了这首长诗，执意要在创刊号上发出，我要求：第一，长诗必须放在头条位置发

---

① 于坚：《为世界文身》，陕西人民教育出版社 2015 年版，第 189 页。

② ［荷兰］柯雷：《精神与金钱时代的中国诗歌》，张晓红译，北京大学出版社 2017 年版，第 176 页。

③ 于坚：《于坚诗学随笔》，陕西师范大学出版社有限公司 2010 年版，第 150 页。

表。第二，稿酬要高一些。该刊答应了我的要求，稿酬定为八元一行。过了约四个月，该刊又提出，为了照顾读者对小说的兴趣，将诗放在第二条位置。我作了让步，同意在目录上长诗头条刊出，正文则登在一个长篇小说之后。1993年12月8日，长诗已三校完毕，该刊忽然又决定不发表这首长诗了。其理由是这首长诗如发表会引起麻烦，危及该刊的诞生。几天后，主编又找到我，建议修改诗中的几行，我同意并进行了四处修改。"① 于坚所提到的同期那部长篇小说是苏童的《紫檀木球》。今天看来，《大家》的主编和编辑当时的担心并不是多余的，《0档案》发表后备受争议，"包括台湾在内的全国范围的攻击持续了10年之久。国家文学史在描述我的写作历史的时候总是对这个作品保持沉默或者轻描淡写。"② 从阅读和评价的效果史来看，《0档案》不可能是风平浪静的，而恰恰是掀起了巨大的波澜甚至风暴，因为它对阅读方式和评价方法都在当时提出了巨大的挑战。

在《0档案》公开发表的这一年，北京独立导演牟森将《0档案》改编成了舞台剧，并于1995年5月8日在比利时公演。舞台版本增加了了吴文光的自述、切割机切断钢筋然后焊接、林立的钢筋、老式录音机、婴儿心脏手术短片、鼓风机铰碎苹果等场景。

该长诗以"语法模拟"（奚密语）的"档案"为中心分九个部分展开：档案室、卷一·出生史、卷二·成长史、卷三·恋爱史（青春期）、卷三·正文（恋爱期）、卷四·日常生活、卷五·表格、卷末（此页无正文）、附一·档案制作与存放。从《0档案》这首长诗的场景、空间、对应物、结构、语言、陈述等组成的场域来看，确实某种程度上构成了类似于福柯所指涉的"陈述和档案"的关系：

---

① 于坚：《答〈他们〉问》，《于坚诗学随笔》，陕西师范大学出版总社有限公司2010年版，第150—151页。

② 于坚：《答朱柏琳女士问》，《于坚诗学随笔》，陕西师范大学出版总社有限公司2010年版，第195页。

"这个参照不是由'事物''事实''现实性'或者'存在'构成，而是由那些被确定、被确指或者被描述的对象，那些被肯定或被否定的关系的可能性和存在的规律所构成的。陈述的参照系构成了地点、条件、出现的范围，构成了个体或对象化的要求，事物的状态和被描述本身涉及的关系。"[1]

"档案"成为每一个中国人最为重要的一个日常、个人的生活经历、工作履历、家庭情况和政治表现的一个特殊社会文本。甚至有时候这一文本超出了个人的日常范畴，而成为被书写时代的晴雨表。档案化的现实制度以及生活、思想、工作的密不透风的管理结构，都如长诗第一部分所揭开的那间档案室，成为类似于卡夫卡的"城堡"。任何人都像那个 K 一样在无形的栅栏、监狱中被提前规范了每一步的走向——

    建筑物的五楼　锁和锁后面　密室里　他的那一份
    装在文件袋里　它作为一个人的证据　隔着他本人两层楼
    他在二楼上班　那一袋　距离他50米过道　30级台阶
    与众不同的房间　6面钢筋水泥灌注　3道门　没有窗子
    1盏日光灯　4个红色消防瓶　200平方米　一千多把锁
    明锁　暗锁　抽屉锁　最大的一把是"永固牌"　挂在外面
    上楼　往左　上楼　往右　再往左　再向右　开锁开锁
    通过一个密码　最终打入内部　档案柜靠着档案柜这个在那个旁边

---

[1] ［法］米歇尔·福柯:《知识考古学》，谢强、马月译，生活·读书·新知三联书店2003年版，第99页。

那个在这个高上　这个在那个底下　那个在这个前面
这个在那个后面

8 排 64 行　分装着一吨多道林纸　黑字　曲别针和胶水

他那 30 年　1800 个抽屉中的一袋　被一把钥匙　掌
握着

并不算太厚　此人正年轻　只有 50 多页　4 万余字

外加　十多个公章　七八张相片　一些手印　净重
1000 克

先来看看《0 档案》不同于一般诗歌的话语方式和语言特征，甚至在很大程度上被批评为是非诗和反诗的。最刺眼的无疑是于坚特有风格的断句和分行方式，"《0 档案》的分行以及行内用空格分隔出短句，形式上是诗歌，但节奏松散，分段也仿照散文体""的确有断行，但每行都是等了许久才真正'断'掉，因此就出现了这样的矛盾：一方面，诗行的持续是作者刻意为之，另一方面，诗行好像又无法忍受这样的排版方式""没有逗号或句号之类的常规标点符号，句读都是用空格标识，这也是另外一个有可能吸引读者眼球的地方。该文本因而展露了对常规断行做法的双重不满：一边超过了每行的'正常'长度，另一边又通过使用行内短语以及短语之间的停顿，解构了'行'的概念"，进而"凸显了诗歌与散文的差别，也凸显了这种差别的复杂性。"[1]

该长诗完全以当时看来"反诗歌""反语言"（有的批评其是"一个巨大的语言肿瘤""一堆语言垃圾"；张柠则指认为"词语集中营"，"当代汉语词汇的清仓'订货会'"——在那个汉语词汇集中的营地里，充满了拥挤、碰撞、混乱、方言、粗口、格言、警句、争斗、检查、阴谋、高密、审讯、吵闹、暴力、酷刑，死亡的活

<hr>

[1] ［荷兰］柯雷：《精神与金钱时代的中国诗歌》，张晓红译，北京大学出版社 2017 年版，第 186 页。

力，杂乱的丰富，等等，一切不和谐的因素）的方式成为当代长诗写作的高峰之一，"这首长诗正是以极端个人的方法来写一个极端非个人——或者说'去个人化'的经验，以最个人的方式来揭露、讽刺最贫乏空洞的存在。"①

鉴定：

尊敬老师　关心同学　反对个人主义　不迟到

遵守纪律　热爱劳动　不早退　不讲脏活　不调戏妇女

不说谎　灭四害　讲卫生　不拿群众一针一线　积极肯干

讲文明　心灵美　仪表美　修指甲　喊叔叔　叫阿姨

扶爷爷　挽奶奶　上课把手背在后面　积极要求上进

专心听讲　认真做笔记　生动活泼　谦虚谨慎　任劳任怨

思想汇报：

他想喊反动口号　他想违法乱纪　他想丧心病狂　他想堕落

他想强奸　他想裸体　他想杀掉一批人　他想抢银行

他想当大富翁　大地主　大资本家　想当国王　总统

他想花天酒地　荒淫无度　独霸一方　作威作福　骑在人民头上

他想投降　他想叛变　他想自首　他想变节　他想反戈一击

他想暴乱　频繁活动　骚动　造反　推翻一个阶级

一组隐藏在阴暗思想中的动词：

---

① 奚密：《诗与戏剧的互动：于坚〈0档案〉的探微》，《诗探索》1998年第3辑。

砸烂　勃起　插入　收拾　陷害　诬告　落井下石

干　搞　整　声嘶力竭　捣毁　揭发

打倒　枪决　踏上一只铁脚　冲啊　上啊

……

（《0 档案》）

从"极端"的语言方式考察，与长诗《0 档案》类似的是于坚的另一首诗《兵马俑博物馆》。这首诗主要分为两个结构，前半部分不断罗列历史和现实中的人物鱼贯进入秦始皇陵兵马俑博物馆，甚至里面还夹杂着当下的诗人和诗评家，很有些戏剧性的意味：于坚、吴文健（伊沙）、唐欣、中岛、何锐、吴思敬、李岩、杨克、沈奇等。在游人包括作家、诗人的喧嚣中，于坚在这首诗的下半部分设置了无边无际的沉默，并且与内容相应设置了极端化的"行为艺术"式的语言形式，但是却达到了不可复制的"一次性"的震撼效果——

那些秦俑闭着嘴　目不斜视

沉默着

三万大军　没有一块舌头

沉默者　沉默着沉默着　沉默着

沉默者　沉默着沉默着　沉默着

沉默者　沉默着沉默着　沉默着

沉默者　沉默着沉默着　沉默着

沉默者　沉默着沉默着　沉默着

沉默者　沉默着沉默着　沉默着

沉默者　沉默着沉默着　沉默着

沉默者　沉默着沉默着　沉默着

沉默者　沉默着沉默着　沉默着

沉默者　沉默着沉默着　沉默着

沉默者　　沉默着沉默着　　沉默着

沉默者　　沉默着沉默着　　沉默着

沉默者　　沉默着沉默着　　沉默着

沉默者　　沉默着沉默着　　沉默着

我们张口结舌

解散

　　不断排列延伸的沉默者和沉默，在词语和视觉形象上达成了共振。

　　由《0 档案》这首诗可以推而广之，于坚的很多诗歌似乎都具有某种与传统关联的"古典性"。比如《便条集》，其实也是中国古代诗歌传统的变形再现，即诗人的写作姿态问题，"中国古代的诗歌，不是为了诗坛和诗歌刊物而写的，根本就没有那种东西。诗就有便条的意思。像那个李贺，腰上挂着一筒宣纸，一路就唰唰唰地写，然后丢在诗筒里，回家去再组合起来，或者在路上给某人看看，大家一齐说好，就传开了。"[①] 于坚的言外之意是一个诗人不要为刊物写作、为编辑写作、为评奖写作，也不是为什么大众或者少数人写作，而应该是为自己、为人生、为现场、为生活的自主写作，为那些能够真正读懂诗歌和热爱诗歌的人写作。从写作姿态和目的出发，1995 年的时候，韩东说过与于坚类似的话，对期刊体制和发表生态的极力不满，"诗仍然在写，并自觉成绩显著，但除了在自办的交流资料《他们》发表一下便无所作为了。我无更多的时间与刊物及社团周旋，关键在于它们无一有相当的权威性，的确是令人沮丧的。偌大的中国竟没有一个大家公认可靠的诗歌发表园地，不能不说是一件坏事。"[②]

---

① 于坚：《为世界文身》，陕西人民教育出版社 2015 年版，第 190 页。

② 韩东：《"诗九首"编后》，《韩东散文》，中国广播电视出版社 1998 年版，第 150 页。

于坚倒是早在写作《0档案》这首长诗之初就做好了不被人读懂和理解的心理准备，因为他对于长期以来养成的阅读习惯已经看得很清楚了，"许多人说他们看不懂我的《0档案》。我发现我生活在这样一个时代，你说得越清楚、越明白，人们反而越不明白。这是什么意思，我试图说得没有什么意思，就是能指。但人们的困惑和误读反而由于我的明白加深了""《0档案》是创新么，不，我仅仅是用我的口气模拟已有的某种话语，并乘机戏弄了它。《0档案》不是对文体的探索，而是对存在的澄明。是存在的状况启示我创造了那种形式。"[1] 另一方面，这首长诗不容易被读者接受的原因还在于文本自身的复杂性和多向度，"你可以说是对中国'文化大革命'时期社会现实的表现，也可以说是某个叫作0的小人物的个人史，那个时代，个人史就是档案，就是公共历史。但它不完全是这些，它表达了人性、历史、意识形态的东西，也暗示了语言的虚无，语言和人到底是什么关系，它为什么可以控制我们。基础的部分可以是很日常的，自然或现实的一个现象，但它所抵达的那个地方，是一个模糊的幽暗地带，所谓意义丛生的沼泽地，而荒谬的是，它是通过突出能指而达到的。"[2]

而九十年代于坚完成的一系列的长诗《0档案》《飞行》《事件系列》，均体现了他作为一个诗人、思想者和"自觉知识分子"的写作态度和立场，"我当然是标准的知识分子，伯林说的那种意义上的，但这从来不是我的立场，我的立场是诗人的立场。"[3] 于坚一直强调首先是一个诗人，然后才是其他，比如知识分子等。这显然是针对着程光炜的说法，"（九十年代）写作要求写作者首先是一个具有独立见解和立场的知识分子，其次才是一个诗人。"于坚

① 于坚：《棕皮手记》，《于坚思想随笔》，陕西师范大学出版总社有限公司2010年版，第237页。
② 于坚：《为世界文身》，陕西人民教育出版社2015年版，第188—189页。
③ 于坚：《为世界文身》，陕西人民教育出版社2015年版，第185页。

所认同的伯林正是自由主义知识分子以赛亚·伯林（Isaiah Berlin 1909～1997）。伯林曾在1945、1956和1988三次出访苏联，实地考察了社会主义时期知识分子的生存命运和现实境遇，比如审查制度、高压文化、官方意识形态的管控、地下写作和独立出版现状等。帕斯捷尔纳克和阿赫玛托娃还给伯林提供了一些重要资料和信息，值得注意的是伯林本人还有一个特殊身份就是俄国侨民。以赛亚·伯林所始终强调的知识分子的自由精神影响了一大批八九十年代的中国诗人，包括于坚。这在《0档案》的阅读效果史和评价史当中可以得到印证，任何花样翻新的解读最终都会注意（凝聚）到这首长诗的"历史学""社会学"意义上公共话语那一部分，"我们对《0档案》的解读不仅仅基于这一段中国史，因为人类社会中，档案的威力无时无处不在。系统性是个体风格的敌人；档案已把一个人的生活记录在案，把他缩减为某个数字的方式来'损害'他""《0档案》关注的是公共话语和个人话语两部兼容的问题"①。从这点来看，尤其是域外读者和评论家，他们更为在意的反倒是于坚的独立知识分子形象。

说到于坚的长诗写作，我想提一下诗歌界谈论得相对较少的《飞碟》和《关于"彼岸"的一回汉语词性讨论》（诗剧）。

长诗《飞碟》（1985年2月—1986年1月）仍是通过云南特有的空间"怒江"来抒写于坚的个人生活以及现实的历史化，诗人有意放置于结尾处的"怒江，中国西南部的一条大河／发源于唐古拉山脉西坡／上游藏语叫作'那曲'／就是黑水河的意思／在缅甸境内它叫萨尔温江／怒江全长三千二百公里／流经云贵高原　掸邦高原／在毛淡棉附近进入安达曼海／怒江是一种图腾／一种宗教"显然成了一个巨大的反讽，因为这样的自然神性的时代以及时间图腾都已经残酷地终结了。于坚不得不在长诗中通过每一节的第一句

① ［荷兰］柯雷：《精神与金钱时代的中国诗歌》，张晓红译，北京大学出版社2017年版，第189—190页。

"怒江日夜流淌"的高密度的重复（高达二十次）呼应内心的吁求与不可挽回的悲剧性现实之间的巨大矛盾。也许，一个时代连扮演小丑的人都不得不流下眼泪。《山海经》和《水经注》的时代结束了，一切空间都发生了近乎天翻地覆的变化。怒江，只有放置在历史和现实中对话才具有意义，通过对比、反差凸显出来的精神势能和思想重量更具有启示性，"我知道有一只手／日日夜夜弹奏着怒江之弦／那是谁的手　孩子还是上帝／我不知道　在那声音中／我看见高原不再是冷漠的自然界／仿佛获得了人性"。曾经"日夜流淌"的怒江看似是不会改变，然而一切都改变了，"你永远记得某年的一天／城市里长得过高的梧桐树／都被锯掉了"。这不仅是诗人的日常生活和"各种命运相互纠缠"，更包括一个国家的历史和社会巨变。于坚把它们都置于"怒江"的大熔炉中搅拌、消化然后再端举出来让你再次去凝视一段历史以及活生生的黑沉沉的当下——发臭的水沟、大商场、吉他唱着黄歌、同志们朗诵《人民日报》、拖拉机在黎明进城、病历手册、书店里卖着避孕套、医院的玫瑰、《读者文摘》、《保尔·柯察金》、肝炎患者、红卫兵、黑色的炼油厂。生活的杂乱和现实的杂乱是同时进行的，没有诗意的现实与怒江日夜流淌之间形成了张力。如果说这个世界存在着永恒之物的话，那么诗人必须予以关注的生活和现实都将是短暂的，那么短暂的一刻诗人的责任就是在凝视和发现中使之提升为"诗性"或"反诗性"。1998 年在苍山洱海间诗人看到了这一幕："一边是灰蒙蒙的苍山，另一边是烟雨迷茫的洱海，中间是把大地撕开成两半的水泥公路，飞驰中，我忽然看见田野里出现了一群废弃的汽车。犹如某个现代派画家的调色板，雨水给它们打上了清光漆，非常醒目。退回去，我冒着雨开始拍照片，我喜欢被新世界抛弃的那种落后的美。"被新世界抛弃的东西在诗人和艺术家这里得到再次的擦亮。另一个最具说服力的例子就是徐冰的装置艺术"凤凰"以及诗人欧阳江河的长诗《凤凰》。他们起码做到了一种历史和现实还原的工作，他们注意到的正是被新时代废弃的旧物，一个时代华丽的形象竟然是以旧时间的废弃物和遗留物为结构和代价的。

诗剧《关于"彼岸"的一回汉语词性讨论》直接动因来自1993年6月导演牟森在北京电影学院准备将高行健的《彼岸》作为学生的汇报演出，于坚在北京的某处招待所夜以继日赶写出这个与《彼岸》呼应的平行剧本。这部诗剧几乎在"词性"的反复阐释和拉抻中穷尽了一个诗人对"彼岸生活"的理解，又几乎没有给出任何诗意的答案，反而是不断否定、不断颠覆、不断消解了"彼岸"和"另一种生活"，"世俗的眼睛是看不见它的。那么闭上眼睛，有感觉了吗？没感觉。它是干的吗？它不是干的。它是潮湿的吗？它不潮湿。它柔软吗？不，没这种感觉。它是坚硬的吗？不，它不是坚硬的。摸摸看，这是什么。"这出诗剧看起来是两个角色或两个声音的问答，实际上是一个人的精神独白，不断地诘问、龃龉、矛盾甚至分裂、拆解。这个否定性的声音在八九十年代中国的先锋戏剧和实验小剧场中并不鲜见。"彼岸"成为一个年代知识分子的心理结构，无论是不断建构还是不断拆解。这一结构都必然牵涉到了社会、历史以及个人理解的方方面面，同样需要一个近乎虚无的"胃"来消化情感、经验、理智以及个人化的历史想象力。诗剧《关于"彼岸"的一回汉语词性讨论》的精神内质和写作思路延续到了另一首长诗《事件溶洞之旅》（1995）中。后来，于坚在《山洞记》（1998）中对《事件溶洞之旅》进行了一些补充和说明，"我的故乡云南和别的地方不同的一点是，在这片高原之上，喀斯特地貌特别发达，所以山洞也特别多，在云南，亲历过山洞探险的人不在少数。"[1] 在长诗《事件溶洞之旅》中于坚借助导游和诗人的双重身份，在昆明的黑暗潮湿的溶洞中完成了看似日常而实质抵达了精神现实的特殊旅行。其间夹杂的是毫不相干的不和谐的声音。这仍

---

① 于坚：《山洞记》，《于坚大地随笔》，陕西师范大学出版总社有限公司2010年版，第179页。

然是一首内省的诗，一首关乎内部与外部、个人与整体、灵魂与表现、呈现与遮蔽的多重结构的诗。这是一个诗人绝不轻松的疑问，又没有得到任何回声。也就是说，云南高原并不是精神的彼岸和远方，而就是个人和日常生活本身，这就是原在，这就是常识。那么在这个意义上，于坚的高原又与其他人仰望天空一样的视角区别开来。

接下来，谈《0 档案》。

这首长诗面世之后，诗歌界形成了两种反应。一种是沉默无语，另一种是不满、不解、愤怒。而二者实际上都是基于同一个阅读心理和惯性机制，从而从反面印证了这首长诗具有的不同以往的实验性甚至革命性特征。

沈浩波则认为"上世纪 80 年代更多的长诗、组诗写作者则将诗歌建立在文化野心、抒情野心、史诗野心的谵妄心态上，梦想成为时代的代言人，梦想用诗歌来让自己成为文化英雄。上世纪 80 年代如此，上世纪 90 年代也是如此。上世纪 90 年代最有名的一首长诗是于坚的《0 档案》，从语言和文本成熟度来讲，《0 档案》远比上世纪 80 年代那些文化史诗要高明。但我们也要看到，《0 档案》以及于坚在上世纪 90 年代大规模书写的主题性诗歌《事件》系列，其实是在反方向试图用诗歌来实现自己的文化野心，是用诗歌来图解自己所理解的后现代主义文化概念，也是一种为了当代言人而写作的模式。因此其文本的有效性同样经不起时间的考验。中国诗人总是有这种恨不得一夜之间用一首诗就把自己在文学史中的地位戳牢的那种既可笑又可怜的急功近利。总想玩一把大的，玩一把狠的，毕其功于一役，一把搞定。当代以来的诸多史诗和长诗都是建立在这种心态基础上"[①]。

尽管于坚对《0 档案》的阅读命运不无忧虑，但是 1994 年 12

---

① 霍俊明、沈浩波、颜炼军、王士强：《当代"长诗"——现象、幻觉、可能性及危机》，《扬子江诗刊》2018 年第 1 期。

月15日在参加北京大学中文系组织的《0档案》研讨会上，于坚又是迫切希望被认可，"我以为作为一个中国诗人，在这样一个时代，最荣耀的莫过于在北大这样的地方讨论他的作品。"[①] 但是，即使是在那个年代的北大，于坚的被认可仍然是有限度的、少数人的（在当时的北大研讨会上陈旭光高度评价了于坚这首长诗，认为是逆潮流而动的具有真正的先锋精神），阅读惯性带来的是批评的滞后性和狭隘。甚至具体到这首长诗《0档案》，那些批评多为负面意见和不认可的态度，还有的更为激烈指责整首长诗就是一堆毫无意义的语言垃圾。谢冕当时高度评价了于坚的诗学意义、语言态度以及在《0档案》中体现出来某种极致性写作实验的重要性，"于坚和他的《0档案》的价值在于它所显示出来的人的语言存在的特殊困境，比同时代的作家和诗人要涵括得多得多……通过各种词语的有意味的拼凑和堆积到达一种高度，他堆积的是一个非常宏伟和有深度的东西，震撼人的东西……诗人必须直面相对自己所面对的大地和天空，面对自己和内心世界。于坚是这样做的，和那些游戏式的诗人不一样，和那些粉饰性的诗人也是不一样。"[②] 臧棣在这天的发言，尤为立场分明，甚至针锋相对，"《0档案》确实是由一个有创造力的诗人提供给我们的一首有创造性的诗，显然这种创造并非如某些论者所说的那么杰出与罕见。同时，这种创造性也正是我们要质疑的东西。如果《0档案》想创造出一种诗歌趣味，或者一种新的阅读，这都是不成问题的。让我不能接受的是它企图创造出一种新的诗歌标准，如果从这一点看，于坚和他所反感的那些诗人一样，他也没能拿出有资格的文本。"[③] 尹昌龙则认为于坚试图通过《0档

---

① 于坚：《对〈0档案〉发言》，《以个人的方式想象世界》，生活书店出版有限公司2015年版，第254页。

② 谢冕：《对〈0档案〉发言》，《以个人的方式想象世界》，生活书店出版有限公司2015年版，第255页。

③ 臧棣：《对〈0档案〉发言》，《以个人的方式想象世界》，生活书店出版有限公司2015年版，第251页。

案》这种方式来清洗现存语言的各种语义进而试图完全抹掉原来的印记也只是一种幻想。[①]

2007年冬天，在与张清华的长篇对谈《当代先锋诗：薪火和沧桑》中，唐晓渡高度肯定了《0档案》这首引起很大误解和争议的实验性长诗的精神含量和语言学价值以及于坚"个体诗学"写作的现实指涉意义，"'个体诗学'有相对的独立性，但不可能孤立地形成和发展，其中探索意向和现实的互动及其在文本中的相互指涉是关键。我们可以从这个角度来看第三代诗怎样走过来的。比如韩东和于坚，当初同属'他们'，都主张'诗到语言为止'，但九十年代后风格的差异却越来越大。《0档案》或许是一个标志性的案例。这首诗的写作动机之一可能与罗兰·巴尔特所谓的'零度写作'有关，把所有和语言无关的归零，把意识形态的因素归零，不带先入为主的审美立场进入，虽然实际上做不到，却是一个内在的努力的向度……""以词的无意义增殖喻示档案自身的繁殖过程及其统治地位，就是要这样来凸显档案制度和历史本身的荒诞""《0档案》试图为档案制度和作为个体的'人'之间的关系做一个总结，带有终结意味"。当然，唐晓渡也强调了《0档案》这一重要文本所存在的问题，正如那句话"有多少亮光就携带多少阴影"。当于坚征询唐晓渡的阅读意见时，连读了该诗三遍的唐晓渡给出的答案是"它肯定是一个重要的文本；至于它是不是一首好诗，我还没有想好""这是一个'超级文本'，其对档案制度的强烈批判和'零度写作'的要求正好相悖"[②]。

这是一首近乎"反诗"的诗，是对一般意义上诗歌规范的反动，即使是放置在整个九十年代的诗歌文化语境中（包括所谓第三代和后现代的解构、颠覆的实验性文本）这首诗不被理解也是正常

---

① 尹昌龙：《对〈0档案〉发言》，《以个人的方式想象世界》，生活书店出版有限公司2015年版，第252页。

② 唐晓渡、张清华：《对话当代先锋诗：薪火与沧桑》，《中国先锋诗30年：谱系与典藏（1979—2009）》2012年版，第15页。

的。无论是从语言方式、技巧、修辞，还是从意象、肌质乃至构架以及诗人的思想出发点，这首诗都是反诗歌、反诗性、反阅读、反体制的。而这恰恰是于坚的可贵之处，语言方式已经包含和投射了一个诗人的语言观和现实观，反抒情、去诗意、琐屑的叙述以及物象的堆积都在那个时代对读者包括专业批评家提出了很大的挑战。然而优异的重要性的文本也总会迎来它真正的读者，"长诗《0 档案》，既可视为一部深度的语言批判作品，同时也是深入具体历史语境，犀利地澄清时代生存真相的作品。诗中有不少段落，甚至是刻意地以'非诗'的、社会体制的'习语'或'关键词'的形式出现，诗人写出它们对个人生存的影响。"[1] 尤其是《0 档案》这首诗引起了巨大争议的语言方式和话语形态，陈超从内容和形式的有机体以及语言的深层机制的方面予以了精准分析，"这些故意'干涩'的诗行，反而是诗人具有丰沛的历史想象力的表征，所谓内容是完成的形式，形式是达到了目的的内容。它深刻地反思和揭示了一代人的成长史。"[2]

这一仿档案体的结构在我看来超出了当年先锋小说家的修辞和构架能力，而在看似日常和个人的坐标中完成了一个时代的内里和真相。现实的和虚构的，历史的和档案的，个人空间和社会空间，具象的与抽象的，都在戏拟和反讽中被淋漓尽致地重新估量。这再次印证了诗人应该具有卡夫卡那种贯通私人领域和公众领域的能力，"卡夫卡式既不局限于隐私领域，也不局限于公众领域；它把它们两者包容在一起。公众世界是私人世界的镜子，而私人世界又折射着公众世界。"[3]

《0 档案》是超级文本，更是现实版的寓言——比现实更现实，比真实更真实，比荒诞更荒诞，比历史更历史。在被认为"小说

---

[1] 陈超：《"反诗"与"返诗"——论于坚诗歌别样的历史意识和语言态度》，《南方文坛》2007 年第 3 期。

[2] 同上。

[3] 米兰·昆德拉：《小说的艺术》，董强译，上海译文出版社 2011 年版，第 140 页。

时代"终结的时候，是诗人站出来说话，"极权社会的真实世界与卡夫卡的'诗'之间的相遇总会保留着某种神秘的东西，它将证明，诗人的行为，从其本质上来看，是难以估量的；而且是悖论式的。"①

唐晓渡在评价《0 档案》的结构、风格和基调的时候专门提到了柏拉图的影子理论，"它密不透风的叙述基调、枯燥沉闷的风格，富于讽刺性地处理了柏拉图有关原型的'影子'理论。在柏拉图看来，作品是生活的影子，生活是理念的影子；而在《0 档案》中，档案是实体，我们的肉身存在反而是它的一个副产品，是影子。语言在行使反讽功能的同时，自身也成了反讽的对象，因为档案是用语言写成的。然而，如果没有曾经像唯物主义一样实在的档案制度作为参照，没有在这种制度下人的肉身命运作为参照，仅仅作为一个纯粹的语言事件，这个文本就不可能保持住自身的锋芒和张力。"② 当年米兰·昆德拉评价卡夫卡《城堡》以及档案制度的时候也专门提到了柏拉图的理念，"在卡夫卡的世界，档案就像是柏拉图的理念。它代表的是真正的现实，而人物的物质性存在只是投射在幻觉屏幕上的影子。事实上，土地测量员 K 和那位布拉格的工程师都只是他们档案卡片的影子；他们甚至远远达不到这点：他们只是档案中的一个错误的影子，也就是一些无权作为影子而存在的影子。"③

甚至在一些评论者看来，《0 档案》在广义的象征方面可以和艾略特的《荒原》相提并论，"我认为《0 档案》和《荒原》的另一相通之处在于，就广义的象征意义来说，《0 档案》里描绘的又何尝不是一座荒原呢？两篇长诗都讽刺批判了社会对个人生命力（包括性

①　米兰·昆德拉：《小说的艺术》，董强译，上海译文出版社 2011 年版，第 146 页。
②　唐晓渡、张清华：《当代先锋诗：薪火和沧桑》，《中国先锋诗 30 年：谱系与典藏（1979—2009）》2012 年版，第 15 页。
③　米兰·昆德拉：《小说的艺术》，董强译，上海译文出版社 2011 年版，第 127 页。

欲）的压抑和扭曲，以及长期生存在这种环境下所造成的萎缩、畸形与死亡。"[1] 有意思的是奚密比较了《0档案》和《荒原》神似性的开头："四月是残酷的一月，从枯地里 / 繁殖紫丁香，揉混 / 记忆与欲望，牵动 / 麻木的根茎以春雨" —— "在那悬浮于阳光的一日

世界的温度正适于一切活物 / 四月的正午　一种骚动的温度　一种乱伦的温度　一种 / 盛开勃起的温度"。

"盘峰诗会"：难解的冲突或一场 "误会"

历史有时是循环重复的结构，只是当事人自迷不清而已。

无论是 "重新做一个读者" "重新做一个诗人"，还是 "重新做一个批评家"，似乎都暗含了对前此写作范式和批评语境的不满与调整。

工作

在一个世纪最短的末尾

大地弹跳着

人类忙得像树间的猴子。

而我的两只手

闲置在中国的空中。

桌面和风

都是质地纯白的好纸。

我让我的意义

只发生在我的家里。

---

[1]　奚密：《诗与戏剧的互动：于坚〈0档案〉的探微》，《诗探索》1998年第3辑。

淘洗白米的时候
米浆像奶滴在我的纸上。
瓜类为新生出手指
而惊叫。
窗外，阳光带着刀伤
天堂走慢冷雪。

每天从早到晚
紧闭家门。
把太阳悬在我需要的角度
有人说，这城里
住了一个不工作的人。

关紧四壁
世界在两小片玻璃之间自燃。
沉默的蝴蝶四处翻飞
万物在不知不觉中泄露。
我预知四周最微小的风吹草动
不用眼睛。
不用手。
不用耳朵。

每天只写几个字
像刀
划开橘子细密喷涌的汁水。
让一层层蓝光
进入从未描述的世界。
没人看见我

一缕缕细密如丝的光。

我在这城里

无声地做一个诗人

（王小妮《重新做一个诗人》）

在循环往复的历史结构中，诗歌往往体现为社会运动的一面，比如第三代诗歌运动就非常具有代表性，"还有什么能比这场诗歌运动更能反映'革命'在二十世纪所具有的特殊魔力呢？开天辟地的宣言、惊世骇俗的壮举、反传统、对权威不屑一顾、密谋、串联、审时度势、唯我独尊、（在纸上）拉山头、搞飞行集会，诸如此类，举凡人们熟悉的种种革命的常规意识、方式和手段，这里大多不缺。在某种程度上，甚至可以说这场运动像是一面记忆的凹镜，容涵着形形色色的革命风云并把它们混而为一：农民起义的、城市暴动的、红卫兵的；达达主义的、'拉普'的、'波普的'，如此等等。当然，所有这些都应该被严格限制在心理学—审美范畴内，既尽可能按其本义去理解，又充分考虑到新的历史语境；换句话说，这里关于革命的'记忆的记忆'与对革命的戏拟和表演之间并没有一条不可逾越的界限。"[1] 针对八十年代先锋诗和实验诗的"青春期写作"的问题和缺陷，在九十年代欧阳江河等诗人提出了与此对应的"中年写作"，而西川则早在1987年就提出了"知识分子写作"。这一提法是要强调非意识形态化的"个人写作"和"个人诗歌的知识谱系"，当然这一提法与八九十年代社会转换、历史转变导致的生活和精神"深刻的中断"有关。这一转变仍然是建立于个人写作的有效性基础之上，而不是相反。而具体到个人写作的差异，那么每个人的"转向"并不相同。但是在1999年的那场所谓的"知识分子写作"和"民间写作"的激烈论战中——按照于坚的

---

[1] 唐晓渡：《重新做一个读者》，《唐晓渡诗学论集》，中国社会科学出版社2001年版，第99—100页。

说法这是 1949 年以来首次诗人与诗人之间的大规模争论，其中一部分人恰恰是故意混淆了"转向"与"个人写作"的差异，而是强行要求用一种写作来代替其他的写作。这是历史的一次误会，也多少是对新诗建设的一次伤害，"虽然'民间写作'与'知识分子写作'论争确实引发了人们对艺术现状的反思，但诗人和批评家的私人关系、职业关系，以及整体文艺氛围都受到了损害"[1]，"2001 年，在于坚与谢有顺合写的《真正的写作都是后退》一文发表的时候，于坚和其他论争参与者的文字逐渐充满污言秽语"[2]，"谢有顺从一种狭隘的'传记主义'（biographism）入手，假定现实与艺术之间存在着一种简单的一一对应关系，他的文学观念几乎是反创造性的。至于他的文风，可以说是上文提及的正统文学话语之回音的典型案例，自始至终既空洞沉闷又咄咄逼人""两派人员共有的另一个特点是，文章的结尾都如洪钟雷鸣"[3]。

1999 年 6 月 7 日陈超在给刘福春的信中谈到了对盘峰诗会的看法：

> "盘峰诗会"之争执，大多是低层次的问题，纯系"民间"装糊涂，结果在他们的无聊问题中说来说去，我回来后感到诗论至少被倒退十几年。兄是极明澈之人，说到底，诗有高下，由写作者决定；任何方式皆可写出好诗。想想也恼火，似我这等宽厚之人也不得不参战，并说出檄文般的话语。

---

① ［荷兰］柯雷：《精神与金钱时代的中国诗歌》，张晓红译，北京大学出版社 2017 年版，第 263 页。

② ［荷兰］柯雷：《精神与金钱时代的中国诗歌》，张晓红译，北京大学出版社 2017 年版，第 351 页。

③ ［荷兰］柯雷：《精神与金钱时代的中国诗歌》，张晓红译，北京大学出版社 2017 年版，第 372 页。

"盘峰论战"的爆发是各种因素和力量不无戏剧性搅拌在一起发生的,尤其还受到了媒体话语的利用(比如1999年8月28日《科学时报》吸引眼球的标题《北京诗人剑入鞘 外省骚客又张弓》),甚至媒体还激化了双方的矛盾,"6月中旬,《中国图书商报》委托'知识分子'阵营的程光炜和西渡为杨克的《年鉴》撰写书评,又委托'民间'作家伊沙评论唐晓渡的《年鉴》。之后,三文在同一个大标题'他们在争什么?'之下并列刊登。果不其然,三篇书评都声色俱厉。程光炜指控杨克伤害了'九十年代诗歌'的知识分子—文化精神,似乎浑然不觉自己的这一概念此前已广受非议。西渡说杨克的编辑工作马虎草率、不负责任,声称对此表示失望。伊沙虽然承认这一缺陷,但他说瑕不掩瑜,杨克的《年鉴》很有活力,相形之下,他认为唐晓渡的《年鉴》平庸无奇、毫无新意、显得拙劣。伊沙声称唐晓渡在公然质疑'外省'所编选集的合法性;三周后,唐晓渡发表了一封愤怒的致编辑的信,并在2000年底又一次就此事撰文。"① 这在一些旁观者和后来者看来是具有挑动眼球的噱头的,其时为"下半身"的诗人尹丽川写于2000年的那首《为什么不再舒服一些》就是对这场论战中"知识分子"和"民间"双方的调侃与不屑,"这不是做爱 这是按摩、写诗、洗头或洗脚 / 为什么不再舒服一些呢 嗯 再舒服一些嘛 / 再温柔一点再泼辣一点再知识分子一点再民间一点 / 为什么不再舒服一些"。

而一些当事人当时也没有明白或完全清楚这一事件的来龙去脉和因果关联。但是,从这一事件所围绕的一些焦点问题来看,倒是揭开了那一时期诗人的心理、情结甚至某种怨气,"我是在毫无思想准备的情况下,临时被卷入这场冲突中去的,当时你也在场。当时我连《岁月的遗照》都没读过,许多'猫腻'是事后才知道的。发难的人确实没有冲着我,但这并不能成为我应该置之度外的理

---

① 〔荷兰〕柯雷:《精神与金钱时代的中国诗歌》,张晓红译,北京大学出版社2017年版,第375—376页。

由。诗是公器，不应被舆论化，学术研讨会也不应成为'讨伐'的场合。说到那场论争，'地缘政治'只是一方面的原因，个人的因素同样重要，二者合成了一股；'恶气'。"①

一个具体话题的讨论和论争，必然会有一个大的文学和文化背景在无形中的影响。

在当代谈论新诗经典化问题，其难度是显而易见的。在一个连克林顿的总统就职诗都进入西方教材的今天，谈论经典化问题真的也许为时尚早。文学经典化过程相当复杂，尤其是文学经典化与当代文化语境之间的复杂关系应该引起格外注意。布鲁姆正是认识到经典化与当代文化语境之间的复杂关系，所以当他排定二十世纪经典时明显缺乏自信，甚至是有些自相矛盾。

荷兰学者佛克马于 1993 年在北京大学的学术讲演中谈到中国经典尤其是二十世纪中国文学经典的构成问题，此后《文艺报》推出韩石山等人讨论文学经典的文章，《名作欣赏》从 1992 至 1996 年发表"名作求疵"文章。与此同时各种冠以"经典"字样的新诗选本大批涌现。这些出版界和媒体的"经典化"热潮不排除世纪末的人们对经典的文化想象，更不排除市场和商业化的操作。这种策略的极端后果就是市场上大量涌现的戏说和大话经典图书热以及近来的"恶搞"现象。在世纪末的语境中不排除一些机构争相夺取经典的文化权力。1998 年由诗人朱文发起的《断裂：一份问卷和五十六份答卷》的调查报告②和 1999 年葛红兵在《芙蓉》第 6 期所发表的《为二十世纪中国文学写一份悼词》及稍后的《为二十世纪中国文学理论批评写一份悼词》则在激烈争议中使世纪末的文学经典问题愈益尖锐化。1998 年《诗刊》推出"最有印象的当代诗人"（五十名）排行榜，从而引发激烈争论。《诗选刊》2005 年第 5 期公布"诗

① 唐晓渡、张清华：《对话当代先锋诗：薪火和沧桑》，《当代先锋诗 30 年：谱系与典藏（1979—2009）》，江苏文艺出版社 2012 年版，第 26 页。
② 《北京文学》1998 年第 10 期。

选刊·搜狐网：中国首次诗歌读者普查二十世纪以来最有影响力的诗人"。而《诗坛英雄座次排行榜》《化学元素与诗人之对照》《中国 70 年代诗人英雄座次排行榜》《80 后英雄座次排行榜》等这些诗人的等级排列使人想到早年的瓶水斋主人的《乾嘉诗坛点将录》、汪辟疆的《光宣诗坛点将录》和钱仲联（梦苕庵）的《近百年诗坛点将录》。这些"游戏兴到之作"对诗人论资排辈的等级定位显示了编者的"诗歌史情结"和"江湖气"，并多少对诗歌史写作具有某种参照性和导向作用，即"足可备一代艺林掌故"。

在世纪末的经典化热潮中值得注意的是诗人的诗歌史焦虑，诗人直接参加诗歌活动、排行榜、诗歌评奖、各种名目的诗选和年鉴，提出诗歌史概念甚至直接参与新诗史写作。而隔海相望的台湾诗坛对诗人的经典化构造也同样显示出世纪末的焦虑。1999 年 3 月，台湾文建会委托《联合副刊》承办的"台湾文学经典研讨会"在"国家图书馆"举行。与此同时，台湾笔会、笠诗社等团体召开"抢救台湾文学"记者会并发表声明。随后关于经典的争论在岛内激烈展开。早在 1977 年台湾推出由张默等人编选的源成版《中国当代十大诗人选集》就是相当明确的新诗经典化。1982 年《阳光小集》举办"青年诗人心目中的十大诗人"活动。世纪初，台北教育大学台文所与《当代诗学》举行"台湾当代十大诗人"票选活动。这三次十大诗人评选活动，保持稳定地位的是痖弦、余光中、洛夫、杨牧、商禽、白荻。

同一件事情，当事人的出发点和观感却可能完全不同。于坚则从诗歌传播的角度谈到了"盘峰论战"所产生的某种积极性——

　　"盘峰论争"对我个人影响不大，因为我的写作一直都在继续，而且我思考的东西就是我说的东西，但是对其他人可能有很多坏处。对"知识分子写作"那方的真正诗人的影响其实也不大。"盘峰论争"真正的影响是为那些网络上有才华的无名诗人打开了一道光明之门。我们这一代人都在黑暗中写作，要倚靠各种刊物去发表自己的作品。"盘峰论争"以后，诗人都成了自己的主编，无论作品的好坏都直接送到读者面前，所以，改变了很多人，没有走我们走过的路。

（《为世界文身·468》）

从诗歌传播、发表和写作方式的改变来看，于坚对"盘峰论争"的反思是有道理的。难怪在"盘峰论争"如火如荼、你死我活之际登上诗坛并火速"崛起"的当时"下半身诗人"的扛旗人物沈浩波后来在一篇文章的开头这样宣告（当然主要是为"下半身"写作寻找合理图景）："盘峰论争，是上个世纪的尾声，也开启了新世纪的中国当代诗歌"，也开启了"下半身的诗歌时代"和"中国诗歌的互联网时代"（2000年左右主要是诗歌论坛BBS）[1]。

现在重新翻检当年的"盘峰论战"[2]，双方各自都火气很大，未免意气用事的成分较多。地盘意识、江湖圈子、秩序重建、清理队伍、阵营站队、二元对立，相互不满以至于有时的争论变成了争吵甚至攻讦——北京与外省、知识分子与民间、普通话和口语、体制和民间……无论是双方的谁，都避免不了有些偏激："没有与北京的批评家商量，就编了一本《1998·中国新诗年鉴》，并且居然卖了两万册，使北京的某几个新潮诗歌批评家90年代以来一直梦想的'权威'地位一夕之间忽然落空。批评家们就恼羞成怒，完全不顾自己的职业道德，激烈之时，几个批评家围攻一位诗人，私人信件和私人电话都被作为攻击诗人的手段"[3]，"这场由几个人策划

---

① 沈浩波：《新世纪以来的中国先锋诗歌》，微信公众号"磨铁读诗会"（2017-1-21）。

② 1999年4月16日至18日由《诗探索》《北京文学》、中国社会科学院文学研究所、北京作家协会联合举办的"世纪之交：中国诗歌创作态势与理论建设研讨会"，因会议地点在北京平谷的盘峰宾馆，后称之为"盘峰论战"。

③ 于坚：《真相——关于"知识分子写作"和新潮诗歌批评》，《诗探索》1999年第3期。

并挑起的'论争'，在一种权力欲望和挑衅心理的支配下，从一开始就超出了正常的文学论争范围"①，"我承认，知识使我受益，但我总不至于笨到以为有了知识就能写诗。我在《与弗莱德·华交谈一下午》那篇对话中明确表达过，我的诗歌书写未知而不是已知。于坚在他的《穿越汉语的诗歌之光》（"诗歌之光"是一个隐喻，于坚反对隐喻），一文中表达了与我的观点完全一致的观点。我要声明的是，我的表达比他的表达早好几年，所以这种说法是我的发明而不是他的发明"②，"我对前段时间有人提出的'民间立场'却持相当的怀疑态度。不仅仅是对这一观点能否有利于诗歌发展，而且也是出于对提出者自身动机的怀疑。这个看似过激的口号在我看来最终只会对诗歌和诗坛带来消极的影响。换句话说，这一概念的提出，并非出于推动汉语诗歌发展的良好愿望，而只是建立在个人功利性的目的上——而这最终同所谓'民间精神'是完全相悖的——因而它既不具有任何科学性，更不是对诗坛状况的客观总结。说好诗在民间，无疑会引起一些人的同情和共鸣，但关键在于对民间如何理解。"③臧棣的用语也同样尖锐直接，"现在，以'知识分子写作'为对象的新一轮的丑化行动出现了，虽然它听上去像一架东拼西凑的诗歌战车，在发动它的伪劣的独断论引擎。就此而言，谢有顺的《内在的诗歌真相》（《南方周末》，1999.4.2）起到的是气喘吁吁的活塞作用，而沈奇的《秋后算账》（载《1998 中国新诗年鉴》，花城版）则像是油垢斑斑的气缸。所设定的目标也显露出机械的笨拙；企图通过制造某种文学丑闻，来诋毁当代诗歌中的'知识分子写作'。"④比较有意思的是，于坚在反驳另一拨阵营的诗人和批评

---

① 王家新：《从一场濛濛细雨开始》，《中国诗歌九十年代备忘录》，人民文学出版社 2000 年版，第 2 页。

② 西川：《思考比谩骂更重要》，《北京文学》1999 年第 7 期。

③ 张曙光：《90 年代诗歌及我的诗学立场》，《中国诗歌九十年代备忘录》，人民文学出版社 2000 年版，第 5 页。

④ 臧棣：《当代诗歌中的知识分子写作》，《诗探索》1999 年第 4 期。

家的观点的时候着意强调了他们的地域身份，显然在身居外省的于坚看来这构成了一种话语政治的强烈表征，"居住在石家庄的大学教授陈超说""居住在北京市的北大博士研究生臧棣说""住在北京市的大学教授程光炜""居住在北京市的北大博士陈旭光""没有与北京的批评家商量""北京的某几个新潮诗歌批评家""占着北京的舆论优势"等等。在于坚看来，北京和非北京诗人（外省诗人）的写作权利、写作心态和阅读效果史也截然不同："以前读尼采，尼采也是多次痛骂'德国上流社会文化'。北京的诗人们那么多想当'贵族'，真是令人悲哀。你可以看看他们的小传：往往是什么'曾译为×××国到过某国云云'。这是年轻一代的心态么？真令人悲哀。才过去了几年，许多'斗士'就已经全目全非了。"① 也就是早在八十年代，于坚就对"北京"的诗人和诗评家们非常不买账了："一年将尽了，明年会怎样，许多人忧心忡忡。我们仍然是诗人。两袖清风，也就清风两袖吧。这不是一种寒酸态，乃是树立中国现代知识分子形象所必然的。现在知识分子，自信力完全丧失。人的价值需要外国人来首肯，北京一帮诗人尽是这种心态，到了这一步，现代人格才有出生的希望。"② 而从地缘政治文化中心论的角度来看，于坚确实一直把"北京""北京诗人""北京诗歌"视为是一个中心权力话语，而自己的外省和边缘位置使得他重新反思"普通话"写作，"于坚相当有意地把自己安置在遥远的最南端的城市——昆明这样一个地理上的边缘，而且他也并不像许多艺术家那样，丝毫没有表现出要向文化中心靠拢的意思。他认为自己是处在以范围广大的官方期刊所形成的诗坛的文化外围。他强调他自己以及其他民间立场派诗人的南部位置，称赞丰富的南方文化是培养独立精神的重要元素。"③

---

① 于坚 1988 年 2 月 25 日写给陈超的信。

② 于坚 1988 年 12 月 17 日写给陈超的信。

③ ［美］Jillian Shulman：《于坚：一个置身存在的诗人》，《大家》2004 年第 2 期。

这种实有的或预设、假想的"中心"与"外省"（南方与北方，体制与民间）的二元对立以及相应的写作心理和姿态的差别，张枣却道出了二者内在的复杂性——起码不是完全对立的，对抗意识、写作的焦虑和文学断裂观念对于任何一方任何一种写作来说都会在一定范围内形成伤害，"后朦胧诗人执意将其写作之地的'南方'界定成'外省'，无非是以一种命定的边缘人写者姿态来宣称对言说效益的放弃，来宣称'有何胜利可言呀／挺住就是一切'（里尔克）。越来越多的写作者认识到，地域策略的权力游戏只是对传统中一去不复返的诗歌话语权力的伤感缅怀，它只能导向对中国当代诗歌实质的误读。诗的母语既在国内又在海外；先锋，就是流亡。对手不在'北方'，'南方'亦未必是后朦胧诗的提喻：后朦胧诗人中的一些居于北京的南方籍作者如海子等，曾在诗中任性地呼唤过'北方'和它草原的荒凉（这是惟一的，最后的，抒情，《日记》），既是对朦胧诗的地域命名做形而上和神话的补充和修正，又是对后朦胧诗的'文人意识'和南方文化优越感的反叛，从而标明他的'诗就是一场大火'这一同行既可认同又未必一定认同的诗学理想。"①

当年"盘峰论战"的导火线与中国新诗的选本文化有关。

这直接关涉到当时诗人们在那个时期的诗歌话语（权），无论是双方的谁都急于总结"九十年代诗歌"，而"九十年代诗歌"显然不是一个不言自明的物理时间，而是灌注了各种观念、立场、主义、分歧的话语场。当时民间派最不满意的就是程光炜编选的《岁月的遗照》②，认为这是对整体知识分子诗人之外写作的极大忽视和侮辱。汉学家柯雷认为尽管任何选集都难免带有个人印记和编选者的主观性，但是程光炜的诗选《岁月的遗照》和序文《不知所

---

① 张枣：《朝向语言风景的危险旅行》，《今天》1996 年第 4 期。
② 《岁月的遗照》，社会科学文献出版社 1998 年版。

终的旅行》以及"九十年代诗歌"的理解则带有公然的偏见①。于是，就有了近乎针锋相对的诗歌选本《〈他们〉十年诗歌选》以及《1998 中国新诗年鉴》。邹建军认为这一诗歌年鉴是中国"第三代"诗歌的总结性选本，具有在一个新世纪即将开始之前的宣言性质，其文本价值和理论意义是不可低估的②。限于当时各自鲜明的立场，对双方选本的评价自然莫衷一是，"明明是'知识分子写作'的小圈子们的'倾向诗选'，却要盗用'90 年代'，这一点，与《〈他们〉十年诗歌选》的光明磊落相比，可谓是相形见绌。"③ 于坚还把编选新诗年鉴的情形无比温柔地写进了一首诗里（2000 年 1 月）：

> 我们在温暖的房间里
>
> 为 2001 年的中国
>
> 编一部《新诗年鉴》
>
> 外面　下着雪
>
> 冰凉的诗稿拿在我们手上
>
> 似乎也穿上了棉衣
>
> 我们的工作是把某些新鲜的汉语
>
> 永远地留下　像冰箱
>
> 模仿着冬天
>
> 一个冬天　又一个冬天
>
> 外面在下雪　雪花翻滚着
>
> 像是一棵白色的大树
>
> 被谁的手摇晃着　那些叶子呀

---

① ［荷兰］柯雷：《精神与金钱时代的中国诗歌》，张晓红译，北京大学出版社 2017 年版，第 358 页。

② 邹建军：《中国"第三代"诗歌纵横论——从杨克主编〈1998 中国新诗年鉴〉谈起》，《诗探索》1999 年第 3 辑。

③ 沈奇：《秋后算账——1998：中国诗坛备忘录》，《出版广角》1999 年第 2 期。

它们可不想　像诗歌那样赖着不走

只在世界上待了一小会儿

它们就快快乐乐地融化

(《在冬天编〈中国新诗年鉴〉》)

　　1999 年，唐晓渡编选的《现代汉诗年鉴·1998》[①] 和杨克主编的《1998 中国新诗年鉴》[②] 似乎都在为"九十年代诗歌"确立传统。具体到这两个选本（一南一北）以及之前程光炜编选的《岁月的遗照》和"盘峰论战"后王家新和孙文波编选的《中国诗歌九十年代备忘录》（王家新以笔名子岸编写了《90 年代诗歌纪事》，这篇倾向性明显的文章被对立者认为严重歪曲了九十年代诗歌的历史和真相。值得注意的一个细节是，在 1994 年的纪事部分王家新特意强调了于坚在该年九月获得了中国作协协会的庄重文文学奖，显然这一官方的奖项与于坚倡导的"民间"立场相矛盾），在诗歌选择和评价标准上显然差异巨大，它们"是两种不同文化背景下的'知识型构'"[③]。比如《岁月的遗照》，按照诗人的排序以及所选诗作的数量（张曙光 10 首，王家新 10 首，翟永明 10 首，西川 10 首，臧棣 10 首，欧阳江河 9 首，肖开愚 9 首，陈东东 9 首，孙文波 8 首，王艾 8 首，孟浪 7 首，柏桦 6 首，张枣 5 首，其中还选了这些诗人的一部分长诗和组诗，比如西川的《致敬》、陈东东的《炼狱故事》、翟永明的《道具和场景的述说》《莉莉和琼》），于坚和韩东（各选了两首，分别是韩东的《多么冷静》《美好的日子》，于坚的《啤酒瓶盖》《避雨的鸟》）显然是忽视和边缘化了，甚至程光炜在《不知所终的旅行》的长篇序言中几乎未正面提及韩东和于

---

① 编委有牛汉、唐晓渡、欧阳江河、陈超、杨炼、西川、翟永明、臧棣以及台湾的郑愁予、向明和奚密。

② 编委是韩东、于坚、杨克、温远辉、谢有顺等。

③ 程光炜：《不知所终的旅行》，《山花》1997 年第 11 期。

坚，提到了一次《他们》也是作为强调民刊《倾向》（这一民刊所涉及的诗人是欧阳江河、张曙光、王家新、陈东东、柏桦、西川、翟永明、肖开愚、孙文波、张枣、黄灿然、钟鸣、吕德安、臧棣和王艾。这些诗人都作为第一序列的重量级诗人在《岁月的遗照》中得以体现）的意义而作为比照，"《倾向》以及后来更名的《南方诗志》对《今天》《他们》《非非》艺术权威的取代，不是一般意义上的一个诗歌思潮对另一诗歌思潮的顶替，它们之间不是连续性的时间和历史的关系，而是福柯所言那种'非连续性的历史关系'。"[1] 在政治文化语境和诗歌写作转折的年代，《今天》确实起到了不容忽视的作用。钟鸣尤其强调了《今天》对第三代诗人的影响，但他认为《今天》的影响也是选择性的，自己就没有受到《今天》的影响。他认为这和《今天》上的诗歌写作在美学趣味仍然僵化有关，"《今天》的作品，单纯得仍让我感到一种固定的美学折射，还没有完全松开关节上的木螺钉。"[2] 提到诗人的"个人生活"题材的处理，程光炜则将张曙光和于坚、韩东做了比较，强调的是张曙光区别于二人的特殊之处——这显然不能让于坚和韩东接受，张曙光"在诗歌题材上与于坚、韩东经常触及的日常生活是似曾相似的，但他的处理方式却与前者截然不同。在《岁月的遗照》里，他运用了于、韩二人惯用的反讽手法，但也将后者少有的有古典怀念意味的独白纳入其中。与他们单纯的讥讽明显形成差异的是，'判断'的权力显然被放弃了，代之而来的是或喜剧或悲剧的模糊闪烁的现代人复杂的'观察'眼光"[3]。但是，这也并不意味着程光炜完全忽视于坚的诗歌意义，《岁月的遗照》这部引发"民间"诗人巨大不满的争议性的九十年代诗歌选本在书的最后设置了一个附录《推荐阅读诗集、评论集》。其中推荐阅读的诗集部分共

---

① 程光炜：《不知所终的旅行》，《山花》1997 年第 11 期。

② 钟鸣：《旁观者·第二卷》，海南出版社 1998 年版，第 702 页。

③ 程光炜：《不知所终的旅行》，《山花》1997 年第 11 期。

涉及十位诗人，除了昌耀、王家新、欧阳江河、西川、翟永明（原书此处将翟永明误为"翟家明"）、陈东东、肖开愚、海子和孙文波之外，专门提到于坚的诗集《对一只乌鸦的命名》。

当代的众多诗人以及诗歌运动几乎都与某个民刊有着密切的关系，民刊几乎也成为这些诗人作品的首发地，并进而通过其他纸媒和网络在更大范围传播。自1980年代中期尤其是上个世纪末到本世纪初，众多出版社都推出了各种诗歌年选和诗歌年鉴。而大量的名目繁多的诗歌选本又提出了诸多新诗史概念。这些概念尽管倍受争议、歧义颇多，但对当代新诗史的进程还是有一定的影响。无论是《岁月的遗照》还是《1998中国新诗年鉴》的编选者还是各自的支持者，几乎都试图站在诗歌史的高台上对这一特殊阶段的诗歌做出历史性的总结。质言之，具体到以上的诗本及其携带的选本文化，各自的内驱力却是大体一致的，即确立当代诗歌的话语谱系和写作方向的坐标。

唐晓渡——"在我们编纂本《年鉴》的同时，另一批朋友也在编纂《中国新诗年鉴·1998》。以中国之大，'诗歌人口'之多，诗歌传统之源远流长，两本《年鉴》非但不多，甚至还不够。更客观、更公正的评估来自更多的参照。"[1]

于坚——"真正的诗歌通常只能通过民间的渠道发表，二十年来，杰出的诗人无不出自民间刊物。"[2]

杨克——"尽管《1998中国新诗年鉴》作为诸多导火索之一，引发了火星四溅的'盘峰论剑'，以及后来硝烟滚滚的笔墨战，我觉得至少我本人没有理由回应，这并非要作出某种姿态和风度，唯一的原因是我是该书的主编，任何批评者其实也是一名读者，无论出于何种目的，他都有权利说三道四。心态比较松弛还基于自信，

---

[1] 唐晓渡：《现代汉诗年鉴·1998·前言》，中国文联出版社1999年版，第1页。

[2] 于坚：《穿越汉语的诗歌之光》，《1998中国新诗年鉴》，花城出版社1999年，第1页。

虽然我明白，要编出一本完美无缺的诗选几乎是不可能的，但相对来说，我有把握认为这本年鉴有益于当下诗歌建设。"[1]

程光炜——"我们心里都非常清楚，促使心境、艺术趣味乃至整个灵魂完全转变的因素绝不止于美国诗人斯蒂文斯的这一格言式的诗句，而是由于更深刻的原因。反过来说，斯蒂文斯使我们在一种茫然失措的心情中，突然意识到还有一个更为重要的东西。恰在1991年初，我与诗人王家新在湖北武当山相遇，家新拿出他刚写就不久的诗《瓦雷金诺叙事曲》《帕斯捷尔纳克》《反向》等给我看。我震惊于他这些诗作的沉痛，感觉不仅仅是他，也包括在我们这代人心灵深处所发生的惊人的变动。我预感到：八十年代结束了。抑或说，原来的知识、真理、经验，不再成为一种规定、指导，统驭诗人写作的'型构'，起码不再是一个准则。"[2]

尽管今天看来，其时各自的诗人在一些文本中已经不言自明地验证了写作自身的成色和品质，但是在"当代"的语境中诗歌很容易被伦理和道德化，甚至容易形成各自的对立以及自我中心的加剧。

无论是一场蒙蒙细雨，还是滚滚硝烟，我们希望当时的诗人为诗歌建设做出了努力和贡献，而不是相反。

多年后，于坚说出了这样一句话："盘峰会议是钻了空子，……知识分子和民间诗人都是民间的。"

---

[1] 杨克：《并非回应——关于〈1998中国新诗年鉴〉的多余的话》，《诗探索》1999年第4辑。
[2] 程光炜：《不知所终的旅行》，《山花》1997年第11期。

第九章

"原在"的诗人、"故乡"的诗人

> 那一日，我在这伟大的山寺中从上午待到下午，直到
> 落日的光辉从西面穿进厢房，把罗汉们霓裳羽衣反射出透
> 明。这一日，我越过教育的布看见了神迹，伟大的神迹就
> 在我的近旁，就在我的故乡的青山中。
>
> （于坚）

布罗茨基在评价温茨洛瓦的时候曾强调一个诗人与地方空间
的重要关系："每位大诗人都拥有一片独特的内心风景，他意识中
的声音或曰无意识中的声音，就冲着这片风景发出。对于米沃什而
言，这便是立陶宛的湖泊和华沙的废墟；对于帕斯捷尔纳克而言，
这便是长有稠李树的莫斯科庭院；对于奥登而言，这便是工业化的
英格兰中部；对于曼德尔施塔姆而言，则是因圣彼得堡建筑而想象
出的希腊、罗马、埃及式回廊和圆柱。温茨洛瓦也有这样一片风
景。他是一位生长于波罗的海岸边的北方诗人，他的风景就是波罗
的海的冬季景色，一片以潮湿、多云的色调为主的单色风景，高空
的光亮被压缩成了黑暗。读着他的诗，我们能在这片风景中发现我

们自己。"①

多年来，于坚一直声称自己是一位"故乡诗人"，"云南使我既是一个古代诗人也是一个现代诗人"。这一诗人形象是根深蒂固的，以至于在国外汉学家看来这一形象是标志性的，"昆明，作为中国最遥远的南部云南的省会，不一定是作为文化大都市著名，但这里却是中国这片土地上最重要的诗人之一——于坚的故乡。于坚出生在这里，成长在这里，至今也生活在这里。因此与其他大多数的中国当代诗人相反，他自觉地将自己命名为：故乡诗人。"②

就于坚的那些"高原诗""故乡诗"，我不由地追问，诗人为什么在暗夜谈论山峰与河流？

一个人在写作中所处理的事物和世界不是外加的，而是作为生活方式和精神方式的直接对应。需要补充说明的是，尽管云南在政治和文化地缘学的角度与某一中心和某些强势地域相比带有"边地"的特征，但是经由于坚、雷平阳、海男以及目前大量涌现的以70后和80后为主体的云南青年诗群在写作中已经使得语言和修辞的云南不仅改变了"边地"的命运而且渐渐成为了一个"中心"。甚至，"云南写作"在时下已经变得愈益流行和强势。那些短暂停留或观光的外来者，包括作家、摄影家和背包客们，他们所关注的只是流于观光手册意义上的"表面"。然而真正的观察者更应关注和强化的则是更容易被忽略的那些"侧面"或"背面"。于坚在这方面做出了很好的证明，"他在20世纪80年代的写作，一直保持着恰如其分的敏感和适度：个人主义和自然主义——日常生活题材和云南高原地缘文化题材——的结合""写出了景色的细部纹理，又写出了景色的灵魂，尤其感人至深。他喜欢在平静、透明中潜含现代因素，力避强暴的隐喻、夸张、变形。或许在他笔下，人类先在

① ［美国］约·布罗茨基：《诗歌是抗拒现实的一种方式》，《世界文学》2011年第4期。

② ［德］马克·赫尔曼：《深深地沉入他的时代的黑夜之中……》，贺念译，《以个人的方式想象世界》，生活书店出版有限公司2015年版，第152页。

的根，不是什么后天的逻各斯，而是永恒的大自然。他力图重铸此念。自然主义的写作，超越一般意义上的有神论，却又体现出一种奇妙的类似于大地'宗教'的情感态度"①。

昆明等构成的云南高原地缘，在于坚这里是一个源头，一个伟大的母体和子宫。与此同时也是一个近现代文化的重要源头，"在上世纪三十年代末，昆明更是成为中国的左岸，由于日本人的入侵，无数诗人、艺术家、作家、教授和形形色色的知识分子从中国内地迁移云南，在数年间，昆明成为中国的文化中心。数千年的移民活动，令这个省广纳中国血缘中的各种精华。另类、正统、少数、汉文化传统、东南亚殖民地的影响、山地土著民族的天真风格并存于此，令云南就像这个省著名的云那样灿烂、丰富、深邃而迷人，魅力持久，具有天然的波西米亚气质。"②当然，在上个世纪八九十年代，在于坚的观念中云南还具有不无强烈的区域政治色彩，"作为遥远边疆的诗人，我们与首都诗人最大的区别就是，国家意识形态对我们的影响相对较小，而大地与我们密切相关。"

十五岁那年，于坚所就读的中学为了防止美帝国主义飞机的轰炸而搬到了一座山上的寺院，这仍然是山水课的延续，"我没有好好地听讲，一整个夏天，我被遍布山冈的果树所吸引。"③一个作家和诗人的写作总会有内在的精神驱动机制，比如故乡空间。聂鲁达也如是说，"我的诗和我的生活宛如一条美洲大河，又如发源于南方隐秘的山峦深处的一条智利湍流，浩浩荡荡的河水持续不断地流向出海口。我的诗绝不排斥其丰沛水流所能携带的任何东西；它接受激情，展现神秘。"④1986年夏天，于坚等云南诗人在苍山西路

---

① 陈超：《"反诗"与"返诗"——论于坚诗歌别样的历史意识和语言态度》，《南方文坛》2007年第3期。

② 于坚：《安娜的酒吧》，《清明》2008年第2期。

③ 于坚：《果子》，《于坚大地随笔》，陕西师范大学出版总社有限公司2010年版，第28页。

④ ［智利］巴勃罗·聂鲁达：《我坦言我曾历尽沧桑》，林光译，南海出版公司2015年版，第220页。

的小屋子里热烈地讨论着诗歌，不远处就是苍山洱海。大自然曾是令人无比敬畏的，尤其是对于那些仁者、智者和知识分子以及自由艺术家而言，"像是走在诸神的庙宇／一进苍山　我就变得虔诚／群峰从天空垂下大理石的长袍／长云如剑　林中有新树／山路布满苍苔　风从天下来／在石头之间拜访溪流／去岭上　皈依乔木／远眺马龙峰的积雪／肃然起敬　一切都在高处／我须瞻仰　在苍山／我沉默如僧侣／僧侣　沉默如山"（《便条集·173》）。这是人与外界对话的心理机制，这也是中国诗歌传统之一，"一小时之后，苍山已经进入黑暗中，犹如一头黑牦牛从天空中蹲下来。它的黑暗令我毛骨悚然，它比天空更黑，更高大，犹如一个巨大的洞穴，堆积着十万只死去的乌鸦。这黑暗是如此结实，如此密集，令我再次陷入了虚妄的想象力中，不能自拔。"[①] 地方性知识和地理文化以及山水教育不仅对于坚具有重要性，而且是诗人必备的精神资源，"不出户，知天下，说的是知识的好处。但诗人的地图如果只是一部从知识中获得的世界地图，那么他绝对只是一个二流诗人""每个诗人的背后都有一张具体的地图。故乡、母语、人生场景。某种程度上，写作的冲动就是来自对此地图的回忆、去蔽的努力，或者理想主义化、升华、遮蔽""诗人的地图，必须来自用生命进行的实地测量，空气、地形、河流的流速、山峰的海拔、粮食、风俗、习性……其实诗人不过是一个土地测量员。"[②] 诗人不只是拿着卡尺和测量仪，还是在内里完成精神测量的特殊族类，根据自然和地带的风向考察一个时代的特殊性和普世性问题。诗人在精神深处对应于地方主义者，类似于米沃什所说的具有"小地方的癖性"。这种空间习惯和小地方的癖性甚至决定了一个人此后乃至一生的记忆内容和回溯方向，"我准是在沉湎于这些回忆时突然惊醒了，惊醒我的是大海的

① 于坚：《苍山的三种面貌》，《于坚大地随笔》，陕西师范大学出版总社有限公司2010年版，第35页。

② 于坚：《词与物·地图》，《棕皮手记·活页夹》，花城出版社2001年版，第93页。

声音。我在瓦尔帕莱索附近的黑岛海岸上写作。沿海肆虐的强劲疾风刚刚平息下来。大海——与其说我从窗口看它，不如说它用千百只泡沫的眼睛在看着我——在波涛中仍然保留着风暴般可怕的固执。多么遥远的年代！再现这些年代，就像再现现在断断续续传入我内心深处的涛声一样，有时哗啦哗啦地弄得我昏昏欲睡，有时又像一柄利剑蓦然闪现寒光。我将捡起这些如同起落不定的浪花般没有年代顺序的景象。"①

于坚是一个诗歌中的人文生态主义者和自然主义者，而二者又有一个共同的前提——个人立场。这是自然性、人性和神性的结合体。于坚相信万物有灵，但又不是一般意义上的有神论。这是众神之上的终极意义上的神，"但在云南，乌托邦来自大地的原初状态以及各民族年轻的文明，来自我们的故乡和生活的日常世界，来自云南永远盛开着花朵的春天、夏天、秋天和冬天。对于我们，生活不在别处，就在这片永恒的高原的天空下。云南诗人不是从观念和书本中获得诗歌的灵感，我们是从大地上，是从对故乡世界的倾听中，接近了诗歌之神的。我以为，云南诗人天生就会懂得海德格尔所谓的'人诗意地栖居在大地之上'。"② 与自然万物对话正是诗人的基本职责，"诗人是人群中唯一可以被称为神祇的一群。他们代替被放逐的诸神继续行使着神的职责。"③ 在一个时期的高原诗抒写中，于坚做到的是一种细化到日常场景中的个人宗教，"在我故乡的任何一个地方 / 你都会听到人们谈论这些河 / 就像谈论他们的上帝"（《河流》）。这让我想到在赶往墨西哥途中的一位"黑人桂冠诗人"（这是多么吊诡和贬低民族性的称谓）兰斯顿·休斯（1902～1967）。途中，他被诗神眷顾，只用了十分钟或一刻钟就

---

① ［智利］巴勃罗·聂鲁达：《我坦言我曾历尽沧桑》，林光译，南海出版公司2015年版，第94页。
② 于坚：《拒绝隐喻·于坚集卷5》，云南人民出版社2004年版，第55页。
③ 于坚：《棕皮手记·活页夹》，花城出版社2001年版，第284页。

写下了影响巨大的"少数族裔"民族宪章式的诗作——

> 我了解河流：
>
> 我了解像世界一样古老的河流，
>
> 比人类血管中流动的血液更古老的河流。
>
> 我的灵魂变得像河流一般深邃。
>
> 晨曦中我在幼发拉底河沐浴。
>
> 在刚果河畔我盖了一间茅舍，
>
> 河水潺潺催我入眠。
>
> 我眺望尼罗河，在河畔建造了金字塔。
>
> 当林肯去新奥尔良时，
>
> 我听到密西西比河的歌声，
>
> 我瞧见它那浑浊的胸膛
>
> 在夕阳下闪耀金光。
>
> 我了解河流：
>
> 古老的，黝黑的河流。
>
> 我的灵魂变得像河流一般深邃。
>
> 《《黑人谈河流》》

而云南的河流对于坚来说，同样是生命中最不可或缺的血液。我们会看到于坚的诗歌中有那么多的河流，比如《河流》《怒江》《横渡怒江》《黄河》等等，甚至包括他的散文随笔集《众神之河》。在隆隆的流水奔腾中听力不好的于坚只能无限地打开身体的其他感官，用眼、用心、用手掌和脚掌来感受，并最终进入原在的语言世界，"在云南的远方，你永远会感到有某种声音永不停息，有某种声音越过风和群山传来。这是河流的声音。云南人都知道，河流就在他们的周围……河流对于云南，不是文明史上的象征，不是古代的传说，而是越过时间传布到你生命中的轰隆巨响。河流把生命带向遥远，但这遥远是永生不息的流动，而不是一个静止的彼岸。"①

一直生活于云南的于坚，对这一空间的认识是深刻而复杂的。他从八十年代初的写作就一直专注于身边之物。身边之物显然并不等同于自然和日常现实场景，而是由具体的感官以及思维方式、生活空间、地方文化所综合性的理解与提升："我和那些雄伟的山峰一起生活过许多年头"（《作品 57 号》），"在我故乡的高山中有许多河流"（《河流》）。1981 年到 1983 年，于坚在云南大学读书期间写作了大量的与云南高原的自然和人文以及历史相关的诗歌，比如《河流》《高山》等。而其与同学创办的油印诗刊《高原诗辑》显然带有一个青春诗人对地方性知识的本能性理解与对话。于坚的写作很容易让阅读者近乎本能地将其与云南联系起来，但是就当下甚至包括八十年代的新边塞诗群来说都大量充斥着伪民族风的写作，成为民俗的低端而庸俗的展示，贩卖冒牌的地理学知识。于坚对这些假冒伪劣地方诗、民族诗的写作是警惕的，"那种走马观花式的调查和写作实际上往往导致的只是对云南文化的遮蔽，甚至毁灭。这种流行的云南文化视角（猎奇式的追逐各种民俗节日或风光）对云南那些原在的文化的毁灭性打击我们还见得少吗？这种流行于云南的民族风情写作，导致的不是人们对民族文化的自我认同和自信，而是对自身文化的异质性的盲目自卑和毁灭性的扬弃。"基于这种反省，于坚从写作之初所追求的正是"我们是如此不同的诗人"。这不只是一种写作原则，而且涉及对诗人命运的认定，"真正的诗人应当反抗诗人在我们时代的命运。上升使诗人丧失了存在的价值。拒绝上升，诗人应当堕落。堕落，是个需要重量的动词，堕落比上升更困难。诗人应该抛弃'诗人'这一形象的全部隐喻和特权，让诗歌说话。重建日常生活的尊严，就是重建大地的尊严，让

---

① 于坚：《于坚大地随笔》，陕西师范大学出版总社有限公司 2010 年版，第 9 页。

被遮蔽的大地重新具象、露面。这是诗人的工作。这是诗人这一古老行当之所以有存在之必要的根本。"① 于坚的诗歌确实具有典型意义上的地方学的考古本能，因为那些山谷、河流都已然成为诗人血液中天然的一部分，"在我故乡的高山中有许多河流 / 它们在很深的峡谷中流过 / 它们很少看见天空 /…… / 有些地带永远没有人会知道 / 那里的自由只属于鹰 / 河水在雨季是粗暴的 / 高原的大风把巨石推下山谷 / 泥巴把河流染红 / 真像是大山流出来的血液 / 只有在宁静中 / 人才看见高原鼓起的血管"（《河流》）。

于坚指认写诗就是指向内心生活，而具体到他本人，生活并不在别处，而就是故乡和云南，就是此时此地，"我所做的无非使诗歌回到它来的地方去，或者回到它原来的位置上去，回到那个'不知道'的时刻去。"② 从精神性来看，于坚是典型的"原在"诗人、"故乡"诗人。而一个诗人只是在诗歌中做一个"土著"，显然其写作会窄化甚至走向某种伦理化和庸俗化的倾向。而于坚的诗歌无论是放置在八十年代的先锋诗歌场域还是在九十年代以来的"民间写作"、新世纪以来的底层和生态化写作空间中考察都具有其一贯的个性和"于坚风格"，并非是一个局限于"地域"的诗人。但是，于坚作为"云南诗人"的印象太过于根深蒂固了，以至于连韩东都不得不对老朋友予以提醒，尽管这一提醒连后来的韩东也发生了动摇，"在他的诗歌中还有一种音调，那就是对故乡的感情。从诗歌的最高意义上我曾经否定过它们，但于坚一直固执己见。到目前为止，在这个问题上我已经没有于坚那么坚定了。这到底是于坚的胜利，还是他诗歌的胜利？"③ 确实，不能把于坚限囿在"云南诗人""边疆诗人""边地诗人"，这无疑窄化了他写作的丰富性。唐晓渡早在 1987 年就强调于坚写作云南空间是基于天性、本体经验和

① 于坚：《诗人及其命运》，《棕皮手记》，北京邮电大学出版社 2014 年版，第 344 页。
② 于坚：《棕皮手记：关于写作等等》，《人民文学》1996 年第 6 期。
③ 韩东：《于坚的胜利》，《以个人的方式想象世界》，生活书店出版有限公司 2015 年版，第 11 页。

本真追求，甚至更为可贵的是超越了地域性，"上升成为一种具有普遍意义的诗歌现象。所谓'具有普遍意义'，是说这些诗具有某种启示性。考虑到弃置一般的社会主题而转向自然，已经成为近年来值得注意的诗歌动向之一，这一点就显得格外重要。"①

诗人是怀有特殊的地方性知识和地理学的特殊群类，而空间和地理的象征不仅与个体具体的生存空间有关，更与自然地貌本身的结构以及积淀下来的历史文化结构、秩序、等级关联，"地理也是象征的。物理上的空间转化成了几何标准图形，而这些图形就是发散性的象征符号。平原、谷地、山脉，这些地貌一旦被嵌入了历史之中，便立刻变得有意义了。地貌是历史的，因此它可以转化成密码和象形文字。海洋与陆地、平原与高山、岛屿与大陆、雨林与沙漠的对立实际上可以看作是历史对立（包括各种不同社会、文化、文明之间对立）的象征。每一片土地都仿佛是一个社会：一个世界以及对现世和来世的看法。每一个历史都是一种地理，每一种地理都是象征的几何。"② 在于坚这里，"云南"空间不仅由地理转换成为地方性知识，而且成为了"自身"不可或缺的生命体的一部分，成为血液、骨骼或者忧悒的灵魂。这些空间以及事物和细节并不是外在于诗人和语言，而是内化和转化的部分。正如一个人的呼吸。就如今天，隔着历史和地理的烟云再次考察巴勃罗·聂鲁达一样，我们首先会想到这位诗人来自智利，想到他的童年、南部故乡的火山、原始森林和大峡谷对他写作的天然影响，"不了解智利大森林的人，也不会了解我们这个星球。我就是从那片疆土，从那里的泥泞，那里的岑寂出发，到世上去历练，去讴歌的。"③ 接下来，我们

① 唐晓渡：《一种启示：于坚和他的诗》，《以个人的方式想象世界》，生活书店出版有限公司 2015 年版，第 5 页。

② ［墨西哥］奥克塔维奥·帕斯：《金字塔的批判》，《孤独的迷宫》，赵振江、王秋石等译，北京燕山出版社 2014 年版，第 211 页。

③ ［智利］聂鲁达：《我坦言我曾历尽沧桑》，林光译，南海出版公司 2015 年版，第 5 页。

又会强调这是一个伟大的诗人。这时，地理、文化、民族、传统以及诗人那里的故乡都已经在阅读中天然地成为这位伟大诗人的个人元素和精神背景，这些元素和背景成就了整体世界。当然，最为重要的在于一个诗人的创造性与发现能力，以及他在一个国家和民族的诗歌史中所承担的责任。

当我们从八十年代汉语的语境和先锋诗歌革新的角度出发，再到多年来扛着相机在大地上不断拍摄行走，于坚这位革命者、观察者、游走者都十足地代表了这个时代。这位黝黑的云南土著在自然、文化和心性的容留与对话中最终呈现出来的是诗歌中的汉语形象，甚至在近些年的生态诗学的驱动下于坚在诗歌和散文随笔中越来越凸显出某种"传统"再造的努力。尤其是在一个地方性面目全非的时代，"在又一个世纪的转折点上阅读本雅明，我们不能不在一个'自然史'的坐标上测量我们时代同他的时代以及同他所阅读的时代的距离，并思考这一距离的微妙的含义。商品时代在中国姗姗来迟，随即却以复仇的激情横扫城市的大街小巷。我们能在购物中心的橱窗旁注视着商品的行人身上认出本雅明笔下的'游走者'么？"[1]

在于坚早期八十年代的诗歌写作中，其对高原自然形态和文化空间的关注成为他写作最为重要的向度之一，甚至一直持续到今天。尤其是关于云南高原的景观描写中，我们看到的往往是这样一个形象：一个人经过攀爬来到了湖泊、高原、山顶和树梢之上，他凝视着几乎一动不动的空间，"我和那些雄伟的山峰一起生活过许多年头／那些山峰之外是鹰的领空／它们使我和鹰更加接近／有一回我爬上岩石垒垒的山顶／发现故乡知识一缕细细的炊烟／无数高山在奥蓝的天底下汹涌"（《作品57号》）"无论你走到我故乡的任何一个地方／都会听到人们谈论这条河／就像谈到他们的神"（《河流》）。也正如于坚自己所说，自己早期的一部分诗歌中是有很强的

---

[1]　张旭东：《从"资产阶级世纪"中苏醒》，汉娜·阿伦特编《启迪：本雅明文选》，生活·读书·新知三联书店2008年版，第18页。

地方性的，"我早年写的都是河流啊、高山啊"①。在高原、湖泊、红土地、树林和动物闪动的眼神中，于坚一直寻求的是自然和心性的澄明。无论是黑暗深处高原的灵魂般的相遇，还是对一棵树、一只乌鸦以及一个黄昏的细部纹理的发现，于坚都在诗歌和散文中成为了一个十足的"文学土著"。这是现象学意义上的原在描述和还原，这是对事物如其所是的本源和内核的理解，"本源一词在此指的是，一个事物从何而来，通过什么它是其所是并且如其所是。某个东西如斯所是地是什么，我们称之为它的本质。某个东西的本源就是它的本质之源。"②

　　这是一个攀爬的土著、"山民"。沉默、孤独、坚硬、朴实、迟缓，成为诗人性格的重要组成部分，"那些山峰造就了我 / 那些青铜器般的山峰 / 使我永远对高处怀着一种 / 初恋的激情 / 使我永远喜欢默默地攀登 / 喜欢大气磅礴的风景 / 在没有山岗的地方 / 我也俯视着世界"。我看到一个山民在高原的夜色中独坐，长时间的黑暗使得一个诗人保持了老鹰一般的视力，尽管上帝尝试夺走他的耳朵，"我们讲得那么老实 / 人们却沉默不语 / 你从来也不嘲笑我的耳朵 / 其实你心里清楚 / 我们一辈子的奋斗 / 都是想装得像个人"（《作品 39 号》）。但是，这似乎并没有在诗歌世界影响于坚的视力和听力，甚至 2017 年发表于《草堂》的组诗仍与此有关。组诗的题目是《我聋着，因此听见死者在低语》。无论是物象化和生命化的高原，还是精神性的地方性事物，于坚都呈现了一个智者和沉思者的形象。这是一种地方特有的造物法则和思维方式，即使在那些最为日常的事物面前于坚都会通过日常的神性和难解的神秘色彩对普通事物予以赋形。比如《苹果的法则》这首诗——

①　于坚、傅元峰：《寻回日常生活的神性》，《当代作家评论》2010 年第 3 期。

②　［德］马丁·海德格尔：《艺术作品的本源》，《林中路》，孙周兴译，上海译文出版社 2014 年版，第 1 页。

一只苹果　出生于云南南方

在太阳　泉水　和少女们的手中长大

根据永恒的法则被种植　培育

它永恒地长成球体　充满汁液

在红色的光辉中熟睡

神的第一个水果

神的最后一个水果

当它被摘下　装进箩筐

少女们再次陷入怀孕的期待与绝望中

她们和土地都无法预测

下一回　下一个秋天

坠落在箩筐中的果实

是否仍然来自　神赐

高耸的群山训练了诗人的视力以及耐心和攀爬能力，但是也形成了显而易见的阻滞和障碍。这既是现实生活层面的也是精神隐喻层面的，"在云南有许多普通的男女／一生中到过许多雄伟的山峰／最后又埋在那些石头中"（《高山》）。诗人关注于山谷中的鸟群，在于坚这里出现最频繁的是"鹰""乌鸦"，在与万物的对话中诗人成了夜行动物。于坚不断在黑夜中面对那些山峰和河流，比如"我高坐山岗／俯视着巨大的夜晚／世界现在取下了面具／露出黑黝黝的头颅／我捧住这颗伟大的果子／想弄开它的硬壳／看看里面是些什么"（《某夜》）。甚至在于坚早期的一些诗歌中，他是以赞美诗、颂辞的方式（同样有大量的隐喻和修辞），以使徒和"民间"歌手的心态来面对云南这一本体性空间，"这个黄昏云像贝多芬的头发那样卷曲着／这个黄昏高原之幕被落日的手揭开了／一架巨大的红钢琴／张开在怒江和高黎贡山之间"（《便条集·93》）。

这是一个凝视者。这一凝视与发现和还原是同构的，正如海德格尔所凝视的凡·高笔下破烂不堪的农鞋一样："从鞋具磨损的内部那黑洞洞的敞口中，凝聚着劳动步履的艰辛。这硬邦邦、沉甸甸的破旧农鞋里，聚积着那寒风料峭中迈动在一望无际的永远单调的田垄上的步履的坚韧和滞缓。鞋皮上粘着湿润而肥沃的泥土。暮色降临，这双鞋底在田野小径上踽踽而行。在这鞋具里，回响着大地无声的召唤，显示着大地对成熟的谷物的宁静馈赠，表征着大地在冬闲的荒芜田野里朦胧的冬眠。这器具浸透着对面包的稳靠性无怨无艾的焦虑，以及那战胜了贫困的无言喜悦，隐含着分娩阵痛时的哆嗦，死亡逼近时的战栗。这器具属于大地（Erde），它在农妇的世界（Welt）里得到保存。"[①] 于坚完成的正是大地之诗。在一个个昏暗或光明的时刻，他与自然和神性的万物相遇。而自然的神性几乎是语言所无法转述的，而这正是世界的核心。高原、河流、树木的心跳产生的正是原生的故乡的宗教。这是一个凝神屏息者，一个仰慕者，一个朝拜者，一个故乡高原的精神意义上的测量员："有一回我爬上岩石垒垒的山顶""群峰像一群伟大的教父"（《作品57号》），"我高坐山岗／俯视着巨大的夜晚／世界现在取下了面具"（《某夜》），"在我故乡的高山中有许多河流"（《河流》），"高山把影子投向世界／最高大的男子也显得矮小／在高山中人必须诚实"（《高山》），"黄昏时分的怒江／像傍晚的康德在大峡谷中散步／乌黑的波浪／是这老人脸上的皱纹／被永恒之手翻开／他的思想在那儿露出"（《横渡怒江》），"秋天的下午　我独坐在大高原上／巨大的红叶飘在阳光和天空之中／世界的声音涌来　把我的耳膜打湿"（《作品105号》），"我在古城大理生活过一年　有关苍山／我几乎整个的一生都在谈论"（《苍山清碧溪》），"昨夜在云南高原／我和一群大树待在一起／我们并不相称／我是附着在世界表面的植物"（《昨夜当我离去之后……》）。

---

① ［德］马丁·海德格尔：《艺术作品的本源》，《林中路》，孙周兴译，上海译文出版社2014年版，第17页。

无论是山峰还是河流，于坚都通过还原的方式呈现了"过程诗学"。换言之，诗人并没有正义地给出真理和答案，也没有言之凿凿地说教和劝诫，而是通过一个事物在历史化的过程而凸显出了个人前提的地方性知识。山谷、河流和树木成为于坚早期关于云南的主导性核心意象和空间，并且诗人处理或设置的背景大多是秋天或暮晚。可以随口说出这些诗，比如《作品57号》《作品105号》《某夜》《在深夜　云南遥远的一角》《高山》《山谷》《阳光破坏了我对一群树叶的观看》《避雨之树》《阳光下的棕榈树》《一只蚂蚁躺在棕榈树下》《在云南省西部荒原上所见的两棵树》《昨夜当我离去之后……》《河流》《那人站在河岸》《横渡怒江》《苍山清碧溪》《滇池》等。《作品105号》迎面第一句就是"秋天的下午　我独坐在大高原上"，而全诗即将结束的时候这一句再次出现。这显然是诗人的精神姿态，空间和事物只有进入了文字才具有了知识性的命运感，"在那儿　苍山越过它的岩石和土　进入文字／进入书籍的某一页　在那儿　我们阅读并想象它／我们知道应当怎样谈论这座著名的山头"（《苍山清碧溪》）。由"介入者""漫游者"和"土著"的角色，于坚诗歌的语言在我看来更近于一种生长性的植物。它们的每一寸延伸或者弯曲都来自于环境的冷暖阴暗，都来自于每一寸心灵的震动与惊悸。

正是立足于隐喻意义上的"原在诗人""故乡诗人"，于坚对那些具有明显的民族身份且持续写作地方空间的诗人自然有一种天然的接近，"他正站在我身旁，高大英武，普米族人，名叫鲁若迪基。我跟着诗人走进他的故乡，如果将林立其间的花椒树、梨树、桃园、蜂窝、鹰巢、雾、春天的花光等等忽略不计，这村庄可谓简陋，似乎就是木片和泥巴糊起来的工棚。看不见一个汉字，人们也不说汉语，说普米语和彝语，一种可以和诸神沟通的语言。鲁若迪基的妈妈走来了，大地沉了一下，老夫人穿着土布黑裙，头上缠着黑色布带，慈祥，庄严，像所有人的母亲。黄昏后的余光中，我看见她坐在村口的岩石上，一位女王，与妇女们淙淙而谈，溪流在她们旁边淌着，时而有人来汲水。她是村里最勤劳智慧的妇女，家庭因而富足"①，"有一次在广州，谢有顺约我去他家小坐，指着茶桌上的一盘带壳花生说，吃点，是我老家产的。我剥了两个来吃，味道很是特别。一吃就知道产地与我熟习的不同。那老家不仅产花生，也是谢有顺这个人的产地。"②

于坚是一个抱有野心抒写"历史"的人，多年来尝试建立某种诗歌世界秩序。他诗歌的视点往往很低，这印证了他是一个实实在在的观察者，一个不只是识于鸟兽草木之名的观察者。于坚在诗歌中同样懂得适度的"沉默"，这种沉默却会让更多的人感到不安。

一个作家的写作总是有精神背景和地方出处作为内在支撑的，正如威廉·卡洛斯·威廉斯所说的"我相信一切艺术都从当地产生，而且必须如此，因为这样我们的感官才能找到素材"③。于坚强调的原在、故乡，这是一种空间、地方性知识所蕴含的属地性格、居民心理、身份意识、现实经验以及理解世界方式的综合体和想象的共同体。显然，地方是区别于全球（全球化、全球主义）的特殊空间，当然也是被各种权力赋予意义的空间，尤其是速度和时空压缩导致了无地方性（placelessness）的现实。这是地方的终结，"全球化的野心是通过物质化达到神化，这是更隐晦、更有诱惑力的十字军东征。不是血流成河，而是给你鲜果、给你牛奶、给你苹果、给你标准件……，没有哪个民族可以拒绝，为什么不呢？既然可以提高生活的质量。标准化令拒绝者只有死路一条。但是，世界也将因此失去它的地方性知识、细节和丰富性。最终失去历史。不好玩了。世界变成一种标准化的人类养殖乐园。历史的终结。重返'天

① 于坚：《他的诗歌让世界知道他的民族》，《文艺报》2013年2月25日。

② 于坚：《新青年谢有顺》，《当代作家评论》2003年第4期。

③ 转引自张跃军：《威廉·卡洛斯·威廉斯的"地方主义诗学"》，《外国文学研究》1999年第3期。

地无德'式的'无意义'通过技术。"①

随着全球化和城市化时代的到来，"云南血统"的复活与再生不能不以巨大的尴尬、失落和痛苦为代价。在此，诗歌成了显影液和致幻剂——为了停留和迷恋。面对加速度时代加速消逝之物，诗人内心的翻搅、杂陈是一般人难以想象的。这是一个为自己的精神地理抱有"写碑之心"的志撰者，这是一个为灵魂寻找一丝亮光在寒夜侧身挤过窄门的漫游症者。维新的时代，旧成为不合法的，而诗人不期然间成了一个"守旧者"。如果大地已经没有能力依托自己的"原在"，那么这一责任就转移到了诗人身上。诗人应该彰显大地那种一成不变的性质，"在此崇尚变化、维新的时代，诗人就是那种敢于在时间中原在的人。"②然而，诗人正是那个悖论重重的人，一个追求原在的人却正在或已经失去"故乡"，"我们已经无法逃避地被卷入'被现代'的世界性命运。这一命运的被经验证明的含义是，人们在获得新世界的同时，也必然丧失了他的故乡"③"翠湖北路25号。多少年来，我一直都住在翠湖北路的一个大院里，从未搬过，那个大院也从未改变。但门牌倒变了五次，翠湖北路2号、翠湖北路1号、翠湖北路25号、翠湖东路3号，以致邮件也收不到了，就像一个人周围的人都变了，只有他没有变。于是昔日那些认识他的人再也找不到他了。"④

于坚在六七岁的时候第一次目睹了高原的情形，那是人生第一次与自然和时间相遇，"我是在农场意识到我生活的世界是位于一个高原之上的。我很小的时候，跟着我父亲来到他的单位的农场去劳动。我第一次来到高原之上。这是一幅巨大的画，有空气、有光线、有响声、有温度的油画，我站在一棵有着白色树皮的桉树下，

① 于坚：《"神"是不一样的》，《南方周末》2014年7月11日。

② 于坚：《于坚的诗·后记》，人民文学出版社2000年版，第404页。

③ 于坚：《棕皮手记》，北京邮电大学出版社2014年版，第321页。

④ 于坚：《于坚思想随笔》，陕西师范大学出版总社有限公司2010年版，第250页。

看着风在阳光下干活，它的活计是把云块推到远方的山冈上去。这幅画今天在我的记忆中已成为印象派的了，但我依然记得它的色彩，我相信这是一幅塞尚的作品。《红色农场附近的群山》，画的中央是露出了红色山体的峡谷，峡谷底是一条黑色的河流，地平线是蓝色的群山。在它之上是被看不见的线牵引着的风筝似的在群山之间侦察地面的鹰或乌鸦。"[1] 然而对于坚来说，从童年期开始他与高原、高山、河流有那么多的第一次的接触，现在这成了不可能复制的最后一次了。这个世界没有永恒之物，居无常物本是世间的法则。加之特殊年代人为力量的干预，这一变化不仅是加速度的，其程度更是前所未有，给人带来的感受也自然是惊惧和陌生的。包括于坚谁都不会预料到会有如此的末日般的情形突如其来地发生，"我从前遭遇永恒世界的农场已经不在了，光秃秃的山包像是麻风病患者头发掉光的脑袋，一个个排列着，成为大地的外表。在旅行的途中，我总是盼望着汽车赶快越过这些死亡的地带。"

万物有灵，这回到的是人类的"童年期"经验，回到了人与自然之间最初的状态。与于坚类似，韩东之所以能够写出"我有过寂寞的乡村生活／它形成了我性格中的温柔的部分"[2]，与1969年11月年仅八岁的韩东岁全家下放到苏北洪泽县黄集公社涧南大队第一生产队的农村生活经历有关。尤其是少年阶段，人与乡村和自然的关系至关重要，"重要之处就在于使我与大地有了某种联系。人是自然之子。农村生活给我的最大帮助就是使我与自然、与大地之间建立起了一种直接的了解和交流。特别是这件事发生在我的少年时代，伴随我的成长，因而更为重要。"[3] 然而人类的童年期已经结束

---

① 于坚：《农场所见的高原》，《于坚大地随笔》，陕西师范大学出版总社有限公司2010年版，第25页。

② 韩东：《温柔的部分》，《中国当代实验诗选》，春风文艺出版社1987年版，第214页。

③ 刘利民、朱文：《韩东采访录》，《韩东散文》，中国广播电视出版社1998年版，第277页。

了，"科学化和城市化是一种新的无神论。城市化等于是没有信仰，是对自然的反驳。过去的中国万物有灵，自然也如神灵般存在。祭天、祭地在中国人的生活里太重要了。中国人有个院子，其实就是共通自然，共通天地。院子比家更重要。我想城市化就是来毁灭这个的。科技究其根本也是无神论，也是毁灭自然的灵魂的。"[①] 越是一切曾经拥有的都永远失去的时候，就越需要那些寻找者，需要那些企图保持原地不动的人。这不是于坚一个人的遭遇，而是切实的世界性命运。四川诗人冉云飞把他的一本散文集干脆命名为《每个人的故乡都在沦陷》。而他们背后的写作心理驱动是一样的，正如柏桦的诗句"如果你这时来访，我会对你说 / 记住吧，老朋友 / 唯有旧日子带给我们幸福"。

既然故地和故乡都早已面目全非甚至踪迹全无，那么诗人为什么还要抒写故乡？这种抒写具有可能性和有效性吗？甚至当一个诗人只能在诗歌中反复回到故乡，语气极其沉重地再次说起故乡的时候，这是一种怎样的无着感和分裂体验："我们再次谈起云南""记不清这是第几次谈了""喝几盅酒　云南　又一次被提起""老生常谈　滇东北的梨花 / 又开了""又谈到他母亲今年做的腊肉和糯米饭""又说起他老家火塘里的烤土豆了""毫无新意但我们再次听着他重复""再次说起南诏王大理在苍山中那批黄金""再次谈起滇西北的群峰""再次被落日感动　沉默半晌　然后说起马灯""再次回忆德宏　1987 年的秋天""我们无休止地谈云南""我们又一次说起云南"（《谈论云南》）。注意到这首诗中反复出现的"再次""又一次""又"这些关键词了吗？甚至在那些回溯过去时云南的诗歌中，于坚还成了一个深情而老式的"布鲁斯"歌手。正如《谈论云南》这首诗的结尾：

当我们谈着你的时候

---

① 　傅元峰、杨键：《当代诗歌的内在自我及其他》，《东吴学术》2014 年第 3 期。

高原上又停下一个春天

来源不同的水悄悄地落在大地上

有的是雨　有的是雪　有的是河流

有的来自我们的眼眶

这些诗句如果归结为现实的话，一次次"又"带来的正是一次次的"虚无"。对于诗人来说这也许在现实中毫无意义，但是又必须一次次地说出。无根的时代，诗人成了絮絮叨叨无比"啰嗦"的人，成了一个不断重复叙述同一个故事的人，成了面目苍凉的缓慢的过去时的讲述者。这是一种历史的诗了。尽管诗歌语言具有特殊性，并非要一定直接处理历史，虽然帕斯指认"诗歌逃避历史"，但是他就此强调的诗歌与历史的复杂关系更值得关注，"诗歌由于其自身的特质及其工具——语言的特质，总是倾向于抹杀历史，这并非出于其对历史的蔑视，而是由于其对历史的超越。把诗歌仅仅等同于其历史意义就如同把诗歌的语言仅仅等同于其逻辑或者语法内涵一样。"①

庞然大物与"断崖"时代的到来

从隐喻的角度和精神层面，尤其是放置于乡土和城市撞击的动荡语境下，诗人无疑就是城市黑夜里的那一匹"黑马"，"先进世界的无可救药的落后分子"。

离开那些炙手可热的地方 / 从市中心离开　从商业区离开 / 从银行的取款机前离开 / 从超级市场摆满食物的货

① ［墨西哥］奥克塔维奥·帕斯：《墨西哥的"知识界"》，《孤独的迷宫》，赵振江、王秋石等译，北京燕山出版社 2014 年版，第 130 页。

架离开／从白领阶层上班的大厦离开／从汽车和斑马线惊
慌失措地离开

（《黑马》）

这匹"黑马"还可以在于坚的诗歌之外的其他类型文本中得
到对应，"在我的故乡，马匹越来越少了，少年时期，我天天都见
得到它，它就生活在城市里，属于我的世界的一部分，我以为世界
就是这样的，人，以及马、狗、鸡、鸟什么的，将和我一起度过一
生。汽车来了以后，马就被赶出了城市，有碍交通，有碍观瞻，先
进世界的无可救药的落后分子""马向着世界的郊区撤退，并且继
续向着遥远的牧场和草原撤退，在那边，世界的轮子依然是过去的
速度，马受到周围的尊重。"[1]

城市化问题尤其是小城镇的发展问题，八十年代就开始被国家
高层关注。胡耀邦1980年11月23日在各省、市、自治区思想政治
工作座谈会上发表讲话，而费孝通则通过《小城镇　大问题》《小
城镇　再探索》《小城镇　苏北初探》《小城镇　新开拓》等四篇文
章探讨了城市化和小城镇发展问题。只不过，后来城市化和城镇化
在现实中的发展并没有完全按照他预想的正常轨道进行。而费孝通
则提前公开了城市化时代的诸多问题，"城市化是每个民族在现代
化过程中都要面对的一大问题。发达国家的城市化，曾经付出过农
村经济凋敝、农民流离失所的代价。中国小城镇的发展，表现出一
种减轻代价、避免社会震荡的可能性和现实性。农村中的富余劳动
力不用都往大城市跑，就近在小城镇就业并安居，享受城市文明。
大城市将因此避免大量民工潮的致命冲击，避免过分臃肿、无限膨
胀的城市病。"[2] 费孝通的乡土社会调查的初衷是"探寻一个好社

---

[1]　于坚:《暗盒笔记Ⅱ》，花城出版社 2016 年版，第 21 页。

[2]　张冠生:《探寻一个好社会：费孝通说乡土中国》，广西师范大学出版社 2016 年
版，第 152 页。

会"，但是在八十年代初期他所担心的"城市病"此后竟然在中国大面积地发生，甚至在一个时期愈演愈烈。滚雪球一样的民工潮，小城镇的衰败，大城市的臃肿，农村经济的凋敝。于坚在之后给出了自己的答案："随着现代化在乡村的日益推进，我们也发现，乡村不仅仅是换个建筑，也是换了生活的世界，新的建筑带来的是生活世界的改变与丧失，用昆明话来说就是'这个不好整了'。虽然房子是新的，但乡村社会变成了失业社会，失业不仅仅是失地，而是日常生活上的失业，连最起码的生活方式也丢掉了。在这个建筑中要做什么都不知道了，看电视的时候发呆，无事可做，既没有安全感，也没有方向感。"[①]

于坚从来都没有想过，有一天这里的一切都不复存在，一切都烟消云散，仿佛一切从来都没有发生过、存在过。自古以来的天经地义，经受不住现实和时代的逆天挑战，一个全然陌生的庞然大物的时代带来了。新旧区隔中树立起一个个陡峭的悬崖。这一断裂地带能够被填充吗？伤痕累累的回忆能够挽救现实吗？

生活的材料、时代的结构，几乎在一夜之间全变了，"我前不久到昆明附近的乡村去小住，大吃一惊，发现这里的夜晚已经没有蛙叫，一片死寂的大地极为恐怖，蛙们已经全部死于农药。把昆虫视为具有自在生存权利和美学系统的神灵集体，这一立场与现代中国盛行的价值观背道而驰。"[②] 连根拔起的时代，以往的坚固的、稳定的、固体的、持重的生活和时间观也随之结束了，但关键还在于这个时代的人们更多的是与时俱进，唯新而马首是瞻。于坚则认定自己是一个中国版的尤利西斯，"这条街道藏着我作为一个诗人的基本词汇。过去我从未想到它会永远消失。我指望的是像贺知章、尤利西斯那样流浪世界、九死一生归来，只是我变了，故乡依旧，儿童相见不相识，笑问客从何处来。但事情却是，独在异乡为

---

① 于坚：《为世界文身》，陕西人民教育出版社 2015 年版，第 140 页。
② 于坚：《棕皮手记》，北京邮电大学出版社 2014 年版，第 311 页。

异客，故乡消失了，我成为比故乡更长寿的现代怪物之一。"[①] 急剧转型时代最为典型不过的是新国家的集体乌托邦仪式，是再突出不过的线性的、硬性的、不容置疑的时间进化论。这是不可逆的时间观，是不容回头的单向道。

马尔克斯同样提前经历了陌生的庞然大物突临的严峻时刻——"眼前的世界变了"，类似于叶芝的"一种可怕的美已经诞生"。原生、史前、凝固、稳定的前现代性时间结束了。

于坚也要经历这样一个惊心的时刻。以至于于坚在后来不断感叹"美总是扔在没落的家乡"（《致胡安·鲁尔福》）。于坚也试图倒退着回到过去，回到自然和神性的高原，回到封闭缓慢的时间的天鹅绒里面去，"1985 年　11 月 3 日　下午三点　晴 / 我根据罗马作家维吉尔的指引　来到云南西部 / 荒原出没的地方　这种庞然大物已经很少　好多次 / 我误入农场　把收割过的玉米地　当成它的爪子 / 横越云南　大约九百公里　在迪庆州 / 我拾得它的一些碎片　狼毛　苔藓和恐龙残骨 / 纯净的土地　令我心满意足　没有车辙和玻璃碴 / 一群红压压的山羊　（我指的是土地）　没有人看守 / 到处都显示着史前的征兆"（《事件：寻找荒原》）。当然这一切在现实当中不可能实现，而只能在诗歌中完成。

这只能是一本虚构的日记，现实当中并未曾再次发生。稳定的、循环的、近乎静止的"冷静的社会"不复存在，碎片的、涣散的、快速的、流动的、液体的、轻逸的和媒介共享主义的城市化和泛娱乐化的"轻"时代猝然降临。伪循环的时间被工业社会和城市社会制造出来，"时间恒定不变，就像一个封闭的空间。当某个更为复杂的社会成功地意识到时间时，它的工作更像是否定这个时间，因为它在时间中看到的不是一掠而过的事物，而是重新回来的事物。静态的社会根据其自然的即时经验去组织时间，参照的是循环时间的模式。"[②]

---

① 于坚：《暗盒笔记 II》，花城出版社 2016 年版，第 219 页。
② ［法］居伊·德波：《景观社会》，张新木译，南京大学出版社 2017 年版，第 81 页。

具体到于坚，这不是神秘主义者布莱克式的"一粒沙中见世界"，而是要实实在在地死磕到底的"现实"写作、在场写作、细节化写作、原在写作和故乡写作。由此，一个地方的观察者和考古工作者必须有足够的耐心和足够优异的视力，以凝视的状态保存细节和挽留记忆。尤其要格外留意那些一闪而逝再也不出现的事物，以便维持细节与个人的及物性关联，"当我坐下时，一只萤火虫用闪烁的光芒来迎接我。它的绿光忽而升到好几英寸高处，随后在那里逗留一两秒。夜晚的微光仅够我看清这只小虫和它身上的灯笼。绿色的光芒黯淡下去后，这只小虫一动不动地悬在空中停留了三秒，接着俯冲下来，从坛城上空划过。随后它又重复了这一过程：打着灯笼快速上升，熄灭光芒歇息一阵，再从空中划落，一闪而过。"[①] 通过细节抵达宏阔，这是于坚的写作法则之一。于坚由此更为关注的是"小""细部"，注重的是小角度和私人性。我注意到很多所谓的"乡土作家"能够写出空气中的土气味和草木味，但很少有人像于坚这样写出了"甲虫气味"。"甲虫气味"自然是一个隐喻性的说法，于坚不仅体察那些幽微细小之物而且还在那里发现了卡夫卡式的荒诞和黑色戏剧。这细节关涉自然意义上事物的纹理、肌肤以及具体的时代、历史、生存的场景，进而在景物上完成灵魂的赋形。于坚的细节呈现和场景物态最终提升为物候和精神气象。自然秩序瓦解，乡土法则土崩，前现代性的时间终结，如何在这一时刻继续写作和发声？很多的写作者所完成的只是表皮的描述，而非深层的机制和灵魂的激荡。城市诗人应该像当年波德莱尔成为游荡者，"寓言是波德莱尔的天才，忧郁是他天才的营养资源。在波德莱尔那里，巴黎第一次成为抒情诗的题材。他的诗不是地方民谣；这位寓言诗人以异化了的人的目光凝视着巴黎城。这是游荡者的凝视。"[②]

---

① ［美］戴维·乔治·哈斯凯尔：《看不见的森林》，熊姣译，商务印书馆 2014 年版，第 165 页。

② ［德］本雅明：《发达资本主义时代的抒情诗人》，张旭东、魏文生译，生活·读书·新知三联书店 2007 年版，第 192 页。

这是--种不容置疑的决裂和时间的诀别！静态的循环的时间和社会体系结束了。也正如法国哲学家吉勒利波维茨基在《轻文明》一书中所揭示的那样。诗人和哲学家有时承担的是相似的工作，担负的是相近的责任，"中心四散　旧时代威权作废／混乱的大厅　聚光灯下尽是蛾子／等级颠倒　诗人在黑暗中／叨陪末座／／上帝离休

神生活在别处　秩序有待恢复　混沌有待澄明　掌灯者惟有　诗人／／太阳高高在上　辉煌是它的状语／大地在下边　孕育万物／深刻　指的是泥巴的内容／劳动者是人的惟一名称　演员一词／指的是把农场说成玫瑰园的那号人／／但在死亡的快餐店中已没有盒饭／诗人啊　你的尺度　得从测量土地开始"（《便条集·76》）。

诗人与城市的关系，让我想到当年伊凡·克里玛的《布拉格精神》。这不仅是一座城市的特殊历史，比如极权政治、自由运动，而且在更深程度上凸显了个体与城市生活之间极其复杂的互动关系。于坚诗歌的这种精神性、命运感和寓言性特征在后来的写作中不断持续和加强。在新旧时代不断交互折返的精神地形学上，我们仍然看到了一个心事重重的迟疑者。

也许旧时代沦丧，新时代庞然大物到来的时候，人们做到的只有记忆，"生活不是我们活过的日子，而是我们记住的日子，我们为了讲述而在记忆中重现的日子。"[①] 这对应的正是"深刻的中断"！"噬心的时代主题"正焦灼地等待着它崭新的命名人，思考和衡估个体与时代乃至历史的关联。世俗之物取代了神圣之物，费尔巴哈也不得不承认"对这个时代而言，神圣之物仅仅是个幻觉，而世俗之物才是真理"。甚至连记忆和体验都被一体化的过程空前简化了。这就是对存在的遗忘，"伴随着地球历史的一体化过程——上帝不怀好意地让人实现了这一人文主义的梦想——这是一种令人眩晕的简化过程。应当承认，简化的蛀虫一直以来就在啃啮

---

① ［哥伦比亚］加西亚·马尔克斯：《活着为了讲述》，李静译，南海出版公司2015年版，扉页。

着人类的生活；即使最伟大的爱情最后也会被简化为一个由淡淡的回忆组成的骨架。但现代社会的特点可怕地强化了这一不幸的过程。"[1] 失去了根基的人，该如何写作？是痛苦、愤怒，还是也快速地成为遗忘症患者？拒绝遗忘的声音不断在于坚这里出现："我的写作越来越有朝不保夕的感觉，我刚刚写下，世界就被连根拔起。"[2] "全球化""城市化"的后遗症实实在在地发生在于坚这里，发生在中国的现实里，甚至日新月异的维新趋向成为集体内驱力，成为新时代的"传统"，"那个叫作'全球化'的摩西领导了一场巨大的迁移运动。以历史、传统为根基的民族、地方、故乡一个个被连根拔起、翘起、趋向灭亡。"[3] 过去被斩断了，似乎只有当下。这种二元对立式的时间进化论一直都需要适时地反思，"我们是'过去'的产物，而且我们是靠沉浸于'过去'来生活的，不了解'过去'，不感觉到'过去'是我们心灵中一种活的东西，就是不了解现在。"[4] 而于坚之所以说出"朋友是最后的故乡"这样的话，就是在于一个人和地方、故乡的内在性关联。时代和现实可以让物理和自然层面的建筑、街道和村庄消失，但是那些亲人、朋友仍是情感的根系。不只是于坚，也不只是中国，全球化语境下各国诗人都在经历沧海桑田般的新旧时代的碰撞。所以，回忆都放在了词语的修辞世界里。口说无凭的时代开始了——"在昆明，半年就拆除了六十多个传统小型菜市场，取缔了几乎全部有着数百年历史的集市。"[5] 人们并不知道未来是什么样子，当真有一天人们从过去时来到未来的时候，发现有些东西并不是他们所愿意接受的。

是的，牧歌结束了，人类童年期结束了。土地的黄昏和黑夜弥

① ［捷克］米兰·昆德拉：《小说的艺术》，董强译，上海译文出版社 2011 年版，第 22 页。
② 于坚：《为世界文身》，陕西人民教育出版社 2015 年版，第 194 页。
③ 于坚：《印度记》，重庆大学出版社 2013 年版，第 52 页。
④ 于坚：《印度记》，重庆大学出版社 2013 年版，第 54 页。
⑤ 于坚：《小不见了》，《南方周末》2010 年 2 月 3 日。

漫，诗歌的自然性和神性受到前所未有的挑战。秋深时节的乌鸦仿佛田野被撕裂之后的一个个亡灵的碎片。

诗人开始怀念、追挽、回溯，开始了无家可归的流浪之途。

> 我承认在我内心深处　永远有一隅　属于那些金色池塘　落日中的乡村
> 属于马车和拾稻穗的农夫　属于蚂蚱　属于落叶与空掉的稻田
> 我一向以为　秋天是永恒的　万岁千秋　千秋万岁
> 又是秋天的好时光　长寿的却是我　披黑纱的却是我
> 世界日新月异　在秋天　在这个被遗忘的后院
> 在垃圾　废品　烟囱和大工厂的缝隙之间
> 我像一个唠唠叨叨的告密者　既无法叫人相信秋天已被肢解
> 也无法向别人描述　我曾见过这世界　有过一个多么光辉的季节

（《作品 89 号》）

农田被水泥道路取代，乡村的烛火被汽车的光束取代。在新和旧之间，更多的人成了一个近乎保守的怀旧者，具体到写作中则会导致以赛亚·伯林所说的"现实感"的丧失——"人们有时候会逐渐讨厌起他们生活的时代，不加分辨地热爱和仰慕一段往昔的岁月。如果他们能够选择，简直可以肯定他们会希望自己生活在那时而不是现在——而且，下一步他们就会想办法往自己生活里引入来自那已被理想化了的过去的某些习惯和做法，并批评今不如昔，和过去相比退步了——这时，我们往往指责这些人是怀古的'逃避主义'，患了浪漫的好古癖，缺乏现实态度；我们把他们的那些努力斥为妄图'倒转时钟''无视历史的力量'，或'悍然不顾事实'，最多不过是令人同情、幼稚和可怜，往坏里说则是'倒退''碍事'、无头脑的'狂热'，而且，虽然最后注定会失败，还是会对当前和将来的进步造成无谓的阻碍。"① 我想，这段话对于坚当下的写作趋向来说也是一个有力的提请。显然，追随过去时或追赶新时代，二者都是需要审慎辨析和反思的，而非二者存在着本质意义上的好坏优劣。具体到中国的现代化和城市化进程的"现实逻辑"和"历史进程"，有时这种看起来"不合时宜"的"回溯往昔"并非一种人性和文学的退步，因为从来都没有什么进化论可言。

在时代的转捩点上，寓言之诗已经产生。这是夜晚的一瞬，也是城市时代的一瞬，实际上也是历史的一瞬。寓言，介于现实之诗和历史之诗的夹层，由此诗人和读者都能够在历史和现实两者之间折回、往返。这需要诗人具有求真意志和个人化的历史想象力。这个过程就是激烈的"我说"和"他说"的同时亮相和彼此张看，是求真意志的语言历险中生命与语言的彼此激活和命名。在粗糙、简陋的房间里，当两个高贵的灵魂格劳肯和苏格拉底在争论大地上是否存在一个令人心驰神往的美妙的"上帝之城"的时候，怀疑主义和理想主义的相互扭结和冲撞就不时地与文学滚动的车辙发出紧张的摩擦声响。这就是悖论的发生：高楼林立却使得人失去了"家园"，失去了"故乡"，最终失去了由种种事物、经验、记忆、文化及传统构成的"地方"。2014 年，河南诗人高旭旺给我发来短信："俊明，我的村庄已被拆除，我成了一个没有故乡的人了。"旧时代并不是完全美好的，正如新世纪也并非都尽如人意，但是对于具体的生命体来说，你所出生和经历的那个时代成了你真实可靠记忆的重要部分，你的记忆从那里开始，你的身体从那里成长，它们只是一种客观存在，是一个人的历史，是一个人的城市，"在多数关于城市的写作中，我总是发现那只是一些旅游手册或者历史掌故、逸

① ［英］以塞亚·伯林：《现实感：观念及其历史研究》，潘荣荣、林茂译，译林出版社 2011 年版，第 1 页。

闻趣事的再加工，那城市中似乎从没有过生活和生命，也没有私人的记忆、私人的日常生活场景，这是任何人都可以写的城市。我的写作不同的是，我写下的是我的生命和记忆之城，我的故乡，我的城市。因此它不代表这个城市一般的公众形象，它只是我个人眼中的城市、个人生命中的城市。我书写的不是历史，而是我毕生热爱的故乡，我生命的摇篮、世界和坟墓。我的意思仅仅是，昔日、故乡，对我造成了如此刻骨铭心的影响，关于它们的记忆已经成为我生命和语言的重要部分，我已经被这个城市做成了一个旧的。"[1] 而八十年代中国的城市诗写作基本上还是处于大学生诗人们青春期对城市的一种浪漫乐观的想象，而像于坚如此早熟和成熟的城市写作和现代性反思却非常罕见。这再次回到了于坚反复的自陈和自审。这是一个人、一个生命的记忆，而城市只是其中绕不开的场景和空间。这是一个诗人的地方性知识，一个人的生命膂力，只不过在经过了新旧时代激烈碰撞的时候，我们更多听到的是在新旧两种空间的狭路相逢时刻那些惨厉的声音和内心的惊呼。2011 年，于坚仍然以一个理性的"守旧者"在指陈时弊——"十分钟建起来的大桥还是十分钟的大桥，一百年完成的大厦还是一百年完成的大厦。进步未必都是好事，世界上许多事物，恰恰是由于一步未进才是进步。"[2] 而早在 1988 年，于坚在大理就目睹了除旧布新的时刻，石墙上手书的牌子似乎曾经指向了过去的时刻，但这很快将成为新时期的遗迹和废墟。而从精神对应来看，叶芝的"一切都四散了，再也保不住中心，/世界上到处弥漫着一片混乱"简直是提前敲响了警钟。

是的，"面目全非"成了时代的寓言和关键词。

著名纪实作家彼得·海勒斯（何伟）对中国城市巨变的印象是"跟全中国所有的城市一样，首都的变化非常迅速——本地最大的地

---

① 于坚：《昆明记：我的故乡，我的城市》，重庆大学出版社 2015 年版，第 192 页。
② 于坚："进步"，但是要美好》，《杂文月刊》2012 年第 2 期。

图出版社每三个月就要更新一次图表，以与发展速度保持同步。"[1]
在首都机场，当我拿起余华的《我们生活在巨大的差距里》去收银台结账，那个穿着黑色西装、个子高挑的女收银员对我说她也特别喜欢这本书的封面。在她洁白姣好而陌生的面孔下，她也有着因为生活差距而带来的痛苦吗？或者说她也有自己的不满吗？这本书的封面设计成意味深长且态度鲜明的城市与乡村的对立关系——断崖时代的来临。封面中间从上而下是撕裂的锯齿状条纹，左侧上方是彩色的灯红酒绿的城市高楼，左侧下方是遗照式的黑白颜色被拆毁殆尽的乡村。封面还有一句试图醍醐灌顶的话——"当社会面目全非，当梦想失去平衡，我们还能认识自己吗？"

这个城市，这个时代，这个世界，最稀缺的也许正是当年那个被称为"美国荒野守护神"的环保生态思想先驱约翰·缪尔（1838～1914）。而于坚近年来也越来越成为了名符其实的文化生态保护者。

当年的梭罗吁求"给我一片文明无法容忍的荒野"。当然，任何时代都具有其特殊性和复杂性，甚至可以说没有任何一个时代是完美的，而往往是好坏参半。正如我们大家耳熟能详的那段小说的开头："这是最好的时代，这是最坏的时代；这是智慧的时代，这是愚蠢的时代；这是信仰的时代，这是怀疑的时代；这是光明的季节；这是希望之春，这是绝望之冬；我们应有尽有，我们一无所有；我们一起走向天堂，我们一起走向地狱。"[2]

人与外界的关系还显示了一种最初的语言命名的冲动，这涉及到区域、族群、方言、传说、历史的互动，"根据吉姆·卡里等人的研究，阿拉斯加所有的山和湖泊都是用当地的印第安语命名的，这些印第安语有十几种之多""重要的是，人们在讲述这类基于地方的传说及其命名时，会涉及古代遗迹、建筑风格及其土地所有权。

---

① ［美］何伟（彼得·海勒斯）：《奇石》，李雪顺译，上海译文出版社2014年版，第11页。

② ［英］狄更斯：《双城记》，宋兆霖译，中译出版社2016年版，第1页。

当然，也会顺便提及这类生活中的逸闻轶事。"① 对于这一点，于坚和斯奈德的认识是共通的。当于坚来到扎多县莫云乡，他极其深刻地感受到了："对于人民来说，这源头地区的每一块土地都是神性的，都是被命名了的，都是诸神住着的，散落着各式各样的传说、遗迹、传奇。是了，如此荒芜、严寒、生存艰难的地方，如果居民们没有诸神的陪伴，如何能够传宗接代。"② 全球化时代、物化时代、城市时代、消费时代，于坚不断怀念那些人与自然和动物相处的时刻："我少年时代的云南是一个充满陌生感和恐惧的世界。这种陌生和恐惧不是来自文明世界，而是来自大自然。那时，野兽们和人的世界关系密切，它们就住在昆明城外十公里以远的大地上，有时候还会闯进城里来。"③ 就全世界范围而言，这一美妙无言的时刻，也只能在文字世界和黑白照片中觅得一点点安慰了，"一天早上，我在卡维亚（Kaweah）一个丛林围绕的小花园里吃早餐，注意到一只母鹿在灌木丛里探头探脑，那双美丽的大眼睛凝视着我。我一动不动，她就大胆向前迈出一步，嘴里哼哼着，随即退回原地。几分钟后，她又步态优雅地回到这个空空荡荡的花园，后面还跟着两只鹿。在那儿炫耀了一会儿后，他们发出尖锐、羞怯的叫声，跳过树篱消失不见了。在好奇心的驱使下，他们又带了另一只鹿回来，4 只鹿同时出现在我的花园。"④

阿特伍德悲呼："现在我们在故乡的土地——陌生的领土上。"

"新时代新区域地理学"导致以往空间结构以及人与空间关系的改变，人的命运也随之发生变化甚至剧烈转捩。这是无比孤独的时刻。

---

① ［美］加里·斯奈德：《禅定荒野》，陈登、谭琼琳译，广西师范大学出版社 2014年版，第 5—6 页。

② 于坚：《众神之河》，太白文艺出版社 2009 年版，第 9 页。

③ 于坚：《鹿子》，《于坚大地随笔》，陕西师范大学出版总社有限公司 2010 年版，第21 页。

④ ［美］约翰·缪尔：《等鹿来》，张白桦等译，北京大学出版社 2015 年版，第 4 页。

从写作与空间的关系而言，于坚几乎是把写作和记忆都灌注或者停留在了八九十年代的云南，"昆明是中国最美丽的城市之一，它当然也是中国最伟大的城市之一。"当一个新的故乡、新的城市、新的云南和新的二十一世纪的中国在城市化运动中天翻地覆式地到来的时候，于坚感受到的是极大的不适，古典的对应关系荡然无存。而云南这座平均海拔一千九百米的高原也不能幸免。一种缓慢的过去时的乡土时间即将被统一的城市化的现代性的时间一笔勾销。无论是实地的行走，还是想象性的精神漫游，诗人都有责任在见证和发现中去呈现一个独特的空间和世界的缝隙，"查拉图斯特拉情不自禁地回忆起了自己年轻时到处漫游的那段时光，回忆起了自己曾经走过的诸多高山与险峰。于是，他对自己的灵魂低语：我就是一个登山者，是一个习惯了漫游的人。"[1] 漫游者在已经失去的过去时的冥想中是无比孤独的，那一声声尽是叹息。新与旧的时刻在尼采这里也成为抉择的痛苦的象征，"我坐在牌堆中，静静地等待着属于我的时刻来临。牌堆里，有的牌已经陈旧，有的牌很新，但仅仅书写了一半。哦，我的时刻啊，究竟什么时候才会来临？"[2] 这具有不亚于任何重大历史事件和严峻时刻的意义，"我不知道 1300 年有什么事情发生。我所知道的是，在这一年，著名的意大利诗人但丁进行了一次奇异的旅行。他分别由两位高贵的灵魂（古罗马诗人维吉尔和他一直钟情着的贝特丽齐）引导，穿过地狱的深谷，攀上陡峭的炼狱山，最终使自己洁净了的灵魂和肉体升上最高天，见到了人间无法见到的最奇妙的景色。对于这景色，但丁在他的诗中一再感慨他的描述无能为力，却仍然为我们留下了诗歌史上最为伟大的诗篇。当然，这次旅行是在但丁的想象中。"[3]

---

① ［德］尼采：《查拉图斯特拉如是说》，文竹译，中国华侨出版社 2017 年版，第187 页。

② ［德］尼采：《查拉图斯特拉如是说》，文竹译，中国华侨出版社 2017 年版，第252 页。

③ 张曙光：《但丁的奇异旅行》，《国外文学》2004 年第 2 期。

时间也是一种强大的伦理和主导性的权力，"我越来越觉得我是为过去时代写作的人，我甚至不敢为现在的时代写作，它太快了，我的速度是旧时代的速度，大地的速度，古典的速度，它无法用高速公路来省略四季。那些宣称是为未来写作的作家令我感到可怕，未来很快就到了。"① 于坚如是说，而且是反复地说出他对过去时的倾心追赴。1989 年，韩东曾经评价过吕德安"过去时"的写作。今天看来，这段话用来评价于坚也是太合适不过了，"吕德安的诗是指向过去的，指向人们失去的家园。这个家园既已失去，它就从来没有存在过，吕德安凭借想象到达那里，所以他不是某种现实历史的回忆。吕德安针对的是精神出生。既然这一精神出生不能从任何史料中寻觅，那它只能来自人们现代生活的失落感和匮乏。我不适应我的生活，说明我曾有过另一种生活，一种符合我本性的更好的生活。现在，我回不去了。吕德安的诗恰好满足了人们的这两种感情愿望：他虚构了人的精神出生地，一种符合本性的自足生活，同时又为再也不能回去而无限惆怅。"②

早在 1969 年的 12 月 28 日，"向滇池要田，向滇池要粮"的围海造田运动就开始了，东风广场誓师大会结束后几十万人和几百辆卡车挖掘机奔赴滇池，"当时我刚刚十五岁，我以为这是一件很好玩的事。这一天，当我抵达围海造田的工地的时候，我看到了一个令我永远难忘的景象，滇池草海的水已经大面积干涸，暴露出黑色泥浆的湖底，无数金色的鱼鳞在那盆地上翻腾闪烁着，人们欢呼着，纷纷下到里面去逮鱼。"这样的一个痛苦而疯狂的时代发生了，"当人类向着他所宣告的征服大自然的目标前进时，已写下了一部令人痛心的破坏大自然的记录，这种破坏不仅仅直接危害了人们所居住的大地，而且也危害了与人类共享大自然的其他生命。"③ 所

---

① 于坚：《拒绝隐喻·于坚集卷 5》，云南人民出版社 2004 年版，第 79 页。

② 韩东：《第二次背叛：第三代诗歌运动中的个人及倾向》，《韩东散文》，中国广播电视出版社 1998 年版，第 132 页。

③ ［美］蕾切尔·卡森：《寂静的春天》，吕瑞兰、李长生译，上海译文出版社 2008 年版，第 85 页。

以在于坚关于滇池的文字中我们看到了那些黑压压的横陈的动物的尸体。在极端疯狂的人定胜天的年代，滇池为此付出了极为惨重的代价。于坚成为一个生态主义者与少年时期的这段特殊经历不无关系。这体现在诗歌中就是他的那首长诗《哀滇池》。诗人必须对他所处的时代做出回应，而时代可能更直观地发生在每一个人的日常生活之中。我们可以在摄影、散文和诗歌的互文中理解一个诗人的愤怒和抵制。正如于坚所说在现代化的狂飙突进时的运动中这是一个精神衰败的时代。格非认为自己2016年的长篇小说《望春风》是对故乡的最后一次"回望"——"《望春风》可能是我最后一次是大规模地描写乡村生活。乡村已边缘到连根端掉，成无根之木，无源之水。我的家乡仅存在我记忆之中。日本学者柄谷行人说，只有当某个事物到了它的终结之时，我们才有资格追述它的起始。我想，即便中国的乡村生活还远远没有结束，但它对我来说，是彻彻底底地结束了。这一点没有什么疑问。换句话说，我个人意义上的乡村生活的彻底结束，迫使我开始认真地回顾我的童年。不过，这部小说从内容上来说完全是虚构的，你当然也可以把这种追溯过程理解为我对乡村的告别。"[1]

挖掘机成为时代的强大伦理，"开了多年的自卸货车、铲土机、平地机和履带式拖拉机后，伯特·海巴特终于退休了。对他而言，昔日修筑过的道路、池塘和平地犹如雕塑品，即使房屋不复存在，它们也将留存在大地上。（挖掘一方池塘究竟要多久？）伯特仍在用占卜杖勘探水源。上次我见到伯特时，他正抱怨自己的肺备受煎熬：'那些日子我在海边工作时，拖拉机后面总是尘土飞扬、黄土滚滚，什么都看不清。还有柴油机冒着难闻的油烟。'"[2]于坚的诗

---

① 舒晋瑜、格非：《格非：〈望春风〉的写作，是对乡村作一次告别》，《中华读书报》2016年6月29日第11版。

② ［美］加里·斯奈德：《禅定荒野》，陈登、谭琼琳译，广西师范大学出版社2014年版，第47页。

作中到处都是挖掘机的轰隆声——"拆迁结束的工地／废墟平坦如新高原／建筑材料还未运到／只剩下那台被解雇的黄色推土机／锈迹斑斑　在苍天下／就像耶和华遗失千年的肋骨"（《肋骨》），"夏天还未湿透　施工已经结束／推土机干得太快了　就是死神／也来不及为自己准备裹尸布"（《愀然》），"他走后推土机扬起黄色的长鼻子包围了我们／在花园和废墟之间晴　似乎那儿埋着个胖骷髅／所有的根都翘向地面　诸神的墓穴也不能幸免／啊　灰尘卷走家乡　席终客散／结账　回到沸沸扬扬的大路上"（《下雨那天我们坐在这里……》）。

于坚这样的诗还能无限制地罗列下去。

在写于 2009 年的仿照保罗·策兰《死亡赋格》语言和结构方式的《喋戈布丁》（"喋戈布丁"是"拆个不停"的谐音，另一个诗人刘不伟曾经自印过一本诗集《拆那》）中，于坚将"推土机"和"拆迁法则"附加的强权伦理和"时代最强音"进行了戏谑和谣曲化的讽刺。

它们昨天拆它们现在拆它们明天也要拆它们后天还要拆

拆个不停它们拆个不停就像青铜鼎里逃出来的老饕餮

拆个不停拆掉了祖母的老棺材拆掉了父亲的旧钉子

拆个不停拆掉了妹妹的玩具箱拆掉了哥哥的臭鞋子

拆个不停拆掉了老铁匠的五角星拆掉了乌衣巷的水井

拆个不停拆掉了母亲的春花秋月拆掉了故园的芷岸兰汀

拆个不停拆掉了白头偕老的邻里拆掉了大佛寺的晚凉

鸦背

拆个不停拆掉了夜晚的黑丝被姐姐要投奔金发的玛格

丽特

拆个不停拆个不停滚开铁履带张着钢嘴巴咔嚓咔嚓喋

戈布丁

拆个不停喋戈布丁挖出许多大坑坑大窟窿埋掉了大地
的遗骸

拆个不停隔壁卖花的真孃一掀被窝逃上屋顶变成了火
天鹅

拆个不停喋戈布丁我们睡不安稳它们挖出来一个个失
眠者

拆个不停喋戈布丁故乡土崩瓦解它们闭着眼大吃大喝
加满油

喋戈布丁刨根究底多快好省分秒必争拆个不停喋戈布丁

喋戈布丁拆个不停拆出一堆堆废墟一张张白纸真干净
拆个不停

然而，诗人是在黑暗中仍然探究内核和寻找真相的人，他为此
也必须付出代价——在现实的失败中写作。当新的城市在"现时"
和"现实"中一起到来的时候，缺乏体验的诗人在一时之间是很难
做出对应的诗句的，所以于坚会说"这个城市尚未出现在我的诗歌
中"。但是，当诗人终于认识到城市生活的真相时，一种伦理化的
批判性写作就随之产生了："在我索居的城市　四月未能在四月如
期抵达／它未能穿过玻璃的黑暗　铁的黑暗　工厂的黑暗／未能穿
过革命者仇视旧世界的黑暗"（《关于玫瑰》）。至于于坚在2007年
写出像《城中村》这样的诗一点都不奇怪，放眼望去，新世纪以来
的中国诗坛写作底层经验的诗歌简直成了风潮。在一拥而上的写作
中，这最考验的是一个诗人的眼光和能力，反之只能成为恒河沙数
一样的无区别的同类。所以，在"现时"和"现实"的交互中写
作，其难度更大，需要诗人更强大的综合能力，"于是领悟之门微
微打开，'另一个时间'，真正的时间出现了，这就是我们一直在不
自觉地寻求的时间：现在，现时。"①

---

① ［墨西哥］奥克塔维奥·帕斯：《对现时的探寻》，《太阳石》，赵振江译，北京燕山
出版社2014年版，第366页。

火车与钟楼：另一种时间观的诞生

火车和钟楼构成了这个时代抖动不已的景观。这伴随的也正是一种崭新的时间观念的诞生。

火车，似乎天然地成为乡村和城市之间的界限，而非迅速消解二者之间的差异，反而是加深了二者的矛盾。火车，是现代社会的典型标志，当下与远方之间，新奇和疲倦之间，过去景象和当下风物之间，都在隆隆的火车声中彼此摩擦、碰撞。你是否听到了类似于瓷器碎裂的声音，"火车车厢坐满了包裹密实的身体，或是阅读，或是沉默地看着窗外，这种现象是 19 世纪所出现的社会变化：沉默是用来保障个人隐私的一种方式。至于在街上，也跟在火车上一样，人们开始认为不让陌生人对自己说话是一种权利，认为陌生人对自己说话是一种冒犯。"①

年幼的艾略特则对火车怀着深深的恐惧，"我们乘火车旅游，从圣路易斯到东部……我总是害怕火车眼睁睁从我们面前开走，害怕忙着托运行李的爸爸赶不上火车。总是有各种各样的灾难让我担忧费神。"②

我想到了当年聂鲁达离开故乡时火车带来的感受，这种感受甚至成为诸多作家、诗人考察两种不同社会空间的基点。当火车背对着故乡离开，这对那些即将远行的人意味着什么呢，"列车正从布满栎树、南美杉和湿淋淋的木屋的原野，向智利中部的杨树林和落满尘埃的砖砌建筑物飞驰而去。我在首都和外省之间往返旅行过多次，但每次一离开大森林，离开母亲般召唤我的木材林地，我都感

---

① ［美］理查德·桑内特：《肉体与石头——西方文明中的身体与城市》，黄煜文译，上海译文出版社 2016 年版，第 377 页。

② ［英］约翰·沃森：《T.S.艾略特传》，魏晓旭译，江苏人民出版社 2017 年版，第 7 页。

到窒息。那些砖房，那些经历丰富的城镇，在我看来却仿佛张满了蛛网，一片沉寂。从我那时浪迹城市至今，我依然是个心系大自然和寒林的诗人。"[1]

对于坚而言，第一次坐火车是什么感觉呢？

他隔着冬日冰冷的车窗看到了这样的景象——

> 十三岁时，国家闹"文化大革命"，母亲激情澎湃，率领我们兄妹三个，到曲靖去"革命串联"。我平生第一次坐上火车，平生第一次远离故乡。火车是老式的木板车厢，座位也是木的，我跪在上面，虔诚地望着窗外黑扑扑的天空。星星寥寥，风寒刺鼻，天亮时我忽然看见云南北方那荒凉、雄浑的山岗和荒野，我心头一阵感动，那印象我永远难忘。后来我一直跪着，眼睛紧贴那嘘满水汽的玻璃，我看见一只麂子站在山上。
>
> （《云南曲靖》）

在交通工具中于坚认为汽车属于城市的匆匆赶路谋生的工具，而火车属于大地，所以他更喜欢火车，"这一长串在大地上驶过的样子，总像是一种诞生，刚刚从母腹爬出来"，"那时我们站在旷野中间　以色列在西　莫高窟在北／仿佛从水里出来　火车再次开出大漠或者开回／摩西在车头上唱着歌　电线杆望尘莫及／车厢蠕动着　黑色的链条在滑出大地的轮子／不知道它运走了什么　不知道它运来了什么／我们站在旷野中间　捡起石块又扔掉／等着它走完剩下的铁轨　就像从未被运走的远古之人"（《在西部荒野中看见火车》）。而火车和旷野之间也形成了那个时代特有的风景，是一种张力、拉抻，也有渐渐扩大的茫然与撕裂。对于那些生活于故乡而又

---

[1] ［智利］巴勃罗·聂鲁达：《我坦言我曾历尽沧桑》，林光译，南海出版公司2015年版，第35页。

突然被连根拔起的一代人而言，向前还是向后，真正地成了最为现实的生存问题和精神境遇，"列车割破大地 / 在它红色的伤口上飞驰 / 我的心落后于伤心列车 / 与它背道而驰"（《便条集·122》）。像波德莱尔这位巴黎的精神漫游者一样，于坚对于城市而言也是一位痛苦无着、无药可治的"重症病人"，"在这水泥城中 / 我是上帝 / 遗留的最后一根神经 / 我还能感染 / 过敏　疼痛 / 红肿　化脓 / 像性病一样 / 吊在诊所的招牌上 / 无声地尖叫着"（《便条集·201》）。

那时我正骑车回家

那时我正骑在明晃晃的大路

忽然间　一阵大风裹住了世界

太阳摇晃　城市一片乱响

人们全都停下　闭上眼睛

仿佛被卷入某种不可预知的命运

（《那时我正骑车回家》）

铁轨，火车，车站，成为诗人注视的最为重要的空间，一种已然城市和郊区化的空间，"如果芝加哥的某个地方有一座屠夫的雕像，那么它的存在是为了提醒人们记住那个到处是铁路、牛群、钢铁厂和冒险经历的时代。"[①] 在乔治·奥威尔那里，英国郊区的景象是黑暗而恐怖的，"我记得，一个冬日的午后漫步在维根可怖的郊外，四周尽是月球环丘般的渣堆。继续向北，穿过矿渣山之间的通道，你能看见工厂的烟囱冒着烟柱。运河堤岸混合着煤渣和冰冻的泥土，被无数木屐踩踏出纵横交错的脚印。四下里，但凡有渣堆的地方就有'反光'，那是陈年旧坑形成的死水潭。数九严寒，水潭表面覆盖着褐色的冰层，驳船船员浑身上下裹得严严实实，只露

---

① ［美］尼尔·波兹曼：《娱乐至死》，章艳译，广西师范大学出版社 2004 年版，第3—4 页。

出两只眼睛，船闸上也结了冰。在这个世界里，全然不见植被的踪影，除了浓烟、页岩、冰雪、泥浆、灰尘和脏水，别无他物。"[①] 正如谢林在《艺术哲学》中的一段话那样"现代世界开始于人把自身从自然中分裂出来的时候，因为他不再拥有一个家园，无论如何他摆脱不了被遗弃的感觉"。于坚发出近乎虚无的末路般的感叹，"没有故乡了，谁也没有故乡了。这个世界越来越没有边界、没有地方、没有方言、没有特产""怀旧已经太迟了，旧已经成为虚无。"于坚几乎在一瞬间成了老式的"自作多情、多愁善感的、没有家"的幽灵，在突然之间就沦为了故乡和时代的异乡人和陌生人，而无时无刻不处于虚无、疼痛、羞耻之中。当然，更为重要的是于坚并没有局限于这种个人经验，而是提升为整体性的时代感知。正如十九世纪中叶的米勒一样"怀旧并不只是局限在个人方面，怀旧也影响到他的世界观。他对各方宣称的'进步'抱持怀疑的态度，并且认为进步是人类尊严一个潜在的威胁"[②]。旧时代已经被淹没在了黑夜里，彷徨于无地的时代再次到来了。乡土的黄昏结束了，但是怀旧和追挽的时刻却在黄昏中一次次到来，"它是失败的神啊 朝着时间的黄昏"（《大象》）。这既是一种自然的时间反应，又是近乎虚无的精神对话，"黄昏时我们看着年迈的雾从大海走向森林／在各自的母语中／想着怎么道别"（《在托马斯·特朗斯特罗姆家中谈论诗歌》），有时更是一种被迫的心理应激。这是对个人时间的恢复，是曾经的过去时频频来敲门。自然法则被稀释殆尽，取而代之的是水泥、挖掘机和时代喧嚣尘上的叫声。而于坚诗歌中一直延续至今的自然抒写则遭遇到了整治年代以及城市时代的双重挑战。于坚感受到的情形是——

① ［英］乔治·奥威尔：《通往维根码头之路》，郑梵等译，华中科技大学出版社2017年版，第115页。

② ［英］约翰·伯格：《看》，刘惠媛译，广西师范大学出版社2015年版，第106页。

我看见的铁轨我一直表达不出来，直到我这一次在铁轨上走的时候，看到这个局部，这就是我对铁轨的感受。锋利、沉闷、铁、工业的后果、封闭。有一次我早晨六点钟在一个火车站等待火车，忽然，在黑暗里，一列货车隆隆驶过来，探照灯照亮了车皮，那车皮锈迹斑斑，犹如生锈的恐龙，缓慢停下，就像是从奥斯维辛驶来的。

"他们"的诗人于小韦写过一首关于火车的极短的诗，但当时影响很大："旷地里的那列火车 / 不断向前 / 它走着 / 像一列火车那样"[1]。而当年的西默斯·希尼记忆里的铁轨与人的对应关系（尤其是成长期的孩童）则同样意味深长……

　　　　当我们爬上铁路边的陡山坡
　　　　我们的眼睛与电线杆上的
　　　　白磁轴、发热的电线平行。

　　　　像随手画的可爱的线，它们
　　　　向东边弯出几英里又转而向西，在
　　　　燕子的重负下垂着。

　　　　我们都很小，自认无知
　　　　毫无价值。我们以为话是装在发光的雨滴小邮袋里，
　　　　在电线上旅行

　　　　每滴都饱含着
　　　　天空的光亮和电线的闪耀，而我们自己

① 于小韦：《火车》，《韩东散文》，中国广播电视出版社 1998 年版，第 131 页。

在天平上是如此微不足道。

我们甚至能穿过一个针眼。[1]

"话是装在发光的雨滴小邮袋里"，让我想到后来于坚描述的更为沉重的"电线杆"，"死者们一万年后爬出来／永恒的荒凉上出现了电线杆／传说它们把闪电押进集中营的铁丝网／试验如何令天空与大地绝缘……／站起来是为着再次倒下 彻底去死／不仅作为失败的物理 也作为一种梦呓的遗骸"（《电线杆》）。

城市在不同时期的空间结构、交通工具以及给人们的感受是不同的，"在有轨电车被取消了十几年后的今天，我仍然喜欢并怀念着那种略扁的，像独眼巨人一样有着一只前灯的漆成红白两色的车体。几年前，在电影《日瓦戈医生》中我惊喜地看到了这种电车。日瓦戈就是透过冬日蒙着淡淡水汽的车窗第一次看到了他后来深爱着的拉拉。我同样喜欢和怀念当时的公共汽车那种饱满的流线型的车身以及镀铬的闪闪发亮的栏杆和扶手。至于映衬在黄昏的霞光里或夜色中（那时还没有或很少有霓虹灯）的那些尖顶和圆顶的欧式建筑，更是使我产生置身于童话般的感觉。"[2]

人们关注和思考的更多的是城市和铁轨开始的地方，而忽视了这些城市和铁轨在哪里能结束的问题，"国家公路 依据某些经验和原则／结束于峡谷的险峻／终止于河流的急湍／穷途末路／也是普通话的边境"（《便条集·43》）。道路，在这个快速的时代并不总是意味的交通载体的改变，而是在于对乡土时间观念的拦腰折断，"水泥路在县城外一公里的地方就突然截断。时间的两个边境。这

---

[1] ［爱尔兰］西默斯希尼《铁轨上的孩子们》，《希尼诗文集》，吴德安等译，作家出版社 2001 年版，第 148 页。

[2] 张曙光：《一个人和他的城市》，《堂·吉诃德的幽灵》，北京大学出版社 2014 年版，第 286—287 页。

边，人们所谓'现代的'一词所指的种种；那边，落后与过时，土气与贫穷。典型的通向旧世界的道路，路面凹凹不平，红土尘造成的雾旋转起来，当它们稍稍消散，大地立即在道路的两边出现了。"① 如果由此给诗人找一个形象的话，他就是那个"在黑夜抵达之前修复了一些灯泡"的人，他还是一个守旧者、守成者、"保守主义者"，"时代日新月异　他却说什么　写作就是为世界守成""表面上人家说我是先锋派，其实我是很古典的诗人。我以古典的、落后的诗人，以遗老遗少为荣"②。于坚在诗歌和散文中几乎重复了大量的"守成者"的言说，实际上就是一个人说给自己的，是对自己的劝慰。这是异乡人的飘来荡去的焦虑，"这一切都显得老派过时，仿佛他是从 19 世纪漂游至 20 世纪，像一个被海浪冲到异乡海岸的人。在 20 世纪的德国他有过故乡之感吗？"③

　　一个个车站连接起来的是大大小小的城镇，城市建筑、街道、交通网络已不再是单一的空间构成，同样构成了符号、象征和隐喻系统，逐渐成为一种伦理，一种流行的认识，尤其这一切落实到历史和现实的对话地带的时候。这不仅需要诗人的眼光、认识，而且需要失败感和羞耻之心，"从右安门到团结湖，我们寻找着一家 / 四川餐馆，异乡人，来自外省，面对 / 陌生的城市而感到茫然。穿过车流和楼群 / 出租车司机抱怨着塞车，而我们谈论着熟人 / 出国，或从狱中出来"④。城市，带给诗人们的是极其复杂的情感和经验，尤其是在城市发展的不同阶段。有纽约派诗人弗兰克·奥哈拉（此外还有约翰·阿什贝利）这样现实的和超现实的建立于"自主的生活"（按照奥哈拉的说法，"自主的生活"是区别于现实的都市生活

① 于坚：《大地记之一》，《人间笔记·于坚集卷 3》，云南人民出版社 2004 年版，第 99 页。

② 于坚：《为世界文身》，陕西人民教育出版社 2015 年版，第 178 页。

③ 汉娜·阿伦特：《导言》，《启迪：本雅明文选》，张旭东、王斑译，生活·读书·新知三联书店 2016 年版，第 38—39 页。

④ 张曙光：《都市里的尤利西斯》，《诗探索》2008 年第二辑（作品卷）。

的）基础上的对复杂城市形象的见证与抒写，"我甚至无法喜欢一片草叶，除非在旁边有地铁站，或一家唱片站或人们全部无悔生活的标记。"[1]

蜜月期的希尼感受到的地铁则是——恍惚、真切、甜蜜、紧张的掺杂。

就在那儿我们在圆顶隧道中奔跑，
你穿着新款外套飞奔在前
而我，就像一个快速之神追着
在你还没变成箭或新的

镶深红边的白花以前追着
你的外套放肆地飘拂，一个纽扣接着一个纽扣
落下一溜踪迹
在地铁和艾伯特大堂之间的通道里。

度蜜月，做梦似的转来转去，误了音乐会，
我们的回声在列车中消失，现在
我回来就像汉索来到洒满月光的石头上
循原路返回，捡起那些纽扣

最后来到一个凉风习习灯光点点的车站
列车离去以后，潮湿的铁轨
就像我一样赤裸而紧张，所有的注意力
都追随着你的脚步，如果我回头就会被打入地狱。

---

[1] ［爱尔兰］西默斯·希尼：《地铁中》，《希尼诗文集》，吴德安等译，作家出版社2001年版，第137—138页。

无论是战争年代城市上空的一颗炸弹，还是隐喻层面的内心的波动与惊悸，现代性的时间观带来了震惊与分裂。正如但丁对佛罗伦萨的批判和诅咒，叶芝的"可怕的美已经诞生"。这一切都在于坚这里重现，"我把这照片倒过来，复原了人的位置，于是那两根红色的管子就向谁也不知道的地方伸去。"[1] 居伊·德波同样印证了这一非同寻常的景观时代，"在被真正地颠倒的世界中，真实只是虚假的某个时刻。"[2] 放眼望去，诗人患上了城市忧郁症，"在多年沉默后。维罗纳已不复存在。/ 我用手指捏着它的砖屑。这是 / 故乡城市伟大爱的残余"[3]，"我回到我的城市，熟悉如眼泪，/ 如静脉，如童年的腮腺炎"[4]。而捷克诗人雅罗斯拉夫·塞弗尔特在 1921 年出版的诗集《泪水中的城市》中反复抒写的正是"罪恶的城市"，"它黑暗的罪行超出了上帝愤怒的极限"。这是一个毫不犹豫地抛弃旧物的时代，而人们几乎认为这一切都是合乎新时代的伦理法则的。新旧对比，两种不同空间的时间观的对撞在九十年代以来的中国诗人这里体现得尤为明显，比如体现于坚那里的"旧巴黎"与"新昆明"之间的巨大落差——"当我乘着地铁离开了戴高乐机场，从它的另一头钻出来时，我却看见了一个旧得发黄的巴黎，犹如进入了一幅 18 世纪的旧照片中。"[5] 由巴黎的老城区，于坚自然想到受到法国文化影响的昆明在时下的遭际，"法国人离开时，留下了梧桐树，法式的建筑、街道、火车站、咖啡馆等"，而中国的现代化导致的是清除一切过去时的东西和记忆，"遭到根除

① 于坚：《暗盒笔记Ⅱ》，花城出版社 2016 年版，第 107 页。

② ［法］居伊·德波：《景观社会》，张新木译，南京大学出版社 2017 年版，第 5 页。

③ ［波兰］切斯瓦夫·米沃什：《告别》，张曙光译，《切·米沃什诗选》，河北教育出版社 2002 年版，第 63 页。

④ ［俄］曼德尔施塔姆：《列宁格勒》，北岛译，《时间的玫瑰》，江苏文艺出版社 2009 年版，第 192 页。

⑤ 于坚：《旧巴黎与新昆明》，《棕皮手记》，北京邮电大学出版社 2014 年版，第 83 页。

的不仅仅只是那些让人们回忆起法国殖民文化的东西，那些古老的街道、明清时代的建筑物也正在荡然无存。"不只是于坚，中国很多诗人的城市生活以及相应的感受也是如此分裂，比如远在东北的诗人张曙光，"到现在为止，我在那座县城和这座省城生活的时间是二比三，也就是说，在前22年我生活在那座偏僻的县城，而后面的近三十年中我居住在这座据说被认定具有独特风貌的省城。也就是说，我生命中五分之三的时间在这里度过。而在这五分之三中，它又截然分成两部分，一部分是我心仪的城市，另一部分是我憎恶的，或至少在一定程度上憎恶。而对前者的喜爱和缅怀无疑会加重我后面的情绪。"①

现代性、现代生活总离不开一个重要的空间，这就是城市。这甚至成为十九世纪以来文学和文化的重要地带，"现代性的表现，同时又是现代生存的本质，城市是19世纪和20世纪伟大文学作品的真正人物。在它的腹中，现代人出世、生活和死亡。他也做梦：对于波德莱尔，城市是一个几何体的噩梦，'畸形植物'从那里被扼杀。哈维尔·维亚卢蒂亚说，噩梦只消散在醒来时：死亡。城市是我们的世界和我们的地狱：人类，由于自己的行为，在这里自救或消失。从前这样的话语具有超世俗的维度；现代性令其失去神性，将其嵌入城市中。"②

当城市时代到来的时候，我们更多是将头颅和内心转向了乡土的黄昏，转向了往昔的情形和经验，"家乡是另外一种截然不同的景色。一年深秋，我随着家人，先是坐火车，然后坐汽车从哈尔滨回到家中。在我家房子的右侧，是一片开阔的土地，被我家和邻居家种上了玉米和菜蔬。那一年种的正好是土豆，在漫天的霞光中大

---

① 张曙光：《一个人和他的城市》，《堂·吉诃德的幽灵》，北京大学出版社2014年，第286页。

② ［墨西哥］奥克塔维奥·帕斯：《文字与权杖》，《孤独的迷宫》，赵振江、王秋石等译，北京燕山出版社2014年版，第258页。

人们在地里刨着土豆，孩子们在长着蒿草的空地上忙着捉四处飞舞的蜻蜓。这幅美丽而萧索的画面一直定格在我的脑海中。"① 对于日新月异的城市生活，"很多人都停留在婴儿期"②。是的，也许这个时代的作家所理解的现实并不一定要比普通市民要更高明，反而是空前无力，诗人的"揭示性能力"似乎正在弱化，而诗歌是要"揭示"的，"因为它是批评：打开、发现、曝光隐蔽的东西——暗藏的激情、事物夜间的涌流、符号的背面。"③

我想到亚里士多德的一句话，"城市是由各种不同的人所构成：相似的人无法让城市存在。"那么，"不同的人"就天然地包括了那些诗人、游荡者和先锋的艺术家们，他们维持了一种"异质性"和非相似性特征。现代性、后现代性、前工业以及后工业的城市化空间，还有那些几乎被连根拔起的乡土世界，我们必须注意到这是不同时间观的博弈，时间与空间又是一体的，"时间和空间联系在一起，形成了一个不可分割的整体。每个空间、每个方位以及时空静止的中心都有其对应的一个特定'时间'。这个时空复合物具有自己的功能和效力，它们深深地影响和决定着人类的生活。出生在任何一天，就是属于某个空间、某个时间、某个颜色和某种命运。"④ 一个诗人在现实中很难对此做出选择，即使是在诗歌中进行选择也是困难重重，"是的，正像弗罗斯特所见 / 前面有两条路　一条是泥土的 / 覆盖着落叶　另一条是柏油路面 / 黑黝黝发出工业的哑光 / 据说这就意味着缺乏诗意 / 我走这条　也抵达了落日和森林"（《我走这条　也抵达了落日和森林》）。一种缓慢

---

① 　张曙光：《一个人和他的城市》，《堂·吉诃德的幽灵》，北京大学出版社 2014 年版，第 287 页。

② 　武志红：《巨婴国》，浙江人民出版社 2016 年版，第 16 页。

③ 　[墨西哥]奥克塔维奥·帕斯：《作家与政权》，《孤独的迷宫》，赵振江、王秋石等译，北京燕山出版社 2014 年版，第 264 页。

④ 　[墨西哥]奥克塔维奥·帕斯：《万圣日，死人节》，《孤独的迷宫》，赵振江、王秋石等译，北京燕山出版社 2014 年版，第 44 页。

的、有节制的甚至类似于"宗教性"的旧的时间观已经在新的时间神话面前土崩瓦解了，像旧时代的残留物一样成为了遗照。这让我想到的是海德格尔童年时麦氏教堂镇上那座教堂的巨钟。这不止是一个人的童年生活和记忆，而是另一个旧时代的钟声——旧时间观的绝好象征，一切即将被终止。这代表了另一种时间观的钟楼也将成为历史废墟的一部分，"在教堂里做圣事时，'司事孩儿'——我和弟弟弗雷茨必须去帮忙。钟楼上悬挂着七只钟，每个都有自己的名字、自己的音色和自己的时间。有一只叫'卯钟'，它在下午四点钟的时候敲响，即所谓'惊醒之声'，因为它惊醒了小镇里尚沉醉于梦乡的人们；'寅钟'是死亡之钟，在上宗教课和捻珠祷告时敲响的钟叫'童钟'；学校里十二点下课时敲响的是'克朗耐钟'；音色最美的是'洪钟'，它只在重大节日的前夜和早晨才被敲响。从濯足节到复活节的星期六之间，所有的钟都沉默了。此后，钟声便如爆豆般响作一片：一支活动曲柄带动一组小钟锤在硬木上使劲地敲打。这种响鼓位于钟楼的四角，打钟的男孩必须不断地转动它们，以便使严肃的鼓声飞向天空的四个不同的方向。最美的当然是圣诞节。清晨四点半，敲钟的男孩们便来到司事房。房子中间的桌上摆放着妈妈准备好的蛋糕、牛奶和咖啡。早饭之后，在司事房的甬道里，人们点上灯笼，然后踏着瑞雪，穿过冬夜，走向教堂，爬上漆黑的钟楼，各自奔到自己负责的钟绳边和挂满冰霜的钟锤之下。在基督教的各种节日上、各种庆典的前夕、在四季更迭的时刻，以及每天的清晨、正午、入夜的时刻，充满神秘的赋格曲式的钟声此起彼伏，重复叠加，相互接连在一起，以至于使这钟声在充满青春活力的心中、梦中、祈祷中和游戏中一直回荡，连绵不断。这钟声带着它的魔力和神圣，无时无刻不神秘地隐藏在钟楼之内。"[①]

---

① ［德］海德格尔：《海德格尔自述》，丁大同、沈丽妹编译，天津人民出版社2017年版，第1—2页。

海德格尔的自述，也一定程度上成了另一个国家的另一位诗人的类似遭遇，只是没有宗教空间（这个国家一度拆毁了所有的宗教建筑，驱使那些出家人还俗），而在时间发生巨变所导致的人的心理结构上却是一致的。越是在转捩的迷茫时刻，诗人越想登上一个更高的位置来看看自己、看看下面、看看周遭以及这个同样晦暗不明时刻的时代。一个中国诗人，也在严峻迷蒙的时刻来到了钟楼的顶层——

在时间的上面　我所见的城与地面的群众有所不同

我并非上帝　我只是抵达挂钟的地址　再上一层　直到头颅摩天

我看见城在光辉之中　像巨大的海鸟栖息时许多的羽毛在光辉之中

它伸展到郊区的部分已经发灰　一些钢轨翘起在火车站的附近

人类移动的路线　由郊外向城市中心集中　心脏地带危险地高耸

只有在那儿　后工业的玻璃才对落日的光辉有所反映在它们下面

旧街区在阴暗中充满垃圾　派生着同样肮脏的黑话和日常用语

人们同样地感受着黄昏　这个词不是来自树林的缝隙或阳光的移动

而是来自晚报和时针　从前　人们判断黄昏是根据金色池塘　现在

这个词已成为古代汉语　人们只说：这是吃晚餐的时间　七点钟见　先生

城市　巨大的储藏者　老古玩店的主人　整理收拾着

这个黄昏

　　它在收拾那些用过的邮票　纸张　它把到站的火车塞
进冶炼厂　把一些数字划掉

　　《在钟楼上》是旧时间的回光返照。这些铁链般抖动的散文化
长句几乎让人窒息，城市的全息面孔几乎和地狱是同一个颜色的，
以至于于坚在这首诗的结尾这样写道："我在黑暗中沿着钟楼的梯
子下降　犹如一只老鼠在仓库中溜过"。一个诗人和登高者，一个
大体看清楚了街道、旧街区、广场、火车站、市中心、棚户区等等
城市空间真相的写作者，最终还是回到了地面，回到了"群众"中
间，内心也再一次蛰伏、龟缩到了黑暗的角落。诗人作为时间和词
语的见证者，在这一后工业时代的庞然大物面前只能成为一个十足
的失败者。每个人都在失败中写作，完成一本本的"失败之书"。
这既是生活的常态，也是时代的寓言——"我在黑暗中沿着钟楼的
梯子下降　犹如一只老鼠在仓库中溜过"。在加拿大学者Michael Day
看来于坚的这首《在钟楼上》具有特殊意义，"在1995年的第一期
的《作家》杂志社，我读到于坚新发表的一组诗，在读过几首不令
人满意的小诗之后，我发现了一座宝藏——《在钟楼上》。继《0档
案》的余风，它标志着于坚有可能成为一代杰出的诗人。熟悉现代
英语诗歌传统的读者可能会在这首诗中听到哈特·克莱因的诗《桥》
的回声。当然还有瓦尔特·惠特曼，这让人想起了金斯伯格在《加
利福尼亚的超级市场》一诗中用到了他的幽灵，但是在这首诗中，
他的形象被误当成权威的形象""然而，在这首诗中值得注意的是
于坚对中国传统主题和意象的熟练的把握。正如坚明明白白陈述
的一样，他将诗重点的说话人置于钟楼之上，其后的便明显是'超
越'时间的"[1]。
　　西方的教堂、中国古代建筑的钟楼（寺院）都曾制定了恒定的

---

[1]　［加拿大］Michael Day：《于坚的诗》，杨径青译，《作家》2000年第5期。

时间，这一直决定着诗人和哲学家的视点、角度和抒写位置。而随着现代性时间的到来，钟表显然代表了另一个时代的另一种时间法则和生活观念，而这正需要有人作为观察者和校对者来进行勘问，"路易斯·芒福德就是这些伟大观察者中的一个。他不是那种为了看时间才看钟表的人，这并不是因为他对大家关心的钟表本身的分分秒秒不感兴趣，而是他对钟表怎么表现'分分秒秒'这个概念更感兴趣。他思考钟表的哲学意义和隐喻象征。"[1] 而这正是路易斯·芒福德的工作，他最后通过观察钟表的秘密得出了一个令人震悚的结论——自从钟表被发明以来，人类生活中便没有了永恒[2]。以往诗人的时间观以及由此生发出来的语言体系甚至生活方式由此被拦腰截断。自古以来中国文人都登高望远，自比心志，而泛着幽光的新时代的大楼和玻璃幕墙不再制造属于这个新时代的登临者和抒情诗人。在现代性日常生活中登上高楼的人却往往怀有一颗去死之心。而当这一情景的主体转换成了诗人，其情势更为严酷。诗人的凝视状态作为一种传统也在此时此刻宣告结束，碎片的快速的眩晕的物象转化和时代节奏使得诗人的眼神茫然无措而飘忽左右，对应于内心体验来说同样是茫然的碎片。如果说八十年代韩东的代表作《有关大雁塔》更多是文化意义上的诗歌实验样本的话，于坚的《在钟楼上》则更像是当年波德莱尔城市里的战栗，因为灵魂无依的时代已经到来，"构成城市中心的'后工业时代玻璃'塔楼的巨大意象象征着现代化和富裕，但代价也随之而来。那些生活在由当代高楼大厦所制造出来的'阴暗中'的人，正生活在垃圾中，那些垃圾渗透进他们的日常生活。他们对黄昏的经验是那样的相同和不易觉察，他们判断时间的流失不是凭借日出和日落而是靠时钟的机械运

---

[1]　[美]尼尔·波兹曼：《娱乐至死》，章艳译，广西师范大学出版社2004年版，第13页。

[2]　[美]尼尔·波兹曼：《娱乐至死》，章艳译，广西师范大学出版社2004年版，第14页。

动和每天必到的晚报。他们自己的语言也走向机械化。"[1]

新旧交替的时代对于写作的考验巨大，尤其是对新世界和旧世界的理解上往往会发生巨大的分歧，即使是同一个人也会在漩涡中变得矛盾重重。而于坚既是一个坚定的现实感强烈的诗人，又是一个同样顽固的老式怀旧者，是肯定和怀疑的兼而有之。这会引起一部分人的认同，也会遭受到那些时代激进者们的不满。而于坚却是一个轰隆巨响时代的不合时宜者，一个讲述过去时的人，"在城里和别人说到故乡　我指的是你　在充满神性的秋天　我有玉米的心／鸟的心　土地和种子的心　我有晴朗而辽阔的心／无法掩饰这真实的感情　哪怕在这个时代　关于它的话题早已过时"（《作品89号》）。

"忽然在高速公路中间出现"

在深夜　云南遥远的一角

黑暗中的国家公路　忽然被汽车的光

照亮　一只野兔或者松鼠

在雪地上仓皇而过　像是逃犯

越过了柏林墙　或者

停下来　张开红嘴巴　诡秘地一笑

长耳朵　像是刚刚长出来

内心灵光一闪　以为有些意思

可以借此说出　但总是无话

直到另一回　另一只兔子

在公路边　幽灵般地一晃

---

① ［美］Jillian Shulman：《于坚：一个置身存在的诗人》，《星星》2003年4月号上半月刊。

从此便没有下文

(《在深夜　云南遥远的一角》)

黑夜、雪地、国家公路、汽车、兔子，构成了一个城市化和高速化时代的寓言。一个人总是通过身体感知来认识周边的事物以及大大小小的空间。这也是当年福柯所从事的"身体考古学"的工作。正是受福柯身体史的启发，美国学者理查德·桑内特深入考察了西方国家城市与身体的历史变动，"人类的身体与空间的关系，明显影响了人们彼此间的互动方式，他们是如何注视对方或聆听对方讲话（不管是面对面还是远距离沟通）。"[1]

在近乎世界性的新图景与大变革中，在全球化、城市化的国家与民族的现代化过程中，速度（快速、加速）成为每一个日常生活中的人们感受最深的。道路、运输工具、交互网，这都需要来予以理性理解甚至进一步去怀疑，比如保罗·赫斯特、格雷厄姆·汤普森的《质疑全球化》。所发生的一切，分裂、速度、同化、异化、分化、进化、一体化、消费、清除，都需要重新理解。这一理解是关乎自我的、现实的、历史的以及社会机体的，"在通往世界的途中，中国变得更清晰了；在试图了解中国时，我也多少意识到自己的角色与价值。但我清楚，自己对内心的更彻底的追问尚未开始，我对于世界的理解，仍停留在知识层面，即使这层面也浅薄不堪。至于偶见的内心追问，也更多是暂时的情绪，而非深沉的情感。我还生活在生活的表层，连接灵魂深处的根还没有生长，它需要真正的恐惧与爱。"[2]

在城市网络越来越密集，交通和通讯越来越发达和迅捷的"新世界""新地理景观"中，人们的空间习惯、认识方式也在不知不

---

① ［美］理查德·桑内特：《肉体与石头——西方文明中的身体与城市》，黄煜文译，上海译文出版社 2016 年版，第 3 页。

② 许知远：《一个游荡者的世界》，广西师范大学出版社 2011 年版，第 2 页。

觉中被剥夺与再造，某种身体体验让这种新地理学得以成立。这就是速度感。在时代的高速路上，在雪地的寒冷时刻，在无边的黑夜里，诗人承担了于坚笔下那只"兔子"的功能——短暂的现身，迟疑、仓皇、紧张，直至最终隐匿。

　　时至今日，人类旅行时的速度远远超过我们祖先的想象。快速移动的技术，从汽车到连绵不绝的高速公路，让人类可以从拥挤得透不过气来的市中心移居到城市边缘地区。工具和空间成为达到移动、输送、疏解目的的重要手段，"移动中的身体所处的状态也加大了身体与空间的隔断。光是速度本身就让人难以留意那些飞逝而过的景致。配合着速度，驾驶汽车，颇耗费心神，轻踩着油门与踩刹车，眼光还要在前方与后视镜之间来回扫视。"① 这个时代的人们更多只是看到了各种道路以及道路两旁设定好的"风景"，而普遍忽视了拆除、填补、夷平和碾压的过程，忽视了这一过程之中那些付出了代价的人和物的命运，"就这样　全面　彻底　确保质量的施工 / 死掉了三十万只蚂蚁　七十一只老鼠　一条蛇 / 搬掉各种硬度的石头　填掉口径不一的土洞 / 把石子　沙　水泥和柏油——填上　然后 / 压路机像印刷一张报纸那样压过去　完工了 / 这就是道路　黑色的　像玻璃一样光滑"（《事件：铺路》）。快速移动的法则使一切成了快速掠过的碎片，整体性的时代不复存在，以往的一切很快成为被迅速遗忘的过去时，"大桥完工　工地废弃 / 河水继续奔流 / 子在川上曰　逝者如斯夫 / 两岸的人被改变了 / 他们将忘记河流 / 他们将要贸易 / 交配　斗争"（《便条集·148》）。所以，一定程度上诗人是倒退着走的人，是具有"逆""反"和透视心理的特殊群体。

　　缓慢的时代和快速的时代，那些在路上的人所目睹的情形和感受已经今非昔比，甚至沧海桑田了。在于坚看来，快速的时代使得

----

① ［美］理查德·桑内特：《肉体与石头——西方文明中的身体与城市》，黄煜文译，上海译文出版社 2016 年版，第 4 页。

旋转木马式的生活方式开始了，看似不断快速前进，实则原地打转而没有任何方向感可言。

1059 年深冬时节，苏洵、苏轼、苏辙父子三人乘船在三峡的群山巨浪间缓缓行进。时年二十二岁意气风发的苏轼看到的景象是：

瞿塘迤逦尽，巫峡峥嵘起。

连峰稍可怪，石色变苍翠。

天工运神巧，渐欲作奇伟。

块轧势方深，结构意未遂。

旁观不暇瞬，步步造幽邃。

苍崖忽相逼，绝壁凛可悸。

仰观八九顶，俊爽凌颢气。

晃荡天宇高，崩腾江水沸。

孤超兀不让，直拔勇无畏。

攀缘见神宇，憩坐就石位。

巉巉隔江波，一一问庙吏。

遥观神女石，绰约诚有以。

俯首见斜鬟，拖霞弄修帔。

人心随物变，远觉含深意。

野老笑吾旁，少年尝屡至。

去随猿猱上，反以绳索试。

石笋倚孤峰，突兀殊不类。

世人喜神怪，论说惊幼稚。

楚赋亦虚传，神仙安有是。

次问扫坛竹，云此今尚尔。

......

同样是三峡，于坚目睹到的则是惶然的"最后"性质的景象，

"壬午将尽的时候，我听说正在施工的长江三峡大坝到 2003 年 6 月就要蓄水，一个巨大的水库将出现在长江上。于是我决定在此之前，去看看最后的原始三峡。一想到若干年后，我的这趟旅行只有穿着潜水衣才能完成，我就迫不及待起来。作为诗人，我恐怕比别人更迫不及待，因为我知道，中国历史上那些最伟大的诗人，无不从这条河流的原始状态中获得神启，李白、杜甫一生中最重要的作品都是与这个地区密切相关的。我一向疏懒，迷信天长地久，总是想着总有一天，我要好好地去一次，就像一个朝圣者朝拜神迹，完成我作为一个汉语诗人必须的经验。但现在我不能再等了，我必须出发，时间不多了，六个月后，一切就是另一回事了。"① 2017 年 9 月，湖北、宜昌、秭归。当我在屈原祠隔着广场上的人群俯瞰不远处迷蒙不清的"高峡出平湖"的三峡大坝的时候，我只想到了一个成语——"无言以对"。

就于坚而言，越是反感于一种生活和一个时代，就会加深对自己喜爱的另一种生活和时代的回望和热爱。这无形中也形成了类似于个体乌托邦的意识，"离开高速公路 / 我进入旧时代的森林 / 大地像一头熊那样停下来 / 蜷伏在落叶之中 / 我看见溪水露出牙齿 / 我听见黄色的杜鹃花 / 像床头灯那样打开"（《便条集·163》）。快速的时代，前进的时代，也是旧事物被离心力甩出的时代，"时代在前进，旧世界的一切只能在慢的地方才能苟延残喘"②。1987 年，欧阳江河在《智慧的骷髅之舞》一诗中同样以分裂和悖论的方式处理到了"旧事物"——"他来到我们中间为了让事物汹涌 / 能使事物变旧，能在旧事物中落泪 / 是何等荣耀！一切崭新的事物都是古老的 / 智慧就是新旧之间孤零零的求偶…… / 用火焰说话，用郁金香涂抹嘴唇 / 躯体的求偶，文体的称寡 / 拥有财富却两手空空 / 背负地狱却在天堂行走……"。在快速移动中风景成为一个个不确定的

---

① 于坚：《癸未三峡记》，《三峡记》，北京大学出版社 2011 年版，第 39 页。
② 于坚：《最后的理发铺》，《暗盒笔记Ⅱ》，花城出版社 2016 年版，第 45 页。

模糊的斑点，时代也是一个个新鲜的碎片，"远处驶过的公共汽车，在一个 / 少年人的眼中，不过是一个 / 移动的风景，或风景的碎片 / 但眼下是我们存在的全部世界 / 或一个载体，把我们推向 / 遥远而陌生的意义，一切 / 都在迅速地失去，或到来"[①]。与此同时，几乎是一夜之间修建起来的铁路、高速路、公路和国道使得一个个地点被迅速地搬动，旧时间、旧物也随之消失了，"滇越铁路运进云南的不仅仅是两条铁轨，也不仅仅是各种洋货，还有医院、车站、咖啡馆以及时间，人们开始看钟表，而不再根据太阳的起落判断时辰。"[②]

而快速的时代，诗人在日常生活中感受到的是什么呢？

这让我想到了2013年湖北诗人张执浩的一首诗《平原夜色》，这是移动的新时代的一个疑问重重的寓言，诗人目睹的正是我们这个时代最恍惚、最不真切又最不应该被抛弃、被忽视的部分。

　　平原上有四条路：动车，高速，国道和省道 / 我们从动车上下来，换车在高速路上疾驰 / 平原上有三盏灯：太阳，月亮和日光灯 / 我们从阳光里来到了月光下 / 日光灯在更远的地方照看它的主人 / 平原辽阔，从看见到看清，为了定焦 / 我们不得不一再放慢速度 / 左边有一堆柴火，走近看发现是一堆自焚的秸秆 / 右边花枝招展，放鞭炮的人又蹦又跳 / 细看却是一场葬礼到了高潮 / 平原上有一个夜晚正缓缓将手掌合拢 / 形成一个越握越紧的拳头 / 清明的月亮，以及月亮附近加倍清凉的星星 / 一直跟在我们身后，注视着 / 我们停车，冲着沟渠小便，抽完一支烟 / 磨蹭着，又装出晕车的样子背抵树干磨蹭 / 一排光秃秃的白

① 张曙光：《公共汽车上的风景》，《小丑的共格外衣》，文化艺术出版社1998年版，第142页。
② 于坚：《暗盒笔记II》，花城出版社2016年版，第69页。

杨只剩几片叶子了／小道曲里拐弯，带领着夜色中全部的
事物／平静地走向几里外的一处处灯火／而平原最终会停
顿在一串山包周围／我们中有人能说出它的面积，却无法
描绘／这些树梢、田畴、河滩、屋顶，它们／睡眠的样子
真好看，它们／侧身做梦的表情比梦境还要美

通过诗人的眼光，继续沿着纵横交错的高速道路网继续去发
现、去寻找、去擦亮、去感怀，最终摊开的却近乎是一本亡灵书。
可以和张执浩这首《平原夜色》比较阅读的，是于坚的《土豆的故
事》《在深夜　云南遥远的一角》《铁路附近的一堆油桶》。《土豆的
故事》看起来是一个时代细微不察的场景，一个静物，但是当"土
豆""高速公路"（按照于坚在《大地深处》中的说法中国所有的县
城都建在高速公路边上）和"夜晚"一同出现和共振的时候，最终
达成的结果刚好是这个快速时代的一则吊诡的精神寓言——

忽然在高速公路中间出现／黑乎乎的一堆　不开灯／
像是某种阴谋　紧急刹车／发现那是一堆装在麻袋里的土
豆／有一袋散开了／发出某些乡下男人的气味／当他们聚集
在一起时／纳闷上路　惊魂未定的归途／看不见城市　没
有加油站／两边黑沉沉的土地仿佛在酝酿着野蛮／我不再
参与政治和黄色段子的谈论／我一直想着这些土豆／想了
很久　很多年／仿佛在那个夜晚／我重新被种下

高速交通网，取消了起点和终点，取代了因果、出生和死亡。
原在已经不复存在，一切都是快速移动，无从谈起任何的感受力。
失去重心、悬空、眩晕，成为每一个人在此高速运行时代的集体心
理症状。与《土豆的故事》结构和意图相似的是《在深夜　云南遥
远的一角》以及《铁路附近的一堆油桶》。

在此之前　我的眼睛正像火车一样盲目

沿着固定的路线　向着已知的车站

后面的那一节　是闷罐子车厢

一群前往汉口的猪　与我同行

在京汉铁路干线的附近

我的视觉被某种表面挽救……

仿佛是历史上的某日　文森特·凡·高

抵达　阿尔附近的农场

我意识到那不过是一堆汽油桶

是在后来

　　我后来曾经在《中国诗歌导读》（1949—2009）一书中重新导读了九十年代于坚的这首在他的诗歌谱系中被忽视的"次级重要"的诗①。在九十年代的诗歌场景和历史话语谱系中，于坚的诗歌写作一直被视为"民间"和"口语"写作的代表性人物，但是于坚的很多并不那么"口语"却相反带有程度不同的"另一种隐喻"气息和质地的诗作却同样显示了诗人的才能。《铁路附近的一堆油桶》这首诗作的每一行都呈现了外在形式与内在结构的断裂，这也有力而妥帖地呈现了现代性的快速景观中诗人的内心矛盾以及尴尬的精神状态。这首诗给读者的印象是很容易让人想到这是一个手拿画板或照相机的人在极其客观化地再现和还原诗人坐火车出行所见的一个再普通不过的场景——铁路附近的一堆汽油桶。而这实际上也不是对客观化写作甚至零度、白色写作的一贯方式的复刻，而是诗人精心安排或偶然相遇的时刻。而在看似日常的场景白描中，诗人的主观情感和内心世界却以这种看似漫不经心的方式得以最为强烈和特殊化的呈现。整首诗歌揭示了诗人巨大的时间虚无感，在时间的

---

① 该诗写于 1993 年，发表于 1994 年第 5 期《人民文学》。

迷阵中一段偶然的经历，固定的行进路线和已知的车站带来的是无穷无尽的麻木与茫然。这正如诗人身后的那些发呆的或嗷嗷叫的同行的猪一样。现代人的异化、麻木得到了凡·高或者卡夫卡式的荒诞不经却又无比真实感的呈现与渲染。

时代、现场、生活，它们都是又模糊或清晰的远景和近景所组成的，诗人的取景框其特殊功用在于发现那些细节和幽微之处。这些细节又是具有象征性的。这需要诗人不仅要具有观察能力以及特殊的取景角度，而且需要举重若轻、化大为小的能力。我想到了于坚的一首与此有关的诗，"在云南以北的国家公路旁 / 一块路牌标识出格以头地方 / 哦　格以头 / 没有人知道那是一个什么去处 / 只看见路牌下有一条腐烂在雨水中的泥浆路 / 是马蹄和光脚板踩出来的"（《便条集·31》）。

快速的碎片化的时代以及同样模糊的碎片景观，能够对此予以整合和澄清的也许只有诗人。这正如爱默生指出的"任何人都不拥有这片风景。在地平线上有一种财产无人可以拥有，除非此人的眼睛可以使所有这些部分整合成一体，这个人就是诗人"。

"飞行"的能见度

这个时代的世界地图越来越清晰，快速抵达、实时导航，看起来一切都是确定无疑的了。然而，快速移动也导致了"认识装置的颠倒"[①]、感受力的弱化、体验方式的同质化。

作为现代性意识的新的地理学风景是以消失地理和标记（精神印记）为代价的，整体被切割法则撕裂为光亮的碎片，视网膜和透视法被快速的工具和物化的权力机制给遮蔽住。与此同时，快速、

---

① ［日本］柄谷行人：《日本现代文学的起源》，赵京华译，生活·读书·新知三联书店2003年版，第17页。

无方向感和碎片还形成了一个个暧昧或诱惑的假相。似乎一个"美丽新世界"和急速前行的乌托邦正在来临，然而诗人给出的则是异托邦般的竭力否定，"飞行并不是在事物中前进　天空中的西绪弗斯　同一速度的反复／原始而顽固的路线　不为改朝换代的喧嚣所动／永恒的可见形式　在飞机出现之前／但远远地落后了　它从未发展　它从未抵达新世界"（《飞行》）。这正是物质性制度的形成以及无处不在的影响，速度、工具以及遗忘、茫然、沉默只是其中的体现而已。

在现实云图面前，诗人给出的是未定性和生成性诗歌之途。这都让我想到了于坚的那首令人震慑不已的长诗《飞行》。

值得注意的是，于坚的这首长诗《飞行》的互文性，比如精神出处、语言资源、知识体系、诗句的"改写""引用"与西方文本之间形成的呼应关系。王家新就此批评强调"拒绝隐喻"和"本土经验"的于坚"原来却处处留下了'与西方接轨'的痕迹；它一会儿是对 T·S·艾略特《四个四重奏》的'改写'，一会儿又是对《荒原》的一再引用；一会儿是'天空中的西西弗斯'（按某种逻辑，为什么不是吴刚？）；一会儿又是'脆弱的诸神呵，脆弱的雅典山上的石头……'请问，这又是哪一国的'语言资源'？这是不是于坚本人要竭力攻击的'来自西方诗歌的二手货'或对西方'知识体系'的'依附'？"[①] 而韩东针对于坚九十年代的写作也批评其和西川一样犯了"博古通今"的"知识化"毛病。这个互文还必须回到具体的文本语境中。确实一直提倡个人发现和原创的于坚在这首长诗中使用了大量的古今中外诗人的原文，这些文本与于坚的个人文本之间产生了一种跨越时代的对话。在我看来，诗人深层的寓意则是借用的这些引文所代表的时代和事物都已经不复存在而成了过去时的东西，这与新时代形成了伦理化的批判关系。

---

① 王家新：《知识分子写作，或曰"献给无限的少数人"》，《大家》1999 年第 4 期，《诗探索》1999 年第 2 期。

五百多行的长诗《飞行》，最初成稿于 1996 年冬天，后经过数次修改——1996 年 12 月初稿、1997 年 2 月 1 日改、1997 年 5 月 16 日再改、1997 年 8 月 10—18 日、22 日再改、10 月 15 日改、1998 年 8 月再改、2000 年 2 月 23 日改定。这是一次异常艰难、拉锯战式的写作过程。确实，对于长诗写作来说，具有明显的"一次性"。写作的动因、过程和结果都是各种因素包括偶然性的结合体，都是不能重读和再来一次的，甚至包括一个诗人的身体状况。再换一个时间、一个场景、一个状态，写出来的可能是完全不同的"另一首诗"。所以吉狄马加在写作长诗《我，雪豹……》的时候，写完初稿后他长长舒了一口气。他当时想如果写作过程中稿子丢失了，那无异于自己死了一次，因为不可能再重来一遍写出同一首诗。所以，写诗关乎一个诗人的长期努力和个人能力，也带有诸多偶然甚至神启的成分，尤其是对于那些具有生成性的文本而言更是如此。大解在写作长诗《悲歌》、马新朝在写作《幻河》的时候也都经历了类似的过程，甚至在写作过程中会浑身颤抖、泪流满面。

《飞行》1998 年 8 月发表于《花城》（还曾发表在台湾《创世纪》）。2010 年 4 月 3 日，于坚在博客对这首长诗《飞行》写作做了一个补记："十四年过去，中国发生巨大变化，我在诗中的预言一一应验，我并不想当先知。'故国神游，多情应笑我，早生华发'。昨夜重读罢，怅然。再次发表，以纪念。"回过头来再看看于坚的这些诗句，确实带有"预言"和"寓言"的双重性。快速的时间消解和遮蔽了一切，"肢解时间的游戏 依据最省事的原则 切除多余的钟点 / 在一小时内跨过了西伯利亚 十分钟后又抹掉顿河 / 穿越阴霾的布拉格 只是一两分钟 在罗马的废墟之上 逗留了三秒 / 省略所有的局部 只留下一个最后的目标 省略 彼得堡这个局部 / 省略 卡夫卡和滑铁卢之类的局部 省略 西斯廷教堂这个局部 省略 / 恒河和尼罗河之类的局部 美索不达米亚平原和希腊之类的局部"。稳固的结构已经不复存在，包括那些永恒性和完整，一切都在被暂时性的碎片所僭越。暂时、变动、快速、移动、滑行、惯性、眩晕、困厄、离心力，正是现代性急剧发展之后的后遗症，"暂时的　一切都是暂时的　座位是暂时的　时间是暂时的／这个航班是暂时的　这个邻座是暂时的／上帝是暂时的　单位是暂时的　职业是暂时的／妻子和丈夫是暂时的　时代是暂时的　活着是暂时的"。

空间与速度给诗人的感受会有差异，有的适应有的不适，而现代性空间对于坚来说不仅不适，而且是反对甚至深恶痛绝。当然，这体现在诗学上是一回事，体现在现实生活态度又是另一个方面。尤其是诗人的行走和观察能力被迅捷的交通工具所弱化或取代的时候，于坚的长诗《飞行》就成了普遍性的现实命运和文学语言的遭际——文学必须具有能廓清当下的精神能见度。而愈益流行的则是浅层的、低级的、拙劣的观光客式的地理手册和旅游攻略的写作，甚至谈不上写作。由此，作为一个写作者，无论你是深入其中的本地人，还是偶然停留带着探问猎奇眼光的外来客，都应该在语言中重新建立起真正意义上的空间。由此，我想到了王小妮的《过云南记》《过贵州记》《过广西记》，正如一本书的推荐语所评价的那样，"我们有自己的生存背景，我们住在这个叫中国的巨大村庄中，不能不被这个村庄里的一切规定着。真正的背景是人间，细密的大网不可捕捉又无处不被笼罩。背景，不是一幅画，不可以摘下来卷了走，不可以悬挂到其他墙壁上，所有的存在都正在互为背景，无论谁都置身其中。2002至2004年间，诗人王小妮、诗歌批评家徐敬亚伉俪经常驾车深入山西、贵州、粤北、河南、重庆、云南、东北的偏远山区、乡镇，目睹了中国腹地真实的生存状况与处境。看到一些非常平凡的人和事情，渐渐觉得'安放'的重要，它是个大词，是个必须重新用一颗肉的心去理解的新概念。这本书中，作者写下了她有过的震动、悲凉、痛心与哀悯，这些打动与震撼她的一幕幕，经她手也给读者以震撼。"

《飞行》的开篇第一句即揭开了整首诗的空间和基调，"在机舱中我是天空的核心　在金属掩护下我是自由的意志"。但是诗人的"自由意志"却在整首长诗的展开中受到了近乎前所未有的规训。机舱，这一典型的现代性的封闭空间决定了整首诗的精神底色甚至诗歌节奏。至于诗人选取或径直遭遇什么样的空间、场景和物象并非是可有可无的，甚至在一些特殊的节点上会变得愈益重要，正如江河的"纪念碑"、吉狄马加的"雪豹"、欧阳江河的"广场""凤凰"、韩东的"大雁塔"（杨炼的"大雁塔"）、翟永明的"咖啡馆"、雷平阳的"白衣寨"、沈浩波的"蝴蝶"（胡弦的"蝴蝶"）一样。从空间和工具的角度，《飞行》这首反现代性和反工具理性的长诗可以与于坚后来的散文《将空调关小一点》比照阅读："如果为飞机场编一本词典的话，就是机械师、清洁工、飞行员、电工、空姐……使用的工作手册上的词汇也算上，恐怕也不会超过10页。它企图彻底祛除不确定，祛除鬼魅，一切都数字化，简单、精确、便捷、安全、标准……却只是做到了极度贫乏而已。飞机场，最高档的无聊乏味。目标太明确。目标而不是意义，飞机场毫无意义。它就是意义本身，终极的意义。"这是不同文体和领域之间的互文。与此同时这也是为什么九十年代以来的诗歌写作中"汽车""火车""高铁""飞机"和"高速路"频繁出现的重要原因。人类空洞的躯壳钻入到大大小小的钢铁运输工具的同样空洞无物的躯壳当中，人却成了一种典型的受制工具。人似乎已经丧失了对这种快速工具理性的约束性法则的抵制能力。

从汽车、火车和飞机等现代性工具的窗口出发，快速"移动"导致了现代性风景的模糊，以及相应的体验能力的弱化和感受方式的趋同，"现代城市不断延伸的地理形态，与人类身体失去感觉的科技相映成趣——让一些现代文化的批评者得以宣称，现代与过去之间有着巨大的差异。对现实的感受力以及身体的活动能力一直在减弱，现代社会似乎变成了一个独特的历史现象。"①此刻，我想到强调"见证诗学"的切斯瓦夫·米沃什的诗句："专注，仿佛事物刹那间就被记忆改变。/坐在大车上，他回望，以便尽可能地保存。/这意味着他知道在某个最后时刻需要干什么，/他终于可以用碎片谱写一个完美的时刻。"改写、困顿、反讽、破碎，这是现代人的精神状态。人变得不再挑剔，而是容易满足，在快速之路上昏昏欲睡且欣欣然。不可思议的甚至荒诞的戏剧性的一幕都发生在那些飞速奔跑的钢铁工具的窗口，坚硬、冷冰而又模糊不清的时刻突降而至，"我走过香蕉集装箱码头背靠南太平洋火车头的巨影望向太阳西沉于爬满火柴盒般房子的山丘，开始哭泣。杰克·凯鲁亚克坐在我旁边的一根生锈斑驳的铁杆上，陪着我，我们进行着对灵魂同样的思索，黯淡地忧郁地悲伤地凝视着，身边被机器文明蜿蜒的钢铁根茎环绕。那油污河水映衬血红的天空，三藩市远山外黄昏日落，这条河中没有鱼，那座山没有隐士，这里只有我们潮湿的双眼与宿醉，在河岸上如流浪汉般，疲惫又狡黠。"②"距离的消除"、失去"意识的表象的世界"的全球化时代，利弊都是如此显豁而又不容回避，"不管怎样，在一个变化有增无减的时代，世纪之初还显得遥远陌生的事物，随着岁月的推移，变成了家常便饭。"③与此同时，这也导致"大地""原在"以及"根系"被遮蔽，"视而不见"的时刻成了以黑暗和盲视为前提的日常时间，"但在图书馆的地上种树/你得找到图纸　弄清结构/使用工具甚至炸药/把钢筋、混凝土、基石/一层层撬开/然后浇水　让最底层的/在松动中/回忆起那黑暗"（《便条集·84》）。

① ［美］理查德·桑内特：《肉体与石头——西方文明中的身体与城市》，黄煜文译，上海译文出版社 2016 年版，第 7 页。

② ［美］艾伦·金斯堡：《向日葵箴言》，《金斯堡诗全集》（上），惠明译，人民文学出版社 2017 年版，第 204 页。

③ ［波兰］切斯瓦夫·米沃什：《米沃什词典》，西川、北塔译，广西师范大学出版社 2014 年版，第 40 页。

工具制度性的现实需要的正是诗人的反观和还原能力，而这一反观和还原的过程在现实中可能比写作的境遇还要严峻，"超级市场的水泥地基打入地层十米以下／为的是不使消过毒的苹果和冰冻的牛肉／从货架上掉下来／／超级市场　仍旧是大地上的一部分／在这坚固而没有细菌的地面上／长不出苹果树／在这丰富多彩的货架中间／不会有人／在转过某个弯的时候　悠然瞥见／远远的南山下　一头母牛和一头小牛／在低头吃草"（《便条集·33》）。而严峻的境遇下，诗人除了对前现代社会的"怀旧"，"而我更加明白我的怀旧在最阴郁的时刻也是一种对现世的拒绝，即算是一开始我就说过，在这个世界上没有什么比这片土地上的语言和音调更让我感动的了"[①]，还要寻找和维护的正是类似于希尼的"来自良心的共和国"。这是诗人的精神能见度，这是求真意志的坚持，这是维护人之为人的合理性，也是现象学意义上的挖掘、呈现和还原："我在良心共和国降落时／那里是如此寂静，当飞机引擎停止转动／我能听到一只麻鹬掠过跑道上空""那儿雾是令人畏惧的预兆，可闪电／却意味着天下大吉因而暴风雨来临时／父母们把襁褓中的婴儿挂在树上"[②]。

九个多小时的封闭空间成为简单搬运式的"时间快餐"，不需要任何思考也冰冷地拒绝任何思考，僵硬的身体不需要心理运动。凝固的大脑、麻木的神经，眼睛也戴上了黑色的眼罩而与盲人无异，"白瓷砖的皮肤　玻璃的视力　铁栅栏划出的生命线"。一定都是预定和设计、规划好的。这是一个世界性、全球化的同一化的"机舱"景观和时间法则。由此，"诗人病"开始发作并不可治愈。这反馈出来的症状是失重的状态、失衡的心跳、失败的经验、失落

---

① ［法］伊夫·博纳富瓦：《隐匿的国度》，杜蘅译，华东师范大学出版社 2017 年版，第 10 页。

② ［爱尔兰］西默斯·希尼：《来自良心的共和国》，《希尼诗文集》，吴德安等译，作家出版社 2001 年版，第 162—163 页。

的追忆、失魂落魄的现实。这是一个近乎无力、无用、无能、无为的"神经质""精神病患者","多余的家伙 无所事事 作为诗人 只不过是无事生非 / 让家长和当局生气 总是不合时宜 总是破绽百出"。为此,于坚非常聪明地在诗中有意设置了一个兼具"医生"和"病人"双重身份和象征的"王大夫"。对于精神和身体双重疲软、困顿的遭际,诗人借助"王大夫"反复在诗中强调"我会掏出来吗""也顺便掏出生病的阴茎"的冲动。这是一种不合时宜的冒犯和不合作。而同时代人最重要的精神就是不合时宜。在这方面,于坚不折不扣,"面对着生病的红屁股 你会掏出来吗?我会掏出来吗 / 这个念头令我心绪不宁 令我的老师心绪不宁 令我的好朋友们 / 心绪不宁 令童男子和少女心绪不宁 令领导和同志们心绪不宁 / 令皇帝的龙床心绪不宁 你会掏出来吗?"

《飞行》是一首追挽之诗,是同时代人的不合时宜之作。封闭机舱里的种种不适和异化所形成的诗歌是坚硬的、愤怒的、破碎的、不解的、怀疑的、疲软的。而当诗人不由自己转向了过去时态的"高原""故乡"的时候,与之相应的话语则是深情的、坚定的、明朗的、温柔的,而且大量使用复沓加以这种近乎失去的不再的感情和价值,比如反复出现的"美好的事情就是","在那里 / 人和神毗邻而居 老气横秋的地主 它的真理四海皆准 / 美好的事情就是 背着泉走下青山 美好的事情就是 / 秋天原野上的稻草堆 美好的事情就是 被蒲公英的绒毛 辣得流泪 / 美好的事情 就是刺手的向日葵和杨草果树下的黄草地 / 美好事情就是春天归来 马鹿泅过下游 青头菌在林中出现 / 美好的事情就是在母马尖叫的下午 / 一个男子的右腿被马缨花绊倒在蜡染布上"。这是另一种形式的反讽和自嘲,因为所肯定的那一部分正是被新时代所片刻抛弃碾碎的东西,你所赞美的正是你所失去的。这已然成为当代诗人的分裂性的命运。缓慢的、自然的、老旧的生活以及事物和连带其上的记忆在现实履带下被连根拔起而迅速成为"遗物"。曾经的诗歌的经验和诗人的经验都不复存在，"我的第一首诗感激了原野上的落日／我的第一次爱情献给了在星期六的晚上用脚盆洗澡的母亲／我三岁的时候看见高山　大河　某个晴朗的下午我知道了鹰的名字"。在封闭性的现代性钢铁空间里，人生观、时间观、世界观也必然遭到挑战。如果说长诗《飞行》开头部分于坚因为思维和经验惯性还在不由自己地用"古典""农业""过去时"来展开语言空间的话——比如"天空的棉花在四周悬挂　延伸　犹如心灵长出了枝丫和木纹／长出了　白色的布匹　被风吹开"，那么随着文本的不断展开这种过去时所受到的压抑是空前紧张的。无论是诗人原型还是现实层面的"乡愁话语"在整首诗中都有着极其显豁的反弹。甚至这种话语在新世纪以来成为愈益流行的主导。新旧世界两种截然相反的经验和想象方式以及语言都时时处于胶着、碰击之中。工业的胸毛、钢铁的庞然大物带给诗人现实生活和精神生活的是双重的戕害，但诗人更多的时候是无能为力，尽管疼痛日深，"但我不能左右一架飞机中的现实／我不能拒绝系好金属的安全带／它的冰凉烫伤了我的手　烫伤了天空的皮"。一个新时代携带着庞然大物降临的时候，旧时代、旧经验和旧词语是否已经过时和失效了呢？"是否有完整的形式""是否还有什么坚持着原在""大地上是否还容忍那些一成不变的事物？"这不只是当年于坚所遇到的难题和疑问，也是当下诗人正在经受和面对的。一切曾经坚固的千百年未曾改变的自然风景和时代景观几乎一夜之间不复存在，甚至片瓦不存，"哦　故乡　发生了什么事情　为何如此心满意足　为何如此衣冠楚楚／从未离开此地　但我不再认识这个地方／旧日的街道上听不见黄鹂说话／七月十五的晚上　再没有枇杷鬼从棺材中出来　对月梳妆／谁还会跷起布衣之腿　抬一把栗色的二胡　为那青苔水井歌唱？"请注意，一贯冷静克制的于坚也不得不抒情了甚至不无强烈，"哦　那个秋天落霞与孤鹜齐飞　我学习笛子和骚体　热爱白居易／过去我吸附着大地　我知道怎样像一棵树那样扩张"，而且在整首诗中破天荒地不断使用"哦""啊"等这样的感叹词——这显然是浪漫主义抒情诗人的标志。这在于坚的诗歌中确实是非常少见的。这既是抒情也是反抒情，因为值得抒情的事物和经验都已经消解了。于坚所呈现的是宁愿在大地、故乡和缓慢老旧的事物中死去的"云南土著""守旧派"式的形象，"让我在落后的旧世界里辛劳而死 / 让我埋在黑暗的大地上　让我在昆虫中间腐烂"。这是一个诗人的"守旧者说"，是试图在诗歌中倒退着行走的逆着时代的人。在一种全新的空间和时间中，连诗人也必须对近乎垂直降临的"新世界"做出选择，无论你是选择适应还是坚持逃避。无论你是一个右派、左派、造反者、小市民还是独立的知识分子，实际上更多的境遇则是没得选择，而是必须接受，"过去的时间在东方已经成为尸体　我是从死亡中向后退去的人"。美妙的一刻从此成为被另一个崭新的时代始乱终弃的过时货色，乡土抒情诗和白日梦的时代不会再来了，那些缓慢的诗句也进入了语言的棺木之中，"天空系着蓝围裙""鲜花在盛开""少女们鼓起乳房"。所以在长诗《飞行》中于坚反复喊出的是"过时了"——

　　　　西藏过时了　乡巴佬的陕北啊　你过时了　鲁迅呀
　　你的社戏过时了
　　　　沈从文呀你的湘西过时了　过时了　帕米尔高原布满
　　松树的尾巴
　　　　过时了　村姑们粗野的美　过时了《小农家的暮》
　　啊　过时了
　　　　喝山泉的村子　过时了　云南荒原上的狐狸　依附着
　　大地的一切
　　　　都过时了
　　　　西伯利亚的荒原呀　小白桦呀　印第安的部落呀
　　　　伏尔加河上的纤夫呀　非洲的青山呀　马神和风神呀

萤火虫环绕的南方之神呀　你们都过时了

　　时间被劫持了，农历消失了，只有金属耗损声中身体的磨蚀。肯定的诗学行将结束——

　　"在着。" 这话多么好　多么古老　多么背时
　　在高原的月光里面　小杏在着　烫她的黑发
　　果果含着指头睡在果园里
　　在着　在东方的梅园里　雕梁画栋涂着梅花的影子
　　在着　母亲叠起了丝绵被
　　在着　故乡的小巷　卖山茶花的姑娘来了
　　滇池在着　里面出生着新的扁鱼和石头鱼
　　西山在着　寺庙在白梨花之中
　　山在着　豹子在湖边看自己的脸
　　在着　筇竹寺的五百罗汉
　　在八月的风中　托着瓷钵　走下青山

　　当我们将诗人面对新世界和旧世界的两种诗歌腔调转换为镜头和画面的时候，这一矛盾就更为直观。面向现实的时候镜头是彩色的、炫目的、快速移动的，面向过往的时候则是缓慢的黑白色调的长镜头。较之"五四"狂飙突进时代同样狂飙突进的诗人——比如于坚在诗中引述的郭沫若的《天狗》，当下同样是快速的狂飙突进的时代，但是更多的诗人却在强势经验那里望而却步，病了、困顿、疲竭、无力。这既是一种反时间神话的体现，拒绝庸俗进化论的反省，同时也印证了这一时代在文本、现实中双重的无能现实。除了不满、愤怒和不解，诗人还有别的词汇表吗？这关乎一种时间观念，把时间理解为中性的还是附着了各种意义（光明的或灰暗的）和情感（冷酷的或温暖的）的非中性时间，对于写作者来说显

然会影响不同。时间的理解，涉及到写作者的记忆、过去时和生活自身的多重结构，"在普鲁斯特那里，过去的时间其实是一个神话，在我的理解里，记忆是构成了一个关于过去的神话，就是过去是我们的拯救方式，我们的今天是靠过去来拯救的。我们今天一无所有，是靠过去支撑起来的。回忆的大厦其实支撑起的是我们整个生命的本体。在这个意义上，普鲁斯特的那个回忆的概念是有某种生存的本体性的意味的。但是普鲁斯特也意识到过去的时间也是幻象，在这个意义上我把他理解成现代主义者。"①

在机舱的封闭空间中，过去、现在和未来三个路径交错，而一个诗人在焦虑地进行选择。这既是物理时间的法则，更是历史法则和时代秩序使然。由此，物理时间、现实时间、现代性时间、历史时间、个人时间、心理时间发生了前所未有的摩擦甚至碰撞，很多标志性的时间和象征性词语不时出现，比如"故国""王国""新社会""六六年"等等。然而一切都是不可避免的，"在这个世纪末 / 一只冻土地带的鼹鼠也知道暖气是好的　现代化是好的 / 云南省的　一只户口在鸡枞菌上的紫色蜗牛　也渴望着长出轮子"。浪漫主义者、缓慢主义者、怀乡病人、旧贵族、老式人物，不被见容于这个时代，"去故乡而就远兮　去终古之所居"。任何一首诗歌都不能在现实中阻挡一辆坦克或挖掘机的前进，这是一个在现代性的"飞行"中提前领受了下坠、失重的诗人和"病人"。此后的诗人，时刻都在感受着于坚经历的"飞行"的时代、碎片的时代、物化的时代、主体丧失的时代。

《飞行》这首面对着全球化问题的诗作，我们更感兴趣的是西方读者对这首诗的反应，"在 2001 年澳大利亚悉尼市举办的作家文学节中，我作为《飞行》的英译者跟于坚一起参加了两次大朗诵会，一次朗诵会是专门朗诵《飞行》。朗诵是用中英双种语言进行

① 吴晓东：《一次穿越语言的陌生旅行》，《以个人的方式想象世界》，生活书店出版有限公司 2015 年版，第 189 页。

的，这样便于让听众对原文的声音、节奏、语调这些方面有直接的欣赏。朗诵会开始之前，我很担心没有人会听懂这样的诗歌（西方人心目中典型的"中国诗"的形象至今还是深受中国古典诗歌的影响，对一般西方人说来，那是一个十分温柔的，充满一种纤弱的魅力的东西）。但是，朗诵会结束以后，我才发现我的忧虑原来是完全没有必要的。大家的反应都很热烈，有很多听众亲自走到我们面前来表示感谢，还向我询问能否买到《飞行》英译本？因此在我的印象当中，好像很多听众并不认为《飞行》是一部遥远陌生的作品，相反它在各种方面上都能不同程度地引起西方人的深切共鸣。这真是一件值得人欣慰的事。"①

将一个文本放置在更宽的阅读视野，于坚的这首长诗《飞行》还可以和同时代诗人王小妮的《在飞机上》《飞行的感觉》《在夜航飞机上看见海》《飞是不允许的》《抱大白菜的人仰倒了》等关于"飞行"的系列诗比照阅读。同样是在快速的现代化的空间里，诗人感受到了什么？感受有没有差别？这种感受和差别具体到诗歌中又是怎样的一番情形？

> 天空凭什么一下子蓝成了这个样儿
> 哀伤全都浮起来了。
>
> 太阳照样呆在比我更高的地方
> 发青的山峰各个戴了顶金帽子。
> 我在想，也许能乘势升到光芒的上面
> 独自一人飞去那儿。
>
> 冷空气敲着飞机的脑壳说

---

① ［澳大利亚］西敏：《一个外国伊卡罗斯的〈飞行〉》，"诗生活"网批评家专栏"西敏汉诗评论"，2001 年 11 月 7 日。

那个人，她想干什么

退下，回到你那层蓝色包装纸下。

我当然纹丝没动

退缩在哀伤的合金壳里

偶尔看一下舷窗外，传说一样的暗蓝色

（王小妮《在飞机上》）

第十章

诗人散文："我的散文是我诗歌的黑暗"

于坚是一个具有综合文体才能的写作者，所以不只是谈论他的诗歌文本，还必然涉及其他文体，比如散文——诗人散文。而我这里所提及的"诗人散文"并不是泛指诗人写的散文，而是作为一种专有的特殊的"文体"概念。

于坚的诗歌某种程度上泄漫的散文化、小说的故事化以及自我戏剧化既是其个性和风格，也因为这些"不像诗的诗"而招致了一些内行和外行的不满与批评。或者说诗歌与散文的文体边界在哪里？这种疑问在西川、欧阳江河、孙文波、肖开愚等人混合杂糅的诗歌写作中也存在着。然而在于坚的散文和随笔中，这种写作方式恰好获得了可信赖的合法性，也使得"跨文体"（"跨文体"更像是一个伪概念）的综合才能得以进一步施展。

李敬泽认为照之小说和诗歌完成了现代转型，而现代意义上的散文转型还没有完成，"散文的惰性太强了，因为它背负的是那个最深厚的'文'的传统。"[①] 除了面对散文写作的一般化问题，还有长久以来被关注的另一个有意思的问题——诗人为什么写散文？也

---

① 李敬泽：《面对散文书写的难度》，《人民日报》（海外版）2017 年 12 月 13 日第 7 版。

就是所谓的"诗人散文"。

诗人写出的是什么样的散文？诗人写出的散文和一般意义上的散文有本质区别吗？还是先来看看约瑟夫·布罗茨基的一段话："谁也不知道诗人转写散文给诗歌带来了多大的损失；不过有一点却是可以肯定的，也即散文因此大受裨益。""诗人散文"作为特殊概念（布罗茨基、茨维塔耶娃、曼德尔施塔姆和苏珊·桑塔格等都曾对此做过专门而专业的界定）甚至一种文体必须受到重视，"诗人被假定为不仅仅是写诗，甚至不仅仅是写伟大的诗：劳伦斯和贝克特都写伟大的诗，但他们通常不被视为伟大诗人。做一个诗人，是定义自己只是诗人，是坚持只做一个诗人（尽管非常困难）。因此，二十世纪唯一被普遍认为既是伟大散文家又是伟大诗人的例子——托马斯·哈代，是一个为了写诗而放弃写小说的人。"[①] 确实，诗歌和散文是很容易被对立起来衡量的两个特殊关系的文体，而且往往散文（还有一个更为尴尬的文体散文诗）的地位被认为是低于诗歌的，"俄罗斯的二十世纪主要是诗人们的一项成就——但不只是诗歌中的一项成就。对于他们自己的散文，诗人们表示了最激烈的不屑：过分追求严肃性将不可避免地浸透着诋毁""更典型的是，诗人们都信奉诗歌的一个定义，把它当成一家大企业，其固有的优越性（文学的最高目标，语言的最高状态）使得任何散文作品变成相形见绌的小公司——仿佛散文永远是一种沟通，一种服务活动""在二十世纪，写诗往往是散文作家青年时代的闲时消遣（乔伊斯、贝克特、纳博科夫……）或以左手练习的一种活动（博尔赫斯、厄普代克……）。"[②]

诗歌和散文确实往往作为互相的比照物而被并置讨论。曼德尔施塔姆认为对散文作家或随笔家有意义的东西在诗人看来是完全

---

① ［美］苏珊·桑塔格：《诗人的散文》，《重点所在》，陶洁、黄灿然等译，上海译文出版社 2011 年版，第 9 页。

② ［美］苏珊·桑塔格：《诗人的散文》，《重点所在》，陶洁、黄灿然等译，上海译文出版社 2011 年版，第 5、9 页。

没有意义的。而布罗茨基则强调伟大的散文是以其他方式延续的诗歌，诗人转向散文写作永远是一种衰退，"如同疾驰变成小跑"。斯泰因则认为如果诗歌是名词的话，那么散文则是动词，"显示运动、过程、时间——过去，现在，和未来。"甚至散文还被一些人认为是诗人的"暮年事业"。我们可以借用布罗茨基和苏珊·桑塔格等人的"诗人散文"这样一个概念，从而区别于其他散文的一般化和固化特征。最重要的是，诗人散文或诗人的散文体写作不仅体现了自由写作的愿望，而且文本自身也呈现了一些特殊性，"对某些诗人来说，写散文是从事一种真正完全不同的活动，使用一种不同的（更有说服力的、更理性的）声音。艾略特、奥登和帕斯的批评和文化游记，虽然极好，但是并非以诗人的散文的形式写就；曼德尔施塔姆和茨维塔耶娃的批评和应景之作却是""诗人的散文不仅有一种特别的味道、密度、速度、肌理，更有一个特别的题材：诗人使命感的形成。"① 显然，于坚已经写出了"诗人散文"意义上的重要文本。

先来看看于坚对散文的认识，有什么样的认识才会有什么样的实践。文体意识与语言态度是互为表里的。在于坚这里"散文"或"散文化写作"和一般意义上"散文"是有根本区别的。于坚如是说："写作就是对自由的一种体验。而散文化的写作可能是一种最自由的写作。我强调散文化这个词，是为了与发表在《散文》《美文》之类的杂志中的那类东西相区别。散文化，出发点可以是诗的，也可以是小说的、戏剧的等等。相对于某种已经定型的文体，它是一种更为自由的写作""我一直在寻求一种可能的最自由的写作，我的意思是，你可以只是写，而不必担心编辑先生会把它放在哪一个栏目之中，也不必担心读者会把它作为什么文本来读。我一直在试探着触摸一种'散文化的写作'，散文化，就是各种最基本的写作的一种集合"。显然，于坚强调的是一种更为自由的充满

---

① ［美］苏珊·桑塔格：《诗人的散文》，《重点所在》，陶洁、黄灿然等译，上海译文出版社 2011 年版，第 11 页。

了可能性的写作。我甚至认为于坚在语言和文体上是具有"准宗教感"的诗人,那种无比虔敬和再次创造性使用语言的端正态度。就智性和沉思的品质,于坚是十足意义上的"精神性诗人"。

在于坚这里,散文或散文化写作是一种更为自主、自由、开放和综合的写作方式,正如他所说《尤利西斯》是各种文体的散文式狂欢。确实,诗歌和散文甚至与叙事性文本之间的文体边界如今已经因为彼此渗透而变得越来越模糊,从而逐渐兴起一种超级链接式的超文体、超文本写作现象,"那个似乎明显适合于抒情诗的标准(根据这个标准,诗作可被视为语言工艺品,这之外再也没有发挥的余地),现在影响了散文中大部分具有现代特色的东西。正因为自福楼拜以来,散文愈来愈追求诗歌中某些密度、速度和词汇上的无可替代性。"① 同样逸出了传统意义上诗歌文体规范的西川则强调的是"诗文",即更具主观性和自由度的古代笔记体。这是介于诗歌和散文之间的文字,在从诗歌到散文的色谱上比散文诗更接近散文。关于诗歌和散文的功能近年来于坚越来越道法自然、天人合一。

即使是从诗歌内部来看,于坚的诗歌肯定不是"纯诗""正统的诗",而是在语言、修辞和文体上具有综合性和跨越性,是诗与文的对话。于坚的诗歌具有一种描述性、意象的绵密性和词语的紧张感,阅读效果更接近"散文",但是绵密、紧张中又不乏诸多缝隙和孔洞来调节和疏通。在于坚晚近时期的诗歌中,《左贡镇》(2012)可谓这方面的代表性文本。

> 我曾造访此地　骄阳烁烁的下午
> 街面空无一人　走廊下有睫毛般的阴影
> 长得像祖母的妇人垂着双目　在藤椅中

---

① 〔美〕苏珊·桑塔格:《诗人的散文》,《重点所在》,陶洁、黄灿然等译,上海译文出版社 2011 年版,第 10 页。

像一种完美的沼泽　其实我从未见过祖母

她埋葬在父亲的出生地　那日落后依然亮着的地方

另一位居民坐在糖果铺深处　谁家的表姐

一只多汁的凤梨刚刚削好　但是我得走了

命运规定只能待几分钟　小解　将鞋带重新系紧

可没想到我还能回来　这个梦清晰得就像一次分娩

尘埃散去　我甚至记起那串插在旧门板锁孔上的黄铜
钥匙

记得我的右脚是如何在跑向车子的途中被崴了一下

仿佛我曾在那小镇上被再次生下　从另一个母腹

这首诗有着非常棒的结尾，可为当代诗歌树立一个标志性的样本。

由此我们会发现，于坚很多诗歌都具有明显的"反诗""非诗"倾向。这实际上正是一个诗人不断创设语言的努力，是对庸俗诗学和固守的诗歌趣味的挑战。真正的诗人永远都不可能被规训的，尽管他可能在俗人世界或强硬的时代那里受到惩罚。于坚的日常化、散文化甚至有些碎片化的方式在一般阅读者那里看来是不太符合以往的诗歌规范的。对于坚而言，反诗正是为了返回诗，为了语言的修正和去蔽。但是，也必须注意到在口语化、日常化甚至市侩化的趋向中"反诗"很容易成为陷阱、牢笼以及自嗨、自闭的器物。因此在"反诗"的向度和写作的限度上，尤其是对于那些模仿于坚写作的诗人，"'反诗'也好，'返诗'也罢，都不会自动带来诗歌的优劣。今天我们眼见着不少于坚诗风的追慕者，其'反诗'，只剩下'反对'的姿态和干瘪无趣的分行文字；其'返诗'，又只剩下对过往已成的诗品的卑屈服从。"[1]

---

[1]　陈超：《"反诗"与"返诗"——论于坚诗歌别样的历史意识和语言态度》，《南方文坛》2007 年第 3 期。

散文或散文化写作是更为接近日常的一种陈述或"交代"方式，这就避免不了"叙事性"和"戏剧化"倾向。布罗茨基曾经说过在日常生活中把一个笑话讲两三回并不是犯罪，然而不能允许作家在纸上这么做。那么，具体到当下的散文写作，落实在叙述和讲故事的层面，如何能够避开布罗茨基所说的这种危险而又能够反复叙述一个时代互文的"故事"？讲述故事的有效性是至为关键的，这需要从物化现实空间向精神象征空间的转化能力。看看时下的散文吧，琐碎的世故、温情的自欺、文化的贩卖、历史的解说词、道德化的仿品、思想的余唾、专断的民粹、低级的励志、作料过期的心灵鸡汤……而当下的很多散文写作者包括小说家们却在重复着看似新奇的陈词滥调而又自以为是，每个人都证据凿凿地以为发现了写作的安全阀，而文字从来没有像今天这样变得如此个人、自由而又如此平庸和矫情。当代散文和小说写作是否进入了"枯水期"，这也许未为可知。

质言之，在我们的胃口不断被败坏，沮丧的阅读经验一再上演时，是否存在着散文的"新因子"？在此情势下于坚的"诗人散文"就有了被谈论的紧迫性，而我所指认的"诗人散文"正是为了强化散文同样应该具备写作难度。

而于坚的散文显然不是纯粹意义上的"美文"写作，而是容留了粗粝的杂质和硌人之物的综合体。照之诗歌写作，于坚的这些散文和随笔更具有自由性、跨越度和开阔感，比如随着文字配发的摄影作品，比如各种日常空间、社会空间以及国外的游历、观察。各种现实以及相应的体验方式在散文空间里拼贴、错位、共置、混搭、混合和杂交。无论是诗学阅读还是社会学阅读都能够在于坚的散文中得到某种深层的呼应。与此同时，经验世界与象征、隐喻体系在于坚散文的叙述和转述中还携带了"自传"色彩和"原型"意识。这也是于坚的散文写作并不能用流行的社会学意义上的"关键词"能涵括的原因。写作对于坚来说同样是在完成一场场的"精神事件"。注意，是"事件"而非单纯的偶然的"发生"。由此，写作就是自我和对旁人的"唤醒"，能够唤醒个体之间各不相同的经验。

对于坚而言散文和随笔并不是作为诗歌的"衍生品"或"零头"，而是作为一种独立的文体。即是说，于坚并不是在诗歌无话可说的时候进而在散文或小说中寻求一种日常式的废话，尽管他的散文和诗歌之间具有极其明显的"互文"关系。我只想提醒关注"诗人散文"或"诗人与散文"的话题和写作现象的内在必要性。这也许可以理解为于坚的一场可选择或者别无选择的"诗歌拓边"行动。于坚曾经比照过自己的诗歌和散文写作之间的特殊关系："我的诗歌是我散文的黑暗，我的散文是我诗歌的黑暗。"① 尽管约瑟夫·布罗茨基在评价茨维塔耶娃时谈论过"诗人与散文"，而我只想就于坚的散文强调"诗人散文"的可行性、特殊性甚至局限性所在。或者，探究下于坚的散文写作与一般意义上的散文存在着怎样的差别。诗歌与散文之间的等级优劣和观念性的判断在我看来是一个伪问题，但一个事实是一个诗人可以成为小说家和散文家，但是一个小说家和散文家很少（绝少，比如哈代）很难能够成为诗人。我们往往会说"诗人于坚"，但几乎不会说"散文家于坚"，尽管于坚的散文写作和诗歌一直多年来相伴而行。"诗人散文"必然要求写作者具备更为特殊的写作才能。在我看来，于坚的"诗人"身份和散文写作者是双向往返和彼此借重的。这是对"诗歌"和"散文"惯有界限、分野的重新思考。这样来说，于坚写诗和写散文并没有本质上的区别，但是具体到"诗人散文"自然不同于一般层面的散文，而是一种更为特殊的文体，具有对"散文"拓展、更新、改观甚至颠覆的意义。很大程度上以于坚为代表的"诗人散文"具有"反散文"特征，而"反散文"无疑是另一种"返回散文"的有效途径。"诗人散文"是一种处于隐蔽状态的散文写作可能性，这是一直以来被忽视的散文写作传统之一。我们在阅读于坚的散文时

---

① 于坚：《我的诗歌是我散文的黑暗》，《作品》2008 年第 1 期。

可以格外留意这些特殊的"反散文"的能力。

于坚的很多散文都具有明显的游走性、回溯性和反思现代性的特征。说到于坚散文的"精神出处",我们的目光还是会不由自主地转向他写作中的云南空间、中国地理和世界图景。在于坚这里,地方和空间既具有自然属性,又有生命性、当下性和历史性。质言之,地方和空间已经不是自然地理和文化版图,而是上升为一种精神场域。类似于个人精神史的流放地或密室。正像当年耿占春所说的"一个人和自己出生、成长的地方是一种伦理和道德的关系。这不仅意味着他必须接受这个地方的秩序、传统和伦理约束,也意味着他对地方性的事物拥有许多个人传记色彩的记忆"①。尤其是在一个"地方性知识"被清零的现代性、城市化语境之下,残山剩水也注定了"残稿""悼词"式的写作命运,一切都是未完成的焦虑和揪心状态,"中国城市化乃是强力推进的结果。社会并没有完成城市化所必需的心理准备和文化呼应。人们措手不及,一夜之间已经离开故乡,失去了左邻右舍,失去了家具、风景、祠堂、方言、乘凉的大树、喜好的口味(街口那家吃了三十年的李记过桥米线)、玩场……搬进焕然一新、周围全是陌生人的小区。"②写作者满面忧郁地在残山剩水间蹲下查勘,更多是精神意义上的满怀狐疑。他身不由己地关注着现代性语境下的"消亡学"。于坚文字化的"地方"不是外在于主体的,而是文字的肉身,是自我精神的一部分或者历史个人化的延伸。这其中既有一般旁人感受不到的深情、热爱,又有着自责、虚妄、无着和救治。

正是从这种直指"地方""空间""乡土"的视域出发,于坚的散文在某种程度上重新打开了诸多的写作可能性和认识"现实""现代性"的多层空间。而一种话语的有效性显然关涉"说什

---

① 耿占春:《一个人的地理学》,《失去象征的世界》,北京大学出版社 2008 年版,第 189 页。

② 于坚:《忽然间,人们彼此隔绝孤立》,《视野》2015 年第 7 期。

么"和"怎么说"。你不能阻止一个幸福的人放声歌唱，你同样不能阻止一个悲痛的人放声大哭。云南与中国乃至世界的关系最终只能落实为于坚与地方语言的关系，因为合法性是诗学意义上的。这是外在现实内化为"现实感"的过程，而非惯性的社会学理论学的阅读和指认。对于坚而言，他是在寻找，也是在一次次丧失，他永远不可能找到精神和灵魂的栖息之地，只能一次次自我拆解——身心异处、丧家无门。这是一种"令人不安的写作"。从生存的普遍性上而言，"当代"写作者最显豁的就是现实经验——新旧的共置和体验的对峙，而这更大程度上与现代性这一庞然大物有关。而对现代性的理解，无论你是一个拥趸，还是一个怀疑论者，你都必须正视现代性作为一种生活的存在。于坚这种更为内在化和自我化的"真实""现实"。尤其是在遍地犬儒主义和狗智主义横行无阻的时代——此外还有那么多的欣快症患者，于坚试图在散文写作中重建"地方""故乡""现实感"，进而承担文字的"真实"是可能的吗？齐邦媛说二十世纪是埋藏巨大悲伤的世纪，那么二十一世纪呢？当下的写作者在涉及到现实经验时立刻变得兴奋莫名，但大体忽略了其潜在的危险，不仅热衷于处理现实经验的写作者如过江之鲫，而且他们处理现实经验的能力也大打折扣。谁被置放于这个时代的肉案之上？人人身上都有一个时代的印记。现实自身就是魔幻的、变形的、异味的——如露如电，梦幻泡影。更为残酷的还在于写作者除了承担讲述和修辞的道义，还要承受来自文字之外的现实压力或者种种真实的不幸。而更多的人却沾沾自喜于一个个光怪陆离的现实表象的碎片，并且据此以为获得了"时代性的切片"。这种写作的现实幻觉正在大行其道。

反观当下的现实写作，很多写作者在这方面沦为了追随焦点访谈式的二手货。就于坚的散文而言我想到的是象征化的现实主义，这也许仍然是大而无当的说辞。显然在于坚这里，现实经验在写作中被重新强化、过滤、变形与提升。我必须再次强调现实经验与写作中的现实感是两回事。是沉溺还是超逸，是混为一谈还是抽丝剥茧？我想到了于坚说的"失败的神啊　朝着时间的黄昏"（《大象》）。反讽、无望，碎片正在成为当下写作的精神大势。是的，只有当一切发生翻天覆地的变化那些写作者才会缩身于写作当中，写作据此成为疗治，"只有在意识到危险在威胁我们所爱的事物时，我们才会感到时间的向度，并且在我们所看见和触碰的一切事物中感到过去一代代人的存在。"① 具体到时下的写作，这已经不是一个乌托邦的时代，也不是反乌托邦的时代，而是非乌托邦的时代。于坚的散文写作却仍然有着面向自我和故地的"向上"的冲动。他让我们看到的更多的是阴郁视阈中自我疗治，这是一个试图乞灵重写证词和"原文"的写作者。这样的写作必须拒绝流行的写作观念和主流趣味，尤其是在重写"乡土""地方经验"的时候。自然性、乡土性、物性、神性，现代性或者反现代性，这最终都落实为"人性"和语言的真实度。

散文同样是自我的内在化过程，因此于坚的散文带有日常精神生活的自传和回忆录的性质。关于散文的功能，于坚一再强调的是"交代""自供状"（类似于郁达夫的小说？），"散文化的写作叫作交代体""交代可以使作者和文体之间保持着一种自供性""我的方法是，不仅是交代，又是对如何交代、如何说的怀疑、批判、自供。这个时代，交代是司空见惯的，但也没有比它更需要勇气的了。我的写作就是交代。"② 显然诗人的散文、传记和回忆录具有内在的共通性，正如当年的聂鲁达自陈的那样："这部回忆录是不连贯的，有时甚至有所遗忘，因为生活本身就是如此。断断续续的梦使我们禁受得了劳累的白天。我的许多往事在追忆中显得模糊不清，仿佛已然破碎无法复原的玻璃那样化作齑粉。传记作家的回忆录，与诗

① ［波兰］切斯瓦夫·米沃什：《诗的见证》，黄灿然译，广西师范大学出版社 2011年版，第 4 页。

② 于坚：《我的诗歌是我散文的黑暗》，《作品》2008 年版第 1 期。

人的回忆录，绝不相同。前者也许阅历有限，但着力如实记述，为我们精确再现许多细节。后者则为我们提供一座画廊，里面陈列着受他那个时代的烈火和黑暗撼动的众多幻影。也许我没有全身心地去体验自己的经历，也许我体验的是别人的生活。"① 散文，尤其是叙事性和本事色彩的散文，确实带有自传的性质。米沃什曾强调传记和自传的可信性，当然也不忘提醒其缺陷的那一部分，"明摆着，所有的传记都是作伪，我自己写的也不例外，读者从这本《词典》或许就会得出这样的结论。传记之所以作伪，是因为其中各章看似根据某个预设的构架串联成篇，但事实上，它们是以别的方式关联起来的，只是无人知道其中玄机而已。同样的作伪也影响到自传的写作，因为无论谁写出自己的生活，他都不得不僭用上帝视角来理解那些交叉的因果。传记就像贝壳；贝壳并不怎么能说明曾经生活在其中的软体动物。即使是根据我的文学作品写成的传记，我依然觉得好像我把一个空壳扔在了身后。因此，传记的价值只在于它能使人多多少少地重构传主曾经生活过的时代。"②

"我的散文是我诗歌的黑暗"，这再次证明了在于坚这里诗歌和散文二者是不能彼此取代的，而是独立自主的，各自有各自的合理性。这也许正是于坚写作散文的最根本的理由。

暗盒、银盐：摁下快门的一刻，或挽歌猝临

进入到二十一世纪，日常生活与八十年代相比发生了近乎天翻地覆的巨变，景观社会已经诞生。按照居伊·德波的观点当代社会

---

① ［智利］巴勃罗·聂鲁达：《我坦言我曾历尽沧桑》，林光译，南海出版公司2015年版，第1页。

② ［波兰］切斯瓦夫·米沃什：《米沃什词典》，西川、北塔译，广西师范大学出版社2014年版，第96页。

已经进入到这样一个阶段，日常生活的每一个细节都已经无形之中被影像异化、分化为独特的景观主义社会，"所有活生生的东西都仅仅成了表征"①。

头晕目眩的奇观影像和景观秀以及无处不在的后现代的碎片导致的另一个更为可怕的结果则是日常生活中每一个人发现能力的弱化甚至丧失，也随之导致了体验方式的空前同质化。而更为普遍的图像技术、多媒体和自媒体手段表面上看起来是一种流行的景观，而背后改变的则是一个时代人与人、人与物、人与社会的整体关系，"这个世界越来越成为一个图像的世界，文字的传统地位正在慢慢地被图像所取代，有时候我很担忧人类在未来的时代里，可能连文字都不需要了，交流什么事情直接用图像就可以，连话都可以不用说了。"②图像、媒体以及背后的机制形成了景观社会的深层结构，更准确地说这是一种共谋，"所有的专家都服务于国家和媒体，也只有如此，他们才能获得他们的地位。所有的专家都听命于他们的主人，因为在当年社会的组织模式面前，从前他们可以获得独立的一切可能性已经逐步被消减殆尽了。当然最有用的专家莫过于那些善于撒谎的人。需要这些专家的人无非是些骗子和白痴，暗藏着各自的动机。"③

暗盒、银盐，都指的是摄影。所谓银盐是指卤素与金属银形成的化合物的总称，包括氯化银、溴化银和碘化银等。由于胶片的化学感光材料主要成分是卤化银，其化学分类属于盐，所以称银盐。

比较有意思的是，于坚关于云南空间的摄影作品几乎都是黑白色的。当然也有例外，比如1987年拍摄的《昆明郊区的一个早晨》就是彩色的。郊区的树林，坑坑洼洼的土路，一个戴着红围巾的中

① ［法］居伊·德波：《景观社会》，张新本译，南京大学出版社2017年版，第9页。
② 《于坚谢有顺对话录》，苏州大学出版社2003年版，第43页。
③ ［法］居伊·德波：《景观社会评论》，梁虹译，广西师范大学出版社2007年版，第9—10页。

年妇女推着一辆自行车，后车架上是一个竹筐。于坚的这些黑白照片正如苏珊·桑塔格所说的摄影就是挽歌的艺术[1]。这对应了于坚内心深处的乡愁和世界观，"从未离开　我已不认识故乡／穿过这新生之城　就像流亡者归来""就像后天的盲者　我总是不由自主在虚无中／摸索故乡的骨节　像是在扮演从前那些美丽的死者"（《故乡》2009）。摄影，在于坚这里成了"镜头后面的忏悔"，"我成了一个忏悔者，我的拍摄就是在请求宽恕。这是一个悖论。我通过纪录片来反抗机器。难道我是一个伪善者吗？一边拍摄一边为自己辩解，我永远在等待着末日审判。摄像机令我获得了一种宗教感。摄制纪录片的过程就像是一个仪式，兼具手术刀和忏悔室之功能的仪式。"

对摄影的钟爱，也来自于童年期于坚特殊的视觉——耳感被病症无情剥夺了。视觉，为于坚洞开了一个特殊的窗口。于坚出生的时候，没有见过祖母，"长得像祖母的妇人垂着双目在藤椅中／像一种完美的沼泽　其实我从未见过祖母／她埋葬在父亲的出生地那日落后依然照亮着的地方"（《左贡镇》），而那时他的外祖父也已经过世。裹着小脚的外祖母（铜匠的女儿，十六岁出嫁，"我小时候并不知道缠足是旧社会的罪恶。我外祖母就是小脚。六十年代中期昆明有些平静的时光，蔚蓝天空笼罩的下午，外祖母喜欢坐在阳光外面的阴影里洗脚，洗脚对她来说，完全是一种仪式，完成一次至少要半个小时。她把缠着的白布一层层地揭开的时候，令我想到五月端午的粽子。她的脚也确实像两只粽子那样，白生生的，呈三角形。"）和母亲在日后的讲述逐渐刻画了一个渐渐清晰起来的外祖父的形象——勤俭持家的手艺人，给人做过寿衣，开过店铺，亲手做的扎染非常出色，四十岁左右购置了宅院。可是，平常人家也会飞来横祸。在于坚母亲生日的前一天，于坚的外祖父雇了一个挑夫进城进货，"走到墙根的时候，挑夫忽然凶相毕露，拔出刀来，捅

① ［美］苏珊·桑塔格：《意大利摄影一百年》，《重点所在》，陶洁、黄灿然译，上海译文出版社2011年版，第248页。

进他的肚子。我外祖父浑身是血,死死地抱着自己的布匹,强盗没有办法抢走他的布,就跑掉了。当我外祖母闻讯赶来时,他已经死去,双手还死死地抓住布匹不放。"① 直至外祖母去世,于坚才在箱子里看到了外祖父的黑白照片。也是这张实实在在的家族照片使得于坚对摄影、对生活、对文学有了新的认识——比如后来的他那些日常生活的"史诗性"作品《罗家生》《感谢父亲》《邻居》《女同学》《有朋自远方来》《送朱小羊赴新疆》《成都行》《外婆》《纯棉的母亲》《往事二三》《在牙科诊室写诗》《芸芸众生:某某》《礼拜日的昆明翠湖公园》等。于坚都是将一个或一些极其日常的人物置放于看似日常实则具有深层历史结构(往往具有戏剧性效果)之中。

在很大程度上,于坚的那些纪录片以及推送的镜头所对准的正是最为普通的人群(底层(subaltern)及空间的影像记录)和毫无诗性可言的日常场景(比如中国在 1980 年代末和 1990 年代初开始以吴文光等人为代表的新纪录片运动),"摄像镜头的运动,把我们推进人群之中——这个'我们'当然是假定的,伴随影片的进展而形成——并使我们与他们产生瓜葛。这些被拍摄的人,似乎通常意识不到镜头的存在。有时,他们根本不知道镜头在拍摄,比如《碧色车站》中那位信号员,在他的小调度室里,隔着窗栏杆被于坚拍到。有时,却是直视镜头,直视我们,比如同一部电影中的一位村妇,讪笑着,将信将疑地冲着镜头问:'你们来拍这?'她是要告诉甚至告诫我们:这里没有什么好看的东西。有时,是一个孩子惊异的目光。有时,是一个沉默而呆滞的男子,目不转睛地盯着镜头。拍这个男人的镜头延时很长,长到让人无法忍耐。这是于坚电影中最具震撼力的场面之一:一种纯粹状态下的平乏,体现在他的似乎毫无期待的目光中。"②

---

① 于坚:《昆明记:我的故乡,我的城市》,重庆大学出版社 2015 年版,第 103 页。

② [法]克洛德·穆沙:《撕开世界的平乏——关于于坚的未定笔记》,李金佳译,《星星》2017 年 7 月号中旬刊(理论版)。

这正是"日常生活"的"考古学"，仍然涉及到"真实性"和"现场美学"甚至"日常的政治""政治的日常化"等问题，"一个社会需要主流意识形态就像我们需要太阳，但是地球是圆的，太阳与黑暗同在，太阳照不到的地方我们需要星光、月光和探照灯。照亮历史意味着使有价值和有意义的东西不被单一的意识形态的视角所遮蔽，不被时间所吞没……让历史成为'豁亮'和'敞开'，成为开放的文本，使我们每个人都有可能进入并承担历史和社会的责任。"[1] 而摄像机自身不可避免地带有了拍摄者目的性介入和主观意图的成分，即使是国外的新新闻主义者（比如代表人物盖伊·特立斯）也避免不了镜头的主观性。甚至在于坚看来，摄像机也是修辞共识，是一种和真实发生了诸多关系的工具。在摄于1993年11月的一张关于上海作家陈村的照片上，我看到了象征性极强的影像：陈村坐在有着老式电脑和打印机的书桌前，左手垂下夹着一支点燃的烟卷，右手摸着小女儿的头。女儿坐在陈村的膝盖上，她满脸笑容，手里拿着当年的一期《亚洲周刊》。《亚洲周刊》封面是毛泽东头戴八角帽的中年时代的照片，配有醒目的文字"救星或是魔星：毛泽东诞辰百年盖棺论未定"。机器扮演了入侵者、窥视者、干预者、征服者、虚构者的"外来者"角色，因而不可能具有完备意义上的呈现的客观性，"你抬起一部机器，从它规定的三十五毫米或者二十四毫米的长方眼孔里窥望世界。你已经从世界中出来，你扮演了'天'的角色。哪怕你成了井底之蛙，你也不在井底，你在三十五毫米的天上。无论如何，只要站在镜头后面，你就已经与世界建立了一个对立的关系，你已经从世界中出来。天地神人四位一体的世界现在被打破了，你是一个世界秩序的破坏者，世界在你的眼眶里成为碎片，自取所需，你从世界的在场者变成入侵者、阐释者。"[2] 但

---

① 　吕新雨：《记录中国：当代中国新纪录运动》，生活·读书·新知三联书店2003年版，第295页。

② 　于坚：《镜头后面的忏悔》，于坚新浪博客2013年3月17日。

是，镜头在一定范围内呈现的更多是一种对话的企图，这可能给揭示普通人的命运和家族历史乃至地方性知识带来裨益。

市民生活、日常经验体现了个人史的重要性。这甚至成了于坚诗歌写作和摄影作品的一贯主题，"在我的教育中，这种小市民的生活，这种为了一匹布而死去的人生是可耻的。按照我知道的历史标准，我外祖父是没有资格进入历史的。但照片改变了这一切，照片废除了历史学家的特权，使进入历史成为每个小人物、每个普通人的权利。我喜欢这种历史，它与教科书中的历史完全不同，这历史的一章如此写道，曾经存在过一个为自己的布匹、妻子、儿女和家而死去的老板，他靠自己的勤劳和智慧获得了世界。"[①] 由此，于坚更认可的是"法兰克福小市民"的歌德，而非"人民的朋友"的席勒。童年时期围绕在外祖母身边的日子，成为于坚查勘日常生活的一个入口，"我从小就知道，外祖母的一切动，就是为了能尽快地回到她的那个草墩上去，目微闭，脖微垂，这是我所见的外祖母的最美的动作，也是我国一切童年回忆录中的无数作家诗人们的外祖母的经典动作。"[②]

于坚认为自己的摄影和诗歌都是"看见的写作"。这既是出自耳疾形成的客观上视觉的突出，也与于坚的诗学观念有关——具体、可感，"我五岁时患急性肺炎，生命濒危，母亲哀告医院才收留，注射大量链霉素，导致我耳朵弱听，于是我养成用眼睛与世界发生关系的习惯。外祖母总说我的眼睛最尖。我的写作是看见的写作，而不是想当然的写作。从想当然的到看见的、实证的，这其中的深远意味是我很多年后才意识到的，我的身体指引了我的思之路。"[③] 这是典型意义上的身体诗学和生命诗学。

---

① 于坚：《昆明记：我的故乡，我的城市》，重庆大学出版社 2015 年版，第 103—104 页。

② 于坚：《运动记》，《于坚人间随笔》，陕西师范大学出版总社有限公司 2010 年版，第 174 页。

③ 于坚：《我与摄影》，《天涯》2016 年第 3 期。

媒介即信息，媒介即隐喻，媒介即修辞，媒介即观点，媒介即话语权力，媒介即认识论。

相机也是一种曾经无比时髦也无比令人激动的工具——修辞化的工具。

在二战结束后的日本，尤其是六十年代由于经济和居住条件等诸多问题，很多年轻人在晚上不愿意挤到那些狭小的阁楼上去而来到分布在城市各个角落的公园里。这些公共空间已经因为那些青年男女的到来而带有了某种隐秘性，尤其是在夜晚公园黑黢黢的角落里。但是这些青年男女在约会和接吻甚至做爱的时候却没有注意到那些带有夜拍功能的相机早已经对准了他们。当这些照片在媒体上公开的时候，很多日本青年无比愤怒，为此成群结队的上街游行活动开始了。

在瓦尔特·本雅明看来摄影及其发展（比如前工业时期的摄影以及摄影工业化之后的变化）是关乎历史和哲学问题的，但是一直以来被忽视。而在于坚这里，诗歌和摄影以及纪录片在本质上所发挥的功能是一致的——理解、发现、创造，"电影中的诗？这不是说向电影里额外加进若干诗歌情绪。在于坚的创作中，电影与诗的亲缘，存在于构成和动作的层面上。他的电影就像他的诗，拥有一种强大的变动不居的结构力，在它所表现或创造的种种关系里，不断自我追寻。"[①]

尼尔·波兹曼也认为媒介的独特之处在于它指导和影响着人们了解和认识事物的方式，但是却往往忽略了媒介对人们生活的介入。即使是从摄影术自身来说，其具有的价值也是历史性、突破性的，"摄影这门极精确的技术竟能赋予其产物一种神奇的价值，远远超乎绘画看来能享有的。不管摄影者的技术如何灵巧，也无论拍摄对象如何正襟危坐，观者却感觉到有股不可抗拒的愿望，要在摄

---

① ［法］克洛德·穆沙：《撕开世界的平乏——关于于坚的未定笔记》，李金佳译，《星星》2017年7月号中旬刊（理论版）。

影中寻找那极微小的火光，意外的，属于此时此地的；因为有了这火光，'真实'就像彻头彻尾灼透了相中人——观者渴望去寻觅那看不见的地方，那地方，在长久以来已成'过去'分秒的表象之下，如今仍栖荫着'未来'，如此动人，我们稍一回顾，就能发现。"[1] 当我们通过镜头的捕捉最终将目光凝视在一张张黑白或彩色的照片上的时候，那些面孔、景物和空间以及细节就具有了此时此地与彼时彼地之间的时间互动和空间往返。这样产生的结果类似于挽歌和追悼的功能，尤其是黑白照片，过去时和当下之间的对话和彼此凝视，"我有点害怕照片。尤其是那些肖像，给我墓地的感觉。这是死去的人们，他们的容貌被留在一张纸上。我从来没有见过我的外公，他只留下一张照片，与几个男子的合影，穿着黑马褂，戴着中间镶有玉石的瓜皮帽。他位居中间，面目清秀而倨傲。"[2] 甚至不可避免的，照片还具有历史档案的功能，尤其是从整体性和宏大视野的角度来看，"虽然一张照片作为一幅记录个人观察的作品的成分很少，但它几乎不可避免地会成为某个档案的（潜在的）一部分。"[3] 而在苏珊·桑塔格看来摄影就是以影像的形式占有世界，"重新体验非现实和重新体验现实的遥远性。"[4] 有时候，我们又不自觉地沉溺于照片所营造的历史光晕中。这不只是来自暗盒、胶卷、快门、曝光、显影液、定影液的神奇效果，而是照片以更为真切和鲜活的直观方式打通了读者和文学史家进入当年沧桑历史的通道，单向道的人生有了再次返回的途径。在这些凝固的熟悉而又恍惚的影像中，捕捉和遗漏、真实与虚构（比如摄影中常用的布景、道具、构图就是另一种层面的虚构）、再现与变现、场景与细节、可见的

① ［德］瓦尔特·本雅明：《摄影小史》，许绮玲译，广西师范大学出版社 2017 年版，第 14 页。

② 于坚：《我与摄影》，《天涯》2016 年第 3 期。

③ ［美］苏珊·桑塔格：《意大利摄影一百年》，《重点所在》，陶洁、黄灿然译，上海译文出版社 2011 年版，第 243 页。

④ ［美］苏珊·桑塔格：《论摄影》，黄灿然译，上海译文出版社 2010 年版，第 248 页。

和不可见的都因为被有意无意地"放大"而格外引人注意，也从而具有了打通过去、现在和未来的物理性和精神性兼而有之的时间结构和心理结构。甚至在特殊的社会转折期以及重大事件的历史时刻，时间和空间凝结成的照片显然具有着历史和社会的一面。

于坚早在八十年代开始就用镜头开始记录他所见到的景观，"1980年，我考入云南大学中文系，作为奖励，父亲为我买了一台海鸥205照相机。他知道我一直喜欢照相，总是借别人的照相机。这是我私人摄影的开始。这台照相机与其说是一个创作工具，不如说是我的一个玩具，我从来没有想过要去当摄影家，我只是觉得照相好玩"①，"相机其实是对日常生活的一种升华，它原本的目的是记录世界，但任何一种生活一经它切片，就升华起来，具有了意义，成为典型。我怀疑我们是否可以记录世界？我们记录的只是我们理解的世界，而世界的存在恰恰是由于它的不可理解"②。从最初的海鸥相机，到后来的 LEI-CA minilux zoom 以及 LEICAX1、TMAX400、手机（相机在空前快速的更新换代），于坚也通过相机和照片重新认识和理解了日常生活乃至世界图景，"在欧洲的书店里，一个特点是，你随时可以看到裸体、乳房、阴茎。在荷兰一个阴郁的秋天，我在莱顿的一家书店里翻书，看到一本明信片，全是裸体的英俊的青年男子，照片是黑白的，十九世纪的照片，那些年轻人看起来很忧郁，阴茎很长，像是一群裸体的豹。那种忧郁与外面铅灰色的天空很和谐。有人骑着红色的自行车，弯着腰，长腿飞动，在空无一人的街道上驰过。这种忧郁很真实，生命的忧伤。我一向不喜欢忧郁这个词，它总是穿着矫揉造作的衣服。忧郁应当是裸体的，与性有关的。"③ 在八十年代的于坚看来，摄影是一种可以让自我通向世界之谜的方式。禁欲的年代，照片还能够起到启蒙

①　于坚：《我与摄影》，《天涯》2016 年第 3 期。

②　于坚：《暗盒笔记Ⅱ》，花城出版社 2016 年版，第 145 页。

③　于坚：《拒绝隐喻·于坚集卷 5》，云南人民出版社 2004 年版，第 77 页。

和成长教育的功能——好奇、窥视、欲望，"1984 年的某日，有人告诉我们，一位中学教员藏着一张裸体照片，他将带我们去看。兴奋、紧张，在夜晚穿过学校的员工宿舍，一个小个子的男人在门洞里出现了，他说，没有外人吧？没有，都是最可靠的兄弟。我们跟着他进入房间，他从一个大箱子里拿走一些衣物，下面埋着一卷纸，打开来，这是我平生第一次看到女性的裸体，而其实那不是一张照片，而是一幅拙劣的油画的印刷品：裸体的马哈"，"多年后我在东京与荒木经惟见面。我曾经在1980年代看过他那些裸女的照片，人家是当作黄色照片给我看的。荒木很好玩，摄影是他的游戏，因为玩得好，所以他成了富翁。我们一见如故，他立即给我拍照片，他在我周围放了一些小玩具，那是塑料制成的小鳄鱼"①。

由对时代景观的处理和呈现方式，还必然注意到另一个同样重要的问题，即写作者对景观和空间的态度，认同、赞颂、否定、批判、沉默、不偏不倚。诗人通过时代景观中的"视觉引导物"投射出内心情感的潮汐、时代的晴雨表以及身份认同或者现实焦虑，"人们有一种普遍的观念，认为一个人若是对视觉有兴趣，那他的兴趣就必会或多或少地局限于处理视觉的技巧。因此，视觉被简化区分为几个特殊兴趣的领域，例如绘画、摄影、写真和梦，等等。被人们所遗忘的——正如实证主义文化中所有的基本问题一样——是'可见'本身所包含的意义和不可思议的部分。"②

摄影和诗歌对于坚来说都是在一种"可见""可感"的细节化的诗学，承担的责任则是发现秘密。甚至在罗兰·巴特看来，照片构成了一个巨大的迷宫。

一个时代、一个空间的观察者必须有足够的耐心和足够优异的视力，"我耳朵不太好，我眼睛的功能就比较发达一些，相对于一般的人来说。我一般特别喜欢看。人类与世界的关系是从看见开始

---

① 于坚：《我与摄影》，《天涯》2016 年第 3 期。
② ［英］约翰·伯格：《看》，刘惠媛译，广西师范大学出版社 2015 年版，第 58 页。

的。"① 而于坚之所以尤为喜欢摄影、绘画以及法国的新浪潮电影和新小说正是与其凝视状态的"保存细节"的观察方式相一致。这让我想到了约翰·伯格评价保罗·斯特兰德摄影作品的一段话，"斯特兰德有一双能攫取精华的利眼，可以在墨西哥不知名角落的一道门槛上发现'奥秘'，也可以在一个意大利村落中围着黑围巾的女学童拿着草帽的手势中找到'奇妙'。这一类照片是如此的深入人心，就好像是一条文化或历史的河流，让我们融入那个主体文化的脉络。一旦我们见过这些照片里的影像，它们就会深深烙在我们的心底，直到某一天我们亲眼看见或亲身经历到某桩实际发生的事件时，我们将会不由自主地将照片的影像与现实的真相相互对照。"② 这一细节和个人行为能够在瞬间打通整体性的时代景观以及精神大势。尤其要格外留意那些一闪而逝再也不出现的事物，以便维持细节与个人的及物性关联。这样的话，人和一棵植物的命运是平等的、没有主次之分的，体现在诗歌和摄影那里并没有本质的区别，而是具有同等的重要性和诗性，而这回到了真正意义上的"诗性正义"，"人和树面对面站着，各自都带有始初的力量，没有任何关联：两者都没有过去，而谁的未来会更好，则胜负难料，两者机会均等。"③

于坚在写于2011年9月1日的诗《杏仁眼的阴影》，就在另一个空间通过一个纪录片（克劳德·朗兹曼耗时十一年之久的《浩劫》）的影像揭开了一段幽冷的历史和精神档案——用镜头寻找没有痕迹的旷世浩劫和重新归来的游魂。

　　1942年夏天

① 于坚：《为世界文身》，陕西人民教育出版社2015年版，第201页。
② ［英］约翰·伯格：《看》，刘惠媛译，广西师范大学出版社2015年版，第61页。
③ ［美］布罗茨基：《文明的孩子》，刘文飞等译，中央编译出版社2007年版，第191页。

瓦格纳在黑森林中沉睡

蜻蜓在莱茵河畔交配

一条铁路穿过荒凉去东部

雅利安先生彬彬有礼

一边瞟着擦得雪亮的长筒皮鞋

一边用歌德的母语谈犹太人

追求最高的抽象　冻结象征功能

只启动数学物理几何化学方面的单词：

货物　方程式　载重量　字母 W 或 BE

一氧化碳　密封　热处理　时刻表

高 24 英寸　宽 18 英寸　长 2000M

精确如游标卡尺　妙语连珠如史上那些

致命的诗　超以象外　省略肉体

准备 #　准备 ∅　准备 ÷　准备 ×　准备 %

"准备 6000000 个 0"　完毕　保罗

·策兰诞生　他的舌苔与史上出现过的不同

长满了铁丝网　那么尖锐　那么花哨

那么血肉模糊　难以确认所指

又一个词被脱光衣裳送进沐浴室

他说　"杏仁眼的阴影"

　　与此类似的还有于坚的另外一首《在一部纪录片中看贾科梅蒂工作》。这回到的是一种精深的手艺，影像与个人和历史之间的多重构造："慢慢地　一点点地加入 / 这里捏进去　那儿挤出来 / 左边加厚一些　旁边掐掉一点 / 加进盐巴　加进糖　加进泥巴 / 他的手在虚空里　握着一个什么 / 就像子宫　有一个东西要从那里 / 生出来　要长大成形　这处出现了 / 一些　那点又消失了　大师迟疑着 / 像是狮子　在夜晚的边上徘徊 / 闪着光　它要进去　它的猎物 / 从明

427

亮的石膏开始　中间是黑暗　那边是／青铜　终于　存在于虚无中的一只／眨起了睫毛　另一只却埋在岩石底下……"。

　　有时候这一修辞性的戏剧性的关系，在历史场域中摄影会因为扮演意识形态化的角色而维持一种社会秩序和时代伦理，这一特殊的看起来清晰确切的"窗口"却具有无比暧昧的欺骗性，"照片并非像它们现在这样——或者更准确地说是像从前那样——是一些让人们观察世界的透明窗口。照片提供证据——经常是以假乱真的证据，始终是不完整的证据——来支持占统治地位的意识形态和现有的社会秩序。它们虚构出这些神话和秩序并且加以确认。"① 摄影实际上也是一种关于日常生活甚至公共生活的修辞方式。摄影需要主体和前景以及背景，而一个时代也是由个体进而到整体的前景和背景搭建起来的复合结构。当年的余华在老家拍照，背景是一块描画着天安门图像的布景，"照片中的我大约十五岁左右，站在广场中央，背景就是天安门城楼，而且毛泽东的巨幅画像也在照片里隐约可见。这张照片并不是摄于北京的天安门广场，而是摄于千里之外的我们小镇的照相馆里，当时我站着的地方不过十五平方米，天安门广场其实是画在墙上的布景。可是从照片上看，我像是真的站在天安门广场上，唯一的破绽就是我身后的广场上空无一人。"② 很多年前，余华在南方小城是通过照相馆里的天安门画像背景来认识世界的，多年后他真实地站在天安门前的那张照片则被国内外刊物和媒体广泛使用。而今天人们更多是通过国家公路、高速路、铁轨、飞机舷窗和手机以及电脑屏幕来认识中国、故乡以及愈益被媚俗化的"远方"的。个人与时代通过摄影形成了一种戏剧性的修辞（修版、PS是另一回儿事）关系，除了上面提到的余华，还有年幼的卡夫卡的一张肖像照片，"小男孩大约六岁，穿着又窄又小、令人

①　[美] 苏珊·桑塔格：《意大利摄影一百年》，《重点所在》，陶洁、黄灿然译，上海译文出版社2011年版，第246页。

②　余华：《十个词汇里的中国》，台北麦田2010版，第47—48页。

几乎感到屈辱的童装，衬着过多的编带饰物，他站在一幅绘有温室冬园的风景画前面，棕榈枝叶僵立在背景中。甚至，就像为了使这虚假的热带景观显得更闷更热，被拍者的左手还拿着一顶宽边的大帽，如西班牙人戴的那种。若不是他那无尽忧伤的眼神想奋力主宰这个为他设计的风景，他势必会被布景吞没。"[1]

摄影在于坚这里是与诗歌互补的另一种"发现"方式和个人经验，"我经常独自一人，提着一个傻瓜相机，背着一瓶矿泉水在空荡荡的街道上走，浏览那些静止不动的橱窗，在一个石头的窗台我看见一只红色的小手套，在另一处，街道的下水道的铸铁封条上，我发现神秘的另一只。"[2] 于坚后来的很多书，都具有文字（诗歌的、散文的）和图像互补的特征，比如《印度记》《昆明记》《众神之河》《并非所有的沙都被风吹散》等等。这印证了苏珊·桑塔格所说的相机依然被当作是把一个人的经历真实再现的手段，"人们对相机的依赖并没有随着旅行经验的增加而减少。拍照满足大都市人累积他们乘船逆艾伯特尼罗河而上或到中国旅行十四天的纪念照的需要，与满足中下层度假者抓拍埃菲尔铁塔或尼亚加拉大瀑布快照的需要是一样的。"[3] 2010 年，加德满都，于坚用镜头记录下了火葬场旁边一个坐在长椅上的男子。那个男子正在发呆，椅子已经相当老旧，绿色的油漆剥落。他右手搭在椅背上，左手半握拳托着左腮——如果仔细看似乎是在打电话。他有意无意地看着前面，脸上还稍稍掠过一丝不易察觉的微笑。他的水泥隔离带的前面就是火葬场。年轻与死亡、现在和终点的对峙与沉默。

镜头可能会使得现代性的生活碎片重新获得观照和意义，"那些已经丧失了意义和连贯性的生活碎片，被赋予了本雅明意义上

---

① ［德］瓦尔特·本雅明：《摄影小史》，许绮玲、林志明译，广西师范大学出版社2017年版，第26页。

② 于坚：《被光线照耀的建筑》，《暗盒笔记Ⅱ》，花城出版社2016年版，第9页。

③ ［美］苏珊·桑塔格：《论摄影》，黄灿然译，上海译文出版社2010年版，第16页。

的'灵光'——一种破碎而又凝固、易逝而又永恒、虚幻而又真实的意义""无一例外地对这个已经丧失了整体意义的世界给予理解的热情，并努力在各种意义的碎片中重新发现现代人的真实心灵。"① 尤其是在景观化社会，每个人都持有一个电子化的取景框的时候，这种类似于复眼的"发现"能力不是变得越来越容易，反而是越来越艰难了，"摄影不只是提供给我们新的选择，它的使用和'阅读'变成了司空见惯的事，变成了不需要反省检查的现代生活知觉的一部分。"② 这种日常的发现与一个整体空间发生关联的时候，还会因为复杂的现实境遇而带来诸多龃龉，"在中国，我时常悲哀地发现我只是一个发现者，我经常会发现被纸张盖起来的部分，其具体面积之大，远远超过纸张乐于张扬的部分。一个被遮蔽起来隐匿起来、一个曾经被坚壁清野的传统中国，对于发现者来说，只是发现了那时代普遍的手艺，有什么值得夸耀的呢？"③ 即使是相机，甚至越来越清晰度增强的设备，都与真正的发现是两回事，于坚在长诗《沙滩》中说："此行不虚 '江山留胜迹 我辈复登临'／也发现未及收拾的另一幕／去粗存精是一场无国界的美学运动／照相机们的盲点 观光手册省略不谈"。最初的摄影技术带来的那种震惊和不可思议的神奇效果越来越弱化，"相机愈来愈小，也愈来愈善于捕捉浮动、隐秘的影像，所引起的震撼会激发观者的联想力。"④ 摄影同时也会是一种强行介入甚至企图修改生活（生存）本来面目的暴力工具，"这是一个影像泛滥过剩的年代，如同近年语言论述商品化的通胀洪流，但更为夸张怪诞，更具侵略性。摄影特质经过一段仿生物合成过程（anabolisme）后产生变异，我

---

① 曾念长：《断裂的诗学：1998 年的文学、思想与行动》，生活·读书·新知三联书店 2017 年版，第 108—109 页。

② ［英］约翰·伯格：《看》，刘惠媛译，广西师范大学出版社 2015 年版，第 70 页。

③ 于坚：《暗盒笔记 II》，花城出版社 2016 年版，第 196—197 页。

④ ［德］瓦尔特·本雅明：《摄影小史》，许绮玲译，广西师范大学出版社 2017 年版，第 57 页。

们已远离本雅明所指的机械复制时代氛围，环绕影像的神秘灵光不再，影像所赖以居停与希冀的记忆之宫逐渐崩解。"[1] 于坚则在诗歌中对此进行了呼应，"进入别人家乡　照相机趾高气扬／一台台微型坦克　伸出镜头纳粹／枪口旋转三百六十度　咔嚓咔嚓／闪光灯杀成一片／祖母老眼昏花／惊惶缩进门帘　爷爷强作欢颜／有人命令汲水归来的少女放下木桶／去换新衣服　妄自尊大　目空一切"（《沙漠与绿洲》）。更多的情势往往是这样的：人们戴着面具，社会戴着面具，世界戴着面具，即使是照相机本身也是一个具有遮蔽性的公共化面具——

> 大家好　全体看镜头　系好纽扣　整整头发
> 微笑　你们要集体微笑　像天真的犹太人那样
> 露出牙齿笑　排好队就往快门深处走　快走
> 快走　穿过一片片透镜　快走　你们这些纸人
> 暗房里有一只显影罐　温水 750 毫升　米吐尔
> 2 克　无水亚硫酸钠 100 克　几奴尼 5 克　硼砂
> 2 克　加冷水至 1000 毫升　摄氏 20 度时
> 上海牌胶卷 10—16 分钟　保定胶卷 8-12
> 分钟　依尔福胶卷 6—8 分钟　最后定影
> 5—10 分钟　统一切成长方形　一张张
> 还给你们脸
>
> （《面具》）

---

[1]　陈传兴：《银盐热》，广西师范大学出版社 2015 年版，第 1—2 页。

尾　声

一代人的怕和爱

行吟江湖上

天地莽苍苍！

（《成都行》）

六十年代初，鲍勃·迪伦在进行他的巡回演出之前，特意到医院去看望他所最为崇拜的民谣歌手伍迪·格思里（Woody Guthrie），这是一代人向另一代人的致敬，也是新一代向老一代的精神告别——尽管鲍勃·迪伦的第一张专辑《鲍勃·迪伦》几乎完全复制了伍迪·格思里的音乐风格。确实，中国的八十年代是典型的布鲁姆所强调的"诗人中的强者"的时代，"所谓诗人中的强者，就是以坚韧不拔的毅力向威名显赫的前代巨擘进行至死不休的挑战的诗坛主将们""美学领域里每一次重大的觉醒似乎意味着越来越善于否认曾经受到过前人的影响；与此同时，一代一代的追逐名声者不断地将别人踩翻在地。"① 每一个强力型的诗人都只是与真正的少数的有影响的诗人发生对话或对撞的关系，正如马尔罗（Malraux）的那句

---

① ［美］哈罗德·布鲁姆：《影响的焦虑》，徐文博译，生活·读书·新知三联书店1989年版，第3—4页。

名言"每一个年轻人的心都是一块墓地,上边铭刻着一千位已故艺术家的姓名。但其中正式户口的仅仅是少数强有力的而且往往是水火不相容的鬼魂"。

一代人总会有一代人的命运,这显然并不是一句废话。套用那句流行的话就是"一代人的怕和爱"。

一代人的命运总会限于具体的时代背景而具有程度不同的差异性,具体到个人遭际、家族命运和集体境遇,"我的父亲是一位小说家,他生前从未料到后来我会写诗或从事其他形式的文学写作。他为我设想的前途是进厂当一名工人,而我自己竟如梦似幻地当了十年马列教员。"①韩东的父亲韩建国,正是1957年与陆文夫、高晓声、叶至诚、曾华、艾煊、陈椿年、梅汝恺等人组成"探求者"文学月刊社并倡导"干预生活"的小说家方之(1930~1979)。以方之为代表"探求者"批评了当时"用行政方式办刊物",也因此在反右运动中被定性为"反党反社会主义的政治团体"。这与韩东八十年代创办民刊《他们》、1998年发起《断裂:一份问卷与五十六份答卷》②形成了一种隐性的传统和文学血缘的传承,"细数之下,韩东并不是特例,他不过是'探求者'灵魂附体的一个活的原型。这个原型在当代文学史中具有一般而又特殊的意义。他是现有文学秩序的反叛者,但并不意味只是一个纯粹的破坏者,也不意味着这种反叛只产生绝对的负功能。"③按照韩东的说法,自己的父亲方之是被"凶险难测"的当代文学史有意遗忘的人,"朱文,亦是一野心勃勃向不朽进军的年轻诗人,他买下了我父亲十多年前的一本小书,此举就像在茫茫大海上打捞先人的遗骸。是的,我们不应忘记我们在何处航行。我们远未到达'彼岸'。"④方之的短篇小

---

① 韩东:《自述和主张》,《韩东散文》,中国广播电视大学出版社1998年版,第161页。
② 韩东:《备忘:有关"断裂"行为的问题回答》,《北京文学》1998年第10期。
③ 曾念长:《断裂的诗学:1998年的文学、思想与行动》,生活·读书·新知三联书店2017年版,第58页。
④ 韩东:《遗忘之海》,《韩东散文》,中国广播电视大学出版社1998年版,第263页。

说《内奸》在 1979 年被评为全国优秀短篇小说，甚至对八十年代的文学有不小的影响。

尽管第三代诗歌浪潮足够短暂，但对前驱的"'崇高'的反动"而"朝向个人化了的'逆崇高'的运动"（布鲁姆）却是足够成为后来诗人的谈资或者炫耀的资本的。有那么多的故事，有那么多的是是非非，有那么多的热情和同样多的荒诞，呼朋引伴、聚啸餐馆酒肆，嬉笑怒骂或酒后吐真言，足够喧嚣足够冷场，真真实实地轰轰烈烈过，又同样真真实实地草草收场。惊异、恍惚和猝然中迎受另一个新时代的到来。在写于 1989 年冬天的一篇文章中，韩东给当时的"第三代人"进行了某种程度的塑像和总结，"每一代人都有自己的英雄梦，他们不仅是某种人，还要成为某种人。这个'新人'（英雄）的目标是精神生活的需要。或者说，只有重塑英雄形象（或重新考虑）一代人的生活才是可能的。最伟大的艺术家从来就是这样的一些先知：他们预先设计了英雄的形象，使新时代的精神内容得以具体化。"[1] 八十年代的每一个诗人都在确立独一无二的属于自己的"语言英雄"的定位，比如丁当的"英雄梦"、于小韦的"视觉"、吕德安的"家园"、于坚的"史诗"、翟永明的"新女性"、张枣的"传统"、小海的"才能"、杨黎的"实验"、海子的"行动"……

于坚所说的"朋友是最后的故乡"更多是在日常交往的层面。从八十年代到新世纪，于坚一代人在日常生活中经历了诸多戏剧性的时刻。其中既有个人性格的，又有整体性的，"上个世纪 80 年代是 20 世纪中国最后的人文生活的黄金时代，那时代交朋友没有机心，肝胆相照。大家火眼金睛，一大堆诗人，这几个就能一见如故。我们当然来往，君子之交淡如水。"[2] 那个时代的朋友关系确实

---

① 韩东：《第二次背叛：第三代诗歌运动中的个人及倾向》，《韩东散文》，中国广播电视出版社 1998 年，第 129 页。

② 于坚：《为世界文身》，陕西人民教育出版社 2015 年版，第 203 页。

有些不同寻常，"他们拥到厨房里 / 瞧年轻的主妇给他们烧鱼 / 他们和我没碰三杯就醉了 / 在鸡汤面前痛哭流涕 / 然后摇摇晃晃去找多年不见的女友 / 说是连夜就要成亲 / 得到的却是一个痛快的大嘴巴 / 我的好妻子 / 我们的朋友都会回来 / 我们看到他们风尘仆仆的面容 / 看到他们混浊的眼泪 / 我们听到屋后一记响亮的耳光 / 就原谅了他们"①。

那就说说那个年代于坚和一些诗人的交往史吧。

需要强调的是于坚的这些写给朋友们的诗更多是率性、即兴的，这也回到了古代诗歌的"交际""唱和"和折杨柳"送友别君"的传统，实际上更涉及的是诗歌的功能以及特殊"读者"。这也就是于坚曾经提到的诗歌的"便条"功能。而现代诗史上最经典的有关诗歌"便条"的案例，显然是庞德的同窗好友美国诗人威廉·卡洛斯·威廉斯（1883～1963）的那首看似"游戏"实则具有诗学革命意义的《便条》——

我吃了

放在

冰箱里的

梅子

它们

大概是你

留着

早餐吃的

请原谅

它们太可口了

那么甜

① 韩东：《我们的朋友》，《中国当代实验诗选》，唐晓渡、王家新编选，春风文艺出版社 1987 年版，第 206—207 页。

又那么凉

而威廉斯式的这种即兴的不按规矩出牌的写作方式显然直接影响了于坚《便条集》等诗的写作。看似随意，实则深意，看似日常，实则象征。这也许是这些诗歌的某些共性。会心一笑，不是来自幽默，而是来自幽微不察的日常事实和精神现实，至少是于坚本人看到和所理解的事实和现实，比如于坚这样的句子"捞珍珠的大姐／知道舒婷女士／她对诗歌的了解／比陈仲义深"（《鼓浪屿便条》）。

回到朋友圈，正如于坚说的，杨黎、丁当是他青年时代的好朋友，一见如故。

于坚和丁当的第一次见面是在西安，那也是于坚第一次来西安。其时的丁当在黄河机器厂当技术员，"丁当虽然也带我去吃饺子、逛碑林、乾陵骑马什么的，但西安给我留下的印象就是一个萧条冷清、贴着标语的大工厂。"[①]"秋风吹渭水，落叶满长安"只存在于过去时的诗句里了。1987年丁当到贵阳出差，因为想念于坚就从贵阳连夜坐十几个小时的火车到昆明，吃个饭又踏上火车回去，又是十几个小时。于坚所说的这位有灵性的青年诗人用迷惘的目光盯着远方。在韩东的印象里丁当也是个"很有吸引力的人，目光如梦，整个人都似乎处于一种非现实的状态中""丁当相貌堂堂，尤其是眼睛迷离如梦，一望而知就是一个诗人，就是不写也是诗人"。后来，丁当终于在"说走就走的时代"也去了远方——"二十年前　丁当坐在旁边／指着挡风玻璃说　我家住在里面／看了一眼　有玻璃窗　发廊／超级市场　台球室和美容店／停车场很大"（《车过福田区》）。于坚当时所说的二十年前，是1991年。陕西的丁当此时已经来到了深圳。以前丁当曾经写过一首精神自画像式

---

① 于坚：《陇上行》，《并非所有的沙都被风吹散：西行四章》，深圳报业集团出版社2016年版，第6页。

的诗《落魄的时候》："以前我曾落魄，但年轻／因此而期待别的东西／常常把白纸细心地撕碎／然后装进上衣口袋"。当时，不只是一个丁当，中国诗人中有如此现实的多了去了。甚至早在八十年代，海子的梦想就是到海南去。那个时代的诗人似乎都有着"生活在别处"的冲动，那一时期诗人中频频出现的就是"远方"，无论是海子的《九月》、王家新的《在山的那边》，还是韩东的《山民》、吕贵品的《远方有大事发生》、潘洗尘的《六月，我们看海去》、杨榴红的《白沙岛》都证明了这一点。东北诗人宋词在 1985 年甚至有骑着单车转遍全国的壮举。东北诗人吕贵品手指前方喊了一句——"远方有大事发生"。1982 年 5 月 1 日国际劳动节这天，吕贵品写下这首名为《远方有大事发生》的诗："一棵光秃秃的树下有一块石头／他习惯坐在那里／看一列又一列火车／通过辽阔的原野走向远方／／每天他都这样／他已经十四岁了／／他生长在火车道边／可从没有坐过火车／只能靠在树上嘴里发出火车轰轰的声音／他的父亲面对奔腾的火车／却打着哈欠／／他又一次要求想坐坐火车／父亲告诉他／老了再坐／现在你的两条腿还能走／火车上有许多窗口／他记得有个小女孩／向他微笑过／／他在铁道边捡了几张漂亮的糖块纸藏起来／觉得远方有大事正在发生／还有他所喜欢的一切／也都在远方／／终于他决定离开那棵树／离开那块石头／去坐一次火车／／轨道伸向天边／沿着轨道奔走使他兴奋／坐火车能够接近云／走了很多的路／他饿了／但他不愿离开这条轨道／他要顺着这条轨道走下去"。尽管吕贵品这首诗叙述节奏显得拖沓，但有意思的是王家新、韩东和吕贵品在《在山的那边》《山民》和《远方有大事发生》这三首关于"远方"的诗中都是采用了叙述的呈现手段并且都设置了父亲和儿子之间的对话。显然，"父亲"和"儿子"对"远方"的态度是矛盾的，而这正体现了那个年代诗人们的集体冲动、反叛和自由的愿望。看看李亚伟这一时期相关的几首诗作的题目就可以领受青春期式的躁动甚至"暴动"心理，《远方是一个洞。洞中是另一片大陆》《远方搁浅在地平线上。你以眺望的方式到达那里》《远方被早晨傍晚扛来扛去，越扛越远。从今天到昨天，从今年到去年》《你被固定在一个角色的位置上。远方被卡在远方动也动不得》《远方一伸一缩。这是到达的一种方式》《远方在远方大喊一声"哎哟"》《远方走过来喘着粗气，就你妈近得要命》。这种远方情结竟然与当年"迷惘的一代"的出走方式如此惊人地相似。显然时代赋予了这一时期的"远方"以理想主义的色彩。

　　1985 年吕贵品辞去吉林大学教师的公职南下深圳与徐敬亚会合。曾经有人告诉过王小妮说中国有两个地方乞丐最愿意去，一个是东北，一个是深圳。理由是东北人心热，深圳人手松。而王小妮和徐敬亚这两个东北人却机缘巧合与深圳结缘，尽管其中的辛苦和流放之感只有他们自己最能体悟。1985 年 1 月 3 日东北极其寒冷的时刻，徐敬亚几乎是两手空空从长春火车站登上南下深圳的列车。这个场景一定会让我们想到云南的于坚和他的朋友朱晓阳分别的情形，想到那首写于 1983 年的诗——

　　　　　他从人群中挤出来

　　　　　跳上开往大西北的火车

　　　　　他父亲没有来送行

　　　　　那个游击队员老了

　　　　　躲在家里不出声地啜泣

　　　　　灯也没有打开

　　　　　我们站在水泥月台和他的独子握手

　　　　　在一起好多年

　　　　　从来没想起要握手

　　　　　手和手紧紧地握

　　　　　好像要握住将来所有的日子

　　　　　手握过了　车还不开

最后几秒真是难耐

（如果你突然不走了

我们就是一群喜剧演员）

此后是天各一方了

傍晚你再也不会来敲门

叫我去逛八点钟的大街

听说新疆人烟稀少

冬天还要发烤火费

在那边倒可以干些破天荒的事情

好好干吧　朱小羊

"在那遥远的地方

有位好姑娘……"

列车载着你跑向天边外

我们这群有家的人

在人海中悄悄走散

　　有学者注意到于坚的这首《送朱小羊赴新疆》和《作品39号》处理的是同一个人同一件事，但是选取的角度和场景以及写法上具有差异①。

　　在王小妮印象里徐敬亚用他那只惯用的左手抓住门边的铁扶手登上了火车。这一刻无疑是"大抉择的时候"。火车一直向南，"他的脚再也不用落在这片雪地上"。尽管徐敬亚是被迫离开吉林，但是深圳作为一个遥远的"南方"也正好暗合了那一年代青年人所向往的一个梦想。在三个多月离别的日子里，王小妮带着幼子等待并接连写下了《车站》等近二十首诗歌。在《车站》这首诗中我们能够看到一种难以言说的别离的惆怅以及命运的无奈感。也许此刻只

---

① 陈大为：《论于坚诗歌迈向"微物叙事"的口语写作》，《台湾诗学季刊》2012年7月总第19期。

有相互安慰和撞身取暖，"手紧插进大衣口袋／你的车厢终于隐去／很好／束着肩，匆匆走过窄路／一团浓厚的烟／使我们彼此再也不能望见／／眼泪开始流动／这什么也不说明／路轨走向车站／就是为了曲折错杂／很好　正合你意"。分别数月之后，王小妮也终于坐上开往"中国最南面的边界线"深圳的火车，"从当时那个很狭窄的小火车站里走出来。迎面看见大幅的美国香烟广告，还有一棵过于茂盛、仿佛正在爆炸之中的亚热带大树。那是我一生中呼吸最畅快的时刻。我不知道该向哪个方向走，但是它当时是我想象中的自由之城。"[①] 而残酷的事实却是因为"现代诗流派大展"深圳青年报社被解散，王小妮也遭到单位解职。在 1987 年夏天这场所谓的"驱徐运动"中徐敬亚又独自一人回到东北。当多年之后王小妮和徐敬亚在深圳的一个公园的草坪上平静而悠闲地合影的时候，八十年代的先锋诗歌以及个人遭际是否也变得平静？尽管徐敬亚经受了命运的磨难，但是他幸运地赶上了（更准确地说是"创造了"）一个诗歌的黄金年代。简单举一个例子，当时江河、杨炼和顾城在北京做诗歌讲座之前，消息（确切地说是"广告"）已经提前登在了《北京晚报》上。即使是在 1980 年代的最后一年，当徐敬亚和宋词、温玉杰这三个东北人在珠海喝酒的时候他们也受到了公众的特殊"拥戴"和礼遇，"最后的高潮，场面感人。不知什么时候。餐厅老板已落座倾听，还听得如醉如痴。后来也一起喝了起来，中间甚至喊出了'你们全是神人啊'这样的句子。于是，整个餐厅的服务员小姐团团围成一圈，站在我们四人周围。每当妙语出笼，全场一片鼓掌声、叫好喝彩声。"[②]

在梭罗看来，一个人的一生几乎都难以穷尽一个方圆二十英里的空间，而又何谈得远方？所以从这个意义上来说，生活就在当下，就在脚下的日常生活。而一代人关于"生活""当下""远方"

---

① 王小妮：《消失》，《天涯》1996 年第 2 期。
② 徐敬亚：《燃烧的中国诗歌版图》，《天南》2011 年第 3 期。

"行走"的冲动以及理想主义和怀疑主义兼具的具体行动，韩东的认识要更为透彻，"是否可以这样说？我们在途中，虽然脚下的道路不甚分明，位于最深沉的暗夜，它的目的地也许纯属虚妄，但我们仍在走动中，也许仅仅是走这样一个动作，其实我们一直原地不动，甚至还有种种返回的迹象，但我们的面孔一直是始终向前的，它有确切的方向性。"①

　　为什么八十年代的诗歌一再被追认为是诗歌的黄金年代呢？其中最重要的一点在于那是一个有"远方"的理想主义贲张的年代。那时的长发飘飘、胡子拉碴的诗人正急于奔走在去往远方的路上。在那一代诗人看来，"远方"代表的是一种青春期的文化理想，代表了一种理想化的、精英化的甚至英雄主义的生活方式。那是一个有着精神远方的时代！海子、骆一禾以及四川盆地的李亚伟等先锋诗人纷纷在诗歌和现实中奔向"远方"，"有一回，我、于坚、吴文光同游石林，返回的途中，于坚突然拒绝乘车，一百五十多公里，他要走回昆明，他指着前方说：'我要顺着手指的方向，笔直地走回昆明。'我顺着他手指的方向认真看了一下，全是重峦叠嶂，莽莽苍苍。再看他的表情是凝重、决绝的，不像是开玩笑，我和文光只好拉他坐下来，劝说他，举了很多例子，最后他人是给哄上车了，但一路上恨恨不休，不时朝我们投以轻蔑的目光。"② 到了当下，无差异的地方空间使得真正意义上的"远方"已经不复存在。我们所经历的只是从一个地点被快速地搬运到另一个地点。日常生活的"慢的仪式"已经终结。与此同时，各种现代化的运输工具使得诗人的行走能力以及"远方"的理想主义精神空前降低和萎缩。与以往的诗歌"行走""游历"传统相反的是现时代的诗人只是在狭小的日常空间无病呻吟，或者成了现代派的炫技者和思想的低能

---

① 韩东：《怀疑与确信——致鲁羊的一封信》，《韩东散文》，中国广播电视出版社1998年版，第232页。
② 费嘉：《他早已弃舟登岸》，《名作欣赏》2011年第10期。

儿。与此同时，随着一个个乡村以及"故乡"的消失，去除乡土根性的新时代的"新景观"与没落的乡土文明的"旧情怀"之间形成了紧张的关系和错位的心理。众多的写作者正是在这种新旧关系中尴尬而痛苦地煎熬和挣扎。

诗人还必须作为常人回到现实生活和"此处的生活"（区别于"生活在别处"）中来，"中国的知识分子这 100 年来，总是认定西方的某一种价值观就是他的生活的'别处'，而很少从中国、从自己故乡、从个人经验的立场上独立地思考他是如何生活在世界上的。他总是青睐于一个现存的图纸，一个什么主义的图纸。"① 而无论为了生计，还是说得冠冕堂皇一些为了理想为了诗歌，这个时代的诗人都不得四处奔波，风雨和险境里淘金。比如那个时期的民刊操办者之一、《诗参考》的主编中岛（如今忙着让诗人众筹出诗集，还发起引发巨大争议的通过网络投票产生百年百位诗人的活动）："中岛是哈尔滨人王中立写诗用的笔名""这个穷小子长得太不像主编了／那么瘦　说话是民工式的／前言不搭后语　突然要求停车／因为急着找工作　在高架桥下扬长而去／遁迹于尘土　靠无能的良心活着／就像警察局电工房的那个守夜人"（于坚《主编》）。中岛给人的印象除了"语无伦次"之外就是显得非常忙，这大体可以从他的简历中窥见一斑——曾经为"中国新闻社"、中国青年报社记者，《电视指南》编辑部主任，沈阳报业集团《都市青年报》主编、总策划，中国社会科学院《现代文明画报》主编、副总编辑，《时政瞭望》主编，《中国生态文明》杂志社执行总编辑，《环境与生活》编委、执行副总编辑，全国生态文明记者行组委会副秘书长，全国生态文明建设评选委员会评委。

无论是北上还是南下，最终也是殊途同归。但是有的诗人则走得更远，无论是在生活中还是在诗作中，甚至连生命的结束也要早些，有的殁于异乡，比如张枣（1962 ～ 2010）。一个人的结束是这

---

① 于坚、谢有顺：《于坚谢有顺对话录》，苏州大学出版社 2003 年版，第 27 页。

样的:"大学里的医院 金属刀收起/一台心律监视器刚刚关闭/肉身张枣逝去 诗人张枣归天/炼句者终于掀翻火炉 去图宾根的黑森林/疯子教堂 与荷尔德林幽会";开端和往昔却又是这样的:"何人斯 唇红齿白 八十年代住在四川/拆开九个信封 都是春秋来信/写得慢 右手长于左手 斗士满锦城/他学习做谦谦君子 淡如水者/深交不在江湖"。而这叠加起来的是一个诗人的一生。在令人唏嘘感叹的同时呈现的正是一代人并不轻松的精神遗像——"兄弟 你本该殁于潇湘/当春天凋谢 故乡暮晚/皇帝们白头归来读到《镜中》/谁会后悔 落在南山"(于坚《忆张枣》,2010年3月12日)。

岁月发黄变脆了,社会也在缓慢或剧烈地变迁,留下的只是镜中或信中的一个个逐渐改变的面影。看看以于坚为中心的那些诗人朋友的过往吧——"你横渡黄河来看我/你穿过整个南方/从一号到二百零三号/二百零二家都是单门独户/二百零三号住着一千多人/你吓了一跳/怨气冲天 说是找我找得好苦/你以为南方都是鸟窝么/你个子高 天天趴在爱情里/像一匹幸福的种马"(于坚《有朋从远方来——赠丁当》),"许多人都有家了/只剩你一个人/你至今没有窗帘/床公开在阳光下/世界在你窗前走过"(于坚《作品60号——赠吴文光》)。来看看1986年于坚的成都之行对盆地诗人的交往,"听说何小竹有着苗族人美丽的脸/但腰部以下就很难看 那是为生殖准备的""杨黎乃是胖人/在一家火锅店里 我一眼就把他认了出来/此人精通麻辣 别人只生得一个 他生男育女/用一根管不住的鸡巴 与指标对抗/啃着卤鹅头 写动人的诗""那一年在岷江东/初会 小安美如女学生 刚刚/从精神病院 下班回来 我们赤着脚/在秋水中 大笑 跑""老周 他的眼睛架用胶布绑着 脚指头从皮鞋的/左边露出来 那时评论家们在哪里"(《成都行》)。"吉木狼格是黑彝的后代 另一个民族的天才""石光华是中学教员 另一派的/首领 在操场上谈整体主义 两个小时/出现了三百个名词"。八十年代是诗人的江湖，一个个诗人恩怨情仇地奔忙，当然也少不了青春力比多的喷涌。那时的诗人留下了一个个或荤或素的段子，一个个不长不短的故事，"多年前朱文来云南拍电影／住在罗曼温泉酒店／为了在他乡睡得好／一路都带着自己的床单和枕套／浆洗得干干净净　有股香味／蓝花格子　一铺　蓬荜生辉／宾馆　就有床笫之间的感觉了"（于坚《南诏野史》）。而朋友之间总是需要志趣相投的，比如于坚和朵渔，"在朵渔家小住／书架陈列者与我的小异大同／都曾被某些书吸引　抓着就不放／像是在大海中　捞到了盐／付款时恐后争先　像是加入一种／有限额的信仰"（《失踪之书》）。

时代在哪里开始？时代又在哪里结束？任何一个时代都会落幕的，有英雄、有烈士、有小丑、有更多默默无名的过客，"和所有以梦为马的诗人一样／我不得不和烈士和小丑走在同一道路上／／万人都要将火熄灭，我一人独将此火／高高举起"[①]。说到第三代诗歌，八十年代诗歌，说到一代人的交往，这都需要一个诗人写出具有总结性的"寓言"之作。我在于坚这里找到了这样的一首诗《在冬天的花园里点火》。2010 年 10 月 22 日，星期五。于坚和韩东以及丁当这些当年的"他们"诗人再一次于昆明相遇了。天冷了，天黑了，这需要取暖，需要照彻。与此同时，一个时代匆促的面影已经来到尾声。冬日的烈火照彻了一代人，也必将在灰烬中掩埋掉另一部分人，包括诗人。这就是时间的历史法则——

> 韩东和丁当去年冬天来到我的花园
>
> 带着各自的女人和厚薄不一的钱夹子
>
> 她们站在凋零之中显得越发鲜丽
>
> 相识是由于写诗　现在写得少了

[①]　海子：《祖国（或以梦为马）》，《以梦为马——新生代诗卷》，陈超编选，北京师范大学出版社 1993 年版，第 52 页。

但一如既往　继续关怀着世界

使我们可以在青年时代相遇

也可以在其他方面　一次次抵达一见如故

冬天的花园　树叶落入白套

准备老生常谈地将一生结束于地面

我提议烧掉它们　在冬天花园里点火

也是一个卷入时代的烈士动作

女人采集落叶　男人寻找火苗　顷刻之间

黄褐色的叶子不再垂头丧气　飞舞起来了

没想到如此的单薄下面还藏着那么多烟

那么多黑翅膀的蝶　那么厚的灰烬　那么纯净

从前在一起只顾了说爱谈诗　从未见过老韩弯腰点火

他俯身朝着枯叶堆划亮打火机的姿势就像一个老练的
花匠

与钻木取火　修枝　在键盘上打字　相当

都要用手指和腰　我们因此腰肌劳损

像银杏树在上升中逸出了旁枝撞出了疤痕

而丁当　站在被火焰烧焦的空处

张开双臂使劲跺着　以免在我们离开后

死者们死灰复燃　就像是另一种蝴蝶

我从未见他如此轻灵

此时，正是 2017 年 12 月北京的冬天。在越来越寒冷的天气中
我感受到了当年舒婷回忆顾城那一代人的黯然神伤的缅怀时刻——
灯光转暗，你在何方？

445

附录1：于坚诗文集目录

《诗六十首》，云南人民出版社，1989。

《对一只乌鸦的命名》，国际文化出版公司，1993。

《棕皮手记》，东方出版中心，1997。

《一枚穿过天空的钉子》，台湾唐山出版社，1999。

《人间笔记》，解放军文艺出版社，1999。

《于坚的诗》，人民文学出版社，2000。

《老昆明·金马碧鸡》，江苏美术出版社，2000。

《丽江后面》，云南人民出版社，2001。

《便条集》，云南人民出版社，2001（2010年麦田书店自费再版）。

《棕皮手记·活页夹》，花城出版社，2001。

《云南这边》，陕西师范大学出版社，2002。

《诗集与图像2000—2002》，青海人民出版社，2003。

《于坚集》（5卷，《一枚穿过天空的钉子：诗集，1975—2000》《0档案：长诗七部与便条集》《人间笔记：散文》《正在眼前的事物：散文》《拒绝隐喻：棕皮手记·评论·访谈》），云南人民出版社，2004。

《火车记》，鹭江出版社，2006。

《暗盒笔记——图像与思：全球化时代背后的日常生活》，中信出版社，2006。

《只有大海苍茫如幕》，长征出版社，2006。

《相遇了几分钟》，上海人民出版社，2008。

《在漫长的旅途中》，作家出版社，2008。

《众神之河——从澜沧到湄公》，太白文艺出版社，2009。

《于坚随笔》（人间随笔、大地随笔、思想随笔、诗学随笔，4卷），陕西师范大学出版社，2010。

《在遥远的莫斯卡》，凤凰出版社，2011。

《三峡记》（与孙敏、章东磐合著），北京大学出版社，2011。

《还乡的可能性》，商务印书馆，2013。

《彼何人斯：诗集 2007—2011》，重庆大学出版社，2013。

《印度记》，重庆大学出版社，2013。

《我述说你所见：于坚集 1982—2012》，作家出版社，2013。

《棕皮手记》，北京邮电大学出版社，2014。

《为世界文身》，陕西人民教育出版社，2015。

《朋友是最后的故乡》，复旦大学出版社，2015。

《昆明记：我的故乡，我的城市》，重庆大学出版社，2015。

《闪存》，黄山书社，2016。

《暗盒笔记》（Ⅱ），花城出版社，2016。

《并非所有的沙都被风吹散：西行四章》，深圳报业集团出版社，2016。

《朝苏记》，深圳报业集团出版社，2016。

《岩石　大象　档案：于坚作品集》，深圳报业集团出版社，2016。

《巴黎记》，深圳报业集团出版社，2016。

《挪动》，四川人民出版社，2017。

《建水记》，中信出版社，2018。

附录 2：于坚创作年表

1954 年
8 月 8 日立秋之日生于昆明。原籍四川资阳南津驿。

1959 年　五岁
重病（肺炎），大量注射链霉素。听力受损。

1960 年　六岁
秋天进入昆明中华小学读书。

1966 年　十二岁
"文革"开始。刚入小学五年级，即停课辍学。秋天某日，跟随父亲在家秘密烧毁家中除毛泽东、马克思、恩格斯、列宁、斯大林以及鲁迅等少数作家的书籍之外的所有藏书和杂志。文字在火焰里升腾时产生了神秘感。

1969 年　十五岁
复课进入昆明第八中学读初中。教室在昆明郊区被取缔的古寺盘龙寺，课余常去一老僧家里。

1970 年　十六岁

初中未毕业，即被国家分配到工厂工作。在昆明煤矿机械厂锻铆车间二组。工作范围包括电焊、钻床、铆枪、大锤、卷板机等。车间宏伟热烈，震耳欲聋，三班倒。（此工厂已经在 2010 年倒闭。）

1971 年冬　十七岁

患病休养，去父亲的下放地陆良探望并养病，在父亲寄居的乡村破庙发现六十年代印给干部内部参考的古体诗词小册子，手不释卷，在返回昆明的一辆卡车的车厢里开始古体诗词的习作。开始广泛阅读地下流传的书籍。背诵唐诗、宋词、《古文观止》《左传》《史记》等，学习诗词格律。

1972 年　十八岁

沉迷于古体诗词的写作和书法。有手抄本古体诗集《野草集》。

1973 年　十九岁

开始新诗的写作，在二三朋友中流传。在昆明附近花箐农场劳动。在家中发现五十年代批判胡风等诗人的油印材料，在注释里面读到鲁黎等的零星作品。读到惠特曼《草叶集》。

1974 年　二十岁

大量写作新诗。阅读《约翰·克利斯朵夫》等西方作品，并将读过的书口头转述给同车间工人听。"文革"时期全部封闭的图书馆重新开放，工厂经常停电，每天带两个馒头去图书馆读书。

1975 年　二十一岁

读到地下流传的匿名诗歌《相信未来》。继续阅读俄罗斯、法国、美国、英国、德国十九世纪作品。写诗。

1976年　二十二岁

与朋友在工厂办大字报专栏纪念"四五"运动。在大字报栏上发表长诗。参加批判"四人帮"的运动。

1977年　二十三岁

参加高考，获录取通知，因听力弱未通过体检，未被录取。

1978年　二十四岁

患病住院，在家休养。读书。写诗。

1979年　二十五岁

参加昆明民间地下刊物《地火》的活动。结识朱晓阳、杜宁等朋友。读到《今天》。在地下沙龙，首次在超过三个人的人群前朗诵自己的诗歌。手抄本的作品集在云南大学中文系部分学生和朋友之间私下传阅。

再次参加高考，被录取，不喜欢所录取专业（云南师范大学政治系）未去。与朱晓阳等四人离开昆明到贵阳、重庆，沿长江经三峡进入江汉平原，游历武汉、南京、苏州等地最后到达上海，第一次离开故乡。

1980年　二十六岁

第三次参加高考，通过。9月，进入云南大学中文系读书，参与学生文学社团《犁》的活动。以"大卫"笔名发表的诗歌《记忆》被文学月刊《滇池》选入12月号发表。这是首次在公开刊物发表的诗歌。

1981年　二十七岁

开始接触西方现代派作品。诗集手抄本流传到《边疆文学》一编辑手中，发表了其中一首《春天来了》。第一次乘火车去北京，看《德国表现主义画展》。

1982 年　二十八岁
开始《作品某某号》的写作。

1983 年　二十九岁
开始高原诗的写作。组诗《圭山组曲》在甘肃《飞天》文学月刊发表，获该刊"大学生诗歌奖"。诗《在烟囱下》《锻工房》在《诗刊》发表。

在云南大学创办"银杏"文学社，创办油印刊物《银杏》，任主编。与吴文光、李勃、费嘉、朱晓阳、陈卡等人创办油印的地下刊物《高原诗辑》，出版五辑。

1984 年　三十岁
参与"大学生诗派"的活动，被《大学生诗报》称为大学生诗派之旗手。与后来被称为"第三代"的重要诗人建立联系。在《现代主义诗歌内部资料》上发表《我的女人是沉默的女人》。在兰州大学学生地下刊物《同代》上发表作品，结识韩东等诗人，并开始通信。

8 月，毕业于云南大学中文系，被国家分配到云南省文联，任《云南文艺评论》编辑。

1985 年　三十一岁
春天，诗人丁当来到昆明为黄河机器厂驻昆工作，一见如故。谈论人生和诗歌，学习打台球、去滇池游泳。谈到诗歌中的"口气"即语感。开始与非非诗人杨黎等密切联系，《非非评论》挂名编委之一。继续在《飞天》杂志发表诗歌，被批评界称为"生活流"代表诗人之一。写作长诗《飞碟》，写作《尚义街六号》。酝酿了近一年的《他们》在冬天付印。

1986年　三十二岁

8月，前往成都，与杨黎、周伦佑等诗人见面，在杨黎家讨论语感。前往太原参加《诗刊》青春诗会，与韩东、翟永明、老木、西川等诗人见面。前往北京参加全国青年文学创作会议，与北岛、江河等诗人见面。

作品得到更多发表。被视为中国第三代诗歌的主要代表性诗人之一。在该年11月发表于《诗刊》头条的组诗《尚义街六号》对中国当代先锋诗歌的日常口语写作的风气产生了重要影响。

1987年　三十三岁

被文联派去云南边境德宏州，在德宏州广播电视大学教应用文写作。创作《避雨之树》等一批作品。老木来访，对他谈到对隐喻的看法。

1988年　三十四岁

从办公室搬进一二十平方米的房间，第一次拥有自己单独的住房。秋天与小杏结婚。

1989年　三十五岁

第一本诗集《诗六十首》由云南人民出版社出版。写下《一个诗人的物品清单》的草稿，这是《0档案》的雏形。

1990年　三十六岁

写诗。读书。

1991 年　三十七岁

去西藏旅行。从拉萨前往西安。写作《对一只乌鸦的命名》等。

1992 年　三十八岁

写作《事件·谈话》《事件·停电》等作品。《作品 39 号》等译成英语，收入美国诗集《The Red Azalea》。第二本诗集《对一只乌鸦的命名》，由国际文化出版公司出版。完成长诗《0 档案》。秋天女儿出生。

1993 年　三十九岁

在北京从事戏剧活动。在牟森的戏剧车间参与演出。写作诗剧，《关于"彼岸"的一次汉语词性讨论》，其后在北京电影学院演出。参加戏剧车间的《与艾滋有关》的演出。

1994 年　四十岁

写作《拒绝隐喻》。由冯牧指名，加入中国作家协会。《0 档案》在《大家》杂志创刊号发表。被牟森改编成诗剧在比利时、法国、德国、英国、美国等国多次演出。

被陕西《文友》杂志评为中国十佳青年诗人。获庄重文文学奖。获《人民文学》四十年诗歌奖、《十月》杂志散文奖、广东《作品》散文奖、《西藏文学》诗歌奖、中国台湾《创世纪》四十年诗歌奖、《联合报》"十四届小说奖"之诗歌奖头名。

1995 年　四十一岁

出席荷兰莱顿大学的中国现当代诗歌国际研讨会。参加法国秋天艺术节，诗剧《0 档案》在巴黎上演。诗歌《坠落的声音》选入中国台湾出版的《新诗三百首·1917—1995》。组诗译成西班牙语在《Equiualences》发表。

1996年　四十二岁

与朱文、吕德安跟随牟森的戏剧车间访问哥本哈根，参加"欧洲文化首都"之欧洲剧院的活动，在国家博物馆举行《0档案》作为诗歌与戏剧之关系的讨论。在哥本哈根大学东亚系介绍中国当代诗歌。诗集《作为事件的诗歌》由麦约翰译成荷兰语在比利时出版。诗歌《对一只乌鸦的命名》等由西敏译成英语在香港《译丛》发表。诗歌一组由西敏译成英语在澳大利亚《南方杂志》发表。开始《飞行》《便条集》的写作。写作《某某记》的长篇散文。

1997年　四十三岁

应邀参加在荷兰鹿特丹举行的第28届国际诗歌节。麦约翰翻译成尼德兰语的诗歌《我的恋爱经历》选入比利时拉娜出版社出版的《二十世纪最优美的诗三百首》。写作长诗《飞行》。《0档案》译成德语在德国《SIRENE》发表。写作《哀滇池》等。应德国莱特文学国际、魏玛－欧洲文化城和歌德学院之邀请，担任"从过去解放未来，未来解放过去？"国际论文比赛中文评委。获刘丽安诗歌奖。散文集《棕皮手记》由东方文化出版中心出版。

1998年　四十四岁

《0档案》作为广播剧在德国巴登——巴登电台播出。散文集《人间笔记》在北京出版。组诗《避雨的鸟》译成日语在日本《诗と思想》杂志发表。长诗《飞行》在《花城》杂志发表。

在广州参与《中国新诗年鉴》的创办工作。为这本年鉴写前言：《穿越汉语的诗歌之光》。卷入盘峰会议引发的民间立场与知识分子写作的争论。

在昆明获民间的王中文化奖。1998年，《诗刊》发表关于中国新诗最有印象的诗人的读者调查，名列自"五四"以来中国新诗最有影响的五十名诗人之一。

1999 年　四十五岁

诗集《一枚穿过天空的钉子》在中国台湾出版。散文集《人间笔记》出版。出任《山茶·人文地理杂志》总策划。

2000 年　四十六岁

12 月底《于坚的诗》由人民文学出版社出版。散文集《老昆明·金马碧鸡》由江苏美术出版社出版。《飞行》在澳大利亚由西敏译成英语。

获《作家》杂志诗歌奖。

2001 年　四十七岁

《棕皮手记·活页夹》由花城出版社出版。诗歌和摄影作品的合集《诗歌·便条集》由云南人民出版社出版。《0 档案》由柯雷再次译成英语在香港《译丛》发表。参加悉尼文学节，朗诵《飞行》。去澳大利亚中部的荒野地区旅行。组诗由傅杰和尚德兰译成法语在法国巴黎出版的《诗歌》杂志发表。发表《诗言体》。

2002 年　四十八岁

重游西安。去青海。参加瑞典奈舍国际诗歌节。主持《大家》杂志诗歌栏目。组诗由葆拉翻译为意大利语在意大利的《Poesia》发表。开始纪录片《碧色车站》的拍摄。与谢有顺在昆明录音谈话，为即将出版的文学谈话丛书做准备。散文集《云南这边》由陕西师范大学出版社出版。

2003 年　四十九岁

重游长江，沿长江岸旅行一个月。写作长篇散文《癸未三峡记》。担任云之南人类学纪录片电影节首届评委。《0 档案》由李金佳和 Sebastian Veg 译成法语在巴黎的《PO&SIE》发表。组诗由田原译成日语在日本《河南文艺》发表。《诗集与图像》由青海人民出版社出版。11 月，完成纪录片《碧色车站》。

获民间刊物《诗参考》十年诗歌奖、获《南方都市报》华语文学传媒大奖年度诗人奖。

2004 年　五十岁

《于坚集》5 卷由云南人民出版社出版。3 月，在昆明参加瑞典奈舍—昆明国际诗歌节。4 月，重返哥本哈根，出席丹麦奥胡斯大学举办的丹麦—中国诗歌节。5 月，重返巴黎，在巴黎与法国《诗歌》杂志主编穆普瓦在法国人文科学基金会支持的"两仪文舍"进行对话。与法国《诗》杂志副主编穆沙在奥尔良讨论了《0 档案》《飞行》和《碧色车站》。秋天，前往美国。参加波士顿西蒙斯学院举行的中国诗歌国际研讨会。访问明尼苏达大学、柯盖德大学。出席哈佛大学东亚系教授宇文所安主持的"于坚诗歌朗诵会"和纪录片《碧色车站》放映会。访问纽约，在胡适创办的华美协进社做关于中国当代诗歌的演讲。在纽约格林威治的圣马可教堂朗诵诗歌。纪录片《碧色车站》入围阿姆斯特丹国际纪录片"银狼奖"竞赛单元。10 月 16 日前往阿姆斯特丹参加该电影节。

获北京《新诗界》国际诗歌奖·启明星奖。散文《火炉上的湖泊》获《人民文学》散文奖。

2005 年　五十一岁

沿湄公河采访。游历老挝、缅甸、泰国、越南、柬埔寨。为写作《众神之河》做准备。纪录片《碧色车站》在德国慕尼黑国际纪录片电影节、日本山形国际纪录片电影节展演。

2006 年　五十二岁

《0 档案》在意大利一诗刊发表。《暗盒笔记——图像与思：全球化时代背后的日常生活》由中信出版社出版。在昆明举办首次个人的小型摄影展。再次前往湄公河各国。前往西藏、青海，于 10 月抵达澜沧江海拔四千八百米的源头。在北京参加"中国日本诗人对话"活动。散文选集《火车记》由鹭江出版社出版。诗集《只有大海苍茫如幕》作为李小雨主编的"雍和诗歌典藏"诗歌丛书的六本之一由长征出版社出版。

2007 年　五十三岁

参加东京国际诗歌节。于坚摄影展在西班牙举办。参加北京国际图书博览会，与德国诗人对话。长诗《飞行》译为法语在法国《诗歌》杂志创刊六十年专号发表。前往东京，参加中坤文学工作室和日本思潮社共同发起的"日中诗歌双向交流活动"在日本关西大学东亚研究所演讲。开始《众神之河》的写作。开始纪录片《故乡》的拍摄。作为云南代表参加作协六次全国代表大会。

获《滇池》杂志文学奖。诗集《只有大海苍茫如幕》获鲁迅文学奖。

2008 年　五十四岁

写诗，《便条集》《湄公河印象》等。在大理举办个人摄影展。散文集《相遇了几分钟》由上海人民出版社出版。诗选集《在漫长的旅途中》作为"帕米尔当代诗歌典藏"之一种由作家出版社出版。写作长篇散文《众神之河——从澜沧到湄公》。前往台湾，参加台北诗歌节、太平洋诗歌节。参加中坤集团主办的黄山诗会。

获《南方都市报》首届"生态致敬作家奖"。

2009 年　五十五岁

写诗，《拉拉》等。完成小说《赤裸着晚餐》。与老虎等朋友在昆明创办高黎贡文学节。《众神之河——从澜沧到湄公》由陕西太白文艺出版社出版。与朱晓阳合作的四小时纪录片《故乡》完成。

2010 年　五十六岁

写诗,《沙漠与绿洲》等。法语版《0 档案》由法国 Gallimard 出版社出版。英译诗集《便条集》由美国 Zephyr Press 出版社出版。前往美国佛蒙特写作中心写作三周。在哥伦比亚大学和新泽西学院朗诵诗歌。在巴黎小住。前往冰岛。参加中冰诗歌节。《故乡》在云之南纪录片节首映。德译本诗集《0 档案》由德国 Herlemann 出版社出版。《于坚随笔》四卷由陕西师范大学出版社出版。《便条集》由民营书店麦田书店自费再版。前往中国西部,游历敦煌、嘉峪关等地。

《赤裸着晚餐》名列 2010 中国小说学会的年度小说排行榜第四名。散文《大地深处》获中国散文年会、《散文选刊》等颁发的 2010 年年度散文奖一等奖。《众神之河——从澜沧到湄公》获陕西省首届图书奖。德译本诗选集《0 档案》获德国亚非拉文学作品推广协会主办的"感受世界"亚非拉优秀文学作品评选第一名。英译诗集《便条集》入围 2011 年度美国 BTBA 最佳图书翻译奖。

2011 年　五十七岁

完成长诗《小镇》《沙滩》等作品。开始写《印度记》。前往印度、尼泊尔、不丹游历。参加香港国际诗歌节。在香港大学演讲《看见的诗》。参与影响力中国网的筹建,任诗歌版主编。前往德国,参加法兰克福书展。在柏林、杜塞尔多夫、杜伊斯堡、多特蒙德、法兰克福等地朗诵。在瑞士苏黎世大学讲课并朗诵。参加香港国际诗歌之夜。在香港大学放映《故乡》并做《看见的诗》的演讲。在香港法文书店"括号"书店朗诵《飞行》。出席中国作家协会第七次全国代表大会。散文集《在遥远的莫斯卡》由凤凰出版集团出版。与章东磐、孙敏散文合集《三峡记》出版。

诗《壬午秋咏长江》获中国作家协会"长江颂"征文一等奖。

2012年 五十八岁

5月登泰山。10月,访问英国。参加切尔腾纳姆国际文学节和威尔士首届国际文学节。11月,参加台北世界华人文学高峰会议。

小说《赤裸着晚餐》入围郁达夫文学奖。《众神之河》获云南文学创作基金散文一等奖。

2013年 五十九岁

3月,正式调入云南师范大学文学院。《印度记》《彼何人斯:诗集 2007—2011》由重庆大学出版社出版。《我述说你所见》诗选(标准诗丛)由作家出版社出版。11月,在香港中文大学讲诗。

获《中国作家》杂志郭沫若诗歌奖、《十月》杂志诗歌奖、《扬子江诗刊》首届诗学奖、《散文选刊》上半年散文排行榜第一名等。长诗《小镇》获得北京文艺网国际诗歌奖二等奖。

2014年 六十岁

《棕皮手记》由北京邮电大学出版社再版。7月,参加哥伦比亚第24届麦德林国际诗歌节。9月,访问法国。在巴黎诗歌之家朗诵并讨论于坚诗歌。参加南特子夜国际诗歌节。在奥尔良、蒙帕里埃、昂热、雷纳、巴黎断头台小剧场朗诵诗歌。

《印度记》获朱自清散文奖、《人民文学》非虚构散文奖。获《红岩》文学奖、《长江文艺》诗歌奖等。

2015年 六十一岁

5月,于坚作品三十六幅照片和三十六首诗展在昆明文达画廊展出。参加巴黎13届国际双年诗歌节、巴黎诗歌市场。《昆明记:我的故乡,我的城市》出版。杂文集《朋友是最后的故乡》由复旦大学出版社出版。《为世界文身》由陕西人民教育出版社出版。9月，由傅杰、穆沙翻译，艾斯黛尔插图的法语版长诗《小镇》在巴黎墨音出版社出版。10月，参加墨西哥国际诗歌节，在墨西哥学院演讲。参加智利三个图书节，在智利国家图书馆演讲，在智利大学汉学系演讲。

获《十月》散文奖、《散文选刊》新经验散文奖、滇池文学奖、百花散文奖。《我诉说你所见》获中国诗歌学会"李白诗歌奖"提名奖。法语版诗集《被暗示的玫瑰》入围法国发现者诗歌奖。

2016年　六十二岁

3月，在昆明文达画廊举办三十六幅照片三十六首诗，于坚摄影展。4月，游扬州。10月，参加首届上海国际诗歌节。11月，参加韩国金达镇国际文学节。12月，上海明当代美术馆，大象·岩石·档案——于坚摄影展。完成《建水记》、诗集《巨蹼》。

《闪存》由黄山书社出版。长篇散文《朝苏记》《并非所有的沙都被风吹散》由深圳报业集团出版社出版。《暗盒笔记Ⅱ》由花城出版社出版。《岩石　大象　档案：于坚作品集》由深圳报业集团出版社出版。《巴黎记》由深圳报业集团出版社出版。

2017年　六十三岁

散文集《挪动》由四川人民出版社出版。完成长诗《沙滩》。完成戴萍的专访《于坚：用眼睛思想》。

获得2017年第十五届华语文学传媒大奖"年度杰出作家"。

2018年　六十四岁

1月，散文摄影集《建水记》由中信出版社出版。

图书在版编目（CIP）数据

于坚论／霍俊明著. -- 北京：作家出版社，2019.7
（中国当代作家论）

ISBN 978-7-5212-0401-8

Ⅰ.①于… Ⅱ.①霍… Ⅲ.①于坚 – 作家评论
Ⅳ.①I206.7

中国版本图书馆 CIP 数据核字（2019）第 037309 号

于坚论

总 策 划：吴义勤
主　　编：谢有顺
作　　者：霍俊明
出版统筹：李宏伟
责任编辑：袁艺方
装帧设计：合和工作室
出版发行：作家出版社有限公司
社　　址：北京农展馆南里 10 号　　　邮　　编：100125
电话传真：86 – 10 – 65067186（发行中心及邮购部）
　　　　　　86 – 10 – 65004079（总编室）
E – mail: zuojia@zuojia. net. cn
http: // www. zuojiachubanshe. com
印　　刷：北京明月印务有限责任公司
成品尺寸：152×230
字　　数：370 千
印　　张：29.25
版　　次：2019 年 7 月第 1 版
印　　次：2019 年 7 月第 1 次印刷
ISBN 978 – 7 – 5212 – 0401 – 8
定　　价：55.00 元

中国当代作家论

第一辑

阿城论　杨　肖 著　定价：39.00 元

昌耀论　张光昕 著　定价：46.00 元

格非论　陈斯拉 著　定价：45.00 元

贾平凹论　苏沙丽 著　定价：45.00 元

路遥论　杨晓帆 著　定价：45.00 元

王蒙论　王春林 著　定价：48.00 元

王小波论　房　伟 著　定价：45.00 元

严歌苓论　刘　艳 著　定价：45.00 元

余华论　刘　旭 著　定价：46.00 元

第二辑